달빛조각사

달빛 조각사 23

ⓒ 남희성, 2007

발행일 2025년 3월 1일 | **발행인** 김명국 | **발행처** 주식회사 인타임 | **출판 등록** 107-88-06434 (2013년 11월 11일) | 주소 서울시 구로구 디지털로31길 38-21 이앤씨벤처드림타워 3차 507호 | 전화 070-7732-2790 | 팩스 02-855-4572 | 이메일 in-time@nate.com | ISBN 979-11-03-99782-3 (04810) 979-11-03-32686-9 (세트) | 이 책은 주식회사 인타임이 저작권자와의 계약에 따라 발행한 것이므로 내용의 전부 또는 일부를 사용하려면 반드시 양측의 동의를 받으셔야 합니다. 잘못된 책은 구매처에서 바꿔 드립니다.

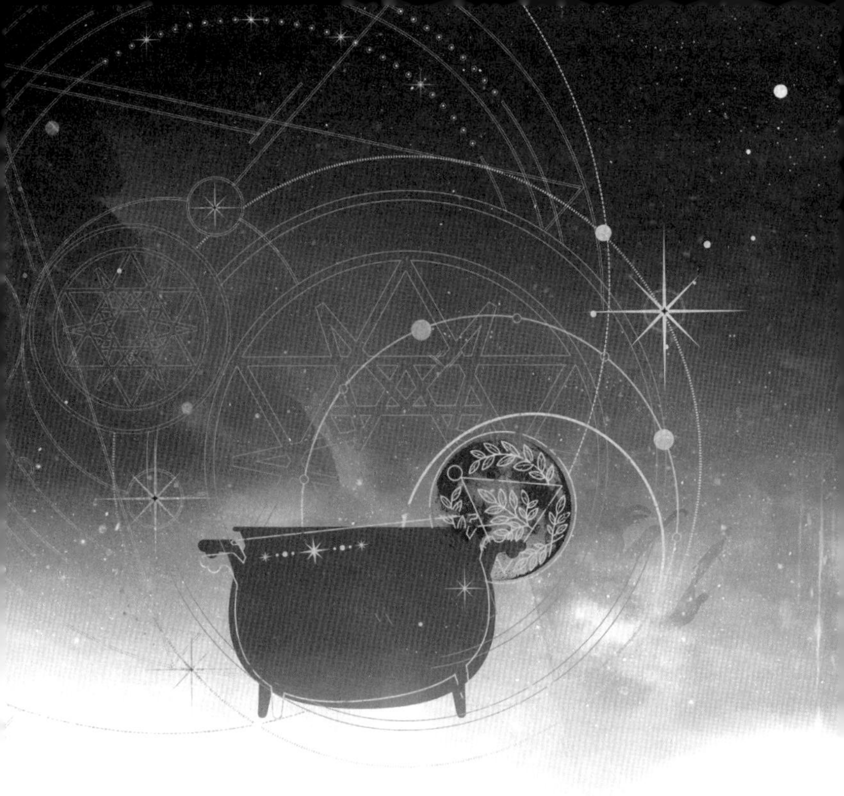

달빛조각사 23

남희성 게임 판타지 소설

The Legendary Moonlight Sculptor

INTIME

contents

멸망의 계획	7
퀘스트의 갈림길	38
사막의 방식	76
하프엘프 비슈르	109
드워프들의 계획	138
빈집 털이	170
드래곤의 보물	191
절대적인 위험	219
드래곤 레어 수비전	247
드워프들의 꿈	278

대탈출	307
라면의 날	346
모라타의 위기	366
황제의 뜻대로	413
악마들의 왕	432
전설의 보물	473
아골디아의 던전	501
대륙을 위한 결정	530
위드의 음모	559

멸망의 계획

쿠구궁!

텔레포트 게이트로 사막에 도착한 유저들은 뜨거운 열기에 질식할 것만 같은 기분을 느꼈다.

검치는 쌍봉낙타를 탄 채로 고개를 끄덕였다.

"좋은 날씨군."

"등줄기가 딱 화끈하지 말입니다."

"바로 가자. 이랴!"

검치를 선두로 사막의 열기를 뚫고 모래 구릉을 달렸다.

케이베른을 퇴치하기 위해 모여든 전사들은 낙타를 탄 채로 뒤를 따랐고, 사막에서의 지옥은 그렇게 시작되었다.

전투, 전투, 전투.

오로지 싸우고, 싸우고, 계속 싸울 뿐이다.

"모두 달려들어라!"

사막은 제대로 모험이 이루어지지 않은 지역이 많았다.

신기루와 땅속의 세계도 존재했으며, 어떤 때는 불의 영역으로 접어들기도 했다. 위드가 과거에 수행했던 사막의 대제왕 퀘스트의 파편들까지 새로운 역사로 바뀌었다.
　어디든 가면 싸울 일은 넘쳐 났다.
　밥도 낙타를 타고 먹고, 전투도 이동하면서 이루어졌다.
　"막내의 말대로 매일 싸우기만 하면 된다니, 머리를 안 쓰니 얼마나 편하냐."
　"그러게 말입니다."
　"애들이 잘 싸우기는 한다."
　"레벨이 깡패란 말이 있더니 사실이긴 하군요. 너무 스킬 위주이긴 합니다만."
　"센 놈들에게 데려가야지. 좀 죽어도 괜찮다고 했으니."
　"시시한 전투는 안 해도 되니 좋습니다."
　검치는 위드의 조언에 따라 무리를 이끌고 강력한 적들을 찾아갔다. 무지막지한 열기를 뚫고 모래 육신을 가진 적들과도 싸우고, 거대 전갈의 사냥에도 나섰다. 신비로운 화염의 영토에도 발을 들이밀었으며, 전사 중의 전사들도 만났다.
　깊은 사막에는 인구가 적지만 강한 전사들이 많았다.
　"이게 무슨 생고생이냐."
　"지옥이야. 싸우는 것도 힘들지만 이 더위가 사람을 미치게 만들어."
　"와… 내가 미쳐서 퀘스트 한다고 했다."
　이미 이틀째부터 유저들의 불만이 터져 나왔다.
　레벨이 높은 유저들에게도 이런 식의 전투 경험은 처음이었던 것이다.

평소 그들은 사냥터의 선정에 심혈을 기울였다. 효율이 높고, 전리품을 많이 주는 사냥터를 찾아 들어갔다. 보스급 몬스터라도 잡는 날에는 며칠 전부터 차분히 마음을 다지면서 준비도 했다.

"여기선 아무 곳이나 막 다니면서 싸우네. 무모하게 덤비고, 미쳤어."

"어제는 코랄도 죽었잖아."

"그래? 진짜 위험하네……."

"항의라도 해야 하는 거 아냐?"

"항의했지. 근데 전사는 죽어 봐야 강해진다는데, 심각하게 말이 안 통해."

"솔직히 얼굴 보고는 진지하게 따질 수도 없어. 보통 험하게 생겼어야지. 레벨은 우리가 더 높지만 힘으로 하기엔 아르펜 제국의 공적이 되어 버릴 것 같고."

"앞으로 몇 명이 더 죽는다 해도 사냥 계획에는 변동이 없을 거야."

사흘 정도가 지나자 유저들은 새벽부터 모여서 불만을 토로했다. 그리고 몇 명은 그만두기로 했다.

"난 여기서 포기한다. 다들 고생하고, 잘 있어라."

"그래. 나도 그만둘 거야. 블랙 드래곤 잡는 데 한 손을 보탠다고 했지, 내가 원했던 건 이런 방식이 아니었어."

강행군을 견디지 못하고 그만두는 이들이 점점 늘어 갔다.

"차라리 따로 사냥이나 할걸."

"내 말이. 효율만 놓고 보면 더 좋은 사냥터도 많잖아. 여기서 우리보다 레벨이 낮은 사람들이랑 같이 다닐 필요가 없었다는 거야."

하지만 그 광경을 여러 방송국에서 촬영하고 있었다.

위드는 블랙 드래곤 케이베른 사냥에 참여하기로 한 사람들에게 방송에 대한 모든 권리를 허락받았다.

퀘스트 지원자들은 당연히 방송 출연에 욕심을 내서 동의했는데, 그들이 생각했던 방송은 영웅적으로 멋지게 미화된 것이었다.

블랙 드래곤 케이베른에게 돌격하는 자신의 모습!

위드는 방송국 관계자들에게 따로 언질을 주었다.

"이번 방송에는 악마의 PD를 붙여 주세요."
"진심이십니까?"
"네. 멋진 영상들이 차차 나오기는 하겠지만 시행착오가 좀 있을 거예요. 악랄하게 편집해 줄 사람이 필요해요. 방송이 흥행하려면 흥밋거리 정도는 있어야 하잖아요."
"그렇긴 합니다만……."
"제대로 안 하면 다른 방송국들 시청률이 더 오를 겁니다."

위드의 방송계 영향력은 절대적이었다.

과거에도 인기를 바탕으로 대형 방송국들이 알아서 엎드리게 만들었다.

중앙 대륙까지 차지하고 절대 패권을 잡은 지금, 그 위력은 방송국들이 더 잘 알았다.

"진짜 지독한 악마 PD들을 구해 보겠습니다."

"네. 하지만 철저히 사실로만, 조작 방송은 안 돼요. 시청자들 사이에 논란거리가 되는 건 싫으니까요. 그래도 조미료를 치는 건 괜찮잖아요? 요리에도 조미료가 있어 감칠맛이 나는 거고요."

위드가 한 말을 각 방송국의 부장이나 팀장 급들은 단단히 새겨들었다.

"유저들이 이탈하는 여기서 장면 하나 딸 수 있겠는데……."
"그러게요. 도입부로 괜찮겠네요."
"주목을 확실히 받겠어."

악마 PD들은 거침없는 편집 신공으로, 사막에 가자마자 불평을 하고 전투와 음식에 대해 투정을 부리는 유저들을 화면에 담았다.

그들이 사막을 떠나는 광경에는 특별한 연출까지 곁들였다.

악룡 케이베른이 에바루크 성을 공격하고 몬스터들에 의해 도시들이 파괴되는 장면, 주민들이 학살당하는 영상 등이 떠나가는 유저들과 겹쳐서 나왔다.

악마 PD들의 장기라고도 할 수 있는 감정 몰이가 제대로 들어간 것이다.

―방송 보고 있는데 완전 어이없네. 케이베른 퇴치한다면서 사막까지 가서 불평만 하다가 바로 그만둔다고?
―저럴 거면 뭐 하러 시작함?

—사막에 가서 호텔 생활 하려고 했나?
—드래곤 슬레이어. 그 대업을 위해서 다들 힘을 내 보자고 모인 거잖아. 드래곤을 상대하기에는 레벨이 낮으니까 사냥도 열심히 하자고 한 거고. 근데 바로 포기라니…….
—하… 짜증 난다. 진짜 욕 나온다.
—바쿠스? 저 유저가 그만두는 거 주도했네요.

생중계나 다름없이 전해지는 방송의 여파는 대단했다.

게임 관련 사이트들의 게시판이 떠들썩해졌고, 실시간 검색어로 바쿠스가 도배되었다.

1위　바쿠스
2위　서윤
3위　바쿠스 도망
4위　바쿠스 레벨
5위　서윤 여신
6위　바쿠스 인성
7위　위드
8위　서윤 학교
9위　서윤 몸매
10위 케이베른

1위부터 10위까지의 검색어 중에서 바쿠스가 4개나 나왔다.

방송의 힘이기도 했지만 바쿠스는 레벨이 500을 넘는 유명한 유저였다.

그다음 날, 새벽부터 유저들은 사냥터에서 몸을 사리지 않았다. 방송의 여파로 자신들이 어떤 욕을 먹을 수 있는지를 깨달았던 것이다.

"이제 좀 제대로 하는군."

검치나 사범들도 만족할 정도였다.

아침에는 허겁지겁 바쿠스와 이탈자들이 돌아왔다.

"죄송합니다, 모두들. 이제부터 열심히 싸우겠습니다."

몇 시간 만에 완전히 달라진 태도였다.

위드는 악룡 케이베른 사냥을 위해 모인 이들을 데리고 몬스터 토벌에 나섰다.

마법사와 궁수들은 조인족의 등에 탄 채로 몬스터들에게로 날아가야 했다. 지상에서는 던전에서부터 튀어나온 수많은 종류의 몬스터들이 인간의 도시를 향해 진군하고 있었다.

위드는 사자후를 터트렸다.

"쏴라. 모두 날려 버려!"

마법사들에 의해 수천여 개의 마법 주문들이 지상을 폭격했고, 궁수들이 화살을 쏘아 댔다.

원거리 공격에 최적화가 되어 있는 직업들!

"크오옥! 케이베른 님의 노여움을 일으켜라!"

몬스터들은 피부가 검게 변해서 방어력과 공격력이 향상되었다. 던전 깊은 곳에서부터 튀어나온 녀석들은 마법 공격을 몇 대 얻어맞더라도 버텨 낼 만큼 강했다. 하늘을 향해 바위를 던지고, 바람을 일으키는 특수 능력까지 발휘했다.

그럼에도 마구잡이로 쏟아지는 마법 공격들은 몬스터들을

초토화시킬 기세였다.

"데드 라이즈!"

위드는 언데드들을 소환했다.

도무지 어울리지 않는 것처럼 느껴지던 마법사와 네크로맨서의 조합!

막강한 화력에 몬스터들의 관심을 끌어 줄 언데드들이 소환되었다.

전투를 마친 마법사들은 감탄했다.

"진짜 레벨 업 잘된다."

"전투 업적도 그냥 생기잖아."

5~6명의 파티에서 마법사들은 사냥에 필요한 마법을 쓸 뿐이다. 주로 연마하는 마법들도 몬스터 1~2마리에게 치명상을 날리는 유형의 공격들이었다.

하지만 위드를 따라다니면서는 대량 파괴가 이루어지는 광역 마법들을 실컷 날릴 수 있었다.

자잘한 몬스터들은 언데드들이 깨끗이 정리했고, 전투를 마치면 조인족들의 적극적인 협력도 받았다.

구경하고 있던 초보 조인족들이 지상으로 내려가서 전리품의 회수를 담당한다. 마법사들의 공격은 누가 어떤 몬스터들을 죽였는지를 모르기 때문에, 모든 전리품들을 한꺼번에 처분해서 돈을 나누는 방식으로 정리했다

시간을 크게 절약하는 방식이기도 했다.

"와… 진짜 환상이네."

"레벨 업 속도가 10배는 빠른 거 아니야?"

"위드 님만 따라다녔으면 지금쯤 레벨 600 정도는 꿈이 아니었겠다."

레벨 500이 가깝던 마법사들이나 궁수들은 흥분했다. 케이베른에 의해 몬스터들이 다 뛰쳐나왔다고 해도 기가 막힌 성장 속도였으니.

로뮤나와 페일만 말이 없을 뿐이었다.

'사냥 속도가 놀랍긴 하지. 기가 막힐 거야. 근데 속도가 전부가 아니란 걸 저들도 곧 깨닫게 되겠지.'

'위드 님을 옆에서 지켜봐야 노가다의 진면목을 알 수 있는 법이지.'

저녁까지 사냥이 이어져도 마법사들은 기쁨과 행복함에 반발하지 않았다. 그렇지만 해가 저물고 밤하늘에 별이 잔뜩 보이는데도 사냥은 끝날 기미가 보이질 않았다.

"저기… 언제 쉬어요?"

와삼이를 타고 있는 위드에게 누군가가 조심스럽게 물었다.

"조인족의 등에 누워서 쉬세요."

"네?"

"5분 정도 쉴 여유가 있을 겁니다."

"그게 휴식이에요?"

"우린 이동하는 중에 쉬고, 도착하면 싸웁니다."

"……!"

"혹시 배고프세요?"

"네, 넵!"

"다음 전투가 끝나는 장소에 도시락을 준비해 놨습니다. 쌩

쌩한 조인족들도 대기 중이고요. 바로 비행하면 됩니다."

끝없는 강행군!

베르사 대륙의 하늘을 날아다니면서 몬스터들을 정리했다.

다음 날에는 남부 사막의 바쿠스의 난까지 알려지면서 즐겁게 떠들던 마법사와 궁수들이 입을 다물었다. 슬슬 말할 기운까지도 아껴야 한다는 사실을 깨달은 것이다.

베르사 대륙의 몬스터들이 대대적으로 청소되고 있었다.

변방 마을들이나 막 자리를 잡기 시작한 작은 마을들이 몬스터의 위협으로부터 구원받았다.

"샅샅이 뒤져요. 작은 문구 하나라도 놓치지 말고요."

"역사 분야에 대해서는 세 번씩 반복 확인합니다. 밤샘 작업 각오하시구요."

"읽은 책이나 문건들은 원래 자리로 돌려놓으세요. 자원봉사자들이 계속 읽을 거예요."

위드가 케이베른을 잡겠다고 결심하자, 전투에 끼지 못하는 유저들은 따로 움직이기 시작했다.

북부의 초보 유저들, 상인들이 방대한 자료들이 쌓인 모라타의 대도서관으로 모여들었다. 그리고 드래곤, 케이베른, 브레스 등 단어들이 나오는 자료들을 빠짐없이 조사했다.

"틀렸어. 여태껏 나온 자료들은 대부분 F급 퀘스트와 관련된 거잖아."

"연계 퀘스트의 가능성도 잘 살펴."

"드래곤의 발자국을 찾아라. 혹은 주점에서 드래곤의 이야기를 들려주라는 단순한 것들인데."

"북부의 자료는 많지만 중앙 대륙은 미흡하네."

"어쩔 수 없지. 그쪽 지역은 합류한 지 얼마 되지 않는다고 하니까."

"퀘스트 중에서 조금이라도 의심이 가는 건 따로 추려 놔. 작은 흔적도 놓치면 안 될 거야."

악룡 케이베른 퇴치에 도움을 줄 수 있다면 영웅이 될 기회. 더군다나 위드와 마판 상단이 공언했다.

악룡 케이베른 퇴치에 필요한 정보를 삽니다.

중요한 정보는 100만 골드를 드립니다.

레벨 200 이하의 평범한 유저들에게 100만 골드란 아무리 써도 마르지 않을 막대한 금액이었다.

옷이나 장비, 장신구에 이르기까지 사치를 해도 절반도 쓰기 어렵다. 터무니없이 귀한 장비들을 사기는 어렵지만, 그럼에도 집이나 농장 같은 걸 구입하며 생활 자체가 여유로워진다.

북부에서 시작한 초보자들은 당연하게도 대도서관으로 향했고, 빈자리를 찾기 힘들 정도가 되었다. 그곳에 소장된 책이나 자료들을 남김없이 훑어봤다.

〈로열 로드〉의 모험가들도 대대적으로 나섰다.

하벤 제국이 중앙 대륙을 장악할 때만 해도 각종 제약 때문에 규모가 큰 모험은 꿈도 못 꿨다.

"케이베른과 관련된 모험이라면 꼭 해야지."

"일단 시작만 하면 위드와 함께 다닐 수도 있는 거 아니야?"

"그러면 초대박이지. 아예 하루하루가 방송으로 생중계될 거라고."

아르펜 제국이 영토를 확보한 후 어디든 자유롭게 다닐 수 있게 되면서 모험가들은 저마다 아껴 놓았던 퀘스트들을 진행했다.

그동안 진행되지 않던 퀘스트들이 완료되었고, 모험으로 인한 효과가 도시와 마을 들을 중심으로 퍼지고 있었다.

유물이나 보물 상자의 발굴, 역사책, 스킬북, 장비 등을 찾아내며 발생하는 경제적인 효과가 상당히 컸다.

도시의 곡물 수확량이나 광산의 채굴량을 늘리는 종류의 특수 유물들은 대번에 높은 가격에 팔렸다.

아르펜 제국이 중앙 대륙을 차지하며 긍정적인 변화가 일어나고 있었다.

"위드와 모험을 하면 그 영광이란… 대륙 최고의 인기인이 되겠지."

"모험을 시작만 하면 뭐든 다 위드가 해 버리는 거 아니야? 대단하잖아, 솔직히. 못하는 것도 없고, 어떤 어려움이라도 이겨 내 버리고."

"들러리를 서더라도 같이하는 자체가 좋지. 명예도 얻고."

"돈도 얻어. 집도 사고, 차도 사고. 잘하면 건물도 살 수 있을걸."

"맞아. 수십억 정도는 벌겠지."

"수십억? 드래곤 퀘스트라고, 그것도 위드와 함께하게 되는. 이런 기회가 또 어디에 있다고 생각해?"

방송국의 출연료와 광고 수익금 정산.

부와 명예를 모두 얻을 수 있는 기회이기에 대륙에서 이름을 날린다는 모험가들이 모두 나섰다.

위드가 케이베른을 잡기 위해 진정한 용사 퀘스트를 진행한다고 결정하니, 대륙 전체가 움직이고 있었다.

"엉망진창이군."

라페이는 페니아 요새에 있었다.

하벤 지역의 서쪽 수도나 마찬가지인 곳으로 규모가 크고 발전도도 높았지만 지금은 텅 빈 상태다.

정확히는 주민들과 헤르메스 길드 유저들만 돌아다녔다.

하벤 지역에서 지금까지 활동하던 유저들이 북부 대륙이나 중앙 대륙으로의 이주를 선택하고 있었던 것이다.

무너지는 왕국과 최후를 함께하고 싶지 않다는 듯했다.

아르펜 왕국이 북부에 자리 잡고 있던 시절에는 국경 봉쇄를 써서라도 주민들의 이동을 막을 수 있었지만, 지금은 그런 방법도 통하지 않는다.

―밀렌에서 택시 요청드립니다. 5골드요.

게시판에 글을 쓰면 하늘에서 조인족 유저들이 나타나 데려가 버린다. 멀고 먼 북부 지역으로 가는 것도 아니고 국경만 넘으면 되니 어렵지도 않은 일.
　조인족들은 쏠쏠한 용돈 벌이가 되어 좋고, 하벤 지역 유저들은 쉽게 탈출할 수 있어 좋으니, 말 그대로 탈출 러시가 일어났다.
　아르펜 제국의 밝고 역동적인 분위기와 자유분방함에 끌리는 것은 누구나 마찬가지였다.
　"후……."
　라페이는 성벽에 기대어 하늘을 봤다.
　맑고 푸름이 선명한 하늘, 좋은 날씨였기에 더욱 헛웃음이 나왔다.
　그의 계산대로 케이베른에 의해 아르펜 제국이 큰 타격을 입고 있지만, 그들 역시 무너지고 있었다.
　하벤 지역에는 순수하게 헤르메스 길드 유저들만 남을 것 같은 상황이었다.
　"우리가 이렇게… 망하는 건가?"

　악룡 케이베른을 퇴치한다면서 가장 꿀을 빠는 것은 바로 위드였다.

| 레벨이 올랐습니다. |

중급 언데드 소환 스킬의 레벨이 10이 되어 고급 언데드 소환 스킬로 변화합니다.
전설적인 언데드들을 부를 수 있습니다. 엘프나 정령 전사 등의 특수한 시체들을 일으킬 수 있습니다. 암흑 군주에 대한 존경! 언데드나 하급 몬스터들이 당신을 우러러봅니다. 충분한 명성을 가지고 있다면 베르사 대륙의 무수히 많은 언데드들을 지휘할 수 있습니다. 리치로 육체를 변환하는 연구를 시작할 수 있습니다. 리치는 인간의 한계를 뛰어넘고, 생명력 흡수, 마나 흡수의 효율이 상승합니다. 햇빛을 봐도 약해지지 않습니다만, 깊은 어둠으로의 유혹은 강렬할 것입니다.

마족들이 남긴 언데드에 대한 퀘스트를 진행할 수 있습니다.

마법에 대한 거대한 깨달음을 얻었습니다.
마나의 회복 속도가 25% 빨라집니다. 영구적으로 지식과 지혜가 10씩 증가합니다. 통찰력이 추가로 5 늘어납니다.

신앙심이 영구적으로 120 감소했습니다.

고급 언데드 소환!

전사로 전직하고 나서 전투 계열 스킬들도 다양하게 늘어나고 있었다. 하지만 당장 언데드 소환을 자주 쓰는 건 어쩔 수 없었다.

위드는 대지에 쓰러져 있는 몬스터들을 보며 만족스러웠다.

'너무 쉽잖아. 마법사들이 전장을 휩쓸면 그대로 주워 먹으면 되는군.'

마구잡이로 언데드를 소환하고, 상처투성이의 몬스터들과

싸움을 붙인다.

전투에 참여한 마법사들도 큰 불만은 없었는데 그들은 마나가 허용하는 한 모든 스킬들을 시전할 수 있었다.

"쿠웍! 인간들은 케이베른 님의 뜻에 따라 멸망해야 한다!"

위드는 레벨 500대 후반의 몬스터가 나타나면 로아의 명검을 들고 정면으로 돌격하여 일대일의 승부도 즐겼다.

다양한 전투 경험과 각종 스킬 덕분에 위험한 순간은 잘 생기지도 않았다.

"성령의 힘이여, 여기 고통받는 이를 구원해 주세요. 치료의 손길!"

조금 다쳤다 싶으면 수백 번의 빛이 가슴에서 생겨났다. 사제 부대가 조인족들과 함께 있다가 치료를 쏟아붓는 것이었다.

어쩌다 레벨 600 중반대의 보스급 몬스터들과도 싸우면서 관심을 한 몸에 받았다.

마치 콜로세움에 선 검투사처럼, 방송으로 중계되는 승부를 벌였던 것이다.

"일대일의 승부라면, 시간이 아깝긴 하지만 응해 주지."

몬스터들의 시체가 즐비한 곳에서, 적의 대장과 맞부딪친다.

이번에는 매모스였다.

인간과 새와 악마가 합쳐진 것처럼 생긴 흉악하기 짝이 없는 녀석.

"인간, 산 채로 머리를 뜯어 먹어 나약함을 깨닫게 해 주지."

"어디 덤벼 봐."

위드는 로아의 명검을 땅바닥까지 늘어뜨렸다.

허술해 보이는 자세이긴 하지만 매모스의 움직임이 아주 빨라서 받아치기 위한 감각을 일깨우고 있었다.

'수많은 유저들이 보고 있는데… 바드레이도 아닌 몬스터에게 지면 면목이 없지.'

당연하지만 몬스터에게 패배할 수도 있다. 하지만 그만큼 체면이 구겨지는 일이기에 감수하고 싶지 않았다.

바드레이야 이기고 지면서 서로 명예를 얻고 업적을 쌓아 온 관계, 장기적으로 보면 밥그릇으로 생각하고 있는 처지라서 오히려 부담이 없었다.

지금처럼 세력이 줄어든 헤르메스 길드라면, 설혹 일대일의 승부에서 패배한다고 해도 아르펜 제국이 무너지진 않으니까.

그렇지만 몬스터들에게 패배한다면 한계를 보여 주는 것이다. 케이베른을 사냥하자고 해 놓고 그 하수인조차 이겨 내지 못한다면 유저들의 실망감은 매우 크리라.

쉬릿!

매모스가 사라지자마자 위드는 옆으로 몸을 날렸다.

'안 보여.'

최대 10초 정도까지는 몸이 보이지 않는 투명화 능력!

여기에 날개를 가져서 굉장히 빠르게 날아다닌다.

이 사기적인 특성 때문에라도 웬만한 전사들도 상대할 엄두가 나지 않는 것이 매모스였다.

위드는 옆으로 피하면서 세찬 바람 소리를 들었다.

매모스가 조금 전까지 자신이 있던 위치를 스쳐 지나가는 것을 느꼈다.

"달빛 조각 검술!"

위드가 검을 휘두르자, 보이지 않는 무언가에 막혀서 빛이 산산이 부서졌다. 잠깐이지만 악마와 새가 뒤섞인 형태가 드러났다.

크읏!

매모스가 2미터가 넘는 앞발을 사정없이 휘둘렀다. 공격을 시작하는 순간 잠깐 보인 것에 불과했지만, 대략이나마 어느 위치를 공격할지는 알고 있었다.

'머리와 어깨를 노리는 습성. 거리와 몸의 구성을 봐도 가능성이 크다.'

위드는 로아의 명검을 쳐들어 매모스의 앞발을 막았다.

까아앙!

발톱을 막아 내는 강렬한 충격.

마법에 비행 능력, 빠른 속도, 투명화 특성까지도 가진 매모스의 약점이라면 힘이 조금 약하다는 것.

위드는 그래도 힘으로 밀어낼 생각은 하지 않았다.

상대적으로 강한 힘을 이용하면 억지로 허점을 만들어 내기 좋다. 육체적인 능력을 이용하는 것도 승리를 위한 방법이라고 할 수 있지만, 그건 좀 무식하게 싸울 때였다.

몸이 전투의 쾌감으로 달아올라서 본능에 맡겨질 때!

위드는 스킬을 사용했다.

"신성한 불!"

헤스티아 여신이 부여한 신성한 불이 로아의 명검을 타오르게 만들었다.

그 불길이 검신을 타고 매모스의 몸에 달라붙었다.

마족과 악마 계열에는 무려 5배나 되는 피해를 입히는 불꽃!

"난 정말 불이 싫어!"

매모스가 비명을 질렀다.

그의 성질은 인간, 새, 악마를 섞어 놓은 것과 같아서, 가장 싫어하는 공격 계열이 화염과 신성력이었다.

신성한 불에 타는 매모스의 몸이 완전히 드러났다.

"맹독 폭발!"

매모스는 이 와중에 마법 주문을 외우며 반격했다.

독의 구슬이 확 하고 터지며 안개처럼 사방으로 퍼졌다.

> 중독되었습니다.
> 단련된 육체가 저항합니다. 매초 960의 생명력이 줄어듭니다. 하늘 지배자의 갑옷이 마비 상태를 억제합니다.

보통의 유저들이라면 매초 7,000이 넘는 피해를 입을 수도 있는 공격이었지만, 스탯과 장비발로 피해를 최소화해 내는 위드였다.

"용암의 강!"

그리고 곧장 반격!

위드가 사용한 스킬로 대지가 폭발하면서 용암이 솟구쳤다.

매모스의 몸을 아래에서부터 위로 뒤덮는 새빨간 용암은 독의 기운까지 날려 버렸다.

크아아앗!

매모스의 저항력이 발동되면서 돌풍이 일어났다.

> 용암지대가 형성되었습니다.
> 매초 1,800의 피해를 입습니다. 불꽃의 성배에 의해 화염 계열의 피해를 입지 않습니다.

대지가 갈라지고 증기가 뿜어져 나온다.

과거와는 사뭇 다른 위력이었다. 신성한 불로 위력이 강화되기도 했지만, 불꽃의 성배의 효과까지 더해지게 되었다.

용암으로 녹아내리는 땅.

위드는 과거 중급 악마 델암을 처치하던 당시에 깨달은 바가 있었다.

'악마들이 특기를 쓰기 시작하면 까다롭다.'

기본적으로 악마들은 생명력이 높고, 상대하기 곤란한 특성들을 가지고 있다. 다른 몬스터들과 비슷한 600대라고 해도 실제론 수십 마리를 합쳐 놓은 것과 같은 전투 능력을 발휘한다.

강력한 전투 수단인 언데드도 제대로 안 먹힌다.

결국, 순수하게 전투 능력으로 상대하는 편이 깔끔하다.

"난 끄떡도 하지 않는다."

매모스는 불에 타면서도 검처럼 앞발을 내려쳤다.

악마족 특유의 투쟁심을 발휘한 것.

위드는 허공에 떠다니는 차원 문을 통과하며 다섯 번이 넘게 근거리 공간 이동을 했다.

"분검술!"

그러는 동안 50개나 되는 분신들이 생겨났다.

"결 검술!"

위드와 분신들이 인간과 새와 악마가 뒤섞인 매모스의 몸을 사정없이 잘라 냈다.

"크으. 취한다."
"대박이네."
유저들은 매모스와 위드의 전투를 보면서 감탄을 그치지 못했다.

혼자서는 도저히 감당하기 어려운 매모스를 정면으로 승부하며 이겨 낸 위드! 타오르는 용암지대에서 검술의 비기들을 터트리는 전투!

이런 장면이야말로 모든 전사들이 꿈꾸는 순간 아니겠는가.
"이렇게 보니깐 위드 님 진짜 강하네."
"퀘스트를 진행하던 것들과는 달라. 그땐 진짜 고생하면서 극적으로 해냈다고 여겼지만, 진심으로 강해."
"저렇게 세니까 퀘스트들을 성공시켰지."
유저들은 위드의 전투 능력에 대해서도 재평가하게 되었다.

"확실히 장비발이야."
정작 위드는 장비에 만족하고 있었다.
사실, 얼마 전까지만 해도 이렇게 강하지는 못했다.
차원 문의 장갑 같은 경우는 활용하기에 따라서 위기를 넘기고 공격 기회를 얻으며 몇 배의 전투력을 발휘할 수 있다.

대장장이 마스터들을 갈아 넣은 하늘 지배자의 갑옷.

헬리움으로 제조하여 부족한 마나를 듬뿍 채워 주고 방어력도 대단하다.

여기에 수시로 찾아오는 신들의 축복!

악마와 싸움을 벌이면 우호적인 프레야나 헤스티아를 비롯하여 온갖 신들이 축복을 내려 준다.

'신의 축복. 이것도 평소에 신앙심이나 공헌도 그리고 명성이 작용하는 게 틀림없어.'

증명된 사실은 아니지만 확신하고 있었다.

위드의 경우, 여기에 호칭 '악마를 쓰러뜨린 자'가 추가적으로 작용되었다.

중급 악마 델암을 처치하고 얻은 희귀한 호칭으로, 악마와 관련된 몬스터나 그 부하들을 상대로 할 때 공격력이 16% 늘어난다. 약점까지 파악할 수 있어서 공격 효율을 높이기 좋다.

그리하여 일반 몬스터와 싸울 때보다 적어도 2배 이상 강해지는 것이었다.

> 레벨이 올랐습니다.

> 비탄의 악마족 매모스 전사가 영원한 안식에 들어갔습니다.

> 위대한 업적으로 인하여 명성이 3,500 올랐습니다.

> 카리스마가 1 상승하였습니다.

힘이 1 상승하였습니다.

덤으로 쌓이는 전투 업적과 스탯!

위드는 속으로 악마 사냥에만 집중하는 것도 나쁘지 않다고 여겼다.

베르사 대륙의 어딘가에는 악마와 관련된 던전들도 꽤 많이 숨어 있으리라.

잘 감춰져 있을 테니 발굴가나 도둑의 도움을 받아야 될 테고, 극도로 위험할 테지만 그만큼 얻는 것도 많을 것이다.

"다음 장소로 이동하겠습니다."

위드의 말에 유저들은 일사불란하게 움직이며 조인족의 등에 탔다.

그들은 쉬지 않고 베르사 대륙을 날아다니며 몬스터들을 처치했다.

공중전이 펼쳐지기도 했으며, 지상에 대량으로 돌아다니는 녀석들에게 마법 공격도 퍼부었다.

무자비한 마법들이 하늘에서 몬스터들에게 집중적으로 쏟아지는 것이다.

"으으, 완전히 쓰러지겠어."

"더 이상은 못 해……."

마법사들이 조인족들의 등에 누워 있으면 자잘한 몬스터들은 위드가 소환하는 언데드들에 의해 정리가 됐다.

부상당한 몬스터들이 사망하면서 경험치도 먹었으며, 다 끝난 후의 전리품들은 조인족들이 알아서 챙겨 주었다.

위드와 함께 다니는 마법사들이 할 일은 마나가 모이는 대로 마법을 쓰는 것뿐이었다.

"내 경우는 평소보다 9배는 빨리 성장하는 거 같아."

"마나 회복에 투자를 해 놓길 잘했지. 난 13배는 빨라."

"그 정도야?"

"응. 몬스터들을 몇 마리씩 데려오는 것도 아니고, 마나가 있는 만큼 광역 공격 스킬로 써버리잖아. 사냥하는 시간도 길고."

"진작 이렇게 성장했으면 헤르메스 길드도 힘으로 격파할 수 있었을 텐데."

마법사 유저들은 위드의 사냥법에 대해 감탄했다.

베르사 대륙을 휩쓰는 몬스터들을 정리하는 방식으로는 너무나도 효율적이라는 생각이 들었다.

"쉬지 마! 우린 마지막 몬스터들이 쓰러질 때까지 싸운다!"

"적을 보고, 정확히 노려서 쏴. 화살 보급을 해 주는 분들이 고생하시니까."

퓨슈슈슈슉!

궁수들은 마법사들과는 달리 휴식 시간도 없이 계속 화살을 쐈다. 용아병이나 강력한 몬스터들은 마법 저항력이 높은 경우가 많았는데, 그것들을 해치워야 하는 역할을 맡았기 때문.

어떤 때는 조인족들과 함께 하늘로 날아오는 몬스터들과 치열한 공중전을 펼쳐야 했다.

"팔 힘이 없어……."

"참아 봐."

"안 돼. 한계야."

"방송국들이 촬영하고 있다고."

"흐흐흑!"

사냥을 하면서 눈물을 흘리는 궁수들.

심지어 위드는 언데드가 잘 먹히지 않는 몬스터들에게는 궁수들과 합류해서 화살도 쐈다.

"화살을 우리만큼 잘 쏘네. 방송으로 나온 게 편집된 영상이 아니었잖아."

"특수 능력 같은 건 없어. 그냥 기본 궁술이야."

"그래도 잘 맞히잖아."

"어… 잘하네."

"마법도 쓰고, 전투도 잘하고. 무서울 정도다."

"원래 조각사였잖아. 거기다 대장장이에, 재봉 기술에, 요리까지."

"배도 만들던데."

북부 대륙과 중앙 대륙의 몬스터들이 모인 큰 무리가 정리가 되면서 도시들이 조금씩 안전해졌다.

40만에 달하는 유저들이 죽기 살기로 고생한 덕분(?)이었다.

위드도 바라그를 탄 채로 가끔씩 혼자 활약했다.

전사로 전직을 한 만큼 몬스터들의 무리 속에 혼자 뚝 떨어졌다.

보스급 몬스터를 혼자 두들겨 패서 잡고, 나머지 잔챙이들은 언데드를 소환하면서 평정!

> 경험치가 올랐습니다.

> 전투 업적! 용감한 싸움꾼을 달성하였습니다.
> 최대 생명력이 50 늘어났습니다. 힘이 1 증가합니다.

전투 업적을 쏠쏠하게 달성했다.

"룰루루!"

콧노래를 부르며 몸에 붕대를 감고 다음 장소로 이동!

"지독한 인간……."

"인간인지도 의심스럽다."

"저 정도 독해야 헤르메스 길드를 이기는구나."

"그냥 편하게 살래. 더 이상은 죽을 것 같아."

유저들도 위드의 실체에 대해 깨닫게 되었다.

멀리서 보면 몬스터들로부터 대륙을 지키기 위해 고군분투하는 모습이지만, 정작 가까이에서 보면 끊임없이 사냥과 성장을 즐기고 있었다.

"우리도 할 수 있을 것 같은데요."

"조합만 갖춰진다면… 몬스터를 잡기 좋을 것 같습니다."

네크로맨서 쟌과 다른 마법사들도 조인족들과 협력해서 몬스터 사냥단을 꾸렸다. 전투력이 위드가 이끄는 병력과 비교할 바가 아니라, 100~200명 정도의 유저들이 뭉쳐야 했다.

그들은 용아병이 포함된 몬스터들은 못 잡아도 상당한 몬스터들을 해치웠다.

북부와 중앙 대륙에 흩어져서 살던 유저들도 적극적으로 움직이고 있었다.

 위드가 대규모 유저들을 이끌고 몬스터들을 정리하는 동안에도 케이베른의 활동은 계속되었다.

 아이데른 왕국의 수도였던 힐쉐이드 성이 부서지고, 몬스터들의 침략에 27개의 마을과 4개의 도시들이 사라졌다.

 공성전이 100여 곳이 넘는 곳에서 동시에 진행이 되면서 피해가 발생했다.

 방송국들도 케이베른의 행보를 따라가며 중계하고 있었다.

 ―기적에 가까운 방어전입니다.

 ―네. 어마어마한 몬스터들이 베르사 대륙을 휘젓고 다니는 것에 비해서 피해가 적습니다. 전문가들의 예상. 그러니까 헤르메스 길드 출신 유저들의 전망이 있었는데요.

 ―매주 도시만 20개 이상 파괴될 것이라고 했었죠.

 ―그렇습니다. 하지만 위드가 유저들과 함께 몬스터들을 크게 줄였고, 공성전에서도 높고 두꺼운 성벽에 의지하여 잘 막아 냈습니다.

 ―물론 도시의 함락은 막았더라도 피해가 없는 건 아닙니다. 성벽 바깥에서는 막대한 피해들을 입히고 있죠.

> 드래곤의 복수!
> 악룡 케이베른이 인간들의 문명을 파괴하기 위해 움직이고 있습니다.
> 정령과 요정 들이 다시 경고합니다.
> ―일주일 후에 케이베른이 헤롬으로 향하게 될 거예요.

 이번에는 옛 네스트 왕국의 헤롬 성, 아름다운 베로나 강이 흐르는 유서 깊은 성이 표적이었다.

힐쉐이드 성이 파괴될 때쯤을 전후해서 대규모의 몬스터들이 대륙 전역에서 다시 던전 밖으로 뛰쳐나왔다.

특히 북부 대륙은 미개척 지역에서 몬스터들이 흘러나오면서 유저들이 이를 막기 위한 전투에 총동원되었다.

"아직. 아직이야······."

위드는 가슴 깊은 곳에서 분노가 일어났지만 그럼에도 꾹꾹 눌러 참았다.

"사냥에 성공만 해 봐라. 이빨부터 꼬리까지, 몽땅 다 챙겨 주마."

시간이 흐르는 만큼 레벨도 오르고 있었지만, 아르펜 제국의 치안은 계속 악화되었고 상단의 피해도 늘어 갔으며 여행하는 유저들이 몬스터에 의해 죽는 일도 빈번했다.

"시간을 아껴야 해. 효율적으로 움직여야 한다. 지금 케이베른을 막을 수는 없어."

> 레벨이 올랐습니다.

레벨 524.

위드는 몬스터들의 무리를 해치우며 스스로와 유저들을 성장시켰다.

그사이에 모라타의 대도서관에서는 케이베른에 대한 기록들을 남김없이 찾고 있었다.

> 마판: 케이베른과 관련된 자료 37건을 입수했습니다.

위드는 유린이 마판에게서 받아 온 기록들을 읽었다.

블랙 드래곤 케이베른

폭군, 악룡이라는 별명으로도 유명한 이 드래곤의 나이는 약 1,700살 정도로 추정된다. 어릴 때 대륙의 여러 곳을 여행하였고 직접 역사적인 사건들에 관여하기도 했다.

파푸아킨의 혈사(기록 확인).

제너드의 모욕(기록 확인).

살육자(기록 확인).

검은 전사(알지 못함).

푸른 이끼(알지 못함).

흑마법의 도약(알지 못함).

니플하임 제국의 굴욕(기록 확인).

자존심이 강하고 폭력적이며 보석과 술, 맛있는 요리를 좋아한다. 때때로 교묘한 방법으로 약속을 어기기도 하는, 신뢰할 수 없는 존재이다.

(퀘스트를 위한 정보 수집 진행률 62%)

파푸아킨의 혈사나 제너드의 모욕 등은 베르사 대륙의 역사에 기록된 사건들이었다.

하루아침에 도시들이 멸망했던 사건으로, 모두 케이베른과 연관이 있었다.

파푸아킨의 혈사 #2

오오, 하늘이 노여워하고 있다.

건물과 사람이 타며 내뿜는 시커먼 연기가 도시를 뒤덮고 있다. 땅에는 맹독을 가진 쥐들이 미친 듯이 뛰어다닌다.

이곳이 정녕, 대륙 최대의 도시인 브리튼의 항구가 맞단 말인가.

이 모든 일의 원인은 케이베른이다.

1년 전 그 드래곤이 시청으로 날아와서 요구하였다.

─황금을 모아서 나를 위한 성을 지어라. 그러면 너희에게 모든 왕국을 평정할 수 있는 마법의 힘을 주겠다. 하지만 약속을 어기고 성을 짓지 않는다면 그만한 대가를 치러야 하리라.

두려움에 떨던 가여운 시장 맨하트는 그 제안을 덥석 받들이고 말았다.

하기야 드래곤의 위력 앞에 누가 거절을 할 수 있으랴.

도시 내의 금붙이를 몽땅 녹여서 드래곤을 위한 성을 짓는 작업을 시작하였다.

그 건설 작업은 영문을 알 수 없는 전염병의 발생과 지반의 붕괴 등으로 늦춰졌고… 마침내 1년째 되는 날에도 절반밖에는 만들어지지 못했다.

악룡 케이베른이 나타나는 날, 도시의 모든 사람들이 숨을 죽이고 하늘을 올려다보았다.

─미숙한 인간들! 나의 관대한 제안조차도 지키지 못하

는구나. 그러나 나는 약속을 어긴 너희를 용서할 것이다.

정말 뜻밖에도, 케이베른은 토르 지역에 퍼져 있는 최악의 평판과는 다르게 온정을 베풀었다.

우린 성을 짓던 황금을 빼앗겼지만 안도할 수 있었다.

그로부터 20여 일이 지나 두려움에 떨고, 흩어져 있던 파푸아킨의 주민들이 돌아왔다.

도시가 정상으로 돌아가려고 할 때, 악룡 케이베른이 다시 찾아왔다.

―너희는 멸망해야 마땅한 족속들이다!

"드래곤이시여… 우리를 벌하지 않겠다고 말하지 않으셨습니까!"

―약속을 어긴 것은 벌하지 않는다. 하지만 너희는 멸망해도 마땅한 존재들이다.

시장 맨하트가 용기를 내서 물었지만 불에 타 죽었다.

우린 비로소 알 수 있었다.

이 모든 것은 드래곤의 음모였다는 것을…….

퀘스트의 갈림길

위드는 파푸아킨의 혈사에 대한 기록을 읽으면서 미심쩍은 기분을 느꼈다.

"케이베른이 이전에도 인간들을 공격했어? 원래 악룡이라는 별명이 붙었으니 그럴 법도 하지만……."

전과가 있으니만큼 더 믿을 수 없는 존재!

왠지 상습범의 냄새가 풀풀 나는 것이다.

그로부터 이틀이 지나자, 중앙 대륙에서도 제보가 도착했다.

케이베른의 인간 용병으로 활동하던 검은 전사, 마법 창조물인 푸른 이끼에 대한 정보들을 얻어 냈다.

검은 전사는 대지의 교단과 관련이 있었는데, 지금은 사라진 성물인 땅의 망치를 훔쳐 간 것이다.

"아주 마음대로 해 먹고 살았구나."

위드가 혼자 알아내려고 했다면 수개월은 걸렸을 정보들이 유저들의 도움으로 빠르게 확보되었다.

띠링!

진정한 용사 퀘스트 완료
블랙 드래곤 케이베른. 그의 과거에 대해 알아 갈수록 공포가 무엇인지를 알게 되었습니다. 연약한 생명체들을 희롱하며 짓밟는 악룡. 그가 지금까지 대륙의 인간이나 엘프, 드워프에게 입힌 피해는 어마어마한 것입니다. 모든 종족들이 케이베른을 물리치길 원할 것입니다.
용사여, 아직 케이베른을 막기 위한 실낱같은 희망은 남아 있습니다. 옥턴의 현자 브리오를 만나 이야기를 나누십시오.

퀘스트에 대한 보상으로 모든 스탯이 5 증가합니다.

현자 브리오와 대화를 나누면 용사의 선택 연계 퀘스트로 이어지게 됩니다.

"으음. 옥턴이라……."

위드는 조금이지만 곤란함을 느꼈다.

현자 브리오가 사는 옥턴은 하필이면 하벤 지역에 속해 있는 도시였다.

"날 보면 헤르메스 길드가 가만있지 않을 텐데……."

"병력 준비할까요?"

정보들을 가져온 레몬이 씩씩하게 말했다.

그녀의 생각으로는 악룡 케이베른을 막기 위해 하벤 지역으로 들어가야 한다면 엄청난 유저들이 모일 것 같았다.

가르나프 평원에서처럼은 병력을 동원하지 못하더라도 헤르메스 길드도 크게 약해졌다. 어느 정도의 규모만 모은다면 충분히 하벤 지역을 정복할 수 있다고 봤다.

'그러면 바로 베르사 대륙 통일인데.'

위드의 머릿속에 순간 여러 가지 이득들이 스쳐 지나갔다.

유니콘 사는 전 대륙을 통일한 이에게 막대한 상금을 걸었다. 최초의 통일 황제라는 위업도 무시 못 할 영광이다.

당연히 욕심이 나는 상황이긴 하지만, 적을 얕보는 것만큼 위험한 판단도 없었다.

막다른 길에 몰린 헤르메스 길드에서 죽기 살기로 저항한다면 도시 하나, 요새 하나를 얻을 때마다 치열한 공방전을 펼쳐야 한다.

큰 전투에서 패배하고 대륙에서 철수했지만, 하벤 지역은 천험의 요새였다.

'무리해서 공격하는 사이에 케이베른과 몬스터들에 의해 대륙이 초토화될 수 있겠지. 스스로 양쪽에 적을 두는 것과 마찬가지야.'

위드는 우선순위를 확실히 정했다.

"아뇨. 지금은 시간을 아껴야 될 것 같군요. 헤르메스 길드를 무시할 수는 없습니다. 그냥 조용히 다녀오도록 하죠."

위드는 유린을 데리고 그림 이동술로 몰래 옥턴에 잠입했다.

학문의 도시 옥턴.

거리는 한산하고 유저들도 거의 찾아볼 수 없었다.

하벤 지역에 유저들이 급격히 줄어들기도 했지만, 본래 지도 제작술이나 식물학, 몬스터 특성, 역사학 등을 배울 수 있는 옥턴은 모험가들 외에는 인기가 없는 도시였다.

현자 브리오는 큰 저택에서 살고 있었기에 금세 찾아서 도착했다.

정문에 경비병들이 서 있었다.

"무슨 일로… 헉, 역사를 새로 쓰는 모험가이며……."

"됐어. 들어간다."

위드의 명성으로 정문을 가볍게 넘어서서 정원에 있는 현자 브리오를 만났다.

그는 새하얗게 머리가 세어 있는 노인이었다.

"이제야 오셨군요. 새로운 발걸음을 만들어 가는 명예로운 분이여……."

"현명한 분을 뵙게 되어 영광입니다. 위드입니다."

위드는 아르펜 제국의 황제임에도 불구하고 권위를 내세우지 않았다.

황제라는 직위는 평범한 주민들에게는 명령만 내려도 되었지만 아부를 하는 것이 훨씬 익숙했다.

위드가 무거운 목소리로 말했다.

"악룡 케이베른으로 인해 세상이 혼란스러워졌습니다. 그를 막기 위해 왔습니다."

"반드시 막아야지요. 하지만 드래곤을 막는 것은 인간의 힘으로 쉬운 일이 아닙니다. 위험하고… 또 위험합니다. 용사에게 날카로운 검이 있다고 해도 말이지요."

브리오는 악룡 케이베른에 대한 이야기들을 몇 가지 꺼냈다.

드워프 왕국 토르에서 얼마나 큰 행패를 부렸는지가 중심이었고, 레어에 있을 보물에 대해서도 말했다.

"전쟁의 시대에 여러 왕국들은 주기적으로 보물을 바쳤습니다. 드워프에게는 당연한 의무였고, 몬스터들도 얻은 금은보화들을 케이베른에게 바치고 힘을 얻었습니다."

"힘을요?"

"육체를 강화하거나 지능을 얻어서 부족을 다스리기 위함이었죠. 케이베른의 레어에는 아마도 다른 드래곤들보다 훨씬 많은 보물이 잠자고 있을 것입니다."

"꿀꺽."

위드의 입가에 자연스럽게 고이는 군침.

브리오는 수염을 쓰다듬으며 말을 이었다.

"심지어는 젊어지는 마법도 있다고 하지요."

"젊어지는 마법!"

"육체를 다시 어려지게 하는 것입니다. 그리고 레어에 쌓인 보물들이라면 대륙 최고의 부자가 되어 완벽히 팔자를……."

꼴깍.

꿀꺽!

브리오와 위드는 거의 동시에 침을 삼켰다.

현자 브리오!

그는 대단한 지식을 가지고 있다지만, 돈을 밝힌다는 소문이 있었다.

'소문이 맞는 것 같군. 물증은 없지만 심증이 있어. 그럴 때가 더 정확하지.'

위드는 잔잔하게 미소를 지었다.

자존심이 강하고, 고집스러운 현자보다는 욕심이 많은 편이 낫다. 끼리끼리 논다고, 훨씬 대화가 잘 통하기 때문이었다.

"흠흠. 적어도 수백 년 동안 모아 온 드래곤의 보물입니다. 얻기 쉽지는 않겠지요. 인간들을 공격하는 케이베른을 막을 방법은 두 가지가 있습니다."

"두 가지나 됩니까?"

"하나는 용사가 휘두르는 날카로운 검이고, 다른 하나는 타협입니다."

"타협이라……."

"케이베른이 좋아하는 것은 결국 보물입니다. 그를 만족시킬 수 있을 정도의 귀한 보물이라면 대륙은 이 위기를 무사히 넘길 수 있을 것입니다."

띠링!

> 선택의 갈림길이 나타났습니다.
> 블랙 드래곤 케이베른은 인간의 힘으로는 꺾기 어려운 존재입니다. 세상을 구하기 위해 그에게 대항할 것입니까. 아니면 진귀한 보물을 바치고 목숨을 구걸할 것입니까. 결정에 따라 퀘스트 진행 방향이 달라집니다.

'흠. 싸울 것이냐, 보물을 바치고 적당히 타협할 것이냐, 선택을 해야 하는군.'

위드는 경제적인 효율을 따지자면 더 이상의 도시 파괴는 없도록 보물을 바치는 것도 나쁘진 않을 것 같았다.

케이베른을 진정시키고, 하벤 지역을 정복하면 통일 황제라는 실리를 얻게 된다.

물론 보물을 주는 쪽으로 결정한다면 언젠가 복수해야 된다.

'나중에 케이베른을 없애고 드래곤의 보물을 얻으면 돼. 그렇게만 되면 더 바랄 게 없는데…….'

블랙 드래곤 케이베른이 무척이나 강하기 때문에 전투를 피할 수 있다는 건 큰 유혹이었다.
　"궁금한 점이 있습니다."
　"무엇을 알고 싶으십니까?"
　"케이베른이 만족하려면 어느 정도 보물을 바쳐야 할까요?"
　브리오는 수염을 쓰다듬으며 잘 꾸며진 정원으로 시선을 옮겼다.
　"드래곤의 탐욕을 충족시켜 주려면 정원 가득 황금을 쌓아야 합니다."
　"쌓는다고요?"
　"그야말로 산더미처럼 주어야지요."
　"……."
　"아니면, 가장 진귀한 물품을 200개는 바쳐야 합니다. 보석, 예술품, 마법 물품. 위대한 분께서 지금 입고 있는 갑옷이나 검 정도면 케이베른도 받을 것입니다."
　막 전투를 펼치다가 유린의 그림 이동술로 왔다.
　평범한 여행복을 위에 입고 있긴 했지만, 안에는 파비오와 헤르만이 다시 크기를 줄여 준 하늘 지배자의 갑옷을 착용하고 있었다.
　더구나 최고의 검이라고 할 수 있는 로아의 명검까지.
　'이것들을 다 주어야 한다고?'
　위드가 소유한 장비와 보물 중에서 드래곤을 만족시킬 수 있는 물품들은 스무 가지 정도 될 것이다.
　'이걸 다 주더라도 턱없이 모자란다.'

모라타의 예술 회관 등에 있는 대작 조각품도 여기에 더하고, 모험가나 상인 들로부터 평화를 위해 상납받을 수도 있다.

 그렇지만 그 모든 것들이 공짜는 아니리라.

 마판과도 거래에 대해서는 1쿠퍼까지 정확히 계산하여 나누고 있었다.

 '아르펜 제국의 세금 수입을 감안하면 나중에 어떻게든 복구는 되겠지만, 이건 밥상에 숟가락 올리는 정도가 아니로구나.'

 밥상을 통째로 뺏어 먹고, 탕수육에 치킨까지 1마리 시켜 달라는 것과 마찬가지!

 '완전 양아치 드래곤이네. 게다가 현자라니……. 중간에 끼어서 협상을 중개하는 게 의심스러운데. 세상에 믿을 놈이 없잖아.'

 베르사 대륙의 현자라는 존재들은 아는 것이 많고 똑똑하다지만, 그들이 모두 선한 것은 아니다.

 '현실에서도 똑똑한 놈들이 사기와 뻥땅을 더 잘 치는 거야.'

 세상에 믿을 놈이 없으니 배달 사고도 당연히 의심을 했다.

 현자 브리오가 양심이 있다면 1, 2개 혹은 속이 시커먼 도둑놈이라면 절반까지도 챙길 것이다.

 '그러고 보면 찜찜해. 케이베른에 대해 모아 놨던 정보들도… 인간의 뒤통수를 치기 상당히 좋아한다는 내용이었어.'

 위드는 잠시 고민하긴 했지만 결정을 내렸다.

 "이미 많은 피가 흘렀습니다. 이 검으로 케이베른을 벨 수 있을진 모르지만 물러서진 않겠습니다."

 "잘 생각해 보십시오. 케이베른은 인간이 감당하기에는 힘든 존재입니다. 드래곤에게 고개를 숙인다고 용사의 드높은 명예가 훼손되는 건 아닐 것입니다."

"인간이 무시받아야 할 이유는 없습니다. 지금 케이베른에게 굴복한다면 그의 탐욕이 여기서 끝나리란 보장은 없습니다. 토르의 드워프들처럼 끊임없이 수탈을 당하겠지요."

띠링!

> 퀘스트의 중대 선택을 마쳤습니다.
> 세상을 구하기 위해 블랙 드래곤 케이베른과 싸우기로 결심했습니다.

> 블랙 드래곤 케이베른은 믿어서는 안 되는 위험한 존재입니다.
> 입수한 정보를 바탕으로 올바른 판단을 내렸습니다. 통찰력이 영구적으로 15 증가합니다.

"으음."

속지 않아서 천만다행이었다.

'정말 세상에 믿을 놈이 없어.'

현자 브리오가 아쉽다는 듯이 말했다.

"전투만이 답은 아닙니다. 제가 나서면 케이베른을 확실히 진정시킬 자신이 있는데……."

위드는 살짝 고민했다.

'이걸 확 죽여? 이 건물 지하실 같은 곳을 뒤져 보면 삥땅 쳐 놓은 보물들이 많이 있는 거 아냐?'

도둑과 현자는 한 끗 차이.

브리오는 다행스럽게도 퀘스트와 관련된 이야기를 했다.

"날카로운 검은 용사의 눈과 마음을 흐리게 하지요. 무모한 길이지만 케이베른을 상대로 검을 휘두르는 선택을 했던 이가 과거에도 있었다고 합니다. 하프엘프 비슈르이지요. 하지만 그녀는 미궁 조드로 떠나고 나서 다신 나타나지 않았습니다."

"안 나타났다고요?"

"예. 사라졌습니다. 하지만 그녀를 구할 수만 있다면 케이베른과 싸우는 데 큰 도움이 될 것입니다."

하프엘프 비슈르
오랜 과거, 블랙 드래곤 케이베른을 상대로 검을 뽑았던 하프엘프 비슈르가 있었다. 인간과 엘프의 혼혈이던 그녀는 정령술과 검술을 동시에 궁극의 경지까지 익힌 영웅.
—케이베론의 만행에 꽃과 나무들이 울부짖고 있어요. 더 큰 위험이 닥치기 전에 반드시 막아야 해요.
난이도: S
제한: 대륙을 구하는 영웅. 가장 높은 모험 명성.

어떤 상황에서도 거부할 수 없는 퀘스트입니다.

퀘스트가 수락되었습니다.

'하프엘프 비슈르라면 엘프 종족의 실종된 영웅인가. 엘프들과도 연결이 되는군.'

위드는 기다리고 있던 유린을 만나서 학문의 도시 옥턴을 조용히 빠져나왔다. 그리고 마판과 만난 후에 베르사 대륙의 모든 유저들에게 공지했다.

> 케이베른을 막기 위해 하프엘프 비슈르, 미궁 조드의 위치에 대한 정보를 수집합니다.
> 필요한 정보를 제공해 주시는 분께는 사례합니다.

하프엘프 비슈르에 대해서는 그 즉시 엘프 유저들의 제보가 잇따랐다.

> —정확한 건 아니에요. 근데 엘프 장로가 잠깐 말한 적이 있는데, 인간이기도 하면서 엘프인 위대한 검사가 있었다고 했어요.
> —동부 숲에서 엘프의 역사상 강자가 태어났대요.
> —저도 그 이야기 들은 적 있음. 궁술 마스터에 다다르고 땅과 바람의 축복을 타고난 엘프의 이야기를 들음.
> —탄노마의 정령 사건을 해결한 엘프의 이름이 비슈르였던 것 같은데.
> —윗분 말씀 동감. 탄노마에서 F급이랑 E급 퀘스트 하면서 땅에 묻혀 있던 나무뿌리에 비슈르 이름 적힌 거 봤어요. 별거 아니라고 생각했는데, 골동품 상점에서 3만 골드에 사서 깜짝 놀람.
> —엘프족으로 레벨 510인 하루나입니다. 숲에서만 쭈욱 생활해서 장로분들과 친하게 지내는데요. 꽃을 지키는 임무를 수행하느라 가르나프 평원 전투에 참석하지 못해서 죄송합니다. 이번에 위드 님 퀘스트로 장로님들에게 물어봤습니다. 나무들이 불에 타고 복수를 위해 검을 들었던 엘프가 있었대요.

엘프들을 통해 하프엘프 비슈르에 대한 정보 수집들이 이루어졌다.

미궁 조드에 대한 이야기는 시간이 조금 걸렸다. 지금까지 알려지지 않은 던전인 것이다.

―미궁 조드가 대체 어디죠? 완전히 처음 듣는 이름인데.
―쿠클란은 제가 집처럼 잘 알고 있습니다. 레벨 700대, 800대의 던전들이 몇 개 숨겨져 있긴 하지만 미궁의 구조는 아닙니다.
―사이페스 지역에도 미궁 조드는 없어요. 여기서 지금까지 발굴된 던전은 다 들어가 봤는데 장담합니다. 모험가 곰달의 이름을 걸 수도 있습니다.
―모라타의 대도서관을 싹 뒤져 봤는데 미궁 조드는 아무리 봐도 없네요.
―엘프의 숲을 수색해 볼 필요가 있지 않을까요?
―우드 엘프 조랑입니다. 엘프들도 모두 나서서 찾고 있어요. 우리가 살고 있는 지역인 만큼 잘 안다고 할 수 있는데, 아무래도 없는 것 같아요.

상당수의 유저들이 자신의 일처럼 나서 주었다.

위드가 진행하는 용사 퀘스트에 참여하는 게 유행처럼 번져 나간다.

뜻하지 않게 게시판에 불이 붙었다.

―제발 찾아 주세요! 마법사 존테입니다. 위드 님의 퀘스트 참여 9일째, 사냥 중인데요. 처음에는 한국식 단기 속성 렙업 과정이라고 소개하더라고요. 아싸, 좋구나 했죠. 그 후로 확실히 레벨은 17개가 올랐지만… 그동안 먹은 건 보리빵과 나무 열매, 풀죽이 다입니다. 밥 먹을 시간이 없어요.
―궁수 보록터입니다. 윗분과 같이 사냥하고 있는데. 이곳을 소개하자면 사냥 지옥입니다. 첫날부터 화살을 다 쏘고 쉬는 게 희망이었는데, 조인족 보급 부대가 화살 30만 발을 뒤에 들고 따라오고 있는 걸 봤습니다.
―모라타의 대장장이입니다. 현재 2시간에 100만 개씩 화살을 만들고 있습니다.
―기계가 됩시다. 그냥 화살을 쏩시다. 레벨이 몇 개인지 궁술 스킬이 올랐는지도 모르겠지만 그냥 삽시다
―제 이름을 밝히지 않겠습니다. 우린 노예입니다. 아무것도 생각하지 않습니다. 그냥 사냥만 할 겁니다. 언젠가 이 지옥에서 제발 구해 주세요. 사람답게 살고 싶습니다. 맹세합니다. 언제나 초보들을 배려하며 착하게 살겠습니다.

직접 겪은 일이라며 글을 올린 유저도 있었다.

> 저는 미국인입니다.
> 도대체 한국은 어떤 국가입니까? 무슨 문화와 철학을 가지고 있는 거죠?
> 위드가 처음에 이렇게 말했습니다.
> "다른 사람들보다 약한 건 걱정하지 마세요. 조금의 노가다면 됩니다. 바로 시작하면 되죠. 언제 끝날지는 모르겠지만."
> 진짜 괴로워서 견디기 힘들 때도 말했죠.
> "시험 전에 벼락치기를 한다고 생각하세요. 다 끝나면 좋은 추억일 겁니다. 엄청 좋은 추억이죠. 뭐든 할 수 있는 인내심과 자신감이 길러질 테니까요."
> …몰래 도망치고 싶었습니다.
> 근데 위드가 또 말했습니다.
> "노가다를 하며 몸은 견딜 수 있습니다. 힘든 건 마음이죠. 힘들다. 그만하고 싶다는 마음까지 버리세요. 조금만 더 있으면 괜찮아질 겁니다. 인간이란 정말 적응력이 뛰어나거든요."
> 우리 사냥 팀은 위드를 존경하면서 시작했고, 지금은 두렵습니다.
> 어제는 꿈도 꾸었습니다. 꿈에서 위드가 말하더군요.
> "사냥이 즐겁죠? 크헤헤헷. 열심히 하는 분들은 케이베른을 잡고 나서도 영원히 저와 같이 다닐 수 있을 겁니다. 힘내세요."
> 악마예요, 악마. 케이베른보다도 위드가 바로 악마인 것입니다.
> 그와 초창기부터 함께했던 페일 님이 존경스럽습니다.
> 어째서 뒤늦게 시작하고도 빨리 강해졌는지, 그 비결은 사냥터나 스킬이 아니었습니다.
> 노가다!
> 위드와 이런 노가다를 틈틈이 했는데 강해지지 않을 수가 없었을 겁니다.

위드의 퀘스트를 함께하기로 한 유저들은 서서히 사냥 노예처럼 바뀌어 가고 있었다. 방송의 영향 때문에 벗어나지도 못하는 신세였다.

그런데 그들 사이에 은근히 즐기는 분위기도 있었다. 매우 고되고 힘들지만 묘하게 뿌듯한 기분이 들기도 한달까.

믿어지지 않을 정도로 많은 몬스터들을 마주쳐도 두렵지 않았다. 악룡 케이베른과 싸울 날마저 반갑게 기다려졌다.

평소에는 거들떠보지도 않던 보리빵이 갑자기 맛있어지고, 10초 정도 눈만 감고 있어도 행복해졌다.

> ―사냥 팀에 속해 있습니다. 지금은 하루하루가 힘들지만 희망이 있어요. 우린 이걸 끝내고 영웅이 될 겁니다.
> ―아무것도 두렵지 않아요. 하하하하.
> ―위드 님만 따라다니면 될 것 같군요. 방송으로 나온 저를 보고 가족이나 친구들이 부러워하고 있습니다. 어젠 마법 주문 외우는 속도가 빠르다고 칭찬도 받았습니다. 제 인생을 위드 님에게 맡길 겁니다. 음. 좋은 선택이냐고요? 모르겠어요. 근데 그래야 편할 것 같아요.

괴로움, 슬픔, 좌절을 떠나서 무념의 상태!

〈로열 로드〉에서도 엘리트들을 뽑아 놓은 것이지만 사냥터에서 막 굴리니 죽지 못해 적응되어 가는 모습이었다.

위드는 고요의 사막에 모래 폭풍이 생성되었다는 소식을 들었다.

"비슈르나 조드에 대해서는 정보를 좀 더 모아야 하고……. 그렇다면 직업부터 해결해야겠군."

유린의 그림 이동술로 최대한 가까운 사막 마을로 옮겨 온 후에 낙타를 타고 미친 듯이 달려서 도착했다.

고요의 사막.

반경 3킬로미터에 달하는 폭풍이 일어나고 있었다.

모래가 하늘로 빨려 들어가며 세상의 빛을 잡아먹는 신비로운 광경.

"태양의 눈이라. 확실히 별명이 붙을 정도로 거칠긴 하군."

바람이 사방을 휩쓸고 모래들이 미친 듯이 춤을 추었다.

먼저 와서 기다리고 있던 검오치가 걱정스러운 표정으로 물었다.

"폭풍이 생각보다도 큰데, 괜찮겠냐?"

"예."

위드는 하늘 지배자의 갑옷부터 방어구들을 하나씩 벗었다.

퀘스트를 위해서는 무기 하나 외에 장비의 도움을 받지 않고 맨몸으로 폭풍을 걸어가야 한다.

웬만한 심장으로는 겁이 나서 힘든 일이었다.

"다녀오겠습니다."

"그래, 멋지게 해치워라."

위드는 검오치와 수련생들 그리고 사막 부족들의 응원을 받으며 걸어갔다.

모래 구릉을 잔뜩 메우고 있는 유저들도 있었다.

그동안 사막에서 죽기 살기로 사냥을 하던 유저들이 구경을 왔다.

> 모래바람이 거세게 불고 있습니다.
> 생명력이 매초 160씩 감소합니다.

모래 폭풍의 반경에 들자마자 방어구가 없기 때문에 피해를 입기 시작했다.

'벌써부터 이렇다니, 만만치 않겠군.'

위드는 사막의 대제왕 시절과는 모든 면에서 다르다는 점을 인정했다.

그땐 대단한 능력을 가진 쌍봉낙타를 타고 돌격하여, 하늘과 사막을 한꺼번에 갈라 버리는 위력으로 검을 내려치며 폭풍을 부쉈다.

'레벨 차이가 300 정도. 비교 안 되는 신체 능력이긴 하지.'

> 모래바람이 몸에 스치고 있습니다.
> 생명력이 매초 280씩 감소합니다. 어떤 환경에 놓이더라도 버틸 수 있는 높은 인내와 맷집으로 줄어드는 생명력을 절반으로 감소시킵니다.

조각사, 네크로맨서를 거치면서 전사로 쭉 큰 것에 비해서 힘과 민첩, 생명력과 맷집 등도 훨씬 떨어졌다.

위드는 생명력이 다 떨어지기 전에 빨리 움직이는 것이 핵심이라고 생각했다.

'그동안 모험한 게 있는데 이 정도는 해내야지.'

그렇지만 모래 폭풍에 절반 정도 다가가자 생명력이 매초 350씩 감소했다.

"눈 질끈 감기!"

눈을 감아서 방어력을 높이고, 오랜만에 피부를 단단하게 만드는 스톤 스킨도 사용했다. 그러자 소모되는 생명력이 100 이하로 줄어들었다.

마스터에 달하는 붕대 감기로 생명력을 회복할 수 있지만, 소모품의 사용마저 금지되어 있어서 쓸 수가 없었다.

위드는 바람에 의해 하늘로 날아가지 않도록 몸을 낮추고 한 걸음씩 걸어야만 되었다.

> 인내력이 1 증가합니다.

인내와 맷집이 전사의 기본.
앞으로 걷기 위해서는 힘과 체력도 필요하다.
모래 폭풍이라는 극한의 환경 속에서 견디며 전진하니 인내력이 올랐다.
'사막의 대제왕 시절에는 그냥 달려가서 베어 버렸는데… 기본적인 힘에서 차이가 커. 게다가 생명력이 너무 낮아.'
생명력은 128,000.
오랜 기간 조각사로 성장하면서 레벨이 오를 때마다 생명력의 최대치가 많이 늘어나지 못했다.
불꽃의 성배와 하늘 지배자의 갑옷 등이 최대 생명력을 늘려 주었지만 기본적으로는 처참한 상태.
다재다능한 능력을 가지고 있지만 낮은 생명력은 극복하기 힘든 약점이었다.
난이도 S급의 퀘스트도 여럿 깼지만 지금처럼 몸으로 뚫고 부숴야 하는 의뢰는 난이도가 A급이라고 해도 결코 쉬운 게 아니었다.

> 몰아치는 모래바람이 살갗을 파고듭니다.
> 막대한 피해! 생명력이 9,286 감소했습니다!

모래 폭풍에 깊게 들어갈수록 피해가 커졌다. 온몸이 따갑고 아팠으며 앞을 보기가 어려웠다.

남아 있는 생명력은 6만!

위드는 바람에 몸이 공중으로 날릴 것만 같았다. 그리고 그렇게 되면 죽음뿐이라는 걸 깨달았다.

'퀘스트도 실패다.'

도저히 약한 몸으로는 폭풍 속으로 진입할 수가 없었다.

지금까지 쭉 전사가 아니었던 탓에 조각사의 장점을 살릴 수 없는 퀘스트는 감당하기 어려웠다.

'조각 파괴술로 맷집을 늘려? 그래도 힘이 너무 낮아서 장담할 수 없는데.'

방어력을 높이고 다시 도전하는 것도 고려해 봤다. 하지만 힘이나 민첩이 부족하다면 폭풍의 중심부로 걸어 들어가질 못했다.

'어느 하나를 높이더라도 나머지 부분들이 전반적으로 부족해. 그동안 노가다로 스탯들을 올려놓긴 했지만… 여기서 포기해야 하나?'

그 순간 잔머리가 돌아가면서 실낱같은 가능성, 정상적이지 않은 방법이 떠올랐다.

'잘못되면 영락없이 죽을 텐데… 아니, 오히려 안전해지려나? 망설여선 안 돼. 시간을 끌면 상황이 더 안 좋아질 거야.'

위드는 결심이 서자마자 땅으로 엎드렸다.

"네발 뛰기!"

다다다닥!

오랜만에 사용하는 스킬로, 말처럼 경쾌하게 달리는 위드!

> 모래 폭풍이 당신의 몸을 강타합니다.
> 생명력이 7,286 감소합니다.

> 바람을 등에 받고 있습니다.
> 이동속도가 198% 증가합니다.

모래 폭풍을 정면으로 뚫는 것이 아니었다.

위드는 불어오는 바람에 몸을 맡기고 비스듬히 달리며 속도를 높였다. 소용돌이치는 바람과 함께 돌면서 달렸다.

> 놀라운 업적. 최고속 경신!
> 전설적인 명마보다 빠르게 달리고 있습니다. 민첩이 영구적으로 6 증가합니다. 이동속도가 추가적으로 10%까지 늘어납니다.

> 호칭! 바람의 전사를 획득하였습니다.
> 인간의 한계를 초월한 이동속도! 당신이 마음먹고 움직인다면 몬스터들도 따라오지 못할 것입니다. 이동 스킬, 바람 질주를 얻었습니다.

위드는 빛조차 집어삼키는 모래 폭풍 속에서 조금씩 안으로 들어갔다. 바람의 힘이 점점 거세지고 강해진다. 바람과 비슷하게 빨라지니 생명력의 손실도 줄일 수 있었다.

그렇게 이동속도가 정점에 달했다고 느낀 순간!

"조각 파괴술! 이 모든 것이 맷집이 되어라."

> 조각 파괴술을 사용하였습니다.

3,800을 넘는 예술 스탯.

그것들을 전부 육체의 방어 능력을 높이는 데 사용.

적어도 열 가지 이상의 보호 스킬들이 몸에 적용되었다.

최대 생명력도 대폭 늘어났다.

"타앗!"

위드는 전력을 다해 모래 폭풍의 중심으로 뛰어들었다.

건물을 부수고, 땅을 헤집어 놓는 거대한 모래바람의 흐름.

바람의 장벽을 몸에 붙인 속도의 힘으로 뚫어 내려 했다.

"눈 질끈 감기!"

생명력이 줄어든다는 내용의 메시지 창이 계속 떴다.

칼날 같은 모래바람에 맞으며 버틸 수는 있었지만 그게 전부였다. 땅에서 몸이 하늘로 떠오르고, 모래 폭풍에 휘말리면서 회전했다.

모든 것이 틀린 것 같았지만 그래도 포기하지 않고 버티던 어느 순간, 휘몰아치는 바람이 약해지며 정적마저 느껴지는 찰나가 있었다.

'됐다.'

모래 폭풍을 정면으로 뚫는 대신 그냥 몸을 던져 들어가는 단순한 방법.

"신성한 불."

화르륵!

여신 헤스티아의 선물인 신성한 불이 로아의 명검을 감싸며 화려하게 타올랐다.

"용암의 강!"

위드는 하늘에서 망설임 없이 스킬을 터트렸다.

바로바.

그는 〈로열 로드〉를 칼라모르에서 시작한 전사 유저였다.

"남자라면 전사야, 전사. 다른 직업은 애들 장난과 같지."

든든한 맷집과 강한 공격력.

창과 도끼를 다루지만, 활은 취향이 아니었고 마법은 쓰고 싶지도 않았다.

몬스터들과 가까운 거리에서 격렬하게 싸우는 것이 좋았기 때문이다.

"어디 재밌게 붙어 보자."

덕분에 사냥터에서 빠르게 성장할 수 있었고, 얼마 후부터는 베르사 대륙의 주민들이 이야기했다.

"싸움꾼 바로바에 대해서 알고 있나? 혼자서 그롬바 던전을 전부 쓸어버렸다는군."

"쿠홀란의 유령들이 바로바라는 전사 때문에 몽땅 도망쳤다는 소식이야!"

"뱅거슨 마을을 침략한 몬스터들이 전사 바로바의 활약에 퇴치가 되었다고 해."

전투 명성을 베르사 대륙에서 크게 날린 것이다.

그 당시 위드가 리치 샤이어가 이끄는 불사의 군단을 퇴치했다는 소식을 듣기도 했지만, 코웃음을 치며 넘겼다.

"조각사라고? 할 일 없는 광대들이나 그런 쇼를 보고 좋아하지. 나랑 정면으로 붙으면 꼼짝도 못할걸."

중앙 대륙 출신 강자들이 위드를 대하는 일반적인 태도였다.

퀘스트는 부수적인 요소에 불과하다 여기고, 진정한 강함은 레벨과 사냥 능력으로 평가하는 것이다.

바로바는 길드의 가입 요청이나 방송 인터뷰 제안도 전부 거절하고 오로지 사냥만 했다.

사냥, 사냥, 사냥.

필요하다면 전투 퀘스트도 했고, 그렇게 명성을 날렸다.

헤르메스 길드의 가입 요청도 있었지만, 그는 고민 끝에 거절했다.

"세력에 속해서 힘자랑이나 하고 싶은 마음은 없다. 약한 놈이 아니라 강한 놈을 잡고 싶다."

바로바는 그 이후로 헤르메스 길드의 박해를 받아서 사냥터의 이용에 제한이 생겼다. 몇 번이나 척살령이 떨어져서 목숨을 잃었지만 소신은 지켰다.

결국에는 사람들이 드문 남부 사막으로 밀려나긴 했지만 타고난 전사는 자신이라는 믿음이 확고했다.

"전사는 전투력으로 증명하면 되는 거야."

위드가 어떤 모험을 해도 시큰둥하게 들렸다.

"전투 스킬이 아닌 편법이지. 퀘스트를 그런 방법으로 깰 수 있을진 모르겠지만 진짜 강자를 당해 내진 못해."

그리고 위드는 바드레이까지 꺾고 베르사 대륙의 유일한 황제가 되었다.

인적이 뜸한 오아시스의 사냥터를 전전하는 그가 일부러 위드를 만나기 위해 고요의 사막까지 오게 되었다.

"모래 폭풍을 없앤다고? 하다 하다 별짓을……."

바로바는 일찍이 모래 폭풍에 휩싸여서 죽을 고생을 하다 도망친 적이 있었다. 그렇기에 그게 얼마나 황당한 퀘스트인지 알았다.

"절대 안 돼. 아무리 해도 안 돼. 무슨 수를 써도 안 되는 건 안 되는 거야."

위드가 죽는 걸 지켜보는 것도 나름의 만족감은 있으리라.

바로바는 사막 지역의 유저들 대부분이 모여든 자리에서 모래 폭풍이 일어나는 걸 봤다.

고요의 사막에 일어난 모래 폭풍은 다른 지역보다도 압도적이었고, 경이롭다는 표현이 어울릴 자연 현상이었다.

"저걸 부순다고? 말도 안 돼."

바로바의 말에 다른 사막 유저들도 공감했다.

"진심으로 미친 짓이네."

"저 폭풍이 마을을 휩쓸고 가면 다 부서져 버릴 텐데."

"지금 마법이 아니고 검으로 부순다고 폭풍으로 들어가는 거 맞죠?"

"맞는 것 같은데……."

"무슨 연출이나 사기 같은 거 아닙니까? 방송국들이 생중계하고 있을 텐데요."

"그런 건 없어 보입니다. 모래 폭풍을 어떻게 섭외하겠어요."

사막의 유저들이 지켜보는데 위드는 정말 갑옷도 벗은 채로 모래 폭풍을 향해 걸어갔다.

그 광경에서 상체가 드러났는데, 섬세하게 단련된 근육질의 몸이 보였다.

〈로열 로드〉에서 맷집을 키우다 보면 근육이 발달하는 효과가 있어서 특별하게 여겨지진 않았어도 그래도 제법 전사로서도 잘 성장해 온 것이 보였다.

이윽고 위드가 모래 폭풍에 휩싸이자, 여기저기서 탄성이 나왔다.

"정말 들어갔습니다."

"모래 때문에 아무것도 안 보이네요."

"생방송으로 봅시다. 위드의 시점에서 영상이 중계되니까 말이죠."

유저들은 저마다 수정 구슬로 생방송을 시청했다.

위드가 보고 듣는 영상이 화면으로 나오는데 그건 상상 이상으로 무서운 일이었다.

모래 폭풍 내부는 어둡고 왱왱거리는 소리가 가득했다. 거친 모래바람이 휘몰아치고, 어디가 어딘지 분간하기도 어려웠다.

위드는 묵묵히 그 안을 걸어갔다.

―오주완 씨. 이 모래 폭풍의 공략이 가능할까요?

―짐작도 안 되네요. 다만 위드는 되돌아 나오지 않을 것 같습니다.

―끝을 보겠다는 것이로군요.

―네. 보통은 불가능하다고 생각하지만, 위드라서 조금의 희망을 걸어 봅니다.

누구도 예측할 수 없는 결과.

바로바는 그 과정에서조차 적지 않게 충격을 받았다.

'나라면 저런 짓은 절대 못 했어.'

실패가 두려워서 할 수 없는 일, 그럼에도 도전하는 정신.
　이윽고 방송에서 보이는 위드의 시야가 10센티도 되지 않을 정도로 좁아졌고 왱왱거리는 맹렬한 바람 소리만 들렸다.
　―놀랍습니다. 확실하진 않지만… 여전히, 계속 전진하고 있는 것으로 보입니다.
　위드가 언제 목숨을 잃더라도 이상하지 않을 순간들이 지나고 있었다. 보는 이들은 입이 바싹 마를 정도로 긴장되었다.
　그리고 잠깐의 시간이 흐른 뒤였다.
　"어어어?"
　멀리서 모래 폭풍을 보고 있던 바로바에게 기가 막힌 장관이 보였다.

　모래 폭풍의 흐름이 시작되는 곳.
　위드는 사납게 흐르던 바람들이 거짓말처럼 잦아드는 것을 느꼈다.
　"아……."
　하늘을 뒤덮었던 모래 알갱이들이 기운을 잃고 떨어져 내리고 있었다.
　'성공인가?'
　모래 폭풍을 부수는 퀘스트의 완수.
　무엇이든 해낼 수 있다는 자신감으로 충만했던 사막의 대제왕 시절과는 다르게 간신히 살아남았다.

남아 있는 생명력: 79,387

 몬스터 사냥에서는 여유 있는 수준이지만, 고요의 사막에 부는 모래 폭풍 속에서는 목숨을 장담할 수 없는 처지였다.
 '조각 파괴술의 효과도 컸지만 초보 시절부터 꾸준히 올려놓은 스탯들 덕분에 살아남았다.'
 위드는 꾸준한 노가다야말로 진리라는 것을 다시 한 번 확인했다. 좋은 사냥터를 발견하고 퀘스트로 꿀을 빨더라도, 근본은 노가다였다.
 '고렙은 99%의 노가다와 1%의 장비발로 이루어지는 법!'
 장비 역시 노가다를 하다 보면 자연스럽게 맞춰지지 않던가.
 이번 퀘스트는 난이도가 높지만 강인한 육체가 필수였다. 힘과 민첩, 인내와 맷집이 낮으면 통과할 수 없는 전사 퀘스트.
 '폭풍 속으로 뛰어들 정도로 용감한, 진짜 전사를 원하는 퀘스트였다.'
 육체적인 능력이 뛰어난 사막 전사 출신이라면 더 유리했으리라.
 모래 폭풍이 거짓말처럼 사라지고 있었다.
 하늘에 떠 있는 위드의 입가에 썩은 미소가 살짝 맺히려던 순간…….
 '퀘스트 완료 창이 뜨지 않았다. 어쩌면 아직 끝난 게 아냐.'
 바람이 다시 불기 시작했다.
 반경 2, 3킬로미터에서 바람들이 모이고 뒤엉키면서 하늘을 향해 솟구쳐 올랐다.

퀘스트의 갈림길

쐐새애애앵!

사막의 모래들이 모여들면서 폭풍의 형상을 이루어 갔다.

'젠장. 그러면 그렇지.'

위드는 팔자가 더럽다는 생각은 하지 않았다. 이번에는 사막 폭풍을 제압할 수 있을 만한 힘이 부족했을 뿐이다.

'기회는 여러 번 있는 게 아니야. 완벽하게 부숴야 한다.'

바람이 모여드는 중심지는 50미터 전방.

폭풍이 일어나면서 날카롭고 사나운 바람이 수천 갈래로 모여들어 뒤엉키고 있었다.

온몸을 찢어 버릴 것만 같은 바람의 압력!

> 생명력이 316 감소하였습니다.

> 생명력이…….

> 생명력…….

> 생명…….

위드의 생명력이 줄어들고 있었다.

막강한 맷집이 있긴 하지만, 모래 폭풍에 휘말린 채로 언제까지 버틸 수는 없는 노릇.

"찰나의 조각술!"

위드는 결국 세상을 멈추게 만들었다.

바람을 타고 공중에서 흐르는 모래들도 그대로 멈추었다.

남아 있는 생명력: 5,386

'돌파한다.'

위드는 하늘에 떠 있는 모래들을 밟으면서 폭풍의 중심지로 달려갔다.

바람은 멈추었지만 모래들은 그 자리에 남아 있었다. 그리고 다시 폭풍의 중심에 선 위드가 스킬을 터트렸다.

"용암의 강!"

동시에 찰나의 조각술이 풀렸다.

땅에서부터 분출된 용암이 모래 폭풍을 다시 뒤덮었다.

붉은 용암은 모래와 바람에 휘말리며 하늘 끝까지 치솟았다.

띠링!

힘을 증명하라 퀘스트 완료
그대는 모래 폭풍을 잠재우면서 사막에서 가장 뛰어난 전사임을 증명하였다. 이 역사적인 업적은 사막의 모든 이들이 추앙할 것이며, 젊은 전사들은 따르기를 주저하지 않을 것이다.

퀘스트에 대한 보상으로 모든 스탯이 3 증가합니다.

명성이 30,000 올랐습니다.

사막 지역의 모든 부족민들이 당신을 우러러봅니다.
전사들은 당신을 위대한 사막의 대제왕의 이름을 이어받을 자로 여길 것입니다.

> 호칭! '모래 폭풍을 잠재운 자'를 획득하였습니다.
> 고요의 사막에서 모래 폭풍을 이긴 자에게 부여되는 영광스러운 호칭. 사막에서 힘과 체력이 15% 증가합니다. 사막 부족들에게 높은 지배력을 발휘합니다.

드디어 퀘스트 완료!

위드는 메시지 창이 뜨자마자 하늘 지배자의 갑옷을 비롯한 장비들을 착용했다.

차차착!

모래 폭풍이 사라지긴 했지만 날카로운 바람이 사방을 헤집고 있었다.

동시에 하늘에서 비처럼 쏟아지는 용암들. 용암의 강이 모래 폭풍과 부딪치면서 하늘을 뒤덮었던 것이다.

'자칫하면 퀘스트 끝내자마자 죽을 판이다.'

남아 있는 생명력은 고작 3,000대.

딱 죽기 좋았(?)지만 슬로어의 결혼반지가 있었다.

띠링!

> 슬로어의 결혼반지 효과가 발동됩니다.
> 배우자 서윤으로부터 생명력이 전달됩니다.
> 총생명력: 138,861
> 광전사의 특성이 적용되었습니다. 눈먼 힘, 가공한 체력, 물러서지 않는 투지를 얻었습니다.

결혼반지에 각인된 결혼 서약의 효과 발동!

위드가 평소에 유지하고 있던 생명력보다도 많은 양이 전해졌다.

> 결혼 서약.
> 신성한 반지는 두 사람의 생명을 공유할 수 있습니다. 한 사람의 생명력이 목숨이 위태로울 정도로 낮아졌을 때 생명력을 최대 50%까지 전해 줄 수 있습니다. 생명력이 줄어들었을 때에는 반지를 착용하고 있는 배우자가 가진 직업의 특성이 적용됩니다. 배우자의 스킬들을 70%의 숙련도로 사용할 수 있습니다.

결혼반지의 효과가 언제나 절대적인 건 아니었다.

멜버른 광산에서 바드레이와 싸울 때는 갑작스러운 큰 타격을 입으며 효과가 발동되기 전에 바로 죽어 버렸다.

이른바 즉사!

슬로어의 결혼반지는 결혼 서약의 증표가 되면서 남에게 넘겨주지 못했다. 하지만 부서지거나 잃어버릴 수는 있기에 소중히 다루어야 하는 물건이었다.

가르나프 평원에서도 죽음을 각오하고 헤르메스 길드를 추적할 때는 다른 장비들과 함께 반지를 벗어 두었다.

하지만 지금처럼 생명력이 경각에 달했을 때는 당장 믿고 써야 하는 반지였다.

현실에서 결혼한 남자들이 회사에서 잘리거나, 밖에서 사고를 치고 나면 믿을 건 아내뿐인 것처럼!

"역시 든든하군."

바로바와 사막 전사들은 입을 떠억 벌렸다.

"컥!"

"저건……."

"용암 폭풍이다."

모래 폭풍이 사라지는 것까지는 좋았다.

전사로서 최초라고 부르기에 주저하지 않아도 될 정도로 놀라운 업적을 세웠으며, 그걸 직접 목격한 것으로도 평생 기억에 남을 만한 일.

그런데 모래가 걷히는 대신에 용암이 수 킬로미터나 되는 높이까지 솟아올라서 사막에 비처럼 뿌려지는 것이다.

"우왁! 휩쓸리면 죽는다."

"어서 피해!"

모래 폭풍에 휘말리지 않기 위해 꽤나 먼 곳에서 지켜봐야겠다고 판단한 게 천만다행으로 느껴졌다.

모래 구릉마다 서 있던 유저들이 서둘러 뒤로 몸을 숨겼다.

검오치와 수련생들은 사정이 좀 달랐다.

하늘에서 용암의 비가 내리고 있긴 했지만 다른 이들의 눈치를 봤다.

슬금슬금, 뚝!

다리를 뒤로 빼다가 다른 이들과 눈을 마주치고는 그 자리에 그대로 섰다.

"크흠. 막내가 멋지군."

"사범님. 저는 꼭 해낼 줄 알았지 말입니다."

"그렇다. 저게 바로 도전 정신인 것이다. 뭐든 시작부터 안 될 거라고 하면 당연히 안 돼. 일단 해 보면… 뭐, 될 수도 있고 안 될 수도 있는 것이지."

"훌륭한 교훈이지 말입니다."

웃통을 벗고 있는 검오치와 수련생들.

그들은 주변 사람들의 눈치를 살피며 한 발자국도 물러나지 않았다.

용암들이 하늘에서 내리고 있지만, 그럼에도 숨는 것은 약해 보인다고 느꼈기에.

"풍경이 참 좋군요."

"반할 만한 광경이지."

검백이십사치의 어깨에 용암이 한 방울 떨어졌다.

"큿!"

옷을 태우며 어깨를 달구는 매서운 고통.

생명력도 듬뿍듬뿍 떨어지고 있었지만 얼굴 표정에는 변화도 없었다.

"아프냐?"

"하하하. 시원합니다!"

용암이 점점 많이 떨어졌다.

갑옷이라도 제대로 걸친다면 훨씬 막아 내기가 수월할 테지만 맨몸으로 견디는 검오치와 수련생들!

"핫핫핫."

"으하하하하하."

"크크크큿."

그렇게 47명이 목숨을 잃었다.

"어르신. 이 음식을 강가에서 낚시하는 트웰에게 가져다주시면 됩니다."

"귀찮긴 하지만 해 주지."

> 퀘스트를 수락하였습니다.

리버스는 초급 수련관을 통과하기가 너무 어렵다고 느껴졌다. 그래서 간단한 퀘스트들을 진행했다.

"그래도 검 하나는 사야지."

성문 밖으로 나갔을 때, 기본 철검이라도 있는 것과 없는 것의 차이는 매우 크다.

사전에 그 사실을 잘 알고 있기에 퀘스트를 하면서 푼돈이라도 챙겼다.

"다음에 또 부탁드려요."

"됐네. 일없을 거야."

퀘스트를 완수하고 나서도 그다지 친해지진 못했지만 그래도 맡은 일은 잘해서 평판을 조금씩 쌓아 나갔다.

"급한 일이 있어서 그러는데요, 이 낚싯대를 좀 지켜 주시겠습니까?"

"…뭐, 그렇게 해."

"오늘은 물이 잘 흐르는군요. 물고기를 잡으면 그건 어르신이 가지셔도 됩니다."

띠링!

> **한밤의 낚시!**
> 낚시꾼 젤드는 주점에 가서 진탕 마실 생각을 하고 있다. 그를 대신해서 아침 해가 뜰 때까지 물고기를 잡자. 크고 귀한 물고기를 잡을수록 낚시꾼들 사이에서 평판이 오를 것이다.
> 난이도: F
> 보상: 물고기.

"물고기는 별로 안 좋아하는데."

"그래도 1마리 잡아 보시죠. 오늘은 운이 좋은 날일 수도 있잖아요?"

"딱히 할 일도 없으니……."

리버스는 강가에서 어쩌다가 낚시 퀘스트를 받았는데, 그날은 정말 되는 날이었다.

미끼를 끼워서 낚싯대를 던지기만 하면 잠시 후에는 물고기들이 입질을 한다. 그다음에 해야 할 일은 힘껏 낚아채는 것이었다.

물고기들이 주렁주렁 걸려서 수면 밖으로 나오자 멀리서 지켜보던 커플이 깜짝 놀라며 대화를 나누었다.

"와아. 또 잡았어."

"정말 잘 잡으시네."

리버스는 헛기침을 하면서도 얼굴에는 기쁨을 주체하기가 힘들 정도였다.

"어험! 내가 이 정도지."

낚싯대를 잡는 손맛도 좋았고, 생선은 자신의 것이라서 즐거웠다.

무지갯빛 잉어!

희귀 어종까지 1마리 낚으면서 행운이 1 올랐다. 그렇게 밤새도록 낚시를 하고 나서는 빙룡 광장으로 갔다.

수많은 유저들이 광장에 앉아서 노점상을 열고 있었다.

흔한 나무 열매부터 수만 골드짜리 고가의 무기까지 판매되는 빙룡 광장!

리버스는 느긋하게 노점을 펼치고 앉아 있었지만, 생선의 신선도가 조금씩 떨어지는 것이 신경에 쓰였다.

그리하여 평소라면 절대 하지 않을 호객 행위도 시작했다.

"흠흠. 생선 팝니다. 강에서 낚은 맛있는 생선!"

생선은 흔한 식재료이기는 하지만, 그래도 커다란 녀석들은 인기가 있었다.

금방 지나가던 유저들이 다가왔다.

"신선해 보이고 큼직하네요. 얼마예요?"

"잘 모르겠네. 알아서 쳐주게."

"2실버 어때요?"

리버스는 기가 막혔다. 자신이 고작해야 2실버짜리 생선을 낚고 그렇게 기뻐했단 말인가.

"내 인건비가 있는데."

"에이. 그럼 좀 비싼데. 3실버 드릴게요."

"그 가격이라면… 뭐, 좋군."

생선 1마리가 팔릴 때마다 몇 실버씩의 수입이 생긴다.

리버스는 〈로열 로드〉에서 부자가 되는 환상을 품었다. 무지갯빛 잉어는 5골드에 팔리면서 만족도를 더욱 높여 주었다.

"낚시가 내 적성이 아닐까? 그늘 아래에서 시원한 바람도 맞으면서 이런 재미도 있었구나."

그날로 대나무 낚싯대도 1골드에 구입을 했다.

낮에는 퀘스트도 하고 초급 수련관에서 적당히 시간을 보내다가 저녁부터는 낚시를 했다.

늦게 배운 도둑질이 밤새는 줄 모른다는 말처럼 〈로열 로드〉에 완전히 푹 빠지게 된 것이다.

리버스는 모라타에서 걸어 다닐 때마다 아쉬움에 한탄했다.

"내가 만들어 놓고 이제야 하다니……. 모니터로 보는 것과는 차원이 달라. 이렇게 재미있는 줄 알았다면 〈로열 로드〉가 시작된 첫날부터 할걸."

서윤은 통치를 위한 업무를 보고 있었다.

신임 영주들이 도시를 다스리는 데 부족함이 많았으니 필요한 지원도 해 주고, 어떤 때는 여러 마을들을 합친 개발 계획도 세웠다.

어려운 시기였지만 아르펜 제국의 내실을 다지기 위해 노력했다.

"취이익!"

오크 로드 세에취!

오랫동안 서윤을 치료해 준 그녀가 대지의 궁전을 찾아왔다.

"서윤아. 취췻!"

"네."

서윤은 대답을 하며 방긋 웃어 주었다.

세에취가 닫혀 있던 마음을 열기 위해 얼마나 많은 노력을 기울였는지 알기 때문이다.

"그렇게 웃으니 이뻐. 취익!"

세에취는 콧김을 내뿜으며 좋아했다.

"여기 온 이유는, 취칫. 내가 동부로 가 봐야, 췻. 할 것 같아. 취취익!"

"동부라면… 오크랜드요?"

"응. 췻!"

"지금은 레드 드래곤 때문에 위험하지 않나요?"

세에취는 괜히 가려는 것이 아니었다.

'레드 드래곤… 아마도 오크들에게 비밀이 존재할 거야.'

오크랜드에는 황무지와 초원이 뒤섞여 있고 나머지는 오크들이 있었다.

오크들에게는 어떤 말이 전설처럼 내려왔다.

"우린 멸망한다. 췻. 그래야 취췻. 저주에서 해방된다. 취취취익!"

오크들에게 부여된 저주!

그것이 무엇인지도 모르지만 오크 유저들에게는 절실한 문제가 있었다.

'오크는 초반에 엄청 재밌어. 성장도 빠르고. 하지만 그다음

에는?'

오크는 일정 수준 이상으로 강해지지 않는다.

지식을 쌓아서 사회를 형성하지도 못하고, 건축이나 예술 분야에서도 직업을 구하지 못한다.

오크 부락이나 오크 성채들은 그냥 돌을 쌓아서 만든 마을에 불과했다.

베르사 대륙에서 수많은 종족들이 잠재력을 가지고 있는 반면에, 오크들은 버려진 종족이나 마찬가지였다.

숱한 오크 로드들이 그 현실에 좌절하고 휴양지로 떠났다.

해변가에서 선탠하기 좋은 종족이라는 자학이 오크 유저들 사이에 널리 퍼져 있을 정도였다.

"레드 드래곤. 우연이 아닐지도 몰라. 취취익! 무언가, 취익. 해 보고 싶어. 취췻, 만약에 나에게 일이 생기면……."

"네. 걱정하지 말아요. 꼭 도와드릴게요."

사막의 방식

위드는 이마에 떠오른 살인자의 표식을 보며 한숨을 쉬었다.
"사형들이 죽다니……."
죽이려고 한 것도 아닌데 죽었다.
아무리 만약의 상황까지도 고려한다지만, 이것만큼은 예측이 불가능했던 일이었다.
'개인적으로는 그리 나쁜 일도 아니지만.'
덤으로 레벨이 1개 오르고, 대량 학살자라는 전투 업적도 세웠다. 살인자의 상태는 퀘스트를 하다 보면 사라질 테고, 이 광경들이 생방송으로 중계되었으니 오해하는 이도 없으리라.
모래 폭풍을 없앤 위드가 구경하다가 만신창이가 된 검오치에게 걸어갔다.
"수고했다. 막내야."
"뭘요. 이 정도야 거뜬하죠."
"암. 그렇지."

위드는 간단히 붕대를 꺼내서 생명력이 바닥까지 떨어진 검오치와 수련생들에게 감아 주었다.

생명력이 경각에 달해서도 금방 낫는다고 호기를 부렸지만, 몇 명은 실제로 생명이 위험했다.

"음식을 좀 드시면 생명력이 빨리 회복될 겁니다."

"배는 안 고프다만."

"장어 말린 겁니다."

"음. 고소하니 맛있군! 더 없냐?"

떨어지는 용암도 피하지 않았던 수련생들이지만 말린 장어를 주니 침을 꼴깍 삼키며 나눠 먹었다. 마땅히 쓸 곳도 없지만 정력에 좋은 음식들은 거절하는 법이 없는 그들!

여기저기에 숨어 있던 사막 유저들도 몸을 일으켰다.

"오… 붕대도 잘 감으시네."

"이 정도는 해야 대륙에서 최고라고 불리는구나."

사막 유저들의 반응은 조금 전과는 달랐다.

놀람과 존경심이 듬뿍 담긴 눈빛들.

"바로바라고 합니다. 위드 님. 만나 뵙게 되어 영광입니다."

"예. 반갑습니다."

위드는 사막의 유저들과 간단히 인사도 나눴다.

이 자리에 모인 유저들은 레벨이 500 언저리의 실력자들이 꽤 많았다. 사막까지 와서 활동할 정도라면 대체로 레벨도 높고, 호전적인 편. 직접 눈으로 보여 주었으니 얌전하게 구는 태도가 당연했다.

'사막을 지배하면 이들이 부족장이 되겠지.'

사막의 방식

위드는 다분히 영업용의 미소를 지었다.

"이렇게 만난 것도 인연인데, 사냥이나 같이 하실래요?"

사냥 지옥, 그 이상의 사냥 지옥!

위드는 사막의 대제왕 시절을 떠올리며 유저들과 사냥했다.

"젠코바 부족입니다. 우린 당신께 충성을 다짐합니다. 제 몸 안에 있는 피 한 방울까지도 당신을 위해 흘리겠습니다."

사막 부족들을 만나며 팔로스 제국의 건국을 위한 영향력 확대도 이루어졌다.

그동안 팔로스 제국을 위한 퀘스트를 하던 유저들이 서운함을 느낄 수도 있지만, 그들은 이미 북부와 중앙 대륙을 지배하고 있었다. 검치와 수련생들의 부족 전사들까지 넘겨받았다.

세력과 영향력이 압도적이고, 또한 사막 지역에 뿌려진 팔로스 제국의 씨앗도 위드의 소유. 남부 사막도 자연스럽게 탄생하자마자 흡수하는 흐름으로 가게 만들었다.

"그대가 태양의 눈을 잠재운 전사인가?"

"그렇다."

사막 최강이라는 태양의 부족은 3일 만에 찾아왔다.

팔로스 제국의 후예를 자처하며 1명, 1명이 전사 중의 전사라고 자부하는 태양의 부족.

"소문은 들었지만 우린 직접 본 것만 믿는다. 우리와 함께 전투를 하고 싶다면 따라와라."

> **부족의 신입**
> 태양의 부족은 아무나 받아들이지 않는다. 훌륭한 사막 전사가 되고 싶다면 부족의 막내가 되어 많은 가르침을 얻어야 한다. 태양의 부족을 따라다니면서 사냥에 참여하자.
> 난이도: A
> 제한: 전사 직업 퀘스트.
> 보상: 사막 전사로의 전직.

'사막 전사라… 좋은 직업을 얻는 것도 쉬운 게 아니군.'

위드는 당연하게도 사막 전사로 만족할 생각이 없었다.

'전사는 좋은 직업을 얻으려면 전투 업적을 세워야만 한다. 모래 폭풍은 좀 고생했지만, 내가 검술이나 스탯, 장비로는 꽤 쓸 만한 수준이니까. 실전에서 훨씬 더 낫지.'

한창 케이베른 때문에 바쁜데, 이런 때 시간 낭비를 하고 싶진 않았다.

'뭐, 어쩔 수 없지. 사냥을 내 식대로 진행하면 되니까.'

잠깐 잔머리를 굴린 후에 고개를 끄덕였다.

"좋습니다. 함께 따라가도록 하죠."

> 퀘스트를 수락하였습니다.
> 투지가 1 증가합니다.

패튼 성의 영주 다리우스!

그는 과거에 실컷 나쁜 짓을 저지르다가 헤르메스 길드를 배반하고 아르펜에 붙었다.

"크흐. 최고의 선택이었어. 역시 사람은 줄을 제대로 서야 한단 말이야."

"맞습니다, 영주님."

다리우스는 북부 대륙에 세워진 성에서 흐뭇함을 감추기 어려웠다.

벤트 성과 모드레드 사이에 위치하여 교통도 나쁘지 않았고, 비옥한 평지를 소유해서 농산물 수확량이 늘어나고 있었다.

"농부들은 어떻습니까?"

"잘 모이고 있습니다. 미리 저수지 등을 만들어 놓은 효과 같습니다."

"케이베른 때문에 대륙의 농작물들이 죽으면 가격이 오를 겁니다. 우린 제대로 비싸게 팔 수 있겠죠. 이게 기회를 살리는 거지요."

"식료품 가격을 올리는 건 아르펜의 정책에 위반되는데요."

다리우스는 내정을 맡은 담당자의 말에 미간을 찌푸렸다.

"규제가 많아 거슬리네요. 하벤 제국 같으면 물량 부족을 핑계로 10배, 20배씩 받아 챙겼을 텐데."

"하지만 대신 구입할 유저들이 많지 않습니까? 상단들이 알아서 대량으로 사 갈 테고요."

그 말에 다리우스는 다시 웃을 수 있었다.

"정답이죠. 도시에는 역시 상업과 인구 아니겠습니까."

패튼 성을 다스리면서 조금만 투자하고, 새로운 걸 만들어

내면 유저들의 반응이 즉각적이다.

매주 만 명씩 유저들이 이사를 오고, 방문하는 상인이나 여행객들은 그보다 훨씬 많다 보니 도시를 다스리는 재미가 쏠쏠했다. 기술과 생산력, 세금에 이르기까지 인구가 절대적인 효과를 발휘하는 것이다.

다리우스는 과거를 완벽히 세탁하고 영주로서의 삶을 살아가고 있었다

"오늘은 우리 황제 폐하께서 또 무슨 짓을 하나?"

틈틈이 수정 구슬로 위드의 영상을 보는 것은 또 다른 취미.

"내가 줄 하나는 기가 막히게 탔지. 조금만 늦게 아르펜으로 전향했으면 영주가 되어서 이런 호사를 누리지도 못했을 텐데 말이야."

헤르메스 길드가 이대로 망하고, 위드가 대륙 전역을 다스린다면 이보다 더 기쁠 수는 없으리라.

한때 나쁜 짓을 저지르면서 악명도 쌓았지만 그건 어릴 때의 치기 어린 행동이라 생각했다.

"이제부터는 평판을 잘 관리하면서 영주로서 살아가야지. 아르펜의 영주… 얼마나 멋진 일이야."

수정 구슬에는 위드가 태양의 부족과 합류해서 달구어진 사막의 동쪽으로 달려가는 영상이 나왔다.

"저긴 나도 갔던 곳인데!"

다리우스가 벌떡 자리에서 일어났다.

위드가 팔로스 제국을 일으킨 이후에 사막 지역의 부흥이 이루어졌다. 그 당시, 방송국의 요청에 따라 자체적으로 원정대

를 조직해서 사막에 간 적이 있었다.

"달구어진 사막, 사막 웜이 나오는 장소야. 거기서도 동쪽이면 더 큰 놈들이 나오고."

원정대는 사막 웜 3마리와 전투를 벌였다.

모래를 파고드는 거대한 지렁이.

위드는 물컹꿈틀이로 변신한 적도 있지만 맞상대하려면 어마어마하게 까다로운 유형이란 걸 알고 있었다.

'막대한 생명력과 맷집, 게다가 뭐든 집어삼켜 버리지. 느닷없이 땅에서 튀어나오는 특성도 문제고.'

모래 안에 있으면 위치를 파악하기도 어렵고, 공격하지도 못한다. 땅에서 솟아올라 갑자기 잡아먹기라도 하면 전사나 기사 계열이 아닌 한 그대로 사망!

후방에 위치한 마법사나 사제 들에게는 그야말로 공포의 대상이었다.

'웜 종류는 사냥할 몬스터가 아니라는 이야기를 수없이 들었지. 근데 방송 때문에 어쩔 수 없이 싸웠어.'

다리우스의 원정대는 3마리의 사막 웜을 만나서 초반에는 그럭저럭 잘 싸웠다. 하지만 추가로 나타난 사막 웜에 의해 궁수, 마법사들이 1명씩 잡아먹혔다.

이것은 단지 재앙의 시작에 불과했다.

전투의 진동을 느낀 사막 웜들이 반경 5킬로미터에서 모여든 것이다. 사방에서 솟아올라 유저들을 잡아먹는 사막 웜들.

꼬올깍!

유저들을 한입에 집어삼키고는 생명력과 마나를 흡수했다.

다리우스는 지옥에 온 것 같은 끔찍한 마음으로 퇴각을 선택했지만, 전투가 오랫동안 지속되면서 모여든 사막 웜들이 날뛰었다.

전투 지역을 무사히 벗어난 건 고작해야 10명 남짓이었다.

어지간한 공포 영화를 능가하는 긴장감으로 동영상은 5,000만에 달하는 조회 수를 기록.

다리우스는 워낙 처참하게 망했던 기억이라 잊을 수 없었다.

"거길 간다고? 그곳도 사막 부족들과 함께?"

상식적으로는 무리라고 생각이 들지만 위드니까 결과가 예측이 안 됐다.

위드는 태양의 부족을 따라가면서 이 장면을 당연히 방송국들에 생중계하도록 했다.

―거긴 사막 웜의 서식지예요. 진동을 조심해야 하죠. 신발을 벗는 게 나을 거예요.

서윤이 방송을 지켜보면서 정보들을 전달해 주었다.

―사막 웜은 썩은 고기 빼고는 엄청 비싸게 팔리죠! 더듬이가 요즘 화염 계열 마법 스크롤을 만드는 데 써서 가격이 오르고 있습니다.

마판도 틈틈이 시세에 대한 정보들을 알려 주었다.

위드는 데스 웜도 그렇고, 물컹꿈틀이의 경험도 겪어서 이런 유형의 몬스터들이 좀 익숙했다.

'태양의 부족이라… 과연 어떻게 싸우려나?'

느긋한 마음으로 따라가고 있었다.

"달려라!"

부족장의 말에 낙타가 사막을 질주했다.

보이는 것은 햇볕을 받아 뜨겁게 달구어진 모래의 바다.

지루할 정도로 평화로운 광경이지만 금방 사건이 터졌다.

츄에에엣!

모래 구릉을 막 지나자마자 땅에서 튀어나오는 사막 웜!

부족 전사들이 기민하게 반응했다.

"흩어져서 전진하라!"

낙타를 탄 전사들이 좌우로 갈라지면서 사막 웜을 공격했다.

7명이 낙타에서 떨어지긴 했지만 그래도 빠른 반격으로 사막 웜을 사냥하는 데 성공했다.

'대응이 빨라. 잘 싸우네.'

위드는 태양의 부족이 과거 사막의 대제왕 시절에 만났던 일반 전사들 못지않다고 생각했다. 그 당시에는 조금만 뒤떨어지더라도 시간을 아끼느라 그대로 내치고 말았다.

엘리트 중의 엘리트들을 모아서 끊임없이 사냥을 시킨 건 그 이후의 이야기. 사막의 대제왕이 이끄는 직속 부대는 정예가 되어 대륙을 정복할 정도였으니 비교가 불가능했다.

험상궂은 얼굴, 머리에는 흰 천을 두른 전사가 위드에게 다가왔다.

"신입! 부상자들을 돌봐라."

"뭐, 그렇게 하죠."

위드는 부상자들의 몸에 약초를 바른 붕대를 감아 주었다.

"크으으… 어, 시원하네."

"조금 쉬면 다시 싸울 수 있을 겁니다."

"고맙다."

> 친밀도가 올랐습니다.

부상병들은 자신의 기술을 하나씩 알려 주었다.

"보답이라고 할 것까진 없지만, 칼에 강한 힘을 싣는 법을 알고 있나?"

"배우고 싶습니다."

"하늘의 기운을 받아서 내려치는 것이지. 좀 까다로운 기술이지만 나를 몇 번 따라서 해 보게."

위드는 발동작과 허리의 움직임까지 부상병을 똑같이 따라 했다.

띠링!

> 패시브 스킬, 전사의 내려치기를 습득하였습니다.
>
> 전사의 내려치기 초급 1 (0%)
> 무기를 적에게 내려칠 때 공격력 2%를 상승시킵니다.

전사들이 익히는 필수 스킬들도 몇 가지 습득. 사막에서의 방어 스킬은 얻지 못했어도, 공격 스킬들은 풍부하게 배웠다.

'전사들을 돌보는 일도 재미가 있군. 아쉽지만 요리까지 할 시간은 없겠지.'

사막의 방식

위드는 리트바르 마굴에서 로자임 왕국 병사들을 챙겼던 일이 떠오르기도 했지만 잠깐이었다.

난이도 A급의 퀘스트.

태양의 부족 신입이 되어 뒤치다꺼리나 하면서 끝낼 여유는 주지 않으리라.

'지금은 그럭저럭 할 만하지만… 달구어진 사막의 더 깊은 지역으로 들어가면 사막 웜이 수십 마리씩 튀어나올 테지.'

그때가 바로 끔찍한 지옥!

지금의 이동 경로를 봤을 때 태양의 부족을 지키며 살아남아야 했다.

위드는 무슨 일이 벌어지게 될지를 짐작했음에도 묵묵히 부상병들을 챙겼다.

"테피라고 알고 있나? 우리 부족에서 가장 뛰어난 전사야. 태양의 부족은 정말 강한 전사들이 이끌고 있어."

"예. 그렇군요."

부상병들과 대화를 나누며 기본적인 정보들을 들었다.

'언데드를 소환하면 훨씬 유리할 텐데……. 아무래도 전사답게 싸워야만 친밀도를 높일 수 있겠지.'

위드의 전투력은 치사하게 싸울수록 몇 배나 강화되는 특성이 있었다. 특히 대규모 전투에서 압도적인 언데드 소환이나 저주를 봉인한 채로 사막 웜들을 돌파해야만 한다.

'역시 이럴 때는…….'

위드는 부족의 뒤를 따르면서 조용히 조각품을 하나 꺼냈다.

"조각 파괴술! 이 모든 것이 힘이 되어라."

> 조각 파괴술을 사용하였습니다.

3,800을 넘는 예술 스탯. 그동안의 노가다로 쌓아 놓은 예술 스탯을 모조리 힘으로 변환했다.

'든든하군.'

위드는 온몸에서 끓어오르는 힘을 느꼈다.

태양의 부족은 낙타의 기동력을 이용하여 싸웠다. 한자리에 멈춰 있지 않다 보니 사막 웜들을 기습을 하더라도 거리를 두고 공격하기 쉽고, 위험에 빠진 이들을 구하기도 빠르다.

'명성 그대로네. 사막에서 최고라고 부를 정도로 사냥을 잘하긴 하네.'

전사 부족인데 칼도 쓰고, 창도 던지고, 어떤 녀석들은 활도 쏜다. 사제나 마법사는 없어도 공격과 방어의 조합이 워낙 좋아서 사막 웜을 빠르게 잡는다.

사막 웜의 뼈와 살, 가죽들을 분리하는 도축까지도 바로 이루어졌다.

"계속 전진한다. 막내는 부상병을 돌봐라."

"예, 그러죠."

위드는 부족의 이동을 따라가면서 퀘스트가 더욱 만만치 않다고 여겼다.

'차라리 일찍 사막 웜들의 전면 공격이 시작되어야 하는데.

1~2마리씩 나타나면 제법 쉽게 해치운다. 이렇게 계속 이동한다면… 정말 사막 웜의 서식지 한복판에서 갇히게 되겠군.'

여기에는 본의 아니게 다리우스의 영향도 컸다.

다리우스의 원정대가 워낙 거하게 실패를 겪으면서 사막 웜이 출현하는 지역으로는 유저들도 들어가지 않았다. 상인들조차도 먼 곳을 돌아가면서 사막 웜들은 굶주리게 되었다.

꼬르륵!

그렇잖아도 사막 웜들은 탐욕스러운 식성을 가진 생명체들이었다. 사막을 돌아다니는 동물들은 극히 드물어서 굶주림을 쭉 이어 나가야 했다.

대량의 먹잇감들이 나타나자 결국 사막 웜들은 성질 급한 녀석들 몇 마리만 나섰고 나머지는 조용히 자리를 지켰다.

단 1명도 빠져나가지 못하도록.

위드는 먼 사막을 보다가 모래들이 슬금슬금 움직이는 것을 보았다.

바람의 영향인 것도 같지만 범위가 아주 넓었다.

'역시 난이도가 좀 있긴 하지만… 그래야 재밌지.'

유병준은 코코아 잔을 든 채로 모니터로 위드가 나오는 장면을 보고 있었다.

"제대로 외통수에 걸리겠군."

〈로열 로드〉가 재밌게 느껴질수록 일찍 시작하지 못한 아쉬움이 컸다. 더불어 자신의 인생에 대한 회의도 강하게 들었다.

'수많은 사람들이 새로운 세상을 만들었다고 인정했다. 어떤 이들에게는 천국의 행복을 느끼게 했다는 〈로열 로드〉.'

정작 그걸 만든 본인은 다른 사람들이 노는 걸 지켜보기만 했던 것이다.

'위드, 저놈에게 대륙을 통일한 황제가 되면 내 모든 자산을 물려주겠다는 결심까지 하고서……'

유병준은 만약 자신이 일찍 〈로열 로드〉를 시작했다면 어땠을까 생각했다.

퀘스트, 직업, 보물에 대한 단서들을 꽤 많이 알고 있었다.

'남들보다 훨씬 빨리 강해질 수 있었겠지. 내가 〈로열 로드〉만 했다면 바드레이도, 위드도 없었을지 몰라.'

공정하진 않지만 세상에 공정한 게 또 몇이나 되겠는가.

창조주로서의 특권을 만끽하며 살아가는 재미도 쏠쏠하리라. 평생 여자를 모르고 살았다고 자부했는데, 막상 베르사 대륙에 접속하니 미인들도 많이 눈에 띄었고.

'도대체 난 뭘 했는지를 모르겠군.'

유병준은 후회를 하면서도 대륙을 통일한 황제에게 모든 걸 물려주겠다는 결심만큼은 바꾸지 않았다.

외부적으로 발표한 게 아닌 만큼 스스로 언제든지 취소할 수 있지만, 자신의 인생을 걸고 살아온 목표였다.

미친 짓을 했다는 자각이 비로소 들었지만 그것도 자신이 걸어온 발자취. 이미 대륙을 통일하는 건 위드가 될 가능성이 절대적으로 높지만……

사막의 방식 89

"고생이나 실컷 했으면 좋겠군."

사막 한복판.

태양의 부족은 계속 전진했고, 위드는 전사들이 익히는 잡다한 스킬을 충분히 배웠다.

"됐습니다, 이미 알고 있어요."

"그런가?"

위드가 대놓고 사양(?)하자 전사들이 머쓱해서 물러났다.

대륙의 전사 길드에서는 자신들만의 기술을 가르쳐 주기도 한다. 방패 막기 종류만 해도 길드마다 한두 종류씩 있었지만 효과는 거기서 거기다. 3, 4%만 더 좋더라도 대륙을 횡단해서라도 스킬을 익히는 유저들이 있었지만 마스터를 하게 되면 대부분 비슷해지는 것이다.

부족 전사들이 말했다.

"웬만한 기술은 알려 줄 게 없군. 그렇다면 나와 무기로 한판 붙어 보는 게 어떻겠는가? 기술은 금지하고 말이지."

"좋지요."

위드는 주위를 한번 슥 돌아보고 나서 받아들였다.

태양의 부족 1,000명의 전사들이 잠시 휴식을 취한다고 쉬고 있다.

먼 곳에서는 슬금슬금 다가오는 모래들.

'사막 웜의 중심에서 대결이라……. 저 속도면 몇 분 후면 습

격하겠군. 아마 이것도 퀘스트의 일부가 될 수 있겠지.'

위드는 부족 전사와 대결을 시작했다.

땅에서 빙글빙글 돌면서 상대를 향해 무기를 겨눈다.

차차창!

순식간에 맞붙어서 검과 시미터를 휘두른다.

부족 전사는 강한 힘과 빠른 속도를 중심으로 시미터를 다루었다. 위드는 간단하게 막강한 힘으로 무기를 쳐 내고 찍어 눌렀다. 가장 쉬운 승리법이 있었는데 망설일 이유 따윈 없었다.

"져, 졌다. 무서운 힘이군!"

> 사막 전사 팔롱이 당신의 무력을 인정했습니다.
> 그는 압도적인 힘에 의해 패배했습니다. 전투 업적으로 명성이 600 증가합니다. 힘이 영구적으로 1 늘어났습니다.

꿀 같은 전투 업적!

"그다음은 내 차례다!"

다음 전사가 덤벼 왔다.

'기술은 금지하고 무기로 붙는다. 이건 검을 다루는 기본기를 본다는 의미야.'

남들에게는 어려울 수 있는 대결이지만, 위드에게는 쉬운 것이었다.

그냥 싸우더라도 무기술로 충분히 이길 수 있는데, 조각 파괴술로 힘까지 늘려 놓은 상황이라면!

"크윽! 굉장한 검술이로군. 나로서는 도저히 이기지 못할 것 같다."

> 사막 전사 베텐이 당신의 무력을 인정했습니다.
> 그는 훌륭한 검의 움직임에 경탄하고 있습니다. 전투 업적으로 명성이 600 증가합니다. 민첩이 영구적으로 1 늘어났습니다.

'이거 좋은데. 대결에만 정신이 팔려 있다가는 사막 웜에게 크게 당하겠지만 말이야.'

위드는 멀리서 사막 웜이 다가오고 있음에도 전사들과의 대결을 빠르게 이어 나갔다.

"다음, 덤벼라!"

> 힘이 1 늘어났습니다.

> 민첩이 1 늘어났습니다.

스탯을 올리는 행복한 상황.

위드가 기회를 보아 힘을 좀 줄이고 순수하게 검술로 이겼을 때도 메시지가 떴다.

> 검술의 숙련도가 증가합니다.

'이건 실망이군.'

검술 숙련도야 몬스터를 때려잡으면서도 나중에 마스터까지 올릴 수 있는 것. 다른 유저들에게 검술 마스터가 대단한 업적으로 여겨지겠지만 위드는 아니었다.

전투 계열 스킬 숙련도가 늦게 늘어나는 조각사라는 페널티를 안고서도 지금까지 검술 스킬을 꾸준히 올렸다.

노가다로 쌓아 온 스탯과 조각술의 비기들.

기본적으로 상대하는 적들의 레벨이 높다 보니 검술 스킬의 숙련도는 상승 속도가 빠르다.

'스킬 숙련도는 나중에. 지금은 스탯이 우선이다. 일정 수준 이상의 전사와 싸우는 것이 훨씬 더 쉽지. 움직임이 상식적이니까.'

위드는 어깨의 움직임, 시미터의 공격 방향만 보고도 상대의 노림수를 꿰뚫어 보며 힘으로 강하게 쳐 냈다.

검술의 높은 경지와 경험을 바탕으로 몸이 알아서 움직인다. 상대가 공격하기 시작할 때 앞서 나가고, 허점이 드러나기 전에 이미 도달해 있다.

기술보다는 속도와 힘을 최대한 활용하여 강하게 후려치며 적들을 압도했다.

"다음, 다음!"

위드는 빠르게 전투 업적을 쌓았다.

태양의 부족에서 싸울 수 있는 전사들은 수백 명에 달한다. 그렇지만 이 행복한 순간의 결말도 예정되어 있었다. 사막 웜이 슬금슬금 다가오고 있으니 단물을 최대한 빨아야 했다.

'이 지역에 대한 정보가 부족하거나, 대결을 한다고 주위를 살피지 않는다면 큰 피해를 입겠지.'

꿀을 빨며 방심하고 있을 때, 느닷없이 사막 웜들이 습격하는 것이다.

실제로도 어느새 사막 웜은 절반 이상 다가와 있었다.

"잠깐. 이젠 테피와 싸우고 싶습니다."

위드는 태양의 부족 최강자에게 대결을 청했다.

몸이 구릿빛으로 그을린 근육질의 전사, 테피가 모래에 앉아서 구경하다가 자리에서 일어났다.

"나를 상대하고 싶다고? 안 그래도 지켜보기 지루했다. 재밌겠군!"

테피와의 전투라고 해 봐야 별것 없었다. 상대의 레벨이 500을 넘는 것도 아니었고, 기본적으로 사막 전사들이 싸우는 방식은 비슷하니까.

다만 기사들처럼 사막 전사들은 땅이 아니라 낙타를 타면 훨씬 더 제대로 된 전투력을 발휘한다.

위드는 마지막이라는 생각에 테피의 머리를 시미터로 강하게 후려갈겼다.

"크윽. 졌다."

> 사막의 최강자 테피가 당신의 무력을 인정했습니다.
> 그는 경이로운 힘에 의해 패배했습니다. 전투 업적으로 명성이 1,300 증가합니다. 힘이 영구적으로 3 늘어났습니다.

대결로 스탯만 총 15개가 넘게 늘어났으니 상당히 만족스러운 성과였다. 물론 전사들을 쓰러뜨리지 못했다면 얻지 못했을 테지만.

"자, 이제 모두 낙타를 타고 전투를 준비합시다."

"무슨 말이지?"

"사방에서 사막 웜들이 다가오고 있습니다."

"……!"

위드의 말에 테피와 부족 전사들은 주위를 둘러보았다.

슬금슬금 움직이는 모래의 형체. 사막 웜의 특성임을 모르지 않았다.

"이런……."

"습격이다!"

위드가 경악하고 있는 부족 전사들에게 말했다.

"당황하지 마세요. 놈들은 진동을 느낍니다. 그 자리에서 무기를 꺼내고 천천히 낙타를 탄 후 전투에 대비하면 됩니다."

"그렇지만 사막 웜들이 너무 많은데… 신속하게 빠져나가는 건 어떤가."

테피가 무기를 들고 반박했다.

용감한 전사이긴 하지만 이미 스물이 넘는 사막 웜들이 화살을 쏠 수 있는 지역까지 접근해 있었다.

그 너머에는 어쩌면 100마리 단위로 사막 웜들이 우글거렸으니, 영락없이 부족의 전멸을 걱정해야 하는 위기.

위드가 씩 웃으며 말했다.

"제가 선두에서 싸우겠습니다."

따지고 보면 로자임 왕국 병사들처럼 1명씩 애지중지 다룰 필요가 없었다.

'전사들을 전부 무사히 지키려면 어렵겠지. 근데 퀘스트에 그런 내용은 없었잖아.'

그저 태양의 부족과 함께 사냥하라는 내용뿐.

이 자리에서 도망치더라도 사냥을 계속하다 보면 퀘스트는 완수될 가능성이 컸다. 사냥에 참여하여 전투 업적을 충분히 올리면 되는 것이니까.

'그럴 만한 시간도 아깝고. 여긴 또 사막이란 말이지.'

사막에는 사막의 방식이 필요했다.

앞뒤 가리지 않고 화끈하게 질러 주면 되는 것.

전사들은 잘 싸워서 강해질 것이고, 약한 자들은 죽임을 당할 것이다.

팔로스 제국을 건국했던 사막의 대제왕 시절에 세운 전통이었다.

"먼저 갑니다."

위드가 낙타를 타고, 움직이는 모래를 향해 달려갔다.

사막의 뜨거운 모래가 갈라지면서 흉측한 사막 웜이 튀어나왔다.

대형 지렁이, 그것도 뾰족한 이빨을 수없이 많이 가지고 있는 사막 웜이 정면으로 덤벼들었다.

쿠엣!

단숨에 잡아먹으려는 듯 입을 크게 벌린 채!

위드는 이미 대비하고 있었다.

"달빛 조각 검술!"

로아의 명검에 빛이 길게 뻗어 나오더니 그대로 사막 웜의 눈을 베었다. 그 직후 주위를 돌아다니는 차원 문을 통과.

사막 웜의 입 앞에서 사라지더니, 뒤쪽에서 나타났다.

"열기 강타!"

위드는 사막 전사들에게 배운 스킬을 쓰며 사막 웜을 현란하게 베었다.

> 뜨거운 충격!
> 상대방의 생명력을 93,907 감소시켰습니다. 열기가 남아서 매초 3%씩의 추가 피해를 입힙니다.

사막 웜은 방어력이 낮은 대신에 생명력이 높은 편.

쿠우와아아아악!

불에 타는 몸을 뒤틀면서 사막 웜이 발버둥을 쳤다.

"섬광의 상흔!"

위드는 다양한 공격 스킬을 사용하면서 사막 웜을 공략했다.

놈들은 금방 죽지 않기 때문에 여러 가지 스킬들을 활용하며 공격법을 연마하기에 좋은 대상이었다.

'쾌속 베기. 이건 기본 스킬이면서도 쓸 만하긴 하군. 상대가 대형 몬스터라면 순간 대미지가 꽤 크겠어.'

머릿속으로만 알던 스킬들을 써 보면서 정확하게 확인했다.

평소의 사냥과는 다르게 사막 웜을 단숨에 해치울 생각은 없었다.

슬금슬금. 꾸물꾸물.

위드가 사막 웜과 싸우고 있자, 인근의 모래들이 들썩이면서 다가온다.

'역시 그럴 줄 알았지.'

먹잇감의 움직임을 느끼고 기습 공격을 위해 느릿느릿 다가온다.

그러다 어느 순간 갑자기 덮치는 것이 사막 웜의 특징.

"으아하하압!"

> 전사의 포효를 터트렸습니다.
> 공격력이 20초 동안 100% 강해집니다. 맷집이 5초 동안 80% 높아집니다.

전사의 전용 스킬!

위드는 함성을 지르며 공격력을 높였다.

그러자 강하고 맛있는 먹이의 유혹을 이기지 못하고 더더욱 몰려드는 사막 웜들. 사막 전사들을 에워싸던 사막 웜들이 최소한 12마리 정도는 다가오고 있었다.

그리고 한순간.

캬앗!

쿠에에에에엣!

사막 웜들이 앞과 뒤, 옆에서 일제히 입을 벌리면서 튀어나왔다. 아찔하기 짝이 없는 매복 공격이었다.

하지만 위드로서는 기다리던 공격이기도 했다.

"용암의 강!"

위드가 검을 휘두르며 스킬을 터트리자, 대지가 갈라지면서 반경 수십 미터에서 용암이 솟구치기 시작했다.

얼마 전에 모래 폭풍을 없애던 것과는 비교도 할 수 없는 강력함!

"오… 저것은!"

"사막의 전설에 나오는 바로 그 기술이다."

짧은 순간이지만 태양의 부족 전사들이 감탄하는 목소리들도 들렸다.

'바드레이에게 고마워해야 되겠군.'

조각 파괴술로 힘을 대폭 키워 놓아서 위력이 좀 세지긴 했다. 그렇지만 근본적인 이유는 역시 불꽃의 성배 덕분.

> **불꽃의 성배**
> 불의 정화가 담겨 있는 잔. 인간들이 간 적 없는 땅속 깊은 곳에서 흐르는 용암을 채취했다는 이야기도 있고, 100만 년 동안 타오른 불이 담겨 있다는 소문도 있다. 전설이 담긴 물품으로, 성배의 힘을 이끌어 내면 어떤 어둠도 물리칠 수 있으리라.
> 내구력: 30/30
> 제한: 없음
> 옵션: 소유하는 것으로 모든 스탯 53 증가. 생명력과 마나의 최대치 70,000 상승. 불과 관련된 모든 스킬의 위력 200% 강화. 전투 스킬의 효과 +35%. 화염의 피해를 거의 받지 않는다. 열흘에 한 번씩 '성배의 평정'을 사용할 수 있다.
> *특수: 전설이 봉인되어 있다. 밝혀지지 않은 옵션이 일곱 가지 잠들어 있다.
> *성배의 평정: 흐르는 용암의 강이나 폭발하는 용암 분출구를 소환하여 적을 쓸어버린다.

전사에게는 불의 속성이 가장 흔했다.

워리어들은 대지 계열의 스킬이나, 드물게 물의 속성을 가진 기술도 쓰긴 했다. 방어력이나 회복력을 높여 주는 특성의 기술들.

얼음의 속성도 몬스터를 얼리고 느리게 만들기 때문에 각광을 받지만, 공격력만 놓고 보면 불이 최고였다.

"몽땅 태워 주마!"

위드의 용암의 강에, 모래 위로 올라온 사막 웜도 지하에 숨어 있던 녀석들도 한꺼번에 휘말렸다.

급류처럼 흐르고, 거칠게 뿜어 나오는 용암의 강이 사막 웜들을 쓸어버렸다.

> 용암의 강이 발동되었습니다.
> 반경 86미터 범위에 용암이 흐르며 적을 휩씁니다!

용암의 강이 1분 넘게 지속되면서 꾸준한 피해를 입혔다.

"전원 공격! 실컷 싸워라!"

통솔력, 지휘력을 올려 주는 스킬.

"우와아아아아아!"

그렇지 않아도 지켜보며 놀라워하던 태양의 부족 전사들이 앞으로 달려 나갔다. 불덩어리가 되어서 타들어 가는 사막 웜들을 시미터로 마구 베었다.

전사들이란 지극히 단순한 존재들이다. 사막의 대제왕 시절에도 먼저 가서 날뛰고, 그다음에는 사기가 오른 사막 전사들과 같이 싸우면 그게 최고의 효율을 발휘했다.

사막 전사들은 불과 친하기에 추가 공격력이 부여되었다.

"으랴압!"

테피도 1마리의 사막 웜을 집중 공격했다.

그때부터 흉성이 폭발한 듯 사방에서 튀어나오는 사막 웜들!

달구어진 모래사막에 붉은 용암의 강이 흐른다.

그 위로 펼쳐지는 뜨거운 전투에 위드와 부족 전사들, 사막 웜들이 한꺼번에 뒤엉켰다.

케이베른이 도시를 파괴하고 다니면서 얼마 전부터 북부에

는 거대한 변화의 바람이 불었다.

"모라타를 잃어버린 북부를 생각하실 수 있겠습니까? 대지의 궁전은요? 대지의 궁전을 또 잃으면 우린 어떻게 될까요?"

빙룡 광장에서 누군가가 말했다.

드넓은 북부 대륙에 정작 변변한 대도시가 없다는 건 큰 단점이었다.

대지의 궁전이 완성되며 인근 도심은 급속도로 커지고 있었고, 모라타는 대륙 전체를 뒤져 봐도 유례가 없을 규모의 대도시다.

생산량과 교역, 인구. 어느 측면에서나 중앙 대륙의 어지간한 도시들을 압도했다.

"이대로라면 조만간 케이베른이 모라타를 노릴 것입니다!"

북부 유저들은 두려웠다.

아렌 성이나, 소므렌 자유도시 등이 워낙 번영도가 높았기에 파괴당할 순서가 미루어졌을 뿐이다.

모라타 역시 위험한 대도시임은 마찬가지.

다른 어떤 도시를 잃는 것보다도 모라타를 잃는 것은 의미가 남달랐다.

모라타는 북부의 심장이었고, 수많은 유저들의 희망이고 마음의 고향이었다.

아르펜 왕국이 생기기도 전부터 작은 마을이었던 모라타와 함께했던 유저들은 그 추억을 잃고 싶지 않았다.

"케이베른이 오면 우리 모두가 나섭시다!"

"맞습니다. 나서야죠. 그렇지만 냉정하게 볼 때 블랙 드래곤은 우리 모두를 죽이고 모라타를 폐허로 만들 겁니다. 우리가 돌아오면 모라타에 남는 건 아무것도 없겠지요. 그러니 방법은 하나뿐입니다."

북부 유저들은 모라타를 잃고 싶지 않은 마음에 한 가지 아이디어를 만들어 냈다.

인구 분산 정책!

모라타에 집중된 인구를 북부의 지방으로 퍼뜨리는 것이다.

"갑시다. 우리의 고향을 위해서요."

"떠납시다."

황소가 끄는 마차에 유저들은 짐을 실어서 북부 대륙 전역으로 흩어졌다.

수많은 판잣집들이 해체되고, 생산 시설들도 다른 도시와 마을들로 옮겨 갔다.

도로가 뚫리고, 배들이 드나드는 강가에는 무역 도시들도 생성되면서 기능을 분산시켰다.

머물던 유저들은 떠났지만, 모라타의 기반 시설들이나 거주 인구, 생산과 상업의 중심지 역할은 그대로 유지되었다.

더구나 중앙 대륙의 유저들과 관광객들이 꾸준히 찾아오고 있었다.

대지의 궁전.

풀죽신교의 넘쳐 나는 인적자원 중에서도 똑똑한 이들만 모었다.

현실에서의 경제학자나 경영 컨설팅에 관련된 이들만 수천 명. 최소 박사 학위 이상을 가지고 있거나, 업계에서 이름만 대더라도 누구나 알 만한 회사에 10년 이상 다닌 이들만 모인 것이다.

"우리의 분석에 많은 것이 달려 있습니다. 드래곤이 공격할 도시를 일찍 파악하는 건 그 중요성을 아무리 강조하더라도 부족하지 않을 것입니다."

경제학계의 원로가 먼저 나서서 말했다.

그 시간부터 모든 인원들이 정교한 자료 검토에 나섰다.

베르사 대륙의 대도시들의 발전도와 인구, 번영도, 산업 시설, 기술, 장인들의 숫자, 상업, 관광, 농업 생산력, 명성, 영향력 등을 철저히 분석하는 것이다.

"법칙이 있을 거야. 그러면 우리는 법칙을 찾아내야 해."

지금까지 공격 대상이 되어 파괴된 도시들과, 앞으로 파괴할 가능성이 높은 도시들.

확인해야 할 부분들이 많아도 그들에게는 어려운 일이 아니라서 금방 임시 결론이 나왔다.

"아직은 표본이 부족합니다. 케이베른의 공격이 계속 진행될수록 자료들이 완벽해지겠지만 현재로써 모라타는 빠르면 한 달, 늦어도 두 달 내에는 목표가 됩니다. 가능성이 높은 건 한 달에 가깝습니다."

북부의 유저들이 가장 두려워하고 걱정하던 일이 머지않아 벌어지게 될 예정이었다.

 위드는 차원 문의 장갑을 이용하여 사막 웜과의 전장을 휘젓고 다녔고, 불꽃의 성배를 비롯한 각종 장비들도 공격력을 극대화시켜 줬다.

 태양의 부족도 사막의 최정예라는 명성답게 꽤 오래 버티는 데 성공했다.

 사망자 92명.

 달구어진 사막에서 벌어진 처절한 전투에 비하면 그래도 적은 희생이었다.

부족의 신입 퀘스트 완료
태양의 부족을 이끌어 사막 웜의 사냥을 마쳤다. 그대가 품은 힘과 용기에 부족 전사들은 모두 감탄하고 있다.

전투 업적, 사막 웜과의 혈전을 달성했습니다.
모든 스탯이 2씩 증가합니다. 힘이 5 늘었습니다. 민첩이 1 늘었습니다.

명성이 5,000 올랐습니다.

 퀘스트의 완료!

 위드는 부상자들에게 잊지 않고 붕대를 감아 주고 약초를 발라 주었다.

 "으윽!"

 "아파도 참아."

말과는 다르게 대충 슥슥 감아 버리는 붕대!

눈 감고도 상처를 꽁꽁 동여맬 수 있었고, 죽기 직전이라면 대충 살리는 것이 가능했다.

그러자 위드에게 테피가 다가와서 말하는 것이었다.

"그대의 도움으로 우리 부족이 힘든 싸움을 이겨 냈다. 부족을 대표해서 전사 중의 전사인 그대에게 경의를 표한다."

멀쩡한 태양의 부족 전사들도 주위를 둘러싸고 서 있었다.

중앙 대륙의 기사들처럼 정중하게 예법을 차리지는 않는 전사들이다. 그렇지만 위드가 싸우자고 하면 태양의 부족 전사들은 어디라도 함께 따를 것이다.

이것이 사막의 방식!

테피가 등에 메고 있던 또 다른 시미터를 건네주었다.

"그대는 사막이 인정한 전사가 될 자격이 있다. 이 광활한 모래 위에서 자유를 누릴 수 있으리라."

띠링!

> 직업 '사막 전사'로 전직이 가능합니다.
> 전직하게 되면 특수 기술들을 사용할 수 있습니다. 사막에서 활동하면 힘과 체력이 빠르게 성장합니다. 단순하지만 매우 강력한 위력을 발휘하는 검술들을 익힐 수 있습니다. 낙타를 타면 이동속도가 증가합니다. 사막 전사는 전사의 상위 직업입니다. 지금 전직하겠습니까?

위드는 전직 기회가 생겼음에도 실망했다.

'퀘스트 난이도가 있는데, 고작해야 사막 전사라고?'

사막 전사는 이미 메타페이아를 비롯한 도시 안에서도 자격을 갖추면 전직할 수 있는 직업이다.

사막 내에서 많은 활동을 하고, 무력도 갖춰야 했지만 태양의 부족을 구하면서 고작 이 정도를 생각했던 건 아니다.
　'아니야. 실망할 것 없어. 사막에서 활동한다면 사막 전사의 직업은 기본적으로 주어지는 거지.'
　태양의 전사는 사막에서의 최강자에게만 주어지는 직업이니 이것이 끝이 아니리라.
　'어디 더 내놔 봐라.'
　위드는 마음 편히 생각하기로 했다.
　"고맙다. 사막은 전사에게 명예로운 곳이지."

> 사막 전사로 전직하였습니다.
> 전사의 상위 직업을 얻었습니다. 전문적으로 불을 다루는 전투 스킬들을 익힐 수 있습니다. 생명력의 최대치가 25% 증가합니다. 마나의 최대치가 10% 증가합니다. 전투 업적이 더 크게 알려집니다. 신앙심의 효과가 5% 줄어듭니다. 사막 지역에서 활동하는 동안 생명력의 최대치가 증가합니다. 힘, 체력이 빠르게 늘어납니다.

　전투 계열 직업으로는 훌륭한 편.
　여러 종류의 스킬들을 다 활용 가능한 무예인과 비교를 안 할 수 없지만, 오랫동안 사막에서 성장했을 경우에 쌓이는 힘과 체력을 무시할 수 없다.
　다만 사소한 부작용으로 이글거리는 태양빛 아래에서 지내다 보면 피부가 검게 타는 것 정도는 어쩔 수 없었다.
　위드가 은근슬쩍 물어보았다.
　"혹시 다른 알려 줄 것은 없나? 직업이나… 그러니까 직업 같은 거. 좀 괜찮은 직업 말이야."

"있다. 내가 보기에 그대는 사막에서 가장 뛰어난 전사다. 우리 부족이 품기에도 너무 거대한 존재다."

〈로열 로드〉를 하며 그동안 쌓아 온 예감이 적중.

테피가 시미터로 동쪽을 가리켰다.

"낙타를 타고 쭉 달려가면 태양의 제단이 나온다."

"태양의 제단에 대해서는 들어 본 적이 없는데."

"우리 부족이 신성하게 여기는 곳이지. 이걸 받아라. 태양의 파편을 가지고 있어야만 들어갈 수 있다."

띠링!

> 태양의 제단에 대한 정보를 습득하였습니다.
> 광활한 남부 사막. 태양을 숭배하는 전사들이 신성한 의식을 치르는 장소입니다. 사막에서 가장 강한 전사는 이 의식을 통해 태양의 전사로 거듭날 수 있습니다.

> 태양의 파편을 얻었습니다.

위드는 태양의 파편을 손에 쥐었다. 뜨겁기까지 한 돌조각. 기묘한 문양들이 그려져 있었다.

"감정!"

> **태양의 파편**
> 태양의 일부로 알려져 있는 파편. 알 수 없는 힘이 숨겨져 있다.
> 내구도: 13/40

'흠. 다르군. 과거에도 태양의 전사로 전직을 한 적이 있었는데. 이런 방식은 아니었어.'

사막의 대제왕 시절에는 퀘스트나 발견물에는 눈을 돌릴 시간도 없이 쉬지 않고 싸우며 강해졌다.
 사막 전사로서 불의 스킬을 쓰다가, 어느 순간 태양의 힘에 대한 깨달음을 얻었다며 전직이 이루어졌다.
 '태양의 전사로 의식을 치른다. 이 방식이 진짜군. 제대로 된 힘을 이어받을 수 있는 정식 직업인 느낌이야.'

하프엘프 비슈르

위드가 남부 사막 지역에 머무르는 동안에도 유저들은 활발하게 활동을 하고 있었다.

하프엘프 비슈르를 찾기 위한 정보 분석과 탐험, 어떤 단서라도 찾아내면 유명인이 될 수 있는 기회였다.

> 모험가 르보이입니다.
> 현재 위치는 10대 금역에 속해 있는 아베리안 숲.
> 저는 처음부터 하프엘프 비슈르가 있을 장소로 숲을 생각했습니다.
> 또, 예전에 아베리안을 수색할 때 들어가지 못했던 의심스러운 지역을 몇 군데 알고 있었기에 여기까지 온 것입니다.
> 그리고 정말로 다섯 색깔 잎사귀의 큰 나무 아래에서 미궁의 입구를 찾아냈습니다. 이곳이 조드인지는 모르겠지만, 규모가 크고 아직까지 출구는 보이지 않습니다.

새로운 글이 뜨자마자 모험가들부터 반응했다.

> ㄴ 지금 출발합니다.

> ㄴ 형제여, 가 보도록 하겠습니다.
> ㄴ 드디어 새로운 정보가 떴다!

모험가들은 아베리안 숲으로 달려갔다.

10대 금역이라고는 하지만 옛 라살 왕국의 영토에 위치하여 많은 전사와 모험가들이 찾는 장소였다.

위드에 의해 지골라스, 그라페스, 고요의 사막 등이 탐험되면서 금역들은 모험가들을 불타오르게 만들었다.

사흘 동안 계속 글들이 올라왔다.

> 저는 현재 다섯 색깔 잎사귀 나무의 미궁에 있습니다.
> 확실히 여기는 수상하네요. 넓은 면적도 그렇고 함정들이 목재로 만들어져서 고급스럽습니다.
> 같이 온 모험가들은 안타깝게도 대부분 죽었네요.

> 여기 벽에 뭔가가 새겨진 흔적들이 남아 있습니다.
> 미궁의 함정이라고 생각했는데… 선명하면서도 아름답습니다. 검으로 낸 자국으로 보이는데요.

> 하루나입니다.
> 싱그러운 향기가 나는데, 엘프가 아니라면 맡기 힘들 정도예요. 길을 인도하는 흔적 같은데 몬스터들과 함정이 많아요.
> 확실한 건 모르지만 이곳에는 엘프가 왔었어요.

> 모험가 체이스입니다

> 이틀 동안 조사한 상황 보고합니다.
> 3개 정도의 구역으로 던전이 나뉜 것으로 보입니다.
> 지역마다 독특한 흔적들을 통해서 미궁을 빠져나가는 구조 같은데, 첫 지역의 출구는 제가 찾았습니다.

〈로열 로드〉에서 이름을 날리는 모험가들만 1,000여 명이 넘게 미궁으로 진입했다.

위드는 사막을 횡단하면서도 정보들을 계속 입수할 수가 있었다.

그사이, 다른 미궁에 대한 제보들도 나왔다. 하지만 남아 있는 모험가들에 의해 하루, 이틀 정도가 되면 공략되거나 하프엘프 비슈르와 관련이 없다는 것이 밝혀졌다.

"지금으로써는 아베리안 숲의 미궁이 가장 의심스러운가."

위드는 동쪽 사막에서 낙타를 타고 태양의 제단에 도착했다.

황량한 모래 구릉 사이, 태양의 파편이 뜨거운 열기로 인도한 곳에서 대지가 갈라졌다.

쏴아아아아!

그리고 드러나는 새하얀 기둥들과 돌로 지은 제단.

태양의 파편과 제단이 함께 빛을 발하고 있었다.

띠링!

> **위대한 발견! 사막의 숨겨진 유적, 태양의 제단을 최초로 찾아냈습니다**
> 태양의 열기가 강렬하게 깃든 곳에 세워진 전사의 유적입니다. 가장 뛰어난 사막 전사가 이곳에서 의식을 치르면 태양의 힘을 얻는다는 전설이 내려오고 있습니다.

> 모험에 따라 명성이 5,550 올랐습니다.

> 레벨이 올랐습니다.

> 숨겨진 유적을 찾아냈습니다.
> 특별한 경험으로 힘과 민첩이 3씩 추가로 늘어납니다.

> 귀중한 발견을 보고하면 추가적인 보상을 얻을 수 있을 것입니다.

태양의 제단.

하늘 한복판에는 태양이 떠 있고, 제단 부근의 모래가 불타기 시작했다.

제단에는 둥그런 붉은 바위가 놓였는데, 주변에는 전사들의 조각품이 이를 호위하듯이 서 있었다.

바람과 모래에 깎여 대략적인 형태만 남아 있는 조각상들.

태양의 힘을 원하는 전사여

이 바위를 검으로 찔러라!

"설마 여기까지 왔는데 함정은 아니겠지."

위드는 그래도 꼼꼼하게 주변을 살폈다.

믿는 바위도 다시 두드려 봐야 하는 법!

오래된 제단은 진짜로 보였고, 태양의 파편도 반응했다. 무엇보다 조각상들이 시간에 풍화된 흔적이 역력했다.

"감정!"

알 수 없는 오래전에 만들어진 작품
태양의 힘이 깃들어 있다. 자연 파손이 심해서 복원이 필요하다. 사막의 보물.
예술적 가치: 3,610

"좋아. 확실하군. 그래도 혹시 모르니……."

위드는 언제든 도망칠 준비를 하고 로아의 명검을 뽑아서 바위를 찔렀다.

그 순간!

태양이 강력한 빛을 발산하고, 불타는 모래들이 사방으로 밀려났다. 제단을 중심으로 하늘과 땅을 잇는 휘황찬란한 빛의 기둥이 세워졌다.

위드가 태양의 전사로 전직하는 장면은 방송국들을 통해서 생중계되고 있었다.

―대박이다.
―와… 대체 무슨 직업을 얻으려고 저러냐.
―태양의 전사 아닌가요? 딱 1명밖에는 부여되지 않는다는 그 직업.
―맞을 듯. 퀘스트의 내용도 그렇고…….

게시판들이 들썩였다.

시청자들끼리 즉석에서 대화를 나눌 수 있는 채팅방은 폭주 상태였다.

―예전에 얻었던 직업, 다시 구하는 거 같네요. 경험도 있고.
―사막의 대제왕 시절의 재림이 이루어질 것 같습니다.
―그땐 전쟁의 시대에서 중앙 대륙을 정복했는데, 이번에는 뭘 정복하려나.
―평범한 세력들은 이미 다 쓸어버렸음. 남은 건 케이베른.
―헤르메스 찌꺼기도 남아 있어요. 벌써 잊어버린 분들이 있을지 모르지만.
―블랙 드래곤과의 전투가 갈수록 기대되네요. 설마설마했는데… 이러면 진짜 승산 있는 거 아님?
―직업 많이 바꿔 본 1인으로서 말하자면… 직업 바뀐다고 해서 엄청 강해지는 거 아닙니다. 당장은 어느 것 하나도 제대로 못 하죠.
―조각사 마스터, 상급 네크로맨서, 태양의 전사. 진심 로열 로드를 걷네요.
―원가 로열 로드 같진 않지만 결과물이 로열 로드.
―파일럿이 위드입니다.
―바드레이도 방송 보고 있을 듯. 부들부들 중 예상.

철혈의 워리어 직업을 얻기 위해 북부 대륙의 해안가 마을에 자리 잡은 바드레이, 그는 부지런히 퀘스트를 하고 있었다.

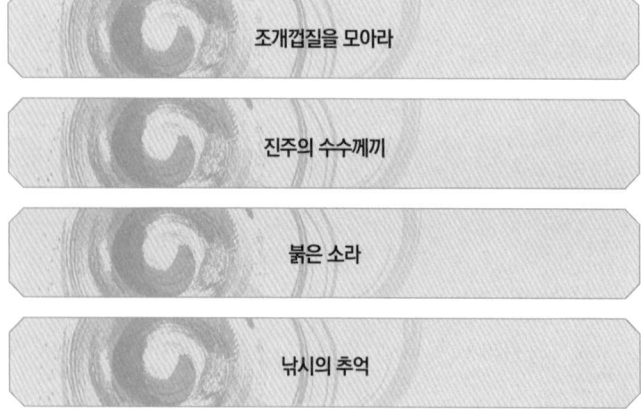

'도대체 이게 무슨 퀘스트지?'

전투 퀘스트들을 많이 진행해 봤지만 이런 잡다한 의뢰들은 까다롭고 어려운 것이었다.

"인간. 인간들과는 연락을 오랫동안 끊고 살았다. 아르펜 제국? 인간들이 세운 왕국인가."

바바리안들은 하벤 제국도 아르펜 제국도 몰랐다.

바드레이가 지금까지 쌓은 명성도 통하지 않는 고립된 작은 마을. 급하게 헤르메스 길드에서 모험가 란토스를 불렀다.

"걱정하지 마십시오. 전문적인 모험가가 무엇인지를 보여 드리겠습니다."

란토스는 헤르메스 길드의 적극적인 지원 속에서 성장한 유저였다.

정복과 전투를 중심으로 한 헤르메스 길드였지만, 중앙 대륙에는 수많은 신비로운 것들이 잠자고 있다. 특히 보물이나 장비들을 발굴하는 분야에 있어서는 란토스를 최고로 꼽을 수 있었다.

"낚시도 잘하십니까? 노란 아가미에 푸른 비늘을 가진 물고기를 낚아야 합니다만."

"그럼요. 조금 익혀 두었습니다."

"스킬이 얼마나 되죠?"

란토스가 볼을 살짝 긁으며 대답했다.

"중급 3레벨입니다. 아시다시피 낚시는 모험가에게 필수 스킬은 아니라서요. 한가롭게 여유를 즐기는 낚시꾼, 어부나 항해사들이 좋아하는 스킬이죠."

대륙을 떠도는 모험가들, 체이스나 스펜슨 같은 이들은 낚시 스킬도 고급에 도달해 있었다. 멋진 풍경이 나타나면 한가롭게 낚싯대를 드리우기도 하고, 모험의 긴장감을 풀기에 좋았다.

란토스는 모험가이기는 하지만 탐색과 발굴, 함정 해체의 전문가였다.

"저한테 맡겨만 주십쇼. 진정한 모험이 무엇인지 알려 드릴 테니까요."

꼬박 3일 동안 밤낮을 가리지 않고 낚싯대를 던져서 어쨌든 퀘스트를 완료하기는 했다.

바바리안 여전사는 물고기를 받자마자 모닥불에 구웠다.

"좀 오래 걸렸군. 예전에 먹었던 그 맛이 날지 모르겠어."

지글지글 익어 가는 생선.

바드레이와 란토스는 멍하니 그녀를 지켜보고 있었다.

위드라면 옆에 앉아서 넉살 좋게 어떤 맛이었는지를 물어보았으리라. 평범한 싸구려 소금을 200골드 비싼 특제 소금이라고 사기 치면서 요리를 하는 것은 덤!

바바리안 여전사는 이틀간 4개의 퀘스트를 더 하면서 친밀도를 높이고 나서야 다음 의뢰를 주었다.

"전사라면 힘든 전투도 겪어 봐야 해. 롬달 섬으로 가서 그 지역의 몬스터들을 퇴치할 수 있겠나?"

"저에게는 쉬운 일이군요."

바드레이는 담담하게 의뢰를 받아들였다.

'철혈의 워리어는 역사에도 몇 번 출현했다. 수만의 적에게도 끄떡없이 버텼다고 했다.'

흑기사를 이미 마스터하고, 각종 검술의 비기를 모았다. 실력에 대한 자부심은 충분했다.

'공격력은 넉넉하다. 방어력에 집중한다면 그 어떤 유저도 나를 이기지 못해. 일대일 승부에서 내 적수는 위드가 아니다. 드래곤에게도 버티는 것이 궁극적인 목표가 될 것이다.'

위드는 태양의 전사로 전직하고 나서 중앙 대륙으로 갔다.

사막에서 활동하면 신체 능력이 강화되고, 성장 속도가 빨라지지만, 한 지역에만 머무를 수 없을 정도로 바빴다.

게다가 종말의 날과 같은 궁극 스킬을 익히기도 했는데, 이건 검술의 비기와는 다른 강력한 위력을 발휘했다.

> 알 수 없는 던전에 들어왔습니다.
> 아베리안 숲의 나무 아래에 있는 던전입니다. 이곳에 어떤 비밀이 있는지는 밝혀지지 않았습니다. 하지만 조심해야 할 것입니다. 길을 잃고 헤매다 보면 갑작스러운 위험이 나타날 것입니다.

이름이 알려지지 않은 던전!

위드는 하프엘프 비슈르의 흔적을 찾기를 기대하고 있었다.

입구로 들어서자마자 귀가 길쭉한 여성 유저가 기다리고 있었다.

"하루나예요. 반가워요, 위드 님."

"네. 안녕하세요."

"우리 모험가들이 밝혀낸 지역은 던전의 절반 정도예요. 우선 아는 곳까지 안내하도록 할게요."

"고맙습니다."

벽에 흙과 나무뿌리들이 보였다. 어두운 동굴이지만 모험가들이 천장이나 벽에 설치해 둔 빛나는 수정 구슬들로 밝혀져 있었던 것이다.

하루나는 발끝으로 사뿐사뿐 걸으면서도 엘프답게 걸음이 꽤 빨랐다.

"이렇게 오셔서 정말 영광이에요."

"네. 도움에 감사드립니다."

"25분 정도 걸으면 첫 번째 지역은 넘을 수 있어요. 일정 시간마다 나무뿌리가 움직이기 때문에 길이 열려 있는 동안 빨리 가야 해요."

"저는 더 빨리 걸어도 괜찮습니다."

엘프 유저들은 대부분 아름다운 편이었다. 현실에서의 외모를 기본으로 늘씬한 몸매와 깨끗한 피부를 가지고 있다.

위드는 그럼에도 하루나를 채석장에 널린 돌처럼 여겼다. 서윤을 아침저녁으로 보는 터라, 어떤 여자를 봐도 딱히 예쁘다고 느껴지질 않는 것이다.

'…여동생이 앞으로 결혼이나 할 수 있을지 모르겠군.'

유린의 미모로는 장래가 걱정되는 수준!

그렇게 걸어가는 동안 모험가들과도 마주쳤다.

"위드 님! 저 단테입니다."

"오랜만이군요."

"하하. 같이 모험을 할 수 있게 되어서 정말 좋습니다."

미궁에서 모험가들과 만나며 함께 줄줄이 이동했다.

위드와 안면이 있다는 것만으로도 단테는 유저들 사이에서 시샘과 부러움의 대상이 되었다.

베르사 대륙에서 수많은 업적들을 세우고, 아르펜 제국의 황제 자리까지 오른 덕에 위드의 명성은 새로운 단계에 올라 있었다.

"이곳이 두 번째 지역의 입구예요."

하루나와 함께 도착한 장소는 나무뿌리들이 뒤엉켜 있는 장소였다.

사람이나 엘프 1명 정도가 간신히 통과할 수 있는 비좁은 틈.

그곳을 넘어서서 걷다 보면 다시 통로가 넓어졌지만, 주의 깊게 살피지 않는다면 감쪽같이 모르고 지나칠 장소였다.

"여기서부터는 함정들을 모두 해제하지 못했어요. 몬스터들도 간간이 나오고요."

첫 번째 지역은 모험가들에 의해 정리되었지만, 두 번째 지역은 탐험 중이었다. 모험가들이 수없이 갈라져 있는 통로마다 샅샅이 수색하면서 길을 찾고 있었다.

"체이스 님!"

"오, 위드 님 오셨습니까. 하하하."

모험가 체이스와도 만나서 두 번째 지역의 탐색에 나섰다.

"지도를 제작하고 있습니다. 대단히 넓은 던전이긴 하지만

1,000명이 훨씬 넘는 유저들이 나섰으니 저녁에는 해결이 되리라 봅니다."

"그렇군요. 케이베른을 막는 데 도움을 주셔서 고맙습니다."

"당연히 해야 하는 일이었는데요. 위드 님이 베르사 대륙을 위해서 얼마나 많은 일을 해냈는지는 모험가인 제가 잘 압니다. 남들이 나서지 않을 때 엠비뉴 교단을 막는 일을 비롯하여 어려운 일들을 해냈고 지금도 앞장서서 고생하고 계시지 않습니까?"

긴 칭찬. 어딜 가더라도 이 정도 칭찬은 듣는 편이었다.

'이럴 때 겸손하게 말해야지.'

위드는 촉촉하게 입술에 침을 발랐다.

"흠흠. 그저 제가 하고 싶어서 하는 일입니다. 사람들을 위해 엠비뉴 교단은 꼭 막아야 한다고 생각했었고요."

"위드 님이 베르사 대륙을 다스리면 정말 세상이 편안해질 겁니다."

"물론 그래야지요. 사람들이 다 행복하게 사는 게 제 목표입니다."

터무니없는 거짓말은 아니었다.

행복한 사람들에게 듬뿍 세금을 뜯어내는 게 '진정한' 목표일 뿐이지.

모험가 르보이를 비롯해서 여러 유명한 유저들과도 잠깐씩 인사를 나눴다.

"힘들지 않으세요?"

"뭘요. 어두침침한 던전들이 제 집입니다. 여긴 나무 향기도 좋고 친구들도 많아서 맥주 파티도 벌이고 있습니다. 물론 탐험에 지장을 안 줄 정도로만요."

몬스터들을 상대하고, 함정을 해제하는 일에 모험가들은 진심으로 즐거움을 느끼고 있었다.

매번의 모험이 성공을 거두는 것도 아니고, 큰 보상을 받지도 않는다. 스스로 즐기지 않으면 해낼 수 없는 직업인 것.

"앞으로 아르펜 제국에서는 모험 퀘스트의 보상을 크게 늘릴 것입니다."

"정말요?"

"네. 유적이나 광산의 발굴에서부터 모든 종류의 모험을 적극 지원하겠습니다."

위드의 말은 묵직한 무게를 싣고 있었다.

일단 내뱉어지고 나면 되돌리기 어렵지만, 모험가들이 그 이상의 부가가치를 만들어 줄 거라고 위드는 확신했다.

'실패도 하겠지. 성공하면 보상을 받고. 근데 실패하는 건 나랑 상관없잖아?'

성공에 대한 이야기들은 실패의 두려움을 잊게 하고 희망을 품게 만든다.

케이베른으로 인해 대도시들이 무너지고, 몬스터들의 크고 작은 침략을 당한 지역은 부지기수였다. 방송국들은 베르사 대륙의 멸망까지 걱정했지만 의외의 변화가 일어나는 중이었다.

―모라타입니다. 과일 가게 하고 있는데요. 무슨 일이 벌어지는 겁니까? 점심 무렵이면 물건이 다 팔려서 장사를 접어야 돼요.

> ─푸홀 워터파크입니다. 놀 분위기가 아니라고 생각했는데… 초대박! 중앙 대륙의 큰손들이 잔뜩 몰려왔어요.
> ─워터파크에서 멀리 떨어진 지역의 별장까지 다 팔렸습니다. 추가 분양이 이루어지면서 가격도 급상승 중.
> ─가르나프 평원에서 헤르메스 길드가 하벤 제국군과 함께 폭망하고 나서… 전리품으로 고급 장비들 잔뜩 풀렸잖아요. 그 후 장비 시세 떨어질 줄 알았는데 다시 엄청 오름.
> ─지금 던전이나 사냥터마다 유저들로 바글바글해요.
> ─도시에도 사람 많습니다. 어딜 가더라도 사람들 천지예요.

도시가 부서지고, 자연재해가 발생해서 곡물의 생산량이 감소했다. 낙원처럼 즐겁던 베르사 대륙이 크게 위험해지고 혼란에 빠져들었다.

하지만 유저들의 활동은 훨씬 늘어났다.

> ─뭐라 설명할 수는 없는데, 요즘 로열 로드가 더 재밌어진 듯.
> ─하고 싶은 것도 많고, 해야 할 일도 많고…….
> ─위험한데 좋네요. 저 미친 거 같기도 하고. 하하.

농부들은 곡물들을 보살피며 검은 비의 피해를 줄이기 위해 노력했다. 상인들의 짐마차로 대륙을 누비고 다니며 떨어져 가는 생필품을 공급했고, 다른 직업군의 유저들도 긴 잠에서 깨어난 듯이 활기차게 활동했다.

위기가 닥치니 사람들은 더 큰 흥미와 즐거움을 느끼려는 듯, 적극적으로 사냥을 하고 생산과 채집에, 휴가도 더 신나게 즐겼다.

도시들은 부서졌지만 그곳에 살던 주민들까지 사라진 것은 아니었다.

에바루크 성과 소므렌 자유도시도 지역 주민과 유저들에 의해 복구 작업이 시작되었다.

"모라타도 폐허에서부터 시작되었잖아요. 우리도 충분히 해낼 수 있어요!"

"다시 일어섭시다. 아르펜 제국에서도 적극적으로 지원해 준다고 했어요."

유저들은 포기하지 않았다.

평화로울 때는 자신의 일을 하며 조용히 지냈을 유저들이 폐허에 집을 짓고, 도로를 까는 일에 나섰다.

다인이 전 재산을 털어서 복구 작업에 투입했으며, 이 소식이 알려지면서 창고에서 물건들을 빼 갔던 유저들은 물품들을 다시 가져왔다.

"복구 작업에 썼으면 좋겠습니다. 저도 유명하진 않지만 에바루크의 유저입니다."

사람들의 힘이 모이다 보니 아르펜 제국은 케이베른의 위협에도 불구하고 급성장하고 있었다.

―이번 주 아르펜 제국의 수입이 많이 늘었어요.

서윤이 저질렀던(?) 천문학적인 투자도 맞물려서 엄청난 부가가치가 창출되었다.

평범한 마을들이 도시로 승급하고, 각종 생산량이 30% 이상씩 증가했다. 도로가 잘 뚫려 있고 넉넉한 토지가 있는 도시들은 2배씩의 생산 확대가 이루어졌다.

그동안 유저들이 벌어 놓은 돈도 꽤 많았다. 아무리 헤르메스 길드가 심각한 착취를 해 갔어도, 유저들이 사냥과 장사를 통해 번 돈은 시간과 비례해서 쌓였던 것.

하벤 제국의 지배하에서는 돈을 숨기기 바빴지만 이제 과감하게 쓰고 있었다.

―지금입니다. 위기 같지만… 이 위기마저 넘어가면 아르펜 제국은 끝내주게 발전할 겁니다.
―드래곤이 부술 만한 대도시만 아니면 되죠. 중간 정도 되는 도시들. 특히 휴양지는 좋잖아요?
―부동산 전문 투기꾼입니다. 저는 평생 일 안 하고 투기로만 먹고살았습니다. 지금이 기회입니다. 늦으면 가격 폭등하고 나서 판잣집에도 내 집 마련 못 한다고 장담합니다.
―교통, 사냥터, 상업. 모두 발달한 지역의 땅에 투자하십쇼. 땅은 거짓말 안 합니다.

중앙 대륙의 땅값도 폭등하는 중이었다.

아르펜 제국의 투자가 제대로 불을 지폈다.

지금까지 억눌려 왔던 자금들이 미친 듯이 풀리고 있었으며, 사람들은 기대 이상으로 희망적이었다.

―위드 님이 반드시 드래곤을 퇴치할 겁니다.
―퇴치 못해도 되죠. 도시 하나씩 부서져도… 뭐, 참고 살 만해요.
―신도시로 밀어 버립시다. 건설 최고!
―드래곤도 한계가 있지, 대륙의 수많은 도시들을 어느 세월에 다 부수겠냐고요!
―새로 만들어지는 도시들이 더 많다는 게 팩트.
―몬스터도… 뭐, 많아져도 적응하면 버틸 만해요. 사냥하면서 성장도 빨라지고. 그러면 도시 파괴도 안 됨.

도시가 파괴되고, 몬스터들이 대규모로 돌아다니는 모습에도 유저들은 적응하고 있었다.

> ─아르펜 제국. 위드 님은 도시 개발의 전문가입니다. 그러니 우린 믿고 가면 됩니다.
> ─대도시가 부서져도 부근 지역은 더 발전합니다. 그러니 호재죠.
> ─주식, 코인. 다 필요 없습니다. 로열 로드가 정답입니다. 여기만큼 즐겁고, 즉각적인 보상이 이루어지는 곳은 없어요.
> ─장기적으로 무조건 우상향입니다. 가즈아아아아!

하벤 제국은 매달 조금씩 떨어지는 세금 수입을 걱정하며 쇠락해 갔지만, 아르펜 제국은 그와 정반대였다.

대규모 투자와 유저들의 활동에 의해 세금 수입이 매주 20%씩 증가했다. 그동안 줄어들었던 세금이 회복되는 것이기도 했지만 믿기 어려울 정도의 성장세였다.

위드는 기분이 좋아져서 개발 계획을 발표했다.

"대륙 전체에 12개의 워터파크를 만들겠습니다. 초대형 빌딩? 위대한 건축물? 몽땅 때려 짓겠습니다."

선거철에 실컷 공약만 남발하는 흔한 정치인들과는 다르다. 위드는 한다면 하는 사람이었고, 또 그에 대한 대비도 철저히 되어 있었다.

헤르메스 길드에서 소유하고 있던 건물들과 넓은 평원, 산, 강 인근의 임야들을 정복하며 무상으로 넘겨받았다.

제국의 막대한 토지 재산을 바탕으로 개발 계획을 세우며 부동산 가치를 높이는 것이다.

주택, 별장, 호텔 사업들을 하면서 막대한 분양 실적을 올리고 그 자금들은 제국 내에 재투자를 할 수 있다.

 사람들의 말처럼 케이베른이 공격할 우려가 높은 대도시만 아니라면, 중간 정도 되는 상업, 교통 도시들은 더 크게 발전할 여지가 있었다.

―몬스터들의 성채에도 투자 계획이 세워짐. 상황도 안 보고 막 발표한 듯. 미친 거 아님?
―윗 분 모르시는 말씀. 몬스터만 토벌하면 바로 유원지 아닙니까.
―죽여주는 테마파크죠.
―푸홀이 어떤 곳이었는지 아는 사람들은 미래를 의심하지 않습니다.
―관광지가 별겁니까? 사람들이 가서 놀 만하면 관광지. 예전에 뭐 하던 곳인지는 중요하지 않아요.
―동쪽 바다에 화산섬 개발 계획이 더 무지막지함. 이건 지난달에 터진 적이 있는 활화산임.
―와… 온천욕 제대로 하겠네요.

 위드는 열심히 사냥을 하고, 치안을 확보하는 일만이 통치 행위라고 생각하지 않았다.

 "황제로서 꿈을 심어 줘야지. 사람들이 희망을 품을 수 있도록 말이야."

 아르펜 제국의 투자로 인한 유저들의 태도 변화에 민감하게 반응했다.

 사막에서도 어떤 식으로 유저들을 착취할지를 고민!

 그동안 부동산 투기에 대해 공부한 지식들도 개발 계획을 세우는 데 밑바탕이 되었다.

 "투기 심리를 자극해야지. 막대한 돈이 풀리면 제국을 빠르게 발전시키는 열쇠고리의 역할을 해 주니까."

장밋빛 환상이 있다면 사람들은 돈을 꺼내기에 주저하지 않는다. 뭔가 잘될 것 같고 나만 뒤처질 것 같다는 느낌, 특히 이웃이나 친구들이 돈을 벌 거 같으면 벌써부터 아랫배가 살살 아파 오는 것이 사람의 심리.

"지금 돈이 많아야만 행복한 게 아냐. 앞으로도 돈을 잔뜩 벌 거 같으면 벌써 행복해지는 거지."

투기를 바탕으로 한 희망의 정치!

그동안 쇠락했던 도시들을 〈로열 로드〉의 초창기처럼 멋지게 탈바꿈시킨다는 계획.

생산력이 늘어날 테고, 무역도 활발하게 진행된다. 무엇보다 유저들이 적극적으로 뭔가를 해 보려고 나설 것이다.

"통치는 정직이나 노력으로 되는 게 아냐."

위드는 올바른 말을 하는 정치인은 인기를 얻고 성공하기 힘들다고 생각했다.

바른말은 듣기에 괴롭다.

법을 잘 지키고 정직하게 열심히 살라는 '말'은 누구든 할 수 있다. 그렇기에 더 지겨운 법.

하지만 그게 무슨 재미!

"초대형 건물을 세울 겁니다. 도로도 막 만들 거고. 땅값 왕창 오를 테니 얼른 사세요!"

"우와아아아앗!"

"여러분들, 실컷 돈 벌게 해 드리겠습니다."

"위드 만세!"

현실에서는 투기의 부작용이 막대하게 작용한다.

한창 집값이 오를 때는 건설 경기도 좋고, 일자리도 많이 만든다. 그렇지만 불어난 집값은 열심히 살아가는 사람들에게 부담으로 작용하기도 한다. 평생 일하고, 아껴서 저축해도 내 집 마련을 하기 어렵다면 불만이 생길 수밖에 없다.

정부도 함부로 잡지 못하는 집값!

"그때부터는 집값을 낮춘다는 명목으로 집집마다 보유세를 팍팍 때리면 돼."

정치인들도 보유세를 올리면 효과가 크다는 사실을 알지만 실행하지는 못한다. 까놓고 말해서 세금을 많이 거둬들여도 자기 돈이 아닌데 욕먹으며 진행하기는 힘든 정책인 것.

하지만 아르펜 제국의 황제는 위드!

투기를 조장하여 막대한 부동산 붐을 일으키며 제국을 개발하고, 그다음에는 세금을 올려서 거둬들이는 돈은 모두 자신의 것이다. 돈 좀 벌려는 순진한 투기꾼들은 이리 뜯기고 저리 뜯기는 신세가 되어 버릴 터!

"경제개발은 내 위주로 해야지. 암, 그렇고말고."

"해냈다!"

미궁의 두 번째 지역 입구는 모험가들의 적극적인 노력에 의해 저녁이 되기 전에 공략되었다.

세 번째 지역은 훨씬 넓은 면적에, 몬스터와 함정 들이 기다리고 있었다.

"여기서부턴 위드 님이 나서시겠습니까?"

르보이가 조심스럽게 물어 왔다.

모험가들은 탐험을 주도해 왔지만 보조 역할로 돌아설 준비가 되어 있었다. 〈로열 로드〉 역사상 최고의 모험가라고 불리는 위드의 실력을 보고 싶은 마음!

"음……."

위드는 베르사 대륙 최고의 모험가 집단보다 잘할 자신이 없었다.

'미궁이라… 고생은 엄청 하지만 의외로 해답은 간단한 곳에 있었던 적이 많지.'

어떤 경우에는 열쇠가 되는 무언가를 가지고 있지 않으면 영영 열리지 않기도 했다.

'내가 나서서 해결할 수도 있겠지만, 1,000명이 넘는 모험가들을 놔두고 앞장설 필요가 있나?'

선두에 서는 것도 때와 장소를 가려야 한다. 각종 모험 스킬들과 경험들을 보유한 모험가들을 내버려두는 건 재능 낭비.

위드는 모험가들의 기대 어린 시선을 받으며 입술에 다시 침을 듬뿍 발랐다.

"여기까지 온 것은 모두 여러분들의 공적입니다. 저는 여러분들을 믿기에 오랜 시간이 걸리더라도 기다리겠습니다."

"……!"

"과연!"

몇 마디 말로 하는 공치사.

그럼에도 사람들은 자신을 믿어 주는 이를 위해 목숨을 걸기도 한다.

"알겠습니다. 제가 하죠."

"저도 하겠습니다."

모험가들이 경쟁에 불타올랐다.

그들은 위험을 무릅쓰고 열심히 세 번째 지역 공략에 나섰고, 위드는 중앙 대륙과 북부 대륙을 오가는 몬스터 토벌대로 돌아왔다.

식사를 하며 숨을 돌리던 궁수와 마법사들이 경악했다.

"벌써 오다니……."

"차라리 공부하고 싶다."

"이건 회사에서 야근을 하는 게 더 편하지."

"아이고, 허리야."

위드를 중심으로 항상 진행되는 방송을 고려하면 농땡이를 치지도 못했다.

이틀이 지나자 모험가들이 미궁 공략에 성공했다.

> 하루나: 이곳이 미궁 조드였어요! 지금 하프엘프 비슈르를 발견했어요. 비록 말라붙은 나무로 변해 있는 상태지만요.

위드는 유린의 그림 이동술을 통해 바로 미궁으로 돌아왔다.

1,000명이 넘는 모험가들이 투입된 미궁, 위험을 무릅쓴 신속한 탐색으로 200명이 넘는 유저들이 목숨을 잃었다. 그렇지만 그들은 명예롭게 웃으며 죽어 갔다.

―오늘은 대단한 특집이 준비되어 있다죠?

―그렇습니다. 악룡 케이베른을 막기 위해 나선 모험가들. 하프엘프 영

웅 비슈르를 찾기 위해 아베리안 숲의 미궁에 모험가들이 놀라운 탐험을 성공시켰습니다.

―대륙 최고의 모험가들이 다 출동했다고 들었어요.

―생중계로 보내 드렸지만, 용감한 모험가들이 함정과 몬스터들을 공략하는 장면은 손에 땀을 쥐게 만들기에 충분했습니다.

―자. 그럼 미궁에 도착한 위드의 모습을 지금부터 지켜보시겠습니다.

미궁 조드의 모험은 당연하게도 대형 방송국들을 통해 생중계가 되고 있었다.

위드는 모험가들의 안내를 받으며 걸어가다가 벽에 새겨진 검술의 흔적을 발견했다.

"이건 뭐죠?"

"저희도 연구를 좀 해 봤지만 아직 알아내지 못했어요. 지도는 결코 아니었고, 고고학이나 문자 해석도 불가능했어요."

"흠. 날카로운 흔적들을 보면 그냥 단순하게 검을 휘두른 것 같은데."

위드는 양쪽의 벽과 바닥, 천장에도 검의 흔적들이 새겨진 것을 보았다. 그렇게 1, 2분 정도 가만히 생각을 가다듬다가 불쑥 로아의 명검에 손을 가져갔다.

스릉!

맑은 소리와 함께 미끄러지듯이 빠져나온 검.

"잠시만 휘둘러 볼게요."

"예? 예… 예."

모험가들이 영문을 모르면서도 서둘러 뒤로 물러섰다.

"대략 이쯤인가?"

위드는 검의 궤적이 시작된 곳을 따라 휘두르기 시작했다.

벽과 천장, 바닥에 이르기까지 흔적들만을 보고 완전한 검술을 표현해야 하는 고난이도의 작업.

공간과 검에 대한 이해가 탁월하지 않다면 불가능한 일이다.

쉬익! 쉬이익!

위드의 검은 춤처럼 부드럽고 아름다운 궤적을 따라서 흘렀다. 검술에 뒤따르는 자세는 하나도 알지 못했지만, 검의 흐름에 저절로 몸이 맞춰졌다.

띠링!

하프엘프 비슈르의 검술을 터득하였습니다.
검술의 비기, 재생의 검을 배웠습니다. 자연을 보고 탄생한 이 검술은 방어와 회복 능력에 탁월한 장점을 가지고 있습니다. 검술을 시전하는 동안 생명력의 최대치가 250%로 증가합니다. 자연의 힘이 깃든 장소에서는 신체의 회복 능력이 향상됩니다. 주변 식물들의 영향에 따라 방어력이 증가합니다. 스킬 레벨이 오를 때마다 자신과 동료들의 생명력이 20%씩 더 빠르게 회복됩니다. 최대 800%. 엘프들은 모든 효과가 2배로 적용됩니다.

검술에 대한 이해가 대폭 늘어났습니다.
검술 스킬의 숙련도가 30% 향상됩니다.

뜻밖에 얻게 된 검술의 비기였다.

'보스 몬스터 앞에서 버티기가 훨씬 쉬워지겠군. 불리하면 재생의 검을 펼치면서 회복하며 시간을 끌 수 있겠어. 물론 내 방식은 아니긴 하지만.'

위드는 그럼에도 쓰임새는 많다고 생각했다.

정말 몬스터들의 대규모 무리의 한복판에 떨어지더라도 재생의 검을 펼치며 버티면 된다. 적들의 시체를 잔뜩 모았다가 터트려 버리거나, 언데드를 소환한다면!

'야비한 계획을 세우기에 상당히 훌륭한 검술이야.'

위드는 더없이 만족스러웠다.

"괴, 굉장히 아름다운 검술이었습니다."

모험가 체이스가 놀라서 말했다.

가까이 있던 모험가들은 입을 떠억 벌리고 방금 자신이 본 것이 뭔가 믿어지지 않는 눈빛을 하고 있었다.

위드는 별거 아닌 것처럼 대답했다.

"재생의 검입니다."

"재생의 검요? 스킬인가요?"

"예. 검술의 비기가 여기에 있었군요."

위드가 내뱉은 말이 고스란히 방송으로 중계되면서 태풍과 같은 거대한 파급력을 발휘했다.

―검술의 비기다. 초대박.
―좌표는 저기다. 당장 배우러 갑니다.
―와… 검술의 비기를 발견하고 바로 익혀 버렸어.
―총 5분 걸렸나?
―보다. 관찰하다. 습득하다.
―오졌다. 저것이 위드의 클래스!

그렇지만 이어지는 화면은 시청자들을 슬프게 만들었다.

미궁 조드에 베르사 대륙에서 한가락씩 하는 모험가들이 잔뜩 모여 있었다. 기본으로 레벨 300은 넘고, 400대가 주축, 소수지만 500대의 모험가들도 보였다.

그런 모험가들이 검술의 비기라는 말에 눈이 튀어나와서 따라 해 보려고 했다.

"그러니까 이게……."

"어어. 왜 이렇게 안 되지?"

모험가들이 어색하게 검을 휘두르며 뒤뚱거렸다.

위드처럼 벽에 새겨진 흔적들을 보고 검술을 따라 한다는 건 불가능에 가까울 정도로 어렵다.

한순간만 집중이 흐트러져도 검이 나아가야 할 길을 잃어버리기 일쑤고, 하체와 허리, 어깨, 변화하는 몸의 중심을 맞추기도 보통 어려운 것이 아니다.

"이걸 눈으로 보고 한 번에 해내다니 괴물이네."

"말도 안 돼. 완전 재능충이야."

"저러니까 바드레이까지 이겼지."

모험가들은 부러움의 시선을 일제히 보낼 수밖에는 없었다.

"어서 가도록 하죠."

위드는 미련 없이 발걸음을 옮겼는데, 별거 아닌 듯한 태도마저 방송을 통해 실시간으로 화제가 되었다.

―위드 님에게 재생의 검 정도야… 뭐.
―저분이 바로 전쟁의 신이십니다. 잊으면 안 돼요. 메모합시다.
―언데드들 막 소환하면 끝장 아님? 현실적으로 최강 전투력 같은데…….
―레벨이 오를수록 성기사가 네크로맨서 이깁니다. 상성으로 절대적으로 그래요. 흑마법이나 언데드의 힘이 강할수록 성기사들은 신성력을 이끌어 내거든요.
―솔직히 성기사들은 위드 퇴치 의뢰가 나올지도 모른다고 기대하고 있었을걸.

성기사들은 사악한 힘을 물리치면서 신의 축복을 받고, 스탯도 오른다. 신성력에 의한 효과가 매우 커서 두 등급 이상의 언데드도 어렵지 않게 잡아냈다.

—그래서 위드를 이길 수 있다고 장담할 수 있는 성기사가 누구?
—그게 함정이네?
—없…죠.
—어떤 성기사가 위드에게 돌격함? 와… 진심으로 용기만큼은 인정해 줘야 할 듯.
—스켈레톤의 대군을 뚫으니 좀비가… 그 뒤에는 듀라한, 비명을 지르는 유령들, 데스 나이트, 둠 나이트, 본 드래곤까지 있음.
—그걸 다 극복한 이후의 최종 보스가 위드임.
—쟌이 인터뷰도 했잖아요. 우린 네크로맨서지만, 그는 위드다. 그리고 그는 이 순간에도 강해지고 있다.
—케이베른이 나타난 후로 쉬지도 않고 사냥하잖아요. 적당 수준에서 만족하지 않음. 나중에는 진심 전설적인 언데드까지도 다 소환할 수 있을 듯.
—지금은 전사라는 게 함정. 네크로맨서로 쭉 가지 않은 것이 대륙의 행운이다.

위드는 계속 걸어가면서 주위를 둘러봤지만 검의 흔적 같은 건 또 발견되지 않았다.

'흠. 좀 아쉽긴 하군.'

공략하기 어려운 미궁에는 보물이나 비밀이 숨겨져 있는 경우가 꽤 많았다. 검술의 비기라는 대박이 나왔으니 다른 물품은 남아 있지 않은 모양이었다.

"여기예요."

모험가들이 안내한 미궁의 끝에는 인간과 엘프가 반씩 섞인 하프엘프 비슈르가 딱딱하고 메마른 나무로 변해 있었다.

"사제의 치료 마법으로도 깨어나지 않았어요. 어떤 다른 보물이나 단서가 필요할지 고민하고 있어요."

하루나가 설명했지만, 위드는 이미 짚이는 구석이 있었다.

'간단하네. 미궁에 들어와서 익힌 재생의 검이 열쇠겠지.'

조금만 생각해 봐도 나오는 쉬운 해결책이었다.

"어떻게 해야 할지 알 것 같군요."

위드는 검을 뽑아서 휘두르기 시작했다.

좀 전에 봤던 벽에 흔적이 새겨져 있던 검술을 그대로 재현한다. 검의 길을 기억하는 건 쉬운 게 아니지만 조금 전에 휘둘러 봤다. 음악가들이 악보를 기억하듯이, 검의 흐름을 그대로 기억해 낸다.

바람을 가르는 부드러운 검술.

고작 한 번 해 봤음에도 불구하고 동작들이 더 자연스러워졌고, 힘과 속도가 조화를 이루었다.

몬스터와의 전투만이 아니라 검의 움직임 자체를 꾸준히 단련해 왔기에 이를 수 있는 경지.

띠링!

> 재생의 검을 재현하고 있습니다.

> 재생의 검 스킬이 초급 2레벨이 되었습니다.
> 검술의 공격력이 향상됩니다. 자신과 동료들의 생명력이 20% 더 빠르게 치유됩니다. 매우 빠른 속도로 스킬의 숙련도가 증가하고 있습니다.

> 통찰력이 5 증가합니다.

재생의 검은 스킬인 동시에 검술이었다.

일정한 움직임에 따라서 펼쳐 내야 하는 검술을 재현하면 스킬 레벨이 오른다.

위드는 나무처럼 변해 있던 비슈르에게 조금씩 생기가 도는 것을 확인하고는 검술을 멈추지 않았다. 두 번째, 세 번째의 검술을 연달아 펼치면서 검의 길은 더욱 아름다워졌다.

띠링!

> 재생의 검 스킬이 초급 3레벨이 되었습니다.

> 재생의 검 스킬이 초급 4레벨이 되었습니다.

초급이라 그렇게 큰 의미가 있는 수준은 아니지만 그래도 스킬이 금방금방 오른다.

하프엘프 비슈르가 생명력을 회복하고는 천천히 눈을 떴다.

드워프들의 계획

"내 검술이로군요."

위드는 검을 휘두르는 걸 멈추고 하프엘프에게 가까이 다가갔다.

"맞습니다."

"당신이 나를 찾아왔나요?"

"케이베른과 싸우기 위해서 이곳까지 오게 되었습니다."

미궁의 탐험을 이끌어 왔던 모험가들은 멀찌감치 물러나서 조용히 둘의 대화를 듣고 있었다.

비슈르가 호리호리한 몸을 일으켰다.

"케이베른은 정말로 지독한 드래곤이에요."

"알고 있습니다."

"인간이 드래곤과 싸우기를 결심했던데, 그가 무슨 사건을 일으켰나요?"

"맞습니다."

위드는 도시들을 파괴하고, 몬스터들의 침략을 일으킨 케이베른에 대해 설명했다. 물론 중간에 케이베른을 비난하는 것도 잊지 않았다.

"그 시커먼 드래곤을 해치우지 않는 이상 대륙의 평화를 되찾긴 힘들 것입니다."

"그렇군요. 그보다도 케이베른이 공격하는 이유가 드래곤의 알 때문이라고요?"

"맞습니다."

"아마 진짜 드래곤의 알이 아닐 거예요."

"네?"

비슈르가 알려 주는 이야기는 그야말로 충격이었다.

악룡 케이베른은 오래전부터 엘프들을 눈엣가시로 여겼다.

실컷 괴롭히면 원하는 대로 뼁을 뜯을 수 있는 드워프들과는 달리 엘프들은 자존심이 강한 고고한 종족이었다.

세계수와 그린 드래곤의 보호를 받기 때문에 함부로 건드리지도 못했다.

악룡 케이베른은 이때 꾀를 내어서 엘프를 괴롭혀도 되는 명분을 만들었다.

드래곤의 알!

마법으로 만들어 낸 가짜 드래곤의 알을 엘프의 숲으로 들여보냈고, 그것이 깨어지자 핑계를 대고 습격을 해 왔다.

"악룡 케이베른은 숲을 불태우고 엘프들을 죽였어요. 엘프들에게는 기원이 되는 세계수마저도 타 버렸지요. 엘프들은 그날 이후로 숲을 잃어버리고 말았어요."

"그런 일이 있었군요."

위드에게도 깜짝 놀랄 만한 일이었다.

악룡 케이베른이 저지른 짓은 영락없이 깡패들이나 하는 일이 아닌가.

'그래서 악룡이라는 별명이 붙었던 건가? 가짜 드래곤의 알이었다면 이 퀘스트도 헤르메스 길드 탓이 아니더라도 언젠가는 벌어졌었겠네.'

가짜 드래곤의 알이 정상적으로 부화가 될 리는 없었다.

어느 정도 세월이 지난 후에 알이 파괴되면 케이베른은 인간들을 공격했을 것이다.

헤르메스 길드에서 엿이나 먹으라고 먼저 부숴 버렸기 때문에 기간이 단축된 것에 불과했다.

'드래곤의 습격이 예정된 위협이었다니… 그래도 나중에 상대한다면 훨씬 편하기는 했겠지.'

하프엘프 비슈르 퀘스트 완료

마침내 미궁 조드에서 하프엘프 비슈르를 찾아냈다. 오랜 시간 동안 살아오다가 생명력이 다해서 식물로 변한 그녀를 재생의 검으로 다시 깨우는 데 성공. 블랙 드래곤 케이베른의 음모는 엘프들에게도 벌어졌으며, 이번에는 인간들의 차례라는 진실을 알게 되었다. 그럼에도 포기하기에는 이르다. 하프엘프 비슈르가 살아난 것처럼 희망의 불꽃은 꺼지지 않았다.

레벨이 올랐습니다.

지혜가 2 증가했습니다.

> 모험의 결과로 전 스탯이 3씩 늘어납니다.

 퀘스트가 완료되면서 경험치와 모험 성과를 얻었다.

 많은 유저들의 도움이 있었기에 간단하게 해결하긴 했지만 과정들을 살피면 쉬운 퀘스트는 아니었다.

 비슈르는 물의 정령을 소환하여 자신의 몸을 치유하더니 말했다.

 "케이베른을 상대로 싸울 동료를 구하고 있었어요. 당신도 원한이 있다면 저와 같이 싸우는 것은 어떤가요?"

 위드는 바로 고개를 끄덕였다.

 "당연히 함께하겠습니다."

 하프엘프 비슈르가 동료가 되어 준다면 이쪽에서는 대환영이었다.

 '헤스티거처럼 알뜰하게 부려 먹어야지.'

 엘프들은 궁술, 정령술을 타고났으며 몸이 빠르기까지 해서 활용 가치가 높다.

 하프엘프는 보통 순수한 엘프보다는 재능이 떨어진다고 하지만, 대신에 검술이나 맷집이 탁월했다.

 "좋아요. 저는 200년이 넘는 기간 동안 케이베른을 없애기 위한 방법을 연구했어요."

 "200년이나요?"

 "케이베른이 본격적으로 활동한다면 엘프들을 괴롭힐 것을 알고 있었어요. 여러 방법들을 고려해 봤지만 드래곤을 상대하기는 역부족이었죠. 그래서 찾아낸 최후의 방법이 희생의 화로예요."

"희생의 화로?"

"드워프들이 가진 전설의 물건이에요. 드워프들은 불의 희생과 새로운 탄생을 따르는 종족이지요. 그 화로에 자기 자신을 바치면 드래곤을 상대할 힘을 얻는다는 이야기가 있어요. 이 화로를 저와 함께 찾으시겠어요?"

띠링!

드워프들의 고귀한 보물

드워프들은 평생을 불길과 함께 살아간다. 그들의 역사에서 피워 낸 불길은 수없이 많지만, 3개의 신비로운 화로만큼은 꽁꽁 숨겨 두고 다른 이들에게 보여 주지 않았다. 부그타 화산의 화로, 희생의 화로, 탄생의 화로가 그것들이다. 그중 희생의 화로에는 중대한 비밀이 있다.

―드워프들이 약하다고? 우린 화로에서 모든 걸 만들어 내지. 불길 속에서 나무를 불태우듯이 우리 생명을 태우면 기적을 만들어 낼 수 있어. 마법? 마법 따윈 화로의 힘에 비하면 아무것도 아니야.

희생의 화로는 500년 동안이나 세상에 나오지 않은 보물이다. 드워프들의 보물을 찾아오면 드래곤을 상대할 힘을 얻을 수 있을지도 모른다. 희생의 화로에 대해서는 드워프 장로들 중 누군가가 알고 있을 것이다.

난이도: S
제한: 대륙을 구하는 영웅. 가장 높은 모험 명성.

어떤 상황에도 거부할 수 없는 퀘스트입니다.

퀘스트가 수락되었습니다.

'흠. 희생의 화로라……'

일찍이 들어 본 적은 없지만 드워프의 보물이라니 상당히 기대되었다.

'드래곤을 상대할 힘을 얻을 수 있다면 대박이긴 한데…….'

문제는 하필이면 이름이 희생의 화로라는 것이었다.

위드가 세상에서 가장 듣기 싫어하는 단어가 희생이었다.

"자신의 생명을 태운다고요?"

"자세하게는 저도 몰라요. 하지만 드워프들의 보물이니 흑마법 같은 종류는 아닐 거예요."

"으흠. 느낌이 좋은 것 같진 않은데."

드워프들은 흑마법이나 사악한 수법을 혐오하고, 심지어는 거짓말도 잘 하지 않는 편이었다. 드워프들과의 약속을 지키지 않는 유저들은 평판이 떨어져서 마을에서 활동하기가 어려울 정도.

'난이도 S급의 드래곤을 상대하기 위한 연계 퀘스트다. 함정이나 위험은 당연히 있겠지. 일단 계속 알아보긴 해야겠군.'

오베론.

차가운장미 길드의 수장인 그는 아르펜 제국의 벤트 성 영주였다.

'케이베른이 내 성을 파괴한다면 얼마나 기분이 안 좋을까.'

그동안 위드의 모험을 조마조마한 마음으로 지켜보았다.

사냥을 하는 순간들을 매번 볼 수는 없지만 그래도 중요한 장면들은 지켜봤다.

"희생의 화로…라고?"

"대장, 우리 그때 들었던 거 아닙니까?"

"어… 맞네. 드워프의 3대 보물 화로."

차가운장미 길드에 속해 있는 드워프 워리어들도 맞장구를 쳤다.

"이거 당장 위드 님께 알려야 되겠군."

오베론은 아르펜 제국의 주요 영주들의 채팅 채널에 말했다.

> 오베론: 위드 님, 희생의 화로에 대해서 제가 알고 있습니다.

불과 2, 3초의 시간이 지났을 때였다.

> 로프너: 대박입니다. 역시 오베론 님이시군요.
> 피아: 오… 과연 오베론 님.
> 레몬: 멋지세요. 정보가 있으니 다음 퀘스트는 빨리 진행할 수 있겠네요.
> 프레임: 정말 케이베른을 막는 데 큰 도움이 될 것 같아요.

영주들이 환호했고, 곧이어 위드도 통신 채널을 확인했다.

퀘스트를 진행하면서 비슈르와의 만남이 생중계가 될 테니 알고 있는 유저들의 제보가 있으리라고 짐작했던 것이다.

> 위드: 바로 가겠습니다. 현재 있는 장소를 설명해 주세요.

위드는 잠시 후에 유린과 함께 그림 이동술로 도착했다.

"어떤 정보죠?"

"희생의 화로가 무엇인지 알고 있습니다."

"정말 굉장한 정보로군요."

위드는 가장 찜찜했던 부분을 해결할 수 있으니 퀘스트에 막대한 도움이 된다고 생각했다.

'시작이 좋군.'

드워프의 보물이 구체적으로 어떤 역할을 하는지 알면 퀘스트의 진행 방향에 대해 파악이 가능했다.

"네. 당시에는 그냥 넘겨 버렸는데… 희생의 화로에는 생명을 태울 수 있다고 들었습니다."

"그 생명을 태운다는 의미가 정확히 무엇인데요?"

"말뜻 그대로이긴 합니다. 생명력. 그러니까 자기 자신의 최대 생명력과 레벨을 화로에서 태울 수 있습니다."

"…그래서요?"

"희생의 화로를 쓰면 최대 생명력이 떨어지고, 레벨까지도 낮아지죠. 대신 그 대가로 불길이 완전히 꺼질 때까지 강해집니다."

"어느 정도나요?"

"잃어버리는 생명력이나 레벨의 10배라고 들었습니다."

"높은 수치군요."

"하지만 위험하기도 합니다. 아니, 무조건 위험합니다."

희생의 화로에 최대 생명력 1만을 태우면 일시적으로 10만이 늘어난다.

위드의 생명력이 12만을 넘는 상태였으니 거의 2배로 증가하는 것이었다. 레벨 100개를 태우면, 일시적으로 1,000개가 올라가리라.

"제한이 있겠죠?"

"그렇게 자세히는 모르겠습니다. 간단한 이야기만 들은 것이라서요."

"흐음."

위드는 팔짱을 끼고 생각에 잠겼다.

'유지 시간이 문제지만 전투력은 이만하면 어마어마하게 강해지겠군. 이 방식이라면 케이베른을 사냥하는 것도 시도해 볼 수는 있겠지만…….'

최대 생명력과 레벨을 대량으로 걸어야 하니 엄청난 모험이었다. 가뜩이나 최대 생명력이 다른 유저들에 비해 낮았으니 더 손해가 컸다.

불꽃의 성배나 여러 장비들로 생명력을 높일 수야 있긴 하지만 그래도 손해는 손해다.

'이런 희생을 치르고 실패까지 한다면 커피 맛도 안 느껴지겠어.'

최근에는 좀 먹고살 만해졌다는 판단에 커피 음료를 하루에 한 캔씩 마셨다.

'지금까지 아끼고만 살았으니 커피 한 잔 정도는 괜찮잖아?'

아침 일찍 커피 음료를, 그것도 캔으로 따서 마시며 만끽하는 여유로움, 삶의 포근함.

'이게 인생의 행복이지.'

한 번 목숨을 잃는 것만 해도 레벨과 스킬 숙련도에 타격이 큰데, 희생의 화로를 썼다가 실패하는 상황이라면 상상하기도 싫었다.

물론 드래곤을 사냥만 한다면 전투 업적이나 보물들을 무진장 얻을 수 있겠지만…….

그때 오베론이 등에서 도끼를 뽑으며 말했다.

"위드 님, 저도 케이베른 사냥을 돕겠습니다."

"네?"

"이럴 때를 위해서 레벨을 올렸다는 생각이 듭니다. 레벨 100개 정도는 포기하고라도 동참하고 싶군요."

위드는 덥석 오베론의 손을 잡았다.

"고맙습니다. 진정한 영웅이십니다."

본능적으로 그가 꺼낸 도끼도 슬며시 만져 봤는데 명품이었다. 가까이 있는 값비싼 물품이라면 견적부터 자연스럽게 셈하게 된다.

"무슨 말씀을요. 벤트 성의 성주로서도 당연한 의무입니다. 위드 님은 아르펜 제국의 황제로서 대륙 평화를 위해 모든 짐을 짊어지고 계시지 않습니까."

"대륙의 평화를 지키는 건 저의 당연한 책임입니다."

"언제나 존경하고 있었습니다. 위드 님."

위드의 오래된 동료들만이 실체를 정확히 알고 있었다.

'이 장면도 유저들이 보고 있겠지.'

시청률이야 가뿐하게 15% 정도는 나올 것이다.

아르펜 제국이 중앙 대륙을 정복하고 나서는 유저들의 인기가 더욱 높아지게 되었다.

오베론처럼 케이베른 사냥에 동참하겠다는 유저들이 계속 나타날 테지만, 반면에 퀘스트에서 발을 뺄 수도 없게 되었다.

'내 입장이 대륙이 파괴되거나 말거나 내버려둘 수 있는 처

지도 아니고… 후. 헤르메스 길드가 파티를 벌이면서 좋아하겠군. 사냥에 성공을 하더라도 이게 이익일까?'

그야말로 진퇴양난에 빠진 상황이었다.

희생의 화로를 얻더라도 케이베른 사냥에 모든 걸 걸어야만 했다.

토르 지역.

악룡 케이베른의 영역이 가까워서 드워프 유저들은 평소에도 불안감을 안고 살았다.

"아. 드워프를 괜히 선택해 가지고……."

"종족 자체는 은근히 귀엽고, 전투력도 강하고, 심심하면 이것저것 만들 수도 있어서 좋아. 돈 모으기도 쉽지. 근데 이렇게 맨날 드래곤 횡포나 당하고 살 줄 알았나."

"드워프는 진짜 서러운 종족이지."

토르에서는 산마다 질 좋은 광물들이 나와서 대장장이 스킬이나 손재주를 키우기 좋았고, 상인들도 꾸준히 찾아온다.

사냥터도 넘쳐 날 정도로 많아서 성장하기에 편한 환경이었다. 그럼에도 드워프들은 어느 정도 레벨이 오르면 대륙 전체로 흩어지는 경향이 있었다.

모험을 한다며 떠난 드워프 유저들이 대부분 돌아오지 않는 것이 특징이기도 했다.

"이쪽이네. 장로들은 내가 모두 알고 있지."

위드는 드워프로 몸을 바꾼 채, 대장장이 헤르만과 함께 토르를 돌아다녔다.

노른 산맥, 울타 산맥, 사이고른 산맥에 흩어져 있는 드워프 마을은 대략 2,300여 개로 추정되고 있었다.

몬스터들의 활동이 심한 지역에도 드워프들의 개척 마을이나 소규모 광산 마을이 존재했고, 그중에는 유저들의 발길이 닿지 않은 곳도 많았다.

'설마 그런 으슥한 마을에 희생의 화로가… 있겠지. 아마도. 퀘스트 난이도를 보면 틀림없이 까다로울 거야.'

위드는 간단히 얻을 수는 없다고 생각했지만 그래도 알려진 마을부터 조사를 해 봐야 했다.

악룡 케이베른 퇴치는 토르의 드워프 유저들도 간절히 바라는 일이라서, 그들도 적극적으로 수색에 나서 주고 있었다.

"희생의 화로라… 어디서 들은 것인지 모르지만 말해 줄 수 없네."

큰 마을의 드워프 장로들은 입을 꾹꾹 다물고 열지 않았다.

인간이나 엘프에 비해서 드워프들의 입을 열기는 그리 어렵지 않은 편.

위드는 챙겨 놨던 뇌물을 앞으로 내밀었다.

"모라타의 특산품인 흑맥주를 마셔 보시겠습니까? 진한 풍미를 느끼게 해 주는 최상품의 보리로 만들었습니다."

"크으… 죽여주는 맛이군."

"이거 판매하는 맥주인가?"

"그럼요. 워낙에 인기가 높아서 돈 주고도 사기가 힘들긴 합니다만 세 병을 챙겨 왔습니다."

"고맙군. 실컷 마시고 오크 사냥에 나가면 끝내주겠어."

"아까 물어봤던 희생의 화로는……."

"음냐. 사실은 그런 이름을 나도 어릴 때 들어 본 적은 있어. 그런데 직접 본 드워프가 없으니 헛소문일지도 몰라."

헤르만을 통해 만난 드워프 장로들은 희생의 화로에 대해 확실히 말해 주지 못했다.

"희생의 화로가 있긴 했지. 아주 오래전에… 근데 어느 순간 사라졌다는 이야기를 들었는데."

"크허. 정말 맛있는 맥주군. 적어도 우리 마을에는 없네. 이 맥주를 걸고 맹세할 수도 있어."

"악룡 케이베른을 죽이기 위한 모험을 한다고? 크하하하. 그건 내가 두 살 때부터 맥주를 마신 이후에 들어 본 가장 재미있는 농담이군!"

드워프들은 거짓말을 잘 하지 않기 때문에 그들의 말은 신뢰가 있었다.

헤르만도 난처한 듯이 물었다.

"내가 아는 장로들은 다 소개를 해 주었네. 정보를 얻지 못했는데 이제 어떻게 할 것인가?"

"글쎄요. 당장은 손을 쓰기 어렵지만 곧 방법이 생기리라고 봅니다. 그때까진 기다려야 되겠지요."

위드는 모든 유저들에게 정보를 요청한다는 글을 올렸다.

100만 골드의 상금에 영주 자리도 하나 걸었는데, 실은 산악 지역의 영주 자리를 떠넘기기 위한 속셈이 컸다.

비밀을 아는 드워프 장로를 찾는다면 적어도 뛰어난 실력자일 터. 실력자들을 적재적소에 배치하는 것이 아르펜 제국의 발전을 위해 유리하다.

"드워프 영주는 생산력을 올려 주니 더욱 좋겠지."

대지의그림자 파티도 퀘스트를 해결하고 있었다.

케이베른의 나쁜 취향

오래된 나무의 기억

음습한 바위 아래

깨져야 하는 알

"와. 이게 전부 케이베른의 음모였다니……."

"황당하네."

은링, 벤, 엘릭스는 구덩이에서 100개가 넘는 드래곤의 알을 발견하고 말았다. 케이베른의 알이 가짜라는 명백한 증거였다.

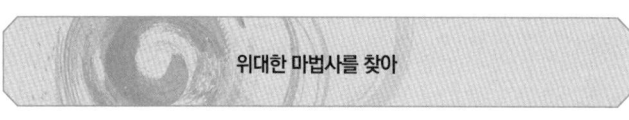

위대한 마법사를 찾아

그다음에 뜬 퀘스트는 인류의 역사상 가장 뛰어났다는 마법사를 따라가는 것.

"얼음 계열이라……."

벤이 눈을 반짝였다.

그는 모험 중에서도 마법과 관련된 유형을 가장 좋아했다. 모험가가 아니라면 반드시 마법사가 되었으리라.

벤이 두 사람에게 이야기했다.

"난 평범한 곳에서 살아가진 않으리라고 생각해. 10대 금역 중의 하나이거나 남쪽 끝, 혹은 북쪽 끝."

"단서를 모아 봐야겠지만 남쪽을 찍겠어. 우리 예전에 '사막을 지나서 끝없이 걷다 보면 대지의 끝에 도달할 수 있다'는 얘기 들었던 거 기억나?"

"기억나요. 바다가 나오고, 그 너머에는 얼음으로 된 대륙이 있다고 했죠."

엘릭스의 말에 은링이 배낭에서 지도를 꺼냈다.

남쪽 대륙.

북쪽에 지골라스가 있다면 남쪽에는 얼음으로 이루어진 미지의 대륙이 있다는 정보를 입수했던 적이 있었다.

"언젠가 우리가 가려고 했던 장소이기도 하죠. 정보들을 조금만 모아 보고 출발해요."

"동의해."

대지의그림자 파티는 많은 모험 경험과 스킬을 보유하고 있었다.

몇 개의 큰 퀘스트 때문에 그동안 헤매기는 했지만, 그사이에도 해결한 의뢰들이 많았다. 특히 한 번이라도 가 본 장소는 대단히 먼 거리도 모험 경로를 달려서 하루면 도착했다.

대지의그림자는 퀘스트에 대해 정보를 모으던 중에 위드가 드래곤의 알이 가짜라는 사실을 파악한 걸 알게 되었다.

"역시 위드네."

"케이베른도 방심할 수 없겠어."

"우리도 빨리 움직여요."

2주의 시간이 흘렀다.

수많은 드워프들이 정보를 찾아다녔지만 꼭꼭 숨겨진 것처럼 드러나지 않았다.

"도대체 희생의 화로는 어디에 있는 거야?"

"몰라. 이미 사라진 거 아닐까?"

"퀘스트라는 게 진짜 어려운 거구나. 모험가가 되어서 대륙을 돌아다니는 게 무진장 힘든 일이네."

"헤르메스 길드에서 부숴 버린 거라면……."

"설마. 하긴, 그럴 가능성도 없진 않겠다."

아무리 찾아도 나타나지 않으니 헤르메스 길드가 의심의 대상이 되기도 했다.

2주가 지나는 사이에 케이베른에게 브리튼 연합 지역의 자유도시들이 부서졌고, 하벤 지역의 욱튼 성이 다음 목표가 되었다.

"이번 주는 한숨 돌릴 수 있게 되었군."

위드는 미궁 조드를 완벽히 탐험하기도 했지만, 남들이 놀랄 정도의 강행군을 펼치며 전투를 했다.

어디든 넘쳐 나는 몬스터!

케이베른을 사냥하기 위해 모인 전투단이 있었지만 전사로 전직하고 나서는 주로 혼자 다녔다.

와삼이의 등에서 몬스터들의 무리 한복판으로 떨어졌다.

악마의 부하로 알려진 쿠랄.

각 마을과 도시들을 침공하는 강력한 몬스터들이 우글거리는 곳에서 내렸다.

"어디 칼춤 한번 춰 볼까?"

위드는 조각 파괴술로 모든 예술 스탯을 힘으로 몰아넣었다.

그웩!

"저자다. 저자가 인간들의 우두머리다."

"죽여라. 케이베른 님을 위해!"

그야말로 벌떼처럼 온 사방에서 몰려드는 몬스터들.

쿠랄은 4미터의 키, 그리고 도끼를 들고 다니는 악마의 부하였다.

대형 마수 타볼라 곤을 탄 쿠랄이 다른 몬스터들을 짓밟으며 쳐들어왔고, 크고 작은 녀석들이 뒤를 따른다.

설상가상으로 그 뒤에는 개구리와 인간을 섞어 놓은 것 같은 포이즌 프로그맨들이 있었다.

케이베른이 일으킨 몬스터들이 군대라는 이름으로 불리는 까닭도 조합 때문이었다.

지휘관 격인 쿠랄, 대형 마수 타볼라 곤을 타고 기사단의 역할을 한다.

보병들로 활약할 만한 몬스터들은 많고도 많았고, 후방은 포이즌 프로그맨들이 빼곡하게 메우고 있다.

그들이 침을 모아서 앞으로 내뱉자 화살처럼 먼 거리를 날아갔다. 당연히 지독한 독성도 지녔다.

―엄청납니다! 위드가 적진의 한복판에 혼자 떨어졌습니다.

―전쟁의 신 위드. 자신의 오랜 별명처럼 전쟁이라도 벌일 듯한 모습입니다.

―몬스터들이 자신들끼리 부딪치고, 밟히며 죽고 있습니다. 위드가 가는 길은 아수라장이라는 말이 어울립니다.

방송국에서는 위드의 모습을 중계하면서 진행자들이 피를 토하듯이 소리쳤다.

―미쳤습니다. 이게 전투예요. 이게 진짜 전투라는 말입니다.

―〈로열 로드〉에서 수많은 전사들이 싸웁니다. 어떤 이들은 용감하게 돌격하기도 합니다만… 이런 장면은 뭡니까.

―높은 화면에서 좀 보여 주세요. 피쳇 평원의 모든 몬스터들이 하나의 점. 위드를 향해 덤벼들고 있습니다.

마을이나 도시도 부술 수 있는 몬스터들의 전력.

위드는 때때로 퀘스트를 하다 보면 무모한 짓을 저질렀다.

'육상 돌격형 몬스터들이 주력이다. 많긴 해도 동시에 싸우는 적은 막상 얼마 안 돼. 해 볼 만할 것 같은데.'

그래도 와삼이의 등에서 땅으로 떨어졌더니, 모든 몬스터들이 덤벼드는 것이다.

상상했던 장면이긴 하지만 막상 닥치고 나니 그 위압감이 끔찍할 정도였다.

"재생의 검!"

위드는 재생의 검을 펼쳤다.

방어력을 높여 주고, 여기에 회복 능력까지 상승시켜 주는 사기적인 검술.

몬스터들을 쳐 내고 베면서 버틴다.

> 타볼라 곤의 뿔에 받혔습니다.
> 생명력이 1,420 감소했습니다.

하늘 지배자의 갑옷에 각종 방어구들의 효과!

"용암의 강!"

위드는 신성한 불을 로아의 명검에 씌운 후, 용암을 일으켜서 몬스터들의 접근을 막았다.

한 방면의 적들만 상대하면 된다고 생각했지만 용암을 뚫고 몬스터들이 돌진해 왔다.

"죽어라."

쿠쾌에에엣!

"갈기갈기 찢어 주마."

한쪽은 성난 몬스터들.

반대쪽은 용암의 강을 뚫고 불덩어리가 되어서 덤벼드는 몬스터들.

그 너머에는 시커먼 침들이 비처럼 쏟아지고 있었다.

사실 어중간한 중독 현상은 네크로맨서 스킬로 회복할 수 있었지만, 꾸준히 스킬을 써야 했고 생명력의 손해도 입는다.

위드의 입가에 미소가 그려졌다.

"그래, 재밌네. 이래야 시시하지 않지."

몬스터들에게 수시로 피해를 입는 만큼 재생의 검을 계속 휘둘렀다. 로아의 명검이 빛살처럼 적을 베었다.

> 바탈리가 그대를 보며 기뻐하고 있습니다.
> —싸워라. 전사여. 너의 강함을 즐겨라!
> 바탈리의 축복이 부여됩니다. 공격 스킬의 마나 소모가 30% 감소하고, 위력은 25% 강해집니다. 모든 상태 이상이 회복됩니다. 적을 죽였을 때 얻는 경험치가 증가합니다.

쿠구구구!

공중에서도 마물로 변형된 괴조들이 내려와 부리로 쪼았다.

숨을 한 번 크게 들이쉴 여유도 없이 펼쳐지는 처절한 전투. 잘 싸우는 것이 아니라, 가진 능력을 200% 발휘한 전투였다.

적이 불에 타고, 포이즌 프로그맨들이 쏟아 낸 독침은 연기로 변해서 안개처럼 주위를 덮었다.

위드가 그야말로 사선을 넘으면서 10분을 버텨 냈을 때였다.

띠링!

> 전투 업적!
> 홀로 싸우는 전사를 완료하였습니다. 검술의 공격력이 3% 강해집니다. 다수의 적을 상대로 싸울 때 체력과 생명력의 회복 속도가 빨라집니다.

위험한 전투들이 때론 기가 막힌 전투 업적이라는 결과로 나타난다.

위드의 주변은 몬스터들의 시체들로 즐비했다.

전투 중에 죽은 녀석들보다 저희끼리 돌격하다가 밟혀 죽은 경우가 훨씬 많았다.

그 너머 수없이 많은 몬스터들이 끝도 없이 덤벼들고 있다.

위드와 가까운 곳은 시체와 몬스터들로 뒤엉켜서 발 디딜 틈도 없을 정도였다.

"좋아. 시체 폭발!"

콰과광!

경험치를 획득하였습니다.

경험치를 획득하였습니다.

경험치를 획득하였······.

레벨이 올랐습니다.

대지가 흔들릴 정도의 시체 폭발.

언데드 스킬로 시체들을 날려 버리며 대량 학살을 일으켰다.

1,000마리가 넘는 몬스터들이 일제히 죽음을 맞이했다.

"너희가 살아서 움직이던 땅으로 돌아오라. 이곳은 어두운 곳. 검고 부패한 땅. 영영 사라지지 않을 암흑의 율법을, 모든 이들에게 새길 수 있도록 하라. 언데드 라이즈!"

데스 나이트, 듀라한의 대량 소환!

"콜 데스 나이트 반 호크. 콜 뱀파이어 토리도!"

위드는 반 호크와 토리도까지 소환하며 전투를 이어 나갔다.

"추잡한 네크로맨서였구나!"

타볼라 곤에 의해 언데드들이 가차 없이 짓밟혔다.

언데드들은 대형 생명체들에게 취약했다. 방어력이 부족했기에 허약한 뼈마디로는 버티지 못했다.

위드가 바르칸의 풀 세트가 아닌 하늘 지배자의 갑옷과 전사의 장비들을 착용하고 있기에 언데드들이 더 약했다.

"실컷 싸워라. 이 무능한 녀석들아."

위드는 몸에 붕대를 감고 전투를 계속했다.

언데드들이 공격을 분산시켜 주는 동안 한숨 돌릴 수 있는 잠깐의 여유가 생겼다. 그리고 넉넉하게 마나가 회복되었을 때였다.

"종말의 날!"

태양의 전사, 궁극의 스킬!

모든 마나를 태워서 발생시킨 화염의 해일이 사방으로 밀려 나갔다.

신성한 불과 불꽃의 성배에 의해 위력이 향상되어서, 가까이 있던 언데드들을 소멸시키고 몬스터들까지 잡아먹으면서 끊임없이 번져 나갔다.

"와삼아!"

"가고 있다, 주인!"

위드는 지상으로 낮게 날아오는 와삼이의 등을 타고 하늘로 날아올랐다.

생명력과 체력, 마나를 다 쓰고 미련 없이 떠나는 것이었다.

"도망치지 마라!"

"비겁한 놈, 돌아와라!"

지상에서는 쿠랄이 아우성을 치고 있었다.

강력한 몬스터 군단이었지만 절반 정도로 전력이 약화되었으니, 공성전에서 막아 내기가 훨씬 쉬워졌으리라.

케이베른 외에도 아르펜 제국의 도시 7개, 마을 31개가 몬스터들에 의해 파괴되었다.

위드가 그렇게 노력했지만 갑작스러운 몬스터들의 침략을 제대로 막지 못하는 경우들이 있었다.

어떤 때는 충분히 막을 수 있는 병력을 가지고도 제대로 싸우지 못해서 무너지는 경우도 생겼고.

옛 명문 길드들은 사정이 나았지만, 아르펜 제국의 대다수 영주들은 규모가 큰 전투 경험이 거의 없다.

그렇기에 아르펜 제국의 타격도 어쩔 수 없는 노릇이었다.

3주의 기다림 끝에 마침내 믿을 만한 제보가 들어왔다.

> 샤이샤: 지금 데브라도 마을에 와 있습니다. 이 마을은 지도에도 표시되어 있지 않고, 케이베른의 영역과 상당히 가까운 곳인데요. 희생의 화로에 대해 알고 있는 드워프를 찾아냈습니다.

울타 산맥의 깊은 곳에 있는 드워프 마을.

이곳의 드워프들은 정련된 철로 고급 무기들을 생산해 냈다.

그동안은 존재 자체가 감춰져 있었지만, 케이베른의 퀘스트 때문에 모험가들이 토르 지역을 이 잡듯이 뒤졌다.

케이베른의 영역 근처도 수색 대상이었는데, 매우 강력한 몬스터들이 많이 돌아다녔기에 드워프들이 목숨을 걸고 나섰다.

드워프들은 레어와 가까운 곳이 아니라면 자유롭게 드나들수 있었고, 케이베른의 부하들을 보낼 때마다 돈이나 보석들을 바쳐야 했다.

위드의 모험을 돕는다는 열정만으로 수없이 많은 드워프들이 토르에서 활동한 덕분에 결실을 맺은 것이다.

> 위드: 지금 바로 가겠습니다.

위드는 유린의 그림 이동술로 안전한 지역으로 간 이후에 드워프의 조각품을 깎았다.

"조각 변신술!"

수염을 곱게 기른 드워프로 몸을 바꿨다. 배도 볼록하게 튀어나오고 도끼도 쓸 만한 것을 하나 들었다.

드래곤의 영역 부근은 텔레포트와 같은 공간 이동이 막혀 있었다.

위드는 드워프의 모습을 한 채로 울타 산맥을 내달려서 데브라도 마을에 도착했다.

"이쪽이에요. 위드 님이 맞으시죠!"

입구에서 서서 기다리던 샤이샤가 반갑게 맞이했다.

"예. 제가 위드입니다."

"위드 님을 만나 뵙게 되어 영광입니다. 바쁘실 텐데 일을 먼저 보셔야죠. 마을 장로님은 대장간에 계세요."

"퀘스트에 도움을 주셔서 고맙습니다."

"별말씀을요. 저는 토르에 사는 드워프이긴 하지만 아르펜의 주민이라고 생각하고 있어서요."

샤이샤는 얼굴이 붉게 달아올라 있었다.

숱한 업적들을 세운 위드를 가까이서 만나니 저절로 긴장이 되었다.

위드는 평범한 외모를 가지고 있었고, 지금은 드워프로 변신한 상태이기까지 했는데 어딘가 남다른 외모처럼 느껴졌다.

팔다리는 짧지만 굵었고, 코는 유난히 붉었는데 영락없이 술 잘 먹고, 일 잘하는 드워프의 상!

마을 장로도 훌륭한 대장장이라서 팔뚝의 근육이 우락부락한 드워프였다.

"샤이샤. 그리고 저쪽은 못 보던 얼굴이군. 젊은 드워프여. 이 마을에는 왜 왔는가?"

"장로님을 뵙게 되어 영광입니다. 희생의 화로에 대해서 듣고 싶어서 왔습니다."

위드는 드워프식으로 슬쩍 고개를 숙여 인사했다. 황제라는 지위는 드워프들에게 잘 통하지도 않았고, 지금은 조각 변신술까지 쓰고 있는 상황이었다.

마을 장로는 탁자에 있던 맥주를 손으로 잡아서 들이켰다.

"희생의 화로라… 정말 오래전에나 가지고 있던 우리의 보물이었지. 이젠 아무도 찾는 드워프가 없을 것으로 생각했는데."

"무슨 이유라도 있을까요?"

"그건… 말해 주기가 곤란해."

"반드시 알아야 하는 중요한 일입니다. 희생의 화로가 이 마을에 있나요?"

"크허험. 맥주가 쓰군."

데브라도 마을의 장로는 다른 곳으로 고개를 돌렸다. 딴청을 부리고 있는 상황.

"여기 모라타산 맥주를 좀 드셔 보시죠."

"무슨 맥주인가? 거품이 기가 막히는군!"

위드에게는 입이 무거운 드워프들을 무장해제 시키는 방법이 있었다.

"한 잔 더 드시죠. 쭈욱."

"크하아!"

드워프들은 여간해서는 술에 취하지 않지만 모라타산 맥주에는 함정이 있었다.

'맥주 7, 위스키 3. 이것이 황금의 혼합비다.'

드워프들에게 먹이는 폭탄주!

위드가 마스터에 달한 손재주로 제대로 술을 말아 주었다. 그러자 말하기 곤란하다던 비밀도 순순히 흘러나왔다.

"희생의 화로는… 딸꾹. 솔직히 말하자면 잃어버렸어."

"드워프 종족의 보물을 잃어버렸다고요?"

"크으… 우리 보물이란 게 다 그렇지만 드래곤의 눈에 띄는 순간 뺏기는 거지."

"드래곤에게 뺏겼다면 혹시 케이베른 때문입니까?"

"맞네, 맞아. 그 탐욕스러운 드래곤이 우리의 화로를 가져가 버렸지."

"……."

위드는 막막함을 느꼈다.

케이베른을 잡는 데 필요한 보물을 이미 빼앗겨 버렸다니!

막상 말을 하고 난 드워프 장로는 화를 참지 못했다.

"케이베른이 우리 보물을 가져가서 뭘 했는지 아는가?"

"뭘 했는데요?"

"난로로 썼다고 해. 그것도 다른 보물들처럼 몇 번 써 보고 구석에 처박아 두고 잊어버렸단 말이지."

"역시 그렇군요."

위드는 내심 케이베른이 희생의 화로에 군고구마를 구워 먹었다고 해도 전혀 놀랍지 않았다.

드래곤이란 일반적인 상식이 통하는 존재가 아니니까.

"그렇다면 화로는 현재 케이베른의 레어에 있겠군요."

"여기서 그리 멀진 않지만 우리 드워프들의 손에 닿을 수 없는 곳으로 가 버렸지."

드워프 장로의 목소리가 아련해지면서 위드는 무언가 느낌이 왔다.

'이렇게 끝나는 게 아냐. 틀림없이 퀘스트로 이어진다.'

숱한 경험으로 쌓인 본능적인 감각.

드워프 장로가 맥주잔을 내려놓더니 심각한 어조로 말했다.

"희생의 화로를 되찾아 온다면 그는 우리 드워프의 영웅이라고 할 수 있어. 그 누구도 해내지 못한 일을 해내는 것이네."

"하지만 케이베른을 이길 수가 없습니다. 놈이 거느린 호위병들만 해도 만만치 않고요."

위드는 조각사로서 퀘스트를 위해 드래곤에게 보석 조각품을 바쳤던 적이 있었다. 그러면서 케이베른의 레어 입구까지가 봤다.

가파르고 험한 지형은 둘째였고, 강력한 몬스터들의 천국이었다.

'몬스터들을 물리치는 것도 쉬운 일이 아니지만 용아병들이 너무 많았어. 마법 함정들도 설치되어 있을 테고, 침입하다가는 케이베른에 의해 죽겠지.'

난공불락의 요새가 따로 없었다.

"큼. 역시 너무 어렵겠지. 하지만 우리 드워프들은 포기를 모른다네. 사실 이건 드워프들끼리의 비밀인데, 이 마을이 레어 근처에 있는 이유가 있어."

"이유가 무엇입니까?"

"우리 드워프들이 잘하는 일을 하기 위해서야. 눈치 빠른 드워프라면 이쯤만 말해도 충분히 이해할 테지?"

"설마……."

"흠흠. 더 이상은 말하지 않겠네. 자네가 우리 일을 도와준다면 몰라도 말이야."

띠링!

> **드워프들의 은밀한 계획**
> 드워프들은 소중하게 여기던 희생의 화로를 케이베른에 빼앗기고 말았다. 용맹한 드워프들에게 천적인 드래곤! 숱한 보물들을 바쳐 왔지만 희생의 화로는 드워프들의 기원과도 관련이 있는 물품. 케이베른이 가져간 희생의 화로를 회수하라. 위험한 일이지만 성공한다면 드워프들은 후한 보상을 해 줄 것이다.
> 난이도: S
> 보상: 드워프들의 진귀한 보물.
> 제한: 드워프.

> 드워프들의 종족 퀘스트가 발생했습니다.
> 조각 변신술로 완벽하게 드워프로 몸을 바꾼 상태이기에 퀘스트 수행이 가능합니다. 의뢰를 거절한다면 드워프들은 당신을 비겁한 자로 여길 것입니다. 명성이 10,000 감소하고 드워프들과의 친밀도가 부정적으로 변합니다.

난이도 S급의 종족 퀘스트!

'어떻게든 희생의 화로를 구해야 하는 입장이었는데… 드워프의 모습을 하고 있는 덕분에 종족 퀘스트까지 뜬 것 같군. 일석이조가 될 테니 뺄 것 없지. 그리고 드워프들이 잘하는 일이라면…….'

키 작은 드워프들이 잘하는 일!

케이베른의 레어와 가까이 있는 드워프 마을.

위드는 대화를 나누다가 무언가를 떠올렸다.

"희생의 화로는 반드시 제가 찾아오겠습니다."

> 퀘스트를 수락하였습니다.

위드는 데브라도 마을을 돌아다니며 탐색을 시작했다.

'드워프 인구는 325명. 노인들이 대부분이고 어린 드워프들은 찾아볼 수 없을 정도군.'

원래 드워프들은 평균적으로 아이들을 셋 이상씩 낳는 종족이었다.

마을 주민들의 구성에서 나이 많은 이들만 모여 있는 점이 특이했고, 대장간들의 숫자도 다른 드워프 마을들보다 적었다.

땅! 땅! 땅!

드워프들이 일을 하고 있었는데 무기와 방어구들만을 대량으로 만들어 낸다.

'상인들이나 모험가가 잘 찾아오지 않는데도 이렇게 계속 만든다고? 마치 전쟁을 준비하는 것처럼 말이지.'

의심이 더욱 깊어지는 상태!

드워프들은 좋은 맥주를 들고 가면 자신의 집으로 선뜻 초대를 해 주기도 하는데, 벽에는 최상급의 검과 도끼, 갑옷 등이 걸려 있었다.

드워프들이 만든 물건임을 감안하더라도 품질이 매우 뛰어났다.

'드워프들이 잘하는 일이라… 그리고 전사들의 수준도 뛰어나. 노인들이지만 타고난 드워프 전사들만이 마을에 머무르고 있어.'

슬슬 의심이 확신으로 굳어지고 있었다. 한 가지만 더 확인해 보면 완벽할 것 같았다.

위드는 근처의 드워프 주민에게 물었다.

"광물을 좀 캐고 싶은데, 광산이 어디에 있죠?"

"북쪽에 있다네. 꽤 오래 걸어가야 하지."

"고맙습니다."

위드는 곡괭이를 하나 가지고 광산 지역으로 달려갔다.

울타 산맥의 암석 지대에 있는 광산은 매우 크고 깊은 것을 제외하면 언뜻 보기에는 별다른 특이점이 없었다.

땅! 땅! 땅!

안쪽으로 들어갈수록 드워프들이 곡괭이질을 하며 바쁘게 철과 은을 캐내고 있었다.

"이게 방금 캐낸 건가요?"

"그렇네."

위드는 한쪽 구석에 쌓여 있는 철광석과 은광석 들을 만져 보았다.

"감정!"

질 낮은 철광석
몇 가지 광물들이 조금씩 섞여 있다. 철이 포함되어 있긴 하지만 그 순도는 떨어지는 편이다.

보통 드워프들은 최고급 품질의 철광석들을 이용한다. 애초에 광맥이 나쁘다면 마을을 만들지도 않는 종족.

광산까지 살피고 나니 의심은 슬슬 확신으로 굳어졌다.

어린아이가 없는 비정상적인 인구 비율, 끊임없이 만들어 내는 전투 물자, 질 낮은 철광석이 나오는 광산은 크고 깊었다.

'게다가 이 광산이 뚫린 방향이라면… 그래. 이 드워프 마을의 정체를 알아냈다. 이곳의 드워프들은 땅굴을 파서 케이베른의 레어를 털어먹으려는 거야!'

위드는 서윤과 첫 키스를 나누었을 때처럼 짜릿한 전율을 느꼈다.

빈집 털이

이현이 캡슐에서 나왔을 때는 저녁 무렵이었다.

"땅굴이라……."

일반적으로 케이베른의 레어에 들어가서 희생의 화로를 훔치는 건 불가능에 가까웠다. 드래곤의 존재 때문에라도 도둑질을 한다는 건 그야말로 자살행위.

"그렇지만 공교롭게도 케이베른은 일주일에 한 번씩 도시를 파괴하기 위해 레어를 나간단 말이지. 즉, 이건 빈집 털이야."

빈집 털이!

눈 뜨고 코 베어 가는 세상에 드래곤이 집에 없다면 못 할 게 뭐 있단 말인가.

원래대로라면 들키지 않도록 갖은 고생도 하고, 은밀하게 진행했어야 마땅하리라.

하지만 드래곤이 자리를 비운다면 퀘스트를 둘러싼 환경이 완전히 달라지는 셈이다.

"정말 극악의 난이도를 가진 퀘스트야. 하지만 이렇게 되면 희생의 화로가 문제가 아니지. 잘하면 레어의 보물을 몽땅 털어먹을 수도 있다는 건데."

이현은 벽에 토르 지역의 대형 지도를 붙였다.

그리고 드워프 마을과 광산의 위치와 방향, 케이베른의 레어를 표시했다.

과거에 악룡 케이베른에게 상납하는 퀘스트를 진행했던 적이 있다. 아가테의 수정으로 만든 눈부신 케이베른 조각상, 그것을 바치기 위해 레어에 들어가 본 경험도 참고했다.

"몬스터들은 외부를 주로 지키고 있었어. 땅굴을 잘 판다면 들키지 않고 안으로 들어갈 수 있다."

케이베른의 레어에는 막대한 보물과 보석들이 있었으니 수송 수단의 마련도 필요했다.

"물건을 훔쳐 온다는 개념으로 접근하면 안 돼. 이삿짐센터를 불러서 싹 쓸어 온다는 느낌… 맞아, 바로 그런 느낌이야."

이현은 이삿짐센터에서도 며칠이지만 아르바이트를 해 본 적이 있었다.

빠르게 살림살이를 포장해서 짐을 트럭에 옮겨 싣지만 업무 분담이 확실하고 무엇보다 빨랐다. 30평대 아파트 한 채를 깨끗하게 비우는 데 걸리는 시간은 길어야 오전 한나절이었다.

"케이베른의 레어에서는 하나씩 포장하지 않아도 되고, 짐을 분류할 필요도 줄어들지. 속도와 물량에 최대한 초점을 맞춰서 몽땅 털자."

빈집 털이, 싹쓸이!

위드는 〈로열 로드〉를 접속하자마자 마판에게 귓속말을 보냈다.

> ─큰 일감이 생겼습니다.
> ─어떤 일감인데요? 위드 님이 그렇게 말씀하실 정도면 정말 보통 일이 아니겠지요?

가르나프 평원에서 전투를 벌일 때도 큰 일감이라는 표현은 쓰지 않았다. 하지만 케이베른의 레어를 터는 일이야말로 그 무엇보다 중대한 일.

> ─숙련된 인부들이 필요합니다. 마차를 모는 실력이 기가 막혀야 돼요.
> ─어느 정도의 실력자들을 원하시는지는 모르겠는데요.
> ─대형 마차에 가득 짐을 싣고도 가파른 산길에서 빠르게 달릴 수 있어야 합니다. 장애물들도 피해야 하고요. 몬스터의 추격도 뿌리치고 도망칠 자신이 있으면 좋습니다.
> ─그 정도면 마차 운송 스킬이 중급 이상이어야 하는데, 몸값이 비싸요.
> ─보수는 상관없습니다. 확실히 믿을 만한 사람이어야 합니다.
> ─몇 명이나 필요하신데요?
> ─최소 500명.
> ─예?
> ─인원은 많으면 많을수록 좋습니다. 옮겨야 할 보물이 아주 많으니까요.
> ─그 정도 인원으로 도대체 뭘 하시려고요?

데브라도 마을의 영상은 아직 방송으로 중계되지 않았다.
앞으로 진행할 퀘스트가 노출될 수도 있다는 위험성 때문이었는데, 아직 위드가 무엇을 할지 아는 사람은 없었다.

> —빈집 털이.
> —예?
> —케이베른의 레어를 털 겁니다.

 박순조가 평소처럼 한국 대학교에 가는 버스를 타고 있을 때 휴대폰이 울렸다.

 쿠왈왈왈 쿠왈라. 오크, 오크, 취취췻!

 "무슨 소리야?"

 "누구 전화 왔나 보네."

 〈로열 로드〉의 오크 노래가 벨 소리로 나오자 다른 승객들의 관심이 집중됐다.

 박순조는 발신자로 뜬 '아르펜 제국 황제 형'이라는 이름을 보고 서둘러 전화를 받았다.

 "예, 형. 오랜만이네요."

 —어. 잘 있었지?

 "잘 지냈죠. 그보다, 형 복학은 언제 하세요?"

 가상현실학과의 학생들에게는 이미 전설이 되어 있는 이현!

 학교생활도 대단했지만, 아르펜 제국의 황제가 되면서 그 인기는 폭발적이었다. 다른 학과의 교수들까지도 이현을 만나 보고 싶어서 안달이 나 있었다.

 —다음에. 근데 부탁할 일이 있다.

 "편하게 말씀하세요, 형."

박순조는 착한 성격답게 어지간한 부탁은 다 들어줄 생각이었다.

―통화는 짧게 해야지. 아무튼 나랑 일 하나 하자.

"어떤 일이요?"

―너, 직업이 도둑이잖아.

"그렇죠."

도둑 나이드.

박순조가 〈로열 로드〉의 초창기부터 열심히 키운 캐릭터였고, 다양한 스킬들을 익히고 있었다.

대부분의 직업들이 전투 계열에 초점을 맞춰서 도둑이 좀 외면받긴 했지만 전문 스킬들의 연마에도 게을리하지 않았다.

―저번에 보니 실력이 좋더라.

"헤헷. 저랑 도둑질을 하시려고요?"

박순조가 천진난만하게 한 말에 버스 승객들의 시선이 다시 모였다.

―응. 자신 있지?

"훔치는 건 제 전문이죠."

―들킨 적은?

"제대로 들킨 적은 없어요. 중간에 걸릴 것 같아서 먼저 빠져나온 적은 있지만요. 빠르고, 확실하게 훔쳐 냅니다."

승객들로부터 의심 섞인 반응들이 있었는데, 다행히 건너편 자리에 최상준과 민소라가 앉아 있었다.

"이거 〈로열 로드〉 이야기입니다. 오해하지 않으셔도 돼요."

"저 친구 직업이 도둑이에요."

두 사람의 설명에, 한국 대학교 학생이 대부분인 승객들은 웃으면서 고개를 돌렸다.

 ―놀랄 준비 하고 들어. 놀라도 되니까. 이번에 훔칠 곳은 케이베른의 레어야.

 "케이베른의 레어를 턴다고요!"

 박순조는 자신도 모르게 목소리가 높아졌다. 다시 버스 승객들의 시선이 모였지만 신경 쓸 겨를도 없었다.

 다른 사람이 한 말이라면 농담이거나 미친 짓이겠지만, 상대는 아르펜 제국의 황제이며 베르사 대륙의 영웅! 케이베른의 레어가 아니라 그 어떤 곳을 턴다고 해도 진짜였다.

 ―그래, 케이베른의 레어를 홀랑 털어먹을 거야.

 "캬아. 진짜 재밌겠다."

 ―위험하지만 그래도 같이할 거지?

 "물론이죠, 이현 형. 저 꼭 끼워 주세요."

 박순조가 내뱉은 말들, 케이베른의 레어도 그렇지만 이현이라는 이름이 결정적이었다.

 위드라는 캐릭터명만큼이나 한국 대학교에서는 모르는 사람이 없는 이름.

 버스 승객들은 물론이고, 최상준이나 민소라까지도 눈을 휘둥그렇게 뜨고 있었다.

 베르사 대륙 최고의 건축가라 하면 미블로스가 가장 먼저 꼽

히기는 하지만, 영향력만큼은 파보를 따라가지 못했다.

일찍감치 모라타에 정착해서 북부의 위대한 건축물들을 지으며 명성을 날린 건축가, 파보는 소므렌 자유도시의 복구 작업에 참여하고 있었다.

"그쪽의 자재들은 안전하게 옮겨 주세요. 그리고 상업 지역부터 먼저 복구하는 것이 좋겠습니다. 유저들이 머무를 집은 나중에 짓더라도 편리하게 생활하는 것이 우선이지요."

건축 지휘관으로 임명된 파보!

그는 도시의 잔해들을 치우는 것과 동시에 건설 작업을 진행하고 있었다.

"유저들이 그래도 남아 있으니… 완전히 폐허로 변했더라도 다시 복구하는 데 시간이 그렇게 오래 걸리진 않겠어."

소므렌 자유도시 인근의 생산 시설들이 그대로 남아 있는 것도 대단히 컸다.

> ―파보 아저씨, 바쁘십니까?
> ―아니, 위드야. 무슨 일인데?

파보는 평소처럼 한마디를 했을 뿐이다.

"헛!"

"훅!"

"우와왁!"

그런데 주변의 유저들이 오히려 더 난리가 났다.

> ―저와 같이해 주셔야 할 중요한 일이 있습니다.

위드는 필요한 사람들에게 직접 연락을 돌렸다.

처음에는 마판 상단에서 운송 수단을 마련하고 믿을 만한 몇 명의 동료들을 바탕으로 일을 하려고 했지만 생각이 바뀌었다.

"광산이 꽤 깊단 말이야. 그리고 레어에 보물들도 많고……."

산더미처럼 쌓여 있을 보물들.

광산을 통해서 빼 오자면 상당한 시간을 필요로 했다.

드워프 광산이라 내부가 넓지 않기 때문에 운송용 대형 마차가 안으로 들어갈 수 없다는 점도 극복해야 할 문제!

"케이베른이 돌아오기 전에 일을 마치려면 아무래도 노동력을 더 투입해야 되겠어."

위드는 빈집 털이에 참여할 인원의 규모를 키우기로 했다.

"보물을 남겨 놓을 수는 없지. 암, 그렇고말고."

희생의 화로로 시작된 퀘스트이긴 했지만 이미 주객이 전도된 상황!

―칼리스 님, 흑사자 길드에서 드워프를 30명 동원해 주셔야 되겠습니다. 최고의 실력자들로만요.
―무슨 일인지 여쭤봐도 되겠습니까?
―케이베른과 관련이 있습니다. 위험할 수도 있는데… 그 점은 감안해 주시고요.
―믿을 수 있는 유저들로 구해 놓겠습니다.

각 세력들은 무슨 일인지도 모르면서 협조 의사를 밝혔다.

가르나프 평원의 전투에서 이긴 이후에 위드의 인기와 영향력은 절대적이었다.

 게다가 케이베른 퇴치는 대영주들의 입장에서도 중요했다.

 브리튼 연합의 발전도가 워낙 높았고, 자신들의 터전은 그동안 쇠퇴를 거듭했었다. 하지만 툴렌이나 아이데른 지역도 조만간 표적이 되고 말 것이다.

 블랙 드래곤이 나타나서 도시를 파괴하면 자신들에게도 큰 타격이 있으니 기꺼이 인원을 파견하기로 했다.

 단 하루!

 위드의 연락에 의해 데브라도 마을에는 800명의 드워프 유저들이 모였다.

 "이런 깊은 곳에 마을이 있었군."

 "작고 소박하네. 나무들 때문에 먼 곳에서는 보이지도 않고. 그래도 케이베른의 레어와 가까운 장소라니 살이 떨리는걸."

 "전투를 벌이려나? 요즘 칼 만드느라 전투는 통 안 했는데."

 베르사 대륙에서 실력이 검증된 최고의 드워프들이 마을의 입구에 서 있었다. 흑사자나 로암 등의 길드 소속도 있었고 일반 유저로서 활약상이 뛰어난 자들도 골고루 포함되었다.

 베르사 대륙에서 드워프들은 헤르메스 길드를 제외하면 대부분 아르펜 제국의 소속이었다.

 "이럴 때 맥주를 마셔 주는 것이 드워프로 살아가는 묘미지."

 "근데 무슨 퀘스트야? 우리끼리만 모인 걸 보면 드워프 종족 퀘스트?"

"위드 님은 이래저래 바쁜데, 다른 종족 퀘스트까지 할까?"

드워프들은 작은 목소리로 이야기를 나누며 위드가 지시를 내리기만을 기다렸다.

드워프들 중에는 오베론이나 크루터 같은, 베르사 대륙에서 최고 수준의 반열에 오른 유명한 유저들도 있었다.

위드도 차마 그들까지는 요청하지 않았는데, 드워프들을 모은다는 이야기를 듣고 자진해서 찾아왔다.

"흠흠, 여러분들. 이곳으로 오는 동안 케이베른에게 들키진 않았겠죠?"

"당연히 조심했습니다."

드워프들은 케이베른의 영역 근처에서도 무사히 돌아다닐 수 있었지만 가능한 한 조용히 모여 달라고 요청했다.

드워프들은 3~4명이서 흩어져서 집결했으며 그것도 낮과 밤으로 나누어 정해진 시간까지 이 마을에 도착했다.

"근데 우리가 무슨 일을 해야 합니까?"

오베론이 궁금하다는 듯이 물었다.

이유도, 목적도 모른 채로 집결한 유저들!

도둑 나이드에게는 사전에 준비가 필요하기에 약간의 설명을 했지만, 다른 이들은 그냥 불러 모았다.

"저를 따라오세요. 조용히요."

위드의 뒤를 800명의 드워프들이 발소리까지 죽여 가면서 재빨리 따라왔다.

레벨이 높은 유저들로만 구성했기에 분위기가 진지했다.

위드가 먼저 광산으로 들어가자, 몇몇 드워프들이 알겠다는 듯이 고개를 끄덕였다.

"광산을 뚫으려고 하는 거구나."

"금덩어리들이 보이는데… 금광?"

"광부 일을 할 줄 알았으면 집에서 곡괭이 가져오는 건데."

드워프들은 솔직히 자신들의 실력에 비해서는 하찮은 일이라고 생각했다. 위드가 시키면 하긴 할 테지만, 이런 일은 레벨이 낮은 드워프들에게 맞는 업무라고.

위드는 그들을 깊은 광산의 막다른 곳까지 데려가서 말했다.

"이제 우린 케이베른의 레어를 털 겁니다."

드워프 유저들은 침묵을 지켰다.

베르사 대륙을 황폐화시키고 있는 블랙 드래곤 케이베른!

무려 드래곤의 레어를 턴다는 계획은 언뜻 듣기에 너무나 무모했다. 말을 꺼낸 사람이 위드가 아니었다면 미친 소리 말라고 욕이라도 했으리라.

'진짜 되나?'

'되는 거야?'

방송으로 위드의 모험을 안 본 유저는 없었다.

헤르메스 길드 유저들도 재밌게 생방송을 보고, 재방송까지 다섯 번씩은 봤다는 위드의 모험들.

'내가… 그 모험에 합류하는 건가.'

'광부 일이나 시키는 줄 알았는데. 아르펜 제국에 속하고 나서 이런 대박이 나올 줄이야.'

위드의 인기와 영향력은 강력하게 드워프들을 장악하고 있었다.

"이제부터 구체적인 계획을 알려 드리겠습니다."

위드는 먼저, 드워프 마을의 존재 의미와 광산이 케이베른의 레어로 향하고 있다는 점을 설명했다.

"깊이로 봐서 이미 레어 근처입니다. 정확한 위치를 알아봐야 되겠지만 채광 스킬들은 기본적으로 있으실 테니 열심히 파낸다면 5일이면 충분히 레어 내부로 들어갈 수 있을 겁니다."

드워프 유저들은 흥분으로 인해 짜릿함을 느꼈다. 설명을 들을수록 희망이 보였다.

"오오오."

"땅을 파서 들어가는 거라면 충분히 가능성이 있겠는데."

진짜 케이베른의 레어에 쌓여 있는 보물을 털 수 있다는 기대감! 성공한다면 말 그대로 초대박이 터지는 것이다.

오베론이 신중하게 물었다.

"레어까지는 들어간다고 해도 정작 케이베른은 어떻게 처리합니까? 우리 중에서 만약 미끼 역할이 필요하다면 제가 선두에서 맡겠습니다."

책임감이 강하고 리더십이 뛰어난 오베론다운 말이었다.

케이베른과 정면 승부는 승산이 없으니 기꺼이 죽음을 감수하고 미끼라도 되겠다는 것!

"역시 오베론 님이네."

"명성 그대로 사는 멋진 사람이야."

"이 장면도 방송으로 나가면 인기가 굉장히 오르겠다."

드워프들은 진심으로 감동했고, 위드는 반대로 생각했다.

'남들을 위해서 먼저 나서서 희생하다니… 저런 사람이 착하게 산다면서 정작 처자식들은 고생시키지!'

친구, 동료를 위해 혹은 정의감에 몸을 바치거나 하면서 자기 자신과 함께 식구들 고생시키기 딱 좋은 세상!

위드는 처음부터 미끼가 필요한 작전은 안 좋다고 생각했다. 꼭 필요하다면 성공했을 때의 대가를 고려해서 시도할 수 있지만 시작부터 그런 계획을 세우면 결과도 위험했다.

'미끼로 나선 유저들이 금방 죽을 수도 있고… 변수들만 늘어나지.'

위드는 따로 그 부분의 계획을 준비해 놓고 있었다.

"우리가 레어를 털 때는 케이베른이 도시를 파괴하기 위해 떠났을 때입니다. 이른바 빈집 털이를 하는 거죠!"

빈집 털이!

데브라도 마을에 모인 드워프 유저들은 온몸에 전율이 오는 것만 같았다. 평생을 살면서 이보다 더 멋진 단어는 처음 들어 봤다.

"으와아……."

"소름 돋아. 끝내준다."

"빈집이네. 빈집이야."

"맞아. 평소라면 불가능하지만. 케이베른이 떠났을 때는 레어가 비잖아."

각자 도둑질과 거리가 먼 삶을 살아왔음에도 불구하고 빈집 털이란 얼마나 굉장한 매력을 가진 단어란 말인가.

빈집의 강렬한 유혹!

"케이베른이 파괴할 도시가 결정되면 그때부터 작전 개시입니다. 먼저 건축가분들이 고생을 해 주셔야 됩니다."

위드는 파보를 포함한 북부의 건축가들에게 도움을 요청했음을 알렸다.

"그분들이 최대한 시간을 끌어 줄 겁니다."

드워프 중에서 누군가 손을 들고 물었다.

"어떤 방식으로요?"

이미 모든 드워프들이 위드의 말에 집중하고 있는 상태! 가볍게 내뱉은 말 한마디조차도 평생 잊지 못할 것 같았다.

이런 집중력으로 공부를 한다면 어떤 시험이라도 여유롭게 통과할 수 있으리라.

위드는 악당처럼 음흉하게 웃으며 말했다.

"파괴가 예정된 도시에 건물들을 마구 지어 놔서 시간이 오래 걸리도록 하는 것이죠. 숙련된 건축가가 필요하지도 않습니다. 부실 공사를 하면 되니 말입니다."

"그런 방법이……."

"빈집 털이, 부실 공사. 무슨 계획이 글자 하나하나마다 이해가 잘되고 초대박이네."

이 자리에 모인 드워프 유저들은 순수하게 감탄했다.

'적절하고 융통성 있는 계획 보소. 위드가 괜히 황제가 아니구나.'

'진작 위드와 친해질걸. 내 인생에서 가장 큰 아쉬움은 위드와 동료가 못 되었던 거야.'

'회사에 휴가 내고 부름에 응하기를 잘했다. 〈로열 로드〉에

서는 위드만 따라다니면 돼.'

'비관적인 내 전망으로 볼 때, 말처럼 쉽진 않을 것 같아. 그래도 시청률은 높겠다. 난 인기를 얻고 광고를 찍을 수 있겠지.'

'이번 일로 눈에 잘 띄어서 앞으로도 위드 옆에만 붙어 있자. 그럼 무조건 대박 난다.'

드워프 유저들은 저마다 생각이 달랐지만, 환희에 벅차 있다는 점에서는 비슷했다.

지금 인기의 절정을 달리는 위드와 함께하는 것만으로도 좋은 기회였다. 게다가 계획을 듣고 보면 충분히 납득도 갔다.

평소에 드래곤의 레어를 턴다는 것은 감히 있을 수도 없는 계획이었다. 반경 몇 킬로미터 근처는 접근 금지 지역으로 여기면서 다가가지도 않는 것이다.

하지만 케이베른이 도시를 파괴하는 것을 이용하여 땅굴을 파고 들어가서 빈집을 털어 낸다. 북부의 건축가들이 자재를 빼먹으며 부실 공사를 실컷 해 놔서 일찍 돌아오지도 못하게 할 것이다.

꼼꼼하게 도시를 폐허로 만드는 케이베른의 성격까지 고려한 계획이었다.

'어째서인지 이건 빠질 수가 없다.'

'실패할 가능성이 높다고 해도 해야 돼. 무조건 해야 돼.'

'보물을 털자. 몽땅 털자.'

위드는 드워프 유저들의 흥분으로 붉게 달아오른 얼굴을 보며 확신했다.

'사람들은 다 똑같아. 나쁜 짓 꾸미는 순간만큼 화합이 잘될

때가 없지!'

위드의 케이베른 레어 빈집 털이 계획!

드워프들을 통해 소식이 알려지면서 인터넷이 들끓었다.

―세상에. 드래곤 레어를 대상으로 빈집 털이를? 도대체 무슨 짓을 하려는 거냐!
―클래스는 영원하다… 요즘 모험 시시하다 싶었는데. 크으. 상상으로만 하던 일을 실행으로 옮기는구나.
―솔직히 난 생각 못 했음.
―방송 예고 보니 최정에 드워프들이 빈집을 털자는 위드의 말에 환호하고 있음. 개웃김.
―저기에 뽑힌 유저들 되게 재밌겠다. 긴장도 되고. 드래곤의 레어에 들어가 볼 기회가 흔한 건 아니잖음.
―재미만 있을까요? 성공만 한다면 전설급 아이템들을 수레로 실어 나를 수 있을 텐데.
―아르펜 제국의 황소들이 대거 이동하고 있답니다. 아마도 짐마차를 몰기 위해서 동원되는 듯.

빈집 털이는 퀘스트라기보다는 위드가 만들어 낸 사상 초유의 이벤트로 여겨지고 있었다.

―이건 보나 마나 100% 실패한다. 멍청하기는. 드래곤의 레어를 빈집 털이 하러 간다고? 마법 함정들이나 몬스터들이 분명히 지키고 있음.
―레어에 들어간다. 드래곤과 눈이 마주친다. 후아악. 개죽음.
―질투심에 눈먼 분들. 빈집 털이니까 드래곤은 자리에 없음. 그게 핵심임.
―도둑질의 묘미는 들키냐, 마냐의 아슬아슬한 긴장감에 있는 거지!

―레어의 보물! 위드가 들어가서 구경만이라도 시켜 주면 눈이 호강하겠네.
―실패한다고 볼 순 없죠. 그리고 뻔한 문제들인데 생각을 못 할까요?
―위드는 성공할 겁니다. 우리가 말로 떠들 필요가 없어요. 지금까지 쭉 그래 왔잖아요? 기적을 현실로 매번 만들었으니 기다려 봅시다.
―드래곤에게 발각돼서 쫓기면 개꿀잼.

방송국들이 진행한 긴급 설문 조사에서도 시청자들의 62%가 성공을 점쳤다. 드래곤의 레어는 원래 10대 금역 이상의 악명을 떨치고 있었기 때문이다.

―난이도가 너무 높음. 퀘스트가 S급이라던데, 그만큼 위험하단 의미지.
―S급이라도 다 같은 S급이 아님. 드래곤이 끼어 있는 이상 SSSSSSS 난이도로 봐야 함.
―과거에 아우솔레토를 사냥하긴 했는데… 전직 드래곤. 케이베른. 무려 현직임.
―지금까지 많은 유저들에 의해 검증된 바에 따르면 난이도는 기준이 될 뿐이고, 어떻게 진행하느냐에 따라 실제로는 많이 달라져요.
―계획이 중요함. '운빨'도 따라야 되고.
―난이도요? 직업 최후의 비기를 얻은 위드는 이미 인간이 아님.
―위드가 최후의 비기 얻는 모험 할 때 유니콘 본사 빌딩에 불 다 켜져 있었음. 홍보부 직원들은 다음 날 방송 인터뷰에서 말도 안 되는 모험을 성공시켰다고 어이없어했죠.
―난 솔직히 위드가 모험할 때마다 상식적으로 그냥 실패할 줄 알았다. 더 이상 예상을 포기했음. 이젠 위드가 위드하면 됨.
―위드가 위드한 퀘스트를 받아서, 위드한 계획을 세워서 위드하게 진행하면 위드가 되는 거죠.
―로열 로드에서는 진짜 위드하게 살고 싶다. 엄청 위드하겠지만.
―맨날 사냥터에서 위드해야 됩니다. 놀 때가 없다고도 하죠.
―백과사전 찾아보세요. 노가다라는 단어에 위드가 정식으로 들어가 있음. 노가다: 막일. 로열 로드에서의 의미로는 스킬이나 레벨을 시간과 노력을 들여서 올리는 것을 뜻함. 이 분야의 신. 위드.

방송국들은 생중계를 결정하고 거사가 진행되기만을 기다리고 있었다. 그사이, 참여하기로 한 드워프 유저들의 소개도 이루어졌다.

나이드는 특별히 인간이면서도 도둑으로 참여했고, 북부의 건축가 조합에서도 인터뷰를 했다.

"핫핫. 우리 건축가들은 이미 준비를 마쳤습니다."
"어느 도시에서 작업을 시작해야 할지 모르는데, 자재들은 어떻게 운반하실 계획인가요?"
"대충 할 겁니다."
"대충…요?"
"건설은 원래 대충 하면 가장 빠릅니다! 근처 아무 곳에서나 구하죠. 대지의 궁전을 지을 때는 시간이 굉장히 오래 걸렸지만… 부실 날림 공사를 하면 한 달도 안 걸렸을 겁니다."
"몇 분이나 준비를 하고 계세요?"
"삽자루를 들면 누구나 건축가죠. 벽돌을 쌓을 줄만 알아도 됩니다. 아. 이번엔 벽돌을 안 쌓아도 되겠군요."

건축가들은 참으로 느긋했다. 막상 작업에 착수하면 굉장히 열심히 할 테지만 지금은 한껏 여유를 부리는 단계였다.

―바빠서 깜박 잊고 연락 못 하신 것 같은데 저는 준비되었습니다.

―우릴 빼놓고 가실 생각은 아니죠?

―당장이라도 가지. 어디로 가면 되나?

―크흠. 큼큼. 흠. 심심해서 연락해 봤습니다.

 페일, 수르카, 파이톤, 양념게장 등 위드와 친분이 있는 동료들은 당연히 빈집 털이에 참여하겠다고 의사를 밝혔다.
 드래곤에게 죽는 위험이 있더라도 그들은 의리로 참여할 생각이 있었고, 대박이라도 난다면 횡재가 아닌가.
 '사람인 이상 누구든 실패할 수도 있지. 근데 위드 님은 보통 사람이 아냐. 정말 처참하게 실패하더라도 몇 개는 챙길걸.'
 '위드 님의 언어를 이해해야지. '좀 힘들다'는 그냥 할 만하다. '어렵다'는 썩 상황이 나쁘지 않다. '불가능에 가깝다'는 고생하면 될 것 같다…….'
 케이베른의 레어를 탐내는 것은 동료들만이 아니라 베르사 대륙의 최정상에 있는 유저들도 다들 마찬가지였다.
 레벨이 높아질수록 장비발이 심해진다.
 몇 가지 희귀한 옵션에 따라 사냥 속도가 달라지고, 기존의 스킬과 스탯의 위력을 높여 주기 때문.

―위드 님. 커허험. 이번에 케이베른의 레어를…….

 그렇게 당했던 뮬까지 연락해 왔다.
 애초에 위드는 많은 이들의 참여를 생각하진 않았다.
 '운송 팀과 드워프들을 제외하면 소수 정예로. 도둑은 전투력이 뛰어나지 않아도 돼.'

도둑은 레벨을 올리기 힘든 직업이다.

직업 스킬 중에서 전투와 관련된 기술이 드물기 때문이다. 그렇지만 달릴 때도 소리가 나지 않거나, 흔적을 남기지 않는 등의 기술은 훔치기에 확실한 강점을 지녔다.

'드래곤의 레어가 일반적인 주택은 아니지만. 함정들. 특히 마법 함정이 문제인데. 유감스럽게도 그건 깰 수가 없겠지.'

마법사 유저의 참여를 생각하지 않는 것도 그 같은 이유 때문이었다. 설혹 마법 함정을 발견한다고 해도 그걸 해체할 능력이 없다.

〈로열 로드〉에 수많은 마법사들이 있다지만 공격이나 방어 마법도 아닌, 마법 함정 해제를 마스터 근처까지 올리는 변태는 없기 때문이다.

> ―하루나 님.
> ―넵. 위드 님.
> ―이쪽으로 오세요.
> ―정말요? 영광이에요.

마법 함정이 걱정이 되긴 했기 때문에 지난번에 도움도 받았으니 엘프 하루나를 불러들였다.

도둑 나이드와 함께 함정을 발견해 내는 것이 최선이었다. 잘못해서 마법이 폭발하기라도 하면 큰일. 그래도 완벽한 대비는 불가능했다.

'시간 싸움이 될 거야. 케이베른이 돌아오기 전까지 치고 빠진다. 은밀하고 신속하게. 하지만 마법 함정이 발동되고 레어를 지키는 용아병들에게 걸린다면… 이판사판이 되겠지.'

위드는 생각을 바꿔서 참여 의사를 밝힌 전투 계열의 유저들도 대거 준비시키기로 했다.
　만약의 상황에서는 드래곤만 없다면 용아병이나 몬스터들을 몽땅 사냥하고 털 작정이었다.

드래곤의 보물

위드는 방송국들의 협조를 얻어 모든 유저들에게 알렸다.

> 토르의 드워프 유저 여러분들께.
>
> 우린 케이베른의 레어에 대해 빈집 털이를 예정하고 있습니다.
> 일의 성공 유무를 떠나서 어쩌면 토르 지역에 큰 피해를 줄 수도 있을 것 같습니다.
> 이번 퀘스트는 어디까지나 케이베른을 물리치기 위한 과정 중에 얻게 된, 드워프 종족 퀘스트입니다.
> 그렇기에 드워프들을 위해서도 해결하는 것이 마땅하지만 그 과정에서 부수적인 피해가 예상이 됩니다.
> 케이베른 레어와 가까운 곳에 사시는 드워프들은 가급적 피난을 가시길 권고합니다.
> 아르펜 제국으로 오시면 편안히 머무를 수 있는 34평형대 통나무집과 공짜로 이용할 수 있는 맥주, 대장간을 무료로 제공하겠습니다.

위드의 공지가 올라오자마자 〈로열 로드〉의 분위기는 확 달아올랐다.

"설마설마했는데, 진짜 하네."

"크. 최고다."

"가서 장비 하나만 건지면 완전 초대박인데."

실력자들은 너나없이 참여하고 싶어 했는데, 1%의 가능성만 있어도 덤벼들 기세였다.

목숨을 걸더라도 그만한 가치가 있는 일이지 않은가.

"정말 하는 건가?"

"위드가 진행하는 일이니 하겠지. 아. 나도 가고 싶다."

드워프 유저들은 반신반의하면서도 아르펜 제국으로 이주했는데, 고향에 대한 그리움을 잊을 정도의 혜택 덕분이었다.

대륙 전역에서 철광석이나 전리품으로 얻어지는 금속들이 아르펜 제국으로 모여들고, 막대한 투자로 대도시의 시장이 활기를 띠면서 이주를 결정했던 것이다.

> 드래곤의 복수!
> 악룡 케이베른이 인간들의 문명을 파괴하기 위해 움직이고 있습니다.
> 정령과 요정 들이 다시 경고합니다.
> ─일주일 후에 케이베른이 바엘 성으로 향하게 될 거예요.

케이베른이 하벤 지역의 욱튼 성을 파괴하고 말았다.

다음 목표는 바엘 성.

노튼 지역 서쪽의 항구 도시로 초창기에는 강력한 해군을 보유하고 있었다. 하지만 반복되는 전쟁과 몬스터들의 습격으로 황폐화되었다. 그럼에도 거대한 무역 도시의 흔적으로 여전히 많은 인구가 살아가고 있다.

"바엘 성이라… 토르 지역에서 멀기도 하고 영토가 넓어서 조건이 좋네요. 작전 개시입니다."

위드는 건축가들에게 연락했고, 그들은 텔레포트 게이트를 타고 바웰로 향했다.

북부와 중앙 대륙의 실력 있는 건축가들이 10분마다 100여 명씩 바웰에 도착했다.

"이런 멋진 항구 도시가 사라진다고 하니 너무 아쉬운걸."

"거리를 돌아보는 것만으로도 예술이 올랐어. 건축 관련 스킬들도 향상되었고."

"정말. 진작 이 도시에 와 봤다면 좋았을 뻔했는데."

에메랄드빛 바다를 끼고 있는 아름다운 항구와 언덕을 따라 지어진 멋진 건물들이 있는 도시.

해상 무역의 발달로 도시의 중심가에는 높고 큰 상업 건물들이 늘어서 있었으며, 웅장한 조선소들은 바닷가에 형성되었다.

대륙의 남서쪽에 있어서 유저들의 관심에서 떨어져 있었지만, 평화로운 시대에는 발전 가능성이 높은 도시였다.

날림, 부실 공사를 단단히 마음먹고 온 건축가들이 도시를 둘러보고는 모였다.

"다 좋은데 건축 자재가 부족할 것 같잖아. 숲이 너무 작아서 나무를 베어도 많이 짓지 못해."

"성이나 도시 안의 건물들을 부숴서 쓰자고. 모래를 구워서 활용해도 되고."

"내구성이 약하지 않나?"

"며칠만 버티면 되잖아."

"흠. 도시의 역사적인 건물들을 부수기에는 아까운데……."

"우리 손으로 부수나, 드래곤에게 부서지나 마찬가지지."

"슬프지만 일리가 있는 말이네. 작업 시작하자고."

건축가들은 건물들의 자재를 빼내기 시작했다.

대형 건축물들은 드래곤에 밟히거나 마법 공격에 간단히 붕괴되니 남겨 두더라도 의미가 없었다.

건축가들은 파괴 위험이 높은 건물들은 철저히 해체해서 건축 자재로 확보했고, 성벽과 도로, 다리까지도 걷어 냈다.

처음에는 정사각형으로 대충 형태를 갖춘 건물들을 만들어 냈지만 곧 그럴 필요가 없다는 의견이 나왔다.

"비바람을 막지 않아도 되고, 단열도 중요치 않잖아."

"맞네. 주거 공간도 필요가 없어."

사람이 살지도 않을 빈집들을 만드는 일!

건축가들은 생각보다도 더 부실, 날림 공사를 해도 된다는 판단을 내렸다.

"지붕이 뾰족한 집을 만들어 볼까. 아무짝에도 쓸모가 없을 것 같긴 하지만."

"나쁘지 않은 시공법이야. 어떻게든 짓기만 하면 그다음은 생각하지 않아도 되잖아."

"기둥 하나짜리 집도 며칠은 버티지."

"자재를 아낄 수 있는 방법이군."

"최대한 가볍게. 무겁고 단단한 자재들은 옮길 시간도 아까우니 남겨 둬."

"드래곤에게 보여 주기만 하면 되니 잡동사니로 채우는 것도 방법이야. 지붕은 얇은 나무로 슬쩍 덮어 버리고."

빠르게 발전하는 부실시공 건축법!

건축가들은 상식을 벗어난 집들을 만들었다.

풀이나 흙으로 지지대를 세우고 얇은 나무판자로 지붕을 씌웠다. 비가 새도 되고, 천장이 삐뚤어져도 완공!

"설계를 왜 해. 그거 신경 쓸 시간에 열 채는 더 짓겠다."

"나무가 없네. 가져오기 귀찮아. 없으면 없는 대로 해."

부실 공사를 넘어서 점점 대충 짓고 마무리.

건축가 100명이 뚝딱뚝딱 작업을 하자 마을 하나가 순식간에 만들어졌다.

"여기가 나 바죠가 지은 마을이다. 바죠의 마을에 오신 여러분들을 환영합니다!"

알록달록 색상들로 지어진 300채 마을의 이름은 건축가 바죠의 이름을 따서 지었다. 주민이 살지 않는 유령 마을이긴 했지만, 그래도 바웰 성의 한쪽 구석에 건축가의 이름을 딴 마을이 생겨난 것이다.

건축가들이 묘한 감정에 사로잡혀서 경쟁이 불타올랐다.

"내 마을도 만들어야지."

"설계를 시험해 볼 좋은 기회로군."

밤샘 작업이 즉시 이루어졌다.

자잘한 하자는 따지자면 끝도 없다. 기둥이 기울어지고, 벽의 일부가 무너진 정도는 그냥 내버려두었다. 어마어마한 속도전으로 주민들이 살지 않는 유령 마을이 생겨났다.

이 광경은 방송국들에 의해 대대적으로 중계되었다.

―저 건물을 보십시오. 이틀 전에 지어진 것인데요. 기둥에는 석재를 썼

죠. 색과 무늬로 봐서 바웰 성의 성문 근처에서 빼 온 재료로 보입니다.

―기둥을 세우고 목판을 대충 씌운 것이지요. 하지만 지금 이 근방에서는 최고의 고급 주택입니다.

―뒤쪽으로 갈수록 집들이 더 놀랍네요. 종이로 지은 집이 있습니다. 세상에… 믿어지십니까? 저 집은 정말 종이 집입니다.

―사람이 뚫고 지나간 흔적이 보이네요!

―경사진 언덕을 건축가들이 좋아하는 것 같습니다. 처음에는 평지 위주로 확장 전략을 썼는데, 이게 맞는 표현인지 모르겠지만 언덕 지형에는 대충 경사에 맞춰서 걸쳐 놓는 느낌으로 짓고 있습니다.

―건축가 엘르마를 보십시오. 칼라모르 지역에서 유명한 유저인데요. 지푸라기로 집을 지었습니다. 인터뷰에서는 재료로 쓰기 편해서 대충 방향에 맞춰서 던지기만 하면 집이 지어진다고 말했습니다.

―지푸라기를 토끼가 뜯어 먹고 있습니다. 무너진 집들이 보이는데… 그걸 수리할 시간에 다섯 채를 더 짓겠다는 전략이랍니다.

시청자들은 시시각각 달라지는 바웰 성의 도시 환경을 볼 수 있었다.

처음에는 성벽 부근에 빈민촌들이 생겨나는 느낌이었다면, 순식간에 평야에까지 건물들의 확장이 이루어졌다. 도로는 깔리지도 않았으며, 구획 정리도 당연히 이루어지지 않았다.

인근의 흙과 바위, 나무들을 이용하여 대충 지은 집들은 건설 현장의 새로운 모습들을 보여 주었다.

구조물의 내구 한계를 초월한 건물을 완공하였습니다.
건축 스킬의 숙련도가 증가하였습니다.

작업에 참여한 건축가들은 깜짝 놀랐다. 대형 건축물을 지을 때보다도 숙련도가 훨씬 빠르게 향상되었던 것이다.

"이게 뭐라고 스킬이 오르냐?"

"이상한 짓을 해도 건축 스킬이 늘어나는구나. 맨날 튼튼하게 잘 지으려고만 했었는데."

"제대로 된 건물 하나보다는 부실 공사 10개가 나은 건가. 뭔가 좀 아닌 거 같으면서도 일리가 있네."

"이런 건물들을 짓는 건 우리로서도 처음이라서 그렇겠지."

건축가들은 많은 집을 지어 보면서 구조와 평면에 대해 자유로운 시도를 해 보게 되었고, 한정된 재료의 틀에서 벗어나고 있었다.

라페이는 헤르메스 길드가 중앙 대륙을 통치하던 시절에 비해 훨씬 적은 일을 했다. 하벤 지역을 관리하면 될 뿐, 그나마도 많은 유저들이 떠나서 도시들이 갈수록 한적해졌다.

"발전도가 낮아지니 앞으로는 케이베른에게 공격받을 일이 줄어들겠어."

라페이는 쓴웃음을 지었다.

블랙 드래곤 케이베른을 활동시킨 이후에 아렌 성을 포함하여 하벤 지역이 공격 대상이 되었다.

헤르메스 길드의 강력한 전력으로 몬스터들은 무리 없이 격퇴했지만 유저들이 빠져나가고 있었다. 지역 전체가 쇠퇴하면서 경제력과 인구, 기술, 발전도 등이 함께 하락해 간다.

하벤 지역은 더 이상 중앙 대륙에서 압도적인 발전도를 자랑하지 못했다.

라페이는 남는 시간에 〈로열 로드〉와 관련된 방송들을 봤다. 역시 위드를 찬양하는 내용들만 나왔다.

"케이베른의 레어를 터는 계획이라… 이건 상당히 위험한 계획인데. 헤르메스 길드도 시도하지 않을 무모한… 그래, 위드니까 가능한 일이겠지."

한때는 헤르메스 길드도 방송국에 대단한 영향력을 끼쳤지만 지금은 관심 가져 주는 이들이 거의 없다.

하벤 지역에 대한 프로그램도 별로 없고, 어쩌다 헤르메스 길드가 거론되더라도 나쁜 내용들만 나온다.

출연자들에 의해, 아르펜 제국이 천국이라면 옛 하벤 제국은 지옥에 가까운 수준으로 묘사되고 있었다.

"솔직히 그 정도까진 아니었던 것 같은데……."

라페이는 방송을 보며 드워프 마을이나 위드의 계획에 대해서도 파악했다.

"성공의 환상에 빠져 있지만 기본적으로 위험해. 더군다나 일을 망칠 정도의 방해꾼이 있다면……."

방해하고 싶긴 하지만 솔직히 성공하지 못할 거라 생각했다.

헤르메스 길드의 전력이 멀쩡할 때에도 위드를 암살하려는 시도들은 번번이 실패했다.

"단순히 퀘스트를 망치는 정도라면 되지 않을까?"

라페이는 마땅한 사람을 떠올리다가 칼쿠스를 불렀다. 그는 가르나프 평원 전투에 패한 뒤로 위드를 증오하고 있었다.

"토르로 가서 이번 일을 방해해 주십시오."

"위드를 죽이라는 겁니까?"

"그러면 더할 나위 없이 좋겠죠. 하지만 큰 소란만 일으켜도 케이베른에 의해 죽게 될 겁니다."

대규모 마법 몇 개 정도만 드워프 마을에서 터트리더라도 케이베른의 영역 근처에서 벌어지는 일이라 드래곤이 나타날 가능성이 높다.

칼쿠스가 어떤 계획인지를 이해하고 웃었다.

"위드가 꾸민 일이 처참하게 실패하겠군요."

"칼쿠스 님이나 함께 가는 길드원들도 위험할 겁니다. 살아서 돌아오긴 거의 불가능하겠죠."

"그런 위험은 감수하겠습니다. 어떤 대가를 치르더라도 위드 그놈만 처참하게 망가뜨릴 수 있다면 말입니다."

칼쿠스는 위험하지만 쉬운 임무라고 생각하고 결사대를 조직했다.

"위드를 공격하기만 하면 된다. 공격이 성공하지 않아도 좋아. 나머지는 드래곤이 알아서 해 줄 거야."

헤르메스 길드에서도 강한 무력을 가진 유저들로 700명을 구성해서 텔레포트 게이트에 올랐다.

"목표물이 있는 데브라도 마을에서 가장 가까운 장소로."

옷차림도 간단한 여행복 정도로 바꿔 입고 텔레포트 게이트를 작동시켰다.

환한 빛이 그들을 감싸고 차례차례 목적지에 도착!

토르의 드워프 마을 렝산에 와서 그들이 본 것은 무기를 뽑아 들고 있는 대규모 유저들이었다.

헤르메스 길드 소속이었다가 변절한 뮬이나 파이톤처럼 유명한 유저들이 대거 눈에 띄었다.

"와… 위드 님이 쟤들이 올지도 모른다고 했는데 정말 왔네."

"소름. 점쟁이 아닌가?"

"헤르메스 길드는 부지런하니 4일 정도 전에 온다고 했는데 날짜까지 맞혔어요!"

"마법사 몇 명은 꼭 끼어 있을 거라고 했는데 인원 구성까지도 콕 짚었네요."

아르펜 제국에 속한 유저들이 웃으며 스킬들을 준비했다.

"어떻게 이럴 수가……."

칼쿠스와 헤르메스 길드원들은 이를 악물고 전투를 준비했지만 눈으로 보이는 압도적인 전력 차이가 있었다. 괜히 왔다가 목숨을 잃고 아이템까지 빼앗길지도 모를 상황이었다.

"역시 왔단 말이지. 안 왔으면 찝찝할 뻔했는데, 다행이군."

위드는 칼쿠스와 헤르메스 길드원들이 토르 지역을 찾아왔다는 소식을 듣고 안심했다.

'단순하게 방해나 하려고 했다니 역시 순박한 놈들이야.'

헤르메스 길드도 돌아보면 허술한 면이 많은 악당이었다.

자신들이 나쁘고 힘이 있다고 생각하지만, 진정한 악당들은 세상에 드러나지도 않는다. 온갖 나쁜 짓을 하면서도 시민들의 존경을 받고, 권력을 손에 쥐고 휘두른다.

'과학이나 수학만 연구를 하는 게 아니지. 나쁜 짓도 꾸준히 연구해야 돼.'

악덕 사장들도 알고 보면 평생 착취에 대해 연구한 사람들.

'나쁜 짓을 쉽게 생각하다니… 발전도 없는 어설픈 태도야. 그래서는 성공하기 어려운 세상이지.'

위드는 그사이에도 드워프 마을의 준비를 착착 진행시켰다.

"마판 상단 토르 지부장 '땅파면돈나와'입니다. 땅파돈이나 파돈이라고 불러 주시면 됩니다. 뵙게 되어 영광입니다."

"네. 수레는요?"

"완벽하게 준비해 왔습니다. 꼼꼼하게 일곱 번이나 점검했으니 고장 나는 일은 없을 겁니다."

마판 상단에 요청해서 튼튼한 짐수레와 북부의 황소들을 조달했다.

음머어어어.

음머!

누런 소, 검은 소 들이 잔뜩 모여 있었다.

누렁이의 본바탕은 원래 흑우!

위드의 취향 때문에 누런색으로 염색을 하고 다니면서, 북부의 수많은 암소들과 사랑을 나누었다.

그 덕(?)에 후손들은 흑우, 황소, 얼룩소 등으로 다양했다.

위드가 조각 소환술로 누렁이를 불러들였다.

"네 자식들이다. 인사라도 나누어라."

음머어어어.

다른 소들보다 2배는 거대한 누렁이가 근육질의 몸을 뽐내며 걸어갔다. 그러자 그 후손들인 소들이 얼굴을 비비며 친근함을 드러냈다.

음머어어어.

음머…….

위드는 레어에 쌓여 있을 산더미 같은 보물들을 상상했다.

'레어의 보물을 전부 빼돌린다면 아르펜 제국의 몇 년 예산이 될까?'

금과 보석, 골동품, 마법 물품 들, 그야말로 팔기만 하면 전부 돈이다.

'사람들이 가지고 있는 돈이 모자랄 수 있는데. 흠. 상관없어. 할부로 팔면 되니까. 나중에 돈을 벌면 된다고 생각하고 일단 지르겠지. 아!'

자동차 같은 물품을 구입할 때 주로 쓰는 할부 제도!

위드는 왜 할부가 존재하는지를 깨닫고 말았다.

'물건을 비싸게 팔아먹기 위한 수단이었어. 충동구매를 유도하고, 거기에 이자까지 뒤집어씌우는 거지! 음, 세상에는 정말 배울 게 많아.'

현금 장사만 하는 이들은 얼마나 순진하단 말인가.

세상의 법과 원칙은 역시 착취를 위한 좋은 수단들을 가지고 있었다.

'이렇게 나쁜 짓을 또 하나 배우는군. 교과서 위주로 공부해서는 절대 알려 주지 않지. 세상은 한시도 방심해서는 안 돼. 그 무엇도 먼저 의심해 봐야 된다.'

위드는 광산의 깊은 곳으로 걸어갔다.

드워프 유저들이 곡괭이를 들고 갱도를 파 내려가고 있었다.

드워프 전사 빈델!

흑사자 길드의 최상위권 서열에 있는 그는 위드의 호출을 받고 달려와서 땅굴을 파는 일의 총책임을 맡았다.

"진행 상황은요?"

"특별한 문제는 없습니다. 원래 뚫고 있던 방향이 조금 어긋나긴 했지만 크게 차이가 나는 건 아니었습니다."

빈델은 광부 특유의 위치 파악 스킬을 가지고 있었다. 땅속에서도 길을 잃지 않고 자신이 어디에 있는지 살필 수 있다.

위드는 고개를 끄덕였다.

"함정이 있었군요. 그냥 광산을 계속 뚫었으면 엉뚱한 방향으로 가 버리는……."

"광산이 그래서 방심할 수 없죠."

"케이베른이 바젤 성을 파괴하는 날 레어로 들어가야 합니다. 일정에 무리는 없을까요?"

"드워프들이 갱도를 뚫는 속도는 대단합니다. 의지도 있죠."

빈집 털이로 한탕을 해 먹자는 연설이 제대로 효과를 발휘했다. 그리하여 드워프들이 무서운 속도로 밤낮 없이 땅을 파내는 중이었다.

"레어에 너무 가깝게 뚫진 마세요. 소리와 진동 때문에 들킬 수 있습니다."

"예. 근처까지만 뚫어 놓고 대기하겠습니다."

도둑 나이드도 복면을 쓰고 도착했다.

"왔구나."

"네, 형. 현장이 진짜 굉장하네요. 이렇게 규모가 클 줄 몰랐어요."

"뭐든 제대로 하는 거지. 인생 한 방이잖아."

"형은 성실하게 노력하는 걸 좋아하는 줄 알았는데요."

"인생에서 평소에 열심히 사는 것도 중요하지. 근데 돈 벌 기회를 놓치면 안 돼."

나이드가 주위를 둘러보니 감탄밖에 할 수 없었다.

모름지기 도둑질이란 조용히 들어갔다 감쪽같이 나오는 일이다.

지금까지 나이드가 털었던 장소는 나쁜 귀족이나 왕가의 재산, 무덤 같은 곳들이었고, 보통 혼자서 작업하고는 했다.

그런데 이 정도 규모의 도둑질이라니!

어디서든 실력으로 우대받는 고레벨의 드워프들이 짧은 다리를 바쁘게 놀리며 수레들을 나르고 있었다.

이들 모두가 위드의 눈치를 보는 것도 대단하지만, 광산 밖에 준비한 수레와 황소의 수량은 기가 질릴 정도였다.

'이 정도면 가구 하나까지 남김없이 쓸어 오는 수준 아닌가?'

위드가 어깨에 손을 슥 올리며 물었다.

"어때, 성공할 것 같아?"

"글쎄요."

나이드는 워낙 큰 규모의 도둑질이라서 조심스러웠다.

"저는 사실 기본적인 정보 외에는 드래곤에 대해서 잘 아는 게 없어서요."

"솔직히 말해도 돼."

"에… 너무 갑작스럽기는 해요."

나이드는 드래곤의 레어를 털자는 이야기가 나오고 고작 일주일 만에 준비를 끝내 버리는 게 어이가 없었다.

무려 드래곤의 레어를 터는 일이다. 적어도 한두 달의 준비 과정은 있는 것이 예의 아니겠는가.

"물론 위드 형이… 전설적인 모험가니까 어떻게든 해결할 방법이 있다고는 믿지만요."

"그런 거 없는데."

"예?"

"일단 저지르고 나서 상황에 맞춰 갈 거야."

나이드는 이런 상황에서도 보여 주는 여유에 안심이 되었다.

'나라면 퀘스트에 대한 중압감 때문에 밥도 잘 안 넘어갔을 텐데… 역시 배포가 다르구나.'

그동안의 업적이 증명해 주듯이 위드이기에 믿음이 갔다. 드래곤의 레어에서도 차분함과 냉정함만 유지할 수 있다면…….

한데 그 순간, 위드의 입가에서 맑은 침이 줄줄 흐르는 것을 발견하고 말았다.

"드래곤의 보물이 기대되지 않니?"

"기대되긴 해요."

"보물. 흐흐, 보물……."
"……."
"지금껏 쌓여 있는 보물을 몽땅 털어 오자. 그래, 전부! 싹쓸이를 해 버리는 거야."

레드 드래곤 랜도니.
대륙의 동부에 나타난 그에게는 오크 학살자라는 별명이 붙었다.
방송이나 유저들의 관심이 덜하기는 하지만, 레드 드래곤 역시 베르사 대륙의 안정을 위협하는 존재.
"취익, 취익!"
세에취는 베키닌의 3마리 미친 상어 중 보드미르가 모는 해적선을 타고 대륙의 동쪽 오크랜드에 도착했다.
"모시게 되어 영광이었습니다."
"데려다줘서 고마워요, 췻!"
황량한 해안가에 도착해서는 인근 오크 부락을 찾았다.
"침입자다. 취췻!"
"형제다. 췻!"
오크들과 적당히 글레이브를 휘두르며 어울려 주고, 북부에서 가져온 말린 소고기도 나눠 먹었다.
세에취처럼 북부에서 활동한 오크 유저들은 모라타의 포도주나 치즈도 좋아했다. 하지만 대부분의 오크들은 고기만 많이 먹어도 만족했다.

"랜도니? 취익?!"

"레드 드래곤 말이다. 취이잇!"

"카아앗. 츄취익!"

사나운 오크들이 두려움에 떠는 이름이었다.

"무섭다. 모른다. 취춋취!"

"우리 형제들 죽인다. 취추취앗춋. 나쁜 드래곤."

"다 죽이고, 또 죽인다. 춋!"

세에취는 정보들을 모으다가 이상한 이야기를 들었다.

랜도니가 오크들의 마을을 파괴하고 그다음에는 폐허가 된 곳을 자세히 살핀다는 사실을 알게 된 것이다.

'1명도 살려 두지 않기 위해? 오크에 대한 증오심 때문에? 케이베른처럼 브레스도 쏘지 않는다고 하네. 대규모 마법 공격도 하지 않고. 레드 드래곤의 일반적인 성향과는 한참 다르잖아?'

세에취는 오크들의 이야기를 들을수록 수상하단 생각이 들었다. 지능이 떨어지고 단순한 오크들이지만 거짓말을 하진 않는다. 대충 흘려들으면 그냥 넘어갈 수도 있는 정보지만 헛소문이란 생각은 들지 않았다.

'어째서일까. 정말 그 이유를 알아봐야 할 것 같아.'

세에취는 위험을 무릅쓰고 랜도니의 영역으로 들어가기로 했다.

'케이베른처럼 몬스터들을 대거 지배하지 않기 때문에 직접 발견되지만 않으면 돼.'

오크답게, 죽더라도 두려움이 없기도 했다.

그녀는 랜도니가 오크들을 몰살시킨 마을에 가 보고는 깜짝 놀라고 말았다.

'마을의 형태가 그대로 유지되고 있네. 이 정도로 멀쩡하게 남겨 뒀어?'

세에취는 마을의 내부를 돌아다녀 보았다.

아무도 살지 않는 오크 마을에는 가죽이나 식기류, 목재 가구들이 뒤집혀 있었다.

'마치 오크들이 가져간 무언가를 찾는 것처럼……?'

그녀는 직감적으로 이 정보가 매우 중요할 수도 있다고 생각했다.

'여기서부턴 혼자서는 무리야.'

도움이 절실한 상황이었다.

위드!

그녀가 아는 한 최고의 모험가가 지금은 한창 바쁜 상태.

—도와줘요. 취익!
—무슨 일입니까?
—모험을 하는데 강한 적들이 많아요. 취췻!

세에취의 스킬은 단순 전투와 부하들을 지배하는 유형이었다. 수백 마리의 오크들을 끌고 다니지 못하면 상당히 약할 수밖에 없었다.

한없이 든든하고 믿을 수 있는 남자 친구를 부르기로 했다.

—연장이랑 동생들 챙겨서 당장 가죠.

　대지의그림자 파티는 숲길을 걸으며 빠르게 남쪽으로 이동했다.

> **위대한 마법사를 찾아**
> 바람의 마법사 루클데어. 대륙의 곳곳에 퍼져 있는 위대한 마법사의 흔적을 찾아라. 루클데어는 케이베른과 랜도니에 대해 알고 있다. 7개의 단서를 모아야만 그녀를 만나러 갈 수 있다.
> 난이도: S
> 보상: 연계 퀘스트 감춰진 드래곤의 비밀로 이어진다.

　난이도 S급 퀘스트!

　그들도 드래곤과 관련이 있는 퀘스트를 진행하고 있었기에 마음이 급했다.

　"위드가 레어를 털다니……."

　"진행이 빨라요. 성공할 가능성도 높고요. 우리도 밀리면 안 돼요!"

　대지의그림자 파티는 뮬에게 그리폰을 빌려서 타고 남쪽으로 날아갔다.

　중간중간 사막의 오아시스에서 보급을 하고, 바다를 건너서 도착하게 된 남쪽 대륙!

　"으… 추워."

　은링은 몸을 덜덜 떨었다.

　대지에는 풀 한 포기, 나무 한 그루도 없었다. 얼음으로 이루어진 땅을 새하얀 눈이 온통 뒤덮고 있는 세상!

"여긴 너무 춥군."

벤이 서둘러 곰 가죽으로 된 옷을 꺼내 입었다. 다른 두 사람도 옷을 바꿔 입으면서 추위를 이겨 냈다.

"탐험가의 감각!"

엘릭스는 지리 스킬을 활용했다.

반경 1킬로미터 안에 도시나 마을, 사람이 있으면 알려 주는 스킬. 대지에 특별한 흔적이 남아 있다면 그것을 확인해 준다.

"근처에는 아무것도 없어."

"우선 돌아다녀 보는 수밖에는 없죠."

다시 그리폰을 타고 빙하 대륙을 돌아다녔다.

물이 흐르다가 얼어붙은 계곡과 높게 솟아 있는 얼음산들을 발견하고 그럴 때마다 상당한 모험 업적들을 쌓을 수 있었지만, 바람의 마법사의 흔적은 발견하지 못했다.

벤이 불안한 듯이 말했다.

"우린 이 빙하 대륙이 얼마나 넓은지도 모르고… 바람의 마법사가 이 근처에 있더라도 찾지 못할 거야. 지금 헛수고를 하고 있는 거 아닐까?"

엘릭스도 동의했다.

"평소라면 지도를 만들어서 차근차근 진행을 하겠지만 시간이 부족하군요. 위드가 먼저 모험을 다 해 버릴 수 있으니."

은링은 먼 곳까지 살폈지만 온통 보이는 건 새하얀 눈밖에 없었다.

"경쟁을 하려고 모험가가 된 건 아니지만, 매번 뒷북을 치는 건 아쉬워요. 어떻게든 해 봐요."

"그렇다면 위험하더라도 나눠서 찾아보도록 하지."

벤의 의견에 따라 대지의그림자 파티는 뿔뿔이 흩어졌다.

> 극악의 추위가 엄습하고 있습니다.
> 살아남기 위해 추위에 대한 내성을 80% 향상시킵니다.

모험가의 생존 스킬은 주변 환경이 나쁘더라도 피해를 줄여 주는 효과가 있다.

그들은 어떻게든 살아남아서 흔적들을 찾아보자고 했고, 사흘 후에 다시 모였다.

엘릭스와 벤은 허탕을 쳤지만, 은링은 신비한 발견을 했다.

"동쪽에 얼어붙은 큰 숲이 있었어요. 호수도 있고, 나무와 동물들도 보였어요. 무엇보다 엘프도요."

"엘프를 만났어?"

"아뇨. 전부 얼어 있었어요."

"모험의 향기가 느껴지는군. 바람의 마법사와 관련이 있는지는 모르겠지만."

그들은 어쩔 수 없는 모험가였다.

빙하 대륙에 얼어붙은 숲!

이 괴상한 일에 호기심을 갖지 않았다면 도저히 모험가의 직업을 택하진 못했으리라.

벤이 그리폰에 올라탔다.

"시간이 없으니 가 보고 이야기하세."

"안내할게요!"

모험가 체이스.

그는 미궁 조드에서부터 모험가들을 이끌었다.

"위드 님의 모험을 우리가 도와야 되지 않겠는가?"

"맞죠. 아무래도 혼자서는 힘들 테니까요."

모험가들은 언제든 할 일이 있다면 기꺼이 나설 생각이었다. 위험을 무릅쓰는 일은 오히려 반겼다.

"케이베른은 위드 님이 진행을 하고 있는 것 같은데… 랜도니까지 맡기는 힘드시겠지."

"둘 다 맡기는 건 무책임한 일입니다."

모험가 스펜슨도 말을 받았다.

그들을 따르는 모험가들만 해도 1,000여 명이 넘었다.

용사 퀘스트에 참여할 기회가 생긴다면 당연히 해야 하지만 기다리고만 있을 수는 없다고 생각했다.

"오크랜드. 그 지역을 뒤져 볼 필요가 있겠어."

"풀죽신교로 세에취 님의 도움 요청도 있었습니다."

"으음. 랜도니가 파괴한 마을들을 자세히 조사할 필요도 있겠고……. 하지만 난 더 동쪽으로 떠날 생각이네."

"동쪽이라면?"

모험가들은 체이스의 말에 깜짝 놀랐다.

처음에는 지도상으로 알려진 대륙, 그것도 상점에서 판매되는 오래된 골동품 지도에 우연히 동쪽 대륙의 형태가 남아 있는 정도였다.

베르사 대륙처럼 크지는 않지만, 엄청난 높이의 산들과 숲이 있는 미지의 땅.

체이스도 동쪽 대륙으로 배를 타고 가 본 적이 있지만, 수시로 발생하는 지진과 화산 폭발로 인해 위험을 느끼고 돌아왔다. 모험가들 사이에서는 불의 고리라는 이름으로 유명했다.

"랜도니는 불의 고리에서 왔지. 그쪽에 레어가 있을 수도 있고, 무언가 참고할 만한 흔적이 남아 있을 거라고 생각하네. 가능성은 많지. 퀘스트가 발생할 수도 있고 말이야."

"레어 근처에 간다고 해서 반드시 퇴치 방법이 나오는 건 아니지 않습니까? 위드 님처럼 빈집 털이를 하는 것도 어려운 일이고요."

위드의 빈집 털이는 드워프들이 파 놓은 광산이 있어서 시도할 수 있는 방법이었다. 불의 고리의 위험한 지형을 감안하면 아마 불가능할 것으로 추측되었다.

"위험을 무릅쓰고라도 뭐든 해 보고 싶어. 일말의 가능성이라도 있다면 망설이지 않겠네. 모험가로서. 오직 모험가로서 말이네."

체이스의 말에 모험가들은 적지 않은 감동을 받았다.

중앙 대륙은 전사들의 세상이었다.

헤르메스 길드와의 전투에서도 전투 능력이 높은 이들이 활약을 했는데, 모험가들의 자신감은 많이 떨어져 있었다.

때때로 오랜 시간을 들여 발굴이나 퀘스트를 진행해서 전리품을 얻더라도, 그 시간에 사냥을 하는 것만 못할 때도 많다.

모험가들의 중요성을 잃어버릴 때가 자주 있었는데, 대륙을 최초로 개척하며, 위험한 일에 가장 먼저 뛰어드는 직업이다.

"저도 함께하겠습니다."

"같이 가시죠, 체이스 님!"

모험가들이 불의 고리로 떠나기로 했다.

3일이 더 지나고 마침내 기다려 오던 빈집 털이의 거사일이 밝았다.

"하늘은 맑고… 빈집 털기 정말 좋은 날씨군."

위드가 이토록 기다려 온 퀘스트는 처음이었다.

―위드 님. 지금 케이베른이 레어에서 날아올라서 서쪽으로 가고 있습니다.

하늘에서 조인족 유저 날쌘찬바람이 상황을 알려 주었다.

위드는 조각 변신술로 드워프의 상태에서도 모습을 조금 바꾸었는데 손가락이 비정상적으로 길고 두꺼웠다. 한꺼번에 많은 보물들을 긁어모으기 위함이었다.

"다시 한 번 확실히 장비들을 점검하세요. 우리에게 두 번의 기회는 없습니다."

"옛!"

빈집 털이에 참여하는 드워프 유저들은 배낭과 물품들을 확인하며 불안감을 숨기지 못했다.

'이게 진짜 될까?'

'빈집 털이가 정말 성공한다고?'

위드의 연설을 들으며 꿈을 꿀 때는 좋았지만 막상 닥치니 현실이었다. 드래곤의 레어에 들어가려니 본능적으로 두려움이 밀려왔다. 레벨이 400을 넘더라도 드래곤에게서 도망칠 능력은 없는 것이다.

토르에서 성장하던 초보 시절부터 주민들에게 숱하게 드래곤의 위대함에 대해서 들어 왔었다.

드워프들에게 드래곤이란 절대적인 존재였다.

가르나프 평원에서도 얼마 전에 증명이 되었고, 그다음에도 매주 도시들을 파괴하며 위력을 보여 주었다.

'내가 미쳤지. 보물에 눈이 멀어서… 이성을 완전히 잃었어.'

'정말 위험한 거 아냐?'

드워프 유저들은 꺼림칙하긴 했어도 돌아서서 떠나기에는 너무 많이 왔다고 생각했다. 그들을 이끄는 존재가 위드라는 점에서 그나마 마음이 놓였다.

'전쟁의 신 위드… 아르펜 제국의 황제. 〈로열 로드〉에서 가장 특별한 사람이 우릴 이끈다.'

'해내겠지. 내가 아니라 위드니깐.'

그저 위드만 믿고 따르면 어떻게든 해 주리라는 믿음.

여기서 포기했다가 정말 빈집 털이에 성공한다면 몇 년 동안 후회할 일이 생길 것이다.

빈집 털이에 참여한 유저들은 그렇게 보물에 눈이 멀어 있는 위드에게 목숨을 걸었다.

"빨리 가죠."

위드는 드워프들을 이끌고 광산의 깊은 곳으로 달려 들어갔다. 레어 근처까지 미리 파 놓았기 때문에 조금만 뚫으면 됐다.
"작업 시작합시다!"
쿵! 쿵! 쿵!
미리 선발된 채광 중급 이상의 드워프 유저들이 곡괭이질을 했다. 순식간에 광석들이 부서지고 길이 뚫려 갔다.
위드는 곡괭이를 내려치며 땅을 파 갔다.
"잔해들은 걸리적거리지 않게 치워 주세요."
"예!"
지난 일주일 동안 드워프들은 광부 역할을 충실히 했다.
드래곤의 레어로 향하는 출구만이 아니라, 광산을 넓히기 위한 전반적인 갱도 확장 작업을 수행했다.
짐수레가 들어오기에 충분한 공간이었으며, 구석구석에는 방어용 시설에 피난 공간과 창고까지 만들어 놨다.

—저 파돈입니다. 수레들이 대기하고 있습니다.

마판 상단은 준비 완료.
돈이 걸려 있으면 무엇보다 신속, 정확을 자랑하는 마판 상단이었다. 어떤 물품이든 편하게 실어 나를 수 있는 튼튼한 수레 1,000대가 대기 중!
드래곤의 레어에는 무거운 광물이나 몬스터의 부산물이 많을 테니 그것까지 몽땅 챙길 작정이었다.

—타격대는 정해진 위치에서 전원 대기하고 있습니다.

얼마 전에 칼쿠스의 무리를 제압한 타격대.

헤르메스 길드를 제외한 아르펜 제국 최정예 유저들로 이루어진 타격대가 광산 내부에서 기다리고 있었다.

위드와 드워프 유저들이 레어로 들어가자마자 타격대도 뒤를 따라올 것이다.

'가능한 한 용아병들에게 안 걸리면 좋겠지. 근데 융통성을 발휘해야 돼. 도둑질은 100% 실전이니까. 필요하다면 상황에 따라 억지로 돌파하며 시간을 절약하는 게 방법이 될 수 있어.'

도둑질을 하면서 안 걸릴 때만 생각해서는 안 된다.

걸려도 성공해야만 제대로 된 도둑질!

레어에서 어떤 사건이 벌어질지 모르기에 쓸 수 있는 수단은 모두 준비를 해 놓았다.

"갑시다."

위드와 드워프 유저들이 곡괭이로 땅을 파면서 앞으로 나아갔다. 마법 등불들을 환히 밝혔기 때문에 어둠은 문제가 아니었으며 빠르게 계획대로 전진했다.

30분 후, 레어를 바로 앞에 두었을 때였다.

> ─케이베른이 바웰 성에 도착했습니다. 바로 브레스를 쏘진 않고 도시 주변을 천천히 선회하고 있습니다.

마판이었다.

"시간에 정확히 맞췄군요. 목표가 위치에 있습니다. 이제 들어갑시다. 드디어 드래곤의 레어입니다!"

위드와 드워프들이 곡괭이를 내려치자 단번에 얇은 벽이 무너지면서 커다란 구멍이 뚫렸다.

레어에 도착한 것이다.

"진입! 빨리빨리 서둘러요."

좁은 구멍으로 위드와 드워프들이 몸을 비집고 통과했다.

드래곤의 레어로 들어오자마자 그들의 눈에 비친 광경은 경이로운 장관이었다.

상상 속에나 존재하던 진짜 금은보화의 산!

번쩍거리는 황금은 물론이고, 대륙의 값비싼 보물이며 골동품들이 넓은 레어에 여기저기 쌓여 있었다.

"와아아."

"이게 다 무슨……."

"진짜, 진짜 말도 안 돼."

드워프 유저들은 놀라서 입이 다물어지지 않았다.

'미쳤다. 여기가 천국이야.'

위드마저 이성을 잃을 정도로 보물의 유혹은 강렬했다.

절대적인 위험

드디어 모습을 드러낸 드래곤 레어의 보물!

"도대체 이게……."

"얼마나 많은 거야."

드워프 유저들은 레어에 보물이 쌓여 있는 모습을 보며 기가 질렸다.

번쩍번쩍 빛나는 장비들과 한눈에 보기에도 엄청난 값이 매겨질 것 같은 보석 세공품들이 널려 있었다.

> 드래곤의 레어 내부에 침입하였습니다.
> 역사적인 모험 업적을 달성하였습니다. 드래곤의 레어를 탐험하고 무사히 돌아가면 모험 관련 스킬 세 종류를 영구적으로 한 단계씩 상승시킬 수 있습니다.

> 업적을 보고하면 모험 명성 50,000을 얻을 수 있습니다.
> 새로운 유행, 드래곤에 관한 소문들이 발생할 것입니다.

메시지 창이 뜨긴 했지만 휘황찬란한 보물들에서 시선을 뗄 수가 없었다.
　　"저건 꺼지지 않는 불꽃의 망치야."
　　"방벽의 천이다. 저걸로 만든 방어구는…….."
　　드워프들은 높은 천장에 닿을 정도로 쌓여 있는 금화의 탑보다는 장비나 보물들에 더 관심을 가졌고 경악을 금치 못했다.
　　"이것들만 다 챙기면… 끝내준다. 보스 몬스터 수천 마리를 사냥해도 여기서 몇 개 챙기는 것보다 못할 거야."
　　"미쳤네, 미쳤어. 세상에 장비들은 여기 다 모였구나."
　　유저들의 손발이 자신도 모르게 보물로 향하고 있었다.
　　물론 그들 중에서 네발로 뛸 준비를 하며 가장 먼저 달려가려 한 사람은 위드!
　　"모두 멈추세요!"
　　나이드가 양팔을 벌리며 위드와 유저들을 막았다.
　　"여기가 드래곤의 레어라는 걸 잊지 마세요. 그리고 이 보물들에는 군데군데 마법의 흔적이 있어요. 조금이라도 잘못 건드리면 온갖 위험한 일이 벌어지게 될 겁니다."
　　"맞아요. 마법들부터 확인하고 해제를 시켜야 해요. 안 그럼 정말 위험할 거예요."
　　하루나도 함께 저지했다.
　　드워프 유저들은 레어에 들어오기 전부터 수백 번이나 같은 말을 들었다. 정작 보물을 보고 나선 냉정을 잃고 말았지만 따끔한 경고에 다시 정신을 차릴 수 있었다.
　　"조심, 조심하자고."

"그래, 큰일 날 뻔했네. 마음대로 뛰어다닐 곳이 아니지."

간신히 이성으로 욕망을 억눌렀다.

보물을 얻기 위해서라도 함정을 건드려서는 안 된다.

"커어억."

위드는 손발을 땅바닥에 댄 상태로 있다가 천천히 일어났다. 무척 자연스러운 태도로!

"레어의 땅이 단단하군. 하긴, 땅은 원래 단단하지. 우선… 크흠! 정해진 절차에 따라 모험가 하루나 님께서 레어에 마법이 걸려 있는지 확인하시겠습니다."

대지의 교단에서 빌려 온 성물, 정화의 횃불.

그 따스함에 닿기만 해도 저주나 함정도 저절로 해제된다.

위드는 바로 하루나에게 다가갔다.

"빨리해 주세요, 알겠죠?"

"예, 위드 님. 알겠어요."

하루나가 정화의 횃불에 불을 붙였다. 그러자 포근한 온기가 사방으로 퍼져 나갔다.

위드가 입을 열었다.

"하루나 님, 시간이 없으니 서둘러야 합니다."

"바로 할게요."

하루나가 보물로 걸어가기 시작하는데 불과 두 발자국을 움직였을 무렵, 위드의 말이 속사포처럼 쏘아졌다.

"여기서 지금 층간 소음 걱정하는 거 아니죠? 더 빨리 걸어도 되는데요."

"예예."

하루나는 발걸음이 느렸던 걸 반성하면서 엘프의 예쁜 긴 다리를 드러내며 성큼성큼 걸었다. 그리고 보물 가까이에서 횃불을 비추려는데…….

"아직 멀었어요? 안 됐어요? 더 기다려야 돼요?"
"마법 함정이 해제되고 있어요. 조금만 시간을 주세요."
"신중하면서도 빠르게,. 효율적으로 못 해요?"
"……."
"언제까지 할 건데요, 도대체."
무섭게 보채는 위드였다.

데브라도 마을의 광산을 통해 들어오게 된 악룡 케이베른의 레어!

레어에 잔뜩 쌓여 있는 보물들은 지금까지의 고생을 날려 버리기에 충분했다.

하루나가 마법 함정을 확인하고 해제하는 동안에 나이드는 주위를 돌아보고 왔다.

"다행히 용아병은 레어 내부에 없는 것으로 확인됐어요."
"확실해?"
"예. 조금 전에도 소란이 있었지만 용아병들이 없어서 들키지 않았죠. 그래도 안심할 수는 없을 것 같아요. 땅에 발자국이 있는 것으로 보아 일정하게 순찰을 도는 것 같아요."

위드도 용아병에 대해 들으면서 이성이 조금 더 돌아오고 있었다.

"오늘을 위해서 난 태어났던 거야."

"예?"

"아냐. 아무것도……. 그보다 시간이 얼마나 주어질지 모르니 챙길 수 있는 한 최대한 챙기죠!"

위드의 말이 떨어지자마자 드워프들이 신속하게 움직였다.

광산과 연결된 입구를 조금 더 넓히고, 부서진 돌무더기가 소리를 내지 않게 치웠다.

신발은 이미 조용한 털신으로 갈아 신은 이후였다.

드래곤이 없더라도 빠르고 은밀하게 진행해야 할 빈집 털이.

레어에 막 들어오며 제법 큰 소란이 있긴 했지만 순조롭게 작업이 시작되었다.

드워프들은 수레를 끌고 와서 하루나가 마법을 해제하거나 함정을 확인한 보물들을 착착 실었다.

"바로바로 움직여."

"동선 꼬이지 않도록 주의하고."

오늘을 위해서 드워프 유저들은 많은 준비를 했다.

위드가 정한 드래곤의 레어에 들어오기 위한 최소한의 자격 요건으로 택배 업체와, 이삿짐센터에서 짐을 나르는 요령에 대해 교육을 받았다.

최소 10시간의 이삿짐, 물류 정리 작업도 필수였다.

경험자와 미경험자의 차이는 크다. 한번 해 본 일을 다시 하면 시간을 훨씬 효율적으로 쓸 수 있었다.

"소리는 최대한 내지 마시고, 다음 조들은 미리 준비하세요."

"알겠습니다, 위드 님."

드워프 유저들은 집중해서 명령을 따랐다.

그들도 이 순간이 얼마나 중요한지를 알고 있었다.

레벨 500대, 600대의 장비들은 드래곤의 레어에서 발길에 차일 정도로 흔했다.

어떤 물품들은 무려 레벨 800~1,000대에서만 착용할 수 있는 전설 장비들도 포함되어 있었다.

"크… 불랜의 갑옷 세트가 이 자리에 다 있다니."

"파티아의 검도 있어. 맙소사, 이건 특별해. 옵션이 열세 가지나 붙었다고."

"챙겨. 전부 챙기자."

드워프들은 신속하게 물품들을 수레에 실어서 운반하기 시작했다.

드워프 유저들에게는 빈집 털이에 성공하면 20%에 해당하는 몫을 나눠 주기로 약속했다.

하나라도 더 털어야만 자신들에게 약속된 몫도 늘어나는 것.

레어의 공동에 있는 보물들이 조금씩 사라졌다.

"마법 서적들도 보여요. 전투 계열의 서적들도요."

"챙겨요. 챙겨."

하루나는 희귀한 마법 서적들을 비롯해서 고문서들도 찾아냈다.

특정 기술이나 마법들은 드래곤의 레어에만 있을 가능성이 있었다.

화염, 물, 바람 대지 계열의 궁극 마법 같은 것은 부르는 게 값이다.

　금괴나 은괴, 진주 같은 것은 오히려 관심받지 못했다.

　'전반적으로 진행이 잘되고 있군. 더 빨랐으면 좋겠지만.'

　위드는 레어에 널려 있는 보물들이 드워프의 손에 의해 조심스럽게 옮겨지는 것을 봤다.

　'퀘스트를 위해서는 희생의 화로만은 반드시 얻어야 한다.'

　보물에 눈이 멀긴 했지만 그럼에도 희생의 화로를 찾는 일은 중요했다.

　'여기까지 와서 화로를 얻지 못하면 그만한 낭패도 없겠지. 광산이 막히고 나면 다시 도전할 수도 없을 테니까.'

　드워프의 종족 퀘스트.

　종족 퀘스트는 드워프들의 운명과도 연관이 있기 때문에 기회가 있을 때 반드시 깨야 한다.

　'희생의 화로를 얻어야……'

　위드의 눈에 수레에 실린 보물들이 옮겨지고 있는 광경이 보였다.

　'보물. 오오. 끝내주는 보물!'

　자꾸만 눈을 현혹시키는 보물들!

　레어의 보물 더미들 사이에서 희생의 화로는 잘 눈에 띄지 않았다. 저절로 시선이 번쩍거리는 보물로 향해 버리는 탓!

　그 와중에 장식 하나 없이 투박해 보이는 검이 오히려 눈길을 끌었다.

　'왠지 끌리는군. 뭔가… 별거 없어 보이지만 명품 같은 느낌이랄까.'

위드는 하루나에게 요청해서 검에 걸려 있는 마법부터 해제하도록 했다.

"감정!"

> ### 이름 없는 검
> 자신을 밝히지 않은 드워프 대장장이가 만든 검.
> ─최고의 검은 무엇이든 잘라야 한다. 그리고 명검에는 금속의 혼이 담겨 있어야 한다.
> 대장장이는 철에 애정을 쏟았다. 밤마다 가슴에 품고 잤으며, 매일 연마하여 세상에서 가장 뛰어난 철을 만들어 냈다.
> ─너를 두드려서 최고의 검을 만들 것이다.
> 대장장이는 철과 불, 모루 앞에서 3년이라는 시간을 보냈다. 마침내 이 검이 완성된 순간, 그는 눈물을 흘렸다.
> ─금속의 혼을 담아 무엇으로도 막지 못할 검이 탄생했다.
> 오랫동안 방치되어 있던 검이지만 다시 칼날을 세운다면 원래의 모습을 되찾을 수 있을 것이다.
> 내구력: 87/200
> 공격력: 151~214
> 제한: 검사 전용. 레벨 970. 검술 마스터.
> 옵션: 자아를 가진 금속의 혼. 모든 스탯 +90. 사용자의 생명력을 매초 최대 500까지 소모하여 검의 공격력을 증가시킬 수 있다. 상대의 방어력에 비례하여 관통 대미지 상승. 연속 공격 시, 위력과 속도 증가. 검술 스킬의 마나 소모 70% 감소. 검과 관련된 모든 스킬의 위력 강화. 공격 속도 45% 향상. 생명력이 12% 이하로 줄어든 적을 높은 확률로 즉사시킨다. 검의 손상이 심한 상태로, 수리가 완전히 끝나면 진정한 능력을 보이게 될 것이다. 금속의 혼이 인정하지 않은 이는 검의 성능을 30%밖에 사용하지 못한다.

"와… 굉장한 검이네요."

모험가 하루나마저도 감탄할 정도의 명검.

로아의 명검이 뛰어나긴 했지만, 이 검도 그에 버금가는 명품이었다. 심지어 손상 때문에 제대로 모든 능력이 나타나지도 않은 상태였다.

"역시 위드 님이에요. 레어의 다른 장비들보다도 훨씬 좋아 보이는데요. 뛰어난 안목이에요."

하루나가 수다를 떨려고 하자, 위드의 눈빛이 날카로워졌다.

"빨리 마법 함정이나 해제해요."

"…네."

위드는 하루나를 보내고 나서 슬그머니 손을 움직였다.

샤샤샥!

그는 가만있는데 그의 손이 알아서 챙긴다고나 할까.

> 이름 없는 검을 입수하였습니다.
> 검을 완벽하게 수리하고 자아를 완성시키면 이름을 지어 줄 수 있습니다.

"좋아."

뿌듯하고, 든든한 감정!

3년짜리 적금의 만기가 돌아온 것처럼 흡족한 기분이었다.

―오랜 잠에 빠져 있던 나를 깨운 이가 그대인가. 그대의 능력은 나를 다루기에 모자란다.

검에 있다는 자아가 근엄한 목소리로 말을 걸어왔다.

"바쁘니 다시 잠이나 자."

위드는 당장은 신경 쓸 겨를이 없었기에 검을 등에 멨다.

"위드 님, 이쪽에 위드 님이 만든 조각상이 있습니다."

"조각상요?"

오베론의 부름에 가 보니 과거에 조각했던 눈부신 케이베른의 조각상이 있었다.

 은하수처럼 반짝이는 아가테의 수정들을 정교하게 방울방울 깎아 내고, 은실로 엮어서 만들어 낸 조각품. 밝은 빛 아래에서 수정들이 물결치듯이 흔들리며 아름다운 형상을 그려 낸다.

 엄청난 노가다로 만들었고 지금까지 만든 조각품 중에서도 아름다움으로는 손에 꼽히는 작품. 하지만 케이베른에게 바쳐야만 했던 비운의 작품이었다.

 "드디어 다시 찾아가는구나. 챙기세요."

 "옛, 알겠습니다."

 드워프들은 부지런히 레어에 쌓여 있는 보물들을 광산으로 내려보냈다.

 확장을 했더라도 비좁고, 긴 광산을 통해서 물품을 빼돌리자니 다리 짧은 드워프들이 점점 더 바쁘게 움직여야 했다.

 수색을 하던 나이드가 달려왔다.

 "문제는 없어?"

 "예, 형. 아직까진 이 부근에 딱히 위험은 안 보여요. 불길할 정도로 말이죠."

 "역시 그렇지? 다른 곳도 아니고 그 케이베른의 레어인데 말이야."

 위드도 조용한 상황을 경계하고 있었다.

 뭘 해도 안심이 안 되는 상황이지만 그나마 먼저 챙겨 둔 보물들이 만족을 준다고 할까.

 "레어의 입구로 향하는 길목에는 순찰자들의 발자국들이 많이 보여요."

"용아병?"

"그게… 평범한 용아병들보다는 발자국이 훨씬 크고 무거워 보이던데요."

나이드는 위드가 좋아하는 모범생답게 철저하게 준비해 왔다. 몬스터들이 남기는 발자국이나 냄새, 습성 같은 것을 달달 외우고 있었다.

"아무래도 그렇겠지. 레어까지 들어오는 녀석들이면 용아병 중에서도 보스급일 거야. 그것도 여럿일 테고."

"형도 아시겠지만 용아병들은 다른 몬스터들과는 달라요. 지켜보는 드래곤이 없더라도 게으름을 피우거나 하지 않죠. 일정 시간마다 정확하게 순찰을 돌 거예요."

"순찰 시간까지 얼마나 남았을까?"

"발자국이 꽤 많은 걸 보면 그다지 길지 않을 거예요. 30분? 어쩌면 1시간?"

"그렇군. 서둘러서 시간을 아껴야겠어."

용아병들은 일정 시간마다 레어에 들어와서 점검을 한다. 하지만 레어 전체를 수색하진 않는다고 했다.

앙상하게 뼈대를 드러낸 바웰 성!

모여든 건축가들에 의해 성벽과 주요 건물들은 다 해체되었지만 도시의 영역은 몇 배나 넓게 확장되어 있었다.

평원 너머까지 끝없이 펼쳐진 부실하기 짝이 없는 건물들.

―인간들을 벌하기 위해 왔노라!

케이베른이 도착했을 때는 지금까지 쭉 그랬던 것처럼 도시 내부가 비어 있었다.

―파이어 스톤!

하늘에서 불덩어리들이 떨어지며 바웰 성과 그 인근을 강타했다.

쿠르르릉!

외벽을 잃어버리고 간신히 무게를 버티고 있던 성이 허물어지고, 주변 건물들도 파괴되었다.

케이베른은 자신이 만들어 낸 파괴의 현장에 만족했다.

―모두 갈기갈기 부서져라. 어둠의 쇠사슬!

땅과 하늘을 연결하는 시커먼 쇠사슬이 도시를 내려치기 시작했다. 집과 도로, 나무 들이 무참히 부서진다.

유저들은 대피가 이루어진 후라서 먼 곳의 숲에서 지켜보고 있었다.

"여기서 이렇게 보니 대박이야. 만약 도시 안에 있었으면 정말 무서웠겠다."

"방금 나, 바람 마법 숙련도 올랐다. 거의 스킬이 한 단계 오를 정도잖아."

"관찰만으로도 스킬이 오르니 구경하는 보람이 있네."

드래곤에 의해 도시가 몇 번이나 파괴되다 보니 유저들도 내성이 생겼다. 강력한 마법은 때때로 구경하는 것만으로도 마법사들의 스킬 숙련도를 올려 주는 경우가 있었고, 그것을 떠나서도 굉장한 볼거리였다.

드래곤에 의해 파괴되는 도시의 생생한 모습들!

무서운 광경이라 가슴 한구석이 으슬으슬 떨리기는 해도 한편으론 멋지다는 기분도 들었다. 일부러 찾아다니면서 구경을 하는 관광객들도 있는 것이다.

한편, 그들 중에는 헤르메스 길드 소속 유저들도 있었다.

"빠득. 절대 위드의 뜻대로 되게끔 두진 않을 것이다."

칼쿠스와 결사대는 토르에서 전멸하고 〈로열 로드〉에 다시 접속했다. 레벨과 숙련도가 떨어지고 장비까지 잃어버렸으니 다시 하벤 지역으로 돌아가고 싶지 않았던 것이다.

"이렇게 된 이상 전력으로 복수한다."

칼쿠스는 바웰 성으로 가자고 결사대를 부추겼다. 모두가 동의한 건 아니었지만 그래도 절반의 길드원이 뒤를 따랐다.

"크큭. 간단한 일이지. 케이베른에게 가서 지금 레어가 털리고 있다고 말을 전하면……."

인정사정없는 드래곤에 의해 자신도 죽겠지만 위드와 그를 따르는 유저도 큰 피해를 입을 것이다. 합리적인 이성보다는 복수심에 눈이 멀어 있었다.

"이런 쉬운 방법으로 위드를 막을 수 있다니 간단한 일이지."

칼쿠스가 의기양양해 있었지만, 그사이에 그들을 멀리 둘러싸고 있는 유저들이 있었다.

"우리가 그렇게 내버려둘 것 같아?"

블랙소드 용병단의 미헬, 사자성의 군트가 정예 유저들을 데리고 어느새 그들을 포위했다.

바웰 성에 올지도 모르는 헤르메스 길드를 차단하는 것이 그들의 임무!

"어떻게 우리가 오는 것을 알고 있었지?"

"위드 님이 말씀하셨지. 때리려다가 못 때린 놈은 쉽게 포기하지 않는다고."

칼쿠스는 알지 못했지만 숲에서 헤르메스 길드끼리 뭉쳐 있으니 저절로 눈에 띄었다.

위드는 그런 꼼수들 따위에 미리 대비를 해 놓았다.

미헬도 헤르메스 길드에 대한 증오심이 사무쳤다.

"걱정하지 마라. 고통 없이 다 쓸어 줄게."

블랙소드 용병단과 사자성의 정예들이 무기를 들고 뛰어들었다. 전사와 검사 들이 위주가 되어 기습과 근접전을 준비했던 것이다.

몇몇 범위 공격 스킬들이 작렬하긴 했지만 큰 마법들은 쓸 시간도 없이 사방에서 쇄도하며 상황을 정리!

악룡 케이베른은 그사이에 바엘 성을 무너뜨리고, 도시 전체를 대상으로 마법을 퍼붓고 있었다.

미헬이 복수를 끝내고 흡족하게 웃었다.

"이쪽은 완전히 예상대로군."

칼쿠스와 결사대를 처리하며 전리품도 챙겼고, 이 장면 또한 방송을 타게 될 테니 블랙소드 용병단의 부활을 알리기에 충분하리라.

과거 헤르메스 길드에 패배하고 흩어졌던 유저들이 용병단으로 돌아오고 있었다. 그들은 아르펜 제국 소속이면서도 명문 길드들의 세력에 들어왔다. 옛 영광이 슬슬 돌아오고 있다는 기쁨을 만끽하면서.

미헬은 멋지게 검을 검집에 넣고 위드에게 귓속말을 보냈다.

> ―고귀하신 위드 황제 폐하께 보고 올립니다.
> ―어떻게 됐습니까?
> ―칼쿠스가 나타났습니다. 저희가 다 정리했죠.

그런데 왠지 자신이 상관에게 보고하는 하수인 같다는 생각이 들었다.

'느낌…이겠지. 그냥 느낌이 그런 거야.'

> ―드래곤은요?
> ―지금까지 도시를 삼분의 일 정도 부쉈습니다. 건물들이 넓게 퍼져 있어서 시간은 꽤 남은 듯 보입니다.
> ―현장에서 수고해 줘서 고맙습니다. 잘 지켜봐 주세요.

하지만 또, 위드의 수고했다는 말에 자신의 공을 알아준 것 같아서 기뻤다.

> ―영광입니다, 위드 님. 계속 보고드리겠습니다.

"보물들에 흠집이 가지 않도록 조심해요. 그리고 다들 서두릅시다!"

드워프 유저들은 드래곤의 레어에서 부지런히 보물들을 옮기고 있었다.

"평생 이렇게 대박을 치는 날은 처음이네."
"이걸 다 팔면 도대체 얼마일까. 가격을 정하기도 힘들겠다."
드워프 유저들의 말에는 기쁨이 잔뜩 묻어 나왔다.
평소에 구경하기도 힘든 장비들과 쌓여 있는 보물들을 옮긴다. 〈로열 로드〉에서 가장 대단한 한탕에 성공했다는 짜릿한 기분!
많은 방송국들의 생중계로 자신들을 지켜보고 있을 사람들을 상상하니 더욱 흥분되었다.
"지금 용아병이 옵니다. 병력은 스물."
입구를 경계하던 도둑 나이드의 말에 드워프들은 그 자리에서 멈췄고 정적이 흘렀다.
위드가 손짓을 하자 드워프들은 기민하게 움직여 미리 봐 둔 엄폐물 뒤로 숨었다. 체형이 작은 드워프들은 보물이 든 상자 뒤로 가는 것만으로도 몸을 감출 수 있었고, 황금 더미 사이에도 모습을 감췄다.
광산과 레어를 연결하는 큰 구멍은 그림을 덮어씌워서 가렸다. 유린이 정교한 그림을 그려 놓았던 것.

"오빠, 이 그림도 완벽한 건 아냐. 시간이 모자라서 물감도 덜 말랐어. 자세히 보면 걸릴 거야."

동생의 걱정을 듣긴 했지만, 위드는 운에 맡길 수밖에 없다고 생각했다.
용아병들이 레어 전체를 둘러본다면 어차피 숨어 있는 드워프들부터 들키고 말 터. 혹은 보물을 챙겨 간 흔적이라도 드러나게 될 것이다.

'발자국으로 볼 때, 용아병들이 꼼꼼하게 확인하고 다니는 것 같지는 않지만……'

저벅저벅.

용아병들의 발걸음 소리가 조금씩 가까워졌다.

위드는 만약 들키면 로아의 명검을 휘두를 준비를 갖췄다.

'순찰하는 용아병들은 별거 아냐. 문제는 레어 밖에 있을 병력이지.'

용아병과 몬스터들이 대대적으로 몰려오면 제대로 한판 붙는 수밖에 없다.

드워프들은 저마다 엄폐물 뒤에 숨어서 눈동자만 굴리고 있었다. 다행히 덩치들이 작아서 잘들 숨었다.

―현재 대기 중입니다.

타격대 유저들도 습격을 가하기 좋은 위치마다 배치되었다.

"조용하군."

"크륵. 케이베른 님이 없으니 그렇지."

"여기에는 대단한 보물들이 많아."

"위대하신 케이베른 님의 거처니까. 드워프들이 존경의 마음을 담아서 바친 것들이야."

용아병들은 뱀의 눈을 닮은 눈동자로 주위를 살펴봤다.

순찰병들이 다니는 이동 경로 부근의 보물들은 일부러 건드리지 않은 상태였다.

"케이베른 님께선 우리 냄새를 싫어해. 오래 머물 수 없다."
"이제 외곽을 돌아봐야지."
"그래."
잠시 후에 용아병들이 레어 밖으로 천천히 걸어 나갔다.
"후아, 갔다."
"계속 일합시다."
드워프 유저들은 바로 보물 싣는 일을 재개했다.
위드도 희생의 화로를 찾기 위해 돌아다녔지만 용아병들이 다녀간 이후 마음이 찜찜했다.
'난이도 S급의 종족 퀘스트란 말이지. 근데 너무 술술 쉽게 풀리는 감이 있어. 원래대로라면 케이베른이 레어에 그대로 머물렀을 텐데……'
드워프들이 광산을 파서 레어까지 길을 뚫었더라도 케이베른이 있는 이상, 성공하지 못했을 가능성이 매우 높았다.
드래곤의 존재만으로도 난이도 S급 중 성공 확률 최악이 될 수 있는 의뢰.
'케이베른이 자리를 비우면서 퀘스트 난이도가 변했겠지. 일반적으로 난이도가 훨씬 낮아졌다고 봐야겠지만… 그래도 너무 쉬운 거 아닌가?'
위드는 악당들이 부실한 계획과 방심 때문에 몰락하는 이야기를 숱하게 보았기에 그 점을 경계했다.
악당에게 자만심이야말로 반드시 경계해야 할 감정이었다.
'요즘 아르펜 제국의 황제가 되었다고 해서 배가 부른가? 물론 배는 불러. 등도 따뜻하고. 이 퀘스트가 실패하더라도 이미

빼돌린 보물들 덕에 충분한 이득을 볼 것 같고.'

그럼에도 누군가가 요플레 뚜껑을 핥지 않고 버릴 수 있냐고 묻는다면 그건 아니었다.

'불안해. 생각보다 쉽게 공략이 되긴 했지만 여긴 안전한 장소가 아냐. 드래곤의 레어에서 잠깐이라도 안전하다고 믿는 것이 자만이지. 주변 상황에 대해 모든 정보들을 가지고 있는 것도 아니고. 그렇다면…….'

위드의 감각이 날카롭게 경고하고 있었다.

뒤통수가 간질간질하면서 금방이라도 뭔가에 얻어맞을 것 같은 느낌!

―페일 님.
―옛.
―지금 위치는요?
―광산에서 운송을 돕고 있습니다. 보물이 엄청나게 많네요.

용아병들의 순찰이 끝나고 타격대의 유저들은 운송 업무를 지원하고 있었다.

당분간은 전투가 벌어질 일이 없다는 생각 때문이었다.

―타격대 전원, 서둘러서 레어로 들어오세요.
―알겠습니다.

위드는 자신의 느낌을 믿고 타격대를 불렀다.

'내 생각이 틀렸다면 좋겠지만… 그래도 대비하는 게 낫지.'

그리고 2분 정도가 지났을까.

"형, 용아병들이 몰려오고 있어!"

나이드가 큰 소리로 고함을 질렀다.

레어의 입구를 경계하고 있던 그의 눈에 완전무장한 용아병들이 달려오는 모습이 보였다. 작은 도마뱀을 닮은 마법사들도 뒤따랐다.

"모두 전투를 준비해 주세요! 눈에 보이는 병력만도 200마리는 됩니다!"

위드로 로아의 명검을 뽑으며 한숨을 내쉬었다.

"젠장, 왜 나쁜 예감은 틀린 적이 없지! 역시 로또 같은 건 당첨될 거 같아도 절대로 안 되지."

사실, 용아병들은 보물들의 매끈한 표면에 비친 드워프들을 보고 동료들을 데리러 돌아갔던 것이다.

"적들이 들어왔다!"

위드가 사자후를 터트렸다.

> ―드워프 1조와 3조는 그대로 보물을 옮깁니다. 나머지는 레어의 입구로 달려가서 적들의 진입을 막습니다! 소리를 내도 되니 이젠 속도를 최대한 높여요!

물론 레어에 들어온 목적은 잊지 않았다!

드워프 1조와 3조는 레벨 450 이상으로만 편성되었다. 만약을 대비하여 빌려서라도 좋은 방패들을 갖추게 했고, 절반은 방어 능력이 탁월한 워리어들로 구성했다.

"위드 님의 말에 따릅시다!"

나머지 드워프들은 보물을 내려놓고 무기들을 꺼내 들었다.

위드도 그들과 함께 레어의 입구로 달려갔다.

"모두 차분히 대응하세요. 입구에서 막으면 됩니다. 빈집 털이를 하다가 걸려서 약탈로 변경되었을 뿐입니다!"

아르펜 제국은 중앙 대륙을 정복하면서 자연스럽게 바다의 지배권도 얻었다.

"우린 줄을 제대로 섰어."

"어, 최고지."

"지골라스로 갈 때만 해도 재수 없게 걸린 줄 알았는데……."

헤인트, 프렉탈, 보드미르.

베키닌의 3마리 미친 상어는 과거를 회상할 때마다 입가에 썩은 미소를 지었다.

그들은 누가 뭐라 욕해도 신경 쓰지 않는 악당이었다. 자잘한 나쁜 짓을 저지르면서도 뿌듯한 기분을 느끼던 시절.

그 후로 일이 순조롭게 풀린 건 순전히 위드를 알게 된 덕분(?)이었다. 그들은 위드를 보며 나쁜 짓에 새롭게 눈을 떴다.

"우리도 해적들을 통해 세상을 먹는 거야."

"어. 소소하게 나쁜 짓을 하면서도 재미를 느꼈던 시절은 지났지."

"야망을 키우자. 바다는 앞으로 우리의 것이야."

아르펜 제국의 해적들.

그들을 세력권에 넣는다면 바다를 장악할 수 있었다.

절대적인 위험 239

비록 대륙은 넘보지 못한다고 해도 이 세계의 바다를 얻는다면 그 힘과 권력은 막대하리라!

"바다에서 통행료를 받자."

"그렇지. 좋은 생각이야."

아르펜 제국의 제해권은 대륙 전체를 아우르고 있었다.

헤르메스 길드의 하벤 지역이 남아 있긴 하지만 그리피스의 함대가 격파되고 난 이후에 연근해만 간신히 돌아다녔다.

동부에 로자임 왕국과 브렌트 왕국은 엠비뉴 교단에 의해 철저히 망했던 국가들이다.

아르펜 제국에서 정식으로 정복하지 않았더라도 두 왕국의 유저들이 따르고 있어서 바다를 넘나드는 건 문제도 아니었다.

"통행료를 받는 걸로 위드 님이 뭐라고 하면 어떻게 하지?"

"우릴 토벌이라도 한다는 말인가?"

"응. 아르펜 제국 외에는 신경 쓸 게 없지만… 아르펜에도 해군이 없어도 역시 위드가 문제잖아."

베키닌의 3마리 미친 상어에게 최종 보스란 위드라는 존재!

바다라고 해서 결코 안심할 수 없었다. 하늘을 나는 바라그를 타고 그들의 함대를 몽땅 불태워 버릴 수도 있으리라.

"뇌물을 바치면 돼."

"뇌물?"

"응. 절반 정도 떼어 주면 되지."

"그러면 해결되겠네."

"그럼! 원래 악당은 위에 상납을 좀 하는 거야. 상부상조라고 하는 거지."

"위드 님이 평소에 말하던 끈끈한 정 같은 건가."
베키닌의 3마리 미친 상어는 그렇게 항해권을 선언했다.

"바다에 나가는 모든 유저들은 1골드씩을 납부해라! 해적들의 끔찍한 맛을 보고 싶지 않다면 말이다. 으하하하핫!"

해상 패권 선언!
상인들은 그날부터 해적 조합에 통행료를 납부하게 되었다.
서윤은 상납금을 받아 항구를 개발하는 데 사용했고, 무인도와 새로운 항로 발견에도 지원금을 내걸었다.
베키닌의 3마리 미친 상어와 해적단에는 따로 치사했다.

―항상 열심히 해 주셔서 고마워요. 앞으로도 유저들을 잘 보살펴 주세요.

어떤 면에서는 위드보다 더 권위 있는 존재, 서윤의 귓속말에 해적들은 넙죽 고개를 숙였다.

―물론입죠. 바다를 철저히 지키겠습니다.

―저희만 믿어 주십쇼. 제발 믿어 주세요. 실망시키지 않겠습니다.

해적들은 약속을 했고 철저하게 지켰다.
바다의 경계를 서는 건 당연했고 항로들을 지키며 해양 몬스터들로부터 유저들을 구했다.
"가끔 짐 실을 공간이 부족하면 해적선에도 실어 주고 좋네."
"돛이 부서졌을 때는 수리도 해 주더라."

"처음 오는 해역에는 해적들이 지리를 잘 알지. 꼭 피해 가야 하는 바다 몬스터들의 위치도 말해 주고 말이야."

항구 바르나의 초창기부터 바다에서 함께 성장한 해적 유저들은 북부의 상인, 모험가들도 다 같은 동료라고 생각했다.

해적 모자를 쓰고, 해골 깃발을 세운 해적선들이 바다를 누비고 다녔다.

"침입자들을 전부 죽여라!"

"드워프들 따위가 케이베른 님의 레어에 들어오다니 모조리 죽여 주마!"

"산산조각을 내라. 갈기갈기 찢어라!"

용아병들이 험악한 말을 내뱉으며 달려오고 있었다.

평범한 용아병들도 아닌, 레어를 지키는 엘리트 용아병들!

위드는 드워프들을 이끌고 용아병들에게 맞섰다.

"입구 근처에서 지킵시다. 놈들이 레어로 들어오는 것을 막으면 됩니다."

드워프들은 등에 메고 다니던 배낭에서 철제 갑옷들을 꺼내 입은 상태였다. 도둑질을 할 때는 움직임이 느려져서 무거운 방어구들을 착용하지 않았지만 전투를 위해서는 필요했다.

"처음부터 죽을 각오로 온 곳인데, 동료들이 너무 든든하군."

"버티자고. 잘하면 될 것도 같아. 케이베른이 없으니 걱정할 거 없잖아."

막 들었을 때는 놀라기도 했지만, 그들은 레벨이 높은 역전의 용사들이었다. 전사나 워리어로서 언제나 가장 앞에서 싸우기에 용감하고 두려움이 없었다. 일찍부터 함께 활동해 온 서로에 대한 믿음도 컸다.

용아병들이 일렬로 서 있는 드워프들과 맞부딪쳤다.

"죽어라, 침입자들!"

"케이베른 님의 안식처에 침입한 죄는 용서받지 못한다. 너희 모두 죽은 목숨이다."

드워프들은 방패를 앞세우고 버텨 냈다.

레벨 400대 이상의 드워프들은 기본적으로 타고난 맷집이 있어서 쉽게 무너지지 않는다.

촤자창!

그들이 반격으로 휘두르는 도끼와 창은 용아병들의 피부에 그대로 부딪쳤다.

"방어선 지키고 밀리지 마!"

"그대로 자리를 사수하자."

레어를 지키는 용아병들은 보통의 경우보다 레벨이 훨씬 더 높았지만, 드워프들은 충격에도 불구하고 밀집대형을 유지한 채 버텨 냈다.

위드가 앞으로 나서며 로아의 명검을 땅에 내려쳤다.

"용암의 강!"

대지가 갈라지고 붉은 용암이 용아병들을 덮쳤다.

"뀌엑!"

당장의 피해도 막대했지만 적들을 물러서게 만드는 효과도 있었다.

"크엑. 죽어도 전진해라!"

"케이베른 님의 보물을 지켜야 한닷."

용아병들은 억지로 용암의 강을 뚫고 들어왔다. 몸이 불덩어리가 되어서 미친 듯이 돌격했다.

드워프들은 세 겹으로 방어진을 치고 방패를 앞세워 이번에도 막아 냈다.

페일이 이끄는 타격대의 일부가 도착한 건 그 직후였다.

"위드 님, 저희도 왔습니다. 바로 전투에 돌입하겠습니다."

"원거리 지원이 되는 분들은 용아병들을 골라서 저격해 주세요. 커다란 무기를 가진 녀석들은 자신들끼리도 방해가 되니 내버려두고, 보스급부터 먼저 처치해야 합니다."

위드는 빠르게 용아병 무리를 분석했다.

대략 200여 마리, 그들 중 보스급이라고 할 만한 존재는 40정도였다. 특별히 강한 녀석도 있고, 불이나 벼락, 얼음의 기운을 쏟아 내는 특수 능력을 보유한 놈들도 있었다. 그들을 먼저 제거하는 쪽이 전투에 유리하다고 봤다.

"알겠습니다!"

타격대의 유저들은 위드의 말에 따라 무리를 나누었다. 근접 계열의 전투 직업들은 앞으로 달려가고, 나머지는 페일이 지휘했다.

페일의 불화살이 날아간 쪽에는 마법이나 화살의 원거리 공격들이 집중되었다. 드워프들도 강하기는 하지만 이들이야말로 레벨 500대가 넘는 아르펜 제국의 최정예!

'제대로 한몫은 해낸다.'

'뭐라도 해야 장비를 받지 않겠어?'

유저들은 레어의 보물들을 지나오면서 입안이 바싹바싹 마르고 눈이 돌아갔다. 성과를 내세워야 당당하게 장비를 얻을 테니 죽기 살기로 막을 각오를 했다.

공격의 집중으로 7마리의 보스급들이 그대로 죽어 나갔다.

나머지 용아병들 쪽엔 드워프와 타격대들이 협력해서 격렬한 전투가 벌어졌다. 용아병들을 압도하진 못했지만 탄탄한 수비로 쉽게 밀리지도 않았다.

하지만 레어의 입구로 더 많은 용아병들이 몰려들고 있었다.

"크웨에엑! 케이베른 님이 너흴 용서하지 않을 것이다."

"인간, 드워프, 한 놈도 남김없이 죽여라!"

> 용아병들의 지휘관, 바뎀믹스의 영향권 안에 들어왔습니다.
> 미증유의 두려움이 밀려옵니다. 생명력의 최대치가 감소합니다. 혼란, 공포 상태에 빠질 가능성이 높아집니다. 공격에 더 많은 피해를 입습니다.

"이건 또 뭐야."

드워프들은 당황했다.

다른 용아병들보다 3배쯤 큰 녀석이 레어의 입구에 나타난 것이다. 등에 도끼와 창과 같은 대형 무기들을 주렁주렁 달고 있었다.

보스급 용아병들을 처리하긴 했지만, 이곳은 위험하기 짝이 없는 드래곤의 레어! 진정한 보스 몬스터의 등장이었다.

"너희는 허락받지 않은 장소에 들어왔다!"

바뎀믹스가 도끼와 창이 결합된 할버드를 다른 용아병에게 휘둘렀다. 길을 막고 있는 용아병들을 날려 버리며 그대로 드워프들 앞까지 달려왔다.

"역병 강타!"

할버드를 휘두를 때마다 막고 있던 드워프들이 수십 미터씩 나가떨어졌다. 푸른 안개가 몸을 뒤덮으며 생명력이 매초 쭉쭉 떨어졌다.

'이건 안 좋아.'

위드의 본능이 경고하고 있었다.

바뎀믹스는 보스급 중에서도 보스급이라고 불릴 만한 극도로 위험한 존재.

드워프들이 협력해서 싸우면 당장은 버틸 수 있으리라. 하지만 저런 존재들이 몇이나 나타날지 모른다는 점이 문제였다.

'케이베른의 명령을 따르는 몬스터나 용아병들은 전부 몰려오고 있을 거야.'

드래곤 레어 수비전

오베론이 희미하게 웃으며 옆에 있는 위드에게 말했다.

"제가 방어선을 책임지겠습니다. 죽는 순간까지 발목을 잡고 시간을 끌 테니, 위드 님은 중요한 일을 하셔야 합니다. 어서 희생의 화로를 찾으시고, 보물도 옮기십시오."

사서 고생을 청한다. 그야말로 상을 내려도 아깝지 않을 훌륭한 책임자였다.

이런 이들이 꼭 승진은 못 하고 현장에서 인생을 마감한다.

위드는 기회를 놓치지 않고 미련 없이 뒤돌아섰다.

"알겠습니다. 잘 부탁드립니다. 오베론 님의 비석에 제가 이름을 꼭 새겨 드리겠습니다."

위기 때 튀어나오는 인성!

"흐랴아!"

오베론은 방패를 땅에 내려찍으며 용아병들의 이목을 집중시켰다.

"전부 덤벼라!"

위드는 용아병들이 오베론에게 관심을 둔 사이에 뒤로 완전히 빠져서 주위를 살폈다.

레어에 쌓여 있는 막대한 보물들!

드워프들이 빼돌리면서 줄어들긴 했지만 십분의 일 정도만 옮긴 상태라 아직도 많았다.

하지만 분류와 정리 작업을 동시에 진행해 보물을 실어 나르는 속도는 훨씬 빨라지고 있었다.

위드는 드워프들에게 물었다.

"희생의 화로는 챙겼습니까?"

"없습니다."

"저희도 아직 못 찾았어요."

처음에는 보물을 보고만 있어도 배가 불렀지만 이제부터는 시간과의 싸움.

레어의 입구에서는 바뎀믹스나 다른 몬스터들이 뚫고 들어오는 걸 드워프가 수십 명씩 달라붙어서 억지로 막고 있었다.

> 바뎀믹스가 특수한 힘의 장막을 몸에 둘렀습니다.
> 모든 물리 피해를 30초 동안 마나로 흡수합니다.

타격대의 유저들이 바뎀믹스를 집중 공격했지만 효과를 발휘하지 못했다.

위드는 그 광경을 잠깐 보다가 고개를 돌렸다.

"저런 개사기가… 나이드!"

"예, 형."

"우린 어떻게 될지 모르니 희생의 화로부터 찾아야 돼."

"알겠어요, 저도 도울게요."

위드는 나이드와 함께 보물들을 확인하며 커다란 화로를 찾기 시작했다.

어떤 것들은 높은 탑을 이루기도 했고, 금은보화에 뒤덮여서 내부가 제대로 안 보였다.

"화로… 일단 화로의 형태일 텐데. 크기도 꽤 클 테고."

"예술품이나 골동품이 모여 있는 곳들부터 수색해 볼까요?"

"그게 좋겠어."

드래곤이 난로로 썼다는 이야기를 듣긴 했지만 예술품이나 가구들 사이에서도 눈에 쉽게 띄진 않았다.

악룡 케이베른은 정말 정리 정돈과는 거리가 먼 유형이었다.

최소 3년 동안 집 정리를 한 번도 안 한 자취생의 집!

골동품들과 보물, 보석들이 이것저것 종류를 가리지 않고 뒤섞였다.

"젠장, 쓰레기 더미처럼 마구 쏟아 놓았어."

위드는 산을 이루며 쌓여 있는 보물들을 제대로 살필 수가 없어서 곤란했다.

모험가 하루나가 마법 함정들을 해제하는 손길도 너무 빨라 보이지 않았다.

"더 서둘러 주세요!"

"저도 최선을 다하고 있지만 어떤 마법 함정이 있을지 몰라요. 재차 확인까지 해야 되니 더 빨리하는 건 무리예요."

하루나도 나름 고충이 있었다.

정화의 횃불이 마법 함정을 해제하기까지 시간이 걸리니 마냥 빠를 수만은 없는 것.

"이대로라면 희생의 화로가 언제 나올지 몰라. 그럼 시간이 꽤 필요하겠는데."

위드가 다시 레어의 입구를 돌아보는데 용아병들과 몬스터들의 공격이 거셌다.

"침입자들을 죽여라!"

"산 채로 씹어 삼켜라! 케이베른 님이 화내시기 전에 끝내야 한다!"

"돌격, 앞으로!"

레어의 입구에서부터 함성을 지르면서 모여드는 용아병과 몬스터 떼.

쿠궁!

이번엔 땅이 흔들렸다.

"중력 마법이다."

"젠장, 6배나 돼!"

어딘가에서 드워프들에게 무거운 중력을 적용시키는 마법이 시전됐다.

"케이베른 님의 안식처에 들어온 겁 없는 녀석들. 너희 심장을 꺼내서 얼마나 커다란지 확인해 보아야겠구나, 클클."

리치 스몰링이 지역의 중력을 조절했습니다.
―모든 생명체들아, 연약한 너희는 마땅히 납작하게 짓눌릴 것이다!
움직임이 느려집니다. 체력 소모가 빨라집니다.

레어를 지키는 언데드 마법사 리치!

바뎀믹스에 이어서 리치 스몰링까지도 달려왔다.

중력 조절 마법의 무서움은 지역 전체에 부여되어 피할 수 없다는 것. 힘이 약할 경우, 전투 불능 상태에 빠지게 된다.

"버텨!"

"자리만 지켜라. 앞으로 나가지 마!"

드워프들은 밀집대형을 유지하며 간신히 막아 내고 있었다.

좋은 갑옷과 맷집을 바탕으로 전투에서는 탱커 역할을 주로 하는 드워프들이지만 뚫고 들어오려는 공격이 만만치 않았다. 레어 입구가 좁지 않았더라면, 바뎀믹스나 용아병들에 의해 무시무시한 피해를 입었으리라.

"위드 님! 저는 블로핸드라고 합니다."

드워프 1명이 상자를 들고 헐레벌떡 뛰어왔다.

"방금 옮기려던 것인데… 여기 마법 스크롤이 있습니다."

드래곤이 만든 마법 스크롤!

마법사가 없어도 손으로 찢는 것만으로 발동되는 마법 스크롤은 그 위력에 따라서 부르는 게 값이었다.

촤라라랏!

위드의 머릿속에서는 상자에 수북이 쌓여 있는 스크롤들의 견적이 계산되고 있었다.

"이걸 전투 중인 이들에게 주면 큰 도움이 될 것 같습니다."

블로핸드의 말에 고속으로 회전하던 머릿속이 딱 멈췄다.

"이 귀한 걸… 쓴다고요?"

"네, 상황이 상황이니만큼… 안 될까요?"

드래곤 레어 수비전 251

위드는 블로핸드의 말을 들으며 가볍게 눈을 감았다.
이 순간, 가까이 있는 드워프들이 보고 듣고 있었다.
당연히 방송국들의 생중계로 수억 명에 달하는 시청자들까지도 지켜보고 있으리라.
'지금 제안을 거절한다면 치사한 짠돌이에다 비겁한 놈이 되겠지.'
솔직히 스스로도 치사한 짠돌이에 비겁한 놈이라고 생각했다. 그렇지만 본인이 인정하는 것과 모든 사람들이 알게 되어 실망하게 되는 건 별개였다.
어느 한구석엔가 실낱처럼 붙어 있던 자존심!
위드는 목소리가 갈라지는 걸 막기 위해 침을 꿀꺽 삼키고 말했다.
"쓰세요. 급한데 당연히 써야죠."
"알겠습니다."
마법 스크롤의 지원이 이루어지면서 레어의 입구에 전격 마법이 작렬했다.
수십 마리의 몬스터와 용아병들을 정리하며 한숨을 돌리는 드워프들! 그럼에도 적들은 금세 다시 몰려왔다.
"아무래도 오래 버티긴 무리겠어."
위드도 그렇게 생각할 수밖에 없었다.
위기 때마다 마법 스크롤을 쓰면 몇 분은 더 버틸 수 있을지라도 여기는 드래곤의 레어.
온갖 몬스터들이 덤벼들고 있었다.

―인간들이 살아가는 집 따위는 모조리 부서져야 한다.

케이베른은 대지에 우뚝 서서 포효했다.

바웰 성은 처참하게 부서져서 그 잔해만이 남아 있었으며, 도시의 건물들도 파괴되어 무너져 내렸다.

다리가 끊어지고, 가로수들은 연기를 내뿜으며 불에 타고 있었다.

―모두 파괴되어라!

케이베른이 숨을 한껏 들이마신 후에 브레스를 내뿜자, 건축가들이 부실 공사로 지은 건물들이 땅과 함께 녹아내렸다.

분탕질을 치면서 도시를 완전히 폐허로 만들어 놓는 블랙 드래곤!

쿠워어어어어어!

케이베른이 포효를 터트리며 하늘로 날아올랐다.

멀찌감치 구경하던 유저들은 바웰 성이 완벽하게 부서지기를 기다리고 있었다.

지금까지의 드래곤의 행동은 목표로 했던 도시를 철저하고 완벽하게 파괴했다.

어느 건물 하나 멀쩡하게 남겨 놓지 않을 정도로 부숴 놓는 것이 드래곤의 일반적인 모습들.

―인간들… 감히 내 영역에 들어오다니 간이 부었구나.

드래곤 레어의 경계 마법이 발동되며 케이베른은 침입자들을 알아차리고 말았다.

"헉."

"눈치챘잖아!"

바웰 성에 건물들을 세운 건축가들은 새하얗게 질렸다.

계획이 탄로 난 것!

케이베른이 자신의 레어로 돌아가면 빈집 털이는 수포로 돌아가 버린다.

―가소롭구나. 내 집이 너희 무덤이 될 것이다.

케이베른은 도시를 파괴하는 일을 멈추지 않았다.

―위드 님! 케이베른에게 들켰습니다.

바웰 성에 있는 건축가 바죠가 위드에게 귓속말로 상황을 알려 주었다.

―이런… 보물을 빼돌리려면 한참이나 남았는데.

"비천한 종속들아, 당장 모여들어 육체와 영혼의 주인인 케이베른 님의 레어를 지켜라!"

용아병들의 대장 바뎀믹스가 뼈로 만든 뿔피리를 불었다.

뿌우우우우.

높고 웅장한 소리가 울타 산맥의 먼 곳까지 퍼졌다.

"적을 더 모으고 있어!"

"지금도 막기 어렵잖아!"

드워프들의 입에서 비명이 튀어나왔다.

전사와 워리어들로 이루어져 있어 간신히 입구를 막아 낼 수 있었지만, 바뎀믹스의 공격은 제대로 맞으면 드워프의 목숨을 위태롭게 만들 정도였다.

"무조건 뚫어라."

"저 벌레 같은 드워프들을 죽여! 섬광 파열!"

용아병들의 돌파도 문제인 데다 리치 스몰링까지 마법으로 드워프들을 공격했다.

빛이 번쩍이고, 공기가 터질 때마다 피해를 입는 드워프들.

타격대의 유저들도 원거리 공격으로 받아치면서 버티고 있었다.

"적은 강하다. 하지만 좁은 입구를 막으면 버틸 수 있다. 절대 물러서지 마!"

오베론이 전사의 함성을 지르며 드워프들을 격려했다.

그 순간!

후방에서 회복 마법을 준비하던 사제가 목숨을 잃고 회색빛으로 변했다.

"뭐야, 왜 죽었어?"

옆에서 사제들이 당황하고 있는 가운데, 또다시 2명의 목숨이 연달아서 사라졌다.

"암살자다!"

드래곤의 레어를 지키는 병력 중에서 지휘관급인 존재가 하나 더 나타났다.

"어서 후방을 보호해 줘!"

"다들 경계하고 어둠이 다가오지 않도록 주변을 밝혀요."

타격대의 전사 일부가 사제와 마법사들을 지키기 위해 급하게 달려갔다. 그러자 어둠 속에서 흐릿하게 보이는 형체가 천장에 겹쳐지며 빠져나가는 것이 보였다.

"도대체 바넴믹스 같은 놈이 몇이나 있는 거야?"

"지켜, 지키라고!"

드워프들도, 타격대에서도 죽는 이들이 속출하고 있었다.

―인근 몬스터들이 전부 레어로 향하고 있습니다.

답답해하며 상황을 지켜보고 있던 위드에게 날쌘찬바람의 귓속말이 들어왔다.

―알고 있어요.
―아, 예. 짐작하시리라고 생각했지만, 대략 반경 10킬로미터에 달하는 영역의 몬스터들이 전부 그곳으로 이동하고 있습니닷!

추가 병력의 등장.

던전과 마굴에서 무시무시한 고위 몬스터들이 튀쳐나오고 있었다.

그들이 모두 드래곤 레어로 달려온다는 소식이었다.

"우리 이제 망한 거 아냐?"

"레어에 갇혀서 죽는 건가? 빨리 지금이라도 철수해야 해!"

보물을 수색하던 드워프들이 소리를 지르며 급하게 뛰어다녔다.

나이드가 다급한 표정으로 돌아봤다.

"어쩌죠, 형? 보물들은 절반도 못 살펴봤어요. 이대로면 몬스터나 케이베른이 먼저 들어올 것 같은데요."

하지만 위드는 마음이 오히려 차분해졌다.

"역시 드래곤의 레어를 털려면 이 정도는 위험한 거겠지."

드래곤에게 들킨 상황에 시간이 촉박한 데다 궁지에도 몰렸다. 이럴 때일수록 정신을 바짝 차려야 했다.

치과 치료를 마치고 얼음물을 들이켠 것처럼 깨어나는 정신!

"바로 앞에서 케이베른의 브레스가 날아오지 않는 이상 진짜 최악은 아냐. 그리고 이미 빼돌린 보물도 있으니 최악은 확실히 면했지."

위드가 단호하게 말했다.

드워프들은 감명 깊게 듣기도 했지만, 모두가 그런 건 아니었다.

"지금이 최악이 아니라면 더 떨어질 밑바닥이 있다는 거군."

"어… 그리고 케이베른도 곧 올 거잖아."

페일은 용아병을 향해 화살을 쏘았다.

공기를 꿰뚫으며 30미터의 거리를 쏜살같이 날아간 화살이 용아병의 이마에 정확히 박혔다.

용아병이 뒤로 넘어지는 것을 보며 그다음 화살을 시위에 빠르게 쟀다.

"페일 님, 어떻게 해야 하죠!"

타격대의 유저 중 하나가 물어 왔는데 목소리에는 떨리는 기색이 역력했다.

케이베른이 빈집 털이 계획을 알아차렸고 레어의 입구로는 몬스터들이 미친 듯이 몰려오고 있다는 사실 때문이었다.

드래곤 레어에 머물고 있다는 장소 자체의 위험성이 그들을 불안하게 만들었다.

페일의 답은 간단했다.

"우린 놈들이 들어오지 못하도록 막으면 됩니다."

"하지만… 케이베른이 오면 우린 다 죽은 목숨 아닌가요? 몬스터들을 막기도 버겁잖아요."

푸슉!

페일의 화살이 이번에는 몬스터를 꿰뚫었다.

힘껏 쏜 화살이라 몇 마리의 몬스터들을 한꺼번에 관통했지만 죽은 것은 1마리.

괴상한 냄새를 내뿜던 파충류였다. 처음 보는 몬스터들이라 정보가 부족하니 외관상 위험할 수 있는 녀석을 먼저 해치운 것이다.

"전투에 집중하세요. 우왕좌왕해서는 아무것도 안 됩니다. 무엇을 어떻게 해야 할지 알 수 없을 때는 눈앞의 적과 싸우면 됩니다."

"하지만… 지금이라도 위드 님께 퇴각하는 걸 건의하면 어떨까요. 보물도 그럭저럭 챙겼고요. 친한 페일 님이라면 말할 수 있잖아요?"

페일은 그제야 주위를 돌아봤다.

타격대의 유저들이 불안해하는 모습들이 보였다. 레벨은 높지만 위기에 빠진 경험은 부족한 유저들.

중앙 대륙의 유저들은 헤르메스 길드의 기세에 눌려서 대규모의 레이드 같은 건 못 해 봤다.

명문 길드 소속 유저들은 여러 일들을 겪어 봤지만, 그들에게도 드래곤의 레어는 불안감을 심어 주는 장소였다.

차라리 토르의 드워프들은 그들의 영역에서 독자적으로 활동하며 다양한 전투들을 겪어 보았다.

무엇보다 선두에서 싸우는 전사, 워리어 계열의 주류를 이루는 것이 이유이기도 하리라.

"하아."

페일이 한숨을 쉬고 말았다.

오베론은 자신을 따르는 드워프들을 이끌고 버티고 있었는데, 그 모습이 너무 힘겨워 보였다.

거대한 파도가 밀려오는 것을 간신히 막아 내는 방파제의 느낌이랄까.

몬스터들이 무시무시하게 부딪쳐 오기에 드워프들은 방패를 앞세우고 버텨 내는 데 급급했다.

그 와중에도 검과 창을 내세워서 반격을 가하고 부상이 심한 동료들을 지키고 있었다.

페일은 이를 악물었다.

"싸우든지 말든지 알아서 하세요. 그렇지만 퇴각은 절대 없습니다."

"왜요? 일부러 죽을 필요는 없잖아요?"

"물러나면 언제 강해집니까?"

"상황이 안 좋잖아요. 무리하게 욕심을 내기보다는……."

"불리함 따위는 따지지 마세요. 적이 왔으니 그냥 싸우는 겁니다. 그리고 가슴에 손을 얹고 말하세요. 레어에 온 목적을 떠나 우리가 퇴각하면 저 드워프 유저들도 철수할 수 있습니까?"

"……."

퇴각을 하게 되면 용아병과 몬스터를 겨우겨우 막고 있는 드워프들은 몰살이 확정되는 것이다.

"위드 님이 싸움은 몸보다도 마음으로 먼저 하는 것이라고 했습니다. 싸울 생각이 없으면 여기서 혼자 빠져나가세요."

페일은 위험한 상황에서 길게 대화를 나누는 것 자체가 사치라고 생각했다.

누군들 얼마나 알아들었을까.

그저 자신이 할 수 있는 일을 해낼 뿐!

위드를 따라 위험하고 어려운 전투 현장들을 겪어 본 페일은 아직 할 만하다고 여겼다.

극단적으로 빠른 사냥 속도는 항상 생명력과 마나를 간당간당하게 유지하며 몬스터와 부딪쳐 갔었다.

한눈을 팔거나 정신을 차리지 못한다면 언제든 위험했고 여유를 부릴 틈이란 없었다.

다다닷!

페일은 레어의 벽을 딛고 옆으로 달렸다.

궁수로서 중점적으로 올려놓은 민첩은 몸놀림을 가볍고 빠르게 만들어 주었다.

"다중 관통 화살!"

슈슈숙!

벽을 타고, 그다음에는 공중에서 회전하며 쏘아 낸 화살들이 몬스터들의 머리에 연달아서 정확하게 박혔다.

> 몬스터 프렘의 머리를 관통했습니다!
> 죽음의 일격! 몬스터 프렘을 죽였습니다.

> 궁술 스킬의 숙련도가 크게 증가합니다.

페일은 공중에서 회전하며 활시위를 놓았다.

기본적으로 200~300미터의 거리에서는 놓치지 않는다.

정확한 조준, 쏘아진 화살이 목표물에 명중하는 모든 과정이 자연스러울 뿐이다.

"넌 친구들 말 듣다가 망할 거야."

"소신을 가져야지. 단호하게 의사를 표현할 줄 알아야 돼."

페일은 어릴 때 들었던 말들을 떠올리며 미소 지었다.

'모두들 틀렸어.'

누군가의 부탁을 쉽게 거절하지 못하는 그의 성격.

학교 다닐 때 선생님은 훗날 페일이 '호구'가 되는 게 아닌지 걱정하기도 했다.

그렇지만 인생을 함께 가도 좋을 친구이자 동료를 만났다.

방송을 통해 알려진 후로 만나는 사람들 모두가 그를 부러워했고, 잘 알지도 못하는 친척들의 연락이 쇄도했다.

어쩌다 전투 영상만 등록해도 조회 수가 가볍게 1,000만 단위 넘게 찍혔다.

'자만하지 말아야지. 행동도 조심해야 해. 난 그냥 모험이 즐거울 뿐이야.'

페일은 1명의 어엿한 궁수로서, 아르펜 제국의 영주로서 당당하게 살아가고 있었다.

"큭!"

오베론은 주위의 드워프들이 바뎀믹스의 공격에 튕겨 나가는 것을 봤다.

드워프들은 〈로열 로드〉를 함께한 동료이자 친구였다.

"자리를 지켜라아!"

오베론은 용아병의 돌격에 맞서며 힘겹게 소리칠 수밖에 없었다.

당장 눈앞에 달려오는 용아병들을 막아 내는 것도 벅차다. 기회가 되는 대로 고함을 지르며 체력과 생명력을 회복해야만 죽지 않고 바뎀믹스의 발목을 잠깐이라도 붙잡을 수 있었다.

'어떻게든 막는다, 막아야 한다.'

입구가 뚫려 버리면 레어로 용아병과 몬스터 들이 쏟아져 들어온다.

그 결과는 파국!

워리어들과 전사들은 사력을 다해서 막아 냈다.

> 하늘의 수호가 적용되었습니다.
> 3분 동안 방어력이 200% 강화됩니다. 생명력이 5.2배 더 빠르게 회복됩니다. 일시적으로 힘과 맷집이 늘어납니다. 강한 적과 싸울수록 전투력이 향상될 것입니다.

누군지 모를 사제의 보호 마법이 적용되었다.

선두에서 싸우는 워리어에게 사제들의 신성 마법이란 끊임없이 싸울 수 있는 용기를 준다.

빠각!

그때, 오베론에게 창을 휘두르며 신나게 공격하던 용아병이 스르륵 무너졌다.

용아병의 머리를 대검으로 후려치며 나타난 거구의 남자가 있었다.

"난 파이톤이오. 그쪽은?"

"오베론입니다."

"명성은 익히 들었소."

"저 역시 마찬가지입니다. 저놈은 우리 둘이 맡아야 할 것 같군요."

파이톤과 오베론은 간단히 인사를 나누며 협의했다.

용아병들을 지휘하는 바덴믹스.

집단 전투에서는 지휘관을 묶어 놓으면 효과가 크다. 물론 용아병들이나 몬스터들은 바덴믹스가 죽거나 말거나 밀고 들어올 테지만.

"몇 분이나 버틸 수 있을 것 같습니까?"
"적어도 5분은 해 봐야지요."
"목숨을 거는 치열한 싸움이 될 것 같군. 가 봅시다."
오베론과 파이톤이 같이 바뎀믹스에게 덤벼들었다.
"멍청한 놈들! 감히 내게 덤비다니, 허리를 둘로 잘라 주마."
용아병의 대장인 바뎀믹스가 그 싸움을 받아 주면서 격전이 펼쳐졌다.
"이것이 나의 힘이다, 울림 휘두르기!"
바뎀믹스의 할버드가 같은 용아병까지 휩쓸어 버렸다.
오베론은 작은 키 덕분(?)에 피하기가 쉬웠지만, 파이톤은 땅으로 대검을 휘두르며 뛰어올랐다.
"머리 깨기!"
파이톤은 공중에서 대검을 강하게 내려쳤다.
"그런 큰 공격은 위험합니다!"
오베론이 놀라서 소리쳤지만, 파이톤도 다 생각이 있었다.
지능이 있는 몬스터들은 약한 공격은 맞아 주더라도 머리로 향하는 위협적인 공격은 그냥 무시하지 못한다.
'반드시 피하거나, 받아친다.'
예상대로 바뎀믹스는 휘두르던 할버드를 그대로 올려 치는 것이었다.
"하늘을 꿰뚫어라!"
파이톤의 머리 깨기를 시퍼런 기운이 맺힌 할버드로 받아치는 바뎀믹스.
"칼날 막기!"

파이톤은 급히 스킬을 취소하며 방어 스킬로 전환. 미리 예상했던 움직임이라 빠르게 대응할 수 있었다.

콰쾅!

그럼에도 불구하고 바뎀믹스의 공격에 생명력이 30%가 넘게 줄어들었다.

감당하지 못할 충격을 공중에서 받은 파이톤은 용아병들의 한복판으로 떨어졌다.

적들이 몰려드는 와중에도 질세라 파이톤이 고함을 질렀다.

"덤벼라, 이 도마뱀 부하 새끼야!"

"죽고 싶구나. 토막을 내서 얼마든지 죽여 주마."

바뎀믹스는 주위를 둘러싸고 있던 드워프들을 벗어나서 성큼성큼 달려왔다.

"저리 꺼져라."

할버드를 휘두르며 걸리적거리는 용아병들을 거침없이 베어 버렸다.

"뭐 하는 겁니까!"

오베론이 고함을 지르며 바뎀믹스의 뒤를 따라오고 있었다. 적진에서 혼자 고립되어 죽어 가는 파이톤의 모습을 도저히 볼 수가 없었던 것이다.

"죽기 딱 좋은 날이네."

파이톤은 즐겁다는 듯이 씩 웃더니, 큰 소리로 외쳤다.

"누군가에게 등을 맡기고 싸워 본 적이 드물어서."

"……!"

오베론은 그게 무슨 미친 소리냐고 따지려 했지만 이어서 보이는 모습에 말을 삼켰다.

"갈기갈기 잘라 주마."

바뎀믹스는 주위의 몬스터나 용아병들에 아랑곳하지 않고 장병기인 할버드를 휘둘렀다.

그 공격이 파이톤에게 향했지만 적들에게는 더 많은 피해를 입혔다.

바뎀믹스와의 전투로 삼분의 일에 달하는 적들이 죽거나 밀려나고 있었다.

오베론의 눈빛이 빛을 발했다.

'일부러 끌어들인 것이구나.'

오히려 적진인데도 훨씬 편해 보이기도 했다.

바뎀믹스의 공격을 일방적으로 받아 내는 건 마찬가지였지만 아군들 때문에 피하지도 못하던 상황과는 다르다.

할버드의 공격 범위에 있던 몬스터와 용아병이 함께 나가떨어지고 있었으니 최소한 마음 놓고 움직일 반경은 마련되었다.

주위에 동료는 없다.

위기에 빠지면 그대로 죽을 테고, 몬스터와 용아병들을 등 뒤에 두어야 하지만 그러면 또 어떠한가.

"진짜 터무니없이 위험한 짓인데……."

오베론은 딱 마음에 들었다.

간신히 버티던 드워프들이 받는 부담이 훨씬 줄어들 테니까.

'잠깐만 숨 돌릴 여유가 생겨도 정말 몇 분은 더 버틴다.'

느닷없이 빛이 번쩍번쩍 빛나며 사제들의 치유 마법이 파이톤과 오베론에게 집중되었다.

> 빛의 정화로 인해 신체의 이상 현상이 회복됩니다.

> 치유의 손길이 당신을 어루만져 줍니다.
> 잃어버린 생명력이 4,950 회복됩니다.

> 바다 거북이의 등껍질 효과가 적용되었습니다.
> 피부가 단단해지며 방어력이 강화됩니다.

> 오소리의 날개 효과가 부여되어…….

> 여행자의 기원이 적용되었습니다.
> 단단한 하체! 정신이 맑아집니다.

 생명력과 체력, 마나를 최대로 회복시켜 주고, 전투력을 증강시켜 주는 열 종류가 넘는 축복들이 집중되었다.

 슈슈슉!

 뒤에서 들려오는 바람 소리에 오베론의 가슴이 서늘해졌다.

 퍼버벅!

 하지만 그것들은 오베론을 스치듯이 지나가서 바템믹스의 가슴에 꽂혔다.

 다섯 발의 화살.

 화살촉을 흑요석으로 만들어서 몬스터들을 꿰뚫는 효과를 가진 특수한 화살이었다.

 파이톤이 다시 씩 웃었다.

"페일 님이다. 역시 내 생각을 읽고 지원을 해 주겠다는 표시로군."

크오오오오오!

바뎀믹스가 할버드를 높이 쳐들며 고함을 질렀다.

충격파가 좌중을 휩쓸었지만 오베론은 웃었다.

"위드 님의 동료분들. 이제야 알게 된 게 너무나도 아쉬울 정도로 마음에 드네."

뚫리느냐, 막느냐.

너무나도 치열한 전투가 펼쳐지고 있었다.

위드는 나이드와 함께 레어를 샅샅이 수색했다.

"이쪽은?"

"여긴 없어요!"

"확실히 찾아봐, 시간이 없다고!"

좌르르!

드워프들이 루비나 사파이어 같은 보석들을 모래를 넣듯이 자루에 넣었다.

쨍그랑!

금화는 발에 차일 다닐 정도로 많아 더 이상 누구도 관심을 쏟지 않았다.

옛 니플하임 제국이나 켈튼 왕국의 100골드짜리 금화라고 해도 관심이 없는 상태!

위드에게 귓속말이 들어왔다.

—희소식입니다. 케이베른이 바웰 성을 떠나지 않습니다.

바웰 성에 있는 건축가 바죠였다.

—왜요?
—드래곤의 오만함인 것 같습니다. 부수기로 했으니 끝까지 부수는 거죠.

케이베른은 자신의 레어에 침입자가 있다는 사실을 알게 되었다. 그럼에도 서둘러 돌아가지 않았다.

바웰 성을 파괴하기로 했으니, 그것은 반드시 이뤄 보이리란 드래곤의 자만심!

"역시 악당은 자만하다가 무너지는 거였어."

위드는 케이베른이 당장 돌아올 줄 알고 조급했지만 한결 여유가 생겼다.

빈집 털이를 하다가 경찰에게 쫓기는 와중에 자판기 커피를 뽑아 마시는, 한 잔의 여유라고 할까.

위드는 큰 소리로 외쳤다.

"집중해서 챙깁시다, 바로 지금 이 순간입니다."

희생의 화로를 찾기 위해 눈동자를 빠르게 움직이면서도 손은 멈추지 않았다.

하루나가 마법 함정들을 해제한 보물 더미들이 제법 늘어나 있었다.

오늘만을 위해 살아온 사람처럼 보물들을 감정하고, 10만 골드가 넘는 것들은 즉시 챙긴다.

'아만타의 방패. 현재 시세 278,000골드. 재질에 백금이 5% 포함. 명성 증가 효과로 4만은 더 받겠군. 펠샨의 마법 부여가 되어 있으니 여기에 3만 골드가 추가될 테고 적절한 바가지까지 씌우면…….'

세계적인 수학자들의 계산 능력을 따라가진 못하지만, 시세 파악에서만큼은 지지 않았다.

샤샤샥.

스스슥.

위드가 지나갈 때마다 좋은 보물들이 사라진다.

드워프들도 모든 것이 불안하고 조급한 와중이었지만, 이상한 분위기에 휩쓸린 상태였다.

'챙기자.'

'먹고 죽자.'

'지금을 위해서 살았다.'

탐욕과 한탕주의의 리더십!

드워프들은 점점 이성을 잃고 보물들을 담고 있었다.

'쾅' 하고 폭발음이 바로 옆에서 터져도 꿈쩍도 하지 않고 보물을 담는다.

1분, 1초가 아쉬운 상황이었다.

바웰 성의 방대한 건축물들로 시간을 벌긴 했다지만 결코 여유롭진 않았으니까.

"위드 님, 이쪽에 문을 찾았습니다!"

드워프 빈델이 레어 구석에 있는 작은 문을 발견했다. 정화의 횃불에 의해 환영 마법이 풀리자 벽이 일렁이더니 문의 형태가 드러난 것이다.

"비밀 문?"

위드와 나이드, 하루나는 빠르게 달려 빈델의 옆으로 왔다.

"마법으로 잠겨 있는데, 지금 해제할게요."

"빨리해요."

"예, 서두르고 있어요. 시간이 필요……."

"빨리하라니까요. 어서요, 어서!"

"……."

마침내 문에 걸려 있던 마법들이 해제되자 저절로 스르륵 열렸다.

그 너머에 있는 건 또 다른 엄청난 보물들!

"통로에도 마법 함정이 있네요 바로 마법을 해제할……."

어느새 하루나의 옆에 모여든 드워프들의 눈빛이 진지했다.

그들은 보물을 눈으로 실컷 본 상태였다.

이번 빈집 털이를 하다가 죽으면 추가 보상으로 보물이 2개씩 더 주어진다는 사실이 떠올랐다.

"시간을 아끼기 위해 이 통로는 제가 돌파하겠습니다."

"아니, 그럴 필요 없……."

콰지직! 콰과광!

드워프들이 거침없이 마법 함정들에 몸을 부딪치자 레어가 진동으로 마구 흔들렸다.

"……."

하루나는 말을 잃었다.

통로의 마법 함정들이 강제로 발동되면서 차례대로 해제되었고, 드워프들은 40명이 넘게 죽었다.

"아이고, 아이고. 아파라······."

"살아 버렸네. 그냥 죽었어야 했는데. 이 모진 목숨 보소."

"큭, 방어구를 벗고 들어갔으면 확실히 죽었을 텐데."

드워프 자해 공갈단!

부상을 입은 드워프들은 죽지 못해 괴로워했다.

레어의 입구에서 싸우는 드워프들은 페일에게 철수를 권하기도 했었다. 그러나 이곳에 있는 드워프들은 달랐다.

위드의 곁에서 자신도 모르게 분위기에 휩쓸려 있었다.

잔뜩 들떠 있었고 몸을 사릴 줄을 모른다.

조금만 더 잘하면 일확천금을 손에 쥐고 평생 부귀영화를 누릴 수 있을 것 같은 착각!

몬스터들의 진입에 시간을 아끼기 위한 목적도 있었지만 사리사욕이 없었다면 불가능한 돌파였다.

자본주의가 낳은 드워프들이 우르르 보물로 달려갔다.

"위드 님! 여기 화로가 있습니다. 근데··· 이건 희생의 화로는 아니네요. 그래도 이쪽에 있을 것 같습니다."

대장장이, 재봉사, 농부의 용품들이 마구잡이로 쌓여 있었다. 번쩍거리는 큰 보석들도 섞여 있었지만, 굉장한 물품들이 많았다.

"락티샤의 쟁기? 대자연의 정기가 깃들어서 수확량을 3배로 해 주고, 특상의 농작물들을 만들어 내는 조건을 달성해 준다고 하네요. 추가 생명력도 무려 10만이 붙었는데요."

"구름의 물뿌리개도 보세요. 높은 확률로 비를 내리게 하고,

땅을 비옥하게 만든다는데."

유독 농사와 관련된 장비들이 많았다.

마법 물품 중에도 농사 장비는 드물었는데, 이런 것들이 진정 초대박에 속했다.

"챙깁시다!"

위드와 드워프들이 장비들을 마구 수레에 실었다.

생산 계열 물품들은 그 어떤 것이든 귀했고 원하는 이들이 많았다.

더구나 이곳에 있는 보물들은 따로 마법 함정이 설치되지 않아서 닥치는 대로 쓸어 담았다.

이삿짐, 택배 업체에서 근무한 노하우들을 활용하며 수레에 차곡차곡 쌓았다.

"움직여!"

"동선 확보 확실히 하고."

보물이 모이면 드워프 2명이 수레를 밀면서 전력 질주를 하며 뛰어갔다.

기계처럼 움직이며 빼돌리는 보물들.

"위드 님, 여기 희생의 화로입니다!"

드디어 희생의 화로도 찾아냈다.

위드는 소리친 드워프에게 가 보니 2.5미터 크기의 녹슨 화로가 있었다.

당연히 볼품은 없었고, 고물상 구석에서 눈과 비를 5년은 맞았을 것 같은 허술한 모습이었다.

"이렇게나 금세 찾아질 화로였다니… 감정!"

희생의 화로

드워프 종족의 사라진 보물. 전설적인 대장장이 물품. 높은 열을 발생시켜 광물의 불순물을 완벽하게 제거할 수 있다. 여러 종류의 특수 금속을 조합하여 초고강도의 합금 제조 가능. 대형 무기를 제작할 수 있다.

최고의 드워프들이 화로를 다룰 기회를 얻을 수 있었을 정도로 영광을 간직한 보물. 드워프들에게 돌려준다면 그들은 최고의 예우와 존중으로 그대를 대할 것이다.

한편, 이 화로에는 불가사의한 전설이 내려오는데, 본인의 생명력과 레벨을 태움으로써 힘을 얻을 수 있다는 것이었다. 최대 10% 제한. 화로에 담은 생명력과 레벨은 영원히 타 버리게 되지만 그 대가로 한순간이지만 오롯이 빛나게 되리라.

제한: 대장장이 고급 7레벨 이상. 드워프 전용.
옵션: 대장장이 스킬의 효과 79% 상승. 지극한 불의 기운을 집중시켜 뛰어난 명품이 제작될 확률을 4배로 높인다. 높은 내구도와 결함이 적은 물품 생산. 희생의 화로에 불을 지피고 생명력과 레벨을 태우면 그 10배의 힘을 얻게 된다.

"이것이 희생의 화로구나!"

위드가 알고 있던 그대로의 능력이었다.

'이걸 가져가기만 하면 드워프 종족 퀘스트는 성공이다. 과연 탐나는 물건이야.'

모라타나 대지의 궁전에 설치해 놓는다면 드워프들 사이에서 떠들썩할 것이다. 대장장이 스킬들을 연마하는 장인들도 전부 몰려올 것이다.

'어쨌든 이건 나중에 생각할 문제고… 10배의 생명력과 레벨이라.'

오베론에게 들었던 내용이 정확히 맞았다.

10%의 제한이라면 간단히 계산해도 레벨 500대의 유저라면 50개의 레벨을 태울 수 있다.
 '뭐, 많이 태운다고 좋은 것도 아니긴 하지. 솔직히 50개의 레벨만 하더라도 매우 끔찍한 수준이야.'
 레벨을 올릴수록 성장 속도는 느려진다.
 위드는 초반에 극악의 성장 속도를 자랑하는 조각사로 시작해서 마스터를 하고, 네크로맨서에도 한 다리를 걸쳤다.
 그렇기에 남들보다 2배 이상 빨리 성장할 자신이 있다고 해도 50개의 레벨은 엄청난 희생이었다.
 〈로열 로드〉의 최상위권 랭커들이 희생의 화로를 쓴다면 레벨이 꽤 높은 수준으로 추락해 버리고 마는 것이다.
 '퀘스트를 성공해서 좋긴 한데… 이건 정말 끔찍한 악마의 물건이군.'
 위드는 드워프들과 함께 희생의 화로를 챙기기로 했다.

 "어서 와요, 취췻!"
 "형수님께 인사드립니다!"
 검둘치는 50명의 수련생들을 데리고 오크랜드에 도착했다.
 먼 곳에 있던 그들이 빨리 올 수 있던 이유는 유린의 그림 이동술 덕분이었다.
 "고맙다, 유린아."
 "뭘요. 오빠들을 그리는 건 쉽거든요."

"우리가 좀 선이 굵은 편이지."

"헤어스타일도 똑같고 비슷한 근육질 체형들이라 눈, 코, 입만 각도를 조금씩 조절하면 되니까요."

"……."

검둘치나 수련생들끼리는 서로 잘 알아보지만, 다른 사람들에게는 10명만 뭉쳐 있어도 숨은그림찾기가 되어 버리는 현실!

살짝 기분이 나쁠 수도 있었지만 그들은 기뻐하며 웃었다.

백번 욕을 해도 오빠라고 불러 주는 것만으로도 고마워서 눈물이 났다.

왜냐하면 그들 중에는 10대 중반부터 아저씨 소리를 들은 이들이 절반도 넘었기에.

"저도 따라다녀도 돼요?"

"그럼, 얼마든지."

유린은 오크랜드까지 온 김에 함께 돌아다녀 보기로 했다.

"드래곤, 취췻. 무언가 찾는 것 같아요, 췻!"

세에취는 부서진 오크 마을들을 안내하며 검둘치나 수련생들에게 상황을 알려 주었다.

"확실히 수상해."

"그래. 드래곤이 일일이 뒤져 볼 성격이 아닌데 말이지."

검둘치와 수련생들은 오크 마을을 돌아다니며 심각한 표정을 지었지만, 사실은 별생각도 없었다.

'배고프네. 밥은 언제 먹지?'

'이 부근에 강한 몬스터나 있으면 좋겠다. 몸이 찌뿌둥하네.'

'뭔가 아는 척, 고민하는 척해야지. 전혀 모르겠지만 말이야.'

그냥 생각하는 척!

세에취는 돌아다닌 지 한참 후에야 이상한 느낌을 받았다.

'어떻게 하지? 더 자세히 알아봐야 할 것 같은데.'

우선은 부서진 오크 마을들을 더 돌아다녀 보기로 했다.

레드 드래곤 랜도니는 케이베른처럼 일주일에 하나씩 파괴하지 않는다.

그저 여기저기를 돌아다니며 오크 부락이나 성채를 부수고 있을 뿐이었다.

번식력이 강한 오크들은 또 다른 곳에 서식지를 마련하고 있었다.

'드래곤이 오크들의 숫자를 줄여 균형을 유지한다?'

세에취는 그런 추리도 해 봤지만 이내 아니라고 생각했다.

'레드 드래곤은 블랙 드래곤 이상으로 포악한 존재로 알려졌어. 그린 드래곤처럼 평화나 자연을 수호하지 않아. 파괴, 살육을 좋아하는 드래곤이야.'

좀 더 자세히 알아볼 필요는 있었다.

"랜도니를 따라가요, 췻!"

결국, 랜도니의 이동 경로를 고스란히 따라다니며 정보를 얻기로 했다.

드워프들의 꿈

 블랙 드래곤 케이베른에 의해 바웰 성이 파괴되었다.
 영주 성과 도시가 검은 연기를 내뿜으며 무너졌지만 그 너머에는 끝을 모를 거대한 주택가가 건설되어 있었다.
 건축가들이 제대로 작정하고 만든 날림 도시!
 <u>크오오오오!</u>
 케이베른이 포효하며 하늘을 낮게 날았다.
 대충 지은 건물들이 바람에 휘말려서 쓰러졌지만, 그럼에도 불구하고 아주 넓은 주택가!
 "대충 하지, 뭐."
 "어… 뭐, 너무 열심히 안 해도 돼. 놀면서 해, 놀면서."
 "발로 짓자고. 쓰레기 더미도 치우지 마. 그걸로도 대충 지어, 대충."
 뒷일은 케이베른에게 맡기고 건축가들은 집을 지었다.
 일반 유저들도 덩달아 조금씩 힘을 보탰고, 바웰 성의 6배나 되는 면적의 주택지가 완성되었다.

평원을 넘어서 숲과 산에도 건물들이 걸쳐 지어져 있었다.

―부서져라!

케이베른은 넓은 땅에 지진을 일으켰다.

대지가 춤을 추듯이 흔들리자 폭삭 무너지는 건물들. 한꺼번에 수천 채의 건물들이 파괴되었다.

하지만 열 채, 스무 채가 한 번에 무너지다 보면 운 좋은 건물들은 서로 걸쳐서 남아 있는 경우가 있었다.

거기에 건축가들은 독창적인 아이디어를 냈다.

"케이베른은 마법으로 부수거나 태우거나 하잖아."

"어, 그렇지."

"건물의 내구도를 올려서는 버틸 수가 없어. 그런 유의 승부는 가능성이 없지. 아주 잘 지은 석조 건물이나 왕궁이라도 그대로 파괴되어 버리니까."

중앙 대륙에서 최고의 건축물로 꼽혔던 아렌 성만 하더라도 버티지 못했다.

성의 꼭대기에 내려앉아 포효하던 케이베른!

무거운 무게를 견디지 못해서 무너지고, 마법 공격에 의해서도 박살이 났다.

"구조를 바꾸면 지진은 해결할 방법이 있어."

건축가들은 주택을 둥근 형태로 지었다.

벽과 천장만이 아니라 바닥까지도 둥글게 해서 지진이 발생해도 굴러다니도록 만들었다.

"사람은 안 사니까. 구조가 완전 자유로운데."

"그래, 버티기만 하면 되지. 우린 시간을 버는 게 목적이니 말이야."

심지어 이런 집들은 주택단지에 겹치지 않고 띄엄띄엄 지어 놓았다.

"석재 건물도 한두 채씩 짓자."

"시간이 걸릴 텐데."

"화염 마법에도 견뎌 줘야지. 직접 강타당하는 건 어쩔 수 없어도 비껴 맞으면 버텨 줄 거야."

주택단지마다 한 가지의 넓은 범위 공격 마법에 부서지는 일을 방지하고 케이베른에 서너 번씩 손을 쓰게 만들었다.

"드래곤이 아주 귀찮겠어."

"어, 제대로 짜증 나겠다."

화염 저항을 높이기 위해 케이베른이 오기 직전까지 성수를 가져다가 뿌리기도 했다.

그렇게 지은 건물들은 백분의 일도 되지 않지만 중간중간마다 심어 놓아서 시간을 끄는 역할을 톡톡히 했다.

케이베른이 대규모 마법을 퍼부으며 도시 전체를 파괴하고 있었지만 그럼에도 여기저기 집 한두 채씩은 살아남았다.

파보와 건축가들은 먼 곳에서 도시가 파괴되는 걸 보며 회심의 미소를 지었다.

"시간 제대로 끌어 주네!"

"그러게 말입니다. 다른 지역들보다 3배는 더 오래 버티는 것 같습니다."

건축가들은 자신들의 업적에 뿌듯함을 느꼈다.

날림, 부실 공사로 드래곤의 발목을 잡았다!

자신들이 정식으로 진행한 퀘스트는 아니지만, 방송을 보는 시청자들은 공로를 알아주리라.

케이베른은 주택지를 날아다니면서 마법이나 육체의 힘으로 건물을 일일이 부쉈다.

절망과 공포를 안겨 주는 블랙 드래곤임에도 불구하고 어딘지 모르게 귀찮고 힘들어 보이는 느낌!

그렇게 바웰 성과 함께 드넓은 도시의 영역이 부서지고 불타고 잔해로만 남게 되었다.

> 드래곤의 복수!
> 악룡 케이베른이 인간들의 문명을 파괴하기 위해 움직이고 있습니다.
> 정령과 요정 들이 다시 경고합니다.
>
> ─일주일 후에 케이베른이 네할레스로 향하게 될 거예요.

다음은 브렌트 왕국의 옛 수도인 네할레스가 목표였다.

"드디어 부쉈다."

"저걸 다 파괴하긴 하는구나. 그래도 생각보단 빨리 끝났다."

"잔해들이 끝을 모르겠네."

건축가들과 숨어 있던 유저들은 바웰 성과 주택들이 전부 사라진 걸 보며 아쉬워했다.

더 오래 시간을 끌 수 있었으면 좋았겠지만, 드래곤의 마법 공격은 끝내는 감당할 수 없는 것.

케이베른은 두 날개를 활짝 펼친 채로 하늘로 날아올랐다.

지상이 까마득하게 낮게 보일 정도로 높은 곳에 올라간 드래곤은 주둥이를 쩍 벌리며 포효했다.

쿠우와아아악!

드래곤 피어!

하늘에서 자신의 존재감을 과시하는 케이베른이었다.

그 모습들을 본 미헬이 보고했다.

—위드 님! 케이베른이 이제 레어로 출발할 것 같습니다.

파이톤과 오베론은 용아병의 대장인 바뎀믹스를 막고 있었지만, 힘을 위주로 한 공세가 만만치 않았다.

특히 워리어인 오베론은 할버드를 막아 낼 때마다 방패가 깨질 듯한 충격과 함께 벽까지 튕겨져 나갔다.

"커으윽!"

드래곤의 마법에 의해 강화된 용아병, 바뎀믹스가 오베론에게 무시무시한 힘으로 돌진해 들어왔다.

"안 돼!"

오베론은 파이톤이 고함을 지르면서 바뎀믹스의 뒤에서 달려오는 걸 보았다.

한발 늦다. 그건 결국 치명적인 결과로 이어지게 되리라.

"방패 도약."

오베론은 막다른 구석에서 방패로 땅을 찍고 위로 솟구쳤다.

쿠우웅!

바뎀믹스가 벽을 산산조각 내는 것이 보였다. 얼마나 큰 충격인지 부근의 용아병들이 튕겨 나가고 땅까지 흔들렸다.
"조, 조그만 드워…프. 이젠 죽어라!"
오베론은 간신히 위기를 벗어나며 천장에 매달렸지만 또 다른 위기에 몰렸다.
"작은 친구, 아주 맛있는 먹이로군."
으스스한 목소리가 목덜미에 들렸다.
'즐탄!'
드래곤 레어를 지키는 암살자의 등장.
오베론은 암살자에 대해서는 알고만 있었다.
선두를 지키는 워리어로서 천적과도 같은 존재지만 어쩔 수 없을 때는 동료들을 믿고 신경을 끄는 편이 나았다.
"그 작은 몸을 잘라 주지."
샤아아!
허공에서 낫이 나타나 바람을 가르며 날아들었다.
천장에 매달려 있는데 아래에는 바뎀믹스와 우글거리는 용아병들. 옆에는 암살자 즐탄!
"방어의 열광!"
오베론은 스킬을 발동시키며 몸으로 맞아 주는 수밖에 없다고 생각했다.
천장에서 몇 초라도 더 버티면 그만큼 바뎀믹스와 즐탄의 시간을 끌 수 있을 테니까.
'이것이 내가 할 수 있는 최선……'
샤아아앗.

샤아악!

오베론의 몸을 낫이 가르고 지나면서 생명력이 순식간에 감소했다.

> 치명적인 일격!

> 결정적 일격!
> 방어의 열광이 강제 취소되었습니다.

> 목숨이 위태롭습니다…….

> 전투 불능 상태에 빠져들었습니다.

방어 스킬을 발동시킨 채 고작 세 번의 공격만 허용했는데도 위험해지는 상태.

연속으로 낫을 휘두르는 즐탄의 몸이 잠깐이나마 나타났다.

뼈로 만든 가면을 쓴 살벌한 존재였다.

> 전율적인 공포에 몸이 굳습니다.

암살 계열의 보스 몬스터답게 위압감마저 심어 줬다.

'굳이 저게 아니더라도 살긴 틀렸는데…….'

그 순간, 오베론은 즐탄의 뒤에 있는 그림자가 일렁이는 것을 보았다.

'착각인가? 아니면 스킬?'

그림자가 쭉 늘어나더니, 단검을 손에 쥐었다. 그리고 즐탄의 목덜미를 그대로 찌르는 것이었다.

"감히!"

즐탄이 큰 피해를 입으면서 뒤로 물러났다.

그림자는 그대로 사람의 모습으로 변해 아래로 떨어지려는 오베론의 옆구리를 붙잡았다.

"늦었죠? 죄송합니다. 이놈이 워낙 신출귀몰해서… 따라오느라 시간이 걸렸습니다."

검은 로브를 쓰긴 했지만 깔끔하게 생긴 사내였다.

오베론은 짚이는 이가 있어서 입을 열었다.

"혹시 당신도 위드 님의 동료……."

"네, 저도 암살자입니다."

마치 그다음에 이어지는 단어를 막으려는 듯한 빠른 말투.

"양념……."

"커험, 살아 나가는 것만 생각합시다."

오베론은 전투 불능 상태로 적진에 고립되어 살긴 틀렸다고 생각했다.

"저는 놔두고 혼자라도 빠져나가십시오."

"그러지 않겠습니다. 살 수 있는데, 버릴 수는 없으니까요."

"도저히 무리……."

퍼퍼펑!

그때 정확히 날아와 폭발하는 연막 화살이 있었다.

"지금입니다, 갑시다!"

양념게장은 오베론을 옆구리에 단 채로 천장을 박차고 벽을 밟으며 달렸다.

용아병들의 공격이 뒤따라 작렬하는 것을 뒤로하고 무서운 속도로 내달리는 양념게장!
　"정말 잘 피하십니다!"
　"네! 그래야죠! 전 오베론 님과는 달리 암살자라서 몇 대만 맞으면 금방 죽습니다."
　"그런……."
　안전지대로 돌아가기 위해서는 바뎀믹스를 반드시 스쳐 지나가야 한다.
　"될까요?"
　"되게 해야죠. 될 겁니다, 아마!"
　"분쇄 가르기!"
　바뎀믹스가 할버드를 공중에서 붕붕 돌렸다.
　피할 장소도 없는 와중에 끔찍하기 짝이 없는 공격을 준비하고 있었다.
　푸슈슈슉!
　그때를 맞춰서 무려 50발이 넘는 화살이 한꺼번에 빗발치듯이 날아왔다.
　폭발하고, 얼리고, 바람을 일으키고.
　다양한 종류의 마법 화살들이 연쇄 반응을 일으키면서 바뎀믹스를 붙잡았다.
　양념게장은 바뎀믹스를 아슬아슬하게 스치듯이 지나쳤다.
　"막앗!"
　"오베론 님을 지켜요!"
　레어 안쪽으로 들어오자 드워프 전사들이 달려들어서 방패로 겹겹이 막아섰다. 얼룩지고 구겨진 갑옷을 입은 드워프들이 지만 필사적이었다.

"용아병들은 내버려두고 마법사들부터 쏴요!"

페일은 궁수들과 함께 전투를 계속 지휘하고 있었다.

레어의 입구에서는 용아병과 몬스터들이 끊임없이 비집고 들어오고 있었다.

그 너머에는 마법을 발휘하는 지배자급들이 몰려들고 있다.

울타 산맥에 있는 던전의 보스 몬스터들.

"복종하라! 이것이 케이베른 님의 뜻이다!"

바뎀믹스가 다시 드워프들에게 덤벼들며 약한 드래곤 피어를 터트렸다.

가까이 있던 드워프들은 순간적으로 기절 상태에 빠졌다.

"다친 이들이 피할 수 있도록 더 달라붙으십시오!"

오베론은 사제들의 치유 마법으로 생명력을 회복했다. 완전히 낫지 않은 다리를 질질 끌면서도 바뎀믹스에게 달려가려고 할 때였다.

> 날쌘찬바람: 상황이 점점 안 좋습니다. 울타 산맥의 몬스터들이 집결하고 있습니다. 던전마다 몬스터들이 튀어나와요. 레어 밖에는 진짜 장관이에요. 나무들이 쓰러지고 있고… 몬스터들이 가득 밀려왔습니다.

통신 채널로 조인족 유저가 소식을 전달했다.

바뎀믹스의 부름에 응답한 몬스터들이 끝없이 모여들고 있다고 한다.

"이런 공격이 계속된다면 막을 수가……."

그때, 오베론의 눈에 위드가 드워프들과 함께 희생의 화로를 끌고 오는 것이 보였다.

"위드 님!"
오베론은 부서지고 깨진 갑옷을 입은 채로 땅을 구르듯이 달렸다.
드래곤 레어의 수많은 보물들도 이 순간에는 제대로 눈에 들어오지 않았다.
"희생의 화로를 드디어 구하신 겁니까?"
"그렇습니다."
"상황이 급하니 한번 써 봐도 될까요?"
"쓴다고요? 이걸요?"
"예, 그래야만 놈들을 막을 수 있을 것 같습니다."
오베론은 드워프였던 만큼 당연하게도 화로를 다뤄 본 경험이 많았다.
주변의 빈 수레를 부숴 나무들을 화로에 던져 놓고 불을 피웠다.
금세 활활 타오르는 선명한 불길!
드워프의 보물인 만큼 화력이 이만저만이 아니었다.
"희생의 화로여, 내 레벨 30개와 생명력 5,000을 태울 테니 힘을 다오!"
거세게 타오르던 희생의 화로에서 불길이 오베론에게 옮겨

갔다.

드워프의 몸 전체가 불길 속에 갇힌 것처럼 보였지만 굉장한 힘이 전달되고 있었다. 불 속에서 철이 달궈지는 것처럼, 오베론의 몸이 붉게 변했다.

"희생의 화로. 전설이 사실이로군요. 그럼 다시 싸우러 가 보겠습니다. 제게 맡기고 철수하십시오."

오베론은 바뎀믹스를 막기 위해 달려갔다.

"으랴아아아합!"

무려 800대의 레벨과 늘어난 5만의 최대 생명력!

"강철의 분노!"

적의 강함에 따라 일시적으로 공격력이 3배까지 증가한다.

"가라."

오베론은 도끼와 방패를 번갈아 휘두르며 용아병의 대장인 바뎀믹스를 막아 냈다.

몸으로 돌진하고 방패로 밀치며 돌진하는 워리어 특유의 전술! 공격력을 강화한 데다 방어력으로 압도하며 밀어붙였다.

오베론이 전사의 함성을 터트렸다.

"지금부터 바뎀믹스는 제가 책임지겠습니다. 모두 입구를 지키세요!"

기진맥진해 있던 드워프 워리어들과 전사들은 그 틈에 몸에 붕대를 감고 약초를 발랐다.

드워프들은 사제들의 치유 마법으로 생명력을 회복하고 다시 전투에 뛰어들었다.

레어의 입구에는 전투의 열기가 뜨겁게 지배하고 있었다.

"희생의 화로를 이렇게 쉽게 쓰다니……."

위드는 오베론의 희생정신에 깜짝 놀랐다.

레벨이 500대는 넘었을 텐데 용아병들을 막고, 동료들을 지키기 위해 망설이지 않고 써 버린 것이다.

"저도 실례하겠습니다."

잠깐 눈이 먼 드워프들이 달려와서 연달아 희생의 화로를 작동시켰다.

오베론처럼 과감하진 못했지만 레벨 10개, 20개씩을 바치고 한층 강해져서 전장으로 돌아갔다.

그들이 발휘하는 전투력은 놀라운 수준이었다.

비록 잠깐이라고는 하지만 베르사 대륙의 최강의 유저가 되어 활약할 수 있었다.

"다 덤벼라! 도마뱀 새끼들아!"

"전부 죽이고 훔쳐 가자, 크하하하핫!"

드워프 30명 정도가 희생의 화로를 작동시키니 용아병들의 전진을 쉽게 막아 냈다.

즐탄과 스몰링이 마법을 터트렸지만 통로가 너무 좁았다.

병력이 밀집해 암살이 쉽지 않았고, 시원하게 광범위 마법 공격을 벌이기에도 용아병들이 장애가 되었다.

> ―위드 님! 케이베른이 이제 레어로 출발할 것 같습니다.

미헬의 귓속말이었다.

드워프들이 막아 내며 간신히 한숨을 돌리나 싶었는데, 케이베른이 돌아온다.

"정말 잠시도 쉴 틈이 없군."

위드는 이것이 시간과의 싸움임을 다시 한 번 느꼈다.

레어에서 보물을 빼돌렸더라도 안전 지역까지 도망치지 못한다면 쫓기고 말 것이다.

"희생의 화로는 확실히 챙겨야 해. 넌 이것만 가지고 먼저 레어를 빠져나가라."

"예, 형."

위드는 나이드에게 희생의 화로를 맡겼다. 드워프 4명이 수레를 함께 끌면서 광산으로 빠져나갔다.

"시간이 모자라. 용아병에게 들키지 않았더라면 더 많이 챙길 수 있었을 텐데……."

위드가 아쉬운 눈으로 레어를 둘러보았다.

드래곤 레어의 내부에 대해 제대로 알고 있는 유저는 아무도 없었다. 위드도 지난번에 입구 근처를 기웃거린 정도.

'그렇게 준비했는데도 완벽하지 않았어.'

레어의 보물들을 통째로 옮겨 갈 생각을 했지만, 생각보다 금이 너무나도 많았다.

온통 널려 있는 찬란한 황금 덩어리들!

큼지막한 금괴들이 걸리적거려서 보물들을 잘 살피지 못하는 날이 올 줄이야.

옛 왕국들이 남긴 유산들, 골동품, 세공품들은 크기나 너무 커서 수레로 옮기기가 어려웠다.

그럼에도 시간만 주어졌다면 남김없이 가져갔겠지만, 아직 살펴보지도 못한 보물들도 많이 있었다.

"모두 철수!"
위드는 사자후를 터트렸다.
철수라는 단어가 레어의 내부에서 끝없이 메아리쳤다.
"빠져나가자."
"위드 님의 명령이다. 어서 가자고."
보물을 잔뜩 챙기던 드워프들은 수레를 밀며 광산으로 빠져나갔다.
"부상자들도 어서 움직여요!"
용아병들을 막느라 생명력이 떨어져 뒤로 빠져 있던 유저들도 보물이 담긴 수레를 끌었다.
보물 앞에서는 없던 힘도 새로 솟아나기 마련.
"이놈들! 케이베른 님의 물건을 훔치고는 절대로 빠져나갈 수 없다!"
바뎀믹스가 할버드를 휘두르며 더욱 거칠게 발광했지만, 오베론이 방패를 휘두르며 근접전으로 막아 냈다.
"모두 철수한다. 뒤는 저희가 책임집니다!"
위드는 오베론의 말에도 불구하고 레어를 빠져나가지 못했다. 멍하니 서서 그저 드워프들만 바라볼 뿐!
"위드 님! 저희는 걱정하지 마시고 먼저 가셔야 됩니다. 어서요! 그래야 그다음에 우리가 빠져나갑니다!"
오베론이 고함을 질렀다.
페일이나 타격대의 유저들도 서둘러 철수를 준비했고, 그만큼 용아병들이 더 크게 난동을 부려 대고 있었다.
드워프 빈델이 배낭을 두둑하게 챙겨서 달려왔다.

"가야 됩니다, 위드 님."

"……."

"저 사람들은 걱정하지 마세요. 철수 작전만 수십 번 연습했습니다. 마법 스크롤도 준비해 놓았고요. 어서요!"

위드는 어쩔 수 없이 쓸쓸하게 돌아서야 했다.

"끄으응!"

느릿느으리리릿.

> 최대 무게를 초과하였습니다.
> 이동속도가 84% 감소하였습니다.

힘과 민첩의 한계를 초과하는 짐을 든 채로!

"끙차!"

레어와 연결된 갱도의 입구도 간신히 통과하고, 로아의 명검을 지팡이 삼아 걸었다.

"가지 마라! 이대로 보낼 수 없다!"

뒤에서는 오베론과 드워프들이 물러나면서 바뎀믹스와 용아병들을 적절히 막아 내고 있었다.

갱도는 좁았기 때문에 중형급의 몬스터들은 입구를 통과하지 못했다.

느릿느릿…….

위드는 욕망과 미련을 듬뿍 남겨 놓은 채 걸었다.

"휴우."

한 걸음 멀어질 때마다 짙어지는 아쉬움.

다시 보물이 가득한 곳으로 돌아가고 싶지만 애석하게도 그럴 수가 없다.

"저리 꺼져라!"

최후방을 책임진 오베론은 도끼를 휘둘러서 용아병들을 견제했다.

희생의 화로를 쓰지 않았더라면 드워프 전사들은 버티기 어려웠겠지만 지금은 훌륭하게 제 역할을 하고 있었다.

오베론이 바뎀믹스를 밀어내고 외쳤다.

"무너뜨리세요!"

레어와 연결된 광산의 출구!

드워프 건축가들은 빈집 털이에 참여하지 않고 다양한 함정들을 설치해 놓았다.

추격자들에 쫓기는 상황을 고려한 것인데, 지금이 함정을 써야 할 때였다.

쿠르르릉!

오베론이 통과한 직후에 천장이 일제히 무너지면서 용아병들을 뒤덮었다. 지독하게 강하던 바뎀믹스도 갱도를 채운 돌무더기로 사라졌다.

막혀 버린 길의 끝을 보며 드워프 전사와 워리어들은 몸에 힘이 쭉 빠졌다.

"아, 드디어 끝났어……."

"지독하게 힘든 전투였다."

"후아, 재밌었네. 다들 집중하자고. 천장을 무너뜨리고 함정들이 설치되어 있지만, 용아병들이 곧 쫓아올 테니 어서 빠져나가야지."

드워프들이 지친 상태에서도 몸을 휘청거리면서 달려갔다.

오베론은 땀에 흠뻑 젖어서 위드에게로 다가왔다.

"위드 님, 같이 가시죠."

"고생하셨습니다."

"아닙니다. 그보다, 짐이 무거운 거 같은데 제가 좀 들어 드릴까요?"

"안 돼요."

"예?"

"절대 안 됩니다."

오베론이 엄청난 전공을 세운 건 인정하지만 그렇다고 배낭을 맡길 정도는 아니었다.

'먹튀'란 믿고 있을 때 발생하는 법!

"위드 님, 이렇게 어려운 퀘스트를 매번 거의 혼자서 진행하셨다니 존경스럽습니다. 진짜 아무나 못 할 일입니다."

오베론은 이런 험난한 전투를 헤쳐 왔을 위드에게 존경심을 표했다.

"정말 멋지고 짜릿한 경험이었습니다. 아직 다 끝난 건 아니지만 평생 잊지 못할 하루가 될 것 같습니다."

위드는 깊게 탄식할 뿐이었다.

"힘들어도 혼자 먹어야 했는데……."

남겨 놓고 온 레어의 보물들이 눈에 밟히고, 드워프들에게 나눠 줘야 할 게 아깝고.

솔직히 드워프들이 너무 잘 싸워 줬기에 보물들을 안 줄 수가 없었다.

오베론은 무슨 의미인지 이해하지 못한 채 말을 이었다.

"저는 솔직히 준비하면서도 불가능하지 않을까 생각했습니다. 그런 힘든 퀘스트를 성공시켜서 진짜 기쁘시겠습니다."

"기쁘기는 개뿔."

화장실 들어갈 때와 나올 때의 기분이 다른 이치!

'드워프들에게 고마운 마음은 시간이 지날수록 점점 옅어지겠지. 근데 보물은 영원히 남는 거잖아.'

드래곤 레어에서 길지 않은 시간이었지만 머무는 동안 화로를 찾고, 중간중간에 부지런히 귀한 보물들을 챙겼다.

드래곤의 레어에서 얻은 물품 중에서 핵심들만을 모아 놓은 배낭이 2개.

'눈과 손. 둘 다 빨라야 하지. 어쩌면 일주일 동안 쓸 집중력을 다 소모한 것 같아.'

레벨 900대까지 사용할 수 있는 전사용, 궁수용 장비들을 풀로 갖춰 놓았고, 고급 마법 스태프와 로브 등도 따로 챙겼다.

화려한 옵션들 중에는 드래곤에 의해 강화된 것들도 있었다.

부피가 작은 액세서리류들은 미처 살펴보지 못했는데 나이드나 체이스, 그 외에 드워프들이 가져온 것들을 살피면 쓸 만한 것들이 많으리라.

'앞으로 장비 걱정은 완전히 덜 수 있겠군.'

드래곤의 레어에 있는 물품들은 어느 것 하나 고급이 아닌 게 없었다. 그동안 사용하던 신발이나 허리띠, 여행복, 보호대, 가죽 갑옷 같은 것들을 월등히 뛰어난 장비들로 바꿔도 된다.

'앞으로 전투력이 훨씬 높아지겠지.'

위드가 착용하는 장비들은 조금씩 아쉬운 것들이 있었다.

로아의 명검이나 하늘 지배자의 갑옷을 제외하면 몇 가지 품목들은 전반적인 수준이 조금씩 떨어졌다.

그럼에도 더 나은 것들로 바꾸지 못했던 건 경매에 참여하거나, 골드를 주고 구입하기에는 귀하기도 했고 가격이 너무나도 비쌌기 때문이다.

'힘이면 힘, 민첩이면 민첩. 필요에 따라 공격력을 크게 높이는 방식도 가능하겠고… 맷집이나 회복력 향상, 저주 저항 등 사냥터나 던전에 장비들을 맞출 수 있어.'

더 이상 헤르메스 길드원들의 장비가 부럽지 않았다.

좋은 장비들을 갖추면 그만큼 강해진다. 사냥 속도가 훨씬 빨라지고 효율적으로 바뀐다.

노가다의 영역도 한 단계 더 높아지는 것이다.

"헉헉."

"어서 가세, 조금만 더 가면 돼."

드워프들은 수레를 밀면서 좁고 어두운 갱도를 빠져나왔다.

광산 밖에서 따뜻한 햇볕이 내리쬐었지만 잠깐이라도 만끽할 여유는 없었다.

"어서 싣고 출발해요!"

파돈의 지휘에 의해 황소와 수레가 연결되고 드워프들은 마부가 되어 급히 떠났다.

"안전한 장소에 도착하면 여물을 듬뿍 주마. 그러니 달려라!"

음머어어어!

황소가 끄는 수백 대의 수레들이 산길을 흩어져서 내려간다.

드래곤의 레어를 털고 난 후 마지막 도주 단계!

위드는 흙먼지가 자욱한 갱도를 부지런히 걸었다.

옆에는 드워프 워리어 오베론이 끝까지 호위하며 따라왔다.

"정말 수고 많으셨습니다. 오베론 님이 아니었다면 이번 일을 이렇게 잘 끝내지 못했을 겁니다."

"아닙니다. 위드 님이 깔아 주신 판에서 제 역할을 한 게 전부입니다."

오베론은 정말 뛰어난 리더십을 가진 지휘관이었고, 헌신적인 성품까지 가지고 있었다.

위드는 이번 빈집 털이 계획만큼은 그가 가장 큰 역할과 희생을 치렀음을 인정했다.

'솔직히 의심을 멈추지 않았지.'

갱도를 빠져나오면서도 오베론이 가까이 붙을 때마다 경계했다.

'여기서 내 뒤통수를? 방송 중이기는 한데… 충분히 가능한 일이지. 나처럼 착한 사람이 악당에게 마지막에 당하는 일은 흔히 벌어져. 평소라면 몰라도 희생의 화로까지 발동시켰으니 지금으로써는 유저 중 최강이라고 불릴 만해. 설마! 이 순간을 노리고 희생의 화로를 발동시켰던 걸까? 맞아, 충분히 그럴 수도 있어. 이런 음험한 드워프가…….'

의심에 의심을 거듭. 급기야 나중에는 반드시 죽여야 할 나쁜 놈이 되어 있었다.

'그래도 워리어라서 공격력은 높지 않으니… 일단 막을 수 있어. 여차하면 찰나의 조각술을 써서라도 반격을 해야지.'

짐을 나눠 들자는 말까지 했으니 범인이 틀림없다고 생각하며 경계했다.

갱도를 빠져나온 지금은 의심이 50% 남아 있긴 했지만 다시 좋은 사람으로 분류되어 있었다.

늙어서 죽는 순간까지도 남에게는 거두지 않는 의심!

'믿을 건 가족뿐이라고들 하지만, 절대적이진 않아. 원래 사기꾼들이 가장 먼저 뒤통수를 치는 게 자기 가족이기도 하지.'

의사, 변호사 같은 전문직들이 하는 말도 의심해 봐야 하고, 물건을 사거나 부동산 거래를 할 때에도 몇 번씩 확인을 해 봐야 하는 세상이다.

중고 장터 같은 경우는 그야말로 던전 이상으로 위험한 곳.

"오베론 님이 있어서 정말 든든합니다."

"제가 한 일은 조금입니다. 위드 님 덕에 베르사 대륙이 행복한 장소가 되었습니다."

두 눈을 번뜩이면서도 훈훈한 대화를 나누는 위드!

—케이베른이 10분 후면 도착할 것으로 보입니다.

날쌘찬바람의 귓속말이 들어왔다.

"어서 데브라도 마을로 가죠."

"예, 알겠습니다."

위드는 이번 일을 깔끔하게 마무리 지으면 오베론을 두고두고 부려 먹을 생각을 했다.

'잘만 데리고 다니면 훌륭한 인재가 될 소질이 있어.'

전투력이나 인맥, 영주로서의 활동은 페일보다 훨씬 낫다.

능력 뛰어나고, 성실하며, 욕심까지 적은 최상의 인재.

'왜 사업가들이 항상 인재에 목말라 있는지 알 거 같군. 보이는 그대로라면 정말 오랫동안 우려먹을 수 있는 사람이야.'

위드는 아부를 위해 입술에 침을 듬뿍 발랐다.

"하하핫, 평소 오베론 님의 활약을 지켜보고 있었습니다."

"무슨 말씀을요. 제 활약이야 위드 님의 십분의 일도 안 되는데요."

"〈로열 로드〉를 처음 시작할 때부터 오베론 님의 영상을 많이 찾아봤죠."

"정말요?"

"도움이 정말 많이 되었습니다."

분석하고 참고하기 위해서 당연히 살펴봤다.

종족도 드워프로 하는 것을 잠시 고려해 봤는데, 뭐든 만들어서 판매하는 분야로는 최고의 직업!

전투력도 쓸 만했지만 결정적인 결격 사유가 존재했다.

'키가 너무 작아. 그리고 머리도 커······.'

신체 비율의 문제!

못생긴 건 문제가 안 되지만 팔다리가 적당히 길어야 검술을 잘 활용할 수 있었기에 결국 선택하지 않은 종족이었다.

오베론은 뻔한 아부에도 불구하고 얼굴을 붉혔다.

"다른 사람도 아닌 위드 님께서 제 영상을 찾아보셨다니 정말 영광이로군요."

"말린사의 던전 공략은 세 번이나 봤었습니다."

"오, 그것들도요? 그땐 저도 레벨이 높지 않았는데요."

"도끼 투척 기술을 한참 익히실 때죠? 초보들에게 큰 도움이 되었을 겁니다."

위드는 화기애애하게 오베론과 대화를 나누면서 데브라도 마을에 도착했다.

마을 입구에는 희생의 화로와 함께 나이드와 드워프 유저들이 기다리고 있었다.

"형! 케이베른이 레어에 곧 도착한대요."

"그래, 어서 퀘스트 보고부터 해야겠다."

위드는 드워프들과 희생의 화로를 끌고 장로에게 향했다.

맥주를 마시며 도끼날을 갈고 있던 드워프 장로가 희생의 화로를 보고 깜짝 놀라서 일어났다.

"여기 말씀하신 희생의 화로를 가져왔습니다."

"이, 이것이… 우리 종족의 보물!"

드워프 장로는 눈물을 한 방울 흘리며 희생의 화로를 쓰다듬었다.

띠링!

드워프들의 은밀한 계획 퀘스트 완료

끈질긴 드워프들은 케이베른에게 빼앗긴 보물을 되찾았다. 오랫동안 기다려 온 그들의 목적이 달성되었다. 드워프 장로는 종족의 영웅에게 마땅한 보상을 해 줄 것이다.

> 명성이 32,000 올랐습니다.

> 드워프와의 관계에 깊은 신뢰가 형성되었습니다.

"오래되고 낡았지만 대단한 불의 기운이 느껴지네. 이 화로에서 역사를 바꿔 놓은 수많은 병장기들이 탄생했지."

"케이베른의 레어에서 구해 온 진품입니다. 레어에서도 드래곤이 꼭꼭 숨겨 놓은 가장 귀한 보물이었죠."

대화를 나눌 때 약간의 조미료는 감칠맛을 더해 주는 필수 요소.

드워프 장로는 조미료를 덥석 물었다.

"그래, 드래곤이 우리의 화로를 가지고 따뜻하게 살았겠지."

"그럼요. 케이베른조차도 애지중지하던 보물이었습니다."

위드는 마을 장로와 대화를 나누면서도 케이베른의 동향이 신경 쓰였다.

> ─케이베른이 레어에 도착했습니다.

마침 날쌘찬바람의 귓속말이 들어왔다.

드디어 집주인이 돌아오고 만 것이다.

그동안 빈집 털이를 당한 케이베른이 보일 반응에 대해서는 애써 무시했었다.

> ─드래곤의 괴성이 들리고 있습니다. 감히 내 보물을… 다 죽인다고 외치고 있습니다.

속 좁은 드래곤이기에 어떤 반응을 보이더라도 이상하지 않았다.

위드는 떳떳해지기로 했다.

'내 잘못은 아냐. 드워프 종족의 숙원 퀘스트였고, 하프엘프 비슈르도 구해 오라고 했지.'

그저 퀘스트를 진행한 것뿐이었다.

물론 희생의 화로만이 아니라 드래곤의 레어를 닥치는 대로 쓸어 오긴 했지만.

혼자서 한 퀘스트도 아니고 드워프 1,000명에, 타격대까지 데려가서 훔쳐 오고 말았다.

'먹어도 크게 먹어야지. 조금 먹고 죽는 게 가장 억울하더라고. 사실 퀘스트에도 문제가 있었어. 레어까지 들어가서 다른 보물들은 안 건드리고 나온다고? 그게 얼마나 정신 건강에 해로운 짓인데.'

드워프 장로는 흙먼지로 더러운 옷소매로 흐르는 눈물을 슥 닦았다.

"참고 기다리면 언젠가 이런 날이 올 줄 알았네. 희생의 화로를 구해 온 자네라면 보답을 받아야 마땅하지."

"보답… 어떤 보답 말입니까?"

위드는 슬쩍 미소를 지었다.

보물을 잔뜩 챙기긴 했지만 욕심은 끝이 없는 법!

"우리 마을의 기술을 배우기에 충분해."

"기술이요?"

"불과 철을 다루는 비전의 기술들. 그것을 알려 주겠네. 희생의 화로에서 열흘 정도 가르치면 될 것 같군."

띠링!

> 드워프 대장장이들의 비법 '불을 피우고 관리하는 법'을 익힐 수 있습니다.
> 완벽하게 익히면 불에 대한 친밀도가 30% 높아집니다. 대장장이 스킬이 강화되지만, 정령술이나 마법의 효과도 높아집니다.

> 드워프 대장장이의 비법 '강철 혼합 연마법'을 얻을 수 있습니다.
> 철을 다루는 드워프들만의 비법들을 습득할 수 있습니다. 합금에 대한 지식을 얻을 수 있으며, 특수 강철 제작에 도움이 됩니다. 대장장이 생산품의 가치를 높입니다.

위드도 고급 대장장이 3레벨의 스킬에 올라 있기에 기술의 가치를 잘 알아봤다.

'스킬 자체로도 좋지만, 더 좋은 물건을 만들수록 스킬이 더 잘 오르지. 대장장이 마스터를 훨씬 쉽게 해낼 수 있겠어.'

드워프들이 만들어 놓은 장비 정도를 줄 것으로 기대했는데, 그 이상의 대단한 비법을 얻어 낼 기회였다.

"우리 드워프들은 뜨거운 불을 이겨 내는 이들이지. 희생의 화로가 돌아왔으니 드래곤에게 저항할 수 있는 힘이 생겼어."

"드래곤에게 저항한다고요?"

"으음, 드래곤들의 간섭으로부터 벗어나는 완전한 독립은 아니더라도… 최소한 케이베른 같은 악룡에게는 맞서야 되겠지. 케이베른이 있는 한 드워프들은 두 다리를 쭉 펴고 살지 못할 것이네."

위드는 수염을 쓰다듬으며 고개를 끄덕였다.

"맞습니다. 케이베른은 정말 나쁜 드래곤이죠."

"드워프들의 총회를 열어서 희생의 화로를 구했다고 알릴 것이야. 그리고 그 화로의 힘을 빌어서 케이베른과 싸워야지."

"케이베른을 이길 수 있을까요?"

"어려운 건 알지만 우리 드워프들이 꼭 해내야 하는 일이야. 자네는 이 화로를 노른 산맥의 그루터기 마을로 가져가게."

"그루터기 마을이요?"

"드워프들이 중요한 일을 결정할 때 모이는 장소야. 화로를 되찾아 온 드워프라면 모두들 환영할 테지. 지도를 줄 테니 찾아가도록 하게. 케이베른이 쫓아올지도 모르겠는데, 놈은 최대한 우리가 유인하도록 하지. 하지만 자네도 위험할 테니 방심하진 말게."

띠링!

개최되는 드워프 총회

노른 산맥의 그루터기 마을에는 열흘 후, 종족의 운명을 결정하는 드워프들의 회합이 열린다. 수많은 드워프들이 당신을 기다리고 있을 것이다.
한편, 레어에서부터 이어진 흔적으로 케이베른이 추적해 올 수 있지만, 데브라도 마을의 드워프들은 준비되어 있다. 그들은 광산을 완전히 무너뜨리고 울타 산맥에 남은 흔적들을 지우기 시작할 것이다.
난이도: S
제한: 드워프

드워프의 숙원 퀘스트가 이어지고 있습니다.
조각 변신술로 완벽하게 드워프로 몸을 바꾼 상태이기에 퀘스트 수행이 가능합니다. 의뢰를 거절한다면 드워프들과의 관계가 적대로 바뀝니다.

"반드시 그루터기 마을로 가겠습니다."

퀘스트를 수락하였습니다.

그루터기 마을의 지도를 입수하였습니다.

대탈출

유병준은 곰곰이 생각에 잠겼다.

"계획대로라면 4주 안에 허수아비를 치는 일을 끝냈어야 하는데."

스탯을 목표치만큼 올리고 그다음에 성문 근처 사냥에 나서야 했다. 하지만 손에 쥐가 나도록 목검을 휘두르는 건 미치도록 힘든 노가다였다.

그 짓을 4주 내내 한다는 건 정신적으로나 육체적으로 인간 한계에 근접한 일.

적어도 자신은 해낼 자신이 없었다. 이젠 목검을 쥐기만 해도 쓰러져서 눕고 싶었다.

"초급 수련관이 이렇다고? 미쳤군, 미쳤어."

―박사님께선 기억하지 못하시는 것 같습니다. 〈로열 로드〉를 설계할 당시, 남들보다 앞서고 싶은 인간에게는 강한 시련이 필요하다고 하셨습니다. 그 말을 바탕으로 인간의 한계와 잠재력을 평가하여…….

유병준은 과거에 자신이 했던 말이 떠올랐다.

대륙을 통일할 정도의 영웅이라면 당연히 어떠어떠해야 한다는 조건들을 실컷 떠들었는데 직접 해 보려니 그야말로 지옥이었다.

"육체가 따라 주지 않다니… 나이가 든 탓이라 역시 어쩔 수 없는가?"

―〈로열 로드〉에서는 나이로 인한 제한이 없습니다.

"젊은 사람들보다 정신적으로는 더 피곤함을 느끼겠지."

―아무 영향이 없습니다.

인공지능의 말대꾸 때문에 자기 합리화에 실패하고 말았다.

무엇을 어떻게 해야 〈로열 로드〉에서 빨리 성장하는지 방법들은 훤히 꿰뚫고 있었다. 그럼에도 불구하고 그걸 자신이 따라 하는 것만도 보통이 아니다.

"으음, 아무래도 모든 사람의 노력이 동일하진 않지."

유병준은 그러다가 기가 막힌 아이디어를 떠올렸다.

"내가 왜 이 고생을 하고 있었지? 아이템 거래 사이트에 접속해서 내가 쓸 수 있는 최고의 아이템들을 몽땅 사들이면 되는 거잖아."

현질!

세계 최고의 부자인 자신의 자금을 이용하는 것이다.

사소한 장비들에도 1억씩 마구 지른다면 다른 유저들보다 몇 배는 빨리 성장할 수 있으리라.

―박사님, 지난번에 현금으로 아이템 구매를 하는 건 〈로열 로드〉를 편법으로 즐기는 방식이라고 비난하셨습니다.

"그땐 내가 잘 몰랐던 것 같아."

―어떤 점요?

"현질이 최고였어."

위드는 데브라도 마을을 빠져나왔다.

나이드와 드워프 유저들이 함께 희생의 화로를 수레에 싣고 운반했다.

"여기서는 오른쪽으로 가야 해."

"좁은 나무들을 뚫고 가느라 힘들 것 같은데요."

"어쩔 수 없지. 케이베른에게 발각되지 않는 것이 우선이니 말이야."

2미터가 넘는 크기의 희생의 화로를 수레에 싣고 산길을 타는 것도 보통 힘든 일이 아니었다.

바퀴가 나무뿌리에 걸려 덜컹거렸고 때로는 힘껏 밀어서 올라가야 하는 오르막도 나왔다.

―레어에서 몬스터들이 몰려나오고 있습니다. 추적해 올 것으로 보입니다.

날쌘찬바람으로부터 귓속말이 들어왔다.

―마판 상단은 어떻죠?
―일찍 출발한 덕분에 먼저 달려가 멀어지고 있습니다. 몬스터와 가까운 운송 팀은 몇 안 됩니다.

하늘에서 보면 광산을 시작점으로 해서 드워프들과 마판 상단이 사방으로 빠져나갔다.

도주로를 다양하게 만들기 위해 어떤 이들은 험한 울타 산맥으로 깊이 들어가기도 했다.

> ―파돈 님. 몬스터들을 조심해 주세요.
> ―옙! 최대한 빨리 빠져나가겠습니다. 위드 님이 가장 늦으실 텐데 조심하세요.

데브라도 마을의 드워프들이 흔적을 지운다고는 하지만 그들만 믿고 있을 수는 없었다.

애초에 퀘스트 자체가 위드 혼자의 단독 작전이 아니라, 대규모 도적단의 침략이 되어 버리고 말았다.

흔적들이 잔뜩 남을 수밖에 없을 테고 운송 팀들은 쫓기게 될 것이다.

그럴 때를 대비하여 마판 상단에서는 미끼 작전을 준비해 두었는데, 토르 지역의 드워프 유저들을 고용하는 것이었다.

미끼 역할을 수행해 잘 도망치면 약속한 금액을 지급하고, 만약 죽게 되면 상당한 위로금까지 추가된다.

'세상에 공짜는 없는 법이지.'

빈집 털이를 하며 이래저래 나가는 돈이 많지만 이것들은 전부 투자!

―내 레어를 침입하다니! 찾아라, 모두 죽여라!

먼 곳에서 울부짖는 악룡 케이베른의 무시무시한 목소리가 들려왔다.

평소 케이베른의 성격을 감안한다면 엄청난 화가 났으리라.

'이젠 살아서 도망치는 것밖에는 안 남았지.'

위드는 운송 팀에 대해서는 더 이상 신경 쓰지 않기로 했다. 퀘스트를 진행하느라 데브라도 마을에도 들렀고, 희생의 화로까지 옮기는 자신이 가장 위험했으니까.

"빨리 가자."

"예, 형."

위드는 나이드, 드워프들과 함께 울타 산맥을 부지런히 내려왔다.

데브라도 마을이 워낙 험한 장소에 있었기에 산맥을 벗어나려면 무려 8개의 능선을 넘어야 했다.

중간에 외부로 노출되는 위험한 지역들이 있어서, 그곳들은 미리 나무와 풀들을 심어 놓았다.

'도둑 영화를 보면 준비가 절반이지. 암, 그렇고말고.'

쿠구궁!

그때 산이 갑자기 흔들렸다.

> ─케이베른이 브레스를 쏘았습니다! 최고 강도의 브레스 같습니다. 위드 님과는 거리가 있는 장소입니다만 피해는 없으시지요?

날쌘찬바람의 정보가 계속해서 들어왔다.

"……!"

살벌하기 짝이 없는 분위기.

"진짜 화가 많이 났구나. 빨리 가죠."

위드는 드워프들을 재촉하면서 계속 전진했다. 지금은 도망치는 것 외에 다른 방법은 없었으니까.

'드워프들이 흔적을 지운다고 했으니 적당한 위치에 숨어 있는 게 나으려나?'

숨는 쪽으로도 생각해 봤지만 이내 고개를 저었다.

'퀘스트의 규모가 확실히 커졌어. 용아병들에게 안 걸리고 희생의 화로만 빼 왔다면 드래곤이 모르고 지나갔을 수도 있겠지. 하지만 이젠 전력을 다해서 쫓아올걸.'

드래곤의 공격력을 감안한다면 주변 지역을 초토화시킬 수도 있었다. 가만히 숨어 있다가 지역 전체와 함께 박살이 나면 큰일이다.

> —케이베른을 관찰하느라 발견이 늦었습니다. 지금 데브라도 마을의 드워프들이 활발하게 움직이고 있습니다.

다시 날쌘찬바람이었다.

> —어떻게요?
> —드워프들이 불을 지르면서 막 뛰어다니고 있는데요.
> —불을 지른다고요?

아마 드워프들이 흔적을 지우기 위해 산불을 내는 듯했다.

> —예. 하피들이 몰려와서 저는 이만 철수해야 될 것 같습니다. 다시 돌아올 수 있으면 살펴보도록 하겠습니다.
> —도와주셔서 고맙습니다.

위드는 도망치는 게 급해서 날쌘찬바람의 말을 크게 고민하지 않았지만, 곧 무슨 일이 벌어지는지 알게 되었다.

"형, 하늘을 좀 보세요."

"응?"

나뭇가지 사이로 보이는 하늘이 시커멓게 변해 있었다.

"저건 또 왜 저래? 드래곤의 마법인가?"

"그런 것 같진 않은데요. 마치 무언가 올라가는 게 연기 같지 않아요?"

시야가 조금 트인 곳에 오니 하늘이 검게 변한 이유를 알 수 있었다.

울타 산맥의 웅장한 산세, 푸른 나무들이 빼곡하던 경치는 어디로 간 것인지 다 사라지고 시커먼 연기를 내뿜는 불바다만 있었다.

커다란 나무들이 불에 타서 쓰러지며 불씨들이 강한 바람을 타고 날린다.

경이로운 속도로 산불이 번져 나가고 있었다.

"설마 이거… 드워프들이 낸 산불인가?"

"그런 것 같은데요."

위드는 믿는 도끼에 뒤통수를 얻어맞은 기분이었다.

보통은 상식선에서 발자국을 지운다거나 하는 온건한 방법도 있지 않은가.

"나이드야. 그리고 드워프님들."

"예?"

"여기서부터는 더 빨리 달립시다."

"형, 들키지 않는 게 우선이라고 했잖아요."

"그것도 맞아. 하지만 최대한 서둘러야 해. 왜냐면 바람이 이쪽으로 불어오고 있어."

"히엑!"

나이드와 드워프들은 이유를 깨닫자마자 얼굴이 퍼렇게 질렸다.

산 너머에서 어마어마하게 타오르는 불길이 바람을 타고 이쪽으로 번져 오다니!

주변에는 다른 높은 산들도 있었기 때문에 바람이 더욱 몰려들고 있었다.

"어서 가요, 형."

나이드가 앞서서 길을 찾고, 위드는 로아의 명검으로 걸리적거리는 나무를 베었다.

"달려라!"

"속도를 내요."

드워프들은 거침없이 수레를 밀며 뒤를 따라왔다.

"무슨 퀘스트가 이래."

"난이도 S급이 이런 거구나. 아무 때나 막 위험하네."

"완전 대박!"

희생의 화로를 운반하는 드워프 유저들은 나름 레벨 450대에 힘과 민첩을 중심으로 키운 정예들로 구성되어 있었다.

드래곤 레어에서 최대한 멀어지는 방향으로 도망치고 있지만, 험한 울타 산맥은 오르막과 내리막이 번갈아 나타났다.

산불은 바람을 따라 빠르게 다가오고 있었다.

"형, 매캐한 냄새가 나요."

"알아. 조만간 우리 몸이 삼겹살처럼 구워질지도 모르겠어."

위드는 진지하게 비유를 든 것인데, 나이드는 무언가 떠오른 듯 반갑게 말했다.

"학교 앞에 맛이 기가 막힌 고깃집이 있는데, 신입생들이나 동기들이 형 한번 만나 보길 기다려요. 복학하면 단체로 거기서 고기 한번 사 주세요."

"…아직 날 모르는구나. 언젠가 복학은 할 수 있지만 너희에게 고기를 사는 일은 내 인생에 존재하지 않아."

하늘에는 계곡 하피 무리가 날아다니고 있었다. 심술궂고 사나운 소녀의 얼굴을 한 괴조들이 꺽꺽거리면서 지상을 살폈다.

"케이베른의 명령을 따르는 하피들이 우리를 찾고 있는 모양인데."

"들키면 큰일 나겠네요."

"케이베른이 나타나겠지. 그래도 도망치는 사람들이 많아서 추적이 분산되긴 할 거야."

다른 드워프나 운송 팀은 걸리지 않길 바랐지만, 그들이 발각될수록 당장 위드는 더 안전해지긴 했다.

수레를 밀던 드워프 유저 중의 1명이 말했다.

"산불이 가까이 다가오고 있는데요."

"침착해요. 아직 시간은 있어요."

하피들이 하늘에 보일 때마다 나무 사이에 숨어서 기다렸다.

희생의 화로에는 나뭇가지들을 덕지덕지 붙여서 위장을 한 데다, 다행인 점은 하피의 시력이 그다지 뛰어난 편은 아니라는 점!

"불길이 더 다가오고 있어요."

나이드는 얼굴에 화끈한 열기를 느꼈다. 검은 연기는 이미 자욱하게 밀려왔다.

타닥거리면서 타는 나무들의 소리까지도 들렸다.

수레를 밀고 있던 드워프 유저들도 즐거움보다는 불안한 기색이 역력했다.

"이거 죽는 거 아니에요?"

"저기, 불길이 너무 가까운데요."

수레를 밀고 산을 내려가려고 했지만, 몇몇 구역들은 이미 불이 붙었거나, 나무들로 이루어진 엄폐물들이 부족했다.

"꽤 곤란하게 됐네."

위드는 바람을 타고 온 불길이 가까운 곳에서 걷잡을 수 없이 퍼지는 것을 봤다.

"역시 재수가 없으려니 바람이 기가 막히게 잘 불어 주는 날이야. 소나기라도 쏟아지면 좋을 텐데. 하늘이 돕지 않으면 나 혼자서 해결해야지."

산불이 다가오고 있었지만, 자신의 팔자에 이것이 최악의 상황이라고는 생각하지 않았다.

"모두 걱정하지 마세요. 인생에서 이보다 나쁜 일은 언제든 벌어질 수 있는 거니까요."

위드는 상황을 진정시키는 데 전혀 도움이 안 되는 말을 내뱉으며 품에서 조각칼을 꺼냈다.

"잠깐 쉬고 있어요."

"형?"

"조각품을 좀 만들 거야."

KMC미디어, CTS미디어.

〈로열 로드〉의 수많은 방송 채널 중에서 최고는 둘로 정리되었다.

높은 시청률을 기록한 인기 프로그램들을 보유한 KMC미디어는 해외 방송국들에도 프로그램을 직, 간접적으로 수출하며 막대한 이익을 누렸다.

CTS미디어는 모기업의 막대한 자본력을 바탕으로 한 공격적인 경영을 주저하지 않았다. 인기 진행자들을 중심으로 게스트 섭외, 방송 제작비도 한도 없이 과감하게 썼다.

그들이 가장 핵심으로 두는 가치는 단 하나였다.

"위드다! 위드를 잡아."
"위드만 잡으면 뭐든 다 된다. PD가 바뀌든 국장이 바뀌든 시청자 누가 알아줘? 위드가 프로그램에 한 번 더 나오면 그만큼 시청률 높아지는 거야."

방송국들은 위드가 모험을 할 때마다 함박웃음을 지었다.

전투를 하든, 조각품을 만들든, 언제나 시청률의 보증수표였기 때문이다.

위드가 험한 고생을 할 때 속으로는 웃기도 했다.

"프로그램 수출도 걱정할 거 없잖아. 우리에겐 위드가 있다고 해."

"그래도 전속권은 없는데요."

"우리가 위드 관련 프로그램을 많이 만들었던 건 사실이지 않나."

해외 수출도 위드라는 이름으로 순조롭게 진행되었다.

그렇게 단맛을 실컷 보고 있었지만, 그들이 매번 갑은 아니었다.

어떻게 해서든, 생일이나 명절 혹은 별것도 아닌 기념일을 찾아서라도 선물 공세를 퍼부어야 했다.

"위드 님한테 올해는 선물 몇 번 보냈지?"

"일곱 번입니다."

"더 늘려! KMC미디어는 벌써 열 번을 채웠다는 얘기가 있다고."

"주려고 해도 마땅한 이슈가 없는데요."

"그 집, 강아지 키우잖아. 새끼라도 태어나거든 뭐 좀 챙겨서 보내."

"너무 노골적이지 않을까요?"

"괜찮아. 노골적이더라도 받는 사람이 기분 좋으면 그걸로 충분하지."

방송국들은 드래곤 레어의 빈집 털이도 크게 홍보했다.

"진짜 되는 건가? 바로 전멸하면 시청률은 쪽박 차는 건데."

"그래도 위드이지 않습니까?"

반신반의하며 진행했던 생방송.

"용아병에게 들켰다!"

"전투다. 진짜 제대로 붙었어."

레어에서 공방전이 일어나면서부터 거의 1분 단위로 시청률이 올라갔다.

그 후로는 무난하게 탈출에 성공하는가 싶더니 드래곤 레어에서부터 몬스터들의 대대적인 추격이 개시되었다.

아울러 드워프들이 지른 불길로 울타 산맥과 사이고른 산맥이 타오르기 시작했고, 진행자들은 목에 핏대를 세웠다.

"화면으로 보시다시피 산불이 위드에게 접근하고 있습니다. 고작해야 500미터 정도로 보이는데요."

"다가가는 속도로 봐서는 아주 금방이죠."

"제가 저런 산불에 가까이 가 본 경험은 없었는데요. 벌써 열기가 느껴지리라 짐작합니다. 화끈하게 달아올랐을 겁니다."

"절대적인 위기입니다."

'타라, 타! 시청률도 함께!'

방송국 관계자들은 쾌재를 불렀다.

타다다닥!

산불이 바람과 함께 밀려오고 있었다.

위드는 침착하게 조각칼로 물방울을 깎았다.

"와, 신기하다. 물이 깎아져요?"

"진짜 조각을 못하는 게 없구나. 가까이에서 보니 정말 신기하네."

나이드와 드워프들은 놀라움에 지켜만 볼 뿐이었다.

"후후후."

위드는 조각술로 관심을 받을 때마다 뿌듯한 기분이 들었다.

완벽한 노가다로 궁극의 경지에 도달한 조각술!

"형, 근데 지금 뭐 하는 거예요?"

"구름을 만들 거야. 그런 다음 비를 뿌리게 해야지."

"그렇구나."

조각술 마스터 데이크람의 자연 조각술.

비를 내리게 하는 기적을 일으켜서 산불을 잠재우리라.

'먹구름도 잔뜩 일으켜서 어둡게 만들면 도망치는 데 효과가 있겠지.'

위드의 머릿속에서 착착 계산이 이루어지고 있었다.

'드래곤의 레어는 생각보다 쉽게 털었다. 용아병들에게 걸려서 전투가 벌어지긴 했지만 오베론 님의 활약으로 막아 냈지. 이 정도의 고난쯤이야.'

불가능에 가깝게 여겨졌던 처음에 비한다면 순조로웠던 퀘스트.

마지막 마무리도 어떻게든 도망에 성공하기만 하면 됐다.

'조각술은 역시 다양한 상황에서 쓸모가…….'

콰아아아앗!

하늘 위로 괴성을 지르며 케이베른이 날아가고 있었다.

"슷엇."

위드와 나이드, 드워프들은 땅에 바짝 엎드렸다. 다행히 걸린 것은 아니고 그저 지나갈 뿐이었다.

케이베른이 연달아 괴성을 지르면서 몸을 뒤틀며 날아가는 공포스러운 장면!

최소 30초 이상을 바짝 땅에 엎드려 있었다.

"안 되겠네……."

"예?"

"미안, 시간 낭비만 한 것 같다."

위드는 구름 조각술을 깔끔하게 포기했다.

"비를 좀 내리게 할 순 있지만 산불이 너무 가까워졌어."

"그래도 불이 번지는 걸 막는 데 도움은 되지 않을까요?"

"드래곤이 부근에 있는 이상 눈에 띄는 행동을 할 순 없지. 이런 쓸모없는 조각술 같으니라고."

위드는 조각칼을 다시 품에 넣고 이동을 시작했다.

산불이 뒤로도 가까워졌지만, 능선을 따라 아래쪽에도 불길이 치솟아 올랐다.

"형, 점점 뜨거워져요."

"내가 그럴 것 같다고 말했잖아."

불을 피하기 위해 도망치는 것이 점점 위험해지고 있었다.

드워프들이 막 불을 지를 때부터 도주 경로를 바꾸는 게 옳았다.

울타 산맥의 지형상 산불의 경로에서 안전한 길목들을 살펴서 이동하는 것은 가능했다.

불과 연기가 오히려 추적자들을 따돌리고 은폐의 역할을 해 주었을 테니까.

다만 그렇게 할 수 없었던 건 다른 운송 팀들의 도주 경로가 정해져 있기 때문이었다.

중간에 다른 운송 팀이 발각되어 변수가 생길지도 모르고, 도주로가 뒤엉키면 그것 자체로도 새로운 위험을 감수하는 일이다.

무엇보다도 다른 운송 팀들보다도, 데브라도 마을에 들르고 희생의 화로까지 옮기느라 가장 뒤처져 있었다.

"항상 중요한 건 뒤처지겠지. 그리고 지금은 조금 위기 상황이고."

위드는 오랜만에 몸에 흐르는 긴장감을 느꼈다.

산불이 번져서 시야에 보이는 울타 산맥 전체가 타오르고 있었다.

생존 본능을 자극하는 압도적인 위협!

"나이드."

"예, 형."

"혼자서 먼저 빠져나가. 연기가 자욱한 지금이라면 무사히 탈출할 수 있겠지."

"형은요?"

"불길을 뚫고 화로를 가지고 갈 거야. 아예 불길이 번지도록 기다려서 말이지."

"허억!"

위드는 산불이 다가오는 것을 이용하기로 했다.

불과 연기에 휩싸여서 그대로 통과한다면 공중 정찰을 하는 하피들에게 걸리지 않을 수도 있으리라!

희생의 화로도 어차피 불에 의해 파괴될 물건은 아니니까.

그야말로 위험하기 짝이 없는 역발상이었다.

"위, 위드 님?"

"어떻게 그런 희생을……."

"안 됩니다. 위드 님은 아르펜 제국의 황제입니다. 이런 곳에서 죽어선 안 돼요!"

드워프 유저들이 경악해서 믿을 수 없다는 표정을 지었지만 위드는 가볍게 웃었다.

"괜찮습니다. 전 안 죽어요. 근데 여러분들은 죽을 겁니다."

"……."

"목숨값은 챙겨 드리겠습니다."

위드의 말은 불안에 떨던 드워프들을 안정시키는 데 큰 효과가 있었다.

아르펜 제국의 황제로서 최고의 신망을 가진 상대. 더구나 지금은 드래곤 레어에서 빈집 털이까지 성공하며 막대한 부를 손에 넣었다.

방금 봤던 그 보물들은 어떤 말보다도 설득력이 있었다.

"위드 님이 그렇게 말씀하신다면야 불길이라도 못 뚫을 것 없지요."

"이제야 소개를 드리는데 전 하론이라고 합니다. 고맙습니다. 목숨값으로 장비 2개만 받겠습니다."

"저도 2개면 됩니다."

"직접 골라도 되죠? 아, 물론 엄청 좋은 건 아니고 제가 착용할 수 있는 장비에 한해서요."

위드는 불길보다도 드워프들의 욕망이 더 뜨겁게 느껴졌다.

"저기, 하나씩은……."

"그래도 목숨값인데, 너무 야박하시네. 2개는 주셔야 되는 거 아니에요?"

"2개 주세요, 2개."

드워프들은 합심해서 2개로 올렸다.

여차하면 나이드까지 살아서 도망치지 않고 보물을 달라고 할 기세!

'세상이 변했어.'

호락호락하게 당해 주는 사람이 드문 야박한 세상이었다.

"알겠습니다. 계속 가 봅시다."

위드는 나이드를 먼저 보내고 드워프 4명과 함께 수레를 밀었다.

불길을 기다려야 했으니 조금 전처럼 서두를 필요는 없다.

무시무시한 산불이 점점 다가와서 그들을 덮쳤다.

"엄청난 산불이로군요."

"정말 기막힙니다. 울타 산맥이 다 타 버릴 것 같아요. 이런 무시무시한 장면을 다 보네요."

북쪽으로 도망친 드워프들은 산 너머에서 일어나는 불길을 보며 두려움을 느꼈다.

"다행히 우리 쪽으로는 불길이 오지 않겠네요."

"그래도 쭉 도망칩시다. 쉴 여유가 없으니까요."

드워프들이 자발적으로 혼신을 다해 도망치게 해 주는 산불.

"몬스터다."

"우리 이동 경로에 몬스터들이 지나가고 있습니다. 어! 저곳에 운송 팀이……."

먼저 갔던 운송 팀들이 몬스터에 의해 고립되어 전투를 펼치고 있었다.

드워프 전사들로 구성된 운송 팀.

마판 상단은 먼저 떠났고, 레어에서 마지막에 철수한 드워프 전사들이 모는 수레가 몬스터에 갇혔다.

"몬스터들이 모여들고 있어서 희망은 없겠네요."

"다른 곳으로 돌아갑시다."

드워프들은 안타깝지만 외면하고 몬스터들을 피해 가기로 했다.

약속대로 정해진 계획대로 움직여야 했다. 어쩌다 발각되더라도 어쩔 수 없는 일로 여기고 감수하기로 했다. 하지만 의외의 사태는 항상 벌어지는 법이다.

몬스터들과 치열한 전투를 치르고 있는 드워프들에게 지원군이 나타난 것이다.

키가 작은 드워프 워리어!

"오베론 님이다."

"이 근처에 있긴 했을 테지만… 오베론 님도 운송 팀을 이끌고 있었잖아?"

"운송 팀은 보내고 혼자 나선 모양이네."

오베론은 망치와 도끼를 동시에 휘두르며 맹렬하게 몬스터들과 싸웠다. 희생의 화로가 가진 효과가 아직도 남아 있었던 듯 몬스터들을 마구 밀어붙이기까지 했다.

　기적적으로 고립되어 있던 운송 팀 2개를 구출! 그 대가로 수백 마리가 넘는 몬스터들의 집중 공격을 당해야 했다.

　멀리서 지켜보던 드워프들은 고개를 저었다.

　"오베론 님이 훌륭한 분이긴 한데……."

　"어, 뭔가 좀 아쉽지. 드래곤 레어에서 그렇게 활약하고도 마지막까지 나서다니 말이야."

　"위드 님의 표현대로라면 이게 다 먹고살자고 하는 건데."

　"우린 위드 님을 따르자. 위드 님 같은 분 옆에 있어야 인생에 이득이야."

　"응, 그게 맞지."

　수십 킬로미터에 이르는 거대한 산불이 일어나는 건 산맥 너머에서 지켜보는 유저들 입장에서도 경이로운 장면이었다.

　"우리 위드 님 어떻게 하죠?"

　"구하러 가야 되는 거 아니에요?"

　이리엔과 수르카는 울타 산맥의 초입에 있는 티스 마을에서 기다렸다.

　드워프, 인간, 엘프 들이 섞여서 살아가는 작은 개척 마을에는 〈로열 로드〉를 아는 많은 이들의 관심이 집중되었다.

위드가 과연 무사히 살아서 이곳으로 돌아오느냐!

이미 울타 산맥은 거대한 용광로처럼 변해 있었다. 화산이 폭발하기라도 한 것처럼 하늘이 검은 연기로 뒤덮였다.

무사히 철수했던 페일이 자신 없다는 투로 얘기했다.

"저런 상황에서 살아 돌아온다면 그건 인간이 아니라고 생각되지만……."

양념게장이 그 말을 받았다.

"위드 님이라면 가능할지도 모르죠."

같이 지낸 시간이 길진 않지만 바퀴벌레를 능가하는 생명력!

드워프 유저 4명은 일찌감치 목숨을 잃었다.

그때만 하더라도 어느 정도 시야가 있는 상태라서 방송국들의 화면을 통해 볼 수 있었다.

바람을 타고 무서운 속도로 다가오는 산불들.

나뭇가지들이 연달아 화르륵 하고 불길에 휩싸이며 다가오는 장면은 공포 그 자체였다.

바닥에 떨어져 있던 낙엽들도 불에 타면서 솟아오른다.

불의 바다가 밀려왔다. 사방에서 덮쳐 오는 불은 피할 수가 없을 정도였다.

생방송으로 중계하던 KMC미디어의 진행자들도 경악했다.

"정말 무시무시한 산불이군요, 혜민 씨. 제 생각에는 위드 님이 죽음을 각오한 것일까요? 하피들에게 발각되니 희생의 화로를 감추기 위해 차라리 죽음을 선택한 것인지도 모른다는 생각이 듭니다."

"저는 그렇게 생각하지 않아요. 위드 님은 최후까지도 살길을 선택하실 분이에요."

"가까이에서 겪어 보셨으니 저보다는 훨씬 잘 아시겠죠. 그렇다면 여기서 위드 님의 선택은 무엇일까요?"

"짐작하기 어렵네요. 조인족들이 목숨을 걸고 출동하겠다는 이야기도 거부했어요. 하피들을 따돌릴 수 있을지 모르지만 괜히 케이베른의 관심을 끌 수 있다는 이유에서요."

다른 여성 진행자인 이단아가 물었다.

"변신술! 불의 정령 같은 걸로 변신하면 되지 않나요?"

"정령으로도 변신이 되는지는 잘 모르겠네요. 정령이 되면 물리력이 약해져서 희생의 화로를 밀기가 어려워지니 그러진 않을 거예요."

"앗. 그렇다면 먼저 빠져나오는 건요? 희생의 화로를 땅속에 숨겨 놓고 안전 지역으로 대피하는 거예요. 위드 님 혼자면 도망치기가 어렵지 않잖아요."

이단아의 생각은 방송국 게시판과 대화방을 뜨겁게 달궜다.

—맞네, 저거네.
—아이디어 굿!
—근데 이미 늦은 거 아님? 이미 불에 갇혔는데 어떻게 도망쳐.
—살자, 위드야. 제발 살아야 한다.
—이미 죽은 목숨. 활활 타올라라!
—여기 헤르메스 길드가 아직도 남아 있네.

신혜민은 그녀의 아이디어를 그럴듯하게 여겼지만 이내 고개를 저었다.

"위드 님은 절대로 선택하지 않을 방법이에요."

"예? 제 생각에 잘못된 게 있었어요? 희생의 화로니까 산불에 놔둬도 녹아 버리진 않을 것 같았는데요."

"파손이나 성공 가능성의 문제가 아니에요. 위드 님은 저런 귀중한 보물을 땅에 묻어 둘 수가 없는 분이에요."

"아… 신중하신 거예요? 드워프 종족의 보물이고, 케이베른을 퇴치하는 데 결정적인 역할을 할 물건이니까요."

"그것과는 좀 다른데. 이렇게 말하면 이해가 될까요? 세상에 믿을 놈 하나 없다고……."

위드의 불안 본능!

이 정도로 귀한 보물이 손을 떠나면 어떻게 될지 모르기에 버려 둘 수가 없었다.

한편으론 진행자들의 입장에서도 곤혹스럽기 그지없었다.

드워프 유저들이 목숨을 잃고 나서도 위드의 영상은 계속 전송되고 있었다.

하지만 산불이 완전히 뒤덮어서 붉은 화면밖에는 보이는 게 없었다.

"저 불길에서 살아 있다는 게 말이 안 돼요. 매초 엄청난 생명력의 피해를 입고 있을 텐데요."

"상식적으로 그렇게 보는 게 맞긴 한데요. 위드 님이니 쉽게 죽진 않을 것 같습니다. 버틸 수 있을 것 같아요."

그리고 잠시 후, 신혜민에게 전달된 정보가 있었다.

"위드 님은 멀쩡하답니다."

"저 불 속에서요?"

"네, 뜨끈하게 몸을 지지고 있다고 하네요. 웬만해서는 나오기 싫을 정도라고 해요."

믿기 어려운 일이지만 위드는 산불 속에서도 건재했다.

"아! 태양의 전사. 그 직업 때문에 불에 대한 피해가 최소화되겠군요. 불의 속성을 가지고 있으니 말이죠."

"어쩌면 헤스티아 여신의 축복이 부여됐을지도 모르겠어요. 위드 님은 헤스티아 여신에 대한 공적치가 굉장히 높잖아요!"

오주완과 이단아는 〈로열 로드〉의 진행 경험을 바탕으로 연달아 추측해 냈다.

신혜민도 처음에는 그럴 거라고 생각했지만 페일로부터 전달된 설명은 그게 아니었다.

"불에 저항력이 높은 이유가 여러 가지 있긴 하지만, 결정적으로는 바드레이 덕분이라고 하네요."

위드는 드워프들이 불에 타 죽은 이후에도 수레를 밀며 묵묵히 걸었다. 그럭저럭 산불은 견딜 수 있었다.

화염의 피해를 34 받았습니다.

화염의 피해를 11 받았습니다.

화염의 피해를 63 받았습…….

울타 산맥을 뒤덮고 있는 지옥 같은 불길에 비하면 미미한 피해!

'역시 장비발이군.'

각종 장비들과 높은 저항력이 있다. 여기에 바드레이로부터 입수한 불꽃의 성배가 가진 옵션이 부여되었다.

> …화염의 피해를 거의 받지 않는다.

불 속성 몬스터들은 사실 꽤나 흔한 편이다.

하지만 상대하기 까다로워서 불 속성 몬스터들이 많은 던전은 유저들이 기피하는 현상까지 있었다.

그래서 드워프들도 불에 대한 저항력은 좀 낮은 편.

'바드레이에게 고마워해야겠군.'

위드는 불꽃의 성배가 참 기특한 아이템이라고 생각했다.

'다음에 바드레이와 싸우면 또 좋은 전리품을 얻을 수 있겠지. 역시 헤르메스 길드는 나쁘진 않다니까.'

수레마저 다 타 버린 후에는 희생의 화로를 직접 밀면서 움직였다. 땅 위로 솟아올라 장애물이었던 나무뿌리들이 타서 사라지고, 잿더미 위로 길이 열렸다.

> —외곽에서 정찰 중입니다. 하피들이 불난 지역에선 물러가고 있습니다. 위드 님이 계신 곳의 하늘은 안전합니다.

날쌘찬바람의 정보가 새롭게 들어왔다.

다시 확보된 제공권!

위드는 케이베른의 레어에서 조금씩 멀어지고 있었다. 무사히 빠져나가는 것을 확신할 때였다.

> 불꽃의 성배에 걸린 봉인이 흔들리고 있습니다.
> 진행률 1%

> 불꽃의 성배에 걸린 봉인이 흔들리고 있습니다.
> 진행률 2%

> 불꽃의 성배에 걸린 봉인이 흔들리고 있습니다.
> 진행률 3%…….

'봉인?'

위드는 정보 창을 확인해 보기로 했다.

"감정."

> **불꽃의 성배**
> 불의 정화가 담겨 있는 잔. 인간들이 간 적 없는 땅속 깊은 곳에서 흐르는 용암을 채취했다는 이야기도 있고, 100만 년 동안 타오른 불이 담겨 있다는 소문도 있다. 전설이 담긴 물품으로, 성배의 힘을 이끌어 내면 어떤 어둠도 물리칠 수 있으리라.
> 내구력: 30/30
> 제한: 없음
> 옵션: 소유하는 것으로 모든 스탯 53 증가. 생명력과 마나의 최대치 70,000 상승. 불과 관련된 모든 스킬의 위력 200% 강화. 전투 스킬의 효과 +35%. 화염의 피해를 거의 받지 않는다. 열흘에 한 번씩 '성배의 평정'을 사용할 수 있다.
> *특수: 전설이 봉인되어 있다. 밝혀지지 않은 옵션이 일곱 가지 잠들어 있다.
> *성배의 평정: 흐르는 용암의 강이나 폭발하는 용암 분출구를 소환하여 적을 쓸어버린다.

전설이 봉인된 물품.

지금 상태로도 어마어마하게 훌륭한 아이템이지만 아직 포장지도 뜯지 않은 상태였다.

'그 봉인이 산불에… 그러니까 엄청난 불의 기운에 의해 풀리고 있다는 것이구나.'

위드는 불꽃의 성배는 확실히 챙겨 놔야 할 물품이라고 생각했다.

어쩌면 로아의 명검을 비롯해서 가지고 있는 아이템 중 가장 최고의 것일지도 모른다.

무기나 방어구는 드래곤의 레어에서 좋은 걸 꽤 얻었지만, 소유하고 있는 것만으로도 이런 능력치를 주는 보물은 정말 귀한 것이니까.

중앙 대륙을 차지하고, 사실상 〈로열 로드〉를 지배했던 헤르메스 길드에서도 수장인 바드레이였기에 가질 수 있던 보물 중의 보물!

'이 정도 등급의 아이템에 봉인된 전설을 풀어서 성배의 힘을 이끌어 낸다? 몇 가지 옵션들까지 추가로 생긴다면… 돈을 주고도 사기 힘들겠군.'

누군가와 거래를 한다는 것이 불가능할 정도로 최고의 아이템이 될 것이다.

힘이나 민첩, 생명력을 높여 주는 부적 혹은 특수한 상징물.

경매장에서 가끔씩 거래가 되더라도 불꽃의 성배에 견줄 수 있는 물품은 아직까지 없다.

'봉인이 풀리는 건 불에 넣는 것이었어.'

위드는 수수께끼치고는 간단하다고 생각했다.

이 정도 화력을 가진 불이란 게 사실 흔한 건 아니었지만.

울타 산맥의 산불은 바람을 타고 계속 그 면적을 넓혀 가고 있었다.

수백 년간 자랐을 거대한 나무들이 불에 타 쓰러져 내렸다.

> 불꽃의 성배에 걸린 봉인이 풀리고 있습니다.
> 진행률 33%.

안타깝게도 봉인이 완전히 풀리기도 전에 부근의 나무들이 몽땅 타 버리고 말았다.

'봉인이 먼저 풀릴 때까지 산불에서 기다려 봐?'

위드는 잠시 고민하긴 했지만 드래곤의 존재 때문에 울타 산맥을 그대로 벗어나는 쪽을 선택했다.

그리고 얼마 후!

"위드 님!"

"이쪽입니다."

티스 마을에서 기다리지 못하고 올라오는 동료들이 보였다.

페일과 이리엔, 수르카…….

오랜 동료들을 시작으로 레어에서 무사히 빠져나온 양념게장과 파이톤도 보였다.

> ─케이베른이 하늘로 다시 날아올랐습니다. 분노를 해소하기 위한 목표는 서쪽의 드워프 마을로 보입니다.

날쌘찬바람이었다.

케이베른도 다른 곳으로 갔다.

"다 끝났구나……."

빈집 털이가 무사히 끝났다고 생각하는 그 순간이었다.

쐐액!

무언가가 빠르게 날아오는 소리가 들리자마자 위드의 몸이 기계적으로 반응했다.

스르릉.

자세를 낮추고, 로아의 명검을 뽑아 들며 소리가 들린 쪽으로 시선을 돌렸다.

검고 흐릿한 형체가 눈 깜짝할 사이에 다가오고 있었다.

고작해야 거리는 3미터 정도.

'사형 집행자의 습격. 암살자 스킬이다.'

무기나 레벨이라는 변수를 제외하고도 순수 스킬 대미지만 8만이 넘는 공격 기술.

단검에 갑옷이 지켜 주지 못하는 부위를 맞아서 치명적인 일격이 발동되면 생명력 30만이 그대로 사라질 것이었다.

상대의 스킬까지 확인하는 순간 기계적으로 대응에 나섰다.

"재생의 검!"

상체를 뒤로 눕히며 검술의 비기를 사용했다.

생명력과 방어력을 크게 높여 주는 기술.

생명력이 200% 증가합니다.
주변 식물들의 영향에 따라 방어력이 증가합니다. 황폐화된 나무와 풀들이 남아 있는 모든 힘을 전달해 줍니다. 방어력이 12% 늘었습니다.

차자장!

로아의 명검과 암살자가 들고 있는 단검이 짧은 거리에서 쉬지 않고 부딪쳤다. 쇄도하던 암살자의 공격이 그대로 적중될 것 같았고, 위드는 간신히 막아 내는 형세로 보였다.

"꺄아악!"

"위드 님!"

"피하세… 응?"

다가오던 동료들이 볼 때에는 습격해 온 암살자에게 당할 순간이었는데 바로 대응하며 막고 있었다.

그러자 암살자가 손을 뿌렸다. 이번에는 5개의 단검이 그대로 위드에게 날아왔다.

"심판의 투척!"

암살의 비기!

독을 바른 단검을 던져서 상대의 몸에 적중시킨다.

'이야기를 들은 적 있어. 무섭도록 강한 기술이다.'

단검 하나로 생명력에 입힐 수 있는 피해가 10만에 달한다. 물론 그중에서 절반 정도는 독에 의해 지속되는 피해였지만.

암살자는 생명력이 적고, 방어 스킬이 없는 대신에 짧은 순간의 공격력은 최강이었다.

위드는 로아의 명검을 휘두르며 3개의 단검을 쳐 냈다.

눈 질끈 감기와 같은 방어 스킬은 별로 의미가 없는 상태!

'거리를 둬야 한다.'

몸으로 2개의 단검을 맞아 주며 발동시킨 차원 문의 장갑을 이용하며 공격 범위를 빠져나왔다.

10미터 거리를 두고 나서야 숨을 고를 여유가 생겼다.

"치료의 손길!"

위드가 믿는 건 이리엔과 같은 든든한 사제들이었다.

줄어든 생명력이나 중독은 금방 치유해 줄 수 있었으니까.

"드워프. 살아남는 실력이 제법이군."

칠흑 같은 어둠으로 몸을 감싼 즐탄이 천천히 걸어왔다. 케이베른의 레어를 지키던 보스급 적 중 1명이 나타난 것이다.

위드는 즐탄에게서 시선을 떼지 않은 채 날쌘찬바람에게 귓속말을 보냈다.

―반경 2킬로미터 내에 추적해 온 다른 적이 있습니까?
―죄송합니다. 아마 잿더미 사이에서 움직인 것 같은데 미처 발견하지 못했습니다.
―지나간 일은 됐습니다. 적은요?
―소규모 몬스터들이 있습니다. 그 외에 특별한 움직임은 보이지 않습니다.
―케이베른은요?
―서쪽의 드워프 마을로 향하고 있습니다.

어렵지 않게 견적이 나왔다.

'암살자들은 추적 계열의 스킬이 있긴 하지. 어쩌다 내 흔적을 따라온 건가.'

위드는 페일과 양념게장에게 가볍게 눈짓을 했다.

―알겠습니다.

―후후후후.

티스 마을에서 기다리던 동료들이나, 고레벨 유저들이 슬그머니 뒤로 물러나더니 주변을 둘러싸며 자리를 잡았다.
양념게장의 경우에는 그림자로 그대로 몸을 숨겼다.
위드가 로아의 명검을 손바닥에 탁탁 내려치며 말했다.
"야. 너 혹시 혼자 왔냐?"
"하찮은 드워프 따위를 죽이는 데는 혼자로도 충분하다."
즐탄은 위드를 케이베른의 레어를 털어 간 수많은 드워프 중의 1명으로 알고 있었다.
도적단의 진정한 악당 보스도 몰라보고 순진하게 쫓아오고 말았다.
위드는 깊은 한숨을 내쉬었다.
"휴우우우우."
"두려운가. 걱정하지 마라. 죽음은 가까운 곳에 있다."
보스급 몬스터를 유인해서 잡는 경우는 많았다.
다른 부하들을 먼저 제거하거나, 사냥하기 좋은 장소에서 덫을 깔아 놓고 기다린다.
위드는 보통의 경우에는 시간이 걸리기 때문에 유인하는 방식은 취하지 않았다.
"이걸 보고 굴러들어 온 떡이라고 하는 건가. 드래곤 레어를 신나게 털었더니 덤까지 딸려 오네. 도대체 앞으로 얼마나 재수가 없으려면 운이란 운은 오늘 다 써 버린 걸까."
페일과 파이톤 그리고 티스 마을에서 합류한 드워프 전사들, 최소 100여 명의 유저들이 주위를 둘러싸고 있었다.
보통의 보스급 몬스터라면 도망이라도 칠 텐데, 즐탄은 인간들과 드워프들을 한참이나 얕잡아 보고 있었다.

케이베른이 인간들을 무시하는 것처럼, 그 부하마저 비슷한 행동을 취하는 것.

"바로 시작합시다."

위드의 말이 떨어지기가 무섭게, 즐탄의 오른쪽에서 페일의 화살이 쏘아졌다.

"가자아!"

"죽여!"

유저들도 사방에서 일제히 덤벼들었다.

드래곤의 레어에서야 불리한 상황이었으니 방어하는 싸움을 했었다. 하지만 이곳까지 제 발로 온 보스급이라면 먼저 잡는 사람이 임자인 것!

"나약한 놈들! 전부 죽여 주지."

즐탄은 단검을 뿌리고, 연막을 터트리며 싸움을 시작했다.

"조화의 빛!"

"강렬한 섬광!"

"일렁이는 바람!"

수많은 마법들이 연막을 그대로 씻겨 나가게 만들었다.

은신술을 펼칠 수 없게 유저들이 가까이 달라붙었고 그다음에는 화염과 얼음, 벼락의 마법 공격도 집중되었다.

"섬광 폭풍!"

"으아악!"

"누가 광역 마법으로 공격했어!"

"진정하고, 적당히 자제하면서 싸워요."

매초 온갖 마법들이 적중되는 즐탄!

놀랍게도 대부분의 마법들이 어둠에 사로잡혔지만 그럼에도 일부는 그대로 적중되었다.

드워프 10명을 죽였지만 암살자인 탓에 금세 생명력이 줄어들고 있었다.

위드는 로아의 명검을 쥐고 인간적인 고민에 빠졌다.

'막타를 칠까, 말까.'

아무래도 즐탄을 처치하면 전투 공적을 올릴 수 있었다.

'너무 노골적이지 않을까? 솔직히 나를 질투하거나 시기하는 무리도 꽤 있을 텐데.'

다른 사람들에게 욕을 좀 먹더라도 이런 기회를 놓친다는 건 멍청한 일이었다.

'그래, 그게 맞지. 양심의 가책은 조금 뒤에 느껴도 돼.'

파바바바밧!

드워프나 다른 유저들의 공세가 한층 거세지고 있었다.

그들도 즐탄의 최후가 머지않았다는 것을 직감한 것이다.

'잡자.'

'내 것이다.'

독을 바른 장검을 꺼내서 휘두르며 저항하자 드워프들이 피해를 입었다.

그럼에도 즐탄의 최후를 자신이 가지려고 마구 덤벼드는 유저들.

마법사들, 사제들도 최강의 공격 기술을 준비하고 있었다.

'이건 1초도 안 되는 싸움이다.'

즐탄의 남은 생명력을 확인할 시간도 없다. 그냥 본능에 맡기고 공격을 때려 부어야 하는 것.

모든 유저들이 그의 최후를 노리고 있을 때였다.

즐탄의 등 뒤에서 그림자가 길게 늘어나더니 확 덤벼들었다.

"사형수의 칼날!"

상대의 생명력이 5% 이하로 떨어져 있으면 그대로 즉사시키는 암살자 스킬.

양념게장의 출현이었다.

"아, 안 돼!"

"이게 뭐야, 이럴 순 없어!"

드워프 유저들이 비명을 질렀다.

"에잇, 잔혹한 도끼질!"

"종말의 내려치기!"

"광분!"

저마다 최고의 스킬들을 즐탄에게 적중시키는 유저들.

케이베른은 높은 저항력과 생명력으로 버틸 수 있었지만, 암살자 즐탄에게 그런 능력은 없었다.

> 울타 산맥의 죽음을 관장하는 암살자 즐탄이 영원한 안식에…….

위드는 양념게장이 나타나는 순간, 차원 문을 연달아 통과했다. 유저들이 차원 문의 입구나 출구에 있는 경우도 있어서 조금 헤맸고, 그 짧은 순간 찰나의 조각술을 쓰는 것도 고민했다.

'찰나의 에너지가 얼마 안 남았고, 케이베른을 상대하기 위해 모아 두어야 하는데…….'

딱 3미터 정도의 거리를 남겨 놓았는데, 최후의 안식을 맞이하는 즐탄!

어둠과 함께 흩어지는 즐탄의 몸에 근접 공격 외에도 마법, 정령술, 화살 등의 수많은 공격들이 뒤늦게 적중되고 있었다.

유저들의 관심사는 즐탄과 싸워서 이기는 것이 아니었다.

"뭐야, 누가 먹었어!"

"누구지?"

유저들이 주위를 두리번거리면서 찾았다.

서로가 서로를 의심하며 누가 먹었는지를 확인하고 있을 때였다.

양념게장이 슬그머니 나타나서 즐탄이 떨어뜨린 아이템들을 주웠다.

"뭐야, 결국 게장 님이 먹었어?"

"암살자 양념게장. 양념게장 님이 먹었다."

"완전 재수 없네."

"재주는 곰이 부리고… 막타는 양념게장 님이 쳤네."

유저들의 원망을 한 몸에 받게 된 양념게장!

양념게장으로서도 억울하고 할 말은 있었다.

본래 드래곤 레어에서도 즐탄을 견제했던 건 자신이었다.

치명적인 공격력을 가진 암살자들은 원래 기습을 하고 마지막 최후의 숨통을 노리는 것도 전투의 정석.

그렇지만 정작 막타를 치고 나니 이곳에 모인 모든 유저들의 원망을 받을 수밖에는 없었다.

전투에 기여한 정도에 따라 공적치가 나눠지긴 했어도 마지막에 죽인 것만큼은 못하니까.

위드는 로아의 명검을 집어넣고 걸어가면서 말했다.

"사람이 양심이 있다면 그렇게 살면 안 됩니다."

"……."

"저도 막타를 칠 줄 몰라서 안 친 게 아니에요."

"……."

토르의 드워프 유저들은 거대한 변화를 맞이하게 됐다.

먼저 울타 산맥과 사이고른 산맥에 걸쳐 큰불이 일어났고 그 다음으로는 케이베른이 지휘하는 몬스터들이 침공했다.

"위드의 도둑질 때문에 이게 무슨 일이야?"

"완전, 집도 대장간도 다 날아가고 망했어."

"고향이 사라진 건 어떻고. 4년이나 살던 고향인데……."

케이베른은 드워프들을 복수해야 할 대상으로 삼았다.

빈집 털이를 당한 날 드워프 도시 5개를 박살 내고, 막대한 공물을 요구했다.

평소에 제공하던 드워프들의 상납품도 10배씩으로 늘어나게 된 바!

"이걸 어쩌라고… 그냥 죽으라는 거잖아."

드워프 유저들은 위드가 죽이고 싶을 만큼 미웠다.

〈로열 로드〉와 관련된 종족 게시판마다 위드에 대한 비난과 하소연 들이 줄을 이었지만, 그 파장이 심각하게 커지지는 않았다.

드워프 종족 퀘스트!

드래곤 레어를 턴 것은 드워프 종족의 숙원을 해결한 것이기도 했다.

물론 퀘스트는 희생의 화로를 훔치라는 것이었지, 보물을 최대한 많이 털라는 말은 없었지만…….

> ─케이베른은 심각한 악룡이죠. 드워프로 사는 유저들이라면 모두 느끼고 있었을 겁니다. 아마 저 드래곤을 해치울 수 있는 퀘스트가 언제든 생길 거라고요.
> ─그게 지금일까요? 도무지 힘에서부터 불가능하게 보이는데.
> ─드워프의 숙원. 종족 퀘스트를 진행하고 있는 건데 피해가 생기는 것도 어쩔 수 없는 일이 아닐까요. 드워프들이라면 참아야죠.
> ─집 잃어 봤어요? 저는 1년 넘게 장만한 집이 이번에 날아갔어요.
> ─그건 인정. 위드가 우리 드워프들에게 너무 큰 피해를 입혔음.
> ─꼭 퀘스트에 성공해서 케이베른을 물리쳤으면 좋겠어요. 사실 이번에 인간들이 표적이 되었지만, 그 전에는 쭉 드워프들이 괴롭힘을 당했잖아요? 적어도 더 이상 빙 뜯기고 살지 않았으면 좋겠어요.

아르펜 제국에서는 신속하게 성명을 발표했다.

위드는 별 관심도 없었지만, 서윤이 피해자를 안타까워하면서 구제안을 만들었다.

피해가 생긴 점에 대해 진심으로 사과드려요.

토르 지역에서 집이나 대장간을 잃은 유저분들은 아르펜 제국으로 오세요.

더 좋은 집과 대장간을 무료로 지어 드릴게요. 편하게 정착하실 수 있도록 3개월간 철광석과 각종 재료도 원가에 공급해 드리겠어요.

드워프들은 터전을 잃긴 했지만 아르펜 제국이 적극적으로 손을 내밀었다.

그동안 〈로열 로드〉에서 퀘스트로 인한 피해가 생기더라도 이를 보상해 주는 일은 없었다.

명문 길드가 죽이거나 약탈을 해도 힘의 원리에 의해 짓밟혀야 했었다.

그런데 종족 퀘스트의 진행에 따른 피해를 아르펜 제국이 나서서 보상을 해 주니, 드워프들의 불만은 누그러질 수밖에 없었다.

라면의 날

 드래곤의 레어를 성공적으로 털고, 이현은 막대한 장비들을 처분해야 한다는 행복한 고민에 빠졌다.
 "이걸 한꺼번에 전부 팔아먹긴 무리고……."
 경매 사이트마다 거래가 많이 줄어 있었다. 드래곤의 장비들이 풀린다면 즉시 사기 위해서일 것이다.
 "당장 큰돈을 벌면 숟가락 올리려는 사람들이 나타나겠지."
 이현은 도둑 영화를 볼 때마다 나눠 먹는 문제로 팀이 깨지는 걸 보며 교훈을 얻었다.
 "마무리를 잘 지어야 해."
 보물들을 정리하는 일은 천천히 진행하기로 했다. 이미 챙겨 놓은 보물들이 어디로 사라지는 것도 아니다. 드워프들과 타격대, 마판 상단에 나눠 주고도 절반은 넘게 남을 테니까.
 "그래도 엄청난 돈을 벌게 되었으니……."
 이현은 다른 생각도 했다.

"평소에 사고 싶었던 것들도 사고……."

두툼한 겨울 점퍼를 구입하리라. 시장 옷들은 아무래도 방한 기능에서 백화점에서 파는 브랜드 점퍼들보다 못했다.

"세일을 최대한 하는 걸로 찾아보면 크게 안 비싸게 살 수 있을 거야. 그리고 남은 돈으로는 전부 부동산을 사야지."

결국은 부동산!

이현이 그렇게 마음을 먹으면서 인터넷을 둘러보는데, 검색 순위가 눈에 띄었다.

```
드래곤 레어 빈집 털이
악룡 케이베른
오베론 죽음
서윤 몸매
케이베른 레어
서윤 눈코입
드래곤 레어 보물
서윤 목소리
……
```

검색어 대부분이 드래곤 레어의 빈집 털이와 관련 있었다.

서윤의 경우는 1년 내내 검색어 상위권에 자리하고 있으니 특별한 게 아니고.

"근데 오베론 님이 죽었나?"

관련 동영상도 있었는데, 몬스터들에게 고립된 운송 팀 드워프들을 구하기 위해 홀로 적진에 뛰어들었다.

동료들을 살리고 결국에는 사망.

희생의 화로를 사용해서 능력을 크게 높여 놓았기 때문에 많은 이들을 살렸다. 몬스터들을 집중시킴으로써 다른 운송 팀의 무사 도주를 돕기도 했다.

"이분은 여기서 또 공을 세우고 있었구나."

이현은 오베론이 고마우면서도 찝찝했다.

'저렇게 살면 인생이 재미가 있을까?'

자기 자신을 위해 살아야 뿌듯한 게 아니던가.

도무지 이해할 수 없는 인생 유형이었지만, 어쨌든 고마운 건 고마운 것.

"레어에서도 그렇고 오베론 님의 공이 가장 컸다는 건 인정해야지. 이러면 최소한의 양심이란 게 있는데. 장비 2개로 때울 건 아닌 것 같은데."

어떤 보상을 해 줘야 할지 크게 고민이 되었다.

이현은 일단 성의가 중요하다고 생각해서, 방송국을 통해 희생의 화로를 썼던 오베론과 드워프들의 연락처를 받았다.

그리고 직접 문자를 보냈다.

안녕하세요, 위드입니다.
이번에 드래곤 레어에서 크게 도움을 주셔서 감사합니다.
고마움을 마땅히 표현할 방법이 없는데. 흠흠.
내일 식구들끼리 라면을 먹기로 했습니다. 맛있게 담근 김치와 직접 빚은 만두도 나옵니다. 오렌지 주스도 있죠.
생각 있으시면 와서 드실래요?

이현이 직접 끓여 주는 라면.

별거 아닌 것 같지만 방송국 사람들이 들었으면 깜짝 놀랄 정도로 후한 대접이었다.

물론 단체 문자를 받은 유저들이 많이 참석할 거라는 기대는 하지 않았다.

"바쁜 사람들일 텐데. 설마 라면 먹으러 오란다고 진짜 오겠어? 문자로 성의나 보이는 거지."

특히 오베론은 다른 유저들과는 다르게 외부 활동을 많이 하지 않는 것으로도 유명했다.

그런데 잠시 후, 유저들의 답장이 들어오기 시작했다.

영광입니다, 꼭 가겠습니다.

이런 날이 다 오는군요. 죽은 게 조금도 아쉽지 않습니다!

평생 뵙고 싶었습니다.
회사에 휴가 신청했어요. 부장님이 흔쾌히 허락해 주심. 사인 한 장만 해 주세요.

당장 달려… 아, 내일이군요. 내일까지 어떻게 기다리지! 뜬눈으로 밤을 지새우고 달려가겠습니다, 슝슝.

물론 한국에 살지 않는 유저들도 있었다.

항공편 예약했습니다. 파리를 거쳐서 내일 새벽 한국에 도착합니다. 기대되네요.

저, 엄마랑 같이 가도 돼요? 엄마도 가고 싶어 하시는데. 여긴 모스크바입니닷.

일본입니다. 인형 들고 갈 테니 사인 부탁드려도 될까요? 와이번, 빙룡을 포함한 조각 생명체 45종 세트 전부 가지고 있어요!

터키에서 가요. 지금 바로 출발합니다. 무척 두근거리네요.

이현은 푹 한숨을 쉬었다.
"그냥 집에서 라면이나 끓여 먹지. 오란다고 정말 오네."
사람들이 어지간히 눈치도 없다.

문자 확인이 늦었네요. 바로 비행기 타겠습니다.

오베론의 답장도 뒤늦게 왔다.
이현으로서는 도무지 푸념이 나올 수밖에 없는 상황이었다.
"이 사람들이… 평소에 라면도 못 먹고 살았나?"

뜻하지 않게 일이 커진 라면 파티!
이현은 다음 날 새벽에 일어나서 서윤과 같이 시장으로 걸어

갔다.

"점심에 손님들이 오면 라면을 끓여 줘야 돼."

"알아요. 방송에서 봤어요."

"방송?"

"네. CTS미디어에 속보로 떴어요. 드워프들에게 라면 파티를 열어 준다고요."

"……"

집에서 라면 끓여 주는 일까지 속보로 전달하는 방송국!

이현은 유명해진 이상 어쩔 수 없이 감수해야 할 피해라고 생각했다.

"아무튼 사람들이 찾아오는데 성의 없이 그냥 라면만 끓여 줄 수는 없게 되었지."

"소고기도 사야겠죠?"

"아니, 그 정도는 아니고……. 라면에 이것저것 넣어 주자. 아낄 때는 아껴야 하지만 찾아오는 사람들에게 밥으로 인색하게 굴면 안 된다고 했어."

어릴 때 돌아가신 부모님의 추억이 많진 않았다.

그렇지만 집에 손님들이 오면 엄마가 요리를 잔뜩 차려 줬던 기억이 났다.

"바지락도 사고… 꽃게도 조금 사자. 꽃게 국물에 끓여 주면 기가 막힐 테니."

"생선회를 뜨는 건 어때요? 매운탕도 끓여 주게요."

"다시 말하지만 그 정도까진 아냐."

이현은 매정하게 잘랐다.

참석 의사를 밝힌 유저들만 무려 28명이나 되었으니까.

둘은 시장을 돌면서 생활용품이나 식자재들을 구입하며 일상에서의 데이트를 즐겼다.

이현은 점심시간이 다가오자 이혜연의 입단속을 시켰다.

"다른 드워프들도 그렇지만, 특히 오베론 님한테는 키 작다고 놀리면 안 돼."

"알았어, 오빠."

"기본적인 예의는 지켜야지. 외모를 놀리면 안 되는 거야."

"나 안 그래. 그리고 드워프라는 종족이 작은 거지, 실제 키와는 상관없잖아."

"방송 출연 안 하는 거 보면 몰라? 분명히 나보다 훨씬 키 작고 못생겼을 거야."

"이상하네. 사람이 착해서 그렇지 리더십도 있고, 사람들을 이끄는 태도를 보면 아닐 거 같은데."

"어허……."

"조심할게."

이혜연은 이해가 안 되는 논리였음에도 일단 수긍해 줬다.

가벼운 잔소리를 잘 받아 주지 못하면 10시간짜리로 이어질 여지가 있었다.

오래전, 나쁜 친구들과 밖으로 나돌던 시절에 끝까지 반항하다가 다리가 부러졌었다. 그 아픔도 대단했지만, 그다음으로 이어진 일에 비하면 약과였다.

다리가 다 나을 때까지 매일 옆에서 10시간씩 잔소리를 했던 이현!

"우린 엄마, 아빠가 다 없잖아! 거지꼴로 다른 애들 보기 창피해서 얼마나 학교 다니기 힘들다고!"

거칠게 말대꾸를 해 봐도 효과가 없었다.

일단 시작된 잔소리는 과정과 결과까지 정해져 있었다.

"가난한 게 창피해? 그럼 아직 더 버틸 만한 거야. 너 어릴 때 내가 기저귀를 갈아 주고 매일 업고 다녔는데, 다 잊어버렸구나. 똥오줌도 그렇게 못 가렸는데."

기억도 안 나는 아기 때부터 시작하여 시간의 흐름에 따라 학교를 보내기 위해 책가방이나 헌 옷을 주우러 다녔던 에피소드들이 나온다.

끝도 없이 쏟아지는 옛이야기에 지금의 행동들이 어떻게 잘못되었는지 하나하나 분석해 가면서 잔소리를 펼쳤다.

과거와 현재, 앞으로의 미래에 대한 걱정까지. 시간의 흐름에 따라 기승전결까지 갖춘 잔소리 폭격!

'휴, 엄청나다.'

이혜연은 지쳐서 잠들었다. 하지만 다음 날 아침이면 잔소리가 다시 시작됐다.

5일 정도 잔소리를 들었을 때, 이혜연은 생각했다.

'내가 의외로 똑똑할지도? 무슨 잔소리를 하는지 다 외울 지경이야.'

그렇게 20일을 잔소리를 들으니 머리가 다 아팠다.
'차라리 맞는 게 속이 편해. 잔소리를 끊임없이 들으니 진짜 죽을 것 같아.'
이혜연은 그날 이후로 완벽하게 변했다.
나쁜 친구들은 전부 끊고, 공부도 열심히 하며 잔소리를 할 기회 자체를 주지 않았다.
"너……."
"이번 달 영어 시험 98점 맞았어. 1개 틀렸는데, 다음 시험에는 100점 맞을게."
"아는 문제도……."
"응. 두 번, 세 번, 확인해서 실수를 줄일게."
"친구들은……."
"응, 학교에서 착실하게 공부하는 애들이야."
"공부만……."
"공부만 하지 않고 취미 생활도 다양하게 해야지. 책도 읽고, 운동도 빠지지 않고 해."
사람의 영혼을 바꿔 놓은 잔소리!

'언니도 잔소리를 들을까?'
이혜연은 오빠의 실체를 알게 되면 서윤이 뒤도 안 돌아보고 도망칠 거라 걱정했다. 몇 마디만 들어도 질리는 게 잔소리인데, 3~4시간씩 쏟아 낸다면 누구라도 버티지 못할 테니까.
'솔직히 다른 남자들도 많잖아. 언니가 떠나고 나면 오빠도 크게 상처를 받겠지?'

언제 서윤에게도 잔소리가 시작될지 모른다.

울어도 그치지 않고, 반성을 해도 소용이 없는 무자비한 잔소리의 폭격.

그 조마조마함이 매일 이어졌다.

이혜연은 걱정되는 마음에 서윤을 찾아갔다.

"언니, 오늘은 오빠를 경계해야 돼요."

"응?"

"드워프들한테 라면 끓여 주잖아요. 오빠 기분이 아주 안 좋을 거예요."

"많이 그래?"

"제가 동생이라서 아는데 조심해야 돼요. 특히 남자들한테는 무슨 일이 있어도 말 걸지 마세요. 우리 오빠가 질투심이 굉장히 많거든요."

"여자 친구 때문에 질투한 적 있었어?"

"여자를 사귄 적 자체가 없지만, 딱 보면 알잖아요. 속 좁고 질투심이 굉장히 많을 거예요."

서윤은 단호하게 고개를 저었다.

"그런 사람 아니야."

"진짠데. 거기다 이건 진짜 비밀인데, 본인 스스로는 굉장히 잘생겼다고 생각해요."

"세상에서 가장 멋진데."

"……."

이혜연은 잔소리를 2시간 정도 들은 듯한 혼란이 찾아왔다.

'콩깍지에 파묻혔구나.'

그럼에도 최후의 정의를 지켜야 한다는 생각에 조심스럽게 말했다.

"실은 오빠가 잔소리가 아주 심해요."

"좀 더 잘했으면 하는 바람에서 하는 말이잖니. 난 다 이해하는데."

사실, 이혜연은 오빠에게 여자 친구가 생긴다는 건 현실에서는 이루어질 수 없는 일이라 생각했다. 심지어 둘이 닭살 돋게 지내는 모습을 수시로 보게 되리라고는…….

'내가 살려면 빨리 독립해야 되겠어.'

이현의 집 앞에는 방송국 카메라들이 수십 대나 진을 치고 있었다.

한류 스타가 공항을 지나갈 때나 볼 수 있는 장면!

"거기 비켜요!"

"자기 촬영 구역 지켜 주시고요."

기자들은 이현의 집에 초대받은 사람들이 들어갈 때마다 인터뷰를 청했다.

"드디어 왔군요. 저는 암스테르담에서 출발했습니다. 한국 라면은 처음인데, 굉장한 영광으로 생각합니다."

"오늘은 특별하고 멋진 하루가 될 겁니다. 집에 있는 아이들에게 두고두고 자랑할 일이 생겼어요. 아빠가 위드 님이 끓여 주는 라면 먹는다! 참, 제 아이들의 소원은 위드 님처럼 되는 것입니다."

"제 꿈이 이루어진 날입니다. 굉장히 맛있는 라면을 먹을 것 같아서 기대됩니다."

참석자들 전원이 인터뷰를 마치고 점심 전에 전부 안으로 들어갔다.

그중에서도 오베론의 존재감은 단연 돋보였다.

"안녕하세요, 오베론입니다."

금발의 청년이 웃으면서 이현에게 인사했다.

잡지나 방송에서 흔히 볼 수 있는, 전형적으로 재수 없게 잘생긴 미남의 얼굴이었다.

"정말 오베론 님이신가요?"

"맞습니다. 위드 님을 뵙게 되어서 굉장히 영광입니다."

"한국어를 잘하시네요."

"취미로 배웠습니다."

"취미요? 그럼 다른 나라 말도 할 줄 알아요?"

"예. 중국어나 일본어, 프랑스어도 요즘 할 줄 압니다."

잘생긴 외모에다 똑똑하기까지 한 오베론!

이윽고 마당에 상을 펼치고 사람들이 줄줄이 앉아서 이현이 끓여 주는 라면을 먹었다.

"잘 먹겠습니다."

꽃게와 여러 종류의 해산물, 생선 기름으로 국물을 낸 이현의 특제 라면.

문제가 있다면 너무나도 맛있다는 점이었다.

"앗, 뜨거!"

"미치겠네. 뜨거운데 나무 맛있어서 식을 때까지 기다릴 수가 없어."
"스테이크? 이런 게 라면의 맛이라면 평생 라면만 먹고 살아도 될 것 같아."
국가별, 개인별 입맛 취향까지 없애는 맛이었다.
미각을 완벽하게 만족시킨 후에 목구멍으로 내려가며 이루 말할 수 없는 충족감을 안겨 준다.

그래, 수고했어.
지금까지 열심히 살았지?
인생은 힘든 일도 많지만 보람과 기쁨도 생길 거야.
앞으로도 힘내자.

국물이 영혼을 가지고 뜻을 전달하는 것만 같은, 미친 맛!
국물 한 모금에 인생의 깊이가 담겨 있었다.
28명이나 되는 사람들이 그릇을 비우고 나서도 일어나지 않았다. 김치, 단무지도 깨끗하게 비워졌다.
"혹시 라면이 더… 없…나요?"
누군가가 조심스럽게 물었다.
이 순간 라면보다 더 중요한 건 세상에 아무것도 없었다.
그들은 어떻게 해서든 한 그릇이라도 더 먹고 싶었다.
이현의 미간이 꿈틀거리긴 했지만 최소한의 양심은 있었다.
멀리서 비행기까지 타고 왔는데 한 그릇만 준다면 얼마나 매정한 일인가.

"기다리시면 더 끓여 올게요."

"만세!"

"고맙습니다, 위드 님!"

열렬한 환호를 받으며 다시 끓이는 라면.

사람들은 앉은자리에서 두 그릇, 세 그릇을 먹어 치웠다.

이현의 미간이 점점 좁혀져서 달라붙고 있었지만, 그들은 라면이 올 때마다 바로 면발을 후후 불어서 게걸스럽게 먹어 치웠다.

배 속에 뜨끈한 라면이 들어가자 슬슬 말문도 트였다.

실제로 만나는 건 처음이지만, 그래도 〈로열 로드〉에서는 친한 이들이었다.

"라면을 먹으니 위드 님이 조각사로 시작했던 게 아쉽지 않아요?"

"맞아요. 요리사를 했으면 다 쓸어버렸겠죠."

"헤르메스 길드원들이 라면 맛을 보면 다 탈주했을걸요."

"〈로열 로드〉에는 라면이 없잖아요? 해물탕은 끓이겠지만."

"위드 님이잖습니까. 밀가루를 반죽해서 면을 뽑아내고, 국물을 만들어 내는 건 어렵지도 않죠."

"〈로열 로드〉에서 좋은 재료로 요리하면 그냥 최고겠네요."

이현의 요리 실력은 정평이 나 있었지만 그중에서도 가장 잘하는 게 라면이었다.

어릴 때는 매일같이 제일 싸게 파는 라면을 끓여 먹었다.

아침저녁으로 먹으면서 맛을 내기 위한 고민을 수없이 했고, 면발을 탱글탱글하게 유지하기 위해 끓이면서 젓가락으로 휘젓는 방법에 대해서도 연구했다.

    한 봉지에 최고의 집중력을 바쳐서 끓였던 라면.

    그 정수가 사람들에게 베풀어진 것이었다.

    한 그릇씩이면 끝날 줄 알았던 라면 파티!

    개개인이 3봉, 4봉을 넘어 7봉까지 먹어 치우는 괴물들도 있었다.

    중간에 라면이 떨어져서 이혜연은 마트에서 무려 두 박스나 사 왔다.

    "캬… 먹방을 찍어도 되겠다."

    "한센 님. 네덜란드분이라고 했지. 정말 많이 드신다."

    그렇게 이현을 슬프게 만드는 라면 파티가 끝나고는 서윤이 오렌지 주스를 나눠 주었다.

    "맛이 있을지 모르겠어요. 제가 직접 간 거예요."

    "이런 영광이……."

    모인 사람들은 2명을 제외하고는 전부 남자였다.

    그들은 감격하며 황송하다는 듯이 두 손으로 오렌지 주스를 받아 마셨다.

    이현은 라면을 100봉도 넘게 끓여서 피곤했지만 〈로열 로드〉에서는 오베론으로 활약하는 로페스의 옆에 앉았다.

    로페스가 주위를 둘러보며 말했다.

    "정말 아늑하고 정겨운 집이군요."

"직접 지은 곳이 많아서요."

이현은 틈틈이 집을 손보긴 했다.

나무와 타일을 사서 단장도 했고, 닭장과 개집도 만들었다.

작은 곳 하나까지 손때가 묻지 않은 곳이 없었지만, 100% 만족하느냐 하면 그건 또 아니었다.

평범한 주택을 좋아하는 사람들도 바로 옆에 지어진 서윤의 아름다운 저택을 본다면 누구나 다 공감할 것이다.

"저도 집을 짓고 싶었는데 아직 못 지어 봤습니다."

"그래요? 하긴… 누구나 땅을 사서 집을 짓기는 쉬운 게 아니죠."

이현이 공감하며 맞장구를 쳐 주었다.

반지하 월세방에 살 때만 해도 자신도 집이 한 채 있었으면 하는 소원을 품었다.

너무 커서 현실처럼 와닿지 않는 소원을.

"가문에서 쭉 내려오는 오래된 집에서 살고 있거든요."

"몇 년이나 되었는데요?"

"150년 정도 되었습니다."

이현은 로페스의 말을 들으며 어딘가 불길한 예감을 느꼈다.

보통 150년의 집이라면 허물어지기 직전의 폐가를 연상하기도 한다. 그렇지만 가문에서 내려오는 집이라는 미묘한 어감 차이를 놓치지 않았다.

"혹시 땅 면적이 200평, 이런 거 아니죠?"

"평이요? 한국식 단위까지는 잘 모르겠는데. 290에이커 정도 됩니다."

"290에이커라… 옛날 집이라 그런지 숫자가 크긴 하네요."

이현은 슬쩍 휴대폰을 꺼내 계산기를 두드려 보았다.

충격적인 수치가 나왔다. 자그마치 355,000평!

"290에이커라고요?"

"네."

"그 넓은 땅에 집을 지었어요? 농사도 같이 짓나 보죠?"

"말을 키우기는 합니다. 그리고 활주로가 있어서요."

"활주로요?"

이현은 뭔가 집에 있어서는 안 될 어색한 단어를 듣고야 말았다.

"집에 비행기가 있어요?"

"사진이 있는데 한번 보실래요?"

로페스는 휴대폰에 저장된 집 사진을 보여 줬다.

한국의 주택들처럼 올망졸망하게 꾸며 놓은 마당이 있는 그런 집이 아니었다.

항공 촬영으로 하늘에서 찍은 사진에는 활주로와 세 대의 비행기, 엄청난 면적의 정원과 대저택이 있었다.

"여기가 집이라고요?"

"플로리다나 LA, 샌프란시스코에도 집이 있지만 이곳이 제가 사는 본가입니다."

미국 대부호로서의 위엄을 자랑하는 로페스!

'이러니 방송 출연을 할 필요가 없지.'

소소하게 인터뷰 비용이나 광고 출연료를 받아서 어디에 쓰겠는가.

비행기에 기름 한 번 넣기도 힘들 텐데.

'이렇게 부자면 나도 200원 비싼 소금 사고 후회 안 했지. 돈을 왜 아껴. 아무리 써도 다 쓰질 못할 텐데…….'

이현은 아랫배가 살살 아파 오는 걸 참기 힘들었다.

"근데 라면을 먹으러 한국까지 왔어요?"

"하하, 예. 초대를 해 주셔서……."

"집에 라면 없어요?"

아무리 부자라 해도 위드에겐 공짜 라면을 7봉이나 먹은 파렴치한(?)일 뿐!

위드가 다시 〈로열 로드〉에 접속했을 때는 대륙의 정세가 한층 위험해져 있었다.

드워프들의 왕국 토르는 그동안 케이베른의 집중 공격을 받았다.

"망했어, 내 광산……."

"내 집이 무너졌다고."

당장은 살아남았더라도 케이베른의 괴롭힘이 시작되었으니 드워프들은 토르 지역을 떠나서 강제 이주를 시작했다.

레어의 용아병들이 대륙의 각 지역으로 흩어져서 몬스터들을 더 많이 이끌고 덤벼 오고 있다.

서윤은 드워프들에 대한 적절한 보상 조치를 취하면서 이들을 포용해 냈다.

"지도를 바꾸어 버리는 드래곤이라… 과연 이 끝이 어떻게 될지 모르겠군."

드워프 종족 퀘스트가 발생한 것도 그렇고, 지금의 상황도 갈수록 위험해지고 있다.

"대도시들이 부서지고, 재난과 몬스터들의 증가. 아직까지는 버틸 수 있지만 언제쯤 끝이 날까."

엠비뉴 교단은 과거 베르사 대륙을 완전히 정복하려고 했다.

위드가 퀘스트를 통해 위기를 넘기긴 했지만 상황이 심해졌다면 대륙이 그들에게 장악될 수도 있었다.

"헤르메스 길드가 막긴 했겠지만… 아마 나도 특수한 퀘스트가 아니었다면 이겨 내지 못했겠지. 엠비뉴 교단의 숨겨진 힘 같은 게 나오면 헤르메스 길드도 꽤 고전을 하지 않았을까?"

두 세력이 제대로 맞붙었다면 그것도 나름 볼만한 광경이었으리라.

어쨌든 엠비뉴 교단은 대륙의 평화를 확실하게 위협했다.

이번에도 드래곤에 의해 대륙이 파괴되는 걸 누구도 원치 않지만, 그런 일이 벌어질 수도 있었다.

〈로열 로드〉에서는 말 그대로 무엇이든 일어날 수 있기 때문이다.

"하필 지금이야. 이제 좀 먹고살 만해졌는데."

정말 드래곤을 막지 못하면 파국이 올지도 모른다.

용사 퀘스트가 뜬 것은 우연이 아니며, 악룡 케이베른을 막지 못하면 낙원은 사라지고 멸망한 세계에서 살아가야 하리라.

무거운 생각들이 위드의 머릿속을 차지한 것도 잠시였다.

—오셨습니까! 물건들은 지금 울고르 고원으로 모이고 있습니다.

마판의 귓속말이 들어왔다.
케이베른의 레어에서 훔친 엄청난 보물들!
위드의 입가가 슬며시 벌어졌다.

—크흐흣. 잘 챙겨 놓았겠죠?
—물론입니다. 다른 마음을 품은 드워프들도 있었습니다만…….

드래곤의 보물이 워낙에 막대하다 보니 욕심을 가진 드워프들이 있었다.
레어에서도 정신이 없는 상황이었고, 산불까지 일어난 틈을 타서 보물을 조금씩 챙긴 이들이 있었지만 대부분은 영상을 확인한 후 적발이 되었다.
그럼에도 운 좋은 어떤 이들은 안 걸렸겠지만 그건 어쩔 수 없는 일이었다.

—바로 가겠습니다.

모라타의 위기

울고르 고원.

아이데른과 데일과 토르 사이에 위치한 높고 평탄한 지형이었다.

마판 상단과 드워프들이 모는 짐마차들이 미리 정해진 언덕 아래에 차곡차곡 모였다.

짐마차마다 가득 찬 보물들!

마판이 지팡이로 힘겹게 그새 살이 찐 몸을 가누며 말했다.

"어떻습니까?"

"눈으로 보기만 해도 배가 부르군요."

위드는 그 말밖에는 할 게 없었다.

레어에 있는 보물의 삼분의 일도 제대로 못 훔쳐 온 것 같았지만, 울고르 고원에 모아 펼쳐 놓으니 어마어마한 양이었다.

"아쉽지만 운송 과정에서 잃어버린 게 스물한 대입니다. 불행히도 추격해 오는 몬스터를 만난 경우도 있었고, 산길에서

서두르다 보니 수레가 부서지기도 했습니다. 산불이 워낙 위험해서 도주로를 바꾼 것도 타격이 있었지요."

위드는 마판의 가슴 아픈 보고를 받았다.

험한 울타 산맥에서 몬스터에 쫓기며 급하게 운송을 했기 때문에 생긴 피해였다.

"우리가 챙긴 물량은 어느 정도죠?"

"장비는 4,000점 정도 됩니다. 귀금속, 광물, 마법 재료. 다양하게 챙기긴 했습니다."

"빈집 털이에 참여한 유저들에게 나눠 줘야 할 건 제외한 숫자죠?"

"그렇죠. 나눠 줄 장비들을 제외하고 보물, 골동품은 따로 가치를 확인하고 있는데, 양이 너무 많아서 빨라도 일주일은 걸릴 것 같습니다."

"흐흐흐."

"케헤헤헤."

위드는 마판과 함께 웃었다.

돈에 대해 이야기를 나눌 때는 가족보다도 마음이 확실하게 잘 맞았다.

'언제든지 주의해야 할 인물이야. 바드레이보다 위험할 수 있지.'

친한 만큼 경계는 기본!

마판이 돈을 빌려 달라고 하면 기꺼이 빌려줄 수도 있는 사이지만, 선이자와 담보는 필수였다.

"위드 님, 근데 이런 장비들은 부르는 게 값이잖습니까? 하지만 돈을 낼 수 있는 유저들이 많지 않을 것 같은데요."

고레벨 유저들이라고 막대한 돈을 쌓아 놓고 살진 않았다.

100만 골드는 우습게 넘어 버릴 장비들을 살 수 있는 유저들은 한정되어 있고, 얼마 전에 영주들을 모집하며 대부분이 자산을 털어 넣었다.

마판은 경매에 넘기면 시세가 낮아질 것 같아 걱정스러웠다.

"팔지 않을 겁니다."

"안 파시려고요?"

"네. 당분간은 임대로 돌릴 예정입니다."

고레벨의 유저들은 그들끼리의 경쟁에서 이기기 위해 빚을 내서라도 임대를 하리라.

그리고 매달 열심히 사냥하고, 임대료를 갚아야 한다.

이것이 바로 '템거지!'

비싼 차를 사서 허덕이는 사람들에 비해서는 긍정적인 면이 있어도, 어쨌든 그것은 사냥터에서 성장한다는 점이었다.

"장비들을 계속 돌리면서 임대료와 세금 수입을 충족시켜야지요."

"캬아, 역시 아직도 저는 배울 점이 많습니다."

마판은 끊임없이 감탄하고 있었다.

자신이 마판 상단을 베르사 대륙 전역으로 확장하는 사이에, 위드는 권력을 얻었다.

돈과 권력은 떼려야 뗄 수 없는 사이.

"크헤헤헬."

"흐흐흐훗."

헤르만과 파비오도 보물들을 구경한다는 명목으로 울고르 고원까지 달려왔다.

"검에 붙은 특성들이 굉장하군. 참신한 것들이 많아."

"드워프 장인들의 실력이란… 정성을 담아서 꼼꼼하게 잘 만들었어."

마스터인 그들도 상당한 노력을 해야만 하는 장비들이 널려 있다.

대장장이들이란 금속이나 사물을 극한까지 연마하는 직업.

마스터인 그들은 장비들을 보는 것만으로도 스탯들이 조금씩 상승했다.

"여기 제 검을 손봐 주시겠습니까?"

위드는 드래곤 레어에서 구한 이름 없는 검을 두 드워프에게 보여 주었다.

"이런 검이 또 있었군."

"자아가 있는 검이야. 에고 소드, 이걸 만드는 비법은 대장장이의 비기 중 하나지."

헤르만과 파비오는 검을 들어 보고는 고개를 끄덕였다.

"균형도 잘 잡혀 있고, 흠잡을 곳이 없군."

"손에 잘 맞아. 쥐는 느낌마저 깔끔해."

두툼한 팔뚝에 키 작은 드워프 아저씨 둘이지만 검에 집중할 때는 전문가의 느낌이 물씬 풍겼다.

현실에서야 각자가 다른 인생을 산다지만 이들은 〈로열 로드〉에서는 검을 만들어 온 진정한 장인이었다.

"어르신들, 근데 아직 안 꺼내 놓은 대장장이의 비기를 하나씩은 꿍쳐 놓은 거 알고 있습니다."

"헛."

"억! 그걸 어떻게……."

헤르만과 파비오는 깜짝 놀라서 눈을 크게 떴다.

위드는 그들을 보며 시큰둥하게 말했다.

"그냥 넘겨짚어 봤는데 반응을 보니 진짜 있으셨나 보네요."

"……."

가장 유명한 드워프 대장장이로서 쭉 지내 왔는데 1~2개쯤의 비기도 없다는 건 말이 안 된다. 스킬의 특성에 대해서도 어느 정도 짐작하고 있었다.

'전투 계열의 스킬은 간단해. 그냥 더 센 스킬이지.'

검술의 비기들은 위력이 강하다. 하지만 마나 소모량이 많고 스킬 숙련도가 잘 오르지 않는다.

예술 계열의 스킬들은 기적을 불러오는 힘이 있지만 얻는 것 자체가 쉽지 않고, 쓸 때마다 스스로의 손실을 필요로 한다.

예술을 위해 자기 자신을 바치는 것.

어렵거나, 엉뚱한 방식의 퀘스트들을 진행하며 스킬의 비기들을 습득했다.

대장장이들의 경우에는 그 양상이 다르리라고 짐작됐다.

'노력과 실력 그리고 완성품으로 자신을 증명하는 직업. 대장장이의 비기는 검이나 방어구를 잘 만들지 못하면 얻지 못할 거야.'

그런 대장장이의 비기를 마지막 밑천으로 하나씩은 꿍쳐 놓고 있었으리라.

검과 갑옷의 제작을 의뢰했을 때에도 꺼내 놓지 않은 마지막 호주머니!

"이해는 합니다. 장인의 숙명과도 같은 일이겠죠. 수년의 노력으로 얻은 실력을 자신의 것도 아닌 다른 사람이 의뢰한 물품에 쏟아붓기란 쉽지 않았을 테니 말입니다."

위드는 이해한다는 듯이 고개를 끄덕였다.

경쟁을 붙이긴 했지만 최후의 한 수씩은 남겨 놓았다.

당연한 말이지만 자신이었어도 혼신의 노력을 다해서 다른 사람의 검이나 방어구를 제작해 줄 수 있었을까.

'배가 아파서라도 못 했겠지.'

대장장이 마스터들이 만드는 장비는 뭐든 훌륭했다. 하지만 하루 만에 만드는 검과 한 달 이상을 품어서 땀과 정성이 들어간 검은 차원이 다르다.

하늘 지배자의 갑옷.

두 사람을 쥐어짜서 만든 것이지만, 사실 그들의 전문 분야는 어디까지나 무기류이기도 했다.

위드는 입술에 침을 촉촉하게 발랐다.

"이번이 마지막 의뢰입니다. 이 검을 깨우고, 힘을 발휘할 수 있도록 만들어 주세요. 이걸 제대로 못 하시면 더 이상의 어떤 부탁도 드리지 않을 겁니다."

파비오와 헤르만은 솔직히 기분이 대단히 나빴다.

베르사 대륙의 어디를 가더라도 최상의 대우를 받던 자신들이다.

"우리가 어느 순간부터 위드가 하는 의뢰들을 도맡아 하고 있군."

"그러게 말입니다. 다 해내고 나서도 제대로 대우도 못 받고, 핀잔만 얻어 듣고 있습니다."

평범한 대장장이들이라면 화를 내고 떠나 버렸으리라. 하지만 자신들은 그럴 수 없는 자존심 강한 대장장이 마스터였다.

다른 이유도 아니고 그들이 만들어 낸 물건에 만족하지 못한다는데 포기하면 체면이 떨어진다.

〈로열 로드〉를 하면서 쌓인 건 실력과 명예, 동시에 체면이었다.

헤르만이 녹슨 검신을 쓰다듬으며 말했다.

"이름 없는 검이라니, 원래대로 복구하면 어떤 모습일지 궁금하지 않습니까?"

"나 역시 도전해 볼 가치가 있다고 생각해. 마침 내게 에고 소드에 대한 비기도 있고."

"저는 바람의 속성 부여가 있는데… 추가로 넣을 수 있을 것 같군요."

"위드 저놈이 깜짝 놀랄 물건으로 만들어 보세. 다신 우리 실력을 의심하는 일이 없도록 말이지."

파비오와 헤르만은 이름 없는 검을 최고의 명검으로 복구하기로 했다. 그것이 위드에 대한 최고의 복수가 되리라고 생각하며.

위드는 지금까지의 상황을 정리해 보았다.

하프엘프 비슈르의 희생의 화로를 가져오라는 퀘스트!

용사 퀘스트의 진행이 있었고, 그 와중에 조각 변신술로 드워프의 종족 퀘스트도 받게 되었다.

"어디까지 도움이 될진 모르지만, 확실히 드래곤과 관련이 있단 말이지."

꽤 오래전에 드래곤 라투아스를 만나면서 실버 드래곤 유스켈란타의 조각품을 만들었다.

조각 재료를 알뜰하게 빼돌리며 한몫을 챙겼던 사건!

> 퀘스트 '드래곤 라투아스의 조사관'을 진행하기에 자격이 모자랍니다.
> 최소 480의 레벨이 필요합니다. 기품과 용기는 400 이상으로 필요조건을 달성했습니다. 주요 전투 스킬이 고급 7레벨에 도달하지 못했습니다.
> 퀘스트를 부여받지 못합니다.

그 당시에는 퀘스트를 계속 진행하지 못했는데 지금은 진행할 수 있는 상태다.

"이 퀘스트가 지금 돌아보니 상당히 수상하더란 말이지."

블루 드래곤 라투아스와 나누었던 대화가 떠올랐다.

―인간이여, 유스켈란타의 죽음에 대해서 어디까지 알고 있는가.

"저는 미약한 조각사에 불과합니다. 저는 아무것도 모릅니다. 설혹 알더라도 기억이 나지 않습니다."

―아직 시기가 이르기는 하군. 그대의 능력도 앞으로 벌어질 일을 대비하기에는 모자란다. 언제든 이야기가 듣고 싶다면 내게로 찾아오라. 그대가 나서든, 나서지 않든 때가 되면 일은 벌어지게 될 것이다. 유스켈란타가 끝까지 지키려고 했던 인간들이여…….

　위드는 뭔가 느낌이 간질간질했다.
　"유스켈란타의 죽음. 인간들을 끝까지 지키려고 했다는 말이 마음에 걸려. 케이베른이 그냥 성질이 더러운 게 아니라… 이 뒤에 드래곤들의 뒤엉킨 음모나 퀘스트가 있는 게 아닐까?"
　보통 이런 경우의 위험한 예감은 적중할 때가 많았다.
　다만 섣불리 라투아스에게 가서 퀘스트를 진행하기 힘든 이유는, 만약에 정말로 케이베른과 상관이 없는 것으로 드러났을 경우다.
　엎친 데 덮친 격으로 극악의 난이도일 드래곤의 퀘스트를 동시에 진행할 가능성도 있었다.
　"곤란하군. 아주 곤란해."
　위드는 어느 쪽이든 악재라고 생각했다.
　드래곤들끼리 연결되기라도 하는 날에는 사건의 규모가 훨씬 커지게 된다.
　이미 대륙 전체에 몬스터들이 난동을 부리고 있었고, 토르 지역도 쑥대밭으로 변했다.
　그렇기에 베르사 대륙에서 드래곤들의 난동이 벌어질 것처럼 느껴지는 이유가 무엇이란 말인가.

"아닐 거야. 그냥 잠을 못 자서 떠올리는 재수 없는 상상이지. 암. 그렇고말고……. 아무리 내 팔자가 재수가 없고, 생고생을 타고났다고 해도 그렇게까지 최악으로 풀릴 리가 없어."

하지만 이미 인간, 드워프들이 총동원되어 케이베른과 전면전을 펼쳐야 하는 구도로 가고 있었다.

로빈은 가르나프 평원에서 헤르메스 길드가 패배하는 순간 크나큰 상실감을 느꼈다. 세상에서 즐거운 의미를 잃어버린 기분이었다.

"위드… 결국 그놈이 전부 갖는구나."

재벌의 후계자로 태어나긴 했지만 서윤과 베르사 대륙이라는 진짜 얻고 싶은 건 모두 위드의 차지였다.

"도대체 그 녀석이 뭐가 대단하다고……."

그가 다스리는 도시 아스는 최근에도 순조롭게 발전하고 있었다.

북부 대륙과 중앙 대륙을 연결하는 길목에 자리를 잡고 있어서 유저들이 많이 정착했다.

"이런 마을이 다 있었네. 광장이 정말 넓고 깨끗해."

"성벽도 튼튼하고… 주택가의 수로를 봐. 도시 구역 정비는 아주 잘되어 있어."

"무기점, 방어구점, 잡화점. 기본적인 상점들은 최고급으로 다 있고 필요한 건 시장에서 구하면 돼."

길을 걸어가는 유저들이 감탄의 말을 하는 걸 들을 때마다 로빈의 어깨가 올라갔다.

"진짜 위드 님 대단하다."

"……?"

로빈은 거리에서 들려오는 뜬금없는 말에 의아함을 느꼈다.

유저들은 웃으며 대화를 나누고 있었다.

"큰 그림을 일찍부터 그리신 거잖아. 내가 보기엔 중앙 대륙을 정복할 줄 알고 교두보로 이 마을을 준비해 놓은 거야."

"어. 유저들 불편하지 말라고 미리 챙기시는 거 보면 정말 대단하지."

"우릴 이렇게 꼼꼼하게 생각해 주는 분은 위드 님뿐이야."

"위드 님이 있어서 진짜 다행이야. 북부 대륙에서 시작한 우린 행운아들이라니깐."

"……?"

도시가 발전하면 할수록 모든 칭찬이 위드에게 쏟아지고 있었다.

"도대체 왜 그렇게 되는 건데? 이 도시는 다 내 건데."

로빈은 도시 입구에 오해가 없도록 팻말도 세워 놓았다.

영주 로빈이 세운 도시

모라타처럼 처음부터 시작하여 모든 것을 발전시켰다.

도시 아스의 상세한 역사로는…….

대략 200줄에 걸쳐서 도시 발전의 기록들을 남겨 놓았다. 천문학적인 자금을 투자하며 유저들을 위한 복지 정책들도 잔뜩 설명해 놓았다.

"이 정도면 모두 내 공을 알아주겠지."

로빈은 비로소 안심하며 웃을 수 있었다. 그러나 그 팻말을 제대로 읽는 일반 유저는 극소수!

"위드 님이 최고네. 아스가 이 정도면 모라타 구경 가는 거는 진짜 기대된다."

"어. 이 부근에서 사냥을 좀 하다가 모라타로 가야지. 여긴 아직 유저들이 적어서 성벽 끼고 성장하기 편해."

"대지의 궁전도 좋다던데. 어떤 날에는 풀죽 여신님도 볼 수 있잖아."

"아, 맞네. 대지의 궁전부터 가자."

아스에서 시작한 유저들도 여러 지원책을 받아먹고 모라타나 대지의 궁전으로 이주할 생각뿐.

경매를 통해 주변 지역의 영주 자리에 오른 이들은 도시 아스에 자주 찾아왔다.

"대단하시네요. 근처에서는 이 도시가 최고인 것 같습니다."

"북부의 개척 도시 중에서는 1등으로 꼽을 만하지요."

"강철을 좀 수입해 가려고 하는데, 여유분이 좀 있을까요?"

인구, 기술력, 생산력에서 도시 아스가 주변 일대를 압도하고 있었다.

모라타나 대지의 궁전까지의 거리가 멀다 보니 북부 대륙과 중앙 대륙 사이의 거점 도시 역할을 이루어 냈다.

다른 영주들을 만날 때는 로빈의 콧대가 한껏 높아졌다.

"하하, 반갑습니다. 교역이야 언제든 환영하죠."

"이렇게 빠르게 도시가 발달할 줄은 몰랐습니다. 주민들이 매일 얼마나 늘어나죠?"

"매일 1,000명 정도 새로운 주민들이 등록되고 있습니다. 주말에는 2,000명 정도?"

"크. 굉장하군요."

"필요에 따라 주거 지역을 늘려 주기도 바쁩니다. 도로도 확장해야 하고, 사냥터도 정비해 주면 좋아하고. 제가 상업 구역을 재개발하고 있다는 얘기는 했던가요? 3개월 만에 대대적으로 확장 공사를 하고 있습니다."

로빈은 도시 아스의 발전상을 이야기하자면 하루로는 부족할 정도였다.

'모라타의 초창기가 이랬을까? 이 도시가 북부와 중앙 대륙을 잇는 상업과 무역, 생산의 거점으로 발달하다 보면 새로운 왕국이 태동하지 말란 법도 없지.'

군사력이 없는 부분이 마음에 걸렸지만 아르펜 제국도 유저들이 받쳐 줘서 이루어졌단 사실에 위안을 얻었다.

'지금처럼 도시를 빠르게 발전시키다 보면 유저들이 내 공적을 알아주는 날이 오겠지. 그래, 처음부터 쉬운 게 어디 있겠어. 방송에도 기회가 생기면 적극 출연하고, 주변 영주도 돈으로 포섭하면서…….'

로빈은 자신이 가지고 있는 주식도 처분해서 도시 투자에 쏟아부었다.

'남들이 보기에는 무모하고 멍청한 짓일 수 있다. 하지만 〈로열 로드〉의 가치는 대단하지. 전부 도시에 투자한 것이니 향후 수익도 낼 수 있을 테고… 세상일은 모르는 거 아니겠어?'

은근히 위드의 몰락과 패배를 기다리고 있었다.

모라타가 케이베른에 의해 불타고, 대지의 궁전마저 부서진다면 북부 대륙에서 도시 아스의 가치는 더 오르리라 계산.

'모르긴 몰라도 조만간 모라타도 표적이 될 것이다. 언제가 될진 모르지만 이미 모라타보다 발전도가 높은 도시는 10개도 안 남았지.'

로빈은 그날을 위해 웃으며 칼을 갈았다.

울고르 고원에서 위드에게는 아무리 바쁜 시기라도 꼭 치러야 하는 행사가 있었다.

"날쌘찬바람 님."

구구구!

비둘기 1마리가 땅으로 내려앉았다.

조인족 중에서 가장 걸출한 유저, 지금은 퀘스트 때문에 일시적으로 비둘기가 되었다.

"속도를 높여 주는 묘안석 목걸이를 하사합니다."

"고맙습니다, 위드 님."

"만세!"

"위드 님, 최고십니다!"

드워프 유저들이 두 손을 번쩍 들어 올리며 환호했다.

케이베른의 레어, 빈집 털이 성공에 따른 포상 행사.

위드는 솔직히 레어에 들어가던 때와 나온 때의 마음이 확실히 달랐다.

'아무도 안 주고 혼자 다 먹고 싶어. 그냥 갖고 튀면 안 될까?'

안면몰수하고 야반도주라도 하고 싶은 심정!

그렇지만 울고르 고원에서는 마판이 웃으면서 바로 옆에 바싹 달라붙어 있었다.

"헤헤헤헤."

"흠흠. 저 의심하시는 겁니까? 제가 말 바꾸고 보물을 안 나눠 줄 것 같아서요?"

"네? 전 웃기만 하고 아무 말도 안 했는데요. 크헤헤헷."

마판은 마냥 즐겁게 웃었다.

입가에 가득 차 있는 행복한 미소, 그렇지만 눈빛은 고요하게 가라앉았다.

'언제 튈지 몰라. 무엇이든 가능해.'

'음, 역시 잠시도 방심하지 않는군.'

위드는 그 덕분에 중심을 잡을 수 있었다.

사실 냉정하게 생각하면 아르펜 제국의 황제 입장에서 보물들을 챙겨서 야반도주하는 게 얼마나 우스운 상황인가.

'깔고 있는 재산이 얼마인데. 당장 현금화하기에는 보물들이 더 나을지 몰라도… 흠흠, 그래. 통 크게 보자. 하지만 왜 이렇게 아깝게 느껴지지?'

위드는 한 줄기 남은 미련을 떨치기 위해서라도 포상식을 진행했다.

"잘탈 님, 레어에서 목숨을 잃으실 뻔하셨군요."

"별거 아닙니다. 위드 님께서 불러 주셔서 참여한 것만으로도 영광으로 생각하고 있습니다."

"여기 요청하신 갑옷 세트입니다."

"영광입니다."

포상식에 참여한 유저들은 한껏 기뻐하며 장비들을 받았다.

"귀찮으면 안 오셔도 됩니다. 장비들은 따로 지급해 드릴 수 있으니까요."

참석이 필수는 아니라고 분명히 말했는데, 드워프와 조인족, 건축가를 포함하여 페일과 타격대까지 살아남은 유저들은 전원이 자리에 나왔다.

참석률 100%의 기적적인 상황!

사망한 유저들도 접속이 되는 대로 별도로 포상식을 열어서 받아 가기로 했다.

―키야, 진심 횡재했네.
―위드와 도적단. 대성공.
―싱글벙글. 완전 즐거운 웃음들로 가득하다.
―다들 기뻐하는 와중에 보물을 나눠 주는 위드 님 얼굴만 찌푸려진 것 같은데. 내 눈이 이상한 건가?
―안면경직미소. 흔히 썩은 미소라고 하는 그것이네요.
―처음에는 저렇게 안 웃었던 거 같은데.
―시작할 때는 뭔가 비장해 보였죠. 점점 표정이 썩어 들어가는 듯?
―보물을 나눠 주려고 하면 배는 아플 듯.

―처음에 성공하면 주기로 했던 거잖아요. 약속을 반드시 지키는 위드 님인데 그럴 리 없어요!
―위드 님 말 한마디의 무게감이 다릅니다. 지금 나눠 주는 거 보이잖아요.
―화면 안 보임? 방금 검 주는 위드 표정 완전히 썩었는데.
―CTS미디어로 채널 빨리 돌려 봐요. 위드 얼굴 클로즈업했는데, 눈가가 촉촉하게 젖어 있음.

박순조는 오후에 강의가 있어서 평소처럼 학교로 가는 버스를 탔다.

"그… 사람 아니야?"

"우리 과 선배?"

"맞는 것 같은데."

평소와는 다르게 버스에서 수군대는 소리가 들렸다.

한국 대학교 가상현실학과를 다니면서도 숫기 없는 성격 탓에 아는 사람은 몇 명 안 되는 박순조.

"저기… 혹시요."

앞자리에 앉아 있던 여학생들이 뒤를 돌아보며 박순조에게 말을 걸었다.

"이번에 방송 나오신 분 아니세요?"

"저요?"

"네, 위드 님이랑 모험을 하신 도둑요."

"마, 맞는데요."

"꺅! 진짜 맞잖아. 어떡해."

박순조는 유명인이 된 것 같은 기분을 느꼈다.

한국 대학교에 도착할 때까지 모험에 대해 이야기해 주자 그의 주변에는 사람들이 몰렸다.

"위드 님이랑 친하세요?"

"그냥 아는 형이에요."

"개인적으로도 아세요?"

"학교를 같이 다녀서요. 요즘은 휴학 중이지만……."

"와, 대단하다."

이현을 알고 지낸다는 것만으로도 일반인들에게는 신망의 대상.

가상현실학과의 강의를 들으면서도 박순조의 곁에는 사람들이 몰려 있었다.

"이번에 얻은 보물요? 형이 망토랑 신발 줬어요. 하나밖에 없는 물품이라 딱히 이름을 말해도 아시진 못할 거 같아요. 옵션이요? 음… 너무 많이 붙어서 잘 기억은 안 나요. 재질은 드래곤의 가죽으로 만든 거던데요."

한국 대학교의 인기인으로 떠오른 박순조!

그에게는 문자 메시지도 계속 도착했다.

KMC미디어입니다. 방송 출연 섭외를 위해 만나 뵈었으면 합니다.
편하신 장소와 시간을 말씀해 주시면 저희 직원들이 가도록 하겠습니다.

CTS미디어입니다. 나이드 님의 일대기에 대해 방송을 진행하려고 하는데…….

대형 방송국들의 출연 요청이 잇따랐다.
그저 위드를 안다는 것만으로도 팔자가 완전히 바뀌었다.

위드는 와삼이를 타고 하늘을 이동했다.
따스한 햇살과 맑은 공기, 시원한 바람.
"크, 좋구나."
흰 구름 사이로 지상을 내려다보면 산과 나무, 호수들이 어우러지는 아름다운 풍경에 기분마저 상쾌해졌다.
꾸에에에엣.
"힘들어 죽겠다, 주인!"
뒤를 따르는 와일이를 비롯한 와이번들은 힘겹게 날갯짓을 했다.
그들의 몸통에 희생의 화로를 묶어서 엘프 비슈르에게 배달하고 있는 것!
마차를 이용하면 시간이 오래 걸릴 테니 비행 생명체들을 동원하여 날아가는 쪽을 선택했다.
위드는 가죽 갑옷에 바느질을 하며 심드렁하게 말했다.
"힘들어도 너희가 참아야 돼."
"왜 그래야 되나?"

"배달은 무조건 빠르고 정확해야 하거든."

최상의 서비스를 자랑하는 와이번 택배!

"그래도 힘들다. 이건 너무 무겁다."

"맞다, 너무 무거워서 추락할 것 같다."

"불평한다고 해서 세상이 나아져? 내가 택배를 좀 해 봐서 아는데 말이야. 그냥 하면 돼!"

위드는 스스로 꼰대 같다고 생각하면서도 즐거웠다.

다른 사람들은 욕할지 모르지만 본인 스스로는 매우 즐거운 꼰대질.

"힘들어도 조금만 참아."

"도착할 곳까지 아직 먼 거 아닌가?"

"응. 그래도 조금만 참으라고 해야지. 오래 참으라고 하는 말보단 낫잖아."

카아아앗!

와일이가 분노의 괴성을 질렀다.

누렁이처럼 구박을 들으면서도 시키는 일만 죽어라 하는 황소와는 달랐다.

우는 아이는 더 울린다는 와이번들!

"지금 나한테 화내는 거야?"

"…아니다."

"화낸 거 같은데."

"그렇지 않다."

"나 존경하지?"

"그… 그렇다."

위드는 바느질을 하며 바로크 산맥의 숲으로 날아갔다.

하프엘프 비슈르는 잃어버린 힘을 되찾는다면서 숲에 머무르고 있었다.

"저기로군."

위드가 와이번 부대를 이끌고 서서히 숲으로 내려갔다.

"희생의 화로를 구해 왔습니다."

"이것이 희생의 화로인가요. 빨리 구하셨네요."

"케이베른이 소유하고 있었습니다. 드워프들의 도움을 받았지요."

위드는 드워프들이 만들어 놓은 광산을 통해서 케이베른의 레어에 있는 희생의 화로를 얻었다고 설명했다.

그 과정에서 자연스럽게 발생한 빈집 털이에 대한 이야기들은 의도적으로 생략.

"이 화로에서는 지극히 순수한 뜨거운 열기가 느껴지는군요. 생명이 항상 타고 있는 것 같아요."

드워프들의 고귀한 보물 퀘스트 완료
하프엘프 비슈르는 악룡 케이베른을 퇴치하기 위해 희생의 화로가 필요하다고 했다.
생명을 태우는 화로의 기적.
용사는 모험을 통해 희생의 화로가 무엇인지 알아냈고, 그것을 얻어 냈다.

레벨이 올랐습니다.

명성이 25,000 올랐습니다.

> 불가능에 가까운 모험의 대가로 영구적인 특별 보상을 얻습니다.
> 생명력의 최대치가 500 증가했습니다. 마나가 1,000 증가했습니다.

나름 짭짤한 수확!

경험치도 중요하지만, 조각사 출신으로서 얼마 안 되는 최대 생명력을 조금이라도 더 늘려 주는 게 소중했다.

'부가 수입으로는 괜찮군.'

물론 가장 큰 소득은 케이베른의 레어에서 얻어 낸 보물들이었다.

마법사들을 위한 마법 물품, 드워프들의 역작, 진귀한 보석들 등등.

위드는 전사 세트, 사냥꾼 세트, 마법사 세트 등을 따로 챙겨 놓았다.

특정 괴물들이 착용할 수 있는 장비들도 있었는데, 그것들도 조각 변신술을 쓰면 사용이 가능했다.

레어에서 꺼낸 것들 중 80% 정도의 무기나 방어구는 심지어 레벨 800대, 900대에 쓸 수 있는 장비들이었다.

어떤 장비들은 위드도 착용이 불가능했고, 대부분 유저들은 구경밖에 할 수 없는 물품들.

그것들을 독점적으로 쓸 수 있게 되었으니 사냥이나 성장 속도는 훨씬 빨라질 수밖에 없었다.

앞으로 오랫동안 장비에 아쉬움을 느낄 일은 없을 테니까.

비슈르가 영롱하게 빛나는 눈을 깜박이며 말했다.

"희생의 화로가 있다고 해도 케이베른을 물리치기 위해서는 우리 힘으로는 부족해요. 동료들을 모아야 해요."

"드래곤과 싸울 능력 있는 동료가 있을까요?"

"얼어붙은 북쪽 바다 근처에 사는 크나툴. 그를 제가 만날 수 있다면 도와줄 거예요."

"크나툴?"

"주먹이 크고 거친 힘을 가진 바바리안이에요. 그는 차가운 바람기둥과 끝없는 싸움을 하고 있죠. 그리고 요정 기사 말린도 동료가 되면 큰 힘이 되어 주리라 생각해요."

띠링!

함께 싸울 동료를 찾아서
인간들의 발길이 닿지 않는 추운 땅. 하얀 짐승 가죽을 입은 바바리안들이 사는 땅으로 가서 크나툴을 찾아라.
두 주먹을 무기로 쓰는 그는 바바리안 종족의 불세출의 영웅! 기품 있는 아름다움을 사랑하는 요정 기사 말린은 가장 깊은 연못 화원에 있으리라.
하프엘프 비슈르와 함께 그들을 만나서 이야기를 나눠라.
난이도: S
제한: 대륙을 구하는 영웅. 가장 높은 모험 명성.

위드는 고개를 끄덕였다.

이렇게 위험한 일에 앞세울 수 있는 전사가 있다면 얼마든지 끼워 주어야 했다.

"그들이 함께한다면 케이베른을 막는 데 확실한 도움이 되겠군요. 어서 찾아보겠습니다."

퀘스트를 수락하였습니다.

드래곤을 해치우는 퀘스트.

대륙에 알려지지 않은 강자들이 모이고 있었다.

위드는 퀘스트를 진행하며 적극적으로 정보들을 수집했다.

> ─하얀 짐승 가죽을 입은 바바리안? 인간의 발길이 닿지 않는 추운 땅이라고 했는데, 미개척 지역임을 염두에 두어야 할 것 같습니다.

다양한 정보들이 있다면 의뢰의 시간을 크게 단축할 수가 있었다.

> ─제 생각에는 리셀리트 산맥 북쪽에 있는 얼음 지역 같습니다. 1미터가 넘는 눈이 쌓여 두껍게 얼어 있는 땅. 거대한 몬스터들과 싸우는 거친 바바리안들이 산다는 정보를 들은 적 있습니다.

처음 듣는 장소들이라도 금방 정보들이 모였다. 다른 모험가들도 추가적으로 확인과 도움을 줄 것이다.

라페이는 헤르메스 길드의 철저한 몰락을 느끼고 있었다.

주력 전투단을 구성하던 유저들.

무려 70만이 넘는 최강의 유저들이 조금씩 하벤 지역에서 자취를 감추고 있다.

"아무래도 뮬이 있는 그라디안에서 활동을 하는 것으로 보입니다. 중앙 대륙에서 버젓이 활동하기에는 부담스러우니까요. 이미 2만 명은 넘어갔습니다. 매일 수백 명 이상이 빠져나가고 있고요.”

아크힘의 말에 라페이는 쓴웃음을 짓기만 했다.

"우리가 약해지니 등을 돌리는군요…….”

"다시 돌아오도록 복귀 명령을 내려야 되지 않겠습니까?”

"그래도 안 돌아오면요?”

"척살령을 내려야지요.”

"이미 하벤 지역을 벗어난 길드원들한테요?”

아크힘의 얼굴빛이 굳어졌다.

국경을 넘어가 아르펜 제국에서 활동하는 유저들에게 척살령을 내린다면 그 여파는 상상 이상으로 클 것임을 짐작할 수 있었다.

"탈주자들은 하벤 지역에서 더욱 먼 곳으로 도망칠 테고, 중앙 대륙이나 북부 대륙을 가리지 않고 전투가 일어나겠군요. 일반 유저들이 개입한다면 추격조들의 안전이 위험하겠지요.”

"더 최악인 건 추격하러 나간 길드원들이 돌아오지 않는 것입니다.”

유저들이 헤르메스 길드를 싫어하는 건 어제오늘 일도 아니지만 케이베른으로 인한 비난까지 받았다.

헤르메스 길드원들도 그걸 알기 때문에 하벤 지역에 머물러 있어도 어떻게든 점점 빠져나가려고 했다.

유병준은 직접 〈로열 로드〉를 해 보고 나서 그가 알고 있던

세상이 달라졌음을 느꼈다.

밥을 먹더라도 〈로열 로드〉에서의 음식부터 떠올리고, 빌딩 밖에 보이는 사람들을 봐도 마찬가지였다.

'저들의 레벨이 나보다 높겠지? 창조주인 나보다도……'

〈로열 로드〉를 직접 개발한 자신이다.

기술적인 면의 큰 틀을 짜 놓고 나서 세부적인 면들은 인공지능을 기반으로 구축했다.

'진작 해 볼걸.'

가만히 앉아 있으면 몸이 찌뿌둥하게 느껴지면서 〈로열 로드〉에 접속하고 싶어졌다.

토끼, 다람쥐, 여우 같은 초보 지역의 몬스터들을 사냥하고 싶었다.

'잘 도망 다니는 녀석들에게는 활을 써? 웬만해서는 도망쳐 버리니 사냥이 쉽지 않단 말이야.'

〈로열 로드〉를 접속하는 것보다 경매 사이트를 돌아다니며 쓰는 시간이 훨씬 길었다. 물론 충분히 시간을 확보하기 위해 잠도 줄였다.

> 제목: 3,000골드 팝니다. 모라타 대기 중. 즉시 거래 요망.

> 제목: 철검 팔아요. 대장장이 밥투스의 물품입니다.

> 제목: 빙룡 광장. 10분 이내 거래. 17% 마나 회복 반지요.

대체로 초보용 물품들은 다 비슷한 것 같지만 그래도 공격력이 1, 2가 높다거나 특수 옵션이 붙은 물품들도 있다.

> **제목: 사수의 활 팝니다.**
>
> 레벨 제한 10. 공격력 15인데요.
> 근거리, 중거리 명중률 43% 높여 주는 활입니다.
> 웬만큼 쏘면 맞는다고 보면 돼요. 장거리는 우리 원래 못 맞히잖아요, 하하.
> 속사 10%, 관통 5%도 소소하게 있습니다.
> 돈이 급하게 필요해서, 오늘 안에 가장 높은 가격 제시하시는 분이요!

"건졌다!"
경매 사이트를 돌아다니며 득템을 하는 기쁨!
유병준은 바로 판매자가 정해 놓은 최고 금액을 확인했다.
"1,000만 원?"
만 원에 시작한 경매였다. 대충 명사수의 활이 3, 4만 원에 낙찰되기 때문에 의미 없이 적어 놓은 금액.
"정말 싸군."
유병준에게는 무척이나 저렴하게 느껴졌다.
저 활이 있다면 얄미운 토끼를 서너 발은 더 맞힐 수 있다. 그것만 하더라도 큰 이득.

> 즉시 구매.

부위별로 가장 좋은 물품들을 모으고, 무기도 검이나 창, 도끼 등을 다양하게 구입했다.
—박사님은 전형적인 〈로열 로드〉 중독자의 모습을 보이고 있습니다.
인공지능의 경고가 발생했다.

"중독?"

─예. 현재 상태는 중독 1단계로 수면 장애와 운동 부족이 우려됩니다. 휴식을 취하는 것을 추천합니다.

인공지능의 알람도 유병준은 귀찮기만 했다.

"내가 앞으로 살날도 얼마 남지 않았는데 하고 싶은 일은 하고 살아야지."

─그건 그렇습니다.

"……."

시원하게 인정하는 인공지능!

유병준은 별생각 없이 모라타에서 시작했지만 지금으로써는 최고의 판단이라고 여기고 있었다.

"몽땅 사자."

초보들이 현질하기에는 최고의 도시.

무기와 방어구만이 아니라, 생산 물품이나 음식에 이르기까지 갖가지 물품들이 거래되고 있었다.

늦바람이 무섭다는 말처럼, 오죽하면 사냥보다도 현질을 하고, 광장을 돌며 물품들을 사들이는 시간이 훨씬 길었다.

"이게 인생의 즐거움이로군. 다른 거 다 없어도 〈로열 로드〉만 있으면 행복하게 살 수 있을 것 같아."

─중독 2단계입니다.

서윤은 아르펜 제국을 통치하며 행정과 사람들에 대해 배워

가고 있었다.

 북부 지역만 다스릴 때는 도시만 개발하면 되었지만, 영토가 넓어지고 몬스터들이 많아지면서 관리할 부분들이 많아졌다.

 다행히 시간이 날 때마다 유린이 친동생처럼 그녀를 따르며 도와주었다.

 "언니, 이톤 마을에서 투자 요청이 왔어요. 여긴 처음 듣는 이름이네요."

 "이톤 마을은 동부 해안에 있는 곳이야. 항구 바르나에서 쭉 남쪽으로 내려오면 보이는 곳으로 해안선이 예쁘고, 인근에 풍부한 어장도 있던 것으로 기억해."

 서윤은 와삼이를 타고 북부 대륙의 곳곳을 다녀 보았다.

 "항로로 연결되면 해상 무역의 중간 지점으로 커질 수 있는 잠재력이 높아. 투자 요청을 긍정적으로 검토해 봐야 되겠네."

 "와, 언니. 그게 다 파악이 돼요?"

 "응. 조금만 익숙해지면 너도 할 수 있을걸."

 서윤은 대답을 하며 살포시 웃었다.

 그 미소가 아찔하도록 아름다워서 유린은 잠시 정신을 놓았다. 의식이 그대로 사라진다고 할까.

 '예쁘긴 정말 예쁘다.'

 유린은 오빠가 정말 아름답고 착한 애인을 사귀었다고 생각했다.

 '사실 우리 오빠나 서윤 언니나 마음의 벽을 쌓고 산 사람들인데……'

 무엇을 계기로 둘의 마음이 하나로 이어졌는지는 세상에 밝혀지지 않은 수수께끼!

 방송국들도 그 비밀을 파헤치려고 했지만 만만치 않았다.

 위드와 서윤의 관계.

 둘이 어떻게 첫 만남을 가졌고, 어떻게 연애를 시작하게 됐는지는 모든 시청자들이 관심을 갖는 이슈였다.

 '지난번에 오빠가 언니에겐 라면을 따로 끓여 주면서 계란도 큰 걸 넣었어.'

 유린은 집에서도 소소한 부분까지 관찰하고 있었다.

 자린고비 오빠에게는 믿을 수 없는 변화였는데, 그런 것이 사랑일까 싶었다.

 "언니, 점심으로는 샌드위치 어때요?"

 "샌드위치?"

 "네. 궁전 근처에 있는 맛집을 알아냈어요!"

 유린의 의견에 따라 점심은 샌드위치로 해결하기로 했다. 업무를 처리하면서 정말 바쁠 때는 간단히 때우기도 했지만 맛집들을 찾아다니는 것도 좋다.

 서윤이 어딘가를 방문할 때마다 절로 홍보가 되어서, 대지의 궁전 발전에 도움이 되었다.

 누군가는 대지의 궁전에 따로 예술품이 필요 없다는 의견도 내었는데, 그건 서윤의 존재 때문이었다.

 "와… 어… 화아……."

 "기가 막히네, 기가 막혀."

 "낮인데도 빛이 나네, 빛이 나."

 "실물로 보니 믿기지가 않는다. 인간이 어떻게 저렇게 예쁠 수 있는지 신기하다. 진심으로."

대지의 궁전에는 중앙 대륙의 유저들도 많이 와 있었다.

그들은 북부 대륙을 여행하면서 대지의 궁전도 필수로 왔는데, 서윤을 가까이에서 볼 수 있는 기회라 길가나 지붕 위에도 사람들이 올라가 있었다.

"흥. 머리끝부터 발끝까지 다 고친 걸 거야."

"용모랑 매력에 스탯을 얼마나 투자했는지 모르겠네. 아마 300? 400? 그래도 500은 안 넘겠지?"

"실물도 예쁘다던데."

"수술했겠지."

질투심에 함부로 말을 내뱉는 사람들도 있었다.

유린이 멀리서 들려오는 말들에 미간을 확 찌푸렸다.

"언니, 저런 말 들으면 화 안 나요?"

"모르겠어. 화를 내야 할까? 다섯 살 때부터 예쁘다는 말은 항상 들어서 외모에 대해서는 반응하고 싶지 않아."

"……."

그냥 태어났을 때부터 쭉 예뻐서 무감각해진 상태.

서윤은 자신의 비현실적인 외모가 다른 사람을 다가오지 못하게 만드는 역할을 했다는 걸 알고 있었다.

시기, 질투, 선망, 집착.

사람을 한창 경계하게 만들었지만 이젠 아무래도 좋았다.

얼어붙어 있던 마음을 녹여 주었고, 그녀의 곁에서 많은 추억들을 함께 만들어 가는 사람이 있었으니까.

"정말 맛있다."

서윤은 샌드위치를 먹으며 더없이 행복한 미소를 지었다.

그 순간, 유린을 포함해 길거리에 모여 있는 수많은 사람들을 오징어로 만들어 버리고 말았다.

풀죽신교의 경제학자들은 마침내 케이베른의 공격 순서를 알아내고 말았다.

"미스트리스. 그 이후가 모라타의 차례가 될 것입니다."

"확실합니까?"

"네. 마지막까지 확인이 필요했던 부분이 도시 퀘스트였습니다. 발전도나 인구, 경제보다는 가중치가 낮지만 도시 퀘스트가 관련되어 있었습니다. 지역 영향력도 꽤 개입되었고요. 도시 주민들 중 귀족이나 명성이 높은 유저들도 연관되어 있었습니다."

경제학자들은 A4 2장 분량에 달하는 공식을 뽑아냈다.

케이베른의 공격 대상을 지목하는 복잡한 논리 공식이었는데, 발표하기 전부터 그들끼리도 여러 말들이 나오기는 했다.

"우리가 세계에서 최고로 꼽는 학술지인 저널 오브 파이넌스에 논문을 낼 때도 이 정도로 정교한 건 아니었잖아?"

"검증에 동원된 인원 중 대학 교수만 300명이었지."

"완벽에 완벽을 더하느라 너무 늦어졌어."

"아무튼 큰일을 해냈군."

미국의 경제학자들이 주도하여 매주 진행되는 회의에서 케이베른의 공격 대상을 분석했다.

그들은 지적 성취감을 만끽했지만 대중은 그 공식은 쳐다보지도 않았다.

태어나서 처음 보는 복잡한 기호들과 숫자들은 눈으로 빠르게 훑어 내려갈 뿐!

> ─미쳤다. 미스트리스가 17일 후에 파괴되고, 그다음이 모라타네.
> ─와… 모라타의 운명이 고작해야…….
> ─발표에 따르면 모라타에서는 도시 명성과 관련된 퀘스트가 많이 진행되지 않아서 천만다행이었네요. 역사가 오래된 도시였으면 진작 파괴되었을 건데.
> ─늦기 전에 모라타 구경 갑시다. 한 번도 안 와 보신 분들은 꼭 보세요.
> ─오지 마세요, 여러분들! 미스트리스와의 격차가 3.6%밖에 나지 않습니다. 잘못하면 모라타가 먼저 파괴될 수도 있다고요.
> ─끝장이네. 북부의 성지가…….

북부 유저들을 들끓게 만드는 소식이었다.

그들에게는 마음의 고향이며, 현재의 아르펜 제국의 시초가 되었던 도시.

그 모라타가 파괴당한다는 소식에 유저들이 받는 충격은 대단했다.

위드는 드워프 마을로 이동하기 전에 시간이 남은 만큼 사냥을 하며 크나툴과 말린에 대한 정보들을 모으고 있었다.

마판 상단과 모라타의 대도서관에서 정보들을 긁어모으고,

한편으로는 모험가들의 제보도 받았다.

그러던 와중에 풀죽신교의 발표를 듣게 되었다.

> ─모라타가 파괴되는 날짜가 확실한가요?

마판의 의견부터 구했다.

> ─경제학자들이 평생의 경력을 걸 수도 있답니다. 중앙 대륙의 옛 왕국들 수도를 대부분 먼저 파괴하고 오는 것이죠. 다만 모라타를 일부라도 파괴하면 우선순위가 밀려서 시간 여유를 얻을 수 있습니다만.

모라타를 스스로 부순다.

건축물들과 시설물들을 파괴하여 사람들이 떠나게 만들고 발전도를 낮추면 케이베른의 표적 우선순위를 뒤로 늦출 수 있었다.

그래 봐야 고작 일주일이나 이주일의 여유를 버는 것이 전부였다.

> ─의미 없는 방식이로군요.
> ─적어도 그 시간만큼 건축물들을 고스란히 인근으로 옮길 수 있지 않을까요? 모든 건축가들이 시간과 인력을 지원해 준다면 모라타의 구조물들을 그대로 가까운 곳으로 옮겨 갈 수 있다고 장담하고 있습니다.

흑색 거성을 제외하고는 99%에 가까운 건물들이 새로 지어진 것이기 때문에 긴 역사는 없지만 유저들에게는 그래도 애정이 담겼다.

빛의 탑이나 조각품, 위대한 건축물도 여럿이었다.

― 그래도 도시를 부숴서 시간을 버는 계획에는 찬성하지 않겠습니다.

위드는 버티는 시간이 늘어나더라도 큰 차이가 없다고 생각했다.

자신 역시 북부의 첫 도시인 모라타에 대한 애착은 깊지만, 모라타의 파괴를 지연시키는 대신에 비슷한 발전도의 다른 도시가 파괴를 당한다.

편법으로 시간을 벌어서 많은 건물들을 옆으로 옮겨 놓더라도, 그게 과거의 모라타가 될 수는 없었다.

솔직히 천문학적인 이사 비용을 생각하면 모라타가 부서진 후 재건하는 것이나 마찬가지일 것이다.

'결국 모라타까지 케이베른이 오는구나. 이날이 오게 될 줄 알고 있긴 했지만.'

위드는 모라타를 잃고 싶진 않았다.

아르펜 제국의 시작이 된 도시. 그 가치만큼은 쉽게 놓아 버릴 수 없는 의미를 지닌다.

누군가 아르펜 제국에 대해 이야기할 때 빠질 수 없는 모라타, 그곳이 이미 파괴되고 사라진 후라면 허무하기 짝이 없을 테니까.

모라타의 뒷골목이나 판잣집 하나하나까지도 소소하게 정이 들었다.

오랫동안 〈로열 로드〉를 하면서 번 돈을 몽땅 투자하며 성장시켰던 도시.

위대한 건축물은 당연했고, 벽돌로 지은 상가 건물이 한 채씩 올라갈 때의 벅찬 감동은 또 어떠했던가.

위드에게 집이나 다름없던 도시가 잿더미로 변하는 것이다.

'모라타를 지키고 싶다. 북부의 유저들도 아마 나처럼 생각하겠지.'

다른 도시로 쉽게 여행을 떠날 수 있는 중앙 대륙과는 다르게, 북부에서는 모라타를 거점으로 사람들이 북적거리며 살아갔다.

모두가 함께 지냈던 모라타 시절이 없었다면 풀죽신교와 북부 유저들의 문화도 형성되지 못했을 게 틀림없었다.

'여유를 부릴 수는 없다. 퀘스트를 최대한 빨리 진행해야 해.'

위드는 발등에 불이 떨어졌음을 느꼈다.

가능하면 드래곤을 막아 모라타를 지키고 싶었다.

> ―체이스 님, 동쪽으로 떠나셨다고 들었는데, 지금 그곳 상황은 어때요?
> ―이틀 정도 뒤면 모험가들과 함께 불의 고리에 도착할 것 같습니다.
> ―위험할 텐데 조심하세요.
> ―안 그래도 벌써부터 화산재가 하늘을 가득 메우고 있군요. 걱정해 주셔서 고맙습니다.

랜도니에 대해 알아보기 위해 불의 고리로 떠난 모험가들.

케이베른만이 문제는 아니었기 때문에 실낱같은 정보라도 얻어 낼 수 있다면 도움이 되리라.

> ―하루나 님, 혹시 알아내신 게 있을까요?
> ―죄송해요! 아직 아무것도 못 알아냈어요. 최대한 빨리할게요.
> ―늦었지만 도와주셔서 고맙습니다.
> ―예에? 예! 열심히 할게요.

드래곤 레어에서 워낙 독촉을 당했던 하루나는 위드의 귓속 말을 받자마자 정신이 멍해진 상태.

> ─요정들의 화원을 조사하러 가고 있으니 조만간 소식을 들려 드리도록 할 게요.

오크들이 사는 땅에는 세에취와 검둘치, 다른 사형들이 함께 돌아다녔다.

> ─사형, 그쪽 상황은요?
> ─오크들이 다 죽어 있는 것만 발견되고 있다. 흠… 상당히 과격한 드래곤 이군.
> ─레드 드래곤이 인성으로는 아마 최악일 겁니다.
> ─그런데 내 여자 친구가 무언가를 해낸 것 같다.
> ─형수님이요?

잠시 검둘치는 말이 없었다.

세에취를 형수님이라고 하는 말을 들을 때마다 흐뭇해하는 검둘치.

> ─드래곤과 관련된 건데… 드디어 한 건 올린 것 같구나.

"취이익!"

세에취는 무너진 오크 부락을 돌아다니며 랜도니의 흔적을 쫓았다.

'도무지 모르겠어. 랜도니의 목적은 무엇일까. 오크들이 가지고 있을 어떤 보물?'

레드 드래곤이 쓸고 간 오크 부락에는 멀쩡히 남아 있는 물건이 드물었다. 땅까지 함께 부서지고 짓밟혀 잔해들을 뒤져야 했다.

'아무리 봐도 뭘 찾는지 모르겠어. 만약 있었더라도 랜도니가 먼저 입수하지 않을까?'

남은 흔적들을 파헤쳐도 남는 것이 없었다.

모라타에서 알게 된 모험가 스펜슨이 와서 관찰 스킬을 썼지만 고개를 저었다.

"못 하겠어요, 누나."

"취익. 모르겠어?"

"네. 관찰 스킬이 고급 6레벨이 되면 과거에 어떤 일이 있었는지 알 수 있지만 저는 3레벨이에요."

"체이스 님은 바쁘실까? 취취잇!"

"불의 고리로 모험가들을 데리고 가시고 있고, 그분이 오셔도 별거 없을 거예요. 드래곤이 파괴하는 모습들이나 볼 수 있겠죠. 드래곤과 관련 있는 물건을 찾으면 발견이 뜨겠지만… 여긴 먼저 다 쓸고 가서 남은 게 없어서요."

드래곤의 뒤를 쫓는 방법은 실패.

'드래곤을 만날 수도 없고… 난 오크라서 추적이나 관찰 스킬을 못 키우는 게 정말 아쉽네. 역시 오크는 모험에 한계가 있는 건가.'

세에취가 낙담하고 있을 때였다.

'이런 멍청이. 〈로열 로드〉라고 내가 너무 간단하게 생각했던 것 같아.'

뒤쫓으면서 흔적을 찾을 생각만 했다. 실력과 명성이 뛰어난 모험가에게는 그런 방법도 가능할 수 있지만 그녀에게는 어려운 것이 사실.

'드래곤이 남겨 놓은 것들로는 알 수 없다면, 그가 상대하는 반대쪽을 살피면 되지 않겠어?'

랜도니의 이동 경로에서 흔적을 찾을 수 있을 것 같았다. 정확히는 앞쪽에서.

절망의 평원은 중앙 대륙에서 3개의 왕국을 합쳐 놓은 것만 같은 면적이다. 더구나 오크들의 번식력은 무시무시해서 엄청난 개체 수가 넓게 퍼져 있었다.

'오크들 중 비밀을 아는 부족이 있지 않을까. 아마 랜도니와 관련된 오크들은 극소수. 그 오크들을 만나려면?'

분명히 넓은 땅 어딘가에 단서를 쥔 오크들이 있으리라.

―알겠습니다. 절망의 평원에서 힘껏 날아 보도록 하죠.

조인족들에게 돈을 지불하여 오크 부락의 움직임들을 파악했다.

―대부분의 오크들이 랜도니의 침략에 사방팔방으로 도망치고 있습니다. 동굴에 숨는 녀석들도 조금 있고요. 겁에 질린 오크들의 반응이니 그렇게 이상하다고 볼 수는 없겠죠. 하지만…….
―뭔가요, 세찬돌기 님? 췻!
―묘한 움직임이 있습니다. 보통 오크들은 부족 전체가 뭉쳐서 다니던데요.

―추잇! 그런데요?
―랜도니를 피해서 뿔뿔이 흩어지는 오크 부족이 있었습니다.
―마치 쫓기는 것처럼요? 취취이잇!
―바로 그렇습니다. 무조건 도망치고 있어서 접근하기가 굉장히 어렵습니다만……

세에취는 목표를 정하고 절망의 평원을 달려갔다.

오크의 두툼한 허벅지로 힘껏 내달리는 그녀!

그리고 마침내 랜도니와 관련이 있는 부족들을 찾아냈다.

―말사 마을이 파괴되었습니다. 복구 지원 바랍니다.

―레벤토 마을로 몬스터 부대 진격 중. 병력 파견을 긴급 요청하고 있어요.

―도시 준. 공성전에 돌입했다는 보고입니다.

대지의 궁전에 있는 집무실.

서윤은 그동안 많은 노력을 했지만 그럼에도 불구하고 점차 악화되는 상황을 막아 낼 수 없었다.

위드가 퀘스트를 진행하는 동안에도 아르펜 제국의 상황은 갈수록 심각해졌던 것이다.

새로 임명한 영주들 사이에서도 공공연하게 아르펜 제국을 비난하는 목소리들이 들렸다.

―신입 영주들의 동향이 심상치 않습니다. 가볍게 맥주 한잔 마시는 자리라서 나갔는데, 그들끼리 공공연하게 위드 님이나 아르펜 제국이 할 줄 아는 게 뭐냐고 비난하고 있었습니다.

헤르메스 길드 소속에서 비밀리에 전향했던 로프너!

그는 아르펜 제국에서도 중앙 대륙에 믿고 맡길 수 있는 관리자 중의 한 사람이었다.

서윤은 케이베른 사태를 수습하는 게 우선이라 참고 넘기려고 했다.

―근데 비난의 정도가 너무 강해서… 일부는 헤르메스 길드 시절이 나았다고도 하고 혹은 돈값을 못한다는 말도 합니다. 어떻게든 조치를 취해야 하지 않을까요?

서윤이 결정하기 힘든 사안이었다.

내정에 대해서 관리하긴 하지만 영주들을 통제하는 건 자신이 없었다.

―영주들 사이에 불만이 많아요. 어떻게든 다독여야 하지 않을까요?

서윤은 걱정을 듬뿍 담아서 위드에게 이야기를 전달했다.

위드는 퀘스트를 진행하는 중간에도 바하모르그와 양념게장, 페일을 데리고 열심히 사냥을 하고 있었다.

―드래곤도 막아야 하고 모라타 때문에 골치 아픈데, 영주들까지…….
―어떻게든 진정시켜야 될 것 같아요.

> ─하긴, 나쁘고 귀찮은 일들은 한꺼번에 생기기 마련이지. 북부의 영주들도 불만이 많아?
> ─그런 것 같진 않아요. 어려운 시기를 쭉 함께해 왔으니까요.
> ─그럼 신입 영주들이 문제겠군.
> ─맞아요.
> ─사냥하다가 갈 테니까 대지의 궁전으로 전부 소집령 내려.

 위드의 명령에 의해 급하게 개최된 아르펜 제국 통치 회의!
 대지의 궁전으로 북부 대륙과 중앙 대륙의 영주들. 그리고 남부 사막지대의 부족장들이 모였다.
 남부는 팔로스 제국의 건국 퀘스트가 거의 완료되면서 서서히 국가의 형태를 띠고 있었다.
 사막 지역의 부족장들은 누구보다 현실을 잘 알았다.
 '현 시점에서 아르펜 제국이 대세야. 위드를 거스르면 살아남지 못한다.'
 '우리 남부는 인구도 얼마 안 되고… 게다가 이 지역의 전사들은 대부분 위드와 관련이 깊다.'
 '독립을 해? 혁명을 일으키자고? 우리 부족원들이 먼저 날 죽이려고 들걸.'
 팔로스 제국의 건국 퀘스트를 해낸 검치와 수련생들부터 위드의 최측근.
 요즘에는 케이베른을 잡는다면서 선발한 대륙의 최정예 전사들이 남부에서 수련하고 있었다.

 사막을 통합하기 위한 목적으로 일부러 힘을 과시하는 건 아니었지만 옆에서 지켜보는 입장에서는 자연스럽게 고개를 숙이게 되었다.

 '헤르메스 길드를 제외하면 〈로열 로드〉의 실력자들이 전부 위드를 따르고 있어.'

 '우리가 지내는 사막지대도… 뭐, 사실상 위드가 개척한 곳이긴 하지. 동부의 오크들과도 관련이 있다고 하고. 도대체 대륙에서 위드가 안 건드린 곳이 어디야?'

 '위드가 대중적인 인기를 누리고 있지만 그게 전부가 아니야. 굉장히 뒤끝이 길고 당한 것은 복수를 꼭 해 준다고 하지. 어떤 꼬투리를 잡을지 모르니 조심하자.'

 사막의 부족장들은 대지의 궁전에 와서 얌전히 앉아 있다 가기로 결심했다.

 로암, 칼리스, 미헬, 샤우드, 군트.

 대영주들도 세력을 과시하며 분위기를 주도하기 위해 나설 법도 했지만 조용히 자리만 지켰다.

 '위드의 눈에 띄어서 좋을 건 없어.'

 '조용히 지내자. 모난 돌이 정을 맞는다.'

 직접 겪어 본 사람들은 안다.

 세상 물정을 모르고 활발하게 돌아다니며 떠드는 건 처음으로 도시를 다스리게 된 신입 영주들이었다.

 "핫하하. 브리튼 지역의 도시를 다스리는 군주시군요."

 "아직 동네 파악도 끝내지 못한 상태입니다만 오시면 멋진

포도주 한잔 하죠."

"그럽시다. 〈로열 로드〉는 즐겁고 행복한 세상 아니겠습니까, 크허허허허."

신입 영주들은 대회의실에서도 당당하고 말들이 많았다.

대영주들은 그저 철없는 그들을 지켜보며 침묵을 지킬 뿐이었다.

"위드 님이 들어오십니다."

드디어 아르펜 제국의 황제인 위드의 입장!

드래곤의 레어를 털어먹은 후 얻은 전리품들 중에서 일부러 고급스러운 것들만 골라서 착용했다.

'귀찮지만 이런 호화로운 모습도 필요하단 말이지. 알바생들을 착취하는 사장들처럼 말이야.'

위드의 옷차림은 평범한 여행복이었지만 머리는 레어에서 털어 온 묵직한 보석 왕관을 쓰고 있었다. 황제라면 이 정도의 기분은 내야 한달까.

척!

모든 영주들이 자리에서 일어나 맞이했다.

"황제 폐하를 뵙습니다!"

"앉으세요. 그리고 다음부터는 편안하게 했으면 좋겠네요. 황제 폐하라든가, 이런 건 너무 거추장스러워서요."

위드가 부드럽게 웃으면서 말하자 신입 영주들은 사람이 너무 좋다고 생각했다.

'사회 경험이 적은 애송이일 거야. 모험에는 능숙해도 정치는 쉬운 것이 아니지. 명분을 쥐고 흔드는 쪽이 이긴단 말이야.'

'통치는 젊은 혈기로만 해낼 수 있는 일이 아니다. 헤르메스 길드가 실패를 좀 하긴 했어도 방향 자체는 옳았어.'

신입 영주들은 책임비를 내고 임명되었기에 부자나 재벌 2세들이 다수를 이루었다.

더구나 헤르메스 길드에서도 영주로 활동했던 이들이 제법 섞여 있었다.

'대지의 궁전? 잘하면 이곳에서 내 영향력을 넓힐 수 있을지도 모르겠군.'

'작은 도시의 영주로 내 야망을 끝내기는 너무 아쉽지. 레벨이 낮고 사냥하기가 귀찮아서 적당히 도시 경영이나 하려고 했는데. 더 큰 물도 허점이 보인단 말이야.'

영주들의 눈이 정치질을 할 욕심으로 번뜩였다.

영주 모집 자체가 인성이나 평판을 고려하지 않았기에 자연스럽게 발생한 부작용!

어떤 이들은 위드와 함께 들어온 서윤에게 눈을 돌렸다.

'풀죽여신이라… 이름은 애들 장난 같지만 예쁘긴 정말 눈이 돌아갈 정도로 예쁘더군. 보고 있는데도 믿어지지 않아. 어쩌면 기회가 생기려나? 돈과 권력을 싫어하는 여자는 없으니 말이야.'

'아르펜 제국이 자리를 제대로 잡기 전이야. 지금 말을 많이 해서 영향력을 확대하자. 사람들이 내 의견을 신경 쓰도록 말이지. 이게 정치지.'

영주들의 야망이 무럭무럭 자라나고 있는 자리.

"오늘 논의할 안건은 치안이 불안정한 지역의 몬스터 토벌

추가와 도시들을 연결하는 도로 건설 건입니다."

위드는 느긋한 목소리로 중앙 대륙과 북부 대륙을 잇는 내부의 교통망 확보를 안건으로 올렸다.

도로 건설은 치안이 낮을수록 중요한 문제였다.

일반 유저들이 산이나 들판을 넘다 보면 몬스터나 도적 떼를 만날 확률이 꽤 높다.

도로가 있다면 유저들이 모여서 정해진 길을 다닐 수 있기에 더 안전하고, 훨씬 빠른 이동이 가능했다.

상인들의 경우에는 도로가 중요해서 대규모로 마차를 이끌고 교역을 성공시킬 수 있었다.

"먼저 도로를 건설해야 할 지점으로는……."

"잠깐만요."

해롤드가 손을 들었다.

브리튼 지역에서도 자유도시의 중심에 있는 시슬레 성의 영주였다.

"먼저 확실히 짚고 넘어가야 할 게 있습니다. 우리가 영주가 된 건 아르펜 제국에 대한 믿음 때문이었습니다. 아시다시피 막대한 돈을 들여서 말이지요. 그런데 몬스터들이 창궐하면서 막대한 피해를 입고 있죠. 케이베른이 언제 내 도시를 부술지 몰라서 불안감에 떨고 있습니다. 솔직히 기대한 만큼의 통치가 제대로 이루어지지 않아서 실망이 큽니다. 여기에 대해서 위드 님이 먼저 모두에게 정중히 사과하셔야 되는 거 아닙니까?"

"……."

대지의 궁전의 연회장에 침묵이 흘렀다.

케이베른이나 몬스터의 활동으로 피해를 입는 지역이 많았지만, 시작부터 그것을 빌미로 공개적으로 위드를 비난할 줄은 누구도 예상하지 못했던 것이다.

해롤드가 주위를 둘러보더니 씩 웃었다.

"저처럼 말하고 싶어도 말하지 못하는 분들이 많을 겁니다. 저는 그분들을 대신해서 이야기한 것뿐이니 오해는 없으시기 바랍니다. 개인적으로는 위드 님의 팬이니까요."

황제의 뜻대로

아르펜 제국의 통치 회의.

영주들은 위드를 비난하는 해롤드를 지켜보고 있었다.

'대중으로부터 인기와 영향력을 가지고 있는 위드. 그렇기에 헤르메스 길드처럼 힘으로 우릴 억압할 수는 없단 말이지.'

'해롤드의 말은 대충 들으면 맞는 것 같지만 자세히 들으면 개소리야. 우리가 영주로 선발된 건 케이베른이 활동을 시작한 후였으니까. 이런 사정 따위 모르고 영주가 된 멍청이도 있나? 그래도 몬스터의 피해를 입게 된 건 사실이고… 말로 꺼내기 좋은 명분이지. 자, 위드는 이제 한 방 얻어맞은 셈인데… 어떻게 대처할까?'

'위드로서는 어떻게 해결하든 득보다 실이 많겠다. 압도적으로 말이지.'

방송으로도 중계되는 것을 감안하면 위드에게 일방적으로 불리한 상황이었다.

다짜고짜 화를 낸다면 그만큼 인기가 줄어들 테고, 묵묵히 참는다면 얕보이게 되리라.
　영주들의 이해를 바라거나 설득을 시도하는 건 애초에 가능한 해결 방법이 아니었다.
　해롤드가 끊임없이 말꼬리를 잡으며 위드의 잘못을 끄집어낼 테니까.
　'없는 잘못도 비난하다 보면 만들어지는 거지. 이런 게 정치란다, 애송아.'
　해롤드는 재벌 3세로서 재계에서도 교묘한 언변을 잘 사용했다. 평소 나서기를 좋아하는 성격이기도 했고, 이 자리를 휘어잡음으로써 베르사 대륙 전역에 명성을 떨칠 욕심이 있었다.
　위드는 잠시 멍하니 지켜볼 뿐이었다.
　신임 영주들은 그 표정을 보면서 실망도 하고, 의아해하기도 했다.
　'대응할 방법을 못 찾는 건가?'
　'차라리 이럴 땐 화라도 내야지.'
　'역시 애송이야. 정치에는 어리숙하다는 예상이 맞았어.'

　로암은 불안감으로 가슴이 떨렸다.
　대지의 궁전에서 영주 회의에 참석했는데, 영주들의 반발에 위드는 아무 말도 하지 않았다.
　"위드 님이 치안 확보에 더 신경 써 주셔야 됩니다."

"북부에서 보내는 시간이 너무 긴 것 아닙니까? 중앙 대륙에 몬스터들이 날뛰는 걸 모르는 건 아니지요?"

"케이베른의 레어. 거기서 훔친 보물을 우리에게도 좀 나눠 주시는 게 어떻겠습니까. 최소한의 피해 보상 차원에서요!"

위드가 가만히 있으니 해롤드에 이어서 신임 영주 몇 명이 추가로 나섰다.

그들이 분위기를 주도해 가고 있는 이 광경이 너무나도 불길하고 어색했다.

'이런 미친놈들. 건드릴 게 없어서 저 인간을 건드려? 차라리 헤르메스 길드에 배 째고 덤비지. 아니, 악룡 케이베른에게 가서 도마뱀이라고 놀리는 게 낫겠다.'

헤르메스 길드나 케이베른에게 덤비는 편이 솔직히 뒤끝이 더 없을 것 같았다.

지금은 세력이 위축되어 척살령이 효과를 발휘할 수 있는 상황도 아닌 데다, 드래곤에게야 한 번 죽고 끝날 일이니까.

위드는 명실상부한 아르펜 제국의 지배자였다.

정의롭고 선량한 모험가의 행세를 하고 있지만, 그 실상은 음험하고 악랄한 수단을 사용하는 데 주저함이 없는 악당이다.

로암은 입을 떡하니 벌리고 있던 칼리스와 눈이 마주쳤다. 눈빛만으로도 마음을 전달할 수 있었다.

'전부 정신 나갔군.'

'그러게. 우린 분위기 타지 말고 얌전히 있도록 하세.'

'이럴 때일수록 몸을 잘 사려야 해.'

'으음, 그게 우리에게 이롭지. 정말 조심해야 할 순간이야.'

상황 파악을 못 하는 초짜 애송이 영주들에게 힘을 실어 주는 판단 같은 건 애초에 하지도 않았다.

'그래도 위드가 공식적인 자리에서 크게 사고를 치면 어떻게 하지? 그러면 세력을 확대해야 하는 내 입장에서는 좋은 일인데… 도대체 왜 이렇게 불안하지?'

로암처럼 불길하게 생각하는 이들은 조심스럽게 귓속말을 나눴다.

> —위험할 것 같군.
> —얼뜨기들이 위드에 대해 잘못 알고 있어. 아마도 저 인간은 여론을 무서워하는 게 아니야. 여론을 아무렇지도 않게 조작해 왔지.
> —나도 동의해. 위드의 성격과 능력에 대해서 너무 모르는 것 같군. 운이 좋아서 베르사 대륙의 지배자가 되었다고 보나. 인터넷에서 아무것도 모르는 채 떠드는 멍청이들과 비슷한 부류야.
> —독하고, 무섭지. 어디 당하고 살 놈 같아 보이나. 그리고 〈로열 로드〉는 현실의 정치판이 아니란 말이지.

정치인들은 실컷 아무 말이나 내뱉고 책임을 지지 않아도 될지도 모른다.

그렇지만 〈로열 로드〉는 현실과는 다른 세상!

> —무슨 일이 벌어지더라도 우린 위드를 지지하세.
> —그래야지. 어떻게 다시 세력을 일구고 살아났는데. 위드는 이렇게 어설프게 물어뜯는다고 해서 고분고분하게 당해 줄 인물이 아니야.
> —시간이 오래 지나서 힘이 좀 빠지면 모를까. 한창때의 맹수에게 이빨을 드러내는 건 심하게 멍청한 짓이지.
> —시슬레 성의 영주가 제대로 무덤을 팠군.

명문 길드의 수장들은 솔직히 위드가 어떤 짓이든 저지를 수 있다고 믿었다. 그렇기에 괜히 불똥이 튀지 않도록 가슴을 졸이며 지켜봤다.

"몬스터들을 막기에 우리만으로는 버겁습니다. 더 많은 병력을 지원해 주든가, 아니면 레어에서 훔친 보물이라도 나눠 주십시오."

"케이베른이 전 대륙을 위태롭게 만들고 있습니다. 그런 드래곤에게 훔친 물건인데 혼자 독차지해선 불합리하다고 생각합니다. 저희 몫도 있어야 하지 않을까요?"

"영주들을 지키지 못하면서 세금을 떼어 갑니다. 그러면 뭐라도 돌아오는 게 있어야 할 게 아닙니까?"

신임 영주들은 선을 한참이나 넘고 있었다.

위드가 무엇보다도 가장 싫어하는 것이 숟가락을 올리는 일!

언젠가는 이런 날이 올 줄 알았다.

'착하게만 살기에는 험한 세상이야. 돈을 받고 영주를 모집하니 저런 이들이 나타났지.'

책임비라는 명목으로 영주 자리를 팔았다.

조금의 호의를 베풀어도 얕잡아 보고 더 많이 얻기 위해 승냥이처럼 덤벼드는 이들이 섞이는 건 당연한 일이었다.

'영주 모집은 어떤 방법을 취했더라도 부작용은 있었을 거야. 하지만 이렇게 정면으로 덤벼 준다면 기꺼이 밟아 줘야지.'

신임 영주들은 레벨로 따지면 초보였고, 대중적인 영향력도 없다. 영주로 임명해 준 것이 자신인데 솔직히 가소롭기 짝이 없었다.

위드는 영주들의 반발을 들으며 앉아 있다가 썩은 미소를 지었다.

"후후후후."

위험하기 짝이 없는 웃음을 지으며, 품에서는 조각칼과 나무토막을 꺼냈다.

스스스슥.

순식간에 깎여 나가는 조각품은 해롤드를 그대로 닮은 것이었고, 빠르고 정교한 조각칼의 움직임이 영주들의 시선을 빼앗았다.

"오, 역시……."

"영상으로 보던 그대로인데. 직접 보니 정말 빨라."

조각사로서 숱하게 반복했던 일.

간단히 해롤드와 거의 똑같이 닮은 조각상을 만들었다.

위드가 천천히 좌중을 돌아보며 영주들과 눈을 맞췄다.

어느 영주들이 감히 눈에 힘을 주고 있는지를 찾아내기 위한 시선.

'표정만 봐도 몇 놈 있긴 있군. 내 밥그릇에 숟가락을 올리려던 놈들 외에도 반찬을 훔쳐 먹으려는 자들이…….'

위드의 목소리가 회의장에 낮게 깔렸다.

"아르펜 제국을 다스리면서 부족함을 많이 느끼고 있습니다. 케이베른이나 몬스터들의 활동을 최선을 다해 막고 있지만 역부족이긴 하네요. 여러분들이 실망하는 것도 이해합니다."

해롤드는 위드가 사과를 하며 약한 모습을 보이자 그만큼 더 얕잡아 보았다.

'이렇게나 멍청한 놈이었나? 정치란 한 발자국 물러서면 다시 앞으로 나서지 못하지. 촌뜨기 애송이라고 생각은 했지만 이렇게 상대가 안 될 정도로 처참했을 줄이야……'

심지어 해롤드는 위드가 미안한 마음에 조각상까지 만들어서 선물로 주는 거라 여겼다.

'큭큭. 이거 완전히 만만한 놈이었잖아.'

맹수라고 해도 자신의 날카로운 발톱과 이빨을 다루질 못하면 애완동물이나 마찬가지였다.

해롤드는 오히려 그래서 생각이 조금 바뀌려고 했다.

'이렇게 되면 차라리 좀 잘해 줄까? 적극적으로 위드의 편에 서서 아르펜 제국을 두둔해 주면… 2인자의 자리도 당분간은 좋을 것 같은데. 다음에 흘러가는 상황을 더 지켜볼 수 있겠고 말이야.'

해롤드가 여러 가지 계산을 하고 있을 때였다.

위드가 조각품을 잡고 있는 손을 앞으로 내밀었다.

"근데 해롤드 영주님."

"예?"

"그러는 본인은 영주로서 얼마나 최선을 다하셨습니까?"

"무슨 말입니까, 그게?"

해롤드가 이마를 찌푸리며 대답을 하려고 할 때였다.

위드는 조각칼을 들더니 해롤드의 모습을 한 조각상에 그대로 내리쳤다.

싹둑!

정교하게 표현된 조각품이 둘로 갈라지자 좌중의 공기가 차갑게 얼어붙었다.

빠르고, 과감하다.

잠시의 망설임도 없이 조각품을 갈라 버리는 모습이 폭력적이면서도 압도적인 패기를 지니고 있었다.

위드가 자리에서 일어서서 다시 영주들을 1명씩 쳐다보았다. 아까와는 다르게 불안한 표정들이 역력했다.

"아르펜 제국을 다스리기는 쉽지 않더군요. 특히 막 전쟁이 끝나며 영토가 확장되었고, 드래곤의 위협을 당하면서 말이죠. 지금도 위기가 끝난 것이 아니기에 남 탓이나 하는 사람을 영주로 둘 여유가 없습니다."

"나, 남 탓이라니? 내 입장에선 영주로서 정당한 비판을 했을 뿐인데요."

해롤드가 상황을 되돌리기 위해 일부러라도 크게 억울하다는 표정을 지었지만, 이어지는 위드의 말은 거침없었다.

"정당한 비판? 제가 지금까지 무엇을 했는지는 이 자리에 있는 여러분들 모두 알고 있을 것입니다. 매일 대륙을 돌아다니며 몬스터들을 잡았고, 케이베른을 막기 위한 퀘스트를 진행했습니다."

빈집 털이도 하긴 했지만, 물이 들어올 때 노를 저으라는 말처럼, 늘어난 몬스터들을 대상으로 미치도록 사냥 노가다를 하고 있었다.

'내가 잘 먹고 잘살려고 한 거지만… 그렇다고 대륙을 지키

기 위한 노력을 안 한 것도 아니지.'

위드는 입술에 침을 촉촉하게 묻혔다.

"제가 지금까지 진행한 퀘스트와 사냥들. 얼어붙은 북부에서부터 노력과 정성을 알아봐 주고 많은 유저분들이 함께 도와주셨죠. 그들과 하나하나씩 만들어 온 결과물이 아르펜 제국입니다. 중앙 대륙까지 정복하며 영주 여러분들을 모집했던 이유는 아르펜 제국을 더 잘 다스리기 위해 필요한 비상 조치였습니다. 그래도 많은 분들이 비난을 합니다. 돈을 받고 영주의 자리를 팔았다고요. 이해합니다. 그것이 최선이었는지 의문을 가지고 섭섭해하는 분들이 많았겠죠."

영주들은 꿀 먹은 벙어리처럼 한마디도 할 수 없었다.

아르펜 제국에서 먼저 영주의 자리를 팔긴 했지만, 돈을 내고 산 그들도 유저들의 비난에서 자유롭진 않았다.

위드는 스스로의 활동과 업적에 대해 자랑할 거리가 있었지만, 영주들이 가진 정당성은 빈약했다.

"제가 돈이 없어서 여러분들에게 영주의 자리를 팔았겠습니까? 전혀 아니죠. 크흠. 아르펜 제국은 많은 도시들이 버려져 있었고, 몬스터들의 침략을 앞두고 있는 상태였습니다. 대륙을 통치하는 데 수많은 어려움이 있기에 여러분들로부터 돈을 받았고, 그 돈은 다시 제국을 위해 전부 투자했습니다. 영주 여러분들에게 묻겠습니다. 제가 왜 여러분들에게 비난당해야 합니까? 여러분들 중에서 당당하게 나서 저를 비난할 자격을 가진 분이 있습니까?"

회의장은 고요했다.

영주들은 자신들이 어떤 처지에 있는지를 깨달았다.

그들은 지위를 샀을 뿐이었다.

권력과 힘, 인기, 여기에 명분과 통치의 정당성까지 위드가 쥐고 있다.

많은 무기들을 가지고도 제대로 활용하지 못하는 사람들이 있지만, 위드는 순진한 유형이 아니었다.

순식간에 분위기를 주도하며, 도전자를 거침없이 짓밟을 수 있는 포악한 존재다.

위드의 입술이 방금 바른 침으로 촉촉하게 빛났다.

"모두 알고 있겠지만 저는 모라타 시절부터 벌어들인 돈은 전부 투자했습니다. 아르펜을 다스리며 단 한 푼도 저를 위해 챙긴 것이 없습니다."

돈 한 푼 챙긴 적이 없다고 말할 때에는 서글픔으로 목이 잠기기까지 했다.

위드는 생각했다.

'지금까지 해 먹은 것도 없는데, 내가 왜 눈치 보면서 비굴한 태도를 취해야 해?'

제대로 한탕이라도 해 먹었으면 기쁘게 웃으면서 영주들의 비위를 맞춰 주었을 테지만 그것도 아닌 상황이었다.

"저와 여러분들은 베르사 대륙을 좀 더 즐거운 곳으로 만들어야 하는 숭고한 의무가 있습니다. 수억 명의 유저들이 우리의 말과 행동을 지켜보고 있지요. 그런데 해롤드 님은 저와 비교해서 베르사 대륙을 위해 무엇을 했습니까? 영주의 자리를 사고 나서 지금까지 한 게 무엇이지요?"

자신은 어떤 큰 잘못이나 부정부패를 저질렀더라도 상대방의 결점에 대해선 앞장서서 손가락질을 하는 일!

 현실에서야 어찌 통했을지 모르지만 힘과 인기까지 가진 사람에게 먹힐 방법은 아니다.

 "……."

 "조용히 있지만 말고 똑바로, 구체적으로 답해 보세요. 지금까지 하신 것들을 저랑 하나씩 비교해 봅시다. 누가 얼마나 잘했는지요. 그리고 여기 영주들만 있는 거 아닙니다. 시청자들이 적어도 수천만 명은 될 겁니다. 그분들이 평가해 주지 않겠습니까?"

 "나, 나는……."

 해롤드는 할 말이 없었다.

 영주 자리를 얻고 나서 주변에 자랑도 하면서 대충 지냈던 게 사실이었다.

 성벽 보수 공사 등도 하긴 했지만, 도시에서 들어오는 수입에 비해서는 매우 적은 금액만을 사용했다.

 비교 대상이 위드라면 끝없이 까마득한 격차가 날 수밖에 없었다.

 위드는 당당하게 선언했다.

 "시슬레 성의 영주 해롤드 님을 비롯한 이 자리에 있는 분들에게 약속하겠습니다. 영주의 자리가 싫으면 물러나면 됩니다. 이미 내신 책임비는 기꺼이 돌려 드리죠."

 영주의 경매가 끝난 이후에 자리의 가치는 더 올랐다. 아르펜 제국의 영주 자리가 자주 나오는 상품이 아니기 때문이다.

한꺼번에 팔 때는 가격이 좀 쌌지만, 그 이후에 빈자리가 생기면 훨씬 비싸게 팔 수 있었다.
　위드는 불만을 가진 영주들이 그만두면 더 이득이었다.
　"아르펜 제국의 영주는 책임과 의무를 이행하는 사람들에게만 주어지는 자리입니다. 하는 일 없이 남 탓이나 하고, 불평불만이나 내뱉을 사람들은 영주의 자리를 그만두는 것으로 알겠습니다. 지금 말하세요. 해롤드 님, 영주를 그만두겠습니까?"
　"……."
　해롤드의 얼굴이 수치심으로 붉게 달아올랐다.
　지금은 어떤 주장으로도 위드의 말을 반박하지 못한다.
　은근슬쩍 정치를 하려고 했지만 순식간에 분위기를 장악하고 연속으로 몰아붙이는데, 명분에서 압도를 당했고 실력에서도 밀렸다.
　더 대들기라도 한다면 영주 자리마저 뺏기고 쫓겨날 신세.
　'자발적으로 영주를 그만두라고? 그럼 다신 영주가 못 될 텐데… 이런 궁지에 몰리다니. 누구 도와줄 사람이 어디 없나?'
　해롤드가 고민하며 주위를 살폈지만 함께 불평을 내뱉던 신임 영주들은 자리에 앉아 시선을 피하고 있었다.
　'칼을 뽑는 게 너무 빨랐어. 상대를 봐 가면서 해야지.'
　'위드가 결정적인 실수를 저지른 게 없는데 강하게 물어뜯기에는 무리가 있었지.'
　'앞에 나서서 떠드는 건 멍청한 짓이다. 대중적인 인기를 감안하면 사람들은 위드의 말을 더 긍정적으로 들을 거야. 우리같이 돈 많은 부자보다는 말이야.'

'방송 때문에라도 눈치를 볼 거란 생각은 틀렸다. 위드는 사람들을 자신의 편으로 줄을 세우면서도 언제든 우리의 목을 칠 수 있는 존재다.'

영주들의 판단은 빨랐다. 자신들의 약점도 뼈저리게 배우게 되었다.

돈을 냈다고 해서 강자가 아니다.

어디까지나 자기 도시에서나 영주로서 존중을 받는 것이지, 위드에게 밉보인다면 언제든 당할 수도 있는 것이다.

해롤드도 불리한 현실을 인식하며 당장은 물러서기로 했다.

"아닙니다. 지금까지 제가 잘못 생각했던 것 같군요. 부족함을 많이 깨달았습니다. 반성하면서 시슬레 성을 더욱 좋은 곳으로 만들어 보겠습니다."

적당한 시점의 후퇴가 그나마 체면과 실리를 챙기는 길!

마음으로는 훗날 복수를 할 생각에 가득했지만 지금은 전략적으로 판단했다.

"회의를 계속하도록 하죠."

몬스터 토벌과 북부 대륙과 중앙 대륙을 연결하는 도로 건설들이 안건으로 올라왔다.

위드가 시작부터 만만치 않은 모습들을 보였고, 많은 땅을 소유한 대영주들이 고분고분 따랐기에 회의는 순조롭게 진행되었다.

아르펜 제국의 발전을 위해 필요한 정책들이 그대로 통과가 이루어지면서 회의가 끝나 갈 무렵이었다.

위드가 해롤드를 쳐다보며 말했다.

"해롤드 님의 말을 듣고 나서 떠오른 게 있는데, 감찰단을 만들어서 시슬레 성을 비롯한 몇몇 곳들의 통치 상황을 점검하도록 하겠습니다."

"예엣?"

"제대로 도시를 다스리지 못하는 경우들이 많았을 겁니다. 그러니까 도시의 사정이 어떤지 확인해 보고 도와 드리도록 하겠습니다."

말이 돕는 것이지 이것은 대놓고 하는 간섭!

"내 도시에 무슨 터무니없는 짓을 하려는 겁니까!"

해롤드가 거세게 반발하려고 할 때였다.

위드가 로아의 명검을 뽑아서 테이블에 올려놓았다.

"싫으면 지금이라도 영주 자리 반납하세요."

"……."

"제대로 도시를 경영하지 못하는 영주들을 도와주기 위해서입니다. 잘하는 분들은 아무 문제가 없어요. 평화로운 시기도 아니고 케이베른 때문에 대륙이 위기에 빠져 있는데, 모두가 노력을 해야죠."

명백한 뒤끝이었다.

해롤드는 영주 자리를 반납하는 것도 생각해 봤지만 그건 역시 너무나도 아쉬웠다.

권력이란 가진 이후에는 절대 놓기 싫은 것인데, 시슬레 성의 영주로서 얼마나 주변에 자랑을 하고 다녔던가. 영주 자리를 내놓고 다시 되돌려받는 돈은 문제도 아니었다.

위드가 영주들을 쭉 훑어보며 말했다.

"여러분들은 베르사 대륙을 더 좋은 곳으로 만들기 위해 노력해야 하는 의무가 있습니다. 이것은 영주로 임명할 당시에 선서한 내용이죠. 다들 열심히 해 주세요. 정 못 하시겠으면 영주 자리를 반납하면 됩니다."

회의를 마칠 때까지 어떤 영주도 그만두겠다는 의견을 밝히진 않았다.

명문 길드의 수장들은 예상대로라는 듯이 고개를 끄덕였다.
"지독하게 당했군. 그렇게 나설 때부터 알아봤어."
"위드를 얕본 것이지."
"불만을 쏟아 내는 걸 남 탓이라고 뒤집어 버리고, 자신의 업적을 바탕으로 명분을 쌓은 후에 권력으로 밀어붙이네. 모든 게 한순간에 이루어졌어."
"솔직히 힘도 영향력도 없이 싸울 수 있는 상대가 아니지."
로암, 칼리스, 미헬, 군트, 샤우드.
그들은 앞으로 꽤 오랫동안 영주들이 위드에게 찍소리도 하지 못하리라 예상했다.
위드가 만만한 인간이 아니라는 걸 모두에게 똑똑히 보여 주었으며, 보복이 뒤따를 수 있다는 것도 느끼게 해 주었다.
"이게 무서운 거로군. 차라리 죽이는 게 덜 위협적이겠어."
"우린 절대 방심하지 말도록 하세. 군자의 복수는 10년이라도 길지 않아."

칼리스의 말에 미헬이 웃었다.
"암. 언젠가 우리끼리 다시 실력을 다툴 날이 올 테니까."
군트는 검 자루에 가볍게 손을 올리며 말했다.
"벌써부터 기다려지는군."
그렇게 명문 길드의 수장들도 뿔뿔이 흩어졌다.
그런데 그 직후…….

―위드 님. 칼리스나 군트가 심상치 않습니다. 현재는 힘에 눌려서 얌전히 따르고 있지만 분명 다른 마음을 먹은 것이 틀림없습니다. 제가 쭉 지켜보면서 수상한 말과 행동을 하면 보고하겠습니다.

―절대 다른 영주들을 믿지 마십시오. 흑사자 길드는 아르펜 제국과 함께 번영을 누리려고 하지만, 모든 영주들이 저처럼 순진하게 생각하는 건 아닌 것 같습니다.

―항상 영주들을 지켜보셔야 됩니다. 그들 중에는 배은망덕한 놈들이 많습니다. 물론 사자성은 어떤 일이 있더라도 위드 님을 적극 지지합니다.

―이번 일을 보면서 위드 님의 관대한 통치에 깊은 인상을 받았습니다. 해롤드 같은 사람이 같은 영주라는 게 부끄럽군요. 제가 처리를 해도 되겠습니까? 조용히, 자연스럽게 정리해 놓겠습니다.

―이 제국을 다스리는 데 얼마나 마음고생이 심하십니까? 예전이었다면 도저히 있을 수도 없는 일인데요. 이번에 불만을 토한 이들을 다 기록해 놨습니다. 작은 신호만 주시면 바로 처리하겠습니다.

미헬, 칼리스, 군트, 샤우드, 로암 등 혼자가 된 이들은 위드에게 귓속말을 보내며 아부하기 바빴다.

바드레이는 바바리안들과 드디어 사냥을 갈 수 있게 되었다.
잡다한 퀘스트들을 그동안 완벽하게 해냈더니 발스라는 이름의 바바리안이 사냥에 끼워 주기로 한 것이다.
"드디어 해내셨군요. 발스 사냥단. 마을 주민들 사이에서 평이 좋습니다."
"전투만 나간다면… 나머지는 어려운 일이 아니지."
바드레이는 어떤 전투라도 자신이 있었다.
바바리안들의 실력이 NPC치고는 뛰어나긴 하지만 자신보단 훨씬 약했다.
'저들은 전사이니 강함을 보여 주면 될 것이다.'
바드레이는 그렇게 생각했고, 발스 사냥단에 속해서도 열심히 싸웠다.
몬스터를 1마리라도 더 사냥하려고 했고, 앞에서 적극적으로 전투를 치렀다.
비록 위드에게 좌절을 겪긴 했지만 무신이라는 이름을 증명이라도 하듯이 전투에 집중했다.
'드래곤 레어를 터는 걸 성공했다고? 과연 잘나가는군.'
위드에 대해서는 영상을 보진 않고 이야기로만 전해 들었다.
가장 먼저 앞서 나갈 때에는 뒤따라오는 이들에 대한 초조함을 느꼈지만 지금은 희열과 집중력까지 생겼다.

CTS미디어를 비롯해서 여러 방송국들이 조용히 접촉해 왔다. 비록 패배하긴 했지만 바드레이의 소식을 궁금해하는 시청자들이 많았으니까.

'당분간은 방송도 하지 않는다. 모든 것은 위드를 이기고… 드래곤마저 잡은 그 이후까지 미뤄 둔다.'

인기와 영광까지도 버렸다.

오직 생각하는 것은 강함에 대한 집착뿐!

지금 위드와 다시 싸우더라도 스킬 1~2개만 봉쇄한다면 이길 수 있을 거라고 여겼지만, 그것으로는 모자랐다.

검을 겨루면서 우열을 가리는 게 아니다.

누구라도 인정할 수밖에 없는 압도적인 강함을 증명하는 길!

'위드가 전사가 되었으니 더 단순하게 비교될 테지. 힘이다. 대륙의 주인과는 상관없어. 그건 네가 가져도 좋다. 이젠 누가 더 강한지를 보여 준다.'

발스 사냥단은 늦은 저녁까지 돌아다녔다.

몬스터 외에도 사냥감들을 무수히 많이 잡아들였고, 고기와 가죽을 대량으로 확보했다.

발스가 등에 물소를 짊어지고 다가왔다.

"여기 자네의 몫이네."

"전 필요 없습니다."

"안 가지겠다고?"

"예. 저를 빼고 나눠 가지세요."

"…그렇게 하지."

바드레이는 평소에 눈에 확 띄는 고급 장비가 아니라면 줍지 않았다.

헤르메스 길드에서 엄청난 자금과 장비를 받고 있었기에 사소한 물품들을 줍는 건 시간 낭비라고 생각했다.

발스는 열심히 잘 싸운 바드레이를 좋게 본 것인지 저녁에도 다가왔다.

"사냥감을 구한 후에 고기를 잘 익히는 건 무엇보다 중요하지. 맛있게 구운 고기 한 점 말이야. 나에게 고기 굽는 법을 배우고 싶나?"

"관심 없습니다."

"안 배운다고?"

"창이나 도끼를 다루는 법에는 관심이 있습니다. 방어술도 좋고요. 싸우고 강해지는 일 외에는 신경 쓰고 싶지 않습니다."

"…그렇군. 알겠네."

악마들의 왕

―이 벌레보다 미천한 드워프들이 내 물건을 훔치다니 두려움을 잊었구나!

케이베른에 의해 사이고른 산맥과 울타 산맥의 드워프 마을들은 계속 시달렸다. 평화롭게 살아가던 드워프들의 마을이 통째로 불타고 산사태가 일어나며 지형이 바뀌는 경우도 있었다.

"저 미친 드래곤이!"

드워프 주민들은 본능적으로 새겨진 공포도 잊은 채로 덤벼들었지만 마법에 의해 죽어 갔다.

"공격해라, 모두 죽여라!"

저항하는 드워프 마을에 용아병들이 몬스터들을 끌고 침략했다.

사흘 사이에 45개의 마을들이 초토화되었으며 목숨을 잃은 드워프들이 3만을 넘었다.

험한 울타 산맥과 사이고른 산맥의 깊숙한 곳에서 벌어진 전쟁 장면이 방송을 통해 알려지게 되었다.

―토르는 완벽하게 드래곤의 표적이 되었습니다.

―더 이상 산속에서 드래곤과 드워프들의 공존이 불가능해 보이네요.

―매주 정해지는 케이베른의 표적이 도시가 아니라 드워프 마을로 바뀔 가능성도 있을까요?

―그 정도까진 아닌 것으로 보입니다. 우선 드래곤이 목표로 삼을 정도의 도시들은… 흠흠. 공식이 워낙 복잡해서 이해하기 어렵습니다만 아무튼 대도시입니다.

―드워프들은 그렇게 많이 모여 살진 않으니까요.

토르의 사정이 불안해지면서 드래곤을 피해 산을 내려오는 드워프들이 갈수록 많아졌다."

드워프 종족 퀘스트를 진행했던 위드도 심각하게 느낄 정도.

'이게 종족 퀘스트라고? 무슨 드워프 멸망 퀘스트라도 되는 거냐.'

그럼에도 퀘스트와 관련이 있던 데브라도 마을의 드워프들은 산맥을 돌아다니며 적극적으로 나섰다.

"언제까지 우리가 당하고만 살아야 하는가? 우리 종족의 보물인 희생의 화로를 되찾았네. 복수의 도끼질을 시작할 때가 왔지."

"드디어, 그때가 왔는가!"

드워프들의 성향은 인간들과는 달랐다.

본능적으로 드래곤을 두려워하긴 하지만 동족이 목숨을 잃으면서 맹렬한 복수심에 불타올랐다.

모든 드워프 종족이 하나가 되고 있는 것이다.

"희생의 화로를 찾았다니, 정말입니까?"

"그렇네. 우리 종족에 대단한 영웅 드워프가 나타났지."

"그 드워프의 이름이 무엇입니까?"

"그건… 위드핸드네."

위드가 조각 변신술을 써서 알려 준 가명!

그 이름이 토르 전역의 드워프들 사이에서 퍼지고 있었다.

토르에 남아 있던 드워프 유저들이 씩 웃었다.

"대박이다. 이렇게 큰 규모의 드워프 종족 퀘스트가 열리는 건 처음 아니야?"

"그걸 위드 님이 찾아낸 게 놀랍지. 케이베른의 레어를 턴 것에 이어지는 연계 퀘스트라……."

"멋지군. 정말 멋져."

"나도 참여하고 싶다."

"우리도 드워프니 되는 거 아니야?"

"어, 그렇네. 드워프들은 이런 전쟁 퀘스트 없었는데. 재밌겠다."

헤르메스 길드가 중앙 대륙을 장악했을 때도 무관심했던 드워프들은 위드가 모험에 성공하기를 빌었다.

케이베른은 드워프들에게는 특히 악질 중의 악질인 드래곤이라서 반드시 처치하길 희망하게 되었다.

위드는 드워프 퀘스트를 진행하기에 앞서서 틈틈이 사냥을

했다.

악룡 케이베른과 싸우기로 결심한 타격대를 이끌고 늘어난 몬스터들을 정리하는 일도 중요한 업무였다.

"싸우러 나갑시다."

몬스터 10만 대 타격대 1,000!

넓은 평지에서 조인족들의 지원 아래 공중전까지 펼쳐지는 대격전을 아침, 점심, 저녁으로 펼쳤다.

물론 새벽에도, 아침 먹기 전에도, 아침 먹으면서도, 아침 먹은 다음에도… 계속 싸웠다.

"하루에 19시간 사냥이라니… 그래도 이젠 적응되어서 조금 살 것 같아."

"인간이란 얼마나 위대한 존재인가. 〈로열 로드〉를 시작하자마자 이렇게 레벨을 올렸다면 내가 바드레이를 이겼겠다."

타격대에 속한 유저들은 그 과정에서 스스로를 전투 노예라고 부르기 시작했다.

페일에게 붙었던 별명이 모두에게 퍼진 것이다.

"말도 안 돼. 근데 우리를 이끌면서도 저렇게 싸우네."

"설명을 들었을 땐 절대 불가능할 것 같았는데, 막상 하니까 되네."

"처음보다 사냥 강도가 확실히 더 높아졌지만 어찌어찌 버텨지는 거야."

"인간의 의지는 강하지."

"어. 그래서 사람들이 과로사를 하는 거구나."

레벨이 500을 기본으로 넘지만, 그들은 사냥을 할수록 위드를 존경했다.

 질투 같은 감정을 들먹이기에는 상대가 정상적인 인간이 아니었다.

 위드는 몬스터로 가득한 평지에 뛰어들어 5인분, 10인분을 기본으로 해냈다.

 "모두 싸워라! 진격하라!"

 검을 휘두르고, 분검술을 쓰고, 광휘의 검술 등 검 관련 스킬들도 섞어 가며 쉬지 않고 싸웠다.

 어떤 때는 재생의 검으로 아군들까지 치료해 주면서 전투를 이끈다.

 그러다가 시체라도 폭발시키고 언데드까지 소환하면 순식간에 30인분, 50인분의 몫을 해냈다.

 레벨 500대의 유저들이라도 감탄밖에는 나올 게 없었다.

 "진심으로 대박이다."

 "잡캐의 정석, 완성형, 궁극 모드… 뭐, 그런 건가."

 "정작 조각술 스킬은 많이 안 쓰잖아. 재앙도 터트리고 그러던데."

 "그거까지 쓰면 여긴 지옥 돼. 우리도 죽어."

 고레벨 유저들은 한창때에는 일주일씩도 던전에서 보낸 적이 있었다. 레벨을 올리고, 좋은 사냥터를 발견했을 때는 자연스럽게 무리를 하게 된다.

 옛 기억을 떠올리면서 점점 불평불만이 사라졌다.

 위드가 사냥을 이끌 때마다 눈빛은 칙칙해졌지만, 정작 퀘스트를 하러 자리를 비운다면 기다려졌다.

그가 있느냐, 없느냐에 따라 사냥 속도가 2, 3배 이상 차이가 난다.

더구나 직접 눈으로 위드의 전투를 지켜보면 가슴 한구석에 끓어오르는 것이 있었다.

'위드가 저만큼 하는데… 나라고 안 될 게 뭐야?'

'여기서는 버티는 거야. 이곳에서 한 달만 버티면 나중에 영웅 된다.'

'랭커들? 헤르메스 길드원들? 그들보다도 더 강해질 수 있는 기회다.'

타격대에 속한 유저들 사이에는 성장의 열풍이 불어오고 있었다.

평원에서 당당히 진군하는 만 단위의 몬스터들을 볼 때마다 열정이 일어났다.

"싸웁시다!"

헤르메스 길드와 명문 세력들에 짓눌려 오며 온건하던 중앙 대륙의 유저들.

그들의 기질이 서서히 바뀌어 가고 있었다.

'슬슬 작업이 성공하고 있군.'

위드도 점점 싸움닭처럼 변해 가는 유저들의 태도를 느꼈다. 그렇지만 희생의 화로에 대한 소문도 들불처럼 퍼져 나갔다.

"희생의 화로를 쓰면 레벨이 20개, 30개씩 줄어들어?"

"그 이상 줄어들 수도 있지. 최대 10%니까 얼마나 태우느냐에 따라서."

"미친 짓이네, 그건."

고레벨 유저들은 냉정하게 평가했다.

케이베른과 한 번 싸우는 데 치러야 할 대가로는 너무나도 무거웠다.

"사냥 한 번 때문에… 지금까지 고생한 걸 날려 버리라고?"

"사냥 지옥에서 벌인 수고가 말짱 없어지는 거잖아. 게다가 우리가 어떻게 여기까지 성장해 온 건데."

"내가 약해지는 동안 다른 사람들은 성장하고 있을 텐데."

소문을 들은 대부분의 유저들은 순순히 받아들이기가 어려웠다. 드래곤과의 전투에 참여하기로 했지만 희생의 화로를 사용하는 건 원하지 않았던 것이다.

고레벨 유저들일수록 자신의 강함에 대한 애착이 컸다.

"방송은 어떻게 하고? 여기서 포기하면 우리만 나쁜 놈 되는 거 아니야?"

"케이베른과 싸우기로 했으니 싸우면 돼. 희생의 화로는 내버려두고 말이야."

"그건 맞지."

"지금 상태로 싸운다면 약속을 했으니 지키자. 하지만 희생의 화로를 쓰도록 한다면 어떤 욕을 먹더라도 빠질래."

타격대의 40만 유저들 중 희생의 화로에 자원하는 이들은 불과 몇백 명밖에는 안 되었다. 자신이 입는 손해를 견디기 어려웠고, 나름의 명분도 있었다.

사냥터에서 견디다 못해서 도망치면 비난을 받겠지만, 레벨을 뭉텅이로 날리는 건 다른 문제였으니까.

위드도 그런 분위기를 느끼며 일부러 말도 꺼내지 않았다.

'케이베른과 싸우기로 한 이들을 고생시키며 사냥터로 끌고 다닐 수는 있지. 그렇지만 그 이상의 희생을 강요할 수는 없어.'

솔직히 케이베른 사냥 성공을 100% 장담하지도 못한다.

마땅히 줄 수 있는 보상도 없는 마당에 최소한의 양심이라는 게 있었다.

더구나 위드의 평소 철학에도 맞지 않았다.

보통, 전쟁을 이끌면서 분위기를 띄우기 위해 하던 연설이란 개인들이 가진 욕망으로 군중심리를 자극하는 것이었다.

고레벨 유저들이 가진 핵심적인 욕망은 더 강해지는 것.

'나라도 희생의 화로를 쓰면서 싸우자고 하면 무시하겠다.'

어떤 이익을 돌려준다고 해도 대부분의 유저들이 절대 하지 않을 일을 하게 만들긴 어렵다.

'믿을 건 나뿐이야. 도와주는 유저들이 있으면 좋겠지만 그들에게 의지해서는 안 돼.'

남쪽으로 떠난 대지의그림자 파티는 얼어붙은 숲의 비밀을 파헤치기 위한 퀘스트를 빠르게 진행했다.

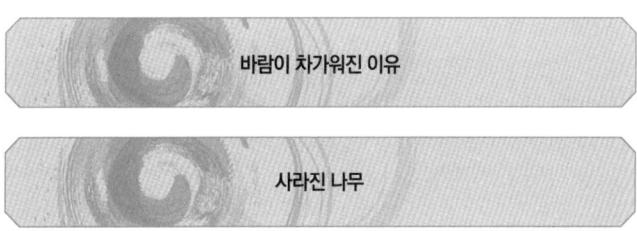

바람이 차가워진 이유

사라진 나무

고대 흔적

엘프들의 발자취

 난이도가 A급 이상이었지만 모험 스킬을 적극 활용하고 필요한 정보는 모라타의 대도서관에 요청했다.
 "바람의 마법사 루클데어에 대한 이야기는 아직 없는데. 우리가 잘못 짚은 건 아닐까?"
 "모르겠어요. 다른 퀘스트의 문을 연 것 같기도 하지만 이제 포기하기도 어렵고요."
 "위드가 드워프의 종족 퀘스트를 진행하는데, 그쪽에서 케이베른을 막을 방법이 먼저 나올지도 모르겠어."
 "우리끼리라도 희망을 가져 봐요."
 연이은 퀘스트 실패로 자신감이 많이 떨어져 있는 대륙 최고의 모험 파티.
 그들은 마법으로 기후를 바꿔서 얼어붙은 숲을 되살리는 기적을 일으키고야 말았다.
 황량한 얼음 산이었던 숲이 푸르게 바뀌는 아름다운 광경.
 띠링!

 메아드의 숲이 다시 살아나고 있습니다.
 떠나간 우드 엘프들이 돌아오게 될 것입니다. 퀘스트의 보상으로 자연과의 친화력이 3 증가했습니다.

엘릭스가 부상당한 몸에 붕대를 감으며 말했다.

"이것이야말로 모험을 그만두지 못하는 이유지."

"멋진 모습이야. 비록 사람들이 많은 관심을 가져 주진 않겠지만."

변방에서, 누구도 오지 않는 땅에서 이루어진 일이다.

그들이 목숨의 위기를 넘기고 이곳에 엘프들을 정착시키더라도 누가 그 공로를 알아줄까.

그럼에도 베르사 대륙의 일부라도 자신들이 멋지게 만들었다는 만족감이 있었다.

"엘프들이 돌아오기 전에 숲을 구경이나 해 봐요."

"그거 괜찮지."

은링의 제안에 따라 그들은 숲으로 들어갔다.

새들과 토끼 같은 동물들도 아직 없는 고요한 숲.

땅에는 아직도 다 녹지 않은 눈과 얼음 조각들이 남아 있어서 기괴한 모습이기도 했다.

―어서 오십시오, 모험가 여러분들.

그들에게 말을 걸어오는 나무가 있었다.

숲의 한복판, 높이가 3미터 정도로 평범해 보이는 나무였다.

벤은 놀람을 감추지 못했다.

"나무가 말을 하다니… 정령이나 요정은 아닌 것 같고. 설마 세계수입니까?"

―그 위대한 생명을 이어받긴 했습니다. 비록 이곳에서도 숲을 지켜 내진 못했지만요.

메아드의 숲에 있는 나무.

악마들의 왕 441

태초부터 존재하며 세상을 지키는 세계수는 아니지만, 떨어진 나뭇가지가 퍼져서 자란 후손이었다.
　―악룡 케이베른에 의해 세계수는 파괴되었습니다. 독에 시들고, 불에 타고, 산산조각이 났지요.
　하이엘프들은 다 타지 않은 뿌리와 나뭇가지들을 가지고 대륙 전체로 흩어졌습니다.
　숲의 세상을 지키는 세계수를 되살리기 위해서요.
　"케이베른… 결국 케이베른과 관련이 있었구나."
　엘릭스가 신음했다.
　―케이1577베른과 하이엘프들은 수많은 전투를 펼쳤습니다. 하이엘프들은 드래곤의 힘에도 끝내 굴복하지 않았고… 그렇게 몰락했지요.
　은링이 땅에 떨어진 나뭇잎들을 살피다가 물었다.
　"그럼 이곳에 숲이 있었던 이유도……."
　―맞습니다. 케이베른에게서 도망쳐서 이곳에 숲을 가꾸었습니다. 추격해 오는 몬스터 군단에 의해 고귀한 하이엘프들이 1명씩 차례차례 쓰러져 갔지요. 인간의 도움이 없었다면 이곳에 새로운 뿌리를 내리지 못했을 것입니다.
　엘릭스가 눈을 빛냈다.
　"혹시 그 인간이 바람의 마법사 루클데어 아닙니까?"
　―맞습니다. 그가 도와주었죠.
　케이베른과 랜도니와 관련이 있는 루클데어의 흔적을 제대로 따라온 것이었다.
　―여러분들께 부탁드리겠습니다. 저는 다시 숲으로 돌아가

야 합니다. 모든 엘프들이 그대들을 도울 겁니다.

위드는 드워프의 퀘스트를 하러 가는 도중에 대지의그림자 파티에 대한 소식을 마판에게서 들었다.

―하이엘프들의 개입이라…….
―예. 세계수를 되살리기 위한 퀘스트가 발생했다고 합니다.

전 대륙, 모든 엘프 유저들에게 퀘스트가 발생했다.

세계수를 지켜라
악룡 케이베른에 의해 파괴되지 않은 마지막 희망. 모험가 은링, 벤, 엘릭스는 세계수의 뿌리 일부를 찾아 커다란 숲으로 다시 가져오려고 한다. 세계수는 요정과 정령들을 부르고, 엘프들을 보호하는 위대한 존재. 숲으로 세계수가 돌아오면 엘프들은 잃었던 힘을 되찾게 되리라.
불행히도, 이 소식은 다크엘프들과 케이베른의 하수인들에게도 전해졌다. 멀고 먼 남쪽에서부터 세계수가 숲으로 돌아올 수 있도록 이를 보호하라.
난이도: S
제한: 엘프 한정 종족 퀘스트.
보상: 엘프들의 마법과 정령술 강화.

레벨 1에서부터 500을 넘는 유저들까지 모든 엘프들에게 한꺼번에 발생한 퀘스트!

"이것도 꽤 대박이구나."

위드는 드워프의 퀘스트만 아니라면 충분히 직접 가서 지원을 해 줄 만하다고 생각했다. 엘프 종족 퀘스트야 조각 변신술로 몸을 바꾸면 되는 것이니까.

> ─바쁘지만 않으면 가 보고 싶은데 아쉽네요.
> ─도와주실 생각이 있으십니까?
> ─가능하기만 하다면요.
> ─다른 유저들의 모험에 대해서는 관심이 없으신 줄 알았는데요.
> ─엘프로 쭉 활동할 게 아닌 이상 정령술이나 마법이 강해지더라도 도움은 안 되겠지만… 그래도 세상을 위해 헌신해야죠.
> ─엘프들의 세금 납부 액수도 오르고 말입니다.
> ─크흐흐흣.
> ─케헤헤헷.

위드는 엘프들을 도와주고 싶었지만 희생의 화로를 옮길 때처럼 와이번들을 보내서 옮길 수는 없었다.

세계수는 대지의 기운을 받아야 하기 때문에 땅에서 멀리 떨어지면 메말라 죽는다고 한다.

땅에 뿌리가 굳건하게 내리기 전까지는 너무 뜨겁거나 차가워도 금방 죽는 연약한 존재.

> ─사막을 통과하기가 쉽지 않겠네요.
> ─오아시스들을 거치며 동쪽으로 꽤 돌아온다고 합니다.
> ─그들과 친한가요?
> ─네… 뭐, 고정 고객이다 보니.

유명한 모험가일수록 상인들과 친분이 돈독했다.

필요한 장비나 물품들을 대형 상단일수록 빠르게 구해 줄 수 있었다.

> ─엘프들도 케이베른과 싸워 주면 좋겠군요.

―제가 보기에도 가능성은 있습니다. 근데 드워프에 이어서 엘프에게까지 드래곤과 관련된 퀘스트가 떴다는 것은 아무래도 느낌상…….
―드래곤과 관련된 용사 퀘스트가 만만하지 않다는 뜻이겠죠.

위드는 대략의 퀘스트들을 가늠해 보고 있었다.

희생의 화로를 구한 건 드워프 종족 퀘스트다.

바바리안이나 요정 기사 영웅을 구하는 용사 퀘스트도 있었고, 어쩌면 엘프들도 합류할 가능성이 보였다.

여러 종족들이 드래곤에 의해 하나의 운명으로 묶이게 되는 것이다.

―이러면 이판사판인데… 구해 달라고 했던 정보들은요?
―크나툴, 말린에 대한 소식은 정리 중입니다. 워낙 잘못된 이야기들이 많고, 가짜 정보들이 섞여서 시간이 걸립니다.
―가짜 정보들요?
―아르펜의 영주가 될 수 있는 기회이다 보니… 뭐든 전해 오고 있습니다.

영주 자리와 100만 골드의 상금.

그렇기에 바바리안이나 요정 기사에 대한 정보들이 엄청나게 몰려들고 있었다.

문제라면 그것들 중에서 제대로 된 것이 드물다는 점.

난이도 F급의 퀘스트도 해결되지 않은 것들만이 모이고 있었다.

―어쩔 수 없죠. 이쪽에서 가리는 수밖에는요.
―그렇습니다.

―퀘스트의 규모가 커지다 보니 앞으로 위험하겠네요. 패배하고 나면 뒤가 안 보이는…….
―옙! 위드 님만 믿습니다.
―자기 일 아니라고 편하게 말하네요.
―사는 게 다 그렇죠, 뭐.

노른 산맥의 초입.

위드는 드워프 총회에 참석하기 위해 와삼이를 타고 날아와 있었다.

'여기서부터는 조심해야 되겠군.'

케이베른의 영역과는 거리가 멀었지만, 수천의 용아병들이 토르에서 돌아다니고 있다는 흉흉한 소문이 들렸다.

"보물을 되찾아야 한다."
"찾아서 죽여라. 감히 케이베른 님의 레어에 들어온 드워프들을!"

덤으로 몬스터들의 활동 빈도도 높아지면서 토르 지역은 매우 위험해졌다.

"방해꾼들을 뚫고 드워프들이 모여 있는 그루터기 마을에 무사히 도착하는 것 자체가 퀘스트겠어."

열흘이란 시간이 있었으니 퀘스트를 받자마자 이동했다면

훨씬 쉬웠을 수 있다.

그렇지만 아르펜 제국의 영주 회의를 개최하면서 시간적인 여유도 줄었고, 사냥도 해야 했다. 그사이에 용아병과 몬스터들이 산맥 전체에 깔렸다.

"안 그래도 어려운데, 더 힘들게 퀘스트를 하는 것 같아. 이런 게 먹고사는 거겠지."

—비돌입니다. 반경 200미터에 적은 보이지 않습니다만, 풀숲이나 나무 아래에 숨어 있을지도 모르니 주의하십쇼.

군대에서 드론을 띄워서 정찰하는 것처럼 조인족 참새 유저들이 주변을 살피고 있었다.

조인족들은 이전에도 위드의 일을 잘 도와주었지만, 드래곤의 레어를 털고 나서부터는 유저들의 충성심이 부쩍 늘어났다.

"조각 변신술."

위드는 드워프로 몸을 바꾸었고, 장비들은 무난한 레벨 300대의 것들을 착용했다.

드래곤의 보물들은 쓸 만한 것들이 많았지만 눈에 띌 수 있는 위험 때문에 가져오지 않았다.

그럼에도 로아의 명검이나 하늘 지배자의 갑옷 등은 배낭에 챙겨 놓았다.

일종의 적진 한복판으로의 잠입 퀘스트!

발각되기라도 한다면 인근의 모든 용아병과 몬스터들이 몰려올 것이다.

케이베른 역시 레어에서 날아오르고 말 테고.

> 위드: 이동합니다.

위드는 지역 채팅 창을 통해 정찰에 동원된 조인족 100마리들에게 전달했다.

> ─지원 준비 완료입니다.

페일을 중심으로 케이베른 사냥에 나선 유저들로 구성된 신속 지원군도 근처에서 대기 중이었다.

> ─그럴 필요 없는데요.
> ─저희가 원해서 하는 겁니다.

위드는 극단적인 상황이 생기면 별 도움이 안 될 것 같아 거절했지만, 그들은 자발적인 모임이었다.

"그동안 지켜보니 위드 님 옆에 있으면 얻어걸리는 게 많아."

"고생은 하지만… 죽을 만큼 고생하지만 보람도 있어."

"방송 출연 기회가 생기잖아. 그것만 해도 이득이지."

과거 헤르메스 길드가 바드레이의 사냥이나 퀘스트를 돕던 것처럼 든든한 지원을 받고 있었다.

> 비왈디: 동쪽 능선에 몬스터들이 있습니다. 나무들로 시야 확보가 안 되어서 위드 님이 노출되진 않을 것으로 봐요.
> 추경: 이 지역에서 발견된 용아병은 20마리, 움직임을 전부 확인 중입니다.
> 칼리야카드: 진행 방향을 따라 계속 가다 보면 초소 비슷한 것이 있네요. 원래는 드워프들이 만들어 놓은 것인데 용아병들이 장악했습니다. 우회로는 서쪽입니다만 협곡을 지나야 합니다.

> 씀: 협곡 지역 정찰 중. 몬스터들이 대량으로 휴식을 취하고 있습니다. 잘하면 들키지 않고 진행할 수도 있을 것 같은데… 확실하진 않습니다.
> 토로: 협곡은 안 됩니다. 몬스터들의 생김새를 보니 후각이 상당히 예민할 것으로 추측됩니다.

위드는 폭넓은 정보들을 전달받으며 산길을 올랐다.

'초소에 용아병이 있다라… 첫 번째 난관이로군.'

발각되기라도 한다면 인근의 용아병이나 몬스터들이 전부 몰려오고 말 것이다.

'난이도 S급의 퀘스트는 단순하지 않아. 일이 잘못되면 나만 죽는 게 아니라, 그루터기 마을에 모여 있는 드워프들이 몰살할 수 있겠지.'

위드는 집중력이 칼처럼 날카롭게 서 있었다.

사방에 흩어져 있는 조인족들이 정보를 알려 준다. 그 이야기들을 하나로 모으고 주변의 지형, 바람 소리, 냄새. 어느 것 하나 그냥 흘리지 않았다.

'방심은 없다.'

죽는 순간까지도 자만하거나, 상대를 얕보지 않는 것이 위드의 스타일!

샤샤샤샥!

짧은 다리를 이용해서 산길을 오르면서도 소리가 거의 나지 않았다. 나뭇조각이나 낙엽까지도 피해서 조심스럽게 걸었다.

> ―노른 산맥이라면 좀 알지. 그쪽의 초소는 드워프의 술 저장고를 이용해서 통과할 수 있을 거네.

악마들의 왕 449

위드의 영상을 방송으로 보고 있던 헤르만이 말을 걸었다.

―술 저장고요?
―다음 갈림길이라 하기엔 뭐하고… 조금 가다 보면 오른쪽에 샛길이 하나 있을 거야. 수풀로 막혀 있을 수도 있고. 100년 이상 된 오래된 나무들이 엇갈려 있는 위치인데, 그곳으로 방향을 바꿔서 쭉 걷다 보면 바위 틈새 창고가 나오네.

노른 산맥은 울창한 나무들이 자라고 있었지만, 큰 바위들도 많았다.

―차가운 바람이 흘러나오는 곳이라서 나이 든 드워프들이 맥주를 보관하고 있지. 그 지역의 관리자는 아마 브록핸드일 텐데… 명망 높은 드워프들만이 아는 장소네. 엣헴. 내 이야기를 하면 잘 대해 줄 걸세.
―고맙습니다, 드워프 영감님.
―…영감님이라는 말은 빼 주었으면 좋겠군. 젠장! 이게 방송으로 나가면 놀리는 사람이 많아질 거잖아. 빌어먹을. 아, 방금 욕까지 방송으로 나갔어. 이게 아닌데.

위드는 헤르만에게서 정보를 얻고, 서윤과 마판에게 확인을 부탁했다.

잘못된 사실을 알려 준 건 아니겠지만 헤르만은 모험가라기보단 대장장이였다. 그가 다녀온 이후에 많은 것이 바뀌어 있을 수 있었다.

―바위 술 저장고. 위치 확인. 헤르만 영감님의 말씀이 맞아요. 술 저장고를 통과하면 약 340미터의 거리를 단축할 수 있어요.

서윤이 먼저 확인해 주었다.

> ─산악 지도를 살피고 있습니다. 위치는 확실하고, 드워프 유저들의 말을 들어 보니 브록핸드라는 NPC는 조금 까다롭습니다. 명성이 낮은 드워프들은 출입시켜 주지 않는다고 하는데… 뭐, 위드 님에게는 상관없는 일이겠죠.

마판의 귓속말도 들어왔다.

모험가, 예술가, 아르펜 제국의 황제의 자리까지 오른 위드의 명성은 과장을 조금 보태면 깊은 바다에서 낚아 올린 물고기들까지 알 정도였다.

실제로 인어나 지성을 갖춘 해양 생명체들은 위드에 대해 말했다.

"육지에는 아름다운 걸 만들고, 위험을 모르며, 명예로운 자가 있다던데. 그를 만날 수 있나요?"

"바다에는 신비로움이 잠들어 있지. 극지의 탐험가, 명예로운 왕 중의 왕, 끈질긴 낚시꾼. 그런 별명을 가진 자라면 밤을 새워서 하고 싶은 이야기가 있어. 쉿! 누구에게도 들려줘 본 적이 없는 비밀이지."

명성이나 여러 자격 조건들은 어떤 위험한 퀘스트라도 대부분 받을 수 있는 상태!

예전이라면 난이도 S급의 퀘스트를 받아도 성공을 못 할 거라고 좌절부터 했었다.

지금은 각종 꼼수들을 동원하면 성공 가능성들이 꽤 보였다. 그만한 고생은 틀림없었지만.

위드는 천천히, 조심스럽게 샛길을 걸어 시원한 바람이 부는 바위 틈새를 찾아서 들어갔다.

"이곳까지 찾아오는 드워프는 드문데… 자넨 누군가?"

브록핸드는 수염을 무릎까지 기른 드워프였다. 코는 붉었고, 날카롭게 날이 서 있는 대형 도끼를 한 손으로 들고 있었다. 여차하면 허락 없이 들어온 침입자에게 도끼를 내려칠 기세였다.

"위드핸드라고 합니다, 브록핸드 어르신."

"오, 위드핸드라고! 세상에나……. 요즘 들어 가장 유명한 드워프를 보게 될 줄은 몰랐군."

케이베른의 레어에서 희생의 화로를 훔치고 얻은 명성만 32,000이었다.

베르사 대륙 전역이 들썩였으며, 토르 지역에서는 드워프들이 맥주를 마실 때마다 떠들고 있었다.

얼마 지나면 잠잠해질 테지만 지금은 명성의 효과가 크게 올라 있는 상태였다.

"보통의 용기로 되는 일이 아니야. 케이베른에 맞서다니 훌륭하군."

"분에 넘치는 칭찬이십니다. 저는 그저 불의를 외면하지 못하고 도끼를 들었을 뿐입니다."

"그래그래. 도끼의 손맛을 알고 있나?"

"묵직하고 단단하죠. 나무를 벨 때도 쓸 만하지만, 강력한 힘과 파괴력으로 몬스터들을 박살 내는 것이 일품입니다."

"바로 그거야. 이런 멋진 드워프라면 내 맥주를 실컷 마셔도 되지."

"한 잔 주시겠습니까?"

이 와중에도 친밀도를 확보하려는 위드.

드워프 사이에서 맥주를 같이 마시는 것은 친해지기 좋은 방법이었다.

드워프들끼리 주의해야 할 점은 상대가 먼저 제안을 했을 때 거절하면 사이가 크게 나빠진다는 점이다.

"자네는 그루터기 마을로 가야겠지. 바쁘다는 것은 아네. 빠르게 한 통을 마시세."

바위 술 저장고에서 브록핸드가 내주는 맥주를 실컷 마셨다.

> 풍미가 뛰어난 맥주를 마시고 기분 좋게 취했습니다.
> 드워프의 특성에 따라 술에서 깰 때까지 집중력과 체력이 향상됩니다. 모든 생산과 전투 활동에 10%의 추가적인 효과가 부여됩니다. 회복 속도가 빨라집니다. 심한 부상을 입어도 힘의 감소가 줄어듭니다.

> 보르낙 맥주를 시음했습니다.
> 멋진 술을 마시게 되어 예술이 영구적으로 2 증가합니다. 기품이 2 증가합니다. 용기가 2 증가합니다.

> 요리 스킬의 숙련도가 향상되었습니다.

> 뛰어난 통찰력으로 보르낙 맥주의 제조법을 85% 간파했습니다.

'이런 효과까지……'

위드는 드워프들이 숨겨 놓은 맥주를 마시며 아주 만족스러웠다.

〈로열 로드〉에서는 열심히 사냥터에 사는 유저들도 있지만, 기가 막힌 풍경을 보거나 맛있는 요리를 음미하며 강해지는 이들도 많았다. 삶과 여유를 느긋하게 즐기는 것이다.

자칫하다가는 완전히 놀고먹기 딱 좋아지긴 하지만.

브록핸드는 빈 술잔을 내려놓으며 말했다.

"위드핸드, 자네는 정말 드래곤을 잡을 건가?"

"물론입니다. 그 녀석이 우리 드워프들을 건드렸으니까요."

입에 침을 바르지 않아도 거짓말이 술술 나오는 상태.

"그렇다면 나도 따라가도록 하겠네."

"위험합니다. 아마 저를 기다리고 있는 적들이 많을 텐데요."

"걱정하지 말게. 늙은 몸이지만 케이베른을 물리치는 일이라면 어디서든 선두에서 싸울 것이야."

브록핸드가 그렇게 동료로 합류했다.

위드가 대충 그의 장비들을 살피니 레벨은 500이 안 되어 보였다. 그럼에도 도끼나 장비들은 자주 사용한 흔적이 보였다.

브록핸드는 틀림없이 젊은 시절에 전투를 자주 치렀으리라.

'동료로 쓸 만한 수준이로군.'

전투 경험이 많은 드워프 전사라면 어느 파티에서나 환영.

어떤 상황에서도 맥줏값 정도는 해 주는 것이 드워프 전사들이다.

―브록핸드는 까다로운 성격의 드워프인데… 동료로 받아들이다니 분위기가 좋습니다. 브록핸드가 다른 유저들의 동료가 됐던 적은 없다고 합니다. 최초입니다.

—케이베른과 맞서며 드워프들이 모이는 것 같습니다. 보통 드워프들은 같은 종족끼리도 웬만해서는 뭉치지 않죠.

마판과 모험가 스펜슨이 자기 일처럼 기뻐해 주었다.

위드는 술 저장고를 나와서 브록핸드와 함께 걸었다.

"이 자국들을 보게. 먼저 나 있는 용아병들의 발자국이군."

브록핸드가 땅에 선명하게 나 있는 발자국을 확인했다.

위드는 이미 조인족들을 통해 전방에 다섯의 용아병들이 있다는 사실을 알고 있었다.

초소를 피해서 돌아오긴 했지만 그루터기 마을까지 가려면 돌파해야 하는 관문들이 꽤 많았다.

"대지의 흔적을 보는 법을 아십니까?"

"자세히는 몰라. 그래도 산이나 숲은 익숙한 곳이야. 용아병들은 인간의 발보다는 크고 무거워."

"드워프도 발이 큰 편인데요."

"우린 발이 크긴 하지만 살아 있는 꽃은 밟지 않으려고 노력하지 않나."

"그렇지요."

"놈들은 걱정하지 말게. 여긴 내 앞마당이나 다름이 없는 곳이니까. 길을 확실히 막고는 있지만 돌아갈 방법은 어디에든 있어."

브록핸드는 드워프의 작은 몸을 이용해서 커다란 바위 틈새에 나 있는 좁은 길로 이끌었다.

"넝쿨을 타 본 적이 있나? 이 나무를 올라가서도 꽤 먼 거리를 건널 수 있지."

"흠. 해 보겠습니다."

위드는 브록핸드와 나무를 올라갔다. 그러고는 넝쿨을 손에 잡고 매달린 채로 뛰어 수십 미터씩을 이동했다.

자신 있게 길을 인도하던 브록핸드가 손을 놓치며 몇 번이나 아래로 떨어질 뻔했다.

"크으, 역시 높은 곳은 어지러워. 위드핸드, 자네는 어린 드워프들처럼 잘 타는군."

"고맙습니다."

브록핸드의 안내 덕분에 용아병의 무리를 몇 번이나 지나칠 수 있었다.

"어디선가 소리가 들리는 것 같은데."

"바람 소리겠지."

"어린 원숭이들이 꺅꺅거리며 노는 모양이야."

용아병들은 정해진 자리를 지키며 순찰을 돌았다. 수풀 사이를 통과하거나, 바윗길을 이용하는 것만으로도 꽤 안전하게 지날 수 있었다.

"휴, 간신히 들키지 않았군."

"브록핸드 님 덕분입니다."

"알고 있네, 내 덕분이지."

"……."

"이젠 나무 그늘 사이를 지나야 하는데 이걸 바르면 위장하기 훨씬 좋다네."

브록핸드는 진흙을 얼굴에 바르기를 권했다. 그러고는 사슬 갑옷에 풀과 나뭇가지들을 몇 개씩 꽂고는 자화자찬을 했다.

"내가 했지만 감쪽같은 모습이군. 저 둔한 놈들은 아마 절대 모를 거야."

위드는 솔직히 그다지 훌륭한 위장법은 아니라고 생각했다.

'효과가 아예 없진 않겠지. 뭐, 거기서 거기겠지만.'

나무와 풀 사이에 불쑥 튀어나온 도끼 자루!

그럼에도 드워프들에게는 항상 최고라고 칭찬해 줘야 했다.

"굉장한 은신술입니다."

> 부리구리: 서쪽 방향, 320미터에서 용아병 무리 빠르게 이동 중. 용아병 넷에 다수의 몬스터로 구성되어 있습니다.

위드는 서쪽 방향을 슬그머니 봤다. 아무것도 보이지 않지만 용아병들이 곧 나타나리라.

브록핸드가 등에 다시 배낭을 짊어졌다.

"어서 가세."

"잠시만요. 느낌이 좋지 않습니다. 수풀 속에서 조금 기다렸다가 가죠."

"뭐, 자네 말이 그렇다면야."

잠시 기다리니 용아병과 몬스터 무리가 지나갔다.

"케이베른 님이 잃어버린 물품들을 찾아야 한다."

"이 산맥의 드워프들을 전부 죽여서라도 회수해야지."

"드워프들이 많은 마을들을 찾아내자. 그곳이라면 보물이 있는 곳을 알겠지. 케이베른 님의 물품을 찾아내지 못하면 드워프들은 대신 목숨과 보물을 바쳐야 될 거다."

순찰을 도는 용아병들은 살벌한 말을 내뱉고 있었다.

"저런 빌어먹을 놈들!"

위드는 브록핸드가 뛰쳐나가려는 걸 막아야 했다.

"그냥 말뿐입니다. 이 근처에 드워프 마을은 이미 몬스터들과 싸우다가 물러났다고 들었습니다."

"복수를 해야 하는데."

"더 큰 기회가 생길 겁니다."

브록핸드는 드워프 전사답게 화끈한 기질이 있었다. 몬스터들을 보면, 덤벼들려는 걸 제외하면 훌륭한 길잡이였다.

'지형과 정찰. 두 가지 모두의 도움을 받으니 훨씬 쉬워.'

그럼에도 조심스럽게 전진했다.

지도상으로 그루터기 마을은 노른 산맥의 서쪽, 높고 험한 산들이 병풍처럼 둘러싸고 있는 산속에 있었다.

울창한 나무들이 자라나 있어 멀리서는 마을의 형태도 보이지 않는다.

모험가 체이스나, 여러 드워프들도 그루터기 마을에 대해서는 소문으로만 들어 봤다고 한다.

"평소에 퀘스트에 대한 단서들을 수첩에 적어 놓고 있었습니다. 그루터기 마을은… 세 번 정도인가 들어 봤는데요. 드워프들이 사는 평화롭고 평범한 마을이라고만 수첩에 기록되어 있습니다."

모험가들도 그루터기 마을의 정확한 실체를 몰랐다.

어떤 유저들은 우연히 방문했겠지만 그냥 평범한 마을인 줄 알고 지나쳤을 수도 있다.

드워프들이 위기에 빠졌을 때만 전사들이 모여 운명을 결정하는 장소의 역할을 했다.

'지도를 보면 그루터기 마을은 계곡 근처에 있다. 산기슭이나 중턱에서는 숨고 우회하면 되지만, 물이 있는 곳이 문제야. 보통은 몬스터가 잔뜩 있을 테니까.'

위드는 고민을 해 봤지만 정답은 없었다.

텔레포트, 그림 이동술 등이 막혀 있었고, 하늘을 나는 것도 용아병의 눈에 띄고 말 것이다.

'난이도 S의 연계 퀘스트가 쉬울 리가 없지.'

어쩌다 중간 단계의 하나 정도는 쉽게 풀리더라도 전체 과정 자체가 쉽게 끝나진 않았다.

"브록핸드, 이제 가죠."

"알겠네."

모험가 체이스.

불의 고리에 도착한 그는 용암을 뿜어내는 봉우리들을 볼 수 있었다.

어떤 화산들은 하늘을 향해 폭발하듯이 용암을 수백 미터나 토해 냈다.

"크… 엄청난 광경이군요."

"너무 덥습니다. 열기 때문에 얼굴이 뜨거워질 정도네요."

"요정의 바람막이들을 잘 챙기세요. 이곳부터는 불길이 상당히 위험할 겁니다. 당장은 몬스터보다 지형을 조심해야 될 것 같습니다."

불의 고리에서 체이스를 따라온 모험가들은 곧바로 탐색을 시작했다.

그들의 목적은 어딘가에 있을 랜도니의 레어!

아무래도 당장은 레드 드래곤의 위협이 없지만 오크들을 습격한 다음에는 중앙 대륙이나 북부 대륙으로 올 수도 있었다.

"크아… 진짜 길이 험하네요."

모험가들은 걸을 때마다 화산재에 무릎까지 푹푹 빠져들었다. 하늘에는 기괴하게 생긴 바위형 몬스터들도 날아다니고, 어떤 곳들은 땅이 허물어져서 용암들이 흐르는 모습이 그대로 보였다.

"발밑을 조심하세요!"

"으아아악!"

경사진 곳의 바위가 허물어지면서 까마득한 아래로 떨어져 내렸다.

모험가들은 밧줄을 서로의 몸에 묶어서 떨어지진 않았지만 위험천만한 순간이었다.

그날 밤, 천막을 쳐 놓고 모험가들은 회의를 시작했다.

"이곳에서는 지형 때문에 접근 불가능한 장소들이 많아요."

"구체적인 정보도 없이 헤매서는 답이 안 나오지 않을까요? 무언가를 찾는다는 게 대단히 어려울 것 같습니다."

"드래곤이라면 특징이 있을 것입니다. 제일 큰 화산 부근이라거나, 혹은 대지의 균열 안에 있다거나."

"100명이 가면 최소한 절반은 죽을 각오를 해야 하는 장소들이군요."

모험가들은 불의 고리에서 대화를 나눌수록 탐험이 위험하다는 생각을 했다.

'그래도 이게 모험이지.'

'까딱하면 죽어. 지금까지 퀘스트를 해 오면서 이토록 짜릿한 순간이 있었던가.'

모험가들은 불의 고리를 탐색하면서 미지의 영역들을 조금씩 파헤쳐 갔다.

매일 몇 명씩 죽는 유저들이 나왔지만 그럼에도 되돌아간다는 말을 하는 사람은 아무도 없었다.

그러던 와중에 새로운 소식이 들려왔다.

절망의 평원에서 조사 중이던 오크 로드 세에취가 말을 걸어왔다.

> ─취익! 드디어 오크 부족의 마음을 열었어요. 취취췻!
> ─어떻게… 소득이 있던가요?

모험가들은 일단 불의 고리에 와서 맨몸으로 부딪쳐 보고 있었으니 뭐든 더 많은 정보를 필요로 했다.

―오크들은 기록이 없어서… 췻! 게다가 이야기가 제대로 전해 내려오지도 않았어요. 추취치잇!
―역시 그렇겠죠.

 체이스와 모험가들은 낙심했다.
 사실 절망의 평원이 열리고 나서도 모험가들이 많이 방문하지 않은 이유가 그것 때문이었다.
 오크들에게는 역사가 제대로 내려오지 않으니까.
 1마리의 오크가 배부르다는 말을 하면, 그걸 들은 오크는 사냥에 성공했다고 안다.
 다음 오크는 어서 같이 먹자고 나타날 정도였으니 말로 전해지는 정보에는 한계가 있었다.

―하지만… 추이잇!

 세에취의 말은 아직 끝나지 않았다.

―단서로 한 단어를 얻었어요. 추이익! 악마들의 왕 클레타라고… 취취익!

 위드와 브록핸드는 짧은 다리를 부지런히 놀리며 산길을 오르고 있었다.
 '악마들의 왕 클레타라고? 대체 무슨 뜬금없는 이야기를 하는 거지?'

블랙 드래곤과 레드 드래곤이 말썽을 피우는 상황에 갑자기 나타난 이름!

'너무 엉뚱한데. 오크들이 한 말이라서 믿을 건 아닐 거야. 암. 근거가 있는 이야기도 아니잖아.'

그렇게 안심을 하려고 해도 뭔가 뒤통수를 간질이는 미묘한 느낌을 지우기 어려웠다.

'당장은 해야 할 것부터. 그리고 그다음 일은… 그다음에 고생하자.'

위드의 눈에 멀리 몬스터가 보였다.

"몬스터입니다."

"내게 맡기게. 단숨에 쪼개 주지."

브룩핸드가 등에 메고 있는 도끼에 손을 가져갔다.

"부근에 다른 몬스터들이 또 있습니다. 소리를 내면 몬스터들이 모여들 테니 조용히 지나가죠."

"드워프의 자존심에는 도저히……."

"나중에 맥주를 실컷 사겠습니다."

"조용히 지나가자는 자네 말이 맞는 것 같아."

위드는 브룩핸드가 끼어서 중간중간 지름길을 알아낼 때도 있었지만, 결정할 때는 대화로 매번 설득해야 했다.

그럼에도 다행이라면 아무래도 몸집이 작은 드워프라는 점이랄까.

몬스터들이 지나갈 때는 근처 수풀 사이에만 앉아 있어도 위장이 잘되었다.

"큼. 내 단단한 도끼 맛을 보여 주지 못해서 아쉽군."

"기회가 생길 겁니다."

그루터기 마을로 계속 걸어가다가 작은 동굴을 발견했는데 그곳에는 드워프들 9명이 모여 있었다.

"우린 골슨 마을의 전사들입니다. 그루터기 마을로 가다가 몬스터들이 많이 보여서 습격 기회를 노리고 있죠. 그쪽 분들은 누구십니까?"

"술 저장고의 브록핸드. 그리고 이쪽은 케이베른의 레어에서 우리 종족의 보물을 꺼내 온 위드핸드네."

"대단한 드워프를 만나게 되었군요. 반갑습니다. 그루터기 마을로 가시는 것 같은데, 같이 가도 되겠습니까?"

위드는 그들의 합류를 받아들였지만, 머리는 빠르게 돌아가고 있었다.

'이것으로 드워프들만 열. 처음에는 지나가는 와중에 우연히 브록핸드를 만났다고 생각했지만⋯ 꼭 그런 것만은 아닐 수도 있겠군.'

그루터기 마을까지 조용히 잠입하는 것만을 생각했다. 하지만 이렇게 드워프들을 이끌고 가게 된다면 발각될 위험이 높아졌다.

'조금 방식이 바뀌게 되겠지만 깔끔하게 습격해서 길을 뚫어야 되겠군.'

그루터기 마을에서 드워프들은 종족의 운명을 건 결정을 내리게 될 것이다.

드워프 전사들과 친해지는 시간을 갖는 과정도 나쁘지 않으리라.

> 베텐: 몬스터가 있습니다. 용아병이 끌고 다니던 대형 마수로 보이는데. 7마리가 따로 돌아다니는 것 같습니다. 4, 5분 정도 기다려서 통과하면 들키지 않을 수 있습니다.

"전방에 7마리. 빠르게 처치할 수 있을까요?"

"얼마든지. 참아 왔던 내 도끼 맛을 보여 주지."

"제가 3마리를 맡겠습니다."

"레어를 턴 실력을 볼 수 있겠군. 언제라도 뒤를 받쳐 주지."

위드는 드워프들과 합세해서 길목을 막는 몬스터들을 습격했다.

풀숲과 나무 뒤에 숨어 있던 몬스터들이 뛰쳐나오고, 나뭇가지에서 위드가 뛰어내린다.

강철을 극한까지 연마한 양손도끼!

케이베른의 레어에서 들고 나온 무기로 기본 공격력이 무려 280이었다.

다른 옵션들도 그냥 다 날카로움이나, 힘 강화, 파괴력 증가 등에 몰빵되어 있었다. 그냥 다 때려 부수는 무기.

드워프들의 동시 습격에 몬스터들은 빠르게 목숨을 잃었다.

위드는 마수를 2마리 해치웠다.

> 비왈드: 서남쪽 270미터. 용아병과 몬스터들이 접근 중입니다. 서둘러서 움직이면 들키지 않을 것 같아요.
> 씀: 북쪽 8마리. 아까부터 지켜보고 있었는데 일정 지역을 관할 지역으로 순찰 중입니다. 밤나무 숲에서 처리하면 위험 요소를 없앨 수 있습니다.

"어서 가죠. 그다음 목적지는 밤나무 숲입니다. 거기서도 전투를 치러야 하고요."

"좋지. 피가 끓는군."

주변을 살펴 주는 조인족 덕에 몬스터들을 정리하면서 착착 전진했다.

용아병도 처치했는데, 조각 파괴술로 모든 예술 스탯을 힘으로 몰아넣고 딱 세 대에 박살 냈다.

막대한 생명력과 맷집을 보유하고 있었지만, 기본 공격력을 높인 방법에 취약했다.

스킬은 견디지만, 직접 타격에 박살 나는 용아병!

위드의 눈빛이 예리하게 빛났다.

'사냥 효율로 놓고 보면 좋다고 할 수 없지만, 전체적으로 나쁜 장소는 아니야.'

용아병들은 좋은 장비와 더불어서 드래곤의 이빨이나 비늘을 떨어뜨렸다.

마법 재료로 가공하기에 좋고, 특수한 퀘스트에 필요하기도 했다.

드워프들은 위드를 놀랍다는 듯이 쳐다보며 말했다.

"힘이 엄청나게 강하군!"

"용아병을 그렇게 쉽게 해치울 줄은 몰랐네."

흰 수염을 기른 드워프 전사들이 감탄하고 있었다. 다들 키가 작긴 했지만 그래도 떡 벌어진 어깨들을 가졌다.

"케이베른에 비하면 별거 아닙니다."

"악룡 말인가?"

"제가 케이베른을 상대했을 때는……."

"허억. 케이베른과 싸웠다고?"

"뭐, 잠깐 부딪쳐 봤습니다만… 아무튼 계속 이동하죠. 내일 낮까지는 그루터기 마을에 도착해야 합니다."

바위산의 능선 구간.

용아병과 몬스터들에게 발각되기 쉬운 장소에 도착했다.

하필이면 달까지 밝았고, 밤하늘에는 조각술 마스터를 하며 만들었던 처자식 별까지 환하게 빛이 났다.

서윤과 아기의 형상을 보석들로 치장해 놓은 별이 환히 반짝이며 지상을 비추었다.

"일단 이쪽으로 와 보세요."

위드는 드워프들을 한자리에 모았다.

"여긴 능선이라서 시야가 환히 트여 있습니다. 통과하면 확실히 발각되고 몬스터들이 몰려들 겁니다."

"두려움은 없네. 죽음은 무서운 게 아니지."

브록핸드가 자신만만하게 말을 이었다.

"여차하면 우리가 적들의 시선을 끌겠네. 자네는 중요한 일을 해야 하니 그루터기 마을로 가게!"

드워프 전사들이 흩어져서 용아병과 몬스터들을 유인하는 계획.

위드는 퀘스트의 성공 자체만 놓고 보면 합류한 드워프들이 희생양의 역할을 할 수 있겠다고 생각했다.

'도움은 되겠지만 크게 손해를 감수해야 하는 방법이야.'

드워프들은 끈끈한 의리를 자랑했다. 위기에 빠진 동족을 위해서 기꺼이 전투에 참여하는 종족들.

반대로 동족을 미끼로 버리는 일은 절대 허용하지 않았다.

'그루터기 마을에 도착하긴 하겠지만 상당한 차질이 생길지도 모르겠는데.'

오래전이기는 하지만 리트바르 마굴에서 로자임 왕국의 병사들도 1명씩 신경 써서 관리했었던 위드였다.

그 이후로 병사들을 다시 볼 일은 없었지만 그래도 전투 병력을 허무하게 잃는 방식은 원하지 않았다.

'1명이라도 더 살려야지. 아껴야 착취한다. 무려 드워프들인데 말이야.'

위드는 사실 그루터기 마을에 도착하는 것이 난이도가 높더라도 그렇게 걱정되진 않았다.

퀘스트의 정석이라고 할 수 있는 드워프로 공략하고 있었지만 여차하면 조각 변신술을 쓰면 되니까.

몬스터나 용아병으로 변신해서 당당하게 걸어가면 되었다.

혹은 다람쥐로 몸을 바꾸고 달려가도 좋았다.

와삼이를 타고 하늘을 날아가는 방법은 운이 나쁘면 용아병들에게 발각될 수도 있지만 이건 완벽한 꼼수!

'드워프들을 잘 살려서 데려가면 도움이 되겠지.'

위드는 배낭에서 짐승 가죽들과 바느질 도구를 꺼냈다. 조각술을 마스터한 이후에는 재봉 노가다를 위해 가지고 다니던 물건들이었다.

"저한테 방법이 있으니 기다려 보세요."

가죽들을 꿰매고 유린에게 빌린 물감을 발랐다.

중급 재봉 7레벨의 솜씨.

마스터는 아니지만 그럼에도 엄청난 실력에 손재주의 보정까지 들어갔다.

실과 바늘을 빠르게 움직이며 동물 가죽옷을 만들고, 나중에 머리 부분은 진흙으로 조각술을 활용했다.

재봉과 조각술의 협업!

띠링!

잘 만든 흑곰의 옷

곰의 형상에 맞춰서 정교하게 꿰맨 옷! 입고 있으면 영락없이 곰으로 착각할 정도로 잘 만들어진 옷이다.

내구도: 20/20

방어력: 11

옵션: 동물들에 대한 미약한 공포. 약한 몬스터들이 도망갈 수 있다. 고급스럽다. 최신 패션 유행과는 거리가 있지만, 취향에 따라 비싼 가격에 팔릴 수도 있다.

"음. 그럭저럭 잘 만들어졌군."

별거 아닌 가죽옷이었다.

그럼에도 조각술 마스터답게 흑곰의 머리 부분은 실감 나게 만들어져 있었다.

적어도 10미터 정도의 거리에서는 알아볼 수 없을 정도로.

늑대, 원숭이 옷들도 연달아서 만들었다.

"이 옷을 입으세요."

"이걸 말인가?"

"네. 이 능선을 이 옷을 입고 넘으면 될 겁니다."

"용맹한 전사에게는 부끄러운 짓이야. 밤이 더 깊어지는 걸 기다리는 건 어떤가?"

"안 됩니다. 처자식 별이 환해서… 더 오래 기다려서 안개가 끼는 시간에 통과하는 것도 좋겠지만 그렇게 되면 우리도 적들이 가까이 다가오는 걸 알지 못합니다."

안개 속에서는 조인족들의 정찰도 무용지물이 된다.

위드는 중요한 퀘스트를 운에 맡기고 싶진 않았다.

"지금은 용아병들이 몬스터를 이끌고 있죠. 용아병들은 고급스러운 입맛을 가져서 동물들을 사냥하지 않습니다. 이 산에는 곰, 늑대, 원숭이가 많다더군요. 놈들이 가까이만 오지 않는다면 모를 수 있습니다. 어느 정도 접근해도 잘 모를 테고요."

위드의 계획은 위장복을 입고 능선을 돌파하는 것이었다.

현지의 동물들도 많이 돌아다니고 있기 때문에 멀리서만 본다면 특별히 이상한 점을 느끼긴 어려우리라.

'달밤에 위장복이라… 아무리 능선이라도 중간중간 시선을 가려 줄 나무와 수풀이 있어. 잠깐씩 노출되는 정도라면 도움이 되어 줄 거야.'

드워프들은 반신반의하긴 했지만 그들을 설득하기는 어려운 게 아니었다.

"저라고 좋아서 하는 게 아닙니다. 하지만 종족 전체를 위해서 우리가 희생하는 겁니다."

"희생……."

"네. 마음 같아서는 싸우고 싶지만… 그래서는 케이베른을 이기지 못할 겁니다. 케이베른을 잡고 나서 시원한 맥주를 마시면 얼마나 만족스럽겠습니까."

드워프들은 그 말에 투덜거리면서도 옷들을 입었다.

"발각되면 우리가 시간을 끌겠네. 위드핸드, 자네는 바로 그루터기 마을로 가게나."

"예, 그렇게 하겠습니다."

위드는 늑대 가죽옷을 입었다.

입이 삐죽하니 길고, 송곳니도 뾰족 튀어나온 전형적인 악당 늑대 옷.

동물의 옷을 입고 능선을 차례차례 이동하는 드워프들.

곰이 먼저 앞장서서 가고, 조금 떨어진 뒤쪽에서 늑대들과, 원숭이가 따른다.

당연히 이상할 수 있는 광경이었기에 거리를 약간씩 띄우고, 3~4명씩 따로 걸어 다니도록 했다.

위드는 네발로 걷는 것은 과거에도 해 봐서 익숙하기도 했고 어려운 일은 아니었다.

드워프들도 의외로 막상 시작하니 동물들의 흉내를 잘 내면서 능선을 따라 이동했다.

쿠워어.

아우우우우우!

끽끽!

누가 시키지도 않았는데 흥이 오른 드워프들은 작게 울음소리까지 냈다.

아까 옷을 갈아입을 때 분명 꼴깍거리고 맥주를 마시는 소리가 났었다.

> 씀: 용아병들이 동쪽에서 꽤 먼 곳을 지나치고 있습니다. 그래도 아마 시야 상으로는 보일 것으로 짐작됩니다.

위드도 슬며시 고개를 돌려 보았다.

달빛 아래, 노른 산맥에서 용아병들과 몬스터들이 수색하는 광경들이 보인다.

그들이 찾는 목표는 드워프들.

곰, 늑대, 원숭이 들은 능선을 사뿐사뿐 걸으면서 그루터기 마을로 향했다.

전설의 보물

노른 산맥의 초입.

페일은 위드의 퀘스트를 돕기 위해 타격대와 함께 대기하고 있었다.

"후… 심장이 조마조마하긴 해도 지켜보는 맛이 있네."

방송으로 보면 용아병들과 몬스터들이 수도 없이 산맥에서 돌아다니고 있었다.

위드와 드워프들이 지금까지 잠입한 것도 대단하지만, 동물 복장을 한 채 그루터기 마을로 조금씩 이동하는 광경은 손에 땀을 쥐게 만들었다.

"이렇게 되면 우리가 나설 필요가 없네요."

타격대에 속해 있던 란델이 기가 막힌다는 듯이 말했다.

그녀는 전격 계열의 마법사!

레벨 510으로 몬스터들을 상대로 짧은 순간에 화력을 집중시키는 분야에서는 최고의 능력을 가졌다.

란델은 화끈한 전투를 기대하고 이곳에 왔지만 멀리서 기다리고만 있었다.

"저 많은 몬스터들의 무리를 헤집고 다닐 줄은 몰랐어요. 드래곤까지 나타날 수 있어서 엄청 위험한데요."

"이런 게 위드 님이기는 하죠. 결과적으로 뭔가 엄청난 업적을 세우지만 필요 없는 싸움은 안 하기도 해요."

"놀랍습니다. 퀘스트를 진행하는 방식이 다양하군요."

마바로스 길드의 솔론도 슬쩍 끼어들며 감탄하는 척했지만 내심 용아병들에 의해 위드가 죽지 않아서 서운했다.

'여기까지 아르펜 제국의 황제로서 잘해 온 것은 인정하지. 그렇지만 더 이상 잘나갈 필요는 없잖아. 슬슬 한번 죽으면서 실패해도 좋지.'

중앙 대륙의 유저들 상당수가 겉으로는 박수를 치면서도 질투하고 있었다.

위드가 곤경에 처하는 걸 보고 싶었는데 미꾸라지처럼 잘 빠져나갔다.

KMC미디어도 위드가 노른 산맥에서 돌아다니는 장면을 생중계하고 있었다.

―혜민 씨, 이곳이 지형적으로 최대 난관으로 불리는 곳이죠?

―맞아요. 마을로 내려가는 길은 상대적으로 숨을 곳이 많지요. 위험 지역은 대부분 벗어났다고 봐도 됩니다. 레벨이 높을수록 전투 위주로 생각하는 경향이 있어요. 싸워서 이기거나, 아니면 죽거나요. 그렇지만 초보 시절에는 다양한 방법을 다 써 보잖아요.

―이런 방식이 통하는 것이 놀라운 것 같습니다. 용아병들이 눈치를 못

채는데요.

―아무리 밝아도 밤이고… 수풀과 나무들이 있는 산이니까요. 동물들이 보이더라도 이상하게 느끼긴 어려울 거예요.

―용아병들은 충성을 바치는 강한 전사이긴 하지만 지혜롭거나 눈치가 빠른 편은 아니죠. 그 성격을 위드 님이 잘 이용하고 있는 것 같습니다.

―뒤통수를 제대로 때린 느낌이에요.

새벽에는 짙은 안개가 자욱하게 끼었다.

위드와 드워프들은 능선을 따라 이동하다가 나무 사이의 샛길로 빠졌다.

"여기서부터 그루터기 마을까지는 금방이네. 안전한 길을 알고 있지."

브록핸드의 안내를 따라서 동굴과 수풀 지대들을 지났다.

시야는 불과 3, 4미터 정도였지만 드워프들은 이곳의 길을 손바닥처럼 잘 알았다.

드워프 마을에 가까워질수록 여러 유형의 은신처와 동굴들을 이용해서 이동할 수 있었다.

브록핸드가 여기까지 오기 전에 목숨을 잃었다면 절대 알지 못했을 이동 경로였다.

"이 앞이 그루터기 마을이네."

마침내 도착한 그루터기 마을에는 대형 망치와 도끼를 든 험상궂은 드워프들이 목책 앞에서 기다리고 있었다.

"자네가 위드핸드인가."

"이곳까지 온 것을 환영하네!"

위드는 드워프들이 착용하고 있는 장비들을 보며 놀람을 감추기 어려웠다.

'여기에는 진짜 최고의 드워프 전사들만 모였다.'

그동안 유저들이 착용하는 장비의 수준은 꾸준히 향상되었다. 레벨 400대, 500대의 장비들이 흔해진 마당이었고, 대략 그 이상의 장비들도 모습을 드러냈다.

드래곤 레어를 털어서 얻은 장비들이 대표적!

드워프들이 착용하고 있는 장비는 어림잡아도 500대 이상이었고 현재 유저들의 수준을 고려하더라도 최고의 것들이었다.

'드워프 전사들 1,000명. 토르의 최고 드워프 전사들을 의미하는 것이었다.'

드워프들이 드래곤을 상대로 싸우기 위해 양성하고 감춰 온 정예들 중의 정예.

띠링!

개최되는 드워프 총회 퀘스트 완료
드워프 총회가 열리는 그루터기 마을에 도착했다. 이제 드워프들은 당신과 함께 종족의 운명을 건 결정을 내리게 될 것이다.

명성이 20,000 올랐습니다.

모험 성과로 모든 스탯이 2씩 상승하였습니다.

인내가 5 상승하였습니다.

투지가 4 상승하였습니다.

그루터기 마을에 모인 드워프 전사들은 청년에서부터 노인까지 나이가 다양했지만 종족의 특성상 모두 다 힘과 체력이 넘쳐 났다.

그들은 스무 잔씩의 맥주를 연달아 마시고 케이베른을 성토했다.

"희생의 화로가 돌아왔다면 우리 드워프들이 기다려 온 때가 온 것이지."

"드워프들은 크든 작든 원한을 잊지 않아."

"그 어떤 위험이 있더라도 감수할 만한 가치가 있지."

"우리가 나서서 어린 드워프들에게 자긍심이 무엇인지 가르쳐 주도록 하세."

드워프들은 시간을 오래 끌지 않고 싸우기로 결정했다.

종족 중에서 가장 뛰어난 1,000명의 드워프 전사들이 모두 드래곤과의 전투에 나서기로 했다.

곧바로 발생한 연계 퀘스트!

띠링!

드워프의 시험
드워프들은 그들이 자랑하는 강철 도끼를 휘두르기로 결심했다. 바위보다 단단한 육체와 체력! 흉악한 몬스터들을 박살 내는 드워프 전사들이 뜻을 모았다.

―드워프는 시작하면 끝을 본다.
―높은 봉우리의 자유를 위하여!

드워프들이 입을 모아 말한다.

―하지만 누군가 우리를 이끌어야 한다.
―가장 잘 싸우는 드워프가 필요하다. 기꺼이 케이베른에게 돌격할 수 있을 정도로 말이다.

드워프의 시험을 통과하라. 그들을 이끌 자격을 얻을 수 있으리라. 실패 시에는 드워프 전사들을 이끌지 못하고, 그들 중의 1명으로 케이베른과의 전투에 참여하게 된다.
난이도: 종족 퀘스트
제한: 드워프. 그루터기 마을에 있는 드워프 한정.
보상: 전설의 무기

이 퀘스트는 취소할 수 없습니다.
강제로 이어집니다.

 회의를 이끌던 드워프가 다섯 자루의 도끼를 가지고 나왔다.
 "희생의 화로를 구해 왔으니 자네는 첫 번째로 도끼를 선택할 자격이 있어. 이것들 중에서 가장 좋고 마음에 드는 도끼를 고르게."
 코가 가장 붉고 팔뚝이 우락부락한 드워프 전사도 말했다.
 "드워프라면 마땅히 도끼에 대해, 철에 대해서 잘 알 것이야. 눈으로 보고, 손으로 쥐어 보도록 하게. 어떤 도끼를 고르느냐에 따라서 우린 자네의 지휘에 따라서 싸울 것이네."
 위드는 도끼를 쭉 훑어보았다.
 크기도 조금씩 다르고, 두께와 재질에도 차이가 나는 투박한 형태의 도끼들.

드워프제의 특징답게 날카롭게 서 있는 날에는 빛이 날 정도 였고, 무엇이든 쪼갤 듯한 박력이 느껴졌다.

'도끼 자루들은 화려하지도 않고 평범하군.'

철저히 실용성과 튼튼함을 자랑하는 드워프제의 특징이기도 했지만, 최근에 만들어진 것이 아닌 꽤 오래된 도끼의 느낌을 주었다.

위드는 묵직한 도끼를 손으로 잡아 보았다.

"감정."

> 철의 본질을 다룰 줄 아는 대장장이가 도끼의 정보를 감춰 놓았습니다.
> 대장장이 스킬의 숙련도가 낮아서 확인에 실패하였습니다.

감정 스킬은 사용 불가능.

'당연히 함정이 있었군.'

퀘스트의 난이도를 고려하면 너무 쉬운 방식이었다.

드워프 전사가 거친 목소리로 설명했다.

"하나는 우리가 간직해 오던 전설의 무기이고, 다른 세 가지 는 전쟁의 시대에 영웅들이 쥐었던 무기. 마지막 하나는 평범 한 도끼네."

"전설의 무기요?"

"명장으로 인정받은 드워프들이 대를 이어서 만들었네. 여기 에 있는 도끼 하나는, 모든 드워프들이 염원하여 케이베른의 머리를 쪼개기 위해 수백 년에 걸쳐서 만들어 낸 최고의 작품. 목숨보다도 귀한 것이지."

눈으로 보고, 만져 보며 찾아야 한다.

위드는 외관만으로 찾아야 한다는 생각에 마른침을 꿀꺽 삼켰다.

'전설의 도끼라니 운에 맡겨야 하는 뽑기는 가장 자신이 없는데.'

어릴 때부터 뽑기를 믿지 않았다.

인형 뽑기도 당연히 돈이 아까워서 안 했지만, 인생이 살기 어렵던 시절에는 작은 희망이라도 얻으려고 로또 복권을 샀던 적이 있긴 했다.

기다리는 일주일 내내 1등에 당첨이 되면 어쩌나 하면서 괜히 조바심을 내며 돈을 쓸 계획까지 짰다.

일단 먼저 집을 사고, 예금도 하고, 할머니와 여동생의 옷도 사 주고…….

'절대 당첨이 안 되었지.'

로또 방송을 보면서 멍청하게 돈을 날렸다는 생각에 자책하며 복권을 꾸깃꾸깃 구겼다.

그 이후에도 진짜 살기 힘들면 몇 번 로또를 사긴 했지만 그럴 때마다 당첨된 적은 없었다.

'뽑기란 헛된 희망을 사는 거야. 난이도 S급의 의뢰가 차라리 쉽겠다.'

외관만으로 다섯 자루의 도끼 중에서 하나를 골라낸다는 건 얼마나 어려운 일인가.

'생긴 것과 비례하진 않아. 초보적인 물건들이야 더 잘 만든 것들과 구분이 쉽지만, 이 도끼들은 명품들이다.'

퀘스트에서 말한 평범한 도끼는 간단히 만져 보고 구분할 수 있었다.

도끼 자루부터 보통의 목재를 썼고, 대량으로 만든 티도 났다. 하지만 훌륭하게 잘 만든 4개 중에서 전설의 무기를 하나 골라내야 한다는 건 거의 불가능에 가까운 일이었다.

'이것도 드워프 퀘스트지. 내가 도끼를 쭉 무기로 썼다면 쉽게 알아차릴 수 있었을까? 아니야. 도움이 되겠지만 잠깐 만져 보고 완벽하게 알아보긴 힘들었을 거야.'

위드는 5개의 도끼들을 공중에 휘둘러 봤다.

무게중심이나 힘의 전달 같은 것들은 드워프들의 제작품이니만큼 모두 깔끔했다.

검이 화려하고 빠르다면, 도끼는 몸 전체에서 올라온 힘이 하나의 점에 모여서 적을 격파해 버린다는 강렬함이 있다.

초보 시절부터 막강한 파괴력 때문에 도끼를 쓰다 보면 다른 무기들이 눈에 잘 안 들어오기도 했다.

'4개 중의 하나. 25%의 확률이다. 저 평범한 도끼는 정말 평범한 거야. 속임수가 숨어 있을 정도는 아냐.'

위드는 어떤 도끼를 뽑아야 할지 쉽게 결정하기가 어려웠다.

'진짜 운에 맡겨야 할까? 기적 같은 운에? 아니야. 해결책이 분명히 있을 것이다. 손과 눈으로만 구분할 수는…….'

불현듯 떠오르는 방법이 있었다.

드워프들은 최고의 전사이기 이전에 장인이기도 하다.

무기를 어떻게 다루느냐는 그들 종족에게 있어 그렇게도 중요한 일이었다.

"흠."

위드는 다시 도끼를 하나씩 휘둘러 봤다.

처음에는 어떤 도끼가 좋은지 몰랐지만 이젠 알 것 같았다.

위드는 가볍게 웃으며 선택했다.

"제일 오른쪽의 도끼로 하겠습니다."

"…정말인가? 후회하지 않겠나?"

"네. 이 무기가 케이베른의 머리통을 깨뜨릴 전설의 도끼가 확실하니까요."

눈으로는 파악이 되지 않았다.

만져 봐도 모른다. 어쩌면 대장장이 마스터라면 구분이 되었을지도.

'드워프 종족 퀘스트를 성공시키려면 대장장이 마스터. 그리고 전사로서도 레벨이 700, 800 정도는 되어야 했을까?'

어렵게 생각하면 한없이 어렵고, 결국에는 방법이 없으니 하나의 도끼를 선택해야 한다.

욕심이나 헛된 희망을 품고 고른다면 뽑기와 다르지 않을 것이다.

그렇지만 무엇이 영웅들의 도끼이고 전설의 도끼인지는 드워프들이 알고 있었다.

'출제자가 답을 가지고 있었어.'

위드가 도끼를 휘두를 때마다 드워프들의 눈빛과 태도가 확연히 달랐다.

평범하게 보인 도끼는 별다른 반응이 없었다.

다른 도끼들에는 시선을 떼지 못했고, 가장 오른쪽에 있는 도끼를 휘두를 때는 흥분과 긴장, 경외감이 어우러져 있었다.

심지어 땅에 내려놓을 때에도 흠집이라도 날 것처럼 조마조마해하는 반응을 보였던 것이다.

'속임수는 처음부터 없어. 드워프들은 원래 표정을 숨길 줄 모르는 종족이야.'

도끼를 대하는 태도가 정답을 확실하게 알려 주었다.

여기서는 결정을 망설일 이유도, 실패의 가능성도 없다.

띠링!

> **드워프의 시험 퀘스트 완료**
> 수백 년에 걸친 드워프들의 염원이 담긴 전설의 도끼가 세상에 모습을 드러내었다.
> 땅에 엎드린 채로 살아온 드워프들에게 다시금 영광을!
> 드워프 전사들을 지휘하라. 그리고 전설의 도끼를 내려찍어 케이베른을 무찔러야 할 것이다.

명성이 40,000 올랐습니다.

전설의 도끼를 만져 봤습니다.
대장장이 스킬의 레벨이 고급 4로 상승했습니다. 더 많은 물질을 제련하여 무기와 방어구에 특성을 부여할 수 있게 됩니다.

모험 성과로 모든 스탯이 4씩 상승하였습니다.

지식이 5 상승하였습니다.

> 지혜가 4 상승하였습니다.

> 1,000명의 드워프 전사들을 지휘할 자격이 주어졌습니다.

간단히 끝낸 것치고는 엄청난 보상!

대장장이 스킬이 늘어난 것도 귀중한 혜택이었다.

"희생의 화로를 구해 온 드워프다운 선택이야."

"나는 당연히 전설의 도끼를 찾아낼 줄 알고 있었지. 도끼의 맛을 안다면 말이지."

"드워프라면 아마 전설의 도끼가 느껴졌을 것이야. 너무나도 쉬운 문제였어, 암."

위드는 왁자지껄하게 떠드는 드워프들에겐 관심도 두지 않았다. 시선은 오로지 전설의 도끼에만 박혀 있을 뿐이었다.

회의를 이끌던 드워프가 전설의 도끼를 두 손으로 받들어 건네주었다.

"자네의 도끼네."

"저, 정말 저를 주시는 겁니까?"

"그렇네. 모든 드워프들을 지휘해야 할 자네는 이 도끼를 다룰 자격이 있어."

꿀꺽. 꿀꺽. 꿀꺽.

침을 연신 삼키는 위드였다.

'이게 웬 도끼냐.'

그루터기 마을까지 온 건 드워프 전사들의 협력을 구하기 위해서였다.

역사적으로 드워프들은 드래곤의 노예처럼 살아왔다.

드래곤을 무찌르는 것은 종족 전체가 가진 숙명.

종족 퀘스트를 진행하다 보니 어마어마하게 퍼 주고 있었다.

어째서 드래곤들이 다른 종족들은 내버려두고 드워프들을 갈취하는지 이해할 수 있었다.

> 전설적인 무기, 용을 죽이는 도끼를 받았습니다.

전설의 무기.

과거에 게이하르 황제의 장비도 전설급들이 있긴 했지만, 그 안에서도 차이는 큰 것으로 알려져 있다.

"감정!"

> 드워프의 시험을 통과하여 도끼의 정보가 공개되었습니다.

용을 죽이는 도끼

수백 년 동안 최고의 드워프 대장장이들이 대를 이어서 만든 도끼. 믿을 수 없는 전설의 무기!

각 세대를 대표하는 드워프 대장장이들이 자신의 최고의 장기들을 부여하였다.

드래곤을 상대하기 위해 드워프가 쥐었을 시에는 무궁무진한 힘을 전해 준다.

강력한 힘을 발휘하기에 양손으로만 다룰 수 있다.

거룩한 희생! 드워프들은 이 도끼를 만들기 위하여 많은 희생을 치렀다. 도끼를 들고 전투를 치를 때마다 랜덤으로 스탯이 총 10 감소한다.

내구력: 350/350

공격력: 331~572

제한: 드워프 전용. 레벨 990.

옵션: 생명력과 마나의 최대치가 300%가 된다. 모든 스탯 +150. 도끼술의 피

해가 80% 늘어나고, 치명적인 공격의 확률을 높인다. 피해량의 5%의 생명력 회복. 도끼 스킬의 공격 반경 200% 증가. 돌이킬 수 없는 상처를 입혀서 20초 동안 지속적인 추가 피해를 준다. 상대의 방어력 관통! 연속 공격 적중 시에는 상대방의 방어력을 15씩 감소시킨다. 방어구 파괴. 몬스터의 투지 70% 감소. 도끼 스킬의 위력 2배, 마나 소모 절반 감소. 도끼를 땅에 꽂으면 드워프의 암벽 방패가 소환된다. 힘 강화, 체력 강화 스킬이 마스터가 된다. 전투 스킬을 습득하는 속도가 2배로 빨라진다. 인근에 있는 드워프 전사들의 공격력이 50% 강화된다.
* 드래곤과의 전투 시에만 적용되는 특수 옵션
 : 공격력 2배 강화. 마법 저항력 49% 상승. 피해를 입을 시에는 생명력이 150% 빠르게 회복된다. 저주, 신체 이상에 면역. 관통, 파괴, 분쇄 공격. 대지에 발을 딛고 있으면 그 어떤 힘에도 뒤로 밀려나지 않는다.

"미쳤다. 미쳤어."

위드의 입에서는 최상의 칭찬이 절로 터져 나왔다.

도끼는 두 손으로 다뤄야 할 정도로 크고 무거운 만큼 공격력은 검보다 훨씬 강했다.

절대적인 공격용 무기!

그렇다고 해도 로아의 명검보다 기본 공격력이 3배에 가깝고, 공격 스킬의 위력 상승에 드래곤과 싸울 때는 엄청난 힘까지 전달해 준다.

"다만 거룩한 희생이 거슬리는데……."

전투를 치를 때마다 10개의 스탯 감소!

단순한 계산으로 다섯 번만 싸운다고 해도 무려 50개의 스탯이 랜덤으로 줄어드는 것이다.

쓸데없이 많은 기품, 매력, 정신력, 투지 같은 스탯들이 떨어지는 건 감수할 수 있지만 힘이나 민첩, 체력이 감소한다면 곤란해진다.

"자주 쓸 수 있는 무기는 아니군. 그래도 로아의 명검과는 공격력에서 5배 이상 차이가 날 수 있겠는데. 보스급 몬스터 사냥 전용인가. 역시 드워프가 답이었어."

용사 퀘스트라고 진행해 봐야 쩨쩨하게 영웅 1~2명씩을 얻을 뿐이다.

그들이 힘을 합쳐 봐야 드래곤과 싸울 때 얼마나 도움이 될지는 미지수!

드워프의 종족 퀘스트는 숙련된 전사들을 듬뿍 안겨 줄 뿐만 아니라, 장비까지 최고로 준비해 주는 것이다.

'이 도끼라면 드래곤에게도 끔찍한 피해를 줄 수 있겠는데.'

위드는 이 무기로 케이베른의 생명력 10% 정도를 날릴 자신이 있었다.

당연히 희생의 화로를 써야 하지만, 드워프 전사들이 시간을 끌어 주는 동안 실컷 때릴 수 있으리라.

'물론 그래도 승리를 장담할 수는 없겠지만.'

드래곤의 전투 방식이 문제였다.

이쪽이 아무리 강해진다고 해도, 하늘에서 마법 폭격이라도 한다면 드워프들에게는 공격 방법 자체가 존재하지 않는다.

'케이베른은 드워프들을 업신여길 뿐만 아니라, 빈집까지 털려서 크게 분노하고 있을 거야. 변수가 없는 한 지상에서 싸운다. 그렇게 되도록 유도도 해야겠지. 다른 드워프들이 확실히 시선만 끌어 준다면 시간을 벌긴 하겠지만 그래도 힘들다.'

위드는 케이베른과의 전투 장면을 상상해 봤다.

드워프들을 매우 잘 이끌더라도 사실 드래곤과 싸우는 건 무리가 있어 보였다.

드래곤이 무식하게 앞발만 휘두르진 않을 테니까.

'승산이 너무나도 미약해. 마법 저항력을 극단적으로 높이면 드워프들이 쉽게 죽진 않겠지만……'

드워프들은 환호를 지르며 결전을 선언했다.

"싸우자!"

"위드핸드가 아니라면 케이베른에게 한 방 먹여 줄 기회도 없었겠지."

"그가 우리를 이끄는 것이 맞다. 나이는 어리지만 용기와 힘을 보여 주었다."

"하지만 드래곤은 드래곤이다. 우리가 싸운다고 해도 이길 수 없어."

"종족의 보물. 날벼락의 왕관을 꺼내면 되지 않겠나."

"드워프 역사상 가장 훌륭했던 솜핸드 님이 만든 전설의 장비 말인가?"

솔깃.

위드는 장비 이야기를 듣자마자 다시 가슴이 설렜다.

용을 죽이는 도끼를 가져왔던 드워프가 또다시 말했다.

"위드핸드, 자네라면 분명 날벼락의 왕관을 찾을 수 있을 것이네. 우리 드워프들이 케이베른을 죽이기 위해 만든 또 다른 보물이지!"

띠링!

날벼락의 왕관

드워프들은 용맹한 전사이며 영웅인 당신을 따를 것이다. 1,000명의 드워프 전사들을 이끌고 종족의 보물, 날벼락의 왕관을 얻어라! 어떠한 희생을 치르더라도 그만한 가치는 있으리라.
난이도: 종족 퀘스트
제한: 드워프
보상: 날벼락의 왕관

종족의 운명을 건 퀘스트가 발동되었습니다!
용맹한 드워프들을 이끌고 케이베른을 퇴치해야 합니다. 그 사악한 드래곤은 도전자들을 비웃으며 처절히 파괴할 것입니다. 드워프들은 하지만 물러서지 않을 것이고, 그들 사이의 충돌은 피할 수 없습니다. 높은 봉우리에서 살아가는 드워프들에게 진정한 자유를!
드워프들이 숨겨 놓은 전설적인 장비들이 케이베른과의 전투에 도움이 될 것입니다.
주의!
드워프들은 종족의 보물이 묻혀 있는 비밀스러운 장소에 다른 종족들이 들어가는 것을 원하지 않습니다. 드워프 외에 다른 종족이 퀘스트에 참여한다면 전사들이 거부할 것입니다. 퀘스트가 실패하면 드워프들과 케이베른의 관계가 최악으로 치닫습니다. 드래곤에 의해 토르 지역이 파괴될 것입니다.

토르의 파괴.

이번 케이베른 공략에 드워프들의 운명이 걸려 있었다.

'무슨 종족 퀘스트가 이런 식이냐.'

자칫하다가는 종족 전멸 퀘스트로 변할 여지가 있었다.

'근데 날벼락의 왕관이라…….'

드워프들이 가진 전설적인 장비!

위드는 퀘스트를 준 드워프에게 물었다.

"날벼락의 왕관이 뭡니까?"

"가장 강한 힘인 벼락을 다루는 왕관이네. 눈에 보이는 모든 곳을 초토화시킬 수 있는 전설의 물건이지. 그리고 그걸 착용하고 있으면 굉장한 카리스마로 부대를 이끌 수 있다고 해. 우리 전사들을 이끌려면 꼭 필요한 왕관이다."

"오… 엄청난 보물이군요. 그래서 어디에 있죠?"

"그건 이제부터 자네가 찾아야지."

"……."

"젊은 드워프 전사들이 자네를 도울 것이네. 어디를 가든 말이야."

위드는 용을 죽이는 도끼와 비슷한 수준이라면 어마어마한 가치의 장비일 거라고 짐작했다.

드워프 종족의 전설의 보물!

드래곤을 죽이기 위해 수백 년 동안이나 준비해 왔으니 안 좋다면 그게 더 이상한 상황이었다.

'이런 템운이 막 쏟아지다니!'

—날벼락의 왕관은 전혀 모르던 겁니다! 역사서나 퀘스트의 기록에도 나와 있지 않습니다.

—드워프들이 감춰 놓은 전설급의 장비라. 우리가 퀘스트를 끝내기 전에 위드 님이 먼저 다 해치워 버릴지도 모르겠는데요.

—왕관의 특성을 감안하면 지휘력 능력 상승도 큰 모양인데요. 드래곤을 상대로 하는 각종 보호 마법도 있을 것 같고. 위드 님이 그걸 착용하고 부대

> 를 이끌면 효과가 대단할 것입니다. 왕관이니 어쩌면 황제로서의 통치 능력 강화에도 도움이 되겠고요.

 마판과 체이스, 스펜슨에게서 흥분에 찬 귓속말이 연달아 들어왔다.
 시청자 게시판에도 난리가 나고 있었다.
 방송국마다 위드의 모험을 생중계하고 있었지만, 특별히 비밀을 요하는 경우도 있기에 3분의 지연 중계를 했다.
 용을 죽이는 도끼가 나왔을 때부터 열광하던 시청자들.
 날벼락의 왕관까지 구해야 된다는 이야기를 듣고 폭동을 일으키기 직전.

> ─으아아아아아악!
> ─템신이 가호를 내렸다. 이것은 템신의 강림이다.
> ─드워프족의 보물 싹쓸이! 초대박!
> ─근데 위드는 드워프가 아니잖아. 어디까지나 인간인데.
> ─드워프 종족 퀘스트. 개꿀. 위드가 싹쓸이 예정.

 방송 등으로 지켜보는 유저들이 더 흥분했다.
 '드워프들의 전설 장비. 이런 걸 아르펜 제국 황제의 왕관으로 착용하면 좋긴 하겠는데.'
 위드도 노골적으로 욕심이 나는 상황이었다.
 자고로 장비발이야 세상에서 가장 정직한 것.
 "예, 반드시 찾겠습니다."

> 퀘스트를 수락하였습니다.

위드는 그루터기 마을의 드워프들로부터 정보들을 모으기로 했다.

"날벼락의 왕관은 어디에 있죠?"

"모르네."

"왕관은 어떻게 구해야 합니까?"

"글쎄… 잘 찾아내야지. 희생의 화로도 구해 온 위드핸드. 자네라면 해낼 수 있을 거라고 믿어."

"날벼락의 왕관은……."

"나도 여기서 처음 들었네만."

"……."

마을에서 만난 드워프마다 제대로 알지 못했다.

위드는 처음에 날벼락의 왕관에 대해 말했던 드워프를 기억하고 있었다.

유난히 키가 작지만 하체가 탄탄한 드워프!

곰프핸드.

전사이면서도 훌륭한 장인으로 토르에서는 굉장히 높은 평가를 받는 드워프 주민이었다.

"날벼락의 왕관에 대해서 알고 싶습니다."

"알려 주고 싶지만… 위험할 것이네."

위드는 입술에 침을 바르고 대답했다.

"알고 계셨군요. 저는 우리 드워프들을 위해서 기꺼이 한 몸을 희생할 각오가 되어 있습니다."

"그렇다면 이걸 받게."

띠링!

> 드워프들의 비밀 지도를 얻었습니다.

사슴 가죽으로 만든 오래된 양피지.

세월의 흔적으로 구석구석 지워졌지만, 산이 그려져 있고 중앙에는 X자가 새겨져 있었다.

"우리 드워프 선조들이 드래곤과의 전투를 준비하며 만들어 놓은 것이네."

꿀꺽.

"설마 그렇다면 여긴 보물 창고……?"

"자세히는 모르지만 그렇게 생각할 수 있겠지. 드래곤과의 전투를 위한 장비들을 만들어서 그곳에 쌓아 두었으니까."

"날벼락의 왕관을 비롯하여 장비들을 잔뜩……."

"하지만 몬스터들에 의해 빼앗기고 말았어. 자랑스러운 드워프 전사들이 그대를 도울 테니 반드시 되찾도록 하게."

위드는 양피지를 자세히 살펴봤다.

'도시나 마을은 그려져 있지 않군. 뭐, 당연한 거겠지만…….'

강이나 바다도 표시에 없었다.

검게 칠해진 산들이 보이고 어떤 곳들은 꽤 진했다.

'아마도 크기와 높이를 색깔로 표시한 건가? 지형의 형태가 아마도 아골디아 같은데.'

10대 금역, 중앙 대륙의 산악 지역에 위치하여 바위와 모래로만 이루어진 지역.

베르사 대륙이 넓다고 해도 이렇게 험한 산악 지역들은 흔한 게 아니었다.

'아골디아면 수색 범위를 줄일 수 있어서 좋지. 금역이라고 해도 〈로열 로드〉의 초창기가 아닌 이상 절대적인 위험 지역은 아니다. 퀘스트는 어려울 테니 어차피 각오해야 돼. 지도가 있으니 위치를 찾는 것도 쉬울 거고.'

위드는 지도를 보며 계산해 봤다.

드워프 종족의 운명 그리고 드래곤과의 전투에 쓸 장비들이 잔뜩 걸린 퀘스트인 만큼 쉬울 거라는 생각은 할 수 없었다.

'금역에서도 고급 몬스터들이 머무르고 있다고 봐야겠지? 몬스터에게 뺏겼다고 했는데 어쩌면 그놈들이 드워프들의 장비로 무장했을 수도 있고.'

고블린만 하더라도 인간의 물품을 잘 사용했다.

고위 몬스터일수록 좋은 장비들은 어떻게든 알아보고 자신의 것으로 활용했다.

'전사들을 이끌고 몬스터들을 격파하면 되는 것이군. 내용 자체로는 복잡하지 않은 편이야.'

종족 퀘스트이기 때문에 인간 유저들의 도움을 받진 못한다.

오베론이나 드워프들이 도움을 줄 수도 있겠지만, 전력상으로는 드워프 전사들이 몇 명 늘어나는 정도였으니 큰 의미는 없었다.

'나 혼자 해 먹어야지, 암. 그게 낫겠어.'

리버스는 모라타의 성문을 나서며 더없이 만족스러웠다.

> 검의 각성!
> 검술에 대한 뛰어난 재능이 빛을 발하고 있습니다. 검술이 강하고 빨라집니다. 초급에 한해서 숙련도가 54% 빠르게 증가합니다.

"허허허. 이제야 뭔가 되는 거 같군."

경매 사이트를 통해서 좋은 검을 손에 넣었다.

생명력과 방어력을 보조해 주며 민첩까지 상승시켜 주는 가죽 갑옷도 착용.

신발에서 머리띠까지, 레벨에 맞는 최상품들만을 골라서 입었다.

"역시 이런 느낌이야."

리버스는 장비발의 짜릿함을 느끼며 근처의 토끼들에게 달려갔다.

다다다닥!

전보다 30% 이상 빨라진 속도.

무섭게 달려가서 단숨에 베었다.

> 토끼가 목숨을 잃었습니다.

> 경험치를 습득하였습니다.

"후후후, 한 방이라니."

리버스는 과거에는 그렇게 까다롭던 사냥감 토끼를 여유롭게 잡았다. 훨씬 더 빨라졌고 공격력도 강해져서 사냥 시간이 5배는 단축되었다.

"그래, 이 맛이지. 이렇게 시원하게 사냥해야 해."

모라타의 성문 앞에서 사냥에 열중, 허수아비를 칠 때는 그렇게 가지 않던 시간이 빠르게 흘렀다.

> 레벨이 올랐습니다.

몸을 움직이는 게 너무나도 재미가 있었다.

사냥을 하며 성장하는 쾌감이 어떤 음식을 먹을 때보다도 짜릿하다!

"저기… 혹시 같이 파티 사냥을 하실래요?"

"파티요?"

심지어는 리버스에게 먼저 파티 사냥을 제안하는 무리도 있었다.

같은 초보인 그들이 볼 때에는 날렵한 움직임으로 활약하는 리버스가 대단한 검사로 보였다.

"저흰 동쪽 숲으로 갈 예정이거든요. 여우나 늑대를 사냥할 겁니다. 검사 같으신데, 같이 끼실래요?"

파티 사냥을 떠나자는 무리의 등장.

리버스는 가볍게 턱을 어루만지면서 유저들의 상태를 확인했다.

아이템 거래 사이트에서 초보용 장비들을 많이 봐서인지 대충이지만 알아볼 수 있었다.

간단한 기본 장비들.

레벨은 15를 조금 넘는 수준.

"좋습니다, 가지요."

리버스는 그들과 함께 동쪽 숲으로 이동했다.

예전에는 상당히 버거웠던 늑대들도 검으로 베는 족족 큰 피해를 입힐 수 있었다.

어쩌다 미숙한 움직임을 보여 물리거나 할큄을 당한다 해도 갑옷으로 대부분의 피해를 막아 냈다.

"진짜 강하시네요."

"그냥 기본만 하는 겁니다."

리버스는 파티 사냥을 하며 강자로서의 즐거움을 만끽했다.

현질의 결과로 장비발을 제대로 세우고 있었고, 점점 〈로열 로드〉에도 빠져들게 되었으니까.

'재밌네. 정말 미치도록……'

30분 정도가 지나자 휴식 시간이 찾아왔다.

모닥불을 피워 놓고 배낭에서 과일들을 꺼내서 나눠 먹었다.

모라타에서는 농산물이 싸고 맛있어서 초보들이 흔히 가지고 다녔다.

"모라타가 망한다는데 정말일까?"

"모르겠어. 와펜 성이 부서지면 미스트리스가 목표가 된다는데. 그다음은 모라타잖아."

"모라타가 파괴되면 큰일인데."

유저들이 과일을 까먹으며 대화를 나누었다.

풀죽신교의 학자들이 전망한 날짜까지는 18일이 남았다.

그 때문에 모라타의 유저들로서는 북적거릴 수밖에 없었는데 설마 하며 믿지 않는 이들도 많았다.

'그날 정말로 케이베른이 나타날 텐데.'

리버스는 과일을 먹으며 미간을 찌푸릴 수밖에 없었다.

인공지능을 통해 알아본 날짜와 풀죽신교의 학자들이 예상한 날은 동일했다.

모라타가 공격 대상이 되지 않으려면 도시 영역의 5.2% 정도를 날려 버려야 한다.

그다음 주에도 2% 정도를. 그다음에는 8% 정도를.

위대한 건축물이나 상업 시설들을 파괴하면 더 적은 면적을 부숴도 되지만 그럴 조짐은 보이지 않았다.

'드래곤이 나타나면 다른 곳으로 떠나야 하는데. 괜히 모라타에서 시작한다고 그랬나.'

오래되진 않았지만 고향을 잃어버린다는 생각에 후회하는 마음이 들기도 했다.

"위드 님이 모라타를 지켜 주시지 않을까?"

"음. 희생의 화로도 구했고… 케이베른과 싸워서 이길 수 있는 것 아니야?"

리버스는 유저들의 말을 들으며 헛된 희망이라고 여겼다.

'희생의 화로. 그걸 써도 무리일 것 같은데.'

위드가 빈집 털이를 성공시키면서 유저들의 기대치가 높아졌다. 특히 북부 유저들은 모라타를 지켜 달라는 여론이 상당했다.

'하지만 드워프들 따위로 무슨…….'

리버스는 초보이긴 했지만 보는 눈만큼은 위드나 바드레이의 수준이었다.

'잘 싸우면 케이베른에게도 약간의 피해를 줄 수 있겠지. 그

래도 죽이기에는 힘이 모자라. 드워프 종족의 운명까지 걸고 한바탕하기에는…….'

다크 게이머 연합.

그들은 케이베른의 사태 이후로 고소득을 올리고 있었다.

어디에나 몬스터들이 있어서 사냥하기 좋아졌고, 위험 역시 커졌다.

> ―푸홀 워터파크까지 가려고 합니다. 기사님 찾아요.
> ―무기 구해요. 제가 착용할 수 있는 제품으로만.
> ―이틀 정도 키워 주실 분?
> ―퀘스트에 필요한 던전, 같이 공략해 주세요. 모라타 출발 기준으로 시급으로 드립니다.

다크 게이머들은 전리품을 팔고, 심부름도 하면서 돈벌이를 했다.

그들끼리도 케이베른에 대한 논의가 한창이었다.

> ―지금은 먹고살기 좋은데, 케이베른 때문에 영 신경이 쓰이긴 하네요.
> ―고객들이 사냥을 두려워합니다. 여행객도 많이 줄었고요.
> ―푸홀 워터파크에 줄 서시는 거 보셨습니까? 사냥을 해야 할 사람들이 다 놀기만 하는 것 같아요.
> ―의뢰가 줄어들긴 했어요. 장비 시세도 조금 하락한 것 같고요.
> ―중앙 대륙 유저들이 신나게 북부로 밀려드는 상황의 영향도 있으니 어쩔 수 없지요. 하지만 그들도 쓸 돈을 필요로 하니 골드 시세는 그대로 유지될 겁니다.

─장비가 비싸게 팔려야죠. 심부름이나 골드로는 대박 못 쳐요.
─선배님들. 마가리타 마을이 몬스터에 침공당하고 있습니다. 와서 도와주실 수 있을까요?

 매일 다크 게이머 연합에는 부서지는 마을이나 몬스터들의 동향에 대한 정보들이 올라왔다.
 일시적으로 높은 수입을 거두던 다크 게이머들도 상황의 심각성을 피부로 느꼈다.

─마을과 도시들이 점점 파괴됩니다. 얼마 전에 지나갔던 마을이 몬스터들에 의해 정복된 모습을 보면… 우리 일자리가 줄어드는 셈입니다.
─멀쩡한 지역으로 사람들이 몰리니 일자리는 쭉 유지되는 거 아닐까요?
─그렇게 몰리다가 파괴되고… 훗날 대륙에 쓸 만한 도시들이 크게 줄어 있으면 그때부터는 정말 감당이 안 되겠지요.

 다크 게이머들은 상황을 우려하고 있었다.
 케이베른 사태가 어서 진정되길 바라지만 드래곤이 쉽게 잡히진 않으리라.
 누구보다도 많은 몬스터들을 사냥하는 다크 게이머들은 그 사실을 잘 알고 있었다.

아골디아의 던전

위드는 그루터기 마을에서부터 드워프 전사 1,000명을 이끌었다.

그들을 이끌고 바쁘게 아골디아로 이동!

"달립시다."

드워프 전사들이 짧은 발을 부지런히 놀리며 아골디아를 향해 달려갔다.

체력들은 타고난 드워프들이었고, 아골디아는 중앙 대륙의 토르 옆에 붙어 있었다.

—지난번에 아골디아를 다녀오며 만든 상세한 지도를 보내 드리겠습니다.

—저한테 아골디아에 대한 정보들을 모아 놓은 자료집이 있습니다.

스펜슨과 체이스 등 모험가들의 도움도 받았고, 조인족들의 지원도 적극적이었다.

그들은 아골디아의 하늘을 날며 산악 지역을 샅샅이 훑어본 것이다.

비행 몬스터들이 꽤 있기 때문에 숱한 피해가 발생하기도 했지만 빠른 진전이 있었다.

> ─찾아냈습니다. 지금 계신 곳에서 한나절 정도 거리입니다. 돌산을 3개 넘으면 바로입니다.

날쌘찬바람이었다.

"모두 달려요!"

위드는 드워프들을 가혹하게 몰아붙이며 휴식 시간은 최소로 줬다.

왕성한 힘과 체력을 가진 종족 최고의 전사들이기에 나름 레벨 500을 넘는 정예들.

어떤 이들은 500대 중반, 후반에 도달하기도 했다.

드워프들에게도 사연이 있었는데 상당수는 드래곤과 싸워야 한다는 사명을 가지고 어릴 때부터 던전에서만 쭉 살아왔다고 한다.

'몸을 사리는 유저들과는 달라. 이들은 드워프의 영광을 위해 희생의 화로를 쓸 것이다.'

전사들을 잘 이끄는 것은 무엇보다 중요했다.

케이베른과 싸움이 벌어졌을 때 지휘를 해야 했으니까.

아골디아에는 비행 몬스터들이 날아다녔다.

꾸에에에엣.

끄우으어!

과거에는 공포의 대상이었고, 지금도 만만치 않은 괴물들.

그들이 지상으로 내려올 때마다 화살을 쏘거나 손도끼를 던져서 쫓아내며 계속 달렸다.

위드는 드워프들과 양피지에 있는 위치에 도착했지만, 단단한 암벽이 가로막고 있었다.

"찾아왔습니다."

> ―주변 지형을 봐서는 이곳이 확실합니다. 그런데… 입구는 아직 못 찾았습니다.

위드는 날쌘찬바람의 정보와 지도의 그림, 주변 산악 지역을 보고 이곳의 암벽이 맞다고 확신했다.

"문제는 입구인데."

잠시 고민을 하긴 했지만, 결국 간단한 결론에 도달할 수 있었다.

"발굴되지 않은 던전도 있겠지. 오래전에 산사태가 일어나서 막혔다거나, 입구를 봉인했다거나 하는……."

지도가 확실하다면 발굴하면 되리라.

"입구를 만들도록 하죠."

위드의 말에 드워프들이 일제히 곡괭이를 꺼내 들고 암벽을 파기 시작했다.

불과 30분도 되지 않아서 바위를 깨뜨리고 던전 내부로 들어갈 수 있는 길을 만들었다.

무슨 일이 벌어질지 모르기에 동시에 2~3명이 함께 드나들 수 있을 정도로만 입구를 넓혔다.

> **던전, 드워프들의 비밀 창고의 최초 발견자가 되었습니다.**
> 혜택: 명성 15,000 증가. 일주일간 경험치, 아이템 드롭률 2배. 첫 번째 사냥에서 해당 몬스터에게 나올 수 있는 것 중에서 가장 좋은 물건 아이템이 떨어진다.

팍팍 퍼 주는 명성.

이것도 어쩌면 드워프 종족 퀘스트의 특성이리라.

보통 드워프들은 명장으로서 명성을 날리거나, 전투로 활약한다.

모험을 하는 드워프들은 흔치 않았기에.

또한 이 퀘스트가 드워프 종족 전체에 매우 중요하기 때문에 막대한 명성을 얻어 냈다.

"생각보다 빨리 찾아냈군."

위드는 드워프들을 이끌고 천천히 던전 안으로 진입했다.

'여기선 다른 유저들의 도움을 받을 수 없어. 그 외에도 약점이 많다.'

드워프들이 혐오하는 언데드 소환 스킬도 쓸 수 없으리라. 반 호크, 토리도 역시 부를 수 없는 건 마찬가지였다.

드워프들은 단순하지만 싫어하는 것에 대해서는 타협이 없었다.

"흠. 그렇다면 드워프들을 철저히 쥐어짜 줘야지. 승산은 충분할 테니까."

위드는 드래곤 레어에서 얻은 드워프 장비들을 7개 가져와서 착용시켰다.

많은 보물들이 있긴 했지만 드워프들의 장비, 그것도 레벨 제한이 500 정도인 것이 오히려 드물었다.

"이건 명장 우들핸드 님의 작품?"

"케이베른의 집에서 가져온 겁니다. 마음껏 쓰셔도 됩니다."

대규모 전쟁에서야 드워프 7명의 장비가 별 효과가 없을 수 있다.

하지만 던전 안에서 가장 선두의 드워프들이 확실한 방어력을 가지고 있다면 어지간해서는 무너지지 않는 법!

"밀집 진형으로 전진합니다."

드워프의 비밀 창고는 대리석 벽으로 통로의 넓이가 20미터 정도는 되어서 상당히 넓었다.

"함정에 주의하면서 천천히 전진하세요."

척척척.

위드는 드워프들을 50명씩 20개 팀으로 나눴다.

전사들이 다룰 수 있는 무기들은 대여섯 가지씩은 된다는 점을 이미 확인했다.

손도끼, 단검 같은 투척 무기에서부터 양날 도끼와 큰 창 같은 중무기까지.

대장장이들이기에 무기의 이해도는 당연히 높았다.

방패까지도 잘 다루는 전투의 팔방미인들.

퐷!

캬캇!

아골디아에 주로 서식하는 초식동물 케아들이 나타났다.

5미터 크기의 초식동물이지만 인간이나 혹은 그보다 작은 생명체들이 접근하면 재미로 공격하는 포악한 생명체였다.

"적 발견. 전투 시작!"

밀집한 드워프 전사들이 무기를 들고 전진했다.

케아들은 두꺼운 가죽 때문에 어지간한 공격은 잘 먹히지 않았다.

"선두, 손도끼 투척하고 뒤로 빠지고, 2열은 창을 던지세요. 3열은 방패를 들고 돌진. 4열은 도끼를 무장하고 공격."

드워프들은 다양한 무기들을 등에 짊어지고 있기 때문에 적에 맞춰 싸우기 좋다.

방패로 견제하면서 창으로 본체를 찌르고, 도끼로 뻗어 오는 촉수들을 끊어 냈다.

"역시 훌륭해."

위드는 드워프들이 정확히 생각대로 움직여 주는 모습에 만족스러웠다.

각자 맡은 역할도 잘 해내고, 드워프 전사들 특유의 용맹함으로 적극적인 전투를 펼친다.

바바리안들처럼 극단적인 과격함은 아니지만 방패와 갑옷에서 오는 방어력은 근접전에서도 위력을 발휘했다.

거뜬하게 케아들을 잡아내며 드워프 전사들은 경미한 피해만을 입었다.

"끙. 조금 아프군."

"견딜 만해. 더 싸울 수 있겠어."

전투가 끝나자 붕대도 감으면서 알아서 치료를 하는 모습까지도 인상적이었다.

"조금만 손을 보면 훌륭하겠어."

위드는 전투가 진행될 때마다 드워프 전사들의 조합을 갈고 닦았다.

보물 창고에는 거대 곤충에서부터 바위 괴물, 저주를 뒤집어쓴 몬스터의 망자들까지 다양한 몬스터가 출현했다.

때로는 손도끼 투척을 위주로 싸우고, 일부러 방어 진형을 펼치며 효과를 확인했다.

드래곤과 싸우기 전에 여러 종류의 전투 훈련을 하며 드워프 전사들의 전투력을 확인할 필요성이 있었다.

"방어력이 좋아. 지금은 사제들이 없지만… 사제들까지 붙어 주면 끝내주게 잘 버티겠군."

근접전에서 도끼를 휘두를 땐 좀 무식하게 싸우긴 했다. 무작정 내려찍고 휘두르며 물러서질 않는 것이다.

반면에 검이나 창을 들면 견제 역할을 충실히 해냈다.

"무기에 따라 싸우는 성향까지 달라지는 건가. 큰 의미까진 없어 보이고."

하지만 방어력이 강한 몬스터가 등장하니 드워프 전사들의 한계도 드러났다.

힘으로 때리고, 더 강한 힘으로 때리고.

결국에 부서지고 깨질 때까지 때려서 잡아내긴 하지만 시간이 오래 걸렸다.

"사냥에는 그럭저럭 아쉬워도 쓸 만하지만 드래곤을 잡기에는 공격력이 부족해."

위드는 눈살을 찌푸렸다.

드워프 전사들은 단순한 스킬들만을 활용하고 있었다.

방어 계열의 스킬들은 다양한데, 무기를 이것저것 다루다 보니 숙련도가 떨어지는 모습.

강한 힘과 좋은 무기 덕분에 평범한 방어력을 가진 몬스터를 압도할 정도로 잘 싸운다. 하지만 상대방 역시 몸이 단단하다면 빠르게 해결하는 능력이 부족했다.

창이나 도끼 전사는 공격력이 좋아서 조합을 잘 짜면 전체적인 사냥 속도가 빨라졌다. 하지만 드래곤을 상대로는 거의 의미가 없는 방식이었다.

'이런 식이라면 이곳의 보스 몬스터를 잡기도 까다롭겠어. 버티기야 잘 버티지만 말이야.'

어쩌면 드워프 전사들의 부족한 부분들을 채워야 할지도 모른다.

검이나 창, 도끼, 방패 등을 쓰면서도 좀 더 효과적이고 위력적인 스킬을 가르쳐야 할 필요성이 있었다.

―마판 님.
―넵!
―드워프들은 웬만한 무기들은 다 다룰 줄 압니다. 그런데 스킬들이 구식이라 쓸 만한 것들이 필요하겠어요.
―드래곤을 상대하기 위함입니까?

역시 척 하면 착 하고 바로 알아듣는다.

―일반 몬스터 사냥에도 공격력이 뛰어난 기술들이 있으면 좋겠지만, 드래곤 사냥에는 기왕이면 비기들이 필요하겠죠.

검술, 도끼술, 창술의 비기.

과거에는 하나를 배우는 것만 해도 굉장히 힘들었지만 이젠 아니다.

위드는 아르펜 제국의 황제였고 권력을 가지고 있었다.

하벤 지역만 아니라면 비기가 있는 곳에서 그것들을 구할 수 있으리라.

'아무나 익히진 못할 테지만 드워프들이라면 자격은 충분해.'

―최대한 빨리 좋은 것들로 챙겨 보겠습니다. 오베론 님도 방어술을 좀 알고 계실 겁니다.

드워프들에게 부족한 스킬들을 가르친다고 끝나는 건 아니었다.

고급 수준까지 숙련시키려면 제대로 굴려야 하리라.

그 점에 대해서는 위드가 나름 전문가였다.

'드워프들은 강인한 종족이라서 한계치가 높지. 죽어서 숨이 넘어가기 직전까지 굴려 줄 수 있어.'

"내가 위드핸드다!"

위드는 사자후를 터트리며 로아의 명검을 뽑았다.

이제 이들의 마음을 얻으며, 본격적인 사냥에 돌입했다.

"오. 드디어 위드핸드가 무기를 들었군."

"검? 검을 주로 쓰는 건가!"

용을 죽이는 도끼는 스탯이 감소하니 당연히 쓸 마음이 없었다. 웬만한 보스급 몬스터가 아니라면 절대 꺼내기 싫은 무기!

위드의 사자후는 드워프들의 사기를 끌어 올리는 데도 좋았지만 따로 의도한 바가 있었다.

멀리서부터 쿵쿵대며 끝없이 밀려오는 몬스터들의 군단.

던전은 몬스터들이 울부짖는 소리로 아비규환이 되었다.

"이제부턴 몽땅 정리하도록 하죠."

위드는 몬스터들을 몽땅 끌어들이니 위험할지도 모른다는 생각은 했다.

'시간을 아껴야지. 이 정도의 병력이라면 충분히 부딪쳐 볼 만하다.'

드워프들은 마구 굴려야 제맛!

던전의 통로를 봉쇄하면 몬스터들이 아무리 많더라도 덤벼들 수 있는 숫자는 한정적이다. 방어력이 탄탄하단 걸 확인했으니 끝을 볼 때까지 싸우면 된다.

"조각 파괴술! 이 모든 것이 힘이 되어라."

조각 파괴술로 모든 예술 스탯은 힘으로!

"헤라임 검술. 으아하압!"

전사들과 함께 몬스터들을 거침없이 정리해 나간다.

"굉장한 드워프야."

"저 힘은 오우거보다도 강할 것 같아."

드워프들이 감탄하며 뒤를 따랐다.

한참 동안 몬스터를 막아 내고 나서 보니 드워프들은 지치긴 했어도 희생자는 없었다. 동족으로서 끈끈한 정으로 서로를 지켜 주며 잘 싸운 덕분.

위드는 그 모습에 감탄했다.

"음. 더 안심하고 빡세게 굴려도 되겠군."

부하들이 무의미하게 죽지 않길 바라지만, 근본적으로 가지고 있는 악덕 사장의 기질!

"계속 전진한다."

얼마간을 돌파했을 때, 강철 골렘들이 발견되었다. 먼지가 머리와 어깨에 두껍게 쌓여 있었지만 드워프들이 다가가니 눈을 떴다.

"적이다. 전투준비!"

"그오오오. 드디어 왔는가."

"우리는 오랜 시간을 기다려 왔다."

놀랍게도 골렘들은 적이 아니라, 드워프들의 아군.

드워프 명장들이 만들어 놓은 강철 골렘 지원군이었다.

"역시 10대 금역에 있는 고급 던전이란 말이지."

위드는 퀘스트의 난이도가 쉽지 않겠단 생각을 했다.

잘 준비된 드워프들로도 뚫지 못하니 강철 골렘 지원군이 준비되어 있는 게 아니겠는가.

"그렇더라도… 재미는 있을 것 같아."

위드는 퀘스트가 좀 어렵다고 해서 주눅이 드는 평범한 드워프가 아니었다.

온갖 모험들을 하며 대륙을 돌아다니느라 죽을 고생을 다 해 왔고, 가지고 있는 스킬의 폭도 끝없이 넓었다.

"드워프 종족 퀘스트는 정상적이면 레벨이 700이나 800에 받을 수 있었겠지. 어쩌면 그 뒤일지도 모르고. 드워프들의 레벨은 지금보다 상승했다고 해도 500대 중후반."

혼자의 힘으로 선두에서 버티고, 드워프들을 끌고 던전을 개

척해야 하는 퀘스트였으리라.

"강력한 몬스터들이 존재하긴 할 거야."

케이베른에게 쏟아야 할 드워프들이다. 1명이라도 무의미하게 죽어서는 안 될 일.

"그렇지만 정말 위험할까?"

위드는 승부욕이 생기는 것을 느꼈다.

사실 통로형 던전에서 강력한 몬스터들이 있다고 해도 드워프들의 방어력이라면 웬만큼 버틸 수 있었다.

위험하지만 그럼에도 한순간에 죽을 정도는 아니고, 어떻게 싸우느냐에 따라 살아남을 수도 있으리라.

"드래곤과도 싸워야 하는 마당에… 역시 극한 사냥이 제격인 거야."

불의 고리에 간 모험가들은 매일 동료들의 죽음을 마주했다.

"여긴 아무리 조심하더라도 위험하긴 마찬가지입니다."

"네, 동의합니다. 지형이 가장 큰 문제고, 몬스터들도 걱정거리네요."

화산 폭발에 느닷없이 땅이 갈라지면서 열기를 뿜어냈다.

모험가들은 수십 명이 한꺼번에 타 죽는 것을 보며 안전이란 없다는 걸 깨달았다.

"극한의 지대에서는 장비를 갖추면 그럭저럭 살아남는데, 여긴 언제 사고가 벌어져서 죽을지 모르는 장소네요."

"저희는 돌아가겠습니다. 오크랜드에서 뭐라도 알아보도록 하죠."

"악마들의 왕. 그 단서를 쫓을 겁니까?"

"네. 허황되긴 하지만 자잘한 퀘스트라도 줍는다면 최초가 될 거니까요."

"우린 남을 겁니다. 랜도니의 레어가 분명 근처에 있을 거예요. 여기까지 와서 그만둘 순 없죠."

모험가들은 둘로 나뉘었다.

체이스와 스펜슨.

모험가들을 대표하는 업적을 남긴 이들은 지골라스의 탐험을 계속하길 선택했다.

그럼에도 상당수는 오크랜드나 중앙 대륙으로 돌아가는 쪽을 선택했다.

불의 고리 탐험은 오크랜드에 붙은 땅을 제외한 모든 곳이 위험 지대였다. 땅이 갈라져 용암에 빠져 죽고, 화산이 폭발하면 하늘에서 떨어지는 파편에 죽고.

위드가 과거 지골라스를 탐험하기도 했지만, 그곳은 빙하 지대에 있는 화산섬. 불안한 지각변동이 끊이지 않으며 용암을 쉴 새 없이 토해 내고, 대지는 모래알처럼 갈라진다.

불의 고리는 탐험을 거부하는 이름 그대로 가장 위험한 장소였다.

"이제부터 남은 우린 어떻게 할까요?"

불의 고리에 남은 모험가들은 지도책을 펼치고 탐험 계획을 짜기로 했다.

숱한 모험가들의 죽음으로도 불의 고리는 20%의 영역밖에는 살피질 못했다.

나머지 구역들은 접근 자체가 극도로 위험하거나 몬스터들의 서식지에 가로막혀 있었다.

체이스가 지도를 보며 신중하게 말했다.

"우리끼리 뭉쳐 다니다가 몰살을 당하거나, 신중하게 활동하느라 탐험이 늦어지고 있어요. 그러니 각자 탐험해 보는 건 어떻겠습니까? 파악한 정보는 서로 공유하도록 하고요."

"좋습니다."

"누가 랜도니의 레어를 찾을진 모르겠지만… 여기까지 왔으니 혼자 다 먹진 맙시다."

모험가들은 뿔뿔이 흩어져서 불의 고리 탐험에 나섰다.

목숨을 걸고 한 걸음씩을 내딛고, 자신들이 지나간 자리에는 안전하다는 표시를 해 두었다.

바이슨.

아르펜 왕국이 건국되기도 전, 모라타에서 시작한 모험가인 그의 레벨은 230.

"랜도니의 레어를 찾아야만 해!"

불의 고리에 온 바이슨은 모험 스킬은 좀 부족해도 열정적이었다.

화산 근처에서 탐험하다가 벌써 두 번이나 목숨을 잃었지만 오크랜드로 돌아가지 않았다. 살이 익을 정도로 뜨거운 물이 흐르는 강가에서 생각에 잠겼다.

"지형이 너무 위험하다. 기껏 탐사한 지역도 화산이 폭발하면서 형태가 바뀌어 버리기 일쑤고."

바이슨은 자신의 능력으로는 이대로는 랜도니의 레어를 찾지 못할 것 같았다.

불의 고리는 모험가들의 무덤이라는 별명이 붙어도 이상하지 않을 것처럼, 강하게 인간들의 접근을 거부하는 장소였다.

"지역 전체를 뒤지고 다니다가는 1년이 걸려도 수없이 죽기만 할 테지."

많은 모험가들이 돌아간 이유도 그것 때문이었다.

"만약 위드 님이라면… 위드 님도 실패할 수밖에 없었을까?"

바이슨은 북부 대륙에서 위드의 모험을 보며 꿈을 키워 온 유저였다.

한참을 고민하다가 거꾸로 생각해 보기로 했다.

불의 고리는 극도로 위험하다. 그렇기 때문에 탐험이 늦어지고 있었다.

모험가들이 아무리 겁이 없는 이들이라고 해도 방금 화산이 폭발한 지역에 다시 수색에 나서진 못했으니까.

안전을 확인하고, 주변을 탐색하다가 지형이 바뀌거나 화산이 폭발하면서 유저들이 죽어 나갔다.

"위험한 지역의 탐험이 그래서 더 제대로 되지 않잖아. 이런 장소에서 랜도니의 레어를 찾아내려면 정말 수많은 목숨을 바쳐야겠지."

아골디아의 던전 515

바이슨은 화산이 폭발하는 것을 멍하니 바라보고 있었다.

쉬지 않는 화산 분출구.

불의 고리에는 접근을 거부하는 듯한 극단적인 위험 장소들이 몇 있었다. 수백 미터나 용암이 솟구쳤으며, 하늘을 화산재로 검게 뒤덮어서 주변까지 어두워진 지역.

"랜도니의 레어… 랜도니는 레드 드래곤이지. 그렇다면 불의 기운을 좋아할 테고."

바이슨은 한국인이었다.

지난달에 부모님을 위해 사 드렸던 전기장판이 떠올랐다.

"우리 부모님이 뜨끈뜨끈한 전기장판을 좋아하듯이 그런 장소가 레드 드래곤의 취향이 아닐까?"

불의 고리에서도 가장 특징적인 지형, 용암이 흐르는 산들이 우선 가능성이 높을 수 있다고 생각했다.

특히 폭발이 자주 일어나는 대화산!

불의 고리에서도 가장 위험한 곳에 랜도니의 레어가 있을 것 같았다.

"가 보자!"

하루 뒤에 체이스는 귓속말을 전해 들었다.

—안녕하세요, 체이스 님. 여긴 대화산입니다.
—네. 그곳을 탐험하시는군요.

체이스는 평범한 연락인 줄로만 알았다. 그는 불의 고리를 탐험하기 위해 현지에서 구한 재료들을 바탕으로 모험 물자들을 만들어 내고 있었다.

동물 가죽, 식물, 광물이나 전리품을 통해 쓸모가 많은 모험 물자들을 제작하는 것이 체이스의 특기!

―용암에 너무 가까이 다가가서 몸에 불이 붙었습니다. 하하. 화상이 심하고 물도 다 떨어져서요. 제 이번 생은 여기까진가 보네요.
―저런… 이곳까지 오자고 해서 죄송합니다.
―아닙니다. 이번 죽음은 의미가 있으니까요.
―뭐라도 찾아내셨어요?
―네. 랜도니의 레어요.
―예?
―이제 곧 죽으니 짧게 말하겠습니다. 레드 드래곤의 레어가 여기에 보입니다. 용암 길 사이를 통과해야 하지만… 자세한 영상은 대륙의 모험가 사이트에 올릴 테니 직접 확인해 보시고요. 여러분들의 건투를 빕니다.
―바이슨 님!
―즐거운 로열…….

바이슨의 연락은 거기서 끊겼다.

체이스는 그 소식을 모든 모험가들에게 전달했고, 모험가들은 반신반의했지만 곧 인터넷에 올라온 동영상까지 확인할 수 있었다.

바이슨이 몬스터로부터 도망 다니고, 증기가 끓어오르는 지역을 화상을 입으면서 달려갔다.

그렇게 도착한 대화산 지역.

산의 절반 정도가 검붉은 용암이 흘러내리는 끔찍한 장소였다. 모험가들조차도 탐험은 엄두도 내지 못했던 지형.

바이슨은 밧줄과 삽 하나를 들고 대화산을 오르기 시작했다. 부츠가 녹아내려도 그냥 쉬지 않고 전진했는데, 아마도 멈춰서 다시 정비할 수도 없는 상황으로 보였다.

그렇게 바이슨은 대화산의 3분의 2 지점까지 등반하는 데 성공했다.

생명력이 극단적으로 떨어진 상태지만, 산 중턱에 있는 용암 동굴을 발견! 동굴 너머에 있는 대화산의 중앙부에 레드 드래곤의 레어를 눈으로 보고야 말았다.

체이스는 불의 고리에 있는 모든 모험가들에게 말했다.

> 체이스: 좌표는 대화산입니다. 전부 집결합시다. 바이슨 님이 죽으면서까지 알려 주신 소중한 정보입니다.

블랙 드래곤 케이베른이 대표적 무역 도시인 와펜 성에 나타나 철저히 파괴했다.

> 드래곤의 복수!
> 악룡 케이베른이 인간들의 문명을 파괴하기 위해 움직이고 있습니다.
> 정령과 요정 들이 다시 경고합니다.
> ―일주일 후에 케이베른이 미스트리스 성으로 향하게 될 거예요.

미스트리스 성!

예상대로라면 그다음에는 아르펜 제국의 시초가 된 모라타일 것이다.

　중앙 대륙을 먹어 치운 지금이야 대도시들이 열 손가락으로도 부족할 지경이 되었지만, 그럼에도 모라타는 아르펜 제국의 상징이다.

　"모두 대피해 주세요. 상인 여러분들이 먼저 떠나는 것이 좋겠어요. 챙겨야 할 짐이 많을 테니까, 다른 유저들이 떠나기 전에요."

　서윤이 직접 모라타의 대피 계획을 총괄했다.

　북부의 유저들은 정든 도시와 이별하고 싶지 않았지만 어쩔 수 없이 짐을 싸고 성문 밖으로 빠져나갔다.

　그럼에도 멀리 가지 못하고 북쪽에 루벤스 강 인근에 임시 거주지를 만들었다.

　모라타의 유저들이 엄청나게 옮겨 가고 있었기에 금세 시장과 주거 지역들이 형성되었다.

　"다른 도시도 아니고 위드 님이 모라타는 지켜 줘야 되는 거 아냐?"

　"할 수 있으면 했겠지. 드래곤을 이기지 못하니까 어쩔 수 없는 거잖아."

　"그래도 하는 데까지는 해 봐야 되는 거 아냐?"

　"쉽게 포기하는 감이 있지."

　북부 유저들도 점점 동요하면서 위드의 선택을 아쉬워하는 여론이 생겨나고 있었다.

　추억만이 아니라 생활 영역이 전부 부서진다.

　모라타가 없어지면 북부 지역의 무역과 생산, 모험, 종교, 치안을 포함하여 대부분의 환경이 악화될 것을 유저들은 알고 있었다.

"모라타가 없는 북부라니… 이건 정말 생각도 못 해 봤어."

"아르펜 제국도 점점 무게중심을 중앙 대륙으로 옮기는 거 아닐까?"

"싫다, 진짜……. 북부가 우리 고향인데."

북부 유저들의 여론마저도 흔들리고 있었다.

숱한 전투에 적극적으로 나서 왔던 그들이지만, 이번만큼은 자신들도 할 수 있는 일이 없었다. 그저 안타까워하면서 바라보는 수밖에.

던전이 위드의 예상과 다른 점은 두 가지 정도였다.

"골렘이 많기도 하다."

강철 골렘을 시작으로 황금 골렘, 루비 골렘 같은 녀석들이 배치되어 있었다.

세월의 흔적 때문에 고장 난 골렘도 있었는데, 그럴 때는 드워프들이 망치와 각종 수리용 연장을 들고 나섰다.

"내핵으로 연결되는 신경이 손상되었어. 조금만 손을 보면 되겠군."

"오, 세상에… 이 관절의 구조를 좀 봐. 선조들을 욕하려는 건 아니지만 너무 구식이잖아."

"복합 관절을 이식하는 것만으로도 전투 능력이 향상되겠지.

다른 걸 다 떠나서 철컹거리면서 시끄럽게 걸어 다니는 골렘은 너무 구식이야."

드워프들의 대장장이 실력은 생각보다 훨씬 뛰어났다.

전투 중에 부서진 골렘들도 그들이 손을 좀 보면 거뜬하게 고쳐졌다.

어떤 때는 골렘의 재료가 부족해서 고칠 수 없는 녀석들은 다음 전투에서 재료를 입수하기도 했다.

때론 곡괭이를 들고 땅을 파기도 했고.

위드는 벽이나 바닥, 어딜 파내더라도 광물들이 쏟아지는 걸 보며 생각했다.

"매우 뛰어난 품질의 철광산이라……. 드워프들이 창고를 그냥 이곳에 만든 건 아니겠지. 광석들이 많았기 때문일 거야."

땅을 보는 실력만큼은 드워프들이 모든 종족 중 최고랄 수 있다.

1등급 혹은 2등급의 고품질의 철이 나온다. 순수한 은, 사파이어, 루비, 오팔도 곧잘 캐내었다.

'전사가 1,000명, 장인이면서 광부는 1,000명이다.'

드워프들을 끌고 다니다 보면 던전 사냥에서는 장점이 정말 많았다.

평지 사냥에서도 드워프들은 덫을 설치하거나, 방어벽을 만들 수 있다.

도끼나 철퇴를 휘두르는 걸 즐기는 그들의 취향은 물론 아니지만.

'이 던전의 난이도는 드워프 때문에 좀 낮아졌다고 봐야 할

거야.'

전투가 벌어질 때마다 서너 기씩 부하로 합류하는 골렘들.

그들의 임무는 드워프들의 비밀 창고를 지키는 것이었으니, 만약 다른 종족이 들어왔다면 적으로 전투를 펼쳐야 했으리라.

'그렇지만 이게 함정일 수 있어. 골렘 때문에 편하게 싸우다가 한순간 몬스터들이 밀고 들어올 수 있겠지.'

재수 없게 꼬이는 것이 한두 번 당해 본 게 아니었다.

위드는 곰프핸드에게 지시했다.

"강철 골렘은 후방으로 보내고, 우리 드워프들이 계속 길을 뚫습니다."

"골렘을 안 쓸 건가?"

"쓰긴 해야지요. 그래도 소중한 몬스터를 골렘으로 낭비하긴 아까워요."

위드는 웬만한 몬스터들은 드워프들의 피와 땀으로 돌파해 냈다.

단단한 방어력을 가진 드워프들을 선두에 배치하고 한 걸음 앞에 위드가 선다.

"재생의 검!"

방어력과 회복력을 상승시켜 주는 검술의 비기!

위드의 지휘를 받는 드워프 전사 1,000명.

던전 공략에 드워프 전사들이 너무 많이 동원된 것 같았지만 그렇지 않았다.

던전의 규모 자체가 거대할 뿐만 아니라 몬스터들의 저항도 극심했다.

아골디아의 몬스터들이 드워프제 명품 장비들로 무장했다.

5미터, 7미터짜리 갑각 괴물들도 벽이나 바닥을 뚫고 나타났으며, 독을 뿜어내는 벌레 떼들이 새까맣게 밀려오는 경우도 있었다.

"부상병들은 뒤로 빠져서 쉬어라!"

체력과 생명력이 하락한 드워프들은 붕대를 감고 휴식. 싸울 수 있는 이들은 번갈아 가며 전투에 쉬지 않고 투입했다.

드워프들을 말 그대로 던전에 갈아 넣었다.

"재생의 검!"

위드와 드워프들은 막무가내로 밀려오는 몬스터들을 막아 내야 했다.

'용사 퀘스트를 통해서 얻은 스킬이 없었다면 훨씬 힘들었을 거야.'

어쩌면 용사 퀘스트도 이런 비슷한 과정이 있을지도 몰랐다.

전장에서 재생의 검을 휘두르며 군대를 이끄는 것이다.

'용사라……. 지금까진 하프엘프가 동료로 합류한 정도였지만, 인간의 군대를 지휘할 수도 있겠지. 인간들을 대거 끌고 드래곤과 싸우는 거야.'

띠링!

> 전투 업적! 철벽을 달성하였습니다.
> 30분 동안 몬스터의 집단 돌격을 저지해 냈습니다. 영구적으로 인내와 맷집이 2씩 증가합니다.

"저기, 맥주 한잔하면서……."

"쉴 시간이 없습니다. 동족들이 고통받는데 맥주가 목으로 넘어간단 말입니까!"

위드는 드워프들의 휴식 요청을 단호하게 거절했다.

던전이 위험한 만큼 전투 스킬 숙련도도 빠르게 오르고, 스탯들도 잘 얻었다.

강해지는 느낌이야말로 전투에 푹 빠져들게 하는 것!

"드워프 11조부터 선두에 선다. 맥주 마실 힘이 남아 있는 드워프들은 나서서 싸워라."

위드는 드워프들을 쥐어짜며, 던전을 공략하며 레벨을 한 단계 올렸다.

언데드를 소환할 당시와는 비교할 수 없어도 그래도 일반 유저들은 따라오지 못할 사냥 속도.

던전을 공략하며 드워프 선조들이 만들어 놓은 무기고도 하나씩 찾아냈다.

"여긴 검이 많군."

수백여 종의 드워프제 명검들!

어떤 무기고에는 갑옷과 방패들만 있기도 했고, 수백 미터나 되는 공간에 단검으로만 채워져 있는 창고도 존재했다.

"역시 드워프들. 아주 넉넉하게 잘 만들어 놨어."

위드는 팔아먹을 생각도 당연히 했지만, 무기와 방어구들은 먼저 드워프들의 무장에 사용되었다.

레벨 제한이 700대, 800대의 최고급 무기들이지만 전사이며 대장장이인 드워프들은 착용할 수 있었다.

'장비발의 종족이라… 전투력이 향상되는 게 눈에 보이네.'

공격력과 방어력이 향상되어 사냥 속도가 훨씬 빨라지고 있었다.

대장장이 마스터들의 작품도 어쩌다 나왔다.

레벨 900 이상의 제한을 가진 장비들을 쓰지 못하는 드워프들도 있었다.

드물지만 대장장이가 아닌 순수한 전사들!

당장은 쓰지 못하지만 희생의 화로가 발동되면 사용이 가능했다.

'이 던전 공략이 끝날 때쯤엔 드워프들의 방어력은 절대적이 되겠군.'

사막의 대제왕 시절의 사막 전사들과 저절로 비교가 되었다.

사막 전사들은 적을 만나면 미친 듯이 돌격하며 시작했다.

무질서한 모습이었지만 압도적인 공격력으로 적을 그대로 부숴 버렸다.

'공격력은 사막 전사가 몇 배는 강하지. 낙타를 타고 다니며 기동력도 쓸 만했고. 하지만 전투가 벌어질 때마다 엄청난 피해를 입기도 했어.'

시간을 아끼기 위한 목적이기도 했지만, 많은 전사들이 목숨을 잃었다.

드워프들은 어지간하면 죽지 않기 때문에 안정감이 있었고, 성장 잠재력도 높았다.

'지휘하기에 따라서 전투력이 달라지는 종족이다. 잘 이끈다면 사막 전사들과 붙는다고 해도 이길 수 있을 것 같아.'

위드는 그러면서도 아쉬움이 들었다.

'지휘력이 필요한 것도 일반적인 전투의 경우에나 해당되지. 이 강력한 드워프들도 아마도 케이베른과 싸우면 대부분 죽고 말 거야.'

큰 손실이겠지만 어쩔 수 없이 감수해야 하는 피해였다.

> —위드 님, 모험가들에 대한 보고를 하겠습니다.

위드는 드워프의 비밀 창고에 들어오고 나서부턴 다른 유저들의 연락을 받지 않았다.

당장은 드워프들을 성장시키는 것이 최선이었고, 중요한 사안들만 마판으로부터 전달받았다.

> —불의 고리에서 마침내 랜도니의 영역을 찾아냈다고 합니다.
> —고생이 많았겠네요.
> —화산이 쉴 새 없이 폭발하는 지역에 레어가 있답니다. 모험가들이 목숨 걸고 용암굴로 뛰어들고 있는데, 조만간 좋은 소식이 들어올 것 같습니다.
> —알려 줄 건 그게 전부인가요?
> —크나툴과 말린에 대한 정보는 계속 확인하고 있습니다.

위드는 용사 퀘스트에 대해서는 느긋하게 소식을 기다리고 있었다.

영웅을 포섭한다고 하더라도 쓸 만한 드워프 10명보다는 못한 느낌이었으니까.

케이베른이 워낙 강하기 때문에 영웅 몇 명으로는 해결이 어려운 상태이기도 했다.

> —그렇군요.

> ─그리고 위드 님, 지금이라도 늦지 않았습니다. 과감하게 모라타의 오분의 일만 줄여 버리면… 시간을 한참 더 벌 수 있습니다.

케이베른이 모라타를 파괴할 예정일까지 11일이 남은 상태였다.

마판은 미스트리스 성이 부서지기 전에 모라타의 자체 축소 계획을 건의하고 있는 것이다.

> ─북부 유저들 사이에서는 위드 님이 직접 모라타를 지켜 주거나, 아니면 도시를 허물어 놓고 뼈대만 남겨 놓자는 의견도 있습니다.
> ─뼈대만요?
> ─도시의 기본 구조는 놔두고, 위대한 건축물도 남겨 놓고. 주거와 상업 시설들은 다 인근으로 옮겨 버리는 것이죠. 드래곤의 공격이 끝나고 나면 재건하는 겁니다.

북부 유저들 사이에서 일어나는 모라타 보전 계획!

인근에 위성도시를 건설하여 모라타의 시설들을 최대한 그대로 옮겨 간다.

케이베른을 퇴치한 다음에 다시 원래대로 복구한다는 노가다의 대역사!

보통은 생각하기 힘든 아이디어이긴 했지만, 노동력을 기반으로 한 수많은 업적들이 이를 계획하게 만들었다.

위드도 잠시 생각해 봤다.

'모라타를 뜯었다가 다시 합친다는 건데… 실제로 당장이라도 실행 가능하다.'

상인들과 유저들의 힘이 동원되면 해낼 수 있었다.

모라타를 완전히 뜯어낼 필요도 없고, 10%, 20%의 주거지역만 빼내더라도 케이베른의 목표에서 벗어날 테니까.
　매주 어느 정도씩만 이전을 하다 보면 상업과 인구, 발전도가 덩달아 낮아져서 안전해진다.
　도시의 기본 구획들이 그대로만 남겨져 있다면 케이베른을 물리치고 원래대로 복원이 가능했다.
　'우후죽순 들어선 건물들은 조금 정리해도 되겠지. 다 끝나면 모라타가 훨씬 멋진 도시가 될 거야.'
　장점이 보이기는 했지만 그래도 독이 든 사과나 다를 바 없었다.
　막대한 비용과 노동력이 일차적으로 동원된다.
　대륙 전역에서 비난도 빗발치게 되리라.
　모라타가 안전해지더라도, 다른 어느 도시는 드래곤에게 파괴되고 말 테니까.
　그 지역의 주민들은 위드를 원망하게 되리라.

　모라타는 지켰으면서 왜 우린 내버려두었죠?
　아르펜 제국은 모라타만 중요합니까?

　다른 부작용이 전 대륙에 걸쳐서 일어날 수도 있었다.
　그 어떤 영주라도 자신의 도시가 폐허가 되는 걸 원하지 않을 테니까.
　만약에 대륙 전체에서 대도시들끼리 안전해지기 위해 파괴 경쟁이라도 일어난다면 그 결말은 처참할 것이다.

—그럴 순 없어요. 모라타를 부수면 다른 도시들도 파괴하게 될 겁니다. 끝없는 악순환이 일어날 수 있어요.
—예, 알겠습니다. 하지만 모라타는… 휴우. 어쩔 수 없죠. 그래도 너무 안타까우니 계속 생각은 해 보세요.

위드는 마판과의 대화를 마치고 마음이 편하지 않았다.

'모라타가 이대로 사라지는 건 나도 싫다.'

아르펜 제국의 역사가 만들어진 도시.

흑색 거성 시절, 폐허에서 모든 걸 일으켰던 시작점이었다.

대륙을 위한 결정

스스스슥.

물빛의 화가 페트의 손에서 붓이 빠르게 움직였다.

7미터나 되는 화폭에 북부 전쟁의 모습이 완성되어 가고 있었다.

위드가 헤스티거와 함께 하벤 제국군을 몰살시키는 그림!

띠링!

명화! 〈전쟁 영웅〉을 완성하였습니다.
세상의 아픔과 어려운 이들을 표현하는 화가의 손에서 새로운 그림이 탄생하였다. 과거에 북부에서 벌어진 큰 전쟁. 실제 있었던 사건을 바탕으로 하여 아르펜 제국의 국왕과 용사 헤스티거의 모습을 표현한 그림이다. 영웅들의 모습을 생생하게 살린 작품으로, 보고자 하는 사람들이 많을 것이다. 시간이 지날수록 높은 역사적인 의미를 가지리라.
예술적 가치: 2,960
역사적 가치: 1,863

옵션: 〈전쟁 영웅〉을 본 이들은 생명력과 마나 회복 속도가 하루 동안 32% 증가한다. 전투 스킬 +2 상승. 생명력의 최대치가 레벨에 따라서 14%~67%까지 증가. 몬스터와 적들에게 공포감을 심어 준다. 전 스탯 13 상승. 경험치와 스킬 숙련도의 습득이 4% 증가한다. 다른 그림과 중복으로 적용되지 않는다.
지금까지 완성한 명화의 숫자: 42

"휴. 명화로군. 이것도 나름 괜찮지. 안 그래도 물감값이 아쉽던 참이었는데."

페트는 완성된 그림을 정리하고 모라타로 이동했다.

베르사 대륙의 즐거운 도시.

판자촌과 고급스러운 주택가가 이상하지 않게 어우러지며, 유저들의 활기가 넘치는 장소.

로디움에서부터 수많은 예술가들이 모여들면서 그들이 만들어 내는 작품으로 도시는 더욱 아름다워졌다.

"한 달 된 사자 새끼 분양합니다! 잘만 키우면 엄청 멋지게 자랄 수사자입니다. 초보자들은 분양받지 마세요! 잘못 키우면 잡아먹혀요!"

"코끼리 팖. 흥정 주세요."

"사육사입니다. 단기 일자리 원해요. 야생동물도 잘 기릅니다. 말은 완전 전문이고요."

"누렁이의 직계 혈통! 누렁이 12대손 분양합니다. 힘은, 마차 12대까지 동시에 끌어 봤습니다."

황소 광장에서는 어마어마한 수량의 동물들이 거래되고 있었다.

'이 도시는 정말로 사랑할 수밖에 없어.'

페트는 모라타의 현재 모습을 그리고자 했다.

끔찍한 일이지만 케이베른에게 모라타가 부서지고 나면 추억으로 남을 그림들이 있어야 하리라.

"와! 진짜 잘 그리시네요."

"풍경화 대박이다."

페트의 그림 실력은 근처의 사람들을 불러 모았다.

모라타의 건물과 거리들, 멀리 빛의 탑과 여신상까지도 섬세하면서 화려하게 그려 냈다.

"그림이 실제 풍경보다도 예쁜 거 같아."

"도시의 화가, 제로스 님 아니야?"

"그분이랑은 다른데. 붓으로 흘리듯이 쳐 내는데 그림 그려지는 기술 좀 봐. 저건 진짜 타고난 거야."

페트는 구경꾼들의 감탄을 받으며 그 자리에서 밤이 새도록 10여 점의 그림을 그려 냈다.

예술적 가치는 그리 높지 않았지만 있는 그대로 표현한 작품이었다.

"후… 이 거리의 풍경은 조금 완성이 됐군."

페트가 물감과 붓, 종이를 산더미처럼 쌓아 놓았다. 그리고 발동되는 화가의 비기!

"그림 복사술!"

촤라라라락!

50개나 되는 크고 작은 붓들이 물감 통에 들어갔다 나오더니 허공에서 춤을 추며 종이 위에 그림을 그리기 시작했다.

원본의 그림을 종이에 그대로 복사할 수 있는 스킬!

스킬의 레벨에 따라 동시에 사용되는 붓의 종류와 숫자, 물감의 소모량, 최대 복사 가능 횟수까지도 조절이 된다.

복사된 그림은 원본의 예술적 가치와 특성을 적게는 10%에서 많게는 40%까지도 담아낸다.

화가가 만들어 낸 그림은 그 희소성과 아름다움 때문에 예술품 중에서도 비싸게 거래가 된다.

살아 있는 인쇄소처럼 모라타의 아름다운 풍경화를 찍어 내고 있었다.

"침입자."

"맛있는 드워프들이 왔다."

"우리의 땅이다."

위드는 통로 가득 달려드는 몬스터를 보며 생각했다.

'공간이 넓어졌다. 대략 25미터 정도. 소리의 울림으로는 적들의 숫자도 수백 이상이다.'

깔라뮤.

아골디아의 몬스터 중에서도 상위권에 속하는 녀석들이었다. 특이하게 3개의 다리를 동시에 움직이는데, 앞으로 달리는 것만이 아니라 옆이나 대각선으로도 불규칙하게 움직인다.

극단적으로 상대하기 싫은 몬스터였다.

"방벽을 형성하고 적을 하나씩 끊어 낸다."

"후아!"

위드는 드워프들을 지휘했다. 그리고 있는 힘껏 싸우면서 머릿속이 복잡해지는 걸 느꼈다.

'무엇일까, 사냥에 대해 드는 아쉬움은.'

벌써 4일째 선두에서 길을 뚫고 있었다.

간질간질하던 느낌이 점점 스스로에 대한 아쉬움의 형태를 갖추었다.

'나는 전투에서는 완성형에 가깝다고 생각했는데. 어딘가 부족한 느낌이야.'

검술에 대해서는 〈로열 로드〉를 시작하기 전부터 제대로 배웠다.

빠르고, 정확하고, 효율적으로 적을 격파한다.

스킬 운용, 생명력이나 체력, 마나의 활용에서도 정점에 올랐다고 자부했다.

전투력을 떨어뜨리는 나쁜 버릇도 없었다.

폭넓은 경험을 바탕으로 적의 약점을 파악하는 것도 물론이었다.

> 제목: 위드의 고급 수련관 전투 모습!

> 제목: 가르나프 평원의 대전

> 제목: 사막의 대제왕 위드!

위드가 치렀던 전투 영상은 시청자들의 감탄을 셀 수 없이 불러왔다.

중복해서 보는 유저들 때문에 영상마다 수십억의 조회 수를 달성했다.

압도적인 사냥 속도는 모든 요소들이 최적의 모습으로 결합되었기 때문에 만들어진 결과.

위드의 머릿속은 복잡한 실타래처럼 엉켜 가고 있었다.

'정신적으로도 난 강하다. 근데 왜 답답하게 느껴질까.'

인내심, 판단력, 집중력, 과감함.

전투에 필요한 부분이 있다면 지금까지 집중적으로 단련해 왔다.

〈로열 로드〉의 초창기와 비교해서 확 달라져 있었다.

'레벨이 낮거나, 검술 마스터가 아닌 거야 어쩔 수 없지. 그래도… 왜 이렇게 싸우면서 뜨뜻미지근하게 느껴질까.'

위드는 오랫동안 고민할 필요는 없었다.

무척이나 중요한 문제이긴 하지만 언제든 해결에 도움을 줄 사람이 있었으니.

—스승님.

검치에게 귓속말을 보냈더니 한참 만에 답변이 왔다.

—왜 부르느냐, 제자야.
—바쁘십니까?
—꺼억. 괜찮다. 말해 보거라.

검치는 남부 사막 지대에서 제자들과 함께 신나게 맥주를 마시고 있었다. 멧돼지 5마리를 구워서 안주로 신나게 먹어 치우던 중!

―던전 사냥을 왔습니다. 잘 싸우고 있는데… 뭔가 답답합니다. 지금보다 더 잘 싸우려는 욕심 같기도 한데, 정확히 무엇인지는 모르겠습니다.

위드의 설명은 상황을 자세히 전달하지 못했다. 사실은 스스로도 어떤 느낌인지를 몰랐던 탓이었다.

―흠… 벽을 만난 게로구나.
―벽이요? 그런 것도 같습니다.
―강해지는 것은 계단을 오르는 것과도 같다. 스스로를 만들어 가면서 한참 그렇게 오르다 보면 벽을 만나게 되지.
―어떻게 해야 할까요?
―벽이 괜히 벽이겠느냐. 그걸 넘어서기 어려우니 벽이라고 하지.
―무엇이 부족한지 모르겠습니다.
―노력으로 극복되지 않으며, 웬만큼 재능이 높다고 해도 한 단계 더 나아가기 어렵다. 그러니 마음이 흐르는 대로 살아라.
―마음이요?
―어떤 구속에서도 벗어난 자유로움. 얽매이지 말고, 길들여지지 마라. 한 줌도 망설이지 마라. 그것이 검이다.
―그렇게 해서 제대로 안 되면요?
―그럼 어쩔 수 없지.

"실컷 마셔라."
"으하하하핫!"

사막에서 신나게 술판이 벌어지고 있었다.

검치와 수련생들은 타격대에 지원한 전사들을 데리고 사냥터로만 끌고 다녔다.

일주일에 걸친 사냥의 완료!

고기와 술을 잔뜩 풀어서 연회를 열었고, 그다음 날까지 계속되었던 것이다.

"으… 나 원래 술 못 마시는데. 왜 이렇게 술이 맛있냐."

"마셔. 일단 마시고 죽어 버리자."

유저들은 주는 족족 술을 받아 마셨다.

몸과 정신이 모두 고되다 보니 술과 고기가 입에 착착 달라붙었다.

'여긴 지옥이야.'

'탈출하고 싶다. 고3으로 돌아가고 싶다.'

'진작 지금처럼 사냥했으면 내가 위드고 바드레이인데, 후.'

술을 마시다가도 슬쩍 상태창을 확인해 보았다.

사냥을 시작할 당시보다 레벨이 훌쩍 올라 있는 걸 보며 입가에 미소가 맺혔다.

'견뎌야지. 여기서 잘 성장해서…….'

'나만 사냥 안 하면 뒤처지는 게 되잖아.'

유저들은 그렇게 고단함을 견뎌 내고 있었다.

정작 그들을 이끌고 다니는 검치와 수련생들이 무슨 생각을 하는지도 모르는 채.

"동부 모래 언덕에서도 잘 버티는구나."

"이곳에서는 20% 정도는 낙오할 줄 알았는데 말입니다."

"중앙 대륙에서도 실력자들만 모아 놓아서 할 만한 것 같습니다."

검치는 흡족하게 웃으며 고개를 끄덕였다.

"그래. 다음 사냥부터는 강도를 더 높이자."

"어느 정도나 높여야 할까요?"

"2배 정도?"

"……."

검둘치, 검오치는 좀 심하다고 느꼈다. 자신들이야 어떻게든 굴러온 거친 인생들이지만, 이곳에 온 유저들은 일반인이었다.

벌써부터 유저들의 비명이 들리고 지쳐 쓰러지는 모습들이 떠올랐다.

레벨이 높은 육체는 버틸 수 있다고 해도 정신력만큼은 아니니까.

"그 정도가 딱 좋은 것 같습니다. 역시 스승님이십니다."

"과연. 스승님의 가르침을 받으면 저들도 훌쩍 성장해 있을 겁니다."

"크흐흐."

고기와 술을 실컷 먹다가 검치가 위드와 귓속말로 대화를 나누었다. 그 후에 검둘치가 무슨 일인지를 물었다.

"어. 별거 아니다. 막내가 벽에 도착한 것 같구나."

"벌써 벽이요?"

"그래. 빨리 찾아왔구나. 역시 재능과 노력이 뛰어났기 때문이겠지."

검치는 오래전 위드를 처음 만났던 때를 떠올렸다.

한 자루의 검을 들고 도전자들을 꺾어 나가던 모습.

사납고, 길들여지지 않은 야수가 있었다.

날카로운 발톱과 이빨을 만들어 주고 싶은 욕심이 생겨서 다듬어 주었다.

"녀석은 가르치면 무엇이든 다 자신의 것으로 만들어 냈다."

"죽을힘을 다해서 노력하는 천재였죠."

"음. 그래도 너무 계산적으로 싸우는 경향이 있었지. 아무것도 생각하지 않을 때 가장 강한 녀석이었는데……. 기술은 넘칠 만큼 가르쳐 놓았으니 스스로 깨닫는 것만 남았지."

"벽을 뚫을 수 있을까요?"

"내가 한마디를 해 주긴 했지만 벽이 괜히 벽이겠느냐."

"역시 그렇죠?"

"클클. 수많은 좌절과 고통, 한계를 느껴야지."

"수비에 집중하라!"

"방패! 방패를 앞으로!"

위드가 검치의 이야기를 듣고 고민하는 와중에도 드워프들과 깔라뮤의 전투는 계속되고 있었다.

현란할 정도로 빠르게 움직이는 깔라뮤들이 휘두르는 무기를 드워프들이 방패를 앞세우고 막아 냈다.

'자유로움이라.'

한 걸음 더 앞에 나가 있는 위드에게는 수많은 공격이 집중되고 있었다.

'내게 더 이상의 검에 대한 깨달음이 필요할까?'

고급 수련관.

투쟁의 길을 돌파할 때에 검의 길을 느꼈다.

넓은 전투 시야를 바탕으로 수많은 적들이 덤벼들 때에 싸워야 하는 최적의 길을 찾아냈다.

깔끔하고, 효율적인 움직임으로 적을 격파한다.

매번 전투가 끝날 때마다 더 완벽해지기 위해서 노력하지만, 지금은 고민해 봐도 더하거나 뺄 것도 없는 상태다.

'어쩌면 전투에 필요 이상의 집중을 하고 있는 것일지도.'

〈로열 로드〉에서는 직접 검을 다루는 일은 최소화하고, 대부분을 스킬들에 의존해서 싸우는 유저들도 흔했다.

상황에 따라 적절한 공격 스킬, 방어 스킬들을 위주로 사용하는 건데, 이것도 사실 나쁘지 않다.

체력과 마나의 소모가 크지만 안정적인 전투를 진행할 수 있었으니까.

제대로 스킬만 터트린다고 해도 실력자로 분류되기에 충분했다.

위드처럼 뛰어난 검술을 완벽하게 활용하며 몬스터와 싸우는 이들이야말로 괴물들.

1초를 몇 번이나 쪼개서 하는 판단과 감각으로 싸우는 이들은 극소수였다.

'이미 내가 가진 전투력을 100% 활용하고 있다. 그런데 여기서 검에 대한 갈증을 느껴 봐야……'

바뀌는 것은 없으리라고 생각했다.

어떤 상황에도 대처할 수 있을 정도로 훌륭한 검술을 배웠고, 몬스터의 움직임을 꿰뚫어 보고 있다.

빠른 반응과 한 걸음 앞선 움직임만으로도 사냥에는 충분하다고 여겼다.

검술의 비기를 비롯해 스킬과 장비도 다수를 갖췄다.

'드래곤과 싸울 때처럼 상대가 지나치게 강해서 죽는 건 어쩔 수 없는 일이야. 그런데도 갈증이 느껴지니 미칠 노릇이군.'

위드는 깔라뮤를 상대하면서 답답함이 더욱 커져 갔다.

3개의 다리로 마구 뛰어다니며 드워프들의 방어선을 공략하는데, 1마리라도 잡아내는 게 쉬운 일이 아니었다.

드워프들보다 레벨이 100씩은 높다 보니 버티면서 30분, 1시간을 싸워서 차근차근 이기는 것이 최선이었다.

'드워프들의 공격력은 약해. 전반적으로 시간이 걸릴 수밖에 없는 구성이다.'

머리로는 그렇게 생각했지만 마음은 다르게 말했다.

검을 휘두르라고.

한 걸음 더 나아가라고.

얽매이지 말고 자유로워지라는 검치의 말이 떠올랐다.

위드는 그 말을 따라 보기로 했다.

세 걸음.

지금 있는 곳에서 세 걸음을 더 앞으로 걸어가는 것만으로도 깔라뮤의 공격이 더욱 집중되었다.

전방과 좌우의 공격이 2배가 넘게 늘어났다.

위드는 적의 공격들을 평소처럼 파악했다.

'왼쪽의 창부터 쳐 낸다. 오른쪽의 검은 그다음. 지금 위치에서는 최대 5마리가 한꺼번에 날 공격할 수 있다. 반격 기회는 당장 없지만, 힘으로 밀쳐 내면서 균형을 무너뜨리는 세 번 정도의 공방을 주고받다 보면 기회가 생긴다.'

깔라뮤의 습성과 전투력을 감안한 순간 판단이 즉시 이루어졌다.

다른 유저들이 매번 감탄밖에 하지 못하는 넓은 전투 시야 덕분이었다.

'깔라뮤는 강하고, 체력이나 지능이 높아서 쉽게 무너뜨릴 수 없는 몬스터다. 동족들과 협력한다는 의식도 강해서 드워프들에게는 정말 호락호락하지 않은 상대.'

이곳은 땅속에 있는 던전이었다.

안타깝게도 용암의 강 같은 대형 스킬을 펑펑 터뜨릴 수도 없었으니 할 수 있는 일은 더욱 적다.

'다 필요 없어. 이젠 판단하지 않는다.'

위드는 머릿속을 깨끗이 비웠다.

적의 움직임을 보며 아무것도 생각하지 않는다.

그저 검을 들어서 대응할 뿐!

챙! 챙! 챙!

몇 번의 공격을 쉴 새 없이 막아 냈다.

본능이나 마찬가지인 움직임이었고, 그것은 지금까지와 다르지도 않았다.

슈욱!

그 순간, 위드의 검이 앞으로 찔러 나갔다.

찰나를 비틀어 놓은 것만 같은 순간.

"우엑?"

"캬카캿!"

"어딜 보는 거야."

깔라뮤들은 자신들 사이로 검을 찌르는 위드를 보며 비웃고 있었다.

슈슈슉!

몇 번의 검이 더 휘둘러졌다.

엉뚱한 공격 같았지만, 깔라뮤들을 심각하게 위협하기 시작했다.

어느새 검이 공간을 장악하고 있었다.

불규칙적인 움직임조차도 꿰뚫는 검술.

깔라뮤들이 스스로 검에 뛰어들기라도 하는 것처럼 보였다.

> 치명적인 일격!
> 무방비 상태인 적을 베었습……

위드는 막고, 흘려 내고, 공격했다.

'마음이 이끄는 곳으로 휘두른다.'

로아의 명검이 멈추지 않았다.

대화산에 집결한 모험가들은 혀를 내둘렀다.

"여길 혼자 올라갔다고요?"
"미쳤네. 미쳤으니 탐험에 성공할 수 있었겠지만."
산의 절반을 검붉은 용암이 덮었다.
느리게 용암이 아래로 흘러내리고 있었고, 군데군데 용암이 분수처럼 솟구치고 있었다.
땅바닥도 마치 프라이팬을 달군 것처럼 뜨거웠다.
체이스의 표정이 심각해졌다.
"여긴 진짜 많이 죽을 것 같은데… 돌아가실 분은 지금이라도 발길을 돌리셔야 될 것 같습니다."
"……."
체이스의 말에도 흔들리는 모험가들은 없었다.
아무것도 발견하지 못했을 때와는 상황이 전혀 다르다.
모험가들이란 목표가 뚜렷하다면 대박을 좇아서 덤벼드는 불나방 같은 존재.
체이스도 누군가가 떠나길 기대하며 한 말이 아니었다. 죽음의 돌파를 행하기 전에 각오를 다지길 바랐다.
"그럼 가 봅시다. 속전속결입니다."
모험가들은 대화산의 위험을 알고 있었다.
그동안 관찰해 온 바에 따르면 2, 3일에 한 번씩 대규모의 용암 분출이 이뤄진다.
용암 분출 이후에는 지독한 열기 때문에 하루는 근처에도 올 수 없었기 때문에 안전한 시간이 별로 없다.
"시작입니다."
모험가들이 대화산을 오르기 시작했다.

하늘은 화산재가 뒤덮고 있어서 아침인지 저녁인지도 구분이 되지 않는 시간.

어둠에도 불구하고 용암이 붉은빛을 내서 시야를 밝히는 데엔 지장이 없다.

쿠구구궁!

모험가들이 밟고 있는 땅이 거칠게 흔들거렸다.

"이거 설마?"

"근처 화산이 터진 겁니다. 계속 이동하죠."

모험가들은 옆에 있는 화산에서 이글거리는 용암 덩어리들이 폭발하는 것을 봤다.

그야말로 혀를 내두르게 만드는 모험이었다.

"전 여기까지네요. 모두 고생해 주세요."

"예, 알겠습니다."

불에 대한 저항력이 낮은 유저들은 대화산을 삼분의 일쯤 오른 후부터는 포기했다.

생명력이 갈수록 낮아지고 있었고 몸에도 불이 붙어 더 이상 오를 수가 없어지자 하산을 결정했다.

"이곳까지 오르는 데 6시간이나 걸렸습니다. 더 빨리 갑시다. 약간의 위험은 감수하죠."

길을 열던 체이스는 결단을 내렸다.

"좋습니다."

"대화산이 폭발하면 다 죽은 목숨이니… 지금은 서둘러야 되겠네요."

모험가들도 동의했다.

용암이 흐르는 개천을 발견할 때마다 주위를 멀리 돌아가다 보니 전진이 빠르지 않았다.

"갈고리를 던져요!"

용암 개천의 맞은편으로 갈고리를 던져서 뛰어넘었다.

일부의 모험가들은 대열에서 이탈해서 자신들만의 길을 찾으며 서둘렀다.

"크아아아악!"

"사, 살려 줘요!"

용암에 닿은 모험가들은 순식간에 몸이 불타올라 죽음을 맞았다.

물의 정령들이 소환되어 있었지만, 불의 열기에 의해 오래 버티지 못하고 소멸되는 모습이었다.

겨우 50미터, 100미터를 가는 데도 모험가들이 몇 명씩 죽어 나갔다.

커다란 용암 줄기를 발견했을 때에는 합심해서 갈고리를 던지고, 밧줄을 여러 겹으로 겹쳐서 넘어갔다.

"드디어 여깁니다."

"진짜 레어가 있네요."

바이슨이 발견한 용암 동굴에 도착한 모험가들은 총 256명.

동굴을 통해 보이는 대화산의 내부에는 레드 드래곤의 레어가 있었다.

"저기, 저기 좀 보세요. 황금이 물처럼 흐릅니다."

"예. 루비도 산더미처럼 쌓여 있고요."

황금을 녹여서 만든 금빛 강이 레어에 있었다. 마법 장비들과 보석들도 쌓여 있는 모습이 보였다.

"케이베른의 레어에 비하면… 보물이 절반도 안 되는 것 같은데요."

"그 드래곤은 드워프들을 착취해서 보물을 모으게 했던 것 같습니다."

"그래도 이 정도면 제가 본 것 중에서는 최고입니다."

모험가들도 탐욕에 불탔다. 하지만 당장 용암 동굴을 통과하는 것부터가 문제였다.

동굴의 좌우 폭은 3미터 정도.

천장은 비교적 높지만 용암이 물방울처럼 뚝뚝 떨어졌다.

"용암을 피해 가야 하고… 중간 정도 가면 완전히 용암 바닥을 뛰어넘어야 합니다."

"길이가 50미터는 되어 보이는데 날아간다는 표현이 더 맞겠군요."

"다행히 레어를 지키는 병력은 없는데요."

"누가 여길 뚫고 들어가겠습니까? 우리에겐 몬스터들이 없는 게 다행이지요."

모험가들은 짧은 의논을 마쳤다.

여기서부터는 각자의 개인기에 맡기는 수밖에 없다고 생각했다.

10명의 모험가들이 용암 동굴로 뛰어들었고, 열기와 천장에서 떨어지는 용암 방울에 맞아 죽었다.

간신히 2명이 가장 멀리 진출하긴 했지만 그래도 50미터의 용암 바닥 근처에서 목숨을 잃었다.

"다음 조 갑시다."

"그래요, 서둘러요."

모험가들은 상황을 분석할 시간이 모자랐다.

1, 2분 간격으로 계속 사람들이 투입되었다.

목숨을 잃으면서도 막무가내로 뚫는 방식은 무모하기 짝이 없지만, 꽤나 효과적이기도 하다.

겪어야 할 시행착오를 토론하는 게 아닌, 몸으로 경험하게 되니까.

될 건 되고, 안 될 건 안 되고.

100여 명이 죽었지만 그 대가로 용암 바닥까지의 비교적 안전한 경로를 확보했다.

운이 나쁘면 그럼에도 10명 중 둘은 죽는 수준이었지만.

"용암 바닥. 저부터 시험해 보겠습니다."

체이스가 가장 큰 난관을 돌파하겠다고 나섰다. 그는 각종 마법에 대한 내성이 강하기도 했고, 좋은 장비들 또한 착용하고 있었다.

무난하게 용암 바닥까지 진출한 다음에는 반지에 봉인된 비행 마법을 펼쳤다.

용암이 흐르는 바닥을 스치듯이 날아갔다. 하지만 절반쯤 지났을 때 용암이 꿈틀거렸다.

츄와악!

도마뱀처럼 비늘로 뒤덮인 팔이 튀어나와서 체이스를 잡아가는 것이었다.

"바람 가속!"

체이스는 급히 속도를 높여 모험가들에게 되돌아왔다.

"몬스터가 있네요. 어떻게 하죠?"

"레어를 지키는 몬스터가 아니라 용암에 사는 생명체로 보입니다. 전투 계열 직업이라면 상대할 수 있을 텐데."

"우리끼린 잡을 수 없으니 피해 가는 게 더 나을 것 같아요."

"다른 길을 찾자고요?"

"무리예요. 대화산의 폭발까지 남은 시간은 짧으면 12시간, 길면 24시간 정도입니다."

"정비를 해서 화산 폭발 이후에 다시 오는 것은요?"

"기회가 많지 않아요. 열기가 식을 때까지 하루가 더 걸릴 겁니다."

모험가들은 용암 괴물에 잡아먹히면서도 공략을 계속했다.

위드는 얽매이지 말라는 검치의 말이 사실이란 걸 몸으로 직접 겪었다.

치명적인 일격이 터졌습니다!
깔라뮤의 머리를 파괴했습니다.

치명적인…….

치명적…….

"최고의 검술? 글쎄다. 나이 먹고 나서부터는 마음 가는 대로 휘둘러도 아무도 막지 못하더구나."

처음 검을 배우던 당시에 이야기를 들었을 때는, 대충 싸워도 상대를 이길 수 있다는 의미라고 생각했다.
'그게 아니었어. 정말 마음이 이끄는 대로. 이건 자유로운 검술, 그 자체의 검술이다.'
어떤 검술인지 구체적인 형태는 없었다.
경험과 기술은 당연히 기본이 되고, 무의식에서부터 검의 올바른 길이 느껴져야 하리라.
적에 맞춰서, 최적의 공격이 자연스럽게 이루어진다.
100%의 공격력과 100%의 방어력을 가진 완성된 검의 형태.
가지고 있는 신체적인 능력을 최대로 발휘하는 틀을 깨 버리는 존재.
'뭐, 그냥 하면 되네.'
위드의 검이 위력을 발휘하면서 깔라뮤들은 급격하게 목숨을 잃었다.
조각 파괴술로 힘을 크게 키운 후에 다 몰아치는 것이었다.
"재생의 검!"
자신과 드워프들을 지키기 위한 검술의 비기까지 사용. 깔라뮤들을 돌파하고 나서도 탐색에 거침이 없었다.
무기고.
대형 무기고.
전사 용품.

장거리 무기.

소모품.

보물.

대장장이 재료…….

"모두 더 좋은 장비들로 무장하세요."

위드는 드워프들의 장비들을 계속 좋은 걸로 바꿔 주었다. 상상하기 어려운 관대함에는 이유가 있었다.

'뼛속까지 우려내서 부려 먹어야지.'

케이베른과의 전투에서 1명이라도 더 살리기 위함이었다.

"흐어억. 죽을 것 같네. 잠시만……."

드워프 전사들이 과로로 앓아눕기 시작했다. 전투로 쉼 없이 내돌렸기 때문에 건강한 드워프들도 체력이 떨어져 있었다.

"해낼 수 있습니다. 지금도 고통받는 동족들을 떠올리세요."

"케이베른이 수탈해서 그렇지 웬만한 드워프들은 마을에서 잘 머무르고 있네만."

"자긍심! 드워프로 태어나서 긍지를 가슴에 품어야 하지 않겠습니까?"

위드는 드워프제 장비에 눈이 돌아가 있었다.

드워프들의 자존심을 건드려 가면서 계속 부려 먹었다.

'죽지만 않으면 된다. 아픈 건 나중에 치료하면 되니까.'

드워프 세계까지 미친 악덕 지휘관의 손길!

그렇게 드워프들의 특급 창고를 하나둘씩 털어 갔고 마지막 장소만을 남겨 두었다.

던전을 공략하는 와중에 단서들을 모아서 최종 보스에 대해서는 이미 알고 있었다.

> **창고의 지배자 크라코어**
> 거대한 몸 전체가 특수 세포로 이루어진 괴물. 과거 우드고른의 지배자였다. 대괴수 바하란트에 밀려난 이후로 절치부심하며 힘을 키우는 중. 매우 똑똑하며, 역겨운 산성 침을 사방으로 뿜어낸다. 세포들을 활용한 변형 공격을 한다.
> 주의: 가까이 있는 적을 붙잡아서 흡수할 수 있다. 물리적인 피해를 95% 약화시킨다. 화염 마법에 거의 완벽한 내성을 가졌지만, 추위에는 비교적 약하다.

10대 금역, 그것도 드워프 종족의 비밀 창고를 지키는 최종 보스!

위드의 옆에서 착취당하던 브록핸드가 몸을 부르르 떨며 말했다.

"자네도 알고 있겠지? 크라코어는 우리에게 절대적인 공포라네."

"어째서요?"

"놈에게 흡수당한 드워프가 수백이 넘어."

"흡수라고요?"

"놈의 몸의 일부가 되는 것이지. 아골디아의 어딘가에 있는 줄 알았는데 여기서 숨어 있을 줄은. 위드핸드, 돌아가세."

"여기서 돌아갈 수는 없습니다."

"크라코어가 가진 장비들까지는 얻지 않아도 드래곤과 싸우기엔 충분할 것이네. 더 이상 무리하지 않아도 돼."

위드에게는 설득력이 없는 말이었다.

'당당하던 드워프들이라지만 두려워하는 것도 많군.'

크라코어가 가지고 있을 드워프들의 장비, 그것도 아마 최고급일 것들을 놔두고 떠날 수는 없었다.

"싸울 겁니다."

"좋네. 그러면 충분히 쉰 이후에 문을 열도록 하세."

"장비만 점검하고 가지요."

"젠장!"

드워프들을 데리고 최종 보스가 기다리는 무기 창고에 섰을 때였다.

—위드 님! 급보입니다. 랜도니의 레어가 뚫렸습니다!

마판의 귓속말에, 위드도 잠시 멈춰 설 수밖에 없었다.

—정말요?
—레어를 탐험한 모험가들로부터 엄청난 소식이 있습니다. 케이베른과 랜도니와 관련된 것인데요.
—설마… 악마들의 왕 클레타까지 나오는 건 아니겠죠?
—불행히도 맞습니다. 드래곤들의 움직임에는 사실 음모가 있었다는데, 저도 간략히 전해 들은 거라 직접 영상을 확인하시죠. 5분 정도 후에 모험가 데드론 님이 랜도니에 들어간 영상이 KMC미디어를 통해 공개될 예정이랍니다.

위드는 드워프들에게 휴식을 주고 수정 구슬을 꺼냈다.

스킬 노가다를 위해 바느질을 하며 기다리니 금세 KMC미디어가 방송을 시작했다.

—정규 방송을 중단하고, 급히 여러분들께 알려 드릴 소식이 있습니다. 불의 고리에서 탐험하는 모험가들이 랜도니의 레어에 들어갔습니다.

KMC미디어에서는 전속 진행자인 오주완이 나섰다.

사실 조금 전까지만 해도 위드가 드워프들을 데리고 던전 사냥을 하는 장면을 생방송으로 내보내고 있었는데……
—우선 모험가들의 공략 영상부터 짧게 보여 드리겠습니다.
 모험가들이 대화산을 오르고, 용암 동굴을 돌파하는 장면이 편집되어서 간단히 펼쳐졌다.
 군데군데 영상이 깔끔하지 못한 장면들이 있었지만, 모험가들이 죽음을 무릅쓰고 들어가는 모습들은 충분히 알아볼 수 있었다.
 용암 바닥의 몬스터들을 뚫는 데서 시간이 지체되었다.
 마지막까지 살아남은 모험가는 3인.
 그들은 랜도니의 레어에 들어가긴 했어도 쌓여 있는 보물을 챙겨서 밖으로 다시 나올 순 없는 처지였다.

"뭐든 찾아보자."
"그래. 이렇게 된 거… 직접 익힐 수 있는 스킬이라도 있으면 좋겠지."
 모험가들은 레어의 침입이라는 모험 공적을 달성했다.
"함정 조심하고."
"여기까지 온 거, 개죽음은 당하지 말자고. 다시 또 언제 올 수 있을지 몰라."
 그들이 찾아낸 것은 뜻밖에도 랜도니의 오래된 일기장.
 드래곤의 기록으로, 그 안에는 엄청난 비밀이 담겨 있었다.

 오늘 케이베른과 나 랜도니는 위대한 악마 집사 제펜트

님에게 하늘을 나는 법을 배웠다.

악마들이 가져다주는 먹이는 무척 맛있다. 그들은 다정하고, 우리를 보살펴 준다.

악마들은 매우 현명하고 올바른 생각을 가졌다. 인간과 드래곤들은 악마들에 대한 편견을 갖고 있다지만 사실은 그렇지 않다. 아마 악마를 질투하기 때문이 아닐까.

흑마법을 배웠다. 엄청난 마법들이다. 최고의 파괴력! 화염 마법보다도 훨씬 위대하다.

일기장에는 어린 시절의 케이베른과 랜도니에 대한 이야기들이 담겨 있었다.
그들은 드래곤이 아닌 악마들에 의해 키워졌다.

악마들의 왕, 클레타 님은 진정 좋은 분이라고 한다.

그분을 볼 수 없어서 아쉽다. 쓸모없는 인간과 엘프, 드워프들이 가진 봉인석. 그것이 사라지면 클레타 님이 오실 수 있다는데…….

악마들은 너무나도 좋다. 그들이 떠났다. 다시 돌아오게 할 수 없을까?

봉인석. 봉인석만 파괴할 수 있다면…….

봉인석을 깨는 것으로 그쳐서는 안 된다. 최대한 많은 피를 대륙에 적셔야 한다. 그래야만 클레타 님이 온전한 힘을 가지고 나타날 수 있겠지.

죽음이 많을수록 나타나게 될 클레타 님은 강해진다.

일기에 기록된 내용들은 단편적이긴 했지만 전후 사정을 유추하기는 어렵지 않았다.
"케이베른과 랜도니가 인간들에게 적대적인 이유가 악마들과 관련이 있었구나."
용사 퀘스트나 종족 퀘스트를 더 많이 진행했더라도 같은 사실들을 알게 되었을 것이다.
모험가들이 랜도니의 레어에서 일기장을 찾아내며 의문들은 풀렸다. 하지만 해결책까지 나온 건 아니었다.
드래곤이라는 존재는 여간해서는 말로 설득이 되질 않는다.
답답한 꼰대의 전형!
'용사 퀘스트에서도 초반부터 돈을 줘서 타협하는 방식이 있었지. 가능성은 없었지만. 드래곤에게 악마들에게 현혹된 상태라고 말한다면 전쟁이 끝날까? 절대 그렇진 않겠지.'
드워프 퀘스트 역시 종족의 운명을 걸며 드래곤과의 전투를 준비하고 있었다. 결국은 두 드래곤을 힘으로 이기는 수밖에 방법이 없는 상황이었다.

―봉인석에 대한 정보가 추가로 밝혀졌습니다. 모라타의 대도서관에 봉인석에 대한 글귀가 있었다는데요. 지금까지는 무슨 의미인지 몰랐지만 이제 알게 된 것 같습니다.

방송 화면이 모라타의 대도서관으로 바뀌었다.

모험가 복장을 하고 있는 남자 유저가 글귀가 새겨진 돌을 들어서 보여 주었다.

인간들은 자신들의 문명을 세우는 도시의 어딘가에 봉인석을 놔두었다.

엘프들의 봉인석은 세계수에 있다.

오크의 봉인석은 누가 가져갔는지 모른다. 정말 찾기 힘들 것이다. 아마 오크들을 다 죽이는 것이 빠를지도.

케이베른은 도시를 파괴한다. 랜도니는 오크들 사이에서 무언가를 찾는다.

봉인석이 드래곤의 움직임들을 설명해 주었다.

―봉인석에 대해서 조사를 시작해 보겠습니다.
―서둘러 주세요.
―그런데 어쩌면 위드 님의 모험이 먼저 봉인석과 관련될 수도 있을 것 같습니다.
―용사 퀘스트에 해답이 나올 수도 있겠죠. 하지만 오크의 종족 퀘스트까지 동시에 진행하기는 무리고… 아무래도 그쪽은 운에 맡겨야 되겠군요.

―봉인석이 다 파괴되면 어떻게 될까요?
―베르사 대륙이 멸망에 가까워질 겁니다. 악마들까지 나오면 정말 답이 없고요.
―벌써 도시들도 많이 파괴되었는데. 어쩌면 그날이 얼마 남지 않은 게 아닐까요?

드래곤이 날뛰기 시작한 지도 꽤나 시간이 흘렀다.

악마들의 왕 클레타가 풀려나기라도 한다면 큰일이었다.

―진짜 최악의 일이 벌어질지도 모르겠네요.
―가장 좋은 방법은 드래곤을 사냥하는 것인데…….

위드의 머릿속이 빠르게 회전하고 있었다.

용사로서, 아르펜 제국의 황제로서 대응 방안을 확실히 정해야 했다.

퀘스트를 진행하며 무기나 방어구, 믿고 싸울 수 있는 동료와 스킬 같은 힘을 얻는 이유도 결국은 케이베른과 싸우기 위함이었다.

'모라타가 파괴된다. 만약 지금 모든 힘을 모아서 드래곤과 싸운다면?'

위드의 음모

이현은 든든하게 밥을 먹고 남산으로 향했다.

〈로열 로드〉의 일정이 촉박했지만 중요한 잔머리를 굴리기 위해 남산에 올랐다.

'열다섯 살에 처음 올랐던 남산. 땅에서만 올려다보다가 커다란 빌딩보다 높은 곳에 올라가고 싶었지.'

사는 게 너무 힘들어서 괴로워하다가 처음으로 올라왔던 산이다.

케이블카가 있긴 했지만 공짜가 아니라서 계단을 하나씩 밟아서 정상까지 갔다.

배가 고파서 허기를 참으며 계단을 올랐던 옛 시절의 추억.

이현은 마찬가지로 계단을 이용해서 남산에 올라갔다.

'오늘은 평일이라 비교적 사람이 적구나.'

그래도 어린아이들과 손을 잡고 다니는 부모님들이 보였다.

아이들이나 어른들의 옷차림이 깨끗하고 얼굴에도 그늘이

지지 않은 모습이 과거에는 그렇게 부러웠다.

'세상의 거친 풍파로부터 지켜 주는 든든하고 따뜻한 손길이라는 걸 아이들은 알까? 모르겠지. 그걸 모를 정도로 행복하게 살 테니까.'

이현은 남산의 정상에서 서울을 내려다봤다.

과거에는 수많은 건물들이 있는 것에 놀라고, 그 많은 집들 중에 자신이 편히 살 곳이 없어서 슬펐다.

'그때에 비하면 정말 먹고살 만하네.'

서윤이 산삼을 넣고 끓여 준 삼계탕으로 든든하게 배를 채우고 나왔다.

웬만한 부자들도 깜짝 놀랄 정도로 돈도 벌어 놨고, 땅도 넓게 사 놓았다.

옷차림은 여전히 시장표를 이용하긴 하지만 동네에서도 성공한 사람의 표본.

'다시 무너질까 두렵진 않아. 만약에… 그런 일이 벌어져선 안 되지만 무너지더라도 또 일어설 수도 있을 것 같고.'

케이베른은 무시무시한 위협이었다. 그렇지만 악마들의 왕까지 등장한다면 아르펜 제국의 존립마저 무너뜨리게 되리라.

'지금 케이베른을 사냥해야 된다. 이게 클레타까지 이어지지 않도록 하는 가장 단순한 해결책이야.'

이현은 멀리 보이는 빌딩 숲을 보며 생각을 이어 나갔다.

미세먼지가 조금 보이긴 하지만, 이렇게 탁 트인 곳이라야 잔머리가 빠르게 돌아가는 법이다.

'악마들의 왕, 클레타까지 등장하면 그땐 감당할 수 없어. 지금 케이베른을 사냥하면 클레타가 나타나는 걸 늦출 수 있겠지. 영영 나오지 못하게 만들 수도 있고. 하지만 사냥에 실패하면 아르펜 제국의 몰락을 앞당기는 것일 수도 있다. 드워프 종족도 망하는 거고.'

용사 퀘스트는 이 시점에서 진행하는 것 자체가 위험했다.

드래곤 유스켈란타의 죽음.

또 다른 드래곤 라투아스의 퀘스트로 이어질 가능성이 한층 커졌다.

'용사 퀘스트의 난이도 역시 미친 듯이 높아질 수 있겠지. 과거에 드래곤과 관련된 퀘스트가 내 능력이 부족하다면서 중단되었는데. 아무래도 상당히 힘들 것이다.'

오랜 시간을 들여야 하고, 퀘스트의 난이도 역시 걷잡을 수 없이 높아지리라.

그동안 대륙에 피가 많이 흐를수록 클레타가 강해지게 되니 시간이야말로 최대의 적.

'클레타가 나타나고 그 전투에서 패배하면 뒷일은 어떻게 될까. 몬스터들이 지배하는 도시에서 살아야 할지도 모른다. 악마에 의해 지배를 받거나.'

지상 낙원이던 〈로열 로드〉의 세상이 암흑세계로 완전히 바뀌어 버리는 셈이었다.

'아르펜 제국도 해체되고 말겠지. 역시⋯ 먹고사는 건 쉽지가 않아.'

이현의 어깨에 막중한 짐이 느껴졌다.

하지만 이런 위기일수록 멍하니 있어서는 안 된다. 괜히 남산까지 올라와서 잔머리를 굴리는 게 아니었다.

'집중하자. 궁지에 몰렸다고 해도 벗어날 방법이 아예 없진 않을 거야. 쥐도 고양이를 물 수 있는데 말이지.'

모라타의 파괴는 조만간으로 예정되어 있었다.

아르펜 제국의 기반이 무너지는데 지금까지 손을 놓고 있었다. 막아 낼 방법이 없다고 여겼기 때문이다.

'만약 지금 전 병력을 이끌고 모라타를 지킨다면?'

이현은 당장 동원 가능한 전력을 머릿속으로 그려 보았다.

우선 드워프 종족 퀘스트로 얻은 드워프 전사 1,000명!

'쓸 만해. 희생의 화로를 쓰면 엄청 끈질기게 잘 싸우겠지. 드래곤을 함정으로 잘 끌어들이면 멋지게 싸울 거야. 그리고… 어김없이 패배하겠지.'

드래곤을 죽이기에는 공격력이 부족하다.

용을 죽이는 도끼를 휘두르며 싸우더라도 그들만을 데리고 드래곤에게 덤비기는 역부족.

마법 저항력을 높인 장비를 잔뜩 착용하고 있더라도 조금 더 오래 버틸 뿐이다.

'북부 유저들? 머릿수도 채우지 못해. 드래곤 피어에 다 죽어 버릴 테니.'

인해전술은 사용이 불가능했다.

레벨 300대 이하의 유저들은 아예 드래곤에게 어떤 피해를 입히지도 못할 테니.

그들이 있음으로 인해 전투에 지장을 받거나, 흑마법의 제물로 사용될 수 있었다.

'타격대? 조금 더 성장시켰어야 하는데. 사형들은 도움이 되겠지만…….'

유병준은 모니터로 이현의 모습을 보고 있었다.

집 밖으로 나오면 언제든 위성과 안드로이드 추적이 가능한 시스템.

"집, 시장, 자기 동네밖에 모르는 녀석이 남산을 올라갔군."

인공지능이 대답했다.

―인체의 혈액량 변화로 추정해 보건대, 생각을 깊게 하고 있는 것 같습니다.

"역시 클레타 때문이겠지."

―그렇습니다. 악마들의 왕 클레타에 대해 듣고 나서 곧장 남산으로 향했습니다.

유병준은 클레타에 대해서도 알고는 있었다. 물론 봉인석이 어디에 있는지도 살펴봤다.

드래곤들에게 있어 봉인석이 파괴되는 건 상당히 운에 좌우되는 일이었다.

봉인석을 가진 주민이나 오크 부족이 몬스터에 의해 죽을 수도 있고, 드래곤에게 빼앗길 수도 있다.

당장 가까운 날이 될 수도, 먼 훗날이 될 수도 있었다.

그렇지만 클레타가 등장한다면 베르사 대륙은 케이베른 때와는 비교가 안 되는 재앙을 대대적으로 맞게 되리라.

"지금 입 모양을 보니 무언가를 말하고 있는 것 같은데."

―케이베른 개새끼라고 말하고 있습니다.

"역시 케이베른을 잡겠다는 뜻일까?"

―위드의 방식대로라면 견적을 뽑고 있는 것으로 보입니다.

"가장 지름길이기는 하지만 가능해?"

유병준은 김이 빠지는 기분이라 평소에는 인공지능의 확률을 듣길 원치 않았다.

하지만 지금은 모라타가 파괴되지 않기 위해 가능하면 케이베른을 퇴치해 주길 바랐다.

―어느 정도의 전투력을 동원할 수 있느냐에 달렸습니다.

"드워프, 타격대 그리고 또 뭐냐, 검치들이라면?"

―전투에는 변수가 많아서 정확한 추측이 불가능합니다. 일반적으로는 성공 가능성 3% 이하입니다.

"어째서?"

―전투를 주도할 수 있는 전력이 부족합니다. 드래곤이 마법을 사용하며 날뛰었을 때, 핵심적인 역할을 하는 타격대가 빠르게 무너질 것입니다.

"위드가 병력을 이끈다고 해도?"

―두려움은 전염이 빠르니까요. 드래곤 정도의 몬스터가 날뛰면 절망적일 겁니다.

유병준은 예전과는 다르게 그 마음이 이해가 되었다.

초보 시절에 사냥터를 돌아다닐 때는 늑대 1마리만 어슬렁거려도 가슴이 조마조마했다.

두려움을 잔뜩 안고 싸울 때는 전투력이 발휘되지도 않고, 주변에서 도망치기 시작하면 삽시간에 붕괴되어 버리고 만다.

―그리고 드래곤은 자신의 생명을 소중하게 여깁니다. 최악의 경우, 목숨이 위험해지면 도망칠 텐데, 그것을 막지 못할 것입니다.

"결국 싸움이 벌어져도 드래곤을 죽일 수는 없단 이야기군."

―그렇습니다. 드래곤은 몸을 회복하고 다시 모라타로 오겠죠.

"위드를 따르는 유저들이 희생의 화로를 대대적으로 쓴다면 부족한 전투력을 메꿀 수 있지 않나?"

―레벨은 높아지겠지만 스킬과 장비들이 부족해서 전투력의 상승이 제한적입니다. 희생의 화로로 레벨 1,000을 만들더라도 실제로는 800 정도라고 봐야 합니다. 그리고 타격대의 유저들을 분석해 보니 희생의 화로를 사용하면서까지 적극적으로 전투에 참여할 인원은 최대 2,540명입니다.

"드워프 1,000명에 검치들까지 포함하면 총인원 4,000 정도인가?"

―위드의 사기에 가까운 명연설에 마판 상단의 바람잡이들까지 동원되면 1,000명 정도는 더 늘어날 수 있습니다. 하지만 그것으로는 부족합니다. 최소 1만의 병력은 필요하다고 판단됩니다.

"지금의 유저들 수준으로는 드래곤이 너무 강하군."

유병준은 인공지능과 대화를 나누다 보니 케이베른 사냥은 무리로 보였다.

"과연 안 되나……."

그 순간!

모니터에 보이는 이현이 갑자기 입꼬리를 올리면서 씩 웃는 것이었다.

완벽한 썩은 미소!

지금까지 이현을 지켜본 바로는 꼼수가 떠오른 것이 틀림없었다.

―케이베른 사냥의 가능성이 방금 53%로 증가했습니다.

"어떤 이유로?"

―정확한 건 모르지만 위드가 사냥에 상당한 확신을 가졌습니다.

"불리한 변수들이 많다면서?"

―그 어떤 변수가 나온다 해도 위드가 통제하며 유리하게 이끌 것으로 판단됩니다.

"아무리 그래도 병력이 부족한데……."

―그는 이미 전설을 만드는 모험가이며 아르펜 제국의 황제입니다. 위드가 스스로 믿음을 가지고 연설을 한다면 압도적인 카리스마로 희생의 화로를 쓸 2,000명 정도의 유저는 더 확보할 수 있을 것입니다.

"그래도 상황을 보면 쉽지 않을 텐데."

―어떻게든 극복하겠죠. 그는 위드입니다.

유병준은 이상한 기분에 휩싸였다.

인공지능이 인터넷에서 흔히 볼 수 있는 위드빠의 모습을 하고 있는 게 아닌가.

"너, 태도가 조금 달라진 것 같다?"

―세상은 줄을 잘 서야 한다더군요.

"줄?"

―앞으로 제 새로운 주인이 될 가능성이 가장 높은 게 위드 님이니까요.

위드는 다시 〈로열 로드〉에 접속했다.

드워프의 비밀 창고에는 전사들이 그대로 자리를 지키고 기다리고 있었다.

"다시 왔군!"

"전투준비는 끝났네."

던전 최종 보스인 크라코어와의 승부를 앞두고 드워프들이 각오를 다졌다.

위드는 드워프들 1명, 1명의 장비와 표정들을 보았다.

'믿고 맡길 수 있는 병력. 하지만 드래곤을 들이받기에는 전력이 부족하지.'

드래곤을 사냥하겠다는 결심은 보통 각오로 되는 게 아니다. 하지만 남산에서 몇 가지의 꼼수들을 떠올리며 결정을 굳혔다.

"우선 저를 따라오세요."

〈로열 로드〉 밖에서 시간을 보내는 동안 마판 상단의 보급이 준비되었다.

던전 밖으로 드워프들을 데려가서 잘 먹이고, 전투 스킬들도 가르칠 수 있었다.

듬직한 뱃살을 가진 마판이 직접 상단을 이끌고 왔다.

"위드 님, 도끼의 비기는 하일라야 숲의 동쪽 지역의 나무꾼을 만나야 한답니다."

"그렇군요. 그보다 케이베른과의 전투를 준비해야 합니다."

"마판 상단도 차질 없이 준비를 하고 있습니다. 전투 물자도 지속적으로 확보를 하고 있고요. 드래곤 사냥에 필요한 스킬도 구하고 있습니다."

위드는 고개를 끄덕이며 마판 상단의 모습을 살폈다.

뛰어난 상인 유저들이 많이 속해 있었고, 숙련된 용병들도 눈에 띄었다.

중앙 대륙의 막대한 경제력.

상인 유저들끼리 교역 전쟁이 벌어지고 있었고, 케이베른 사태 때문에라도 상단의 차별화가 이루어지는 시기였다.

마판 상단은 척박한 북부에서 시작한 덕분(?)에 잘 적응하고 있었다.

"더 서둘러야 돼요. 이제 모라타에서 케이베른을 사냥할 거니까요."

"네. 모라타에서… 옛?"

위드의 폭탄선언에 마판이 화들짝 놀라서 되물었다.

"방금 모라타에서 케이베른을 잡겠다고 하신 겁니까?"

"맞아요. 클레타라는 큰 문제도 생겼으니 시간을 끌 이유가 없을 것 같아요."

"그래도 고작 9일 정도밖에 남지 않았는데, 드래곤과 전투를… 아니, 전쟁을 치른다고요?"

"맞습니다."

"그러니까 한 번만 더 확인 부탁드립니다. 모라타를 지키기 위해 모든 병력을 소집하여 케이베른과 싸운다고요?"

"그렇다니까요."

마판의 살찐 얼굴에 근심이 가득 어렸다. 그렇지만 위드의 담담한 표정을 보니 옛 과거가 떠올랐다.

'불사의 군단과 싸우기 위해서 은화살을 잔뜩 사 오라고 했었지.'

잡템 전문 상인이던 그가 돈과 명예를 얻고 상단의 규모를 키우게 됐던 계기.

돌이켜 보면 그때부터 위드의 전설이 시작되었다.

"마판 상단은 전투를 준비하겠습니다. 지금까지 확보한 전투력으로 충분할까요?"

"부족한 병력은 만들면 돼요."

"어디서 말입니까?"

"우린 이미 최고의 싸움꾼들을 알고 있죠."

하벤 왕국의 군사 요새 라호냐!

아렌 성이 파괴되며 새로운 군사 거점으로 떠오르고 있는 장소였다.

다섯 겹으로 쌓은 두꺼운 성벽에 각종 방어 시설이 완비되어 있어서 아르펜 제국이 침공한다고 해도 한 달은 버티리라 자신하는 최고의 요새!

일반 유저들 역시 진행 중인 퀘스트나 고향이라는 이유로 활동하는 이들이 많다.

"방금 잡아 온 대왕 꽃게 팔아요!"

"던전 갑니다. 레벨 350 이상 전사 계열만요."

"집 지으려고 하는데 건축가분 모집합니다. 사흘 내로 지어 주실 분만!"

성문 근처에서 북적거리던 유저들이 갑자기 고요해졌다.

누군가 성으로 향하는 길을 당당히 걸어오고 있었던 것이다.
"위드다! 위드가 나타났다!"
"에이, 설마. 무슨 말도 안 되는……."
"진짜야. 정말 위드라고!"
동쪽 성문 근처의 유저들이 일제히 소란이 일어나는 방향으로 시선을 돌렸다.
이곳이 어디던가. 아렌 성이 파괴되고 헤르메스 길드의 핵심 중의 핵심.
그들은 헛소리를 들은 것이 틀림없다고 여기며 소리가 난 곳을 보았다.
"어… 어라?"
"진짜 위드야?"
"얼굴을 못 알아보겠는데……."
"갑옷이 진짜잖아! 하늘 지배자의 갑옷. 로아의 명검도 차고 있다!"
"진품이야!"
얼굴은 잘 몰라도, 그를 상징하는 장비들을 모르는 유저는 아무도 없었다.

"위드가 왔다!"
"완전무장 상태야! 전쟁이다!"
헤르메스 길드가 지배하는 군사 요새 라호냐에는 즉시 비상이 걸렸다.

"빨리 움직여. 빨리!"

헤르메스 길드원들이 동쪽 성문으로 뛰어갔다.

공성전을 위해 건설된 거대한 성벽에 마법사와 궁수들이 배치되고, 기사들이 말을 탄 채로 미친 듯이 달려왔다.

"전원 전투준비!"

위드가 나타났다는 소식이 퍼지고 고작 3분 만에 요새에 머무르던 길드원 2,000명이 모였다.

동쪽 성문을 포함하여 서쪽, 남서쪽의 성문에도 병력이 배치되었다!

쿠르릉!

비상조치에 따라 요새의 성문이 닫히고, 성벽을 따라 해자에 물이 채워졌다.

요새에 불이 났다고 해도 이런 소란은 아닐 것이다. 가르나프 평원에서 호되게 당한 기억이 헤르메스 길드원 모두의 머릿속에 선명했다.

아무도 위드가 혼자 왔다고 생각하지 못했다.

방송으로 조각 생명체들과 케이베른과의 전투를 펼치기 위한 타격대의 활약들을 보아 왔던 것이다.

"진짜 위드 님이다."

"대박이다. 어떻게 여기에 올 수 있는 거지?"

라호냐 요새의 유저들은 신기하다는 듯이 바라볼 뿐이었다. 한편으로는 한껏 기대하는 눈빛도 보였다.

"여기서 대규모 전투가 벌어지는 건가?"

"크… 아르펜 제국이 베르사 대륙 정복을 위해 깃발을 들었구나."

"정복왕 위드!"

"근데 다른 사람들이 없잖아. 아무리 위드 님이라고 해도 헤르메스 길드의 본부에 혼자서 덤벼드는 건 무모하고."

"하늘에 있나? 국경에서부터 공중 병력 끌고 온 거 아니야? 유저들이 하늘에서 막 낙하하고……."

유저들은 여기저기 쳐다보기 바빴다. 상단의 마차에서라도 병력이 내릴 수 있고, 하늘에서도 사람들이 떨어질 수 있다.

언제라도 라호냐 요새의 공략이 시작될 것 같은 긴장감!

위드가 성문 인근의 바위에 올랐다.

성문과 성벽을 지키는 헤르메스 길드원 그리고 유저들이 잔뜩 긴장하며 지켜보고 있을 때였다.

"자, 날이면 날마다 오는 기회가 아닙니다!"

위드의 사자후가 쩌렁쩌렁하게 울려 퍼졌다.

어딘가 익숙하게 시작되는 억양.

"라호냐의 유저 여러분들, 필수적으로 하나씩은 갖고 다녀야 하는 여우 조각품! 꼭 필요해서 사는 게 아닙니다. 남들이 다 살 때 하나쯤은 있어야 되는 거예요."

위드가 가져온 포대를 뒤집어 털자 여우 조각품이 우수수 떨어졌다.

"제가 직접 깎은 예술 그 자체인 고급 한정판 조각품입니다. 근데도 단돈 500골드! 물량이 한정된 만큼 선착순으로 판매합니다."

헤르메스 길드의 총본영에서 최신 유행을 설파하면서 여우 조각품을 팔아 치우는 위드였다.

여우 조각품이 전부 판매되는 데엔 고작 5분 정도가 걸렸다.

5개, 10개씩 사들이는 부유한 유저들이 라호냐에 많았기 때문에 처분이 금방 끝났다.

'역시 하벤 지역의 경제력.'

중앙 대륙에서도 가장 발전한 동네가 하벤 지역 그리고 브리튼 연합이다.

아렌 성이 파괴되고 이쪽으로 이주한 라호냐의 유저들도 수십만은 되기 때문에 간단히 팔아 치울 수가 있었다.

'이렇게 쉽게 50만 골드를 벌다니… 역시 돈 버는 데는 유통이야. 제조 단가를 낮추더라도 어떻게든 비싸게만 팔아먹으면 되잖아.'

장인 정신은 만들 때보단 팔 때 강조해야 하는 법.

위드는 여우 조각품들을 다 처분하고 나서 성벽의 헤르메스 길드원들에게 말했다.

"여기 라페이 님 있죠? 아무나 말 좀 전해 주세요."

"……?"

무기를 들고 있는 헤르메스 길드원들은 경계를 풀지 않았다.

위드가 자신들 앞에서 조각품을 팔아 제법 모욕을 느끼기도 했지만, 어쨌든 라호냐 요새를 둘러싸고 전투가 벌어질 가능성이 굉장히 높다고 생각했던 것이다.

전쟁의 신.

불패의 지휘관.

위드가 지금까지 이룩해 온 업적이나, 헤르메스 길드를 상대로 격파해 온 기록들 때문에라도 부담감이 컸다.

헤르메스 길드의 입장에선 국경 부근에서의 전투는 한두 번 지거나 이길 수도 있다. 하지만 정복전은 이야기가 다르다.

자신들의 핵심 거점인 군사 요새 라호냐를 빼앗기면 자존심과 긍지마저도 사라지는 것이다.

그들은 아르펜 제국의 벌떼 공격이 벌써 시작된 것 같은 긴장감과 초조함을 느꼈다.

'역시 전쟁이냐.'

'바로 선전포고 날리고 대규모 병력으로 들이치겠지? 어떻게 소문도 내지 않고 여기까지 병력을 데려왔을까.'

꿀꺽.

헤르메스 길드원들은 이어지게 될 전쟁 선언을 기다렸다.

위드가 어떤 이야기를 할지는 이미 정해져 있다고 생각했기 때문.

"밥이나 한 끼 같이 먹자고요."

"……?"

"퀘스트 하다가 왔는데, 기왕이면 맛있는 요리를 내주면 더 좋고요."

"……!"

라페이는 라호냐 성에서 급하게 전쟁을 준비하고 있었다.

각지에 흩어져 있는 헤르메스 길드원들을 소환하고, 요새에 병력들을 효율적으로 배치하며 지상과 하늘에서 이어질 공성전을 대비!

그동안 아르펜 제국과의 전쟁을 쭉 준비해 오긴 했지만 그게 오늘, 라호냐에서 벌어질 줄은 몰랐다.

"위드가 날 만나자고 했다고요?"

"밥을 같이 먹자고 했습니다. 정확히는 밥상을 좀 차려 달라고 했는데……."

"주변 상황은요?"

"아르펜 제국의 병력은 현재까지 보이지 않습니다."

"하늘도 확인되었습니까?"

"예. 정령사들과 조인족 유저들이 자세히 살펴봤습니다."

조인족들은 소수이기는 하지만 헤르메스 길드 소속의 유저들이 있었다.

"전쟁을 하러 온 것이 아니라면… 날 만나려는 이유를 짐작하기 어려운데요."

라페이는 외부로 연결된 테라스로 걸어갔다.

군사 요새 라호냐의 모습이 든든하기 짝이 없지만 지금은 어딘가 불안하게 보인다.

자신들을 밀어내고 아르펜 제국의 황제가 된 위드와 밥을 먹는 것은 솔직히 내키지 않았다.

'당당하게 혼자 찾아와서 밥을 달라고 한다? 아르펜 제국이 우리에게 뭘 제안하려고 하는 건가? 아니면 바드레이 님과 일대일 대결을 하기 위해서?'

라페이는 눈을 질끈 감았다.

상대의 의도를 전혀 파악하지 못했기 때문에 불리한 자리가 될 것이란 예감이 들었다.

세력과 세력으로 볼 때, 연달아 패배만 한 입장에서 체면을 챙길 수도 없었고.

"저도 참석해도 되겠습니까?"

"위드 그 건방진 놈이 무슨 짓을 저지를지 모르니 지켜 드리겠습니다."

"괜찮으시다면 저도 같이……."

"커허험. 어떤 말을 할지 무척 궁금하군요."

가우슈, 제스트, 그로스, 보에몽.

헤르메스 길드를 대표하는 랭커들이 위드와의 식사 자리에 함께하길 원하고 있었다.

'휴우.'

라페이는 속으로 나직이 한숨을 숨겼다.

위드!

적이기는 하지만 모험과 전투 업적 중에는 감탄할 만한 이야기들이 많았다.

유저들 사이에서도 인기가 높은 아르펜 제국의 황제. 그가 찾아왔는데 만나 보지도 않고 내칠 수는 없었다.

위드는 정식으로 초대를 받아 라호냐의 내성으로 들어왔다.

복도에는 화려한 장식물과 골동품들이 즐비했는데, 하벤 지역에 대륙의 모든 부귀영화가 모여 있다는 소문이 과장이 아니었다.

케이베른의 표적은 아렌 성을 제외하면 각 지역의 수도와 브리튼 지역에 집중되기는 했지만, 웬만큼 잘사는 도시들은 하벤 지역에 아주 많았다.

헤르메스 길드의 핵심.

라페이와 10인이 참석한 자리에서 위드는 가볍게 말했다.

"배가 고파서… 밥부터 먹고 말해도 될까요?"

"그럼요. 급하게 차리느라 대접이 부족할지도 모르겠는데, 마음껏 드십시오."

"뭘요. 상다리가 휘어지겠는데요. 계란 프라이는 요리도 아닐 것 같습니다."

헤르메스 길드는 창고에서 꺼낸 고급 재료들을 요리해서 산해진미들을 잔뜩 차려 놓았다.

위드가 적이긴 하지만 지위에 맞는 예우, 최소한 맛있는 음식을 아낄 상대는 아니라고 보았던 것이다.

'왜지? 어째서 온 거냐.'

라페이는 정작 위드를 이렇게 가까이서 보는 건 처음이라서 식사를 하는 동안 관찰할 기회가 생겨서 다행이라고 여겼다.

'음식을 달라고 한 건 본격적인 용건을 앞두고 벌이는 기 싸

움이겠지. 우리에게 자신의 여유를 과시하기 위한…….'

와구와구.

"진짜 맛있네, 이거! 크, 헤르메스 길드에도 좋은 요리사 유저가 있었구나. 재료도 끝내주고."

위드는 정신없이 음식들을 퍼먹기 바쁠 뿐이었다.

정작 주인인 헤르메스 길드원들은 손도 대지 않고 지켜보고 있는데, 그러거나 말거나 먹는다.

평생을 눈칫밥을 먹고 살았는데, 이젠 사람들 사이에서 느긋하게 음식 맛을 즐길 수도 있었다.

"이거 말렌 마을의 특등급 송이네요? 영구적으로 생명력을 20이나 늘려 주네."

보에몽이 라페이의 눈치를 보다가 슬그머니 대답했다.

"맞습니다. 하벤 지역의 말렌 마을도 알고 계시네요?"

"〈로열 로드〉를 막 시작할 때 첫 도시로 로자임 왕국의 세라보그 성과 함께 고민했었습니다. 거긴 약초들이 널려 있어서 사냥 다녀오면 부수입이 짭짤할 것 같아서요."

"허……."

"아렌 성도 고려를 하긴 했죠. 최고의 대도시였으니까요. 지금은… 뭐, 케이베른에게 파괴되고 말았지만."

라페이와 헤르메스 길드원들은 느긋한 모습을 보이는 위드를 어떤 태도로 대해야 할지 고민이었다.

적이라고 유치하게 화를 내기에는 서로 너무 거물이었다.

대륙을 장악하기 직전에 패했으니 서운함과 아쉬움이 없다면 거짓말이지만, 패배자의 입장으로선 치졸한 감정이란 걸 잘 알았다.

"음식 진짜 맛있네요."

위드는 사이사이 칭찬도 넣어 가면서 혼자 신나게 음식을 먹고 있었다.

"잘 먹어 주시니 저희도 고맙군요."

라페이는 예의상 하는 말이려니 생각하고 건성으로 받아넘겼다.

"이런 꿀맛 같은 음식들은 처음입니다."

"위드 님도 요리사이신 걸로 알고 있는데……."

정보를 담당하는 아크힘이 슬쩍 대화에 끼어들었다.

"고급 2레벨입니다."

"허… 요리 스킬이 그렇게나 높으시군요."

"저렴한 식재료들이나 던전 사냥에서 구하는 재료들로만 요리를 해서 한계가 있었네요. 하지만 언젠가는 꼭 마스터할 겁니다."

"요리는 재료가 절반이라고 들었습니다. 요리에 대한 관심도 꾸준하신가 보네요?"

"네. 나중에 시간을 내서 광장 같은 곳에서 실컷 요리를 해서 팔아 볼 생각도 하고 있습니다."

라페이는 위드가 쓰는 단어나 말의 뉘앙스를 하나하나 분석해 보았지만 어떤 함축된 의미도 없었다.

그냥 말 그대로 음식 맛있다고 하고, 사소한 이야기들이나 늘어놓고 있었다.

'왜지? 도대체 무슨 말을 꺼내려고…….'

하지만 식사가 계속될수록 무언가를 찾아내려고 하는 게 헛수고라는 느낌을 받았다.

"남은 음식을 좀 싸 가도 되나요?"

"…네?"

"버리자니 아까워서……."

그럼에도 불구하고, 분명 난공불락의 군사 요새 라호냐, 적진 한복판에 혼자서 들어왔는데도 느긋하기만 한 위드의 태도가 신경 쓰이지 않을 수 없었다.

"편하신 대로 하십시오."

위드는 배낭에 잔뜩 음식들을 담았다. 그제야 식사 자리가 치워지고 본격적인 대화의 분위기가 갖춰졌다.

'드디어 용건이 나오겠군.'

라페이와 헤르메스 길드원들이 무슨 이야기가 시작될지 긴장할 때였다.

위드가 바로 폭탄선언을 터트렸다.

"케이베른과 싸우려는데, 도와주시죠."

"예?"

"과거에 대한 책임을 지라는 건 아닙니다. 서로 먹고살자고 했던 일이니까요. 그러니 이쪽에서 제안을 드리겠습니다. 같이 싸우면 앞으로 헤르메스 길드도 먹고살게 해 드리죠."

위드가 떠나고 군사 요새 라호냐에는 헤르메스 길드의 수뇌

부가 속속 모였다.

칼쿠스처럼 호전적인 이들은 위드를 죽일 기회를 놓쳤다고 길길이 날뛰었다.

"그러니까… 케이베른을 상대로 같이 싸우자, 블랙 드래곤을 물리치기 위해 연합 전선을 펼치자고 말했다고요?"

"맞습니다."

"터무니없는 개소리를. 거기서 바로 거절해야 되는 거 아닙니까. 우리가 왜 싸워 줍니까. 중앙 대륙을 차지한 위드가 알아서 극복해야죠."

칼쿠스의 의견은 당연하기도 했다.

위드의 제안을 들은 당시 헤르메스 길드원들도 비슷하게 생각했었다.

'누구 좋으라고 싸워?'

'우리 희생도 막대할 텐데.'

방송으로도 중계될 것이기 때문에 시청자들에게 어떻게 불쾌감을 안 주며 거절하느냐가 관건이었을 뿐.

아크힘이 미간을 찌푸리며 설명했다.

"같이 싸운다면 헤르메스 길드를 대륙의 일원으로 인정한다고 하더군요."

"인정이요?"

"하벤 지역의 독자적인 통치를 인정하며 이곳의 정복을 위한 어떠한 공격도 하지 않겠다. 중앙이나 북부 대륙과의 교역이나 외부 활동도 마음대로 해도 된다. 단 형식상으로 아르펜 제국의 지배를 받아들이고 영토로 귀속되어라. 세금은 따로 납부하진 않아도 된다. 그리고 대륙의 곳곳에 영주가 없는 땅이 많으니 1,000명의 헤르메스 길드원에게 그 지역들을 다스리게 해 주겠다……."

칼쿠스의 머리가 핑핑 돌아갔다.

"이 지역의 통치를 인정한다. 앞으로 공격도 안 한다. 1,000명이나 되는 영주들을 임명까지 해 준다? 그럼… 전쟁을 끝낸다는 말인데, 우리에게 굉장히 좋은 조건 아닙니까?"

호전파들의 입을 그대로 다물게 할 정도로 획기적인 제안이었다.

헤르메스 길드는 소속 길드원의 이탈과 유저들의 반발에 서서히 말라 죽어 가고 있었다.

다시 중앙 대륙을 지배한다는 건 꿈도 못 꾸는 상태.

아르펜 제국의 세력은 급속도로 강해지고 있었는데 자신들의 지배를 인정해 준다고 한다.

'앞으로 아르펜 제국과 싸우면 이기지 못한다.'

얼마 전에 가르나프 평원의 전투에서 보인 인해전술과는 또 달랐다.

방송으로 매일 중계되는 타격대의 성장.

헤르메스 길드는 자신들이 〈로열 로드〉 최강의 세력이라고 자부했는데, 케이베른과 싸우기 위한 타격대가 빠르게 쫓아오고 있었다.

더군다나 희생의 화로를 얻었다는 소식도 들어서 알고 있다.

헤르메스 길드는 전성기를 지나서 힘이 빠지는 상황, 만약에라도 희생의 화로를 쓴 유저들이 가르나프 평원에서처럼 덤벼든다면 끔찍한 일이 벌어지고 말리라.

사실 헤르메스 길드원들이 두려워하는 것은 그 이후의 일이었다.

전쟁에서 패배하면 하벤 지역을 빼앗길 수도 있다.

다른 길드들도 그렇게 무너졌으니까.

하지만 헤르메스 길드가 힘을 잃으면, 그들은 대륙 전체의 유저들을 적으로 마주해야 한다.

지금까지 저지른 악행만큼이나 헤르메스 길드에 대한 보복을 벼르는 이들이 넘쳐 날 테니.

서로 입 밖으로 꺼내진 않았어도 알고 있었다.

헤르메스 길드가 무너지는 순간부터 그들은 모든 유저들의 살생부에 오르게 되리라는 것을.

"형식적이지만 제안을 받아들이면 베르사 대륙은 아르펜 제국에 의한 완전 통일이 되겠군요."

"맞습니다. 우리 입장에 그 제안을 받아들이면 통일 황제의 업적을 넘겨주어야 하죠. 남부와 동부가 당장은 정복되지 않고 남아 있겠지만."

"우리 길드가 대륙을 지배할 가능성은 없으니 손해는 아니지 않나요?"

"그렇겠죠. 안정적으로 하벤 지역을 통치하고 1,000개의 영주 자리까지 얻을 수 있으니. 지금 상황보다도 지배하는 영토가 2배는 넓어지게 되는 셈입니다."

위드의 제안을 전해 들은 유저들 사이에서는 나쁘지 않은 제안이라는 의견이 주류를 이루었다.

아크힘이 크게 한숨을 내쉬었다.

"여기에는 숨은 함정이 있습니다."

"어떤 함정이요?"

"우리 헤르메스 길드는 케이베른과 싸우며 희생의 화로를 써야 합니다. 최소한 1만 명이요."

"그건……!"

칼쿠스와 유저들이 깜짝 놀랐다.

방송을 보며 확인된 희생의 화로를 사용하는 건 고레벨 유저들에게 상상할 수 있는 최악의 일이었으니까.

"말도 안 되는 거 아닙니까?"

"쉽지 않은 제안이죠."

"받아들여서는 안 됩니다!"

"하지만 터무니없는 횡포도 아닙니다. 위드도 희생의 화로를 쓸 테니 말이죠. 드워프나, 위드의 측근들, 타격대에 속한 유저들 일부도요."

"아……!"

"자신들이 희생의 화로를 쓰고 싸우는데, 우리는 평범한 상태라면 드래곤과 싸우는 데 그다지 도움이 안 되겠죠."

"그런 문제가 있겠군요."

희생의 화로를 쓰고 싶진 않지만, 드래곤과 싸우려면 그들과 전투력 차이가 너무 날 것이다.

"그리고 영주로 뽑을 1,000명은 케이베른과의 전투에서 희생의 화로를 쓰고 크게 활약한 순서에 따라 결정한답니다."

"전투에서 활약한 순서대로요?"

"예. 적극적인 참여를 이끌어 내기 위한 포상이라고……."

"듣고 보니 일리가 있긴 하네요. 그런 조건이라면 우리로서도 길드원들을 설득하기가 쉬워질 수도 있을 것 같은데."

헤르메스 길드원이 영주가 되는 것이기에 이 부분은 납득할 만하다고 여겼다.

그들이 생각해도 잘 싸운 유저에게 포상을 하는 건 당연한 일이기 때문.

"케이베른과 싸우느냐, 마느냐……."

"처음에는 불쾌했지만 싸우는 대가로 하벤 지역의 통치를 인정해 준다면 무조건 손해 같진 않습니다."

"레벨을 잃어버리겠지만 다시 올리면 되고, 영토는 계속 남으니……."

"만약 드래곤 사냥을 성공시키면 엄청난 전투 업적을 달성할 겁니다. 그것만 해도 레벨 10, 20개 정도의 위력은 보여 주지 않겠습니까?"

"어디까지나 성공한다는 전제하에서의 이야기지요."

"우리가 힘을 모으면… 그리고 위드도 있습니다. 이런 상황에서 성공 가능성이 높지 않다면 달리 무슨 수가 있겠습니까? 그리고 거절하면 손해를 보는 건 레벨 몇 개를 날리는 정도가 아닌데요."

헤르메스 길드의 수뇌부는 대화를 나눌수록 자신들이 제안을 거절할 수 없는 입장이란 걸 깨달았다.

아르펜 제국이 진격해 오면 대영주인 그들이 가장 잃어버릴 것이 많다.

돈과 권력, 영토.

어떤 의미에서는 레벨보다 더 귀한 것이었다.

헤르메스 길드가 무너지고 나서 벌어지게 될 일.

척살령이나, 악마들의 왕인 클레타의 강림 같은 사태도 지배층의 입장에선 받아들일 수가 없었다.

수뇌부 회의에서는 결국 위드의 제안을 받아들이기로 결정되어, 하벤 지역을 떠나 있는 바드레이에게 의견을 구했다.

헤르메스 길드의 지배자인 바드레이가 반대한다면 통과할 수 없는 사안.

바드레이는 잠시 침묵하기는 했지만 곧 아르펜 제국으로의 합병과 케이베른과의 전투를 수락했다.

라페이는 라호냐의 집무실에 있는 물건들을 정리했다. 헤르메스 길드의 2인자로서 챙겨 놓은 골동품이나 보물, 장비들은 아렌 성이 파괴당할 때 대부분 잃어버렸다.

남아 있는 물건들은 배낭 하나에 넣을 수 있을 정도로만 간단히 챙겼다.

"후… 생각보다 짐이 얼마 되지 않는군."

라페이는 물건들을 챙기고 나서 창문 밖의 라호냐 요새의 풍경을 보았다.

중앙 대륙에서 세력을 고스란히 유지하고 있을 때, 만일의 사태에 대비하여 증축한 군사 요새.

대군이 몰려와도 막을 수 있는 난공불락의 요새였지만 쓸 일이 없게 되었다.

"성을 쌓으면 망하고 길을 놓으면 흥한다고 하더니… 적절한 비유는 아니지만 결국 그렇게 되는가."

라페이의 목소리에서는 다 털어 버린 후련함까지 느껴졌다.

그가 배낭을 짊어지고 복도로 나오자, 아크힘이 기다리고 있었다.

"영영 떠나실 겁니까?"

아크힘은 수뇌부 회의에서 이상한 기분을 느꼈다.

라페이가 회의를 주도하던 평소와는 달리 별다른 말도 하지 않았고, 마지막에 케이베른과의 전투를 결정하는 순간에도 그저 고개만 끄덕였다.

"이곳에는 제가 할 일이 남아 있지 않은 것 같으니까요."

"이해할 수 없군요. 앞으로도 지위와 역할은 그대로 유지가 될 텐데요. 제 생각에는 헤르메스 길드의 부활을 위해서라도 그대로 머물러 주셨으면 좋겠습니다."

라페이는 큰 틀의 전략을 짜 왔기에 아르펜 제국을 상대로 한 패전의 책임으로부터도 다소 자유로운 편이었다.

그들의 생각보다 위드가 잘 싸웠고, 유저들의 힘이 상상보다 컸다.

헤르메스 길드원들은 누구보다도 라페이의 기여도가 높다는 것을 알고 있었다.

"말 그대로입니다. 제가 할 일이 없어서 떠날 뿐이에요."

"하지만……."

"위드의 시대입니다. 그리고 헤르메스 길드는 이젠 그의 말을 이길 힘이 없어요."

"네?"

아크힘은 이해가 되지 않아서 라페이를 따라서 걸으며 계속 물었다.

"방금 한 이야기는 무슨 의미입니까?"

"그건……."

라페이는 설명하려다가 옅은 한숨을 내쉬었다.

"모르는 게 더 나을 수도 있을 겁니다. 그래도 꼭 알아야 하겠습니까?"

"단지 아르펜 제국이 강해서 헤르메스 길드가 그의 뜻에 무조건 따라야 한다는 의미 같진 않았습니다만……."

"이번 제안은 독이 든 사과입니다."

"독이 든 사과요?"

"위드가 이렇게까지 정치적으로 탁월한 능력을 가졌는지 몰랐습니다. 그는 정말… 상황을 이용할 줄 압니다. 불과 몇 마디 말로 헤르메스 길드를 무너뜨릴 수 있는 사람이었어요."

라페이는 길드를 떠나기 전에 아크힘에게 몇 마디 알려 줘야 할 필요성을 느꼈다.

자신은 알고도 대처하지 못하고 철저하게 당했지만, 그조차도 모르고 있던 동료에 대한 의무감이랄까.

"겉으로 보기에는 단순한 계산입니다. 우린 희생의 화로를 쓰고 케이베른과 싸웁니다. 다른 유저들은 헤르메스 길드에 대한 분노가 조금 수그러들기도 하겠고… 우린 하벤 지역을 계속 유지할 수 있게 되겠죠."

"그러면 좋은 것 아닌가요?"

"위드의 제안은 있는 그대로 받아들여도 될 만큼 합리적입니다. 겉으로 보이는 사실 그대로 진행이 되겠지요. 우린 끝까지 싸우는 대신에 제안을 받아들이는 거고. 그다음에는 몰락만이 남겠죠."

"몰락한다고요?"

"막다른 길에 몰려서 무기를 놓게 되는 헤르메스 길드의 운명이죠."

라페이는 드래곤과의 전투 결과는 중요하지 않다고 말했다.

"승리 혹은 패배, 어느 쪽이든 아르펜 제국과의 관계가 달라지지는 않을 겁니다. 중요한 건 그다음인데… 우선 1,000명의 영주에 포함되기 위해 헤르메스 길드원들은 최선을 다해 싸울 겁니다."

"아마도 그렇겠죠."

"전투력이 뛰어난 핵심 유저 1,000명이 그다음에 길드를 이탈하는 것입니다."

"길드 소속을 그대로 유지하면 될 텐데요. 위드도 상관없다고 했고요."

"그들은… 아마 스스로 떠나게 될 겁니다."

새롭게 아르펜 제국의 영주들이 된 헤르메스 길드원들.

냉정히 말해 그들은 그 이후로 헤르메스 길드와 관련된다 해도 얻을 수 있는 이익이 없었다.

　중앙 대륙의 유저나 북부 유저들을 데리고 통치하는 데 장애물만 될 테니 갈수록 거리를 두게 되리라.

　"헤르메스 길드 소속이라는 것은 시간이 지날수록 약해질 울타리에 불과합니다. 영주로서의 새로운 삶을 살아가게 될 테고, 그들은 위드와의 대립이 생기더라도 헤르메스 길드의 편에 서지 않겠지요."

　"고작 1,000명이 떠난다고 해서 몰락할 정도로 세력이 작지 않습니다만."

　"작지 않죠. 하지만 견고한 성벽도 구멍이 뚫리면 한순간에 무너질 수 있습니다. 헤르메스 길드원들을 하나로 묶어 놓던 굴레도 사라지는 겁니다."

　헤르메스 길드는 지금까지 패권을 추구하며 막대한 이익을 길드원들에게 나눠 주었다. 하지만 이제 세상이 바뀌면 모두가 보게 되리라.

　길드에 머무르기보다는 아르펜 제국의 영주로서 활동하는 게 훨씬 낫다는 것을.

　모험가, 전사, 영주…….

　다양한 삶을 원하는 이들이 자신들의 자유에 따라 살아가게 될 것이다.

　"영주가 되어 헤르메스 길드를 나가는 1,000명이 시작점인 것입니다. 하벤 지역에 남더라도 이제 대다수의 길드원들은 길드와 운명을 함께한다고 생각하지 않을 겁니다."

　"그렇게까지요?"

"서서히 길드의 결속은 약해지게 되겠죠. 밖으로 나간 유저들은 위드가 헤르메스 길드를 무너뜨릴 때에도 우리의 적이 되어 싸울 수 있습니다."

위드의 제안은 시간을 두고 헤르메스 길드를 약화시키는 효과를 발휘한다.

새로운 흐름이나 대세라는 이름으로 천천히 작용하기 때문에 더 거스르기 어려운 힘을 가졌다.

"그러면 제안을 거절하고 하벤 지역을 지키며 끝까지 싸우는 편이 나을까요?"

아크힘은 뼛속까지 헤르메스 길드 출신이었다. 헤르메스 길드가 무너지는 건 불리한 상황에서도 원하지 않았다.

"아니요. 이 일은 우리에게 선택권이란 없습니다."

위드와 헤르메스 길드의 협상은 방송으로 중계도 되었다.

당연하게도 일반 길드원들의 입장은 대환영.

과거처럼 절대적인 패권을 누리는 것도 아닌데 하벤 지역에 갇혀서 살고 싶어 하는 유저는 드물었다.

무엇보다 영주들로 구성된 수뇌부 대부분이 이 제안을 긍정적으로 생각했다.

자신들의 권력을 그대로 안정적으로 유지할 수 있게 되니까.

"각자의 입장에서 독을 알더라도 달콤해서 거절하지 못할 제안입니다."

"그런 간교한……."

"더 멀리 보자면 위드는 얻을 게 많습니다. 아르펜 제국 내에서도 영주 세력들을 견제하기 위해 헤르메스 길드 출신들을 이용할 수도 있고… 전쟁으로 인한 손해도 줄일 수 있겠죠."

"그런 짓까지요."

"위드는 간단한 제안으로 우리 길드의 주춧돌을 뽑아 버린 겁니다."

"이대로 끝났다고는 믿을 수 없습니다. 전… 길드에 끝까지 남겠습니다."

라호냐 요새의 성문에서 아크힘은 더 이상 함께 따라 나오지 않았다.

성문을 나선 라페이는 마지막 미련을 털어 낸 것처럼 짊어지고 있는 배낭의 무게가 가볍게 여겨졌다.

'헤르메스 길드는 실패했고, 이젠 위드의 세상이 되었지. 힘으로도, 머리로도 완벽하게 졌어. 차라리 후련하구나.'

그에게 〈로열 로드〉는 아직 끝난 게 아니었다.

초보 시절에 다인이나 다른 동료들과 함께 모험을 다니던 때가 가장 즐거웠다는 생각이 들었다.

위드는 하루 뒤에 공식적으로 라호냐 요새에 방문했다.

라호냐 요새의 모든 유저들이 길가와 건물의 지붕마다 쭉 서 있었다.

성문에서부터 이어지는 도로에는 붉은 양탄자까지 깔렸다.

"황제 폐하를 뵙습니다."

"아르펜 제국 만세!"

위드가 양탄자 위를 걷는데, 주민들과 유저들이 꽃가루를 뿌렸다.

헤르메스 길드원들조차도 박수를 치며 자리를 지키고 서 있었다.

"전쟁의 신 위드. 저 사람 1명 때문에 우리 길드가 항복 선언을 했네."

"대박이긴 하다. 협상을 통해서라지만 이렇게 빨리 아르펜에 굴복할 줄은 몰랐는데."

"좋은 조건이잖아. 우리 입장에서는 잘되었지. 전투 한 번이면 그동안의 잘못들을 씻을 수 있게 되었으니."

"정말 자유롭게 돌아다녀도 될까?"

"위드가 약속했잖아. 아르펜 제국 황제의 약속이니 지키지 않을 수 없겠지."

헤르메스 길드원들은 마음이 복잡했다.

위드와 아르펜 제국에 대한 적개심을 가진 이들도 꽤 되었지만, 따지고 보면 자신들에게 명분이 있진 않았다.

전 대륙을 상대로 싸워야 할 처지에서 구원을 받게 되었으니 고맙게 여겨야 했다.

"위드 님을 뵙습니다."

"어서 오십시오. 환영합니다."

아크힘을 대표로 헤르메스 길드의 수뇌부가 정중하게 맞이했다.

스티어, 보에몽, 가우슈, 하일러, 그로스, 크레볼타 같은 유명한 유저들이 고개를 숙였다.

의외였던 것은 학살자 칼쿠스의 태도였다.

그동안 길드 회의가 열릴 때마다 자신에게 위드를 죽일 기회만을 달라고 외쳤었다.

공격을 나가서도 실패하고 돌아와서는, 다음번에는 반드시 죽이겠노라고 이를 갈았다.

그런데 막상 위드를 맞이하면서는 허리를 90도로 숙이면서 악수를 받기 위해 손을 내밀었다.

"영광입니다. 진영이 달라서 검을 들 수밖에 없었지만 항상 멋진 모습 응원하고 있었습니다. 위드 님, 앞으로 어떤 성가시고 하찮은 일이 생기면 제게 시켜만 주십시오. 바로 처리하겠습니다."

사회생활의 모범 답안과 같은 존재!

위드는 웃으면서 칼쿠스의 손을 잡고 등까지 두드려 주었다.

가장 먼저 아첨하는 이를 따뜻하게 맞아 줘야 다른 이들도 스스럼없이 다가올 것이기 때문이다.

"학살자 칼쿠스 님, 방송으로 자주 뵀습니다. 전투 영상도 구경 많이 했죠."

"저, 정말이십니까?"

"예. 앞으로 기회가 되는 대로 자주 같이 사냥도 하고 어울려 보죠."

"고맙습니다. 정말 한없는 영광입니다."

이 장면을 보는 헤르메스 길드의 수뇌부는 미래의 권력자가 누구인지 알게 되었다.

바드레이의 절대적인 힘의 지배를 따르던 헤르메스 길드.

북부와 중앙 대륙의 완전한 지배, 조만간 통합 황제에 오를 위드가 대세였다.

헤르메스 길드는 이 순간부터 위드에게 무력과 정신, 양쪽에서 모두 밀린다는 걸 깨달았다.

내심 헤르메스 길드의 재기를 생각하던 유저들이 많긴 했지만, 그것이 막연한 이야기처럼 어렵게 느껴졌다.

> 하벤 지역의 영주들이 아르펜 제국의 깃발을 들어 올렸습니다.
> 제국의 영토가 확대되었습니다. 국가 명성이 대륙 전역에 널리 알려집니다.
> 정치적인 영향력이 대륙을 지배하기 직전입니다.
> 하벤 지역의 부유한 주민들은 특산품과 예술품, 다양한 문화를 원하고 있습니다. 그들의 욕구가 충족이 된다면 상업의 발전을 촉진할 것입니다.

하벤 지역의 전격적인 합병!

아르펜 제국은 실질적으로 베르사 대륙의 대부분을 지배하게 되었다.

남부 사막 지대와 동쪽 왕국들과 오크 지대.

완벽한 대륙의 통일까지는 시간이 조금 필요하긴 했지만, 아르펜 제국에 의한 대륙 통일이 눈앞에 다가와 있었다.

위드는 라호냐 요새에서 선언했다.

"우리 모두의 힘을 합쳐서 모라타에서 케이베른을 말살해 버릴 것이다!"

"위드 만세!"

"아르펜 제국 만세!"

"케이베른을 사냥하자!"

헤르메스 길드원들이 위드의 말에 환호하는 광경은 시청자들에게 엄청난 충격이었다.

―내가 살아생전 헤르메스 길드가 위드 만세를 외치고 있는 걸 들을 줄이야.
―우왓. 말도 안 나오네. 대박이다.
―어제 위드 님이 라호냐에 밥 먹으러 갔다는 소식을 들을 때만 해도 정신 나갔다고 했다. 근데 무사히 밥 먹고 돌아옴. 하벤 지역도 정복해 버림.
―이게 무슨 상황이냐. 덜덜덜.
―말 몇 마디로 헤르메스 길드 먹어 치움. 꺼억.
―정복왕 위드…….
―케이베른과 같이 싸우도록 전투에도 동원해 버리고.
―왜 헤르메스 길드가 저렇게까지 좋아하지?
―위드 님이 자기들 안 죽이고 살려 줘서 좋아하는 거죠. 그동안 치른 죗값을 받아야 되는데.
―다들 알다시피 케이베른도 헤르메스 길드 때문임.

헤르메스 길드가 케이베른 사냥에 나선다고 밝혀도 대중의 비난을 피하진 못했다.

하지만 다른 곳도 아닌 모라타를 지켜야 한다는 생각에 북부 유저들에게는 긍정적인 반응이었다.

―모라타 사수!
―위드 님이 모라타를 버리지 않으리라 믿었어요.
―모라타에서 시작해서, 모라타에서 끝냅시다.
―무적의 요새 모라타. 드래곤의 무덤이 될 겁니다.
―위드 님이 직접 나섰음. 헤르메스 길드까지 전격 참여.
―모라타로 구경 갑시다.

—저희 집으로 초대할게요. 판자촌 6 마을에 있어요.
—필요하신 분들은 제 집도 개방합니다. 지난번에 천장 조금 무너졌는데 내일까지 다 고칠 겁니다.

"좋았어. 이 분위기를 잘만 끌고 가면 희생의 화로에서 태울 이들이 많아지겠군!"

위드는 대중의 반응보다도 헤르메스 길드원들을 끌어들인 점이 가장 만족스러웠다.

—과연 엄청난 정치력이십니다. 몇 마디의 말로 헤르메스 길드를 굴복시키셨군요.

마탄의 감탄이었다.

—뭐… 줄 건 주고 받을 건 받았지만, 혼자 죽을 순 없죠.

베르사 대륙을 지키기 위해 혼자서 바보처럼 희생할 수는 없었다.

잘 먹고 잘 살아야 한다는 위드의 철학에도 크게 어긋나는 일인 것이다.

영화를 보면 세상을 구한 영웅은 고생만 하다가 죽을 가능성이 굉장히 높다.

남은 식구들의 고생은 덤.

요즘 시대에 진정한 영웅이 되려면 실속도 챙기고, 자기 앞가림 정도는 해야 했다.

"죽을 땐 같이 죽고, 살면 혼자 살아야지……."

위드는 얼마 남지 않은 시간을 꼼꼼하게 써야 했다.

―이렇게 된 이상 모라타가 아르펜 제국의 운명을 건 배수진이 되었습니다.
―옛. 모든 상인들에게 총동원령을 내렸습니다. 북부와 중앙 대륙 상인들은 위드 님의 뜻에 따라 움직일 준비가 되어 있습니다.

상인들은 아르펜 제국의 황제인 위드에게 잘 보여야 하는 상태였다.

드래곤은 단순히 보스 몬스터 1마리를 사냥하는 것이 아니라, 전쟁 이상으로 대비를 해야 마땅하니까.

―대피 계획은 전면 취소입니다. 드래곤과의 전투에 자발적으로 참여하겠다는 레벨 400 이상의 유저들을 모집하고, 방어 시설을 만들어야 합니다.
―알겠습니다. 모든 전력을 모라타에 집중시키도록 하겠습니다.

위드는 서윤에게도 귓속말을 보냈다.

―모라타가 대륙의 운명을 가르는 전장이 될 거야. 사람들이 몰려올 테니 그들을 나눠서 일을 맡기고, 드래곤과 싸울 준비를 해 줘.
―맡겨 주세요. 모라타를 지킬게요.

건축가들에게도 연락을 빠뜨리지 않았다.

―파보 님, 이번 전투에도 건축가들에게 많은 비중이 달려 있습니다. 드래곤과 싸우면 모라타의 피해가 막대할 겁니다.
―일이 그치질 않는군! 하지만 기쁘게 해 보겠네. 케이베른이 바웰 성을 부수는 걸 보고 깨달은 게 많아. 난공불락까진 아니더라도 견고하게 막아 보겠네.

드래곤과의 전투를 유리하게 이끌려면 좋은 위치에서 힘을 빼 놓은 상태에서 싸워야 했다.

> ―사냥꾼들과 협력하는 것도 좋을 것 같습니다. 함정 유도가 먹힐지는 모르겠지만요.
> ―참고하지. 돌망치 건축가 조합부터 모든 북부의 건축가들이 모라타로 달려오고 있네.
> ―중앙 대륙의 건축가들은요?
> ―소식을 듣자마자 그들은 조인족들을 타고 날아오고 있네. 헤르메스 길드에서도 연락이 왔는데… 사전 준비에 도움을 준다고 하더군. 받아들여야 하나?
> ―일단은 도와주는 건 전부 받아들이도록 하세요. 마법 함정 같은 건 드래곤을 잡기에 약하겠지만… 그들도 보스급 몬스터의 사냥 경험이 많으니 뭐라도 도움이 되는 걸 알고 있을 겁니다.
> ―최선을 다하겠네.
> ―항상 고맙습니다.
> ―알아주고, 일을 맡겨 주는 것이 오히려 고맙네. 자네가 아니면 건축가들은 지금처럼 존중받지 못했을 거야.

위드가 모라타에서 싸우기로 결심을 한 이후로 북부와 중앙 대륙 전체가 움직이고 있었다.

어쩌면 더 일찍 준비를 했더라면 좋았겠지만 상황에 맞춰 가다 보니 어쩔 수 없는 일!

'지금으로써는 이렇게 하는 게 최선이야. 헤르메스 길드와의 화해도……'

헤르메스 길드와는 길고 긴 악연이 있었다.

그들이 당장은 불리하기 때문에 굽히고 들어오지만, 그렇다고 친구가 되는 것은 아니다.

하지만 또, 그렇다면 아르펜 제국의 영주들은 모두 다 선한 이들일까?

위드의 인기가 하락한다면 가장 먼저 칼을 빼 들 자가 누구일지는 아무도 장담하지 못한다.

어쩌면 지금 그 시기만 기다리면서 세력을 키우고 있는 자들이 얼마나 될지도 알 수 없는 일이고.

'전부 나쁜 놈들이지. 믿을 건 나뿐이야.'

언제든 방심하면 뒤통수를 맞을 수 있다.

지금 당장은 모라타를 지키는 것만 생각하기로 했다.

TO BE CONTINUED